中国作协网络文学理论评论支持计划资助

中国网络文学史料丛书

INTERNET
LITERATURE

网络文学网站创始人访谈录

邵燕君 肖映萱 / 主编

创始者说

北京大学出版社
PEKING UNIVERSITY PRESS

图书在版编目（CIP）数据

创始者说：网络文学网站创始人访谈录 / 邵燕君，肖映萱主编. —北京：北京大学出版社，2020.8
（中国网络文学史料丛书）
ISBN 978-7-301-31389-3

Ⅰ.①创… Ⅱ.①邵… ②肖… Ⅲ.①网络文学 – 网站建设 – 中国 Ⅳ.①I207.999–39

中国版本图书馆CIP数据核字（2020）第107970号

书　　　名	创始者说：网络文学网站创始人访谈录 CHUANGSHIZHE SHUO: WANGLUO WENXUE WANGZHAN CHUANGSHIREN FANGTANLU
著作责任者	邵燕君　肖映萱　主编
责任编辑	艾　英
标准书号	ISBN 978-7-301-31389-3
出版发行	北京大学出版社
地　　　址	北京市海淀区成府路205号　100871
网　　　址	http://www.pup.cn 新浪微博：@北京大学出版社
电子信箱	pkuwsz@126.com
电　　　话	邮购部 010-62752015　发行部 010-62750672 编辑部 010-62756467
印　刷　者	北京中科印刷有限公司
经　销　者	新华书店
	710毫米×1000毫米　16开本　28.25印张　420千字 2020年8月第1版　2020年8月第1次印刷
定　　　价	69.00元

未经许可，不得以任何方式复制或抄袭本书之部分或全部内容。
版权所有，侵权必究
举报电话：010-62752024 电子信箱：fd@pup.pku.edu.cn
图书如有印装质量问题，请与出版部联系，电话：010-62756370

目录 CONTENTS

前　言 ………………………………………………… 邵燕君 / i

为文学青年创造了空间，但走得太超前
——榕树下创始人朱威廉访谈录 ………………………………… 1

"我以为先锋的东西，网络并没有出现"
——榕树下艺术总监、先锋文学作家陈村访谈录 ……………… 19

中国网络文学应该有类型小说之外的可能性
——榕树下前总经理、果麦文化创始人路金波访谈录 ………… 34

成为言情小说网站是读者的自然选择
——红袖添香创始人孙鹏访谈录 ………………………………… 48

"女性向"的理想主义
——露西弗俱乐部创始人 ducky 等访谈录 ……………………… 62

盛于实体出版，守护心中的梦想
——龙的天空创始人楼兰雪访谈录 ……………………………… 80

见证与评说
——龙的天空创始人、网评家 Weid 访谈录 …………………… 90

做一个有口碑、有好看内容的精品网站
——幻剑书盟前主编、纵横中文网创始人邢月访谈录 ……… 114

网络文学恢复了千万人的阅读梦和写作梦
——起点中文网创始人吴文辉访谈录 124

起点中文网的"总设计师"
——起点中文网创始人藏剑江南访谈录 144

网络文学崛起的历史细节
——起点中文网创始人宝剑锋访谈录 172

网络文学职业作家体系的建立
——起点中文网创始人意者访谈录 193

IP运营与网络文学的主流化
——起点中文网创始人罗立访谈录 214

"我是给网络文学做加法的人"
——盛大文学前CEO、火星小说创始人侯小强访谈录 232

因为"不专业"才走到今天
——晋江文学城创始人iceheart访谈录 248

中层网站的生存之道
——逐浪网创始人、红薯中文网董事长蒋钢访谈录 273

不是"文学青年",而是"网站经营爱好者"
——潇湘书院创始人潇湘子访谈录 282

我一直在网络文学的第一线
——17K文学网创始人黄花猪猪访谈录 300

尝试在商业制度内走不同的路
——17K小说网"二次创业"负责人、总编辑血酬访谈录 322

伴随网络文学一起进化
——塔读文学首任总编、17K前总经理、竹与舟创始人猪王访谈录　339

互联网的兴起对传统出版来说是巨大利好
——磨铁图书、磨铁中文网创始人沈浩波访谈录......346

做引领纸媒技术革命的专业阅读平台
——掌阅科技、掌阅文学创始人成湘均访谈录......365

推动网络文学进入移动时代
——中国移动手机阅读基地创始人戴和忠访谈录......374

打造"小而美"的多元化平台
——长佩文学创始人阿米、主编不系舟访谈录......394

让"二次元人"成为更有尊严的生产者
——欢乐书客（刺猬猫阅读）创始人陈炳烨访谈录......412

美国网络小说"翻译组"与中国网络文学"走出去"
——Wuxiaworld创始人RWX（任我行）访谈录......423

后　记..肖映萱／436

前　言

终校样读完，我终于有了一种感觉：一张中国网络文学发展的地形图，在眼前清晰地呈现出来了。

本书中的26个访谈录按网站建立先后排序①。这26个网站犹如26座营盘，此消彼长而步步推进，终于推出一条通天大道。它们也如26张拼图，拼出网络文学的内部构造图，虽然还有缺漏，但大局已成，整体逻辑已然打通。我得承认，很多访谈的要领，在当初访谈时未能领会，甚至成稿时也未能吃透，要多看几遍才能了然。这份感受是我首先想分享给读者的。

研究网络文学离不开文学网站，而网站是人办的。所以，从创始人入手或许是一条捷径。

他们是一些什么人？为什么当年会辞掉工作，有的还抵押上房子，去办什么不靠谱的文学网站？网文江湖二十年，成败沉浮，大浪淘沙，如今能以"重要网站创始人"立身的人物，身上有什么特质？他们的性格如何影响了网站的基因？如何影响了中国网络文学的样貌和走向？

在四年多的采访中，这些问题一直是我特别关心的。如今给出答案，我想说：这是一群酷爱读小说的人，也是一群能把梦想变现的人，

---

① 唯一的例外是最后两个网站Wuxiaworld（2014年12月）和欢乐书客/刺猬猫阅读（2015年7月），颠倒了一下次序。原因是Wuxiaworld毕竟是翻译网站，与其他网站不同，放在最后压轴，也展现了中国网络文学"走出去"的气象，并且与开篇的由海外华人朱威廉创建的"榕树下"相应和。

情怀和精明缺一不可。简单地说，这是一群深患"阅读饥渴症"的生意人。

几乎采访每一个人，我们都会问他/她青少年时期的读书经历。答案非常相似：他们的阅读起点大都在租书摊，是各种通俗读物（也包括《三国演义》《红楼梦》《基督山伯爵》等在读者间流传广泛的名著）喂养长大的。他们是一些"吃书"的人，食量极大，食速惊人，而且口味单一。

Weid（段伟，龙的天空创始人）在他的《网上阅读10年事》[①]里，曾经详细描述过自己"可怕的阅读习惯"，"《黄易作品集》《卫斯理系列》《原振侠系列》《田中芳树作品集》这是不多的可以让我看3天左右的作品目录"。他进一步指出，中国读者的胃口是被"盗版盛宴"撑大的，"倪匡20多年的积累，黄易出道以来的作品，连同席绢的10余部小说，集中的出现在了书摊、租书店中，散发着自温瑞安以来许久未曾闻到的墨香"。

类似于Weid的描述，在访谈录中随处可见。这个人群有多大，当时无法统计。我们只知道，在网络文学发展二十年之后，用户已经超过4亿[②]。这个超级庞大的阅读群体，也是网络文学一路召唤聚集来的。如果没有互联网，他们只能忍着，胃口在饥饿中萎缩；有了互联网，一切都不一样了。

"爱好者心态"是这个创始人群体中普遍存在的"初心"。他们大都因为租书摊已经没书可看而上网，网上的书也没的可看而成为作者，后来干脆自己建了网站。罗立（起点中文网创始人）说："我们不叫创业，都是希望满足自己的爱好。" iceheart（晋江文学城创始人）说自己："因为不专业，才走到今天。"吴文辉（起点中文网创始人）在被问到作为阅

[①] 发布于龙的天空论坛，2008年6月15日发布，2010年5月9日修订，网址：http://www.lkong.net/thread-236350-1-1.html。

[②] 据中国互联网中心（CNNIC）发布的《中国互联网络发展状况统计报告》，中国网络文学用户规模，2004年接近1亿（9400万），2018年超过4亿。2020年5月公布的最新数字是，截至2020年3月，用户规模达4.55亿。

文集团的老总,是否还有时间看小说时说:"路上,无聊的会议上……总能挤出时间来的。"

不过,他们并非传统意义上的文学爱好者,而是文学消费者。文学对于他们而言不是理想,不是志趣,只是娱乐消遣,但却是刚需。他们和"文青"也是两路人,不边缘不叛逆不神经质,在"文普二"(文艺青年—普通青年—2B青年)的谱系中,更属于普通青年。准确地说,他们喜好的只是文学中特定的一类,即类型小说。甚至,我认为他们与小说也未必是"天生一对",只是由于在成长的阶段,文艺产品中只有类型小说,于是被绑定了终身。吴文辉说,阅文系统的核心其实是 UGC(User Generated Content),即用户创造内容的正反馈模式。而创造出的内容到底是什么?可以跟随用户的喜欢而改变,未必是长篇小说。

将网络文学的创始人称为文学消费者并非贬义,事实上,该反思的恰恰是,在我们的主流文学谱系内,文学消费者的地位是否被过分贬抑?这涉及"五四"新文学建立以来的精英导向问题,以及新中国建立以来的文学生产机制问题,这里无法详细讨论①。简单地说,结果就是,在网络文学兴起之前,当代中国的读者从未获得过消费者的权利。文学要么是载道的,要么是追求独立审美价值的,总之,是以作者为中心的;读者要么是需要被启蒙的,要么是需要被提升的,最起码也是要被寓教于乐的。总之,是要以学习的心态踮着脚去读的。

其实,除了专业人士,这个世界上有多少人会正襟危坐地看小说呢?大多数人都是为了打发时间看的,为了过瘾看的。所以,轻松愉快是第一要义。通过看一些荡气回肠、异想天开的故事,让自己平凡无趣的生活变得有滋有味,这本身就是一种生命质量的提升。特别对于那些"阅读饥渴症"患者来说,"小说,好看的小说,看得起的好看的小说"(Weid)是一种切切实实的"精神食粮"。

今天回头看来,在2000年第一轮互联网金融泡沫破灭之后,中国网络文学之所以能活下来,并且快速发展起来,最关键的一步就是2003年

---

① 详细讨论参阅拙文《以媒介变革为契机的爱欲生产力的解放——对中国网络文学发展动因的再认识》,《文艺研究》2020年第10期。

起点中文网建立了 VIP 付费阅读机制。而这个机制之所以能成功建立，背后最关键的因素是，起点团队一开始就直接明确地将读者置于消费者的位置，以消费者为中心建立经营模式。

如果不回到当时的环境，人们很难理解，为什么在这套机制中，VIP 的概念如此重要，它的重要性甚至超过了专门契合网络更文而创建的千字 2 分的"微支付"制度。这是因为，在当时，最难解决的是用户的付费意愿问题。在此之前，互联网是免费的，盗版又如此地习以为常。事实上，迄今为止，盗版也是限制网络文学发展的附骨之疽，付费用户最乐观的估计也仅占总用户的十分之一，有人甚至认为仅是百分之一①。如果读者很容易找到盗文，为什么要付费？特别是当时没有任何线上付费方式，需要到邮局汇钱。除了赞助心态外，唯一的商业驱动力就是，你买的不是小说，而是一种 VIP 服务。

宝剑锋（起点中文网创始人）说，VIP 的概念来自他在银行得到的"尊享"体验，包括后来的白金作家制度也是受银行系统白金卡客户的启发。自 1990 年代中期以后，中国社会开始向消费社会转型，但文学领域始终没有。网络文学首次把消费经营的理念带入文学生产领域，由此获得成功。

消费经济的基因与互联网的基因相结合，就产生了中国网络文学独特的商业模式和文学模式，即基于 UGC 的粉丝经济模式和"以爽为本"的"爽文"模式。这两个模式天生长着"反骨"。前者突破了印刷文明体系下文化工业自上而下的生产方主导模式，读者不再是被动的受众，而是积极参与的粉丝，很多人既"吃粮"也"产粮"，是标准的"产消者"（Prosumer，由 Producer 和 Consumer 两个单词缩合而成）。后者颠倒了"文以载道"精英文学观中目的与手段的关系，强调"爽"本身是目的，而不是载道的手段。"爽文"固然可以搭载很多"道"（比如思想意义、现实关怀、文化知识等），但它们都不是必须承担的义务。相反，"爽"才是"爽文"必须向消费者兑现的第一承诺。当然，"爽文学观"无意对抗"精

---

① 据《阅文集团 2019 年财务报告》，2019 年，在平均月活跃用户从 2018 年的 2.14 亿增至 2.2 亿的前提下，月付费用户从 1080 万降至 980 万。付费用户占比不到二十分之一。

英文学观"，更不是想取而代之，而只是在原有的文学王国中圈出一块地来，"自己和自己玩"。

经过十年的野蛮生长和十年的快速增长，中国网络文学终于走出了自己的道路，创造出全球媒介革命中的文学奇观。2014年年底，随着Wuxiaworld等海外翻译网站的建立，中国网络文学开启了海外传播的历程。这让我们看到，中国网络文学从来都是世界网络文艺的一环，它当年的诞生，深受世界流行文艺的滋养，如今，终于可以反哺世界了。这是全体从业者的光荣。

2020年4月27日，"起点五帝"（即起点中文网创始团队成员：吴文辉、商学松、林庭锋、侯庆辰、罗立）从阅文集团集体离职。这是这个有"网络文学教父"之称的团队第二次集体离职（第一次是2013年从盛大文学离职），这一次是"荣休"，标志着一个时代的结束。

据称，起点团队离职的原因是，面对"免费模式"的冲击，"教父们"的应对方式与资方（腾讯）有分歧。这确实是触及命门的事了。由于网站创始者和大多数经营者的"爱好者出身"，中国网络文学的发展在很长时间内保持着"爱好者网站"的生态，至少是心态。但随着产业规模的壮大，"圈地自萌"的状态总是会被打破，网文内部的逻辑终究拧不过资本逻辑的大腿。在未来的网络文学场内，网络文学自主力量与资本力量、政治力量必然发生更深刻的博弈。不过，那都将是后来者的事啦。

4月27日的网文圈弥漫着送别的气息。很多网文从业者、作者、读者都发微信、微博向"起点五帝"致敬、致谢，曾经的江湖恩怨，都暂时压在一行热泪中。"起点五帝"也都发了朋友圈，吴文辉写道："记得小时候看武侠小说，几乎每一个大侠最爱的结局都是退隐山林。我虽不是大侠，也不爱山林，却也有个海边读书的梦想，今日便是这个梦想之始了……"

在访谈的过程中，我常常感慨，这些创始人真是一群令人羡慕的人。如果没有互联网，他们或许只是一些有点"不务正业"的普通人吧？但他们确实抓住了千年一遇的机会，把自己的"阅读饥渴症"变为一种解放生产力的文学生产机制，创造出人类历史上前所未有规模的文学繁荣。他们自己也获得了"屌丝逆袭"一般的人生成功。

  羡慕之余也还是想说声谢谢。谢谢他们像养孩子一样带大了这些文学网站，让数以亿计的普通人实现了阅读梦和写作梦。

邵燕君

2020 年 7 月 31 日

为文学青年创造了空间，但走得太超前
——榕树下创始人朱威廉访谈录

【受访者简介】

朱威廉，网名 Will，男，1971 年生于美国，华裔。1997 年 12 月创办榕树下，2002 年离职，曾任盛大集团副总裁。

榕树下是中国成立最早、规模最大的专业性文学网站，中国网络文学发展初期最有影响力的原创平台之一。由朱威廉个人投资、创办，以"生活·感受·随想"为宗旨，以"全球中文原创作品网站"为定位，发布作品以散文、中短篇小说为主，也包括诗歌和杂文。采用"编辑审稿制度"，具有一定精英倾向，是文学青年最早的网络聚集地。多位早期网络知名作者（安妮宝贝、李寻欢、邢育森、宁财神、慕容雪村、沧月等）活跃于此。

2002 年，榕树下被出版巨头贝塔斯曼收购，路金波（网名李寻欢）任总经理。2006 年，被贝塔斯曼卖出。后几经转手，2009 年，被盛大文学收购，2015 年，随盛大文学并入阅文集团。2017 年底因故闭站。

【访谈时间】2017 年 11 月 11 日（受访者最后修订时间：2019 年 8 月 14 日）
【访谈方式】电话采访
【采 访 者】邵燕君　李　强
【整 理 者】李　强　肖映萱　金恩惠

一、创立榕树下既是冒险也是应和时代需求

邵燕君（以下简称"邵"）：榕树下是中国成立最早、规模最大的专业性文学网站,以目前主流文学界的看法,会把榕树下建站的 1997 年 12 月 25 日视为中国网络文学的开端。榕树下成长的整个历程都和您个人分不开,或者说您个人的性格、文学喜好在相当程度上塑造了这家网站。所以我们想先请您谈您自己。能先介绍一下您从小在美国的生活吗？您父母在美国是做什么的？

朱威廉（以下称"Will"）：他们在美国开了几十年餐厅。我爷爷是第一代移民,我父母是在美国长大的。

邵：您母语一直是中文吗？

Will：也不是,我家里人讲中文,但我英文比较地道。

邵：您大学学的是什么专业？

Will：法律专业。

邵：一家三代都已经在美国扎根了,您当时为什么想到要回中国呢？

Will：我觉得回中国是一个机遇,可以去开辟一个新天地。我喜欢那种不安分的生活,在美国就是日复一日的轻轻松松的生活,这不是我想要的。我的人生必须充满挑战,或冲上云霄,或跌入谷底。

李强（以下简称"李"）：您回国之后很短时间内就把广告公司做得特别成功,跟互联网有关系吗？

Will：没有,那时候多数地方还没网络。我还是很有商业头脑的,而且有韧性,可以不吃不喝地去做一件事情。

李：在接触电脑之前,您的文学阅读和写作情况是怎样的？

Will：我高中时候写作文拿过奖,是我们郡的第一名,州的二等奖。但这只是英文写作,我并没有中文写作方面的基础。你看我的文章,从来不会引经据典,中国"四大名著"我都没看全过。我没有受过任何文学训练,无论是中文的还是英文的都没有过。

李：在回上海之前,您在美国有没有接触过当时网上的方舟子这些华人留学生？

Will：没有,我 1990 年高中毕业,是高中开始使用电脑的。那时主要

是进美国的一些聊天室。其实那时网上也没什么好玩的，网站很少。我家里的电脑主要就是用来打游戏，当时游戏是电脑的第一大需求。游戏也是单机版的，买了光碟回来安装。我也会在电脑上写文章，写作业。但从来没在网络上跟中国人有过接触，那时也没接触过中文互联网。

邵：您在阅读趣味上有没有什么特别的偏好？您有爱看的类型小说吗？您自己平时爱看什么中文或英文书？

Will：我爱看散文、札记类的，就是记录生活的点滴。美国的作品主要分成两大类，虚构（fiction）和非虚构（non-fiction）。我喜欢看非虚构（non-fiction）的，但又不是那种名人传记，比如林肯的故事这种我并不太喜欢。我就想了解普通人的生活，想了解在我身边的那些人是怎样生活的。我上小学的时候，每当班上有新同学过来，特别是来自不同州的同学，我就会很好奇去问他那个州是什么样的，他们的生活是什么样的。我对生活中的事物充满好奇，这可能也是一种情结。

李：所以强调书写感受、随想，主要还是出于您个人的这种情结？

Will：也不仅是个人的趣味，我觉得当时社会上对于感受、随想类的文字是有强烈需求的。1990年代中期，中国处在快速发展时期，那时人心还是比较浮躁的，大家都忙于赚钱。我想创造一个地方，在那里大家可以静下心来，仔细记录生活中的点滴感想，对人生的见解，对生命的认知，把这些东西分享出来。对于普通人来讲，把身边的事情以真挚情感写下来，是最能引发共鸣的。如果要说我对于文学的认知，我认为文学应该亲近生活，这也是榕树下当时的立足之本。互联网刚兴起时有很多论坛，但那时我没去论坛互动。我当时的想法是，互联网新技术可以赋予文字全新的力量，让文字传播更快捷，可以让更多的人拿起笔去写。

李：在您开个人主页的时候，类似的主页多吗？

Will：当时个人主页不太多，BBS很火。最初有人不看好我的个人主页，因为当时的BBS是不需要审核的，一点按钮，一秒钟就发表；而个人主页上，我还要审稿，帮忙改错别字，改一天之后才发表。当时他们认为这不会持续下去的，但后来证明他们错了，我的个人主页的作品比BBS还要火爆。多的时候每天有几百篇投稿，我坚持每天更新。如果哪天没更新的话，会有很多邮件发过来问"Will，你是不是生病了？有什么问题吗?"我后来明白原来这些作者也是需要呵护的,当他们知道有人在认真审阅他们的文字,甚至帮他们改标点符号、错别字的时候,会觉得这是一种关怀。榕树下品牌有这么大的吸引力,这种关怀感可能是一个很重要的因素吧。

李:榕树下从个人主页到建立网站,中间的过渡时间大概是一年吗?您决定成立网站的时候主要的考虑是什么呢?

Will:对,中间经历了一年多。成立网站的主要原因是我实在撑不住了。我那时已经把每天的睡眠时间压缩到三四个小时了。我当时的广告公司客户在全国各地,我出差在机场,在飞机、出租车上,在酒店,都在做编辑。

李:把广告公司完全卖掉然后去做榕树下,这个取舍对您来说艰难吗?

Will:当时全球排名前三名的广告集团都找我了,它们都想进入中国,都没想到我能把一个外资广告公司这么快建立起来。当时外资广告公司进中国是非常困难的,我不但拿到执照,而且还做到了一定的营业规模,它们想跟我合作,希望我一直继续经营下去。后来我完全放手,是因为我真的没时间了。1997年的时候,我的年薪是50万美金,还不包括奖金。我找他们辞职的时候,我们集团的董事问我说:"你疯了吗?你现在二十几岁,一年拿着50万美金。辞职去做什么?"我说要做文学网站,做网络文学,Online Literature。他觉得我是疯了。这可能是我比较神经质的地方吧。

邵:您当时是怎么想的?

Will:我没怎么想,就觉得这是我的使命,我就是要去做这件事情。可能是"走火入魔"吧。

邵:真了不起!我们也特别惭愧,中国精英向的文学事业,在网络时代,需要您这样的出国第三代的人回来"应召使命"。

Will:可能就是冥冥之中安排好的吧,就觉得这是自己的使命,我是听从了召唤。《使命召唤》(Call of Duty)也是我最喜欢打的游戏。有时跟一些朋友谈这件事,我都会觉得有点无厘头,怎么会是由我来做这件事呢?中国的"文学青年"千千万万,怎么轮得到我来做这件事呢?

邵:如果当时没有您投这么多钱和精力,聚集起这些"文学青年"

的力量,恐怕这一脉就出不来了。当时网络空间出现了很多论坛,比如四通利方(新浪前身)的"金庸客栈",李寻欢和宁财神都是在这里成名的,还有李寻欢最早触网时上的西安古城热线,其中的技术人才邹子挺后来建立了西陆,而西陆BBS孕育了龙的天空、幻剑书盟、起点中文网等类型小说网站,形成今天中国网络文学的主脉。直到今天,中国主流文学,比如文学期刊,也没有真正进入网络空间。而您的榕树下,当时在传统文学界,被称为"网上《收获》"。

Will:如果不是我一开始就做那么好,要是没那么多人来看的话,我也不会掏那么多钱去坚持的。所以这就是命中注定的,只能无奈地笑一笑。

二、榕树下强调书写生活中的真情实感,具有包容性

李:您成立编辑部时招聘编辑的标准是什么?

Will:当时标准是相对比较宽泛的。首先,我招聘的是榕树下个人主页的作者或读者,这就已经帮我确定一个范围了。其次,我希望他们的文学观念是包容的。当时对所谓的网络文学、传统文学有不同的认识。记得我后来在第一届网络文学颁奖大赛的时候,还问过余华什么是文学,是"文字的学问"吗?其实没有人说得清楚什么是文学。我当时的想法就是编辑应该对文学有宽容的看法,不要把文学放到一个至高无上的地位,觉得要写得多么深奥、多么让人看不懂才算是"纯文学"或真正的文学作品。我需要的编辑就是对"生活·感受·随想"这六个字有比较清晰的认识,能帮助我们的作者修正标点符号、错别字,会用编辑器,能辛勤工作的人,是一个比较宽泛的标准。

李:在成立编辑部的时候,作者和读者大概有多少呢?

Will:那个时候,每天几百篇投稿。写的人是一部分,但是来看的人更多,看的人总数至少得上10万了。我一天到晚一点娱乐都没有,什么都不做,除了工作就是睡觉,睡觉三个小时,吃饭是十分钟之内。

李:我看到一个材料是陈村先生那边出来的,2000年2月的《榕树下网站编辑工作细则》,出这个细则的时候是您和他一起讨论决定的吗?

Will：对。

李：根据那个工作细则，您从一开始就有意识要对小说从严把关，对"生活·感受·随想"随笔类的相对"从宽处理"？

Will：对，因为"生活·感受·随想"肯定是"从宽"的，你怎么能说他的生活就不真实或者不精彩呢？每个人的生活都是真实精彩的啊。对于小说，我当时把关是比较紧的，认为不能出现乱七八糟的东西。例如伦理道德、政治方面不能出偏差，否则网站就可能会被关掉。从个人主页开始，榕树下从来没被什么部门点名批评过，这方面我们把握得很好。

邵：您那时就感觉到了监管方面的压力吗？

Will：榕树下是发表文字的网站，不是图片社区。图片会简单很多，只要防"黄"就行了。文字是相当复杂的，每一篇文章发表之前必须要审读。里面如果有问题，网站可能就会被关，在这方面我是非常非常小心的。

邵：您是在美国长大的啊，这种警觉意识是怎么来的呢？

Will：1997年的时候，我来中国已经三年多了。创业了三年，对整个社会环境有比较深刻的认识，最关键的就是当时我自己很清楚这是一个美国公民在做一个文学的网站，可能有关部门也想不通这是怎么回事吧。我自己要提高警觉。

邵：是美国公民的身份让您格外警觉？

Will：是的。

邵：稿件的审查标准，您会参照当时的传统杂志的标准吗？

Will：我不知道这些杂志的标准，也从来没有学习过这种标准，但以我的审核观点来看基本上是差不多的，我们从来没有出过问题。我可能是有与生俱来的政治觉悟或者道德觉悟，确认不能发的坚决不发。

邵：您还记得有什么稿子是被您退掉的吗？

Will：我记得有篇文章里有太多描写性爱的段落，我觉得写得蛮有趣。但我告诉作者，如果翻译成英文放到国外去发表是可以的，18岁以上才能阅读的那种，但我不能帮你在这儿发。他问修改一下行不行，结果改出来后尺度还是比较大，我说还是不行，然后他说那对不起，也不再改了。这是我印象比较深的一篇。还有些政治敏感的东西，也是不行的。最初稿件还没那么多的时候，我会跟作者商量应该怎么去改。后期我就直接说对不起请你自己改一下，如果不能改的话，我不能帮你发表。

邵：在您印象中，政治方面什么内容是特别敏感的？

Will：就是呼唤制度改革之类的，这些东西我没有办法发表，发了网站可能就会消失的。我所坚持的大方向就是不谈政治，当时榕树下就是一个文学网站，如果把它变成一个时政类网站，寿命肯定会非常短。在政治方面我是异常敏感的。而且我当时也知道有关部门是在关注榕树下以及我个人的一些言论的。榕树下有员工说被请去"喝茶"，但我从来没有接触过。

邵：他们从来没正面接触过您吗？

Will：还真没有，这么多年我从没被找去谈话。我后来也意识到自己外籍身份的敏感性。如果我是中国国籍的话，榕树下可能又是不一样的情景了。例如来自政府的助力，榕树下有可能作为中国网络文学的大旗被竖立起来。我们当时一点补助都没有。后来看到这些企业，动不动就成百上千万的资助，我就感叹自己当时创业那么艰苦，投那么多钱，注重于精神，呵护文学艺术，结果反而一分钱资助都没拿到过。

三、榕树下的目标并不是要做网上的"纯文学"

邵："网上《收获》"之称容易让人联想起"纯文学"，1980年代中期以后，主流文学期刊就开始转向"纯文学"了。您怎么理解"纯文学"？

Will：写出来之后20%的人能看懂、80%的人看不懂的，就是"纯文学"吧。我跟陈村老师开玩笑说"陈老师您写的是'纯文学'，《鲜花和》是'纯文学'"。

邵：对，您请的艺术总监陈村老师就是"纯文学"作家，不过，更准确的定义，他应该是先锋文学作家，进行一种比较激进的文学形式实验。先锋之后，那种更去政治化、更雅正的文学，我们一般称为"纯文学"。听您刚才这么说，感觉榕树下的文学观念也挺"纯"的。

Will：我们的"纯"，在于它写的是很真实的生活，很纯粹的个人体验，并不是写作技巧方面的新奇，和"纯文学"是不一样的。

邵:"纯文学"确实不太考虑读者,尤其不会考虑大众读者,甚至大众读者看不懂才好。如果以"小清新"的概念来形容榕树下,您觉得合适吗?

Will:我觉得榕树下比"小清新"要牛,"小清新"是青年人的,中年人不喜欢。榕树下当时实际上影响着许多年龄层的人,比如老人,他们上不了网,会写好让小孩帮他上传,我觉得这要远远高于"小清新"啊。当时在榕树下的创作是许多人都参与其中的潮流,形成了一种广泛的价值认同。

邵:"文青"这个概念呢,您认同吗?

Will:是"文化青年""文学青年"?我当时开玩笑把自己定义为"文学青年",陈村老师写过一篇文章叫《文学青年朱威廉》(《青年作家》2001年第5期),定义我觉得是OK的。

邵:您怎么定义"文学青年"?

Will:"文学青年"就是对生活有着积极向往,对未来充满憧憬,愿意去努力拼搏,而且善于发现身边的点点滴滴,可以拿起笔去记录的年轻人。

邵:可是当时有好多作家,比如像安妮宝贝,给我们的感觉反而是对生活的灰暗有独特体验的,并不完全是积极乐观的。

Will:其实没什么不同的,她是给生活安了一个"滤镜"。就像我们平时拍出来的是彩色照片,她就故意把它过滤成黑白,让某些元素变得更加突出,这是她的手法。她本人跟我们其实是差不多的,也有着对美好生活的向往。

邵:在榕树下那些年发表的作品中,您最喜欢哪些作家的?或者您觉得哪些作家的作品最能够代表您心目中榕树下的风格?

Will:我觉得榕树下是越来越包容和多样的。我没有特别喜欢谁,我觉得榕树下需要的就是海纳百川。有爱情小说,还有现代诗歌、古诗词,从这儿也走出了好多文学青年,成就了自己的文学事业。我读过一些不错的作品,例如今何在的《悟空传》。但在榕树下,我还真没有特别偏好哪一部作品。能激发我共鸣的,以质朴手法来表达自己感悟的作品,我都喜欢。凡是绕弯的,我就没什么兴趣了。我们当时也有一些所谓的"纯文学",但是从阅读量来说,跟其他的文章差很远。我们当时也花了很多钱,几十万吧,买了很多作家的文章,陈村老师也帮忙买过。

最后都打了水漂了，根本就没有办法。

邵：所以真正受读者喜爱的还是新作者，不是那些已经成名的老作家？

Will：不是老作者和新作者的区别，受欢迎的是不那么"纯"的文学吧。能获得绝大部分人共鸣的作品，一定是比较质朴的写作，一看就懂，很简单的那种。

邵：对于当时"榕树下想办一个网上的《收获》"的说法（例如《原创文学网站，他们都在做什么》，《中国图书商报》2004年10月15日），您怎么看？

Will：我不知道这说法是谁提出来的，榕树下跟《收获》唯一的相似之处就是两个都比较干净吧。《收获》在那时可能尺度方面比榕树下还开放一点，其他方面我觉得没什么可比性。榕树下的量级是《收获》没办法比的。《收获》最好的时候发行量也不过一个月十万吧？

邵：号称十万。

Will：榕树下每天的阅读人群就有上百万。

邵：所以说"朱威廉想办一个网上的《收获》"，这是人们的猜想？

Will：是猜想，可能《收获》想办个榕树下还差不多吧。（笑）

四、"文学青年"有很大的写作、阅读需求

邵：您能再为我们详细描述一下当时榕树下的作者和读者数量吗？

Will：那个时候互联网还没有这么普及，我走到中国有互联网的地方，只要问到"你上网一般去什么网站呢"，他一般会说搜狐、新浪、天涯、榕树下的。有一天我在昆明机场等飞机，在那里更新榕树下，后面有人拍我肩膀问："哇，你是榕树下的？"那天，我突然认识到原来它已经这么有名了。

邵：20世纪八九十年代的文学生产机制培养了大量的文学青年，但却没法为他们提供发表的渠道，可以说是榕树下吸收了当时传统文学生产机制无法安置的那些文学青年吗？

Will：嗯，我同意。

邵：您能描述一下榕树下的核心作者群和读者群是什么样的人吗？

Will：在1997年、1998年的时候，还是"60后"和"70后"吧，"70后"为主，"60后"为辅。他们是一些受教育程度比较高的，首先接触电脑、互联网的人。而且他们是对生活、对未来有着美好愿望的。一个人能执笔写作，肯定是有积极的因素的，写作是需要一些底蕴。这里面的白领非常多，还有一大批学校老师。如果一个小学老师能在榕树下发表一篇文章的话，他在学校会受到很多关注的。一个学生的文章在榕树下发表，他就有机会在全班面前朗读这篇文章。如果这学校只有一台电脑，而且连着网的话，它上网频率最高的前两个网站中一定有一个是榕树下。后来我才发现榕树下的影响力甚至能到三四线城市，还是蛮吃惊的。

邵：性别方面呢？

Will：男的多，在那个年代上网的肯定是男的多。男女比例应该是七三开。

邵：这是读者群的比例？作者群呢？

Will：是一样的。

李：当时榕树下的作品中感受随笔类的比重大概是多少呢？

Will：早期个人主页的时候要占到80%吧，到后面可能就占到了40%—50%。我必须让它占相对大的比例，我觉得这是榕树下的动力所在。如果没有感受随笔的话，它的精神就没有了。

李：但随笔好像是一种比较尴尬的类型，我看到榕树下后来出版的书，随想类的好像不是很多。

Will：对，从商业上来讲，随笔类的确实是不能卖钱的，但是它对人文精神，对积极生活状态的建设是有非常大的促进作用的。一个人把他对生活的点滴感悟，对美好生活的愿望写了出来，确实没有让读者掏腰包的欲望，但写这些对整个社会的发展是有着深远作用的，所以国家应该补贴啊。

五、榕树下也有可能做类型小说，但会为散文随笔保留空间

邵：您一直是以个人的财力支撑着榕树下？

Will：对，我基本上把所有可调动的现金和资产都投到榕树下了。我

公司那时的前台小姐都在上海买了四栋楼,已经变成亿万富婆了。当时她劝我:"朱总啊,你买个楼啊。你一天发的工资就可以买三个房子啊。"但是钱在我心中始终是没有分量的。宁财神、路金波,那个时候我给他们开到月薪两万的工资。我给宁财神租着上海的花园洋房,给他一个月提供一张往返北京的机票,他第一次住五星级酒店、第一次坐头等舱都是我带着他的。我给员工都是最好的待遇。

邵:对,我们当时"盘问"过陈村老师的工资,也觉得很吃惊。

Will:是的,我对他们都是很大方的。我觉得钱是最不值钱的,最值钱的是人,他们才是真正能创造价值的。

邵:我看了《好奇心日报》对您的采访,您说正是由于您走得太超前了,当时付费系统完全跟不上,榕树下也没赶上一个好的发展时期。但从另外一个角度来讲,榕树下的散文随笔类型,就算赶上后来的付费系统,可能也无法建立一个长久的能够维持生存的商业模式吧?

Will:如果赶上付费的话,我们散文随笔这一块可以少做,也有可能会做玄幻之类的。不过我们做得太早,走得太远,当时没有任何的标准。比如我们会花几十万去买作家的文章放到网上,这在当时就是没有道理的事。那时我们版权意识多么强啊。

邵:您觉得假如挺过来了,赶上收费制度以后,榕树下是不是大部分会变成类型小说网站?这就跟您的初衷不一致了啊?

Will:榕树下要挺过来的话,整个中国互联网的历史会改写的。当时韩国的《传奇》游戏在找盛大之前是找过榕树下的,如果我们当时作战力更强一些,互联网历史会改写。我也有商业意识,但对赚钱的渴望一直不足,这可能就是所谓的"文学青年"的问题吧。当时是少年得志嘛,太早功成名就,二十几岁就有千万美金。

邵:您把少年得志挣的钱都砸在榕树下了吗?

Will:大部分吧,而且还有我的时间,我具有商业头脑但没有去赚钱。但这就是人生的奇妙之处,你永远不知道下一个拐弯在哪里。你要是问我今天后悔吗,我一点都不后悔,因为我知道后悔是没用的,只想说:下一生再好好弄吧。

邵:但当时盛大收购起点中文网,实际上是起点中文网自己先实行了那个付费制度。他们成功了,但很不方便。如果榕树下接入那个商业模式,像那种散文随笔会保持吗?

Will: 如果榕树下能变成一个有着强大商业模式的网站,我会在确保它有巨大营收的同时还把巨大的社会价值、人文价值体现出来。我觉得现在这些文学网站在这方面做得不够,那些年在整个中国互联网世界里,我是最有责任感和使命感的。作为"先烈",我看见后面的人脑子里面就是钱、钱、钱,除了钱就没有其他东西。

邵: 如果是您做的话,您会用那些类型小说挣到的钱把散文随笔给养起来?

Will: 当然会的,我觉得今天我们整个网络文学走入了不健康的道路,就是因为榕树下的缺席。我对历史负有不可推卸的责任,如果当年我操作更好一些的话,不会是今天这个局面的。

邵: 当初散文随笔有那么多读者,但您为什么觉得需要养着他们,这些读者不会付费吗?

Will: 我没说他们不会付费啊,只是说相对于那些玄幻小说,散文随笔读者的付费欲望要弱一些。现在年轻人或许也会看榕树下的文章的。对于连载的玄幻小说,他们可能看得更欢,付钱也更勤。但无论如何,我觉得那种文学情怀是不会消失的。榕树下曾经唤起了中国几代人的文学梦想。不过因为我们工作的不力,最后没能坚持下来。

邵: 您做了非常了不起的贡献。

李: 榕树下出版的那些书大概的收益是多少?

Will: 赚钱是有的,但是赚得相当有限,对于我每个月的开支来说,是杯水车薪,一个月的收支都维持不了。

李: 当时出版是给作者稿费的吧?分成比例大概是?

Will: 有的,具体分账数字我记不清了,但我们给作者的稿费都是很高的。榕树下的版权意识从一开始就非常强,给作者都是最高的。按当时陈村老师所说的,我们的稿费标准比传统文学的还要高。

李: 我查了当时榕树下出版的书版权页的印数,最早单本都是1万册起印,在2001年的时候下滑特别明显,就是2001年在出版方面就已经出现问题了吗?

Will：2001年年底的时候，我就在跟贝塔斯曼办交接了。我们那时的想法是榕树下到贝塔斯曼之后，销量都会上去的，因为它有书友会嘛。结果它没做到这些，这也让我非常失望。

李：当时选择出版的时候，所挑选的那些文章在榕树下是有代表性的吗？

Will：代表性这个说法是比较主观的，可能我觉得有代表性，你觉得没有。当时我们编辑部挑选的是觉得最有可能获得大众市场认可的作品，首先也要出版社认可才可以。有些文章我们觉得好，出版社不一定会要。

李：安妮宝贝当时在榕树下建了个人工作室，您能介绍一下基本情况吗？

Will：这是榕树下的尝试之一，我们是想做电子杂志，由安妮宝贝工作室来负责。他们的电子杂志做得还不错，非常精美的，也把最好的技术、最好的创意都用上去了，图文并茂。我和读者也非常认可。但还是那个问题，我们走得太靠前了，市场没有接受。

李：电子杂志刊载的主要是他们自己写的文章，还是在榕树下挑的文章？

Will：有些是采访，有些是自己写，有些是挑的，多种形式都有。强调一下，当时榕树下的个人主页就相当于后来的新浪博客。我们首创了很多模式，后来有些也被证明了是正确的。但因为我们太小太弱，最后没办法坚持了。这就是先行者所要付出的代价吧。

李：您能聊一聊当时宁财神、李寻欢和邢育森这"三驾马车"吗？

Will："三驾马车"中，邢育森我不是特别熟，我和宁财神、路金波共事过。当时宁财神来找我，我对他也不了解，他的一些作品我也没看过。他当时跟我描述他是在芝加哥炒期货快破产了，被迫回到中国，想重新生活，希望能在榕树下获得一个机会，我就把他给招了。安妮宝贝是自己来的，当时是到我的广告公司面试，她穿得很朴素，我面试了五分钟就把她录取了。路金波是在一个即将倒闭的网站里工作，后来他说他的人生因我而改变了，我把他弄到上海，他的人生从此豁然开朗，走上了一条完全不同的道路。

李：他们主要负责哪些内容？

Will：宁财神主要负责网站设计，他的设计挺好的。他是色盲，看不到绿色，所以每次绿色还是让别人帮他调的。他是真的蛮有才的。路金波是主编，负责整个网站内容的协调，包括编辑等。

李：路金波参与过榕树下的出版吗？后来他在出版方面显示出了才华。

Will：他是从榕树下出来之后做出版的，在榕树下才开始接触出版。有意思的是，这三个人在公司是面对面坐着的，他们在一起开会的时候场景特别搞笑，各有各的性格，各有各的表达方式，但彼此还能很好地合作。这种奇观也只有在榕树下才可以出现，以后都没办法重现了。

邵：你们在一起工作了几年啊？

Will：两年左右吧。

李：当时榕树下转手给贝塔斯曼的原因是？

Will：当时是2001年"9·11"事件之后整个互联网一下遭遇重挫，对榕树下打击也蛮大的。当时几个正在谈的大的投资，都遇到了重大挫折，其实那个时候整个互联网被摧垮了。我记得还是陈村老师第一个给我打电话的，我在回家路上，陈老师打电话跟我说："威廉，不得了，纽约世贸大楼倒了啊！"我就回去看电视。后面陈老师和路金波两个人极力劝我及早放手榕树下，那个时候我顶得也蛮辛苦的。陈村说你不能让榕树下死在你手上，不能撑到最后可能你什么都没有了。路金波可能有一些私心，但他在并购过程中也帮了我很多。我也非常理解这种态度，因为大家总要闯一条出路，就怕在我手上全毁了。如果勒紧裤带坚持的话，我能挺过来的，但这也是废话，这么说只是好玩而已。当年我最大的失误是对贝塔斯曼判断的失误，我原来以为所谓的全球最大出版集团能让我的品牌、我的心血得以保存和继续发展，最起码保存吧，但是没想到贝塔斯曼的一系列操作，就是两个字：混蛋。

邵：您对他们特别失望？那时他们承诺了很多，但没有做到？

Will：对，而且贝塔斯曼明显是乘人之危的。我当时就表态，如果并购达成，我是绝对不会去贝塔斯曼的，我不认同它这种作为。你可能要问那为什么要卖给它呢？我那是负责的表现啊，我要让整个团队生存下来。

邵：能透露一下成交价格吗？

Will：钱其实挺少的，数十万美金。它里面有很多条款。那个时候钱对我来说根本不重要。在这之前我们有过几次数百万美金的并购机会，我都给拒绝了，钱对我来说并不重要。但那是"9·11"事件之后了，就是所谓的"Post-9/11"，整个互联网就是坟墓一样的。

邵：我们去采访起点中文网的时候，也问过他们关于榕树下的问题，你们互相认识吗？

Will：我认识吴文辉，我当时在盛大是副总裁，他是起点的创始人。在那之前，他们还没有做出来，我们不认识。

邵：您在做榕树下的时候，跟论坛上那些看类型小说的人有过交往吗？

Will：没有交流过。我就是一个宅男，不爱出去社交的。这么多年我都没打过自己的名气，现在"朱威廉"三个字不够响，因为当年我都是用"Will"这个网名的。

邵：你们和当时类型小说的读者是两路人，对吧？

Will：是两路人。

邵：我们在写网络文学发展史的时候，以"文学青年"来命名榕树下的这批人，把起点中文网那批人称为"故事群众"。

Will：或者"玄幻小伙"也是可以的。

李：您后来到了盛大工作，陈天桥应该也知道您之前办榕树下的经历，他为什么没有让您负责网络文学方面的事务呢？

Will：主要负责的是市场、公关和新业务三大块，跟文学一点关系都没有。当时陈天桥授权我跟唐骏去贝塔斯曼谈收购榕树下，结果也没谈成，我挺郁闷的。我估计在他们看来，榕树下对他们而言是没什么价值的。后来我离开了盛大，他们以盛大文学的形式把榕树下收回来了。

邵：那您怎么看盛大想做网络文学这件事？

Will：陈天桥当然希望把文学做进去。他一直觉得游戏是上不了台面的，文学是可以的，他也是"文学青年"。他也很关注榕树下，早就认识我了，他认识我的时间比我认识他的时间长。

邵：陈天桥也算是"文学青年"，在文化气质上和您比较接近吧？

Will：陈天桥、侯小强和我这三个人中，我最接近"文学青年"吧，最有情怀（笑）。其次是侯小强，第三是陈天桥。我跟陈天桥、陈大年兄弟也都是好朋友。

六、中国互联网发展迅速，但缺乏人文精神

李：可以说您是中国互联网发展历程的见证者，请您谈谈这么多年下来对中国互联网的看法。

Will：我是1994年回到上海来的，在美国经历了互联网早期，那时美国互联网也没有什么特别的。总的来讲，中国互联网发展我经历的更多一些，中国互联网发展其实也是整个世界互联网发展的一个缩影。我觉得在开局的时候非常棒，我们没有完全做copycat（即模仿者）。当然，当时也有很多还是copy国外模式的。一些有志青年在各自的领域将具有中国特色的互联网做了出来。我记得那时候东京早稻田大学还有一个专家组来到榕树下学习调研了一段时间。

李：调研哪些内容呢？

Will：他们就很奇怪文学跟互联网是怎么结合的，到底是怎么回事，他们在日本都闻所未闻的，在中国却蓬勃发展起来，就专门过来了解一下。在商业模式方面，因为我们庞大的人口基数，还有特殊的社会情况，互联网的商业发展更加迅猛，很多国外办不到的或者他们需要很久才能办到的我们中国很快都办到了。但是中国整体的互联网的人文精神欠缺，现在就是钱、钱、钱。如果把时光倒回二十年前，那时的互联网更加让我振奋、欣赏。虽然那时连支付问题都没有办法解决，我饱受折磨，但那时更纯粹，更具有人文精神。

邵：陈村老师当时说网络文学商业化以后，他觉得"网络文学最好的时代过去了"。您当时是反对他的？

Will：对，我当年反对他这个观点，后来也还是反对的。我当时觉得最好的时代还没有到来啊，一定会来的。我认为社会的发展是圆圈式的，往往是起点变终点，终点变起点。我不知道下一个好时代什么时候来，但一定会来的。

李：这种"最好的时代"很多时候还是靠商业来推动的呀。

Will：我不否认现在商业的便利性，但我所说的是在精神价值方面，这些年来根本就没有什么大的建设。社会总是会往前发展的。

李：我看到有新闻说您在2008年的时候还是有机会回到榕树下的，

但是后来没有成功，那时候没有想施展您的抱负或弥补当年那个遗憾吗？

Will：2008年我们确实正式谈判过，但对方开出了一个我根本没办法接受的价格。

李：有没有您对当时网络文学市场前景的预判，您觉得可能不值那个价？还有没有其他的顾虑？

Will：它的价值肯定是大的，这我是清楚的，但开出的价格是不友好的，我根本没有办法负担，后来就走人了。

李：看报道说您自己那时也打算做一个新的榕树下网站？

Will：有的，但我后来又不忍心，是出于两点考虑。第一，我不想再做一个网站去取代榕树下，毕竟这是我挥洒了青春与汗水的地方，是我们这么多人共同维护的精神家园。第二，我也老了，如果让我一天再干二十个小时的话，我怕英年早逝，撑不住啊。

李：您可以引入资本，然后找专业团队来做啊。

Will：我要做的话，一定是要按照我的想法来的。我一创业就是最极致的状态，会花大量时间。我的精力方面会有问题，当时我还有其他的公司，如果这样做的话，就会牺牲其他公司，对我来说也是不大现实的。

邵：您的想法，还是认为文学网站一定要有一个很强大的编辑系统吗？

Will：我觉得是要有的，像现在有些头条新闻，错别字多得离谱。二十年前，像这种水平的编辑，我肯定早开掉了。我觉得底蕴是要有的，对文字应该有敬畏之心。如果没有严谨态度，就这么随意发表的话，是非常不负责任的。

邵：但您说的编辑系统更像是原来纸媒的审核系统，这种审核会不会跟互联网的自由形态相悖？

Will：所有的系统，不管是哪个年代的，后面最关键是人文精神。我觉得今天很多人是不具备人文精神的，出现那么多错别字，说明他们并没有全身心投入其中。

邵：错别字是一方面，但现在互联网的精神恰恰是自由的啊，是草根民主精神，可能不太需要编辑来审核筛选。

Will：现在的互联网精神是赚钱吧，我没看到什么自由精神。最开始还比现在好，那时整个中文互联网处于生长阶段，但现在你看都是你死我活的斗争。也难怪像榕树下这类的网站不会再出现了,谁那么傻呢?当年我给榕树下投那么多的钱,现在连 VC、PE(VC 是 Venture Capital 的缩写,即风险投资;PE 是 Private Equity 的缩写,即私募股权投资)都没那么傻吧!

邵:这跟您成长于美国的经历有关系吗?

Will:跟我个人对生活、对金钱的认知有关系吧。换成别人不一定会这么做。

邵:这真是很难得的,中国网络文学当时有您的支持也是幸事!

"我以为先锋的东西,网络并没有出现"
——榕树下艺术总监、先锋文学作家陈村访谈录

【受访者简介】

陈村,本名杨遗华,男,1954年生于上海。中国当代先锋小说创作代表人物之一,上海市作家协会副主席。1997年开始上网,1999—2002年任榕树下艺术总监、论坛"躺着读书"版块首任版主,在此期间,主持了三届"网络原创文学作品奖"大赛。2004—2013年任99书城网站艺术总监、论坛总版主暨"小众菜园"版块版主。2009年6月被聘为盛大文学主办的"首届全球华语原创文学大展"文学评议团主席。2014—2018年担任上海网络作家协会首届会长。

【访谈时间】 2016年7月27日(受访者最后修订时间:2019年8月14日)
【访谈地点】 上海,陈村先生家中
【采 访 者】 邵燕君　李　强
【整 理 者】 李　强　王　鑫

一、榕树下的成败得失

邵燕君(以下简称"邵"):您是进了中国当代文学史的先锋作家,也是触网最早的传统作家,是网络时代的先锋。您通过榕树下,最早把传统文学界的力量导引进网络文学。这么多年来,始终关注、介入网络文学的发展,而且,始终是独个一人。可以说,有没有您这样"独个"

的传统作家存在，中国网络文学发展的风景是不一样的。听说，您这些年来一直在教传统作家上网，做他们的技术指导？

陈村（以下简称"陈"）：是的，我教过白桦、沙叶新他们上网。

邵：您最早怎么上网的呢？

陈：我很早就知道有电脑和网络，但是我一直没上网，当时觉得上网有什么意思呢？网上看到的东西，平时也都能看到啊，没什么好玩的吧。1997年经过一家邮局门口，人家在推广上海热线，工作人员认出我，就问"哎呀，陈村，你怎么不上网？"经他一劝，我就买了。当时网络其实只是一个用户名，你交100块钱注册，然后他们给你一个上海热线的邮箱，是"@online.sh.cn"。后来上网，发觉还是蛮好玩的。

电脑（网络）是我看到过的机器里面最能干的机器。我以前买内部出版的《金瓶梅》，里面被删掉了一万多字，我托一个在复旦大学古籍所的朋友帮我复印被删掉的部分，然后把它们抄在《金瓶梅》书的天头地脚那些地方。抄起来很辛苦的，算是大工程了。结果上网一看：哟，好极了，人家已经把那一万多字放在那儿了！突然感觉网上什么都有，而且网络没有边界，那时候大家出国很少，你想啊，网络上没有国界了，我可以这里那里都去玩玩。那时候可以看到很多不会被发表的新闻报道和文章，也有黄色图片，就到处看看，很多东西，很好奇也很开心。

李强（以下简称"李"）：后来您是怎么去榕树下网站的呢？

陈：记得当时（1999年7月24日）我是和赵长天、陆星儿、沙叶新这些人一起被邀请去观礼，看榕树下网站的成立仪式。后来榕树下网站的人跟我商量，问我要不要去介入他们的工作，我同意了。那时候他们要给我一个说法，就是头衔，我说我不要说法，觉得当官很傻，就自己创造了一个说法，就叫"网眼"好了，"网眼"就是一个洞，到网上来张望一下，替作家们来看看网上在干什么。后来，他们引进了资本，正规化了，"网眼"别人可能听不懂，就变成"艺术总监"了。那时候作为一个外来人，在公司说话别人可能不听我的，需要对内有一个说法，如果我是"总监"跟你说话，那你就必须听我的，所以就有了"艺术总监"，这个职位虽然不管事儿，但还是蛮好听的。

李："艺术总监"是剧团、影视演艺公司的职位设置，权限很高啊，主管艺术内容生产方面的，您当时主要负责什么呢？

陈：我等于是个"不管部部长"，平时的流程比如稿子从这儿到那儿，每天完成多少，这些我都不管。我主要管那些比较抽象的东西，还有跟某些人的沟通，例如他们要办一些比赛，所谓的"传统作家"的评委，都是我找来的，阿城、王朔、王安忆、贾平凹等，当时的一线作家，请最好的作家。有些人觉得网络文学是胡闹，但还是愿意来支持，因为是年轻人在做的事儿嘛。我们也很认真，开评委会偶尔也会吵架。

李：您在榕树下时，自1999年起举办的三届"网络原创文学作品奖"大赛，评委包括传统主流文学作家（贾平凹、王安忆、王朔、阿城、余华等）、网络作家（李寻欢、宁财神、邢育森、安妮宝贝等）、网友代表（清韵书院主编温柔等），产生很大影响。我看到《神圣书写帝国》（七格、任晓雯，上海书店出版社，2010年）里讲到，传统作家和网络作家大家在一起投票有过争论。

陈：七格虽然也是评委之一，但当时情况不是这样的。不同意见并非按照传统或网络来分。

李：我还看到他们回忆第一届大赛的时候讲到，您上来念一篇文章，然后安妮宝贝和七格就说"其实这个不怎么样"，最后没有办法只好举手表决。

陈：有不同看法这倒是有可能的，毕竟大家口味不同。当时余华就觉得一篇写小镇的小说特别好，因为他就是小镇出来的，他本身对这个内容有感情，而且觉得那一篇描写小镇的内容很准确。

李：还有人讲到，当时举手表决，传统作家占压倒性的优势，是这样的情况吗？

陈：不是这样的。当时所有作品都是打分评出来的。我们可能找错了评委，但是既然找来了，他打的分数就算数的。所有我当评委会组织者的比赛评奖，都是按照打分来的，只要你打分，我们就按照打分结果来，从最高分到最低分评出来，这是不能作弊的。我当时提出要求，评选结果要求全体评委签名，评委是认可这个结果的。榕树下保管档案不当，不然的话可以找出当时的资料。

初选工作是榕树下的编辑们做的，但我总觉得他们可能没有把最好的文章都找出来，于是我就去稿件库里找，结果看见了宁肯的《蒙面之城》。所有的评奖里面选出来的作品都有好的不好的，这个很正常。

李：我看到宁财神谈及网络文学和当时的主流文学的关系时讲过，他说宁肯的《蒙面之城》得了老舍文学奖，其实还不算是网络文学得到了主流文学界的认可，因为他的作品本来就是属于传统文学的。如果我宁财神得了这个奖，那才是真正的网络文学走进了主流。他们这种区分"传统文学"与"网络文学"的意识一开始就特别明确吗？

陈：他们可能有这个意识。这就涉及一个问题：这些作者和编辑是从哪里来的？最初朱威廉办的是个人主页，后来扩展成为网站平台。那时上网的人玩IRC（Internet Relay Chat，互联网中继聊天），跟现在的微信差不多，但没有语音和图片，因为那时候网速比较慢，只能承载文字。大家就在那里开着小窗聊天玩。朱威廉在聊天的过程中找到了一些喜欢文学的人，还有一些是给榕树下投稿的人。这些人的来源有很多种，有做会计的，有做幼儿园老师的，他们组成了榕树下最早的员工，也就是编辑。成立公司以后，是需要给这些人发工资的。

邵：榕树下网站早期资金来自哪里呢？

陈：朱威廉本来有一个广告公司，可能是把自己在广告公司挣的钱用到这里了。

邵：当时运营榕树下网站大概需要多少钱？

陈：最初还不是很贵，自己买服务器，租带宽，那时上海房租也不太贵。后来规模变大了，上百人的公司，还在重庆、广州、北京设了办事处。当时可能是想做大一些，然后卖掉。后来烧钱比较多，也融了资，但不久互联网泡沫破了。不过有一点好，在卖掉之前还是每个月都发工资的，在那时的互联网公司里是很难得的。

邵：您那时候也有工资吗？

陈：开始是按照编辑岗位发，一个月3000元钱。后来变成了正规公司之后，每个月有10000元。那时候我买的房子是3200元一平方米，一个月工资可以在上海买3平方米住房。

邵：我1999年当记者，那时候工资一个月1500元。

陈：不过那时候的报道还是有很多不实的情况，比如《三联生活周刊》上的文章说算出来每个用户值多少钱之类的，都是没有依据的，当时用户根本不值钱。当时广告是不行的，大家最初不相信网络。也开拓过一些业务，但那些业务基本上也是受挫的，比如发展会员制，给别人出书，印刷也做过，还和电台合作过，但这些事情都不能抵消成本。

李：想跟您求证一下，您在2009年接受《东方早报》采访时谈到中国网络文学十年发展历程，总结榕树下失误的原因有三：一是不该用编辑模式，成本很高。二是当年榕树下向出版社推荐作者，网站在中间利益极少。三是收费问题，当年榕树下也曾经设想过收费问题，但是最终收费制度也没建起来，直接原因是互联网泡沫的破灭。现在再看，您对榕树下失败的原因仍是这些观点吗？还是说有新的看法？

陈：互联网泡沫的破灭，是资本方不愿意再给钱了，网站必须自己谋生，面对自己真实的状况。在这里面，编辑制度确实有些多余。按理说编辑应该是有荣誉感的，但是实际操作不是这样的，他们每天苦于读稿。

还有一个原因，就是最初出版社是不相信网络文学会好卖的。我曾经专程跑到北京去谈安妮宝贝的一本书，她当时其实已经出版过一本（《告别薇安》）了，但我去跑的这本还是没能谈下来。当时出版社觉得这样的东西在网上会很热，但是一般的读者会看吗？不够经典不够有名，出版社就不愿意出。我们当时跟别人谈的时候，网站情愿不要钱，只给印一下我们的logo，表明榕树下出的是精品就可以，但别人还是不要。

另一方面，榕树下花了很多冤枉钱。包括在全国多地建办事处，都很花钱的。而且当时我们没有投资自己的作家，比如投资一下安妮宝贝，然后去运作，比求人好多了。还有一个需要检讨的是，那时我觉得网络盗版是可以消灭的，例如我们可以去把网站盗版者告得倾家荡产啊。当时我经手去买过一些作品，包括陈思和教授的《中国当代文学史教程》教材，也是榕树下出钱买的电子版权。还有没利用起来的作品，比如《音乐圣经》，当时是觉得仅仅这本书就可以做一个音乐网站，是《三联生活周刊》的老总朱伟做的，很好的书，花了十万块钱。当时榕树下很有诚意地想要买版权做一些内容，但是一上网，大家好像没有不盗版的道理，立马铺天盖地的盗版。当时我还告诫过安妮宝贝，让她的工作室不要把张爱玲还是谁的作品放在网上，别人有版权的会去告你的。榕树下也告过别人，也被人告过。在当时要做正版，买版权回来结果就变成公共财产了，毁掉了。我浪费了榕树下的钱，做正版这事儿当时是很不靠谱的。现在商业网站也是，作家辛辛苦苦写作，99%的人看的都是盗版。

二、编辑制度与网络文学的自由

邵： 您在2001年的时候说"网络文学最好的时期已经过去了"，您觉得的"最好"是什么意思？

陈： 从我对网络文学的期望来说，比如说，我最初投稿，投到《上海文学》，责编觉得不错，就约我去谈，很久之后发出来，发出来你会发现是有删改的。遇到种种压抑，你就会想：哪天我就不要你们这些责编了（笑），不要三审，自己发出来就好了。网络文学出来的时候，就有可能把这些都推翻掉，创作可以很有个性。传统文学有一个发表的门槛，而网络文学基本上是没有这个门槛的。当时没有门槛，也没有钱，也不是为了名，都是因为喜欢写作才来写的，所以我就说这是"赤子之心"的阶段。但后来就不对了，慢慢地变成有一个目的在那儿了。当时触动我的事情是他们这些自称"写手"（他们当时要显示与传统的文学界不一样，不称自己为"作家"）的队伍开始分裂了。我当时觉得这是很无聊的事情，本来，我们的方向是对的，所有的文字将来肯定是要向网上运动的。但是有些人去印书（纸质出版），印书了之后就很骄傲：你看，我有书出版，你没有。一个网络作家怎么可以以"印书"作为评价标准呢？这是不合理的，是倒退的行径。

李： 那时候网络作家还是普遍不自信吧，我看到很多访谈，李寻欢他们就觉得自己只是"写手"而已。

陈： 这也可能是自嘲。有人可能觉得网络没有门槛了，所有人都可以来当"写手"，写作不稀奇了。也许有人会嘲笑他们，其实没必要这样的。到后来他们跟我们是一样的，我在刊物上发表，他们也在发表，我出版，他们也在出版。我叫"作家"，那么凭什么他们只能叫"网络作家"，或者只能叫"写手"？当然，他们不愿意被称作"作家"的这个分歧可以理解。在网上，很多东西是不能持久的。你看榕树下的分类，小说的比重其实很小，并不占据中坚位置，也有很多散文、诗歌之类的。小说创作消耗的时间要长得多。

李： 当时大家就想表达一下自己心里所想的，散文、诗歌写起来更便捷、更省事儿。

陈： 这还跟他们当时的操作程序有关。那时候你走进编辑部就会发现编辑们口中念念有词"一二三四五六七……"，数到第几个字按一下回车键，然后再排。那时程序有这样一个上传模块，但程序自己排不了版，需要人工排整齐了再上传。你想啊，当时来稿量那么大，编辑为了把文章上传上去要消耗很多力气的。而且当时有一个工作量要求，比如说几个小时以内要读多少。当一个编辑被要求很大任务量，他怎么可能还去耐心地读呢？

邵： 也就是说在榕树下的时候，仍然是有一个编辑制度来筛选的？

陈： 是的。当然现在网络文学网站也有编辑，但是现在作品是作家自己上传上去的。但那时候就是投稿机制，实际上跟正规的刊物是一样的。编辑觉得好，就给你发出来，甚至安排一个好位置。

邵： 那您觉得这个编辑制度跟期刊的编辑制度区别在哪里呢？

陈： 网络编辑很少退稿。期刊有篇幅的问题，再厚的期刊都不可能用很多的稿子，所以期刊的绝大部分稿子都退掉了。但是网络的绝大部分稿子是留下来的，除非你写得太不像话了才会被干掉。一般都可以留下来，所以大家都蛮开心的，因为可以说话了嘛！以前只有一部分人可以说话，在网络兴起之后很多人都可以说话了，就是所谓的"全民写作"。

邵： 所以说您对网络文学的期待其实是从面对传统文学期刊的压抑感开始的。看您现在的表述，传统的期刊有几个令人压抑的地方：一个是编辑中心制，某种时候是编辑霸权。编辑一般是作为某种政治政策的审查者，在1980年代更多的是某种文学趣味的倡导者，就是我喜欢什么我就发表什么。另一个就是版面篇幅的限制，也就是纸媒本身的限制。还有一个就是发表周期的限制。您进入榕树下这样的网站，看到传统期刊编辑机制在这里并没有本质的变化，变化最大的就是用稿量大了？

陈：是的，所以我说榕树下编辑是"野"的嘛。但也有一个好处就是，他们其实也不是很自信，他们不知道是不是好的，但因为没有篇幅的限制，就都先挂上去吧。先让文章活下来了，挂上去之后，这篇东西就可以被很多人看见了。

邵：您觉得如果不用编辑制度，榕树下还有更理想的方式吗？

陈：其实最好的方式是像论坛一样，网民自己去贴。但是编辑也有一个好处就是，在那么多文章里，有谁来看你的？有编辑在的话，他们给你推一下，你就有可能被看见。

邵：在起点中文网这样的商业网站里，也存在编辑是否给推荐位的问题。

陈：现在更加重要了，"大神"可能不需要，新手要出头的时候，是很需要编辑的。

邵：我觉得这里面有一个根本的矛盾：在精英的筛选标准和大众的口味之间，决定权到底是属于编辑代表的精英集团还是粉丝读者所代表的大众呢？

陈：安妮宝贝、老榕这些人，现在看来，没有写出什么惊天动地的东西，但当时就是有那么多人喜欢、追捧他们。这跟后来大家喜欢"超女"是一样的，这些人是群众推举出来的，不是编辑推举出来的。安妮宝贝、宁财神、李寻欢这些人后来进入榕树下当编辑，他们在此之前已经是有名的写手了，这个"名"是读者给的，他们来了之后以评委身份参加榕树下的评奖去评别人。

邵：那您赞成哪一种方式呢？我看到有一种说法——"榕树叶落，天涯冲浪"，以此来讲网站模式的更迭。榕树下还是继承了传统期刊的精英主导的模式，天涯论坛则是真正互联网的模式，所以后来天涯论坛成功了。您怎么看这个问题？

陈：天涯论坛模式其实也没成功，因为天涯论坛模式里面，网站也没收到钱。慕容雪村在那里发东西，他没有拿到钱，天涯论坛也没拿到钱。后来成功的是吴文辉团队，起点中文网的商业模式是对的。但是纯粹从发表的角度讲，发在网上很可能没被看见。论坛上有大量刺激性的东西，比如吵架、丑闻、色情啊，这种情况其实不适合发表相对安静的东西。当然，天涯论坛上也有一些版块是写作的，比如"舞文弄墨"。

邵：在走过将近二十年的发展之路后，您觉得是坚持编辑制度好，还是让网民自己决定，谁顶到前面就算谁的好？

陈：我不讲好坏，这可能是网络的宿命吧。以前是专家负责，就是编辑来评选。还有一种方式就是"超女"的方式，让群众自己选，我爱死这个人了，所以我就要动员家人朋友，去投票去花钱。唱得怎么样其实不管，关键是这些人是我们选出来的，我们对待她就像对待家人一样。那么这种情形就变成了今天的粉丝文化现象。这种大规模的组织情形下，专家其实负担不了这个成本。你找一伙专家来看，选出来的其实未必比群众选出来的更好。所以这就是宿命了，这个体系本身就崩溃了，不可能应对得了这样的体量。

邵：那您说的"宿命"，我可不可以理解为传统的也就是纸质媒介时代的编辑筛选制度在面对网络媒介时代文学的时候宿命般地结束？

陈：可能面对的对象不一样，现在看网络小说的人和看传统文学的人的要求是不一样的。

邵：您刚才说的"宿命"跟网络是不是有一定的关系？

陈：是的，因为有网络才有可能承载那么多的东西。在海量的文字面前你会失语的，没有办法应对。尽管像《萌芽》的"新概念"作文大赛有很多人投稿，数量特别大，但那个还是可以处理的，七万份十万份都可以处理。但是在网络上，大家还是没有办法，只能是web2.0的让大家自己写、自己评选。

邵：就是说在网络筛选之前，传统的那一套人工的筛选方法走不通了，只能靠作家、读者参与。

陈：是的，现在微信、微博也是在尝试机器筛选，还是很初步的。

三、网络文学的先锋性是不足的

邵：您说的"网络文学最好的时期已经过去了"，对于这个"最好的时期"的作品，您有印象深刻的吗？

陈：我觉得是好多人逃走了，没有完成一个圆周。因为我们从写作到发表,到读者看见,最后作者收益,或者网站可以再生产,这个圆周没有完成。这样作者就自己跑出去,跑到出版的地方去,求得补偿。有这样自由的环境写作,但是这些人并没有认真去写。还是风花雪月的东西。《第一次的亲密接触》很流行,我们举办大赛,收到大量的稿子都是这个人生病死了或者被车撞死了,他妈死了然后他也死了,类似的套路。多数作品是没有创造力的。这样的环境下,他也想成名,就得跟那些人混在一起。这也是我不满意的地方,我以为的先锋的东西,在网络空间并没有出现。

邵:您从一开始就致力于网络文学的自由可能带来的先锋实验,您觉得当时有哪些作品虽然不完美但是是有希望的?

陈:从总体来说,我觉得网络文学没有超过传统文学,说得高一点,没有超过《红楼梦》,说得低一点,没有超过莫言的作品。先锋性的话,从网络上单篇作品的艺术含量来看,也都是让人失望的。

邵:那您觉得有没有可能在网络空间里继续进行先锋实验?

陈:我觉得文学创作上总是会有一些不安分的人,这些人就可以去试一试。但是后来发现,在网络环境中这是不被鼓励的。在我的私人环境中,这个可以写出来给朋友看,可能还会受到一点鼓励。网络上东西更迭太快了,很快被淹没。可能一个浪都没有,就下去了。

邵:贺麦晓关于您的网络文学的研究(《网络之主:陈村与连续不断的先锋性》,《当代作家评论》2011年第5期),就特别强调先锋实验性。我还听过他做的一个网络文学的讲座,他介绍的网络诗歌,像魔方一样可以自由旋转。但是这些先锋实验后来在网络上并没有继续下去。在您所在的"最好的、最自由的时候",您觉得先锋实验还不足吗?

陈:不足,远远不足,甚至还不如我所看到的1985年前后文学的"先锋性"。结果就变成了一件很讨厌的事情——自由是无效的。本来以为自由了可以干很多事情,结果有了自由,笼子都打开了,让你飞,却还是不行。

邵:您觉得原因是什么?

陈:一个原因可能是早期进入的这些人准备不足。另一个还跟网络上喧嚣的气氛有关,网络内容需要特定的卖点,有的内容有人关注,有的就没人关注。比如你写《战争与和平》就没人看,但你写与年轻人有关的比如恋爱的内容，他们就爱看。最早的时候能够上网的，都算是某个行业的精英，整体文化水准可能比后来上网的人要高一些。但那种氛围里你让他去潜心研究我们文学里面有什么需要改进的内容，也确实很难的。

邵：我是这么理解的：如果把先锋性"纯文学"和文学期刊联系起来看的话，文学期刊恰恰是非常精英的；网络空间打开之后，进来的人是相对大众的群体。

陈：我当时有个想法，现在看来可能是不对的。我当时觉得文学的标准应该是一样的，但实际上网络文学从一开始就走在不一样的路上了，它不是我想的那种能够出现另类的、实验性内容的写作，而是以抓取最多的观众为目标的写作。我们现在讨论的有几千年历史的文学，在过去几千年里可能是少数人知道的，而网络以自己的方式把文学推广到那么多人的面前，让这些以前不大看书的人，也去关心文学了。而要抓住这些人的话，就需要细致地以类型划分，就要跟传统的文学分道扬镳了。

邵：所以我觉得网络文学在榕树下那时就是处于一个过渡时期。

陈：对，现在其实也可能是一个过渡时期。我觉得我们现在太骄傲了，网络文学到今天为止不到二十年，二十年对文学不算什么。但是我们已经给它们分成好几期了。我觉得我们还是急功近利了一些。可能再长一点时间看，这就是一个过渡的时期。

四、"小众菜园"："好看"的小众探索

邵：后来您去做"小众菜园"了，您觉得这个实践的结果怎么样？在中国的网络环境，有没有可能有这么一小块地方来进行文学的、艺术的试验？

陈：我觉得应该有，你不要期望很多人来看你。虽然说当时进入"小众菜园"需要我批准，但也还是有很多人来看的。叶兆言就说他每天醒来就会看看上面发了什么东西。还有吴亮，他自己在上面写，后来出版了书。还有画家朱建新，他在那儿讲了很多绘画类的内容，出版集子的时候用了这些文字。在那里，不一定要写长篇或从头到尾都是完整的。这种环境里是可以做一些实验的。

邵：那会儿大概有多少人活跃在"小众菜园"呢？

陈：最多的时候大概有 300 人。

邵：他们一般是从事什么职业的？

陈：有的以前就是作家，有的是画家、教师、记者、工程师、学生、无业青年，还有机关干部。有一个在上面很活跃的人，我们经常开玩笑说他从来没有写好看过。他当时其实是民政部的一个主任，是个官，但在网上跟我们是平等的，没有以官的形象出现。也有当年跟方舟子一起办《新语丝》的 IT 专家。

李：有以前榕树下的人吗？

陈：也有一些，但不是很多。那时有一些以前榕树下的捣蛋鬼要来，但我不同意。我说我已经陪你们玩了两年了，你还要怎样？你要做有建设性的事情，做一些好看的事情。没事儿进来找人聊天吵架，我不欢迎。比如说，邵老师来这里发了一个蛮好的帖子，结果下面就有跟帖来骂人甚至讲很侮辱人的话。他还会跟你讲道理：我凭什么不能跟帖？凭什么只能说邵的好话，不能骂她呢？如果你是匿名，就会无所顾忌。"小众菜园"是实名的，告诉别人你是谁，你发言就不会这么嚣张。之所以用"小众菜园"这种做法，也是因为我之前做"躺着读书"的版主时吃了亏。"躺着读书"能够聚集人气，让很多人知道了榕树下网站。但这个论坛并没有高质量的文本留下，就是一个大家聊天的论坛而已。一个论坛到最后都会坏掉的，不是因为大家人心都坏了，而是只要有几个人捣乱，论坛就会坏掉。版主不大管事的话，会坏得更快。版主没有工资啊，是天下最辛苦的，像我这种有工资的版主是很少的。他们那么辛苦地管理论坛，结果还被人骂。这种情形下，他们凭什么还要豁出一切来管你？尤其是还有"互联网是自由的"这顶帽子在这里。这样一来，那些洁身自好的人可能就自己走了，他们本来可能是因为"奇文共欣赏，疑义相与析"而来的，最终发现不是这样了。我的准则是你能对天说粗口，但不能对一个具体的人说。

邵：所以说，您当时实行会员制，是想做一个门槛，不让所有人都进来？

陈：是的。我当时还写过《开菜园记》，就是要求你必须做过好看的事情。不是让所有人都进来。

邵：您也可以随时把人踢出去？

陈：对，我可以。我踢出去过两三个人。这是不得已的事情，这等于是在大庭广众面前打人了嘛。有个律师跟我讲另外一个人如何不对，我说那行，你举证，你们律师界不是讲究举证的吗？她说就在那个人的帖子里。我说他帖子有100页呢，你告诉我在哪里我去看看，结果她说我就是不告诉你，你自己去看吧，你当版主怎么自己不去看？跟我吵半天。我说我已经陪你三天了，我不可能再陪你三天，说不出来我就请你走人。因为这本身就违反了我们论坛的初衷，我们当初是因为好玩而聚在一起，为了你的面子或者什么东西，你非要争得鸡犬不宁的话，那没办法，网上天空广阔，您到别的地方去玩吧。

邵：您做"小众菜园"需要钱吗？

陈：这个论坛是公司办的，99网上书城。我是作为他们的兼职员工进去管理的，我有工资。所以说我也是中国作家里面很少的以职业化的身份进入网站的。

邵：他们公司当时支持这个的目的是什么呢？

陈：这家公司的老板是黄育海，他本来是浙江文艺出版社的副总编辑，后来到贝塔斯曼，再后来跟朋友创立99书城网站，最初主要是卖书的。他让我主持这样一个论坛，对我没有要求。我们在那里瞎闹，他不来管我们。他只跟我讲过一件事情，我还没答应他。事情是这样的，"小众菜园"比99书城的公司先开张，结果公司开张的那天发现"小众菜园"的首页上有人在骂余秋雨，而余秋雨也是这个公司的股东，还担任名誉董事长。黄育海就我跟说你先把骂余的文章拿下去，等过一阵子再说吧。结果我没答应他，一个原因是余秋雨未必会去"小众菜园"；另一个原因是，我们挂在那里是他的光荣啊，在他公司的论坛上别人可以骂他，那是文人的一种光荣。所以我就没有删掉。我管的论坛都有大量骂我讽刺我的文字。除此之外，黄育海没有跟我商量过要怎么怎么样，他平时不管我们。

我们也闹出过一些动静，比如吵架。那时候张炜跟李锐之间出了个所谓"底层不底层"的事情。李锐写了篇文章，提到了张炜的"豪宅"，张炜勃然大怒。然后两个人就吵起来了。李锐是没有帮手的，张炜那里有一帮粉丝，在天涯论坛上化名去攻击李锐。我这里本来不是人人可以进来的，但每次吵起来的时候我会发一个声明：本园邀请张炜先生和李锐先生无条件进来发言。其实我还邀请过方舟子，他也不来。他知道他之所以凶猛是因为有粉丝，而粉丝被拦在外面，他在这里面受了围攻，就死路一条了。所以我说我们相互开放，你到我这里来，我到你的"新语丝"去，相互承诺不删帖。他不来。

邵：今天回忆起来，您觉得"小众菜园"最好的时候是什么时候？

陈：最好的时候出了很多好看的东西。比如说有人去了一次希腊，在论坛贴很多希腊的照片；我去过荷兰三个月，看到梵高的博物馆，回来会贴一些图。这些都是有建设性的。如果每个人愿意把自己好看的东西拿一点出来，那么网络就是好看的。

邵：那您想在这儿做什么呢？

陈：我想做的就是希望别人能够拿出自己的好看的东西，比如作家拿出好看的文字，画家拿出好看的画。

邵：您就是想让文人雅士在这个园地里分享自己美好的东西？

陈：我们这里不准备去革命，发动群众干什么。但是我们可以做一些好看的事情。也能包容一些事情，比如说吴亮，他在这里骂汪晖骂了八个月，每天随便找一篇汪晖的文章就开始攻击。据说汪晖去问格非：吴亮要骂到什么时候啊？大家都不知道。汪晖从来没有正面回应过，就当没这事情，但是人们都知道吴亮在骂他。我们这里也有人会质疑吴亮，但不会有人阻止他写下去。还有金宇澄老师，在弄堂网写《繁花》，弄堂网上的人也未必有很多的学问、智慧，但是他们有一种朴素的感情，觉得这个人的书写得很好看，在那儿夸他，给他出主意，使得他能够写完这部书。

邵：那您觉得在今天这样的网络文学的生态中，咱们这样的小众的、带有精英倾向的园地会有怎么样的发展呢？

陈：现在"小众菜园"已经迁移到弄堂网上的一个版块去了。本来大家每天在那里写，是很好的，但是如果哪天醒来发现写的东西全都不见了，这种情形下，没有人会做长远的打算的。就像现在炮火连天，你还买房子干什么呢？我很早之前在天涯论坛呼吁过，说中国的图书馆档案馆应该为中国的互联网做备份，因为很多网站会因为商业、政治或其他原因挂掉，所有当时的资料，当时的社会生态，百姓吃什么说什么，全部都在网上。这些东西你看当时的《文汇报》《人民日报》是看不到的。但是这些东西没有人备份，在网络时代就变成没有历史了。我那时候写过一篇文章叫《网络墓园》，说建"e先烈堂"，因为之前网络老是被人称为"e"嘛。

邵：陈老师真是有心人。

中国网络文学应该有类型小说之外的可能性
——榕树下前总经理、果麦文化创始人路金波访谈录

【受访者简介】

　　路金波，网名李寻欢，男，1975年生，河南人。第一代网络作家，著名出版商。与宁财神、邢育森并称早期网络文学"三驾马车"，曾任榕树下主编。2002年榕树下被国际出版巨头贝塔斯曼收购后，以本名路金波出任总经理，成为榕树下"贝塔斯曼时代"的主导者。先后参与创办杭州榕树下文化信息咨询有限公司（后更名为杭州贝榕图书有限公司）、辽宁万榕书业等图书出版企业。2012年7月创办果麦文化，现任果麦文化传媒股份公司董事长。

【访谈时间】2018年1月23日（受访者最后修订时间：2019年7月23日）
【访谈地点】北京，果麦文化
【采 访 者】邵燕君　李　强
【整 理 者】孙凯亮

一、少年阅读经历："吃书"的人

　　邵燕君（以下简称"邵"）：您在人们的心目中有两个形象，一个是第一代网络作者李寻欢；一个是榕树下"贝塔斯曼时代"的开创者和成功的出版人路金波。相信您看待网络文学，一定有不同的视野。不过，这个访谈我们还是想从您个人的阅读经历谈起，特别是您小时候业余时

间读书的范围。

路金波（以下简称"路"）：我1975年生于河南叶县龚店乡楼马村，10岁以前没有看过书，除了上学看课本，但用我妈的话说，在地上看到一个纸片，都要站在那儿把纸片看完，哪怕是《人民日报》的一个角落。

邵：我们在采访中，遇到很多您这样的人，我称之为"吃书"的人。他们在纸质读物极度贫乏的时候，连一张说明书、一张广告纸之类的都不会放过，只要是有字的都会想要读，对文字有一种巨大的饥渴。

路：还真是。经我妈提醒之后，连我都觉得是真有这样的事情！走在路上看到一张纸片，纸片可能很脏，但还是会蹲下来把纸片看完再走。

1985年3月，那时候9岁半，我们全家去了陕西汉中市铺镇区012基地3157厂，是一个三线建设的军工厂，做飞机、火车和导弹的零件。我父母是军工厂的工人。我们那地方叫铺镇。在正中心邮局的旁边有一个报摊。进了城之后，我主要的阅读体验都来自于这家报摊。可以说，在10—15岁的时候，这家报摊是我连接世界的窗口。我们会在报摊上面买杂志、租书。买书是买不起的。买的杂志主要包括《半月谈》《海外星云》《儿童文学》《少年文艺》等。当时买了很多这种杂志。同时我还租书看，价格可能是一毛钱一本。租的最多的就是金庸和古龙的武侠书，这才有了后来的网名"李寻欢"。

我早年的阅读还有另外一个来源，就是3157厂的职工之家。职工之家里有一个小房间，是专门借书给工人及其子弟看的，里面总共也就那么一两百本书。那里的书又旧又破。要看书的话，还得用我爸的名义，由我爸去借。我印象中看的第一本书可能是《七侠五义》。《三国演义》《水浒传》和《林海雪原》也是在那里借的。我觉得，我在那里看过的最好的小说就是《七侠五义》。就是这两条买书看书的渠道。在1885年到1990年，这基本上是一个普通的小镇青年应该看的书。

1990年到1993年，我在汉中中学上了高中。这个时候就有了别的书店，还有家境好的同学会有各种书，可以向他们借了看，包括琼瑶、亦舒、三毛、张爱玲和钱锺书等人的小说。可能这个时候我才接触到《红与黑》《钢铁是怎样炼成的》等外国名著。这些是我高中阶段看的书。我青少年时期的阅读体验大概是这样。

李强（以下简称"李"）：就是说，其中比重比较大的，还是类型小说？

路：对，以《水浒传》《七侠五义》和《隋唐演义》等类型小说为主。我在10岁左右的时候主要看这些东西。后来上大学也是在西安。我在西北大学经管学院经济学系读了四年。22岁的时候，我本科毕业了。之后，我去了西安高新开发区，加盟了陕西海博，只花了两三个月我就当上了这家网络公司的总经理。所以，1997年的10月份我就已经是一个互联网人了。做到1999年的11月份，公司赔了几百万，做不下去了。然后，我逃到了北京来。但那时候我已经变成了李寻欢，所以在北京找工作还是比较容易的。

二、中国网络文学的诞生与球评直接相关

李：您在网上发表作品的时候，其实一直在西安创业？

路：对的。我真正活跃是在1998年前后。1998年是我全身心投入网络文学的一年。事实上只有一年多吧，到1999年的时候，就不怎么写东西了。到2000年我就已经隐退了。所以，对于网络文学来说，我只是一个匆匆的过客。

李：您可是出版了纸质书的网络作者，我今天还特意带了《粉墨登场》《迷失在网路与现实之间的爱情》请您签名呢。

路：这些书是我想忘记的。写《迷失在网路与现实之间的爱情》，除了让我变得有名，变得容易找工作，然后变得有很多女网友之外，并没有很多的乐趣。

我自己觉得最好玩、最狂热的时期，是1998年，在写网络酸文之前写时政评论和足球评论。那才是每天都热血沸腾的时候。当时，我一度还被列入了西安国家安全局的工作对象。我后来离开西安也是因为古城热线的朋友说，刚刚去查了我的所有IP和网络言论，劝我离开西安。我当时是一个年轻人，还是西安球迷领袖。"五朝臣子"是当时的另外一个球迷领袖，也是西安人。当时我们陕西球迷形成了网络上的一个"足球流氓"组织，紧密团结在以我为首的一群人周围。

邵：您写球评，对吧？1998年的时候，我正在中国新闻社工作。连

我这个从来不看足球的人都知道，当时中国最好的新闻是足球新闻，最好的评论是足球评论，最好的报纸是《足球报》。因为，体育是相对最自由的新闻空间。但不知道，背后还有您这样赫赫有名的网络球迷领袖。

路：1998年正好有世界杯。而且当时正是中国足球的职业化如火如荼的时候。那时候陕西也有一个球队叫陕西国力。所以，我是因为写时政评论和足球评论才走上了写作道路。

邵：这些评论当时是在哪里发表的？

路：在西安的古城热线。我上网时的根据地就是古城热线。我当时是古城热线的头号小生。在1996年开通公众互联网的时候，首先是由各个地方的电信局来建网的。西安的电信局办了一个网站，它首先是网络接入服务，接入了之后默认的门户网站就是古城热线。古城热线有一个论坛，叫"网路茶苑"。我是从那里走上了上网的道路，当上了一方"诸侯"。这个网站现在已经打不开了。五朝臣子、我，还有一个人叫苏秦，我们后来都离开了西安。苏秦是当时IT版的版主，是一个技术骨干。苏秦领着原先搞技术的这波人创办了西陆。为什么叫西陆？其实就是西安古城热线的这些网友出走了之后创建的，因此才叫西陆。

邵：西陆后来成为龙的天空、幻剑书盟、起点中文网等男频网站的总孵化器，原来渊源在这里！古城热线是电信局提供的一个园地，所以是属于电信局的？

路：对。但是后来都由网友自治，比如版主。当时时政版的版主可能叫冷静，文学版的版主叫青霜。我虽然不是体育版的版主，但却有管理权。

邵：所以，您当时写的都是球评？

路：其实最早是骂足协，球迷之间互相打仗。一直到今天，陕西和江苏的球迷都是"世仇"。当时，因为新浪发表了一点偏袒江苏的言论，我们还领了上百人在网络上围攻新浪。新浪那时候还叫四通利方。新浪还在头版头条向李寻欢等陕西球迷道歉。我觉得那时候的主要网络活动中，体育是特别重要的。四通利方的体育栏目是全国性的，但是各地还有一些"诸侯"。有世界杯，有冲突的时候，我们就去新浪玩，平时就在"网路茶苑"玩。

邵：您认为从体育栏目中诞生的中国最早的这一批网民，他们跟中国后来的网络文学，还有论坛等各种网络言论的产生之间，有什么关系？

路：从老榕开始，我觉得中国的第一篇网络文学是老榕贴在四通利方的帖子《大连金州没有眼泪》（1997年11月2日）。网上一开始也没有什么资讯，大家也没什么好讨论的，当时所有人其实都是去讨论足球的，尤其是1998年的世界杯。

我觉得骂足协是网络文学的第一波流量，否则大家为什么要上网写东西？上网很贵，一个月拨号上网费1500元。但是上网可以骂足协，骂足协是一个很强的情感需求。因为在别的地方你根本没有发言的机会，也没人听，只有骂足协时，可以自由表达。

正因为这样，1998年，全网一半的流量才会集中在四通利方的体育沙龙。其他像天涯的鬼故事，或者星伴，或者嘉兴论坛，包括那些海外的网站，他们流量加起来，也没有新浪体育沙龙的流量大。在别的地方有三五个回复就了不得了，这里都有数十个回复。

恰好世界杯前后《第一次的亲密接触》也在全网开始蔓延。从那之后我们才发现，体育沙龙里面看到的所有女网友都是男的假扮的。真正的女网友其实在人气特别差的情感版块或文学版块。

邵：可不可以理解为，球迷是当时的社会环境中比较少见的所谓民间的群体，这时候有一个互联网的机会，本来在民间成形的粉丝部落，恰好找到了一个网络平台的出口？

路：是的。还有一个原因就是，网络的发展跟中国足球的职业化也恰好有时间上的同步关系。如果再往回看，中国足球职业化是1994年开始的，但真正特别火，好像是从范志毅、郝海东开始，就是到出现了上海申花和大连万达的对决的1997年，才是中国足球的黄金时期。尤其是形成了一些像我和五朝臣子这样的陕西球迷，形成了这样的社群。我觉得这个球迷社群促进了网络空间的形成，也促进了网络文学的发展。大陆网络文学的诞生与球评直接相关。

李：那时候您在古城热线发表评论，以及平时上网，大概感觉到这群人是什么样的？如果要给他们做一个画像的话，应该怎么描述他们这群人？感觉跟您一样吗？

路：五朝臣子是一个民营企业家，比我大 10 岁，是西安最早有笔记本电脑，而且个人有专线的人。我在网络公司上班，22 岁的年轻人。还有一个人叫老造反。老造反是陕西文物复制集团在北京办事处的负责人，在东四十条，有物业，管了几十套房，我来了北京就住在他们那儿。还有一个人，就是苏秦，他是海外留学回来的，就是另外一个张朝阳，IT 新贵。苏秦在"网路茶苑"，相当于总版主，管技术开发。后来创办了西陆。我最熟悉的西安人里，还有一个是个长得特别漂亮的女武警，被借调到北京来，然后开始接触到上网。

李：就是各行各业的年轻的精英。那平时在上面骂人的那些人，您感觉到他们大概是一个什么样的情况？

路：那时候骂人一定要有才华！比如在体育沙龙里面，有个人叫韦一笑，人称蝠王，也就是武侠小说里面的人物韦一笑。他也是我们阿根廷球迷，写了一篇《灭秃赋》，我觉得是早期网络文学史上绝对的经典，主要是骂巴西球迷。我也曾经化名王秀芝写过一篇叫《和从良匪兵过情人节》的小说，现在还能在网上找到，只是已经完全没有我的名字了。即便是多年以后的今天，我都觉得，无论是文章的搞笑程度，还是里面展现出来的才华，至少对我来讲都是一个顶峰。这比我能流传下来的那些小说、比你看的那些网文要高明太多了。

邵：您觉得您才华的巅峰应该是那些化名的帖子，而不是署名李寻欢的作品？

路：是的，我觉得网络文学最重要的就是，写作者要在网上获得成就感，而不是靠线下出版什么的。

我觉得那时候拼才华，尤其是幽默感是特别重要的。我写的另外一篇流传特别广的文章叫《余秋雨网上变脸，引起文坛骚乱》，署名黑心杀手。所谓流传广，就是说三大门户同时在文化头条第一屏转载。2000 年我去上海见陈村老师，还有余华和苏童。那时候余华和苏童还都不会上网，都是靠电话或者短信传来传去，甚至还有发传真说网上有什么热文的。余华当时还特别八卦，见到我就说："唉，李寻欢，我听说前几天余秋雨那篇是你写的，刚刚陈村跟我说，是你写的。"

三、榕树下的头几年，网络文学还在沿着大学文学社的方向发展

李：您当时为什么加入榕树下？

路：我 1999 年 11 月份来了北京，在最早的人人网工作。在 2000 年的 3 月份，纳斯达克崩盘以后，我很快丢掉了工作。工资加上离职赔偿，赚了 5 万多块，就给我妈买了一套房。

2000 年的 9 月 10 号或者 11 号，应朱威廉的邀约，我到上海加盟了榕树下。此前的渊源是 2000 年 1 月份，在上海待了大概一星期，跟朱威廉、陈村老师、宁财神和安妮宝贝他们都混在一起。他们那时候都是榕树下的人。陈村老师、宁财神、安妮宝贝和我都是"首届网络原创文学作品奖"的评委，我和贾平凹是分别代表网络作家和传统作家的评委会主任。

李：当评委的时候，您对当时参赛的那些作品有什么样的看法？

路：第二年、第三年我都是榕树下的主编，所以，我还是很熟悉前三届的情况的。我觉得，榕树下的头几年，网络文学还在沿着大学文学社的方向在发展。网络人口在 1997 年的时候有二十几万，1998 年变成了 200 万，1999 年变成了 400 万，后来变成了 1000 万。2000 年到 2002 年，随着网络人口的增加，网络文学写手的水准也更高了。至少蒋方舟的妈妈尚爱兰是这样的，她写的《性感时代的小饭馆》就是训练有素的，虽然只是个短篇小说。那时候写诗的、学中文的，包括一些真正的写作者，都开始到网上来写。所以，网络文学前三届的文稿质量是越来越好的。

李：采访陈村老师的时候，他说当时有一个感觉，可能他介入得比较深，或者看稿子的范围比较大，觉得大家还是在重复《第一次的亲密接触》的套路。最后的结局大概都是比惨，死了这个，死了那个，最后一片感伤的氛围。您的感觉是不是有所不同？

路：我觉得模仿痞子蔡只有一波流量。我的感觉是有专业的写作者在进来。比如，当时在论坛的时候，我就知道有几个专业写作者，其中有北大的，那么蓝，还有骆兵、宁肯。宁肯 2001 年就已经在网络上发表作品《蒙面之城》了。所以，这是一个基数问题。最开始只有我们这些

能上网的高收入人士，像五朝臣子这样的企业家，或像我们这些有专线的人。当宁肯这样的普通文艺青年开始上网的时候，网络文学一定是更丰富了。

四、中国文学发展的两大路径：年龄革命和类型革命

李：您当时在榕树下负责的是什么？

路：我去的时候，正式的 title 叫主编。理论上来讲，我管了所有的编辑，包括编辑小组。但实际上，我当时最主要的任务是裁员、找钱。2001 年，我大部分时间都在陪威廉找钱。2002 年 2 月 5 日我们和贝塔斯曼谈妥了收购条件并签约。先由威廉把公司卖给我，然后我再卖给贝塔斯曼。榕树下以这种方式宣告了威廉时期的终结。

从 2002 年的 2 月 6 日开始，由我领了大约 35 个人，从北京西路搬到了上海市徐汇区罗秀路 162 号，开始了贝塔斯曼时代。因为贝塔斯曼本身是个书友会，所以，它主要是卖书。我就逐渐把精力转移到出版上来。我们真正做出版的时候才发现，榕树下网站的可用内容是很少的。我们还是要到社会上去广泛采集。所以，对于出书来说，网站是没有多大帮助的。所以，在 2006 年 4 月的某一天，贝塔斯曼就把它卖给了欢乐传媒。

2003 年以后，我走上了一条老老实实做出版的路。我在 2003 年开始"勾搭"韩寒，到 2005 年正式跟韩寒签约合作，一直为韩寒服务到今天。所以，从韩寒开始，后来到易中天、冯唐、李继宏和蔡崇达等，我就变成了一个纯粹的出版商。

李：当时韩寒这种类型的新人作家，您去发掘的时候，走的是"新概念"大赛的渠道还是其他渠道？

路："70 后"控制了网络文学，今何在、慕容雪村和蔡骏也是"70 后"。当时文学的中心已经从网络文学转移到了以"80 后"为主的"新概念"上，以韩寒、郭敬明为代表。所以，那时候我主要跟这帮人混在一起。我也出过郭敬明的书。后来发现，这两个人实在不能同时存在。我当时就很英明地选择了韩寒。

邵：他们读者群不一样？

路：嗯，他们的读者群不一样，他们自己就很不一样。我自己的看法，在过去的近二十年，中国文学沿着两个路径在发展。

第一场革命叫年龄革命。1995年的时候中国作协开会，一波是搞文学的作协会员，还有一波是郑渊洁、秦文君等"儿童文学"作家。也就是说，在1995年的时候，中国文学从10岁到30岁之间是个巨大的空缺。所以在过去的二十年间，准确地说，是在过去的十五年间，文学有过三次革命。第一次革命可以说是网络文学的革命，让二十几岁的人回到文学。第二次革命是韩寒、郭敬明，他们让15岁到20岁的人回到文学。第三次革命是两个外国人，J. K.罗琳和可爱淘，她们让10岁到15岁的人也进到了文学之中。接着，出现了一种"小鸡文学"，也就是饶雪漫、郭妮她们。这个时候，各个年龄段才补齐了。我是个出版商，经常要去看书店。在书店里能清晰地看到安妮宝贝、沧月、饶雪漫和郭妮的读者群，你会发现她们的读者是完全不重合的，他们构成了一个完整的年龄段。

还有一场是类型革命，有时候是创造新类型，有时候是旧类型的现代版。比如说穿越小说，其实就是琼瑶的翻版。也就是说，传统的类型到了金庸、古龙，到了琼瑶、三毛、亦舒，好像写不下去了。武侠小说真的所有的力学原理都写过了，写不下去了那就只能突破物理学：人不要跟人打了。这才出现了玄幻小说。爱情小说，一个男的总爱一个女的，这不行。我们得回到清朝去，一个女的可以不只爱一个男的，这才出现了穿越小说。或者以前的恐怖小说不怎么恐怖，那么能不能在恐怖里面加专业知识，它就变成了盗墓派。所以，我觉得中国文学的第二场革命是类型革命。

如果说痞子蔡找到了一个纯网络生活的类型，安妮宝贝解决了村上春树中国化的问题，《悟空传》也是开天辟地的一个新类型，以前没有过这样的。还有《成都，今夜请将我遗忘》，包括江南的《此间的少年》，这些都是新的文学类型。等到这些类型都做完了之后，出书就没那么热闹了，反而又回到了网上。这个时候起点中文网已经起来了，千字两分钱的模式也走通了，开始沿着人的生理需求去做纯网文。我反而觉得起点的是纯网文，以前我们大家都是文学社模式。

在网上连载最终还是会出书的，一直到慕容雪村和今何在，包括蔡骏，我觉得都是这样。像蔡骏写的恐怖小说，慕容雪村的暗黑小说，今何在的解构经典，还有那时候的《沙僧日记》。反而起点是主力，它让网络文学不再往线下走，直接在线上建立了商业模式，建立了自己的价值观，就叫作"看得爽才是真的爽！"。我觉得这是两个不同的故事。

五、榕树下是网络版的《收获》

邵：我们现在特别关心的一个问题是，我们今天一讲到网络文学，人们就会想到起点模式以后的这种网络类型小说。在起点模式之前的论坛时代，网络文学尚有多种可能性。为此，我们提出了"论坛时代的网络文学"这一命题，您觉得这样的说法能够成立吗？

路：可以成立。这一命题强调了网络文学的社区属性，就是文学社模式。文学社也是一个社区，大家以文会友，我觉得论坛式的文学也是这样的。

邵：如果我们谈论坛时代的网络文学的话，您觉得应该包括哪些重要的论坛？

路：海外的我不熟悉。像刚才我提到的四通利方的体育沙龙，还有嘉兴论坛和星伴——安妮宝贝是从这个地方起家的。我亲眼看到她在星伴发表第一篇帖子的过程，这篇帖子叫《告别薇安》。而且，我很有可能是第一个阅读《告别薇安》的人。

邵：那您觉得这些论坛和榕树下是什么关系？

路：它们是纯粹的论坛，榕树下主要还是个编辑部。论坛的话，你自己一发帖就上去了，榕树下是一定要审核的。当时威廉之所以会提出"生活·感受·随想"的宗旨，就是因为他要做一个《上海文学》那样的编辑部。这在当时是有独创性的。你在别的地方都可以随便贴，在这里不行，必须要经过编辑审核。

邵：您觉得当时既然已经有了论坛形式的网络文学，这样一种更具有互联网基因的文学形式，再出现榕树下这样一个"编辑统摄"的网络文学网站，是适宜的吗？

路：我反而觉得做事情要更极端一些。榕树下不是编辑部制度不好，而是编辑部的质量不好。至少在 2000 年 1 月份的时候，它代表了网络文学，是网络文学的顶峰。在 1999 年的时候，如果当时威廉融到的钱不是 50 万美元，而是 1000 万美元——这在当时也是能够得到的，那么应该扩大这个编辑部，把你们这些人都穿越回去，招进编辑部。从那里就可以垄断头部内容。如果那样的话，也是可行的。

邵：我们穿越过去做什么呢？其实就是做一个网上的文学期刊，对吗？就像您做果麦一样，您觉得那些传统出版社没干好，那么我来干。传统文学期刊没干好，我来干？

路：我觉得可以的。榕树下就是一个新的网络版的《收获》。假如用 1000 万美金，就建立一个顶尖的编辑部，在全网搜索最好的写作者。搜到之后就买他的版权，用一个音乐公司的模式来盈利。

邵：所以，在您的理想中，榕树下应该是借助网络的搜索功能和传播手段进行的，一个更加精英化、更有经营思路的文学期刊？

路：我觉得做出最好的网络文学期刊，加上线下部分，就可以系统地改造中国文学。至于起点的话，那是另外一个故事了。我觉得起点是通俗文学部分，他们可以走那种去中心化的模式。但是走向主流的文学，以及整个文学的年轻化和中心化，就可以由榕树下来做。

邵：您是否认为网络时代仍然需要保留着中心化的精英文学模式，由编辑和文学研究者来主导？我在进入网络文学研究前，就是做文学期刊研究的，深深觉得那样的期刊机制已经产生了坏死性危机。事实上，我们的传统文学期刊，现在主要是靠政府拨款维持的。您觉得建一个网络文学期刊，它自己能造血吗？

路：造血的话，我们一开始是用杂志和出版，到今天来讲已经是一个 IP 的故事了。比如说，我们发现了一个新领域，像韩国的偶像工业。在这个领域里面，我们比《收获》要更强，我们获得的内容也更好。其实，我每年只要签五个人就好。这样的话，沧月、蔡骏、南派三叔、今何在都会在这个体系里面。实际上是放弃纯起点式的那种网文，只做文学范畴内的东西。做文学的话，如果我们有两百个编辑，每年坚持，然后一边买东西，一边卖东西，坚持到 2012 年就可以赚大钱。

六、应该有"中国文学集团"和"中国网络文学集团"

邵：我们在采访朱威廉时，他说，榕树下为文学青年创造了空间，但可惜走得太超前了。这似乎和您说的有相似之处。也就是说，如果榕树下能一直挺到 IP 时代就好了？

路：我觉得还是有可能的。这里面有 2000 年 3 月纳斯达克崩盘的一个插曲。上网人口从 1997 年的 29 万曾一度变成 200 万、400 万、1000 万，其实一直到 2002 年的时候，网络文学都是上升的势头。我觉得尤其是到了沧月、今何在，其实已经是往类型化的方向发展了。凡是类型化就一定会产业化。但是，在网络文学发展最好的时候，恰好是互联网的资本市场最差的时候，以至于榕树下自己都断了粮，也没有别的钱进去。如果没有 2000 年互联网泡沫破碎的话，榕树下将会进一步融资，那样就可以挺进 IP 时代。

邵：那今天的网络文学可能就会是不同的格局和生态了。

路：就是我所设想的，网络时代的中国文学应该有两个文学集团。第一家叫阅文集团，或者叫"中国网络文学集团"，第二家叫"中国文学集团"。就是说，如果我们那个时候有 1000 万美元，是可以做成一个中国文学集团的。只要把余华以后的非类型文学占住 50%，也即只要天下霸唱和南派三叔搞定一个，沧月和蔡骏搞定一个，韩寒和郭敬明搞定一个，你就可以在文学里面占住 50%。这样，你就可以叫中国文学有限公司，市值就比阅文集团还高。

邵：那我们的"穿越集团"里就还得有个投资大亨了（笑），确实是个伟大的畅想。

路：这样中国文学就变成了三分天下。第一家是中国作协，是一种体制内文学，它控制了重大选题。第二家是中国文学有限公司，也是我想穿越回去做的那家公司，它对准的是主流大众文化市场。还有一家是阅文集团做的，叫中国网络文学有限公司。理论上来说，这三家公司共同控制了中国文学。

这里面真正的罪魁祸首还是 2000 年 3 月份纳斯达克的崩盘，科技股都跌了 90%。这就让榕树下方向上的那种网络文学没有生长出任何公司来。也就是说，因为它的资金链断掉，所以这条路断掉了。

从 2000 年一直持续到 2012 年，必须要接上 IP 化的潮流才行。这十多年中，其实最艰难的是 2002 年到 2008 年。这五年时间是真没收入，因为建一个出版公司，即便我当 CEO 也得学五年，或者浩波当 CEO，也得学五年。一个纯线上的互联网公司要靠线下流量赚钱，一定得有五年时间，这是个商业规律。但是到了 2008 年以后，不论是我，还是浩波，还是小强，只要我们上面有那些资源，即便没有靠卖 IP 赚钱，靠做出版也能赚钱。如果能坚持到 2013 年，大家纷纷过来买 IP，这个时候公司就发达了。

邵： 没错，您说的这条路，总体而言还是网上聚集、线下赚钱。阅文集团能活下来，恰恰是建立了网络收费模式，作家不但在网上成名，也在网上得利，后来的 IP 价值再大也是附加值。其实，当时类型小说的那条道路上的网站，也只有建立线上收费的起点模式走通了，走线下出版的网站，比如龙的天空，也没有活下来。您想象中的中国文学集团，它自身要建立收费机制吗？

路： 在很长一段时间里不要，但到 2017、2018 年的时候要。

邵： 就是说它有了 IP 的价值之后，就可以在网络上建立收费机制。

路： 对。但叫"纸电同价"。在没有建立起网络收费机制之前，主要靠出版。我觉得一开始靠出版，后来靠 IP，到 2018 年 IP 都已经不火了，今天真正要靠互联网出版。因为读者也已经被挑选出来了，可以支持互联网出版。这时候就卖电子书，卖有声书，定价和纸书一致。

邵： 所以，您说的网络收费机制中，就是电子书，和阅文的追更微支付是两码事，对吧？

路： 对。在网上它是严格意义上的书，连腾讯阅读都不参加，只参加 kindle。

邵： 一个高端的平台？

路： 我觉得文学是需要中介，需要编辑的。在我的理念里面，中国文学出版集团正式出版的作品，必须满足两个条件：第一，要有专业的人来做判断：到底是真好还是假好？我看完安妮宝贝的《春宴》，就跟她说，你对你的第二条线索没有信心。没有信心，有时候是想象力的问题，有时候是生活经验的问题。所以，真正的文学是需要编辑的。第二，真正的文学需要一个中介。电脑需要品牌，因为你无法分辨一台电脑的速度快不快，质量稳不稳定。一样的道理，文学是需要品牌的。这能够帮助用户降低沟通成本。

这是中国文学集团和中国网络文学集团的根本区别。中国网络文学集团是去中心化的，用户直接自己挑选，而中国文学集团是有编辑，有中介的。

邵：您觉得这两个文学集团中的作家和作品也有本质区别吧？

路：对。我认为，所有文字过关并且以经典叙事方法写作的，都是中国文学集团的。所有一开始就没有文字预算限制的，比如说唐家三少，就属于中国网络作家集团。

邵：但是，像南派三叔和流潋紫，他们其实是网络环境里成长出来的。

路：他们和唐家三少这些纯网文作家在本质上还是不一样的。我觉得最重要的是看作品的结构。凡是有结构的，都是我们这边的。网络作家对结构的理解和刚才说的"中国文学集团"的作家对结构的理解是完全不一样的。后一种作家的作品，一旦有结构，故事如何开始，人物如何成长，情节如何转折，小说如何结尾，这些都会变得一目了然。

邵：好，让我试着归纳一下您的基本观点：虽然在今天的网络文学格局中，阅文集团居于强势的主导地位，但是，起点模式绝不是中国网络文学的唯一模式。事实上，面向文学青年的榕树下模式的陨落和面向故事群众的起点模式的强势崛起，同纳斯达克崩溃这一偶然的历史性事件密切相关。在起点模式雄踞网络文学霸主地位之前，中国网络文学是具有多元发展的现实可能性的。如果说，以阅文集团为核心的中国网络文学集团代表了中国网络文学的类型小说模式的话，那么，榕树下的模式则代表了中国网络文学在类型小说以外的另类可能性。

路：可以这么说吧。

邵：虽然我们不能真的穿越回去，但想象一下，也可以寻回一些历史的馈赠。榕树下虽已远去了，但是，编辑部制度和文学社模式，未必不能在未来的网络文学中获得新的发展可能性。其实，您现在做的果麦文化也一直走在这条路上。非常感谢您！

成为言情小说网站是读者的自然选择
——红袖添香创始人孙鹏访谈录

【受访者简介】

　　孙鹏，男，1977 年生。红袖添香创始人，花溪小说创始人、现任 CEO。

　　红袖添香是中国网络文学早期知名网站，1999 年 8 月创建，原定位为"中文原创文学家园"，以发表散文、随笔/杂文、诗歌为主，采取编辑审稿制度。2004 年迫于商业压力开始发布长篇连载，后逐渐转型为女性言情网站。2006 年下半年在女频网站中率先推出 VIP 收费制度，打造"都市总裁文"招牌类型，并打通线下出版市场，成为 VIP 时代最具代表性的女频网站之一。2008 年 3 月被盛大文学并购，仍以"都市总裁文"为核心类型。2015 年随盛大文学并入阅文集团。2016 年孙鹏离职，创建花溪小说。

【访谈时间】2018 年 10 月 18 日（受访者最后修订时间：2019 年 8 月 21 日）
【访谈地点】北　京
【采 访 者】邵燕君　肖映萱　许　婷
【整 理 者】许　婷

一、投稿系统的建立是红袖添香早期发展的关键一步

邵燕君（以下简称"邵"）：红袖添香是著名的言情小说网站，并且以"总裁文"著称。但我没想到红袖的总裁居然是一位男性，也一点不"霸道"，甚至可以说很"文青"。红袖本来也是一个聚集文学青年的网站，和榕树下很像，这之间的转型过程让人很感兴趣。从1999年创建网站至今，您称得上是这个行业入场最早、在场时间最久的创始人之一了，也想听听您的创业历程和对网络文学这个行业的见解。我先问一个基础性的问题，您为什么会想到做文学网站？

孙鹏（以下简称"孙"）：主要还是兴趣使然。接触到互联网后很兴奋，感觉像是打开了梦想的大门，而文学无疑是最好的想象力的承载介质。

许婷（以下简称"许"）：您最初是和一群网友成立了"荆棘鸟创作组"，共同制作了"世纪青年"这样一个综合性质的个人主页，世纪青年也一向被视作红袖添香的前身。当时为什么会想到去做这样一件事？有什么契机吗？

孙：1999年可以说是中国互联网商业化的开端，当时有想法的网民都制作了自己的个人主页。那时构成互联网的主要是各地电信公司成立的信息港，还有相应的聊天室。我在聊天室认识了很多志趣相投的朋友，大家都对制作个人主页很感兴趣。

单人制作的个人主页其实存在不少局限，一方面主页的内容相对有限，另一方面一个人负责全部内容很难保证每天更新。于是我提议大家一起制作一个综合性的个人主页，能够涵盖文学、音乐、图片、时尚等各个方面，每个人负责自己擅长的部分。最后聚集了十几个网友，成立了"荆棘鸟制作组"，开始制作"世纪青年"。最初我们得到了商都信息港的支持，提供空间和初始推广。世纪青年主页一开通，商都信息港给我们推荐位，第一天就有一千多个独立访问用户，这在当时还是很高的。

肖映萱（以下简称"肖"）：您在世纪青年的时候，主要负责哪方面？

孙：因为我是网站的发起人，所以主要是负责统筹管理工作。我其实对网站设计更感兴趣，世纪青年最初的主页都是我设计的。

许：您后来为什么又制作了红袖添香这样一个文学站呢？

孙：世纪青年开通一个月后，我们很快就觉得网页太过综合，就想做一个更精准的主题站，最先想到的就是做一个文学主题站。当时世纪青年的其他主题流量也很高，比如音乐、图片，但原创性不高，还是文学更有意义一些。

除了红袖文学站，我们其实还制作了其他主题的专题站，比如荆棘图库图片主题站，但很快就停止更新了，因为这类非原创的内容做起来没什么成就感。红袖文学站一开始由芭蕉负责组织开发，她是个标准的文学女青年，后来还做过《花溪》杂志的主编，也曾在榕树下工作过。"红袖添香"这个名字是她提议的。

许：据说芭蕉当时只欢迎女同胞来建设红袖添香，是这样吗？

孙：提过，当时主要是出于要做女性文学主题站的目的，有些玩笑性质。芭蕉在红袖待了几个月就离开了。2000年纳斯达克泡沫破灭，导致很多网站因为资金问题都直接关闭了，"荆棘鸟制作组"的很多成员也因为工作变化不再参与网站工作。从2000年到2005年，只有我和disha（王涤沙）一直坚持做了下去。

红袖自开通伊始就吸引了很多投稿，最初都是邮箱收稿，人工发布。一直到2000年下半年，disha主导开发了投稿系统，红袖才真正进入一个发展相对比较快的阶段，投稿量迅速增加，也出现了一些知名度很高的文章。红袖的早期建设时期，投稿和文集系统起到了至关重要的作用。

肖：那个时候对投稿有什么范围限制吗？比如更鼓励女性用户投稿？

孙：当时投稿并没有什么限制，散文、诗歌、小说都收，不过小说都是中短篇。我们也并没有只接受女性来稿。但就红袖当时的用户而言，还是女性居多，这可能和网站的整体风格有关，红袖网页设计是非常清新的。

二、红袖编辑部：义务网友组成的网上期刊编辑系统

许：红袖有了投稿系统后，投稿量大概是多少？编辑部是怎么组建

起来的？

孙：建立投稿系统后，红袖的投稿量很大。2001年到2002年，网站单日投稿量有上千篇，审稿工作量很大。所以红袖很快在2001年4月成立了编辑部。

最初是北京的一个网友阿布起草了编辑部规则，发布之后陆陆续续招募到一批义务网友加入到编辑部。招募过程中我们对规则也进行了完善，比如加上了实习制度。编辑部对每位编辑的审稿数量是有要求的，每周还需要编辑对部分作品进行点评。编辑部对红袖后续发展起到了非常重要的作用，它基本上保证了红袖能源源不断地获取新鲜血液。

邵：但是红袖这时候完全是非营利的，这么多规章制度限制，这些义务编辑是怎么坚持下来的？

孙：主要还是因为编辑们在红袖和网友们互动很开心。编辑部的不少编辑都坚持义务工作了很久，甚至有人坚持了十几年。小说《前妻来袭》的作者风为裳也曾经是红袖的编辑，她最初在红袖叫"纤手破新橙"，一年的审稿量高达一万多篇。

当然也有很多编辑会离开，编辑部的人员流动还是比较大的。但编辑部的结构很完整，最高一级是主编，主编下会设置各个小组，比如散文组、诗歌组，再往下会分成一组、二组，都设有组长，管理很清晰。所以人员流动对编辑部的影响并不很大。

当时红袖的编辑部规模大概在70人左右。这群义务编辑来自各行各业，有的是老师，有的在杂志社工作，还有在政府部门工作的。红袖编辑的整体水平很高，有不少人都是有文学相关的专业背景，很多编辑现实生活中是专职文学编辑。当时的红袖在审稿方面比别的网站做得要更认真一些。

邵：所以红袖的短篇其实聚集了一帮文学青年和文学中老年，我可不可以把红袖这个时候的编辑部和用户当成文学期刊的业余编辑和业余创作者在网络的延伸？

孙：确实可以这么说。我们的编辑制度和期刊编辑制度也差不多，所有投稿都要进行审稿；我们编辑部的组织架构其实也和期刊很相似。不仅如此，我们的作品质量很高，所以我们也为不少杂志社提供了非常优秀的稿件，比如散文《阳关古道苍凉美》甚至被收录进了香港的语文教材。在很长一段时间里，网友们都以能拥有自己的红袖文集为荣，你的作品如果能通过红袖编辑部的审核集结成文集，足以证明你的创作水平相当不错。

肖：您个人喜欢什么类型的文学作品？会自己创作吗？

孙：我喜欢看，不太写。阅读方面，我个人更喜欢散文、诗歌，小说更喜欢看武侠，不太喜欢玄幻类型的小说。平常看短篇的话，我一定会选择看红袖上的作品。

许：您的个人兴趣是否影响到红袖编辑部的审稿标准？

孙：没有。红袖成立之初，收到的稿件就已经是以散文、诗歌为主。可能是人以群分，网站后来聚集起来的人也大多更偏爱这些类别。红袖的网友们写的文字都很真实。我们当时建设红袖，其实就是希望给网友们一个不断成长、不断展露自己才华的平台，所以编辑部对文笔要求其实没那么严，言之有物即可。在审稿方面，我们编辑部设了A、B、C三个级别，审核为C级的作品只有作者自己能看到，B级会收录到红袖的文章列表，A级则会被编辑推荐。按照这三个级别划分，不同网友的需求都能被满足。在红袖，不管你写的东西质量如何，都能有一个地方供你抒发心情。

许：听您的描述，那时候的红袖其实和榕树下有很多相似的地方，您当时有去和其他网站做一个区分吗？

孙：定位上是有区分的。红袖建立之初，其实有不少文学网站做得很不错，比如黄金书屋。黄金书屋主要是对出版文学作品进行扫校，红袖则会更提倡原创。再往后发展，我们也会将红袖和起点一类的网站进行区分。这种区分是网站发展必然要考虑的，我们需要一些特色，需要差异化的发展。

三、"蹭"资源和拉赞助：付费阶段前的红袖求生法

许：您初期一直是在业余做红袖，那您当时的本职工作是什么？红袖发展的资金问题您是怎么解决的呢？

孙：我最早在学校工作。接触互联网后，就开始从事互联网相关的工作。2000 年，我在北京负责一家生活类网站的内容部门，后来参与了一家初创 SP（Service Provider，互联网服务提供商）公司，负责技术和运维工作。当时工作比较繁忙，经常夜里四五点到公司解决突发问题。红袖完全是用业余时间维护，那时候一下班就开始干红袖的活儿，几乎花掉了自己工作之外的全部精力。

大概在 2001 年，"荆棘鸟制作组"最早的那群成员就只剩下我和 disha 两个人。disha 那时候在做财务相关的工作，我们每天晚上下班就回来倒腾红袖。编辑部只负责审稿，但支撑一个网站活下去其实需要很多其他的工作，比如开发设计、找服务器，这些都需要钱，很不容易，这些工作就得靠我们来干。

那时候红袖的维护主要是靠拉来的赞助资金来维持，我们有时也会去蹭一些免费的资源。那时候好多网站其实没有自己的服务器，大多挂靠在别的地方，但红袖从 1999 年就有独立的服务器。1999 年主要是商都信息港支持我们，后来由另一个鹤壁信息港支持。2002 之后，我工作的 SP 公司也为红袖提供过一段时间的支持。资金方面红袖的网友也有过一些帮助。

不光是资金的问题，当时国家对互联网的管控也很严。红袖服务器被封过好几次，有一次因为论坛上发了一篇涉及民族问题的帖子，网站就被封了。我们那时候就连夜打包资料，租新的服务器，把网站搬到其他地方去。可以说，红袖在各个方面其实都还处于朝不保夕的阶段，我那时每天早上醒来都不知道网站还在不在。我们最后能活下来，甚至能做得很好，其实都是慢慢熬出来的。

许：那红袖对您意味着什么？

孙：一份责任。其实当时做红袖没有想太多，就是想着得坚持下去、做下去。那么多稿件经过我们的审核发布到网站上，我们很珍爱这些作品，所以不愿意让这项工程中断。制作、运营红袖这件事本身也给我带来了很多乐趣，我那时候刚二十多岁，通过做网站，我可以认识全国各地的网友，大家经常一起组织活动。可能那时候我还年轻，没有太多生活上的压力，一人吃饱，全家不愁，所以不会考虑太多，只要觉得高兴就会一直坚持做下去。

四、为生存进行的小说类型实验:"总裁文"的诞生

许: 您在 2003 年 12 月 31 日注册成立了公司(即北京红袖添香信息技术有限公司),此后就开始专职做红袖。差不多同时,红袖也开发了长篇连载系统。为什么会想要发展长篇呢?

孙: 红袖选择发展长篇内容,还是因为网站有发展需求。我们最早不太了解文学网站的整体变化,一直以为整个网络文学就是榕树下、红袖这一类网站的天下。后来才知道还有发布长篇连载小说类型的网站,它们的流量大得出奇。那时候我就意识到,想要把红袖做得更好,就应该发展长篇。

我们的长篇最早期的作品,其实全都是红袖原来写短篇的作者写的,相对来看,更接近于传统文学,比较有文学性,写作题材、创作手法也都相对传统,有不少抗日题材、乡村生活的内容。但是这类的作品在网上获得不了流量,所以我们很快就开始转型,减少对这类小说的推荐。

在这之后,红袖的小说就开始更多地偏向娱乐性质,武侠、言情、都市、玄幻都有一些。但很快又出现了一些有问题的小说,比如都市类别就有一些作品过于低俗,为此我们直接下架了一批作品。再往后,网站更倾向于推荐一些古言作品,当时红袖在线下出版方面也推出了《鸳鸯锦》等小说,有不少惊悚类型的作品也很有人气。整体来看,网站的长篇小说一步一步往更具网感的内容转变。2006 年的《我的美女老板》就是一大典型,这部小说后来还拍成了电影。

许: 红袖是怎么发展成以连载言情小说为主的文学网站的?

孙: 最初红袖并没有明确想过要着力发展言情小说。在很长一段里,言情小说的流行其实是网站读者的自然选择,毕竟我们的女性用户会更多一些。红袖是在开始尝试 VIP 付费模式之后,才开始侧重发展言情类小说,尤其是"总裁文"。

红袖差不多从 2006 年下半年开始尝试 VIP 付费制度。刚开始的时候,读者反对声音特别大,有一半 VIP 付费作品直接被用户骂到下架。一直到

2007年年中的一天，红袖的VIP模式才第一次日收入过千。我当时非常开心，因为VIP收入和其他收入，比如广告收入，完全不一样，它是可预测的、稳定的。这差不多意味着，红袖可以稳定地活下去了。

2008年，红袖开始主打言情小说，做出这个选择是因为我们发现言情小说在VIP里是最赚钱的一类，这是我们反复试验，耗时八九个月，根据数据得出的结论。我们的编辑团队对高人气的台湾小言进行了系统分析，提取其中的核心爽点，再结合当时的网络小说的发展情况，在红袖打造出了"总裁文"这一风潮。这个类别是言情小说中最赚钱的一类。"总裁文"在后来还出现了好多变种，比如律师、高干、军婚，其实都是把玛丽苏情节做了不同角色的附会。

邵：我可以理解为"总裁文"是红袖制造出来的吗？

孙：准确来说，应该是付费网文中的"总裁文"是红袖编辑部引导出来的。2009年红袖在移动梦网小说栏目创造的收入占梦网收入的一半，那时候在移动阅读基地，到处都是"总裁文"，这就是红袖造成的。

许：网站发生了这么大的转型，红袖的编辑队伍是不是也发生了变化？

孙：我们为长篇招了一批新的编辑。原来编辑部的成员依旧在负责短篇的内容，一直保留到我离开红袖。新招的编辑是专职编辑，负责长篇连载小说，是正式员工。对短篇编辑，在红袖商业化取得进展后开始提供一些审稿补贴。

可以说，红袖通过长篇连载小说获得收入，再去反哺短篇，给短篇的用户提供一个活动的空间。我们短篇内容的编辑制度非常完善，打磨了很久，红袖只需要保持这样一个空间就够了。我们在2004年之后还陆续推出日记、红袖博客这样的一些版块，其实都是为短篇提供的新空间。

肖：您有没有考虑过通过短篇来盈利呢？

孙：就是因为无法通过短篇盈利，我们才选择了发展长篇。红袖一直保留短篇的部分，一方面是因为有好作品，另一方面也是因为这是红袖的源头。我们2003年之后的一系列改变其实都是基于生存的需要。网站的中短篇内容更主要服务于作者，为的是彼此之间的互动，并不是面向读者，读者也就相对有限。举个例子，红袖短篇的PV峰值大概是50

万一天，但长篇的单日 PV 就可以达到 6000 万的数量。

许： 短篇的作者大概有多少人？作品数量有多少？

孙： 短篇作者数量应该在 35 万到 50 万之间。我离开的时候，红袖的短篇作品差不多有近 500 万篇，还是挺多的。

五、满足读者欲望并不低级，娱乐是文学的功能之一

邵： 您刚刚说，红袖上的短篇内容是以作者为中心，而以"总裁文"为代表的网文则是以读者为中心。那么您如何看待文学的意义、价值？在我们原来的文学观念里，商业性是被否定的。但我们看到，有那么多读者愿意克服各种付费麻烦，花钱去读那些"难登大雅之堂"甚至"低俗"的作品，您怎么看待这样的现象？

孙： 我对这个问题，在不同的阶段其实有不同的认识。我之前认为，红袖上的长篇小说有点 low，是我们为了生存迫不得已去做的内容。曾经我还一度禁止红袖小说的标题中大量出现"总裁"两个字。那时候红袖论坛里好多老用户对"总裁文"有意见，经常开玩笑吐槽，"今天红袖首页有 20 个总裁在开会"。负责长篇内容的编辑则不这么认为，他们时常为了作品的名字不得不和我博弈，因为作品带上"总裁"两个字收入确实会更高一些。

后来我发现，这些满足读者欲望、服务读者的作品其实属于非常好的类型文学的范畴。一直以来，即使在网文内部，不同类别的作品间也存在鄙视链。2015 年，电影《五十度灰》风靡全球，但你仔细一看，就会发现这部广受追捧的作品恰恰是和"总裁文"一个模式，它的受欢迎其实说明了这一模式有人需要，有存在的必要。不仅如此，不少网友评价，红袖的"总裁文"要远远好于《五十度灰》这类作品。

肖： 您刚刚说我们的"总裁文"要远胜《五十度灰》，您觉得是什么原因造成的呢？

孙： 我们的"总裁文"不仅仅是比全球流行的《五十度灰》好，也比早年风靡一时的台湾小言要好，这类作品的核心其实就是玛丽苏。我们推出的"总裁文"，本身就在一定程度上模仿了台湾小言。港台在这一

类别的小说上，比我们发展要早得多。但2011年之后，我们和台湾联合报合作的联合文学，用了仅仅一年左右的时间，就靠着红袖的言情小说做到了台湾市场占有率第一的水平。这其实说明，大陆整个言情创作成绩已经完全超过了台湾。

在这些变化里，起到最大作用的还是网络和中国网络小说的付费模式。台湾小言的创作群体到网络时代很快就萎缩了，而大陆网文付费机制催生出的竞争机制，直接使得大量作者加入进来，并且在竞争中不断提高自己的写作水平。我们的很多作者，早期作品可以说很稚嫩，但他们很快就成长起来，小说提供的想象空间也越来越大。

这种超越体现在两个方面：第一是我们的作者眼界更高，小说更敢夸张。以"总裁文"为例，以前港台写豪门，几百万就已经是一笔巨款，写开车想到的品牌也就只有奥迪、宝马，而现在的"总裁文"里动辄几百亿，出门去哪儿都有直升机，虽然夸张得过分，但其实恰好能够满足读者的想象。这种眼界也使得我们的作品无论是放到纽约还是香港、台湾，都足够豪门，也足够让读者去做梦。第二其实是网络这种媒介形式，让大家的互动变得很迅捷，作者能够不断交流、不断打磨自己的作品，写作水平整体上也发展得更好。举个例子，在红袖有成千上万的人在写"总裁文"，你要崭露头角得有多难？这种大环境和竞争模式，才能让真的好作品迅速冒出头，继而影响一大批作品。

六、被盛大收购但依旧自治

许：您当时为什么会在2008年接受盛大的投资？收购后红袖发生了什么样的改变？

孙：一方面是因为盛大在2007年下半年投资了晋江，让我们压力很大；另一方面也是因为盛大当时有上市的打算，红袖加入其中对我们也很有利。

被盛大收购后，红袖并没有接入盛大的任何东西，比如点卡收费系统，公司之间只是单纯的财务关系。红袖依然是自治的状态，盛大还会根据红袖的需求，进行一些商业行动。比如说盛大之所以会收购小说阅读网和潇湘,其实是因为红袖在推动想要收购这两家网站。

不过盛大还是给了红袖非常大的帮助。在没和盛大合作之前,我其实有特别强烈的危机感,总是觉得朝不保夕。我也一直担心网站说不准哪天就会被封了。加入盛大之后,这方面的压力就小了很多,盛大整体的公关能力还是比较好的。从这个角度看,我还是很感谢盛大。

谈到接受投资,其实红袖在很长一段时间里都是靠投资存活的。红袖在 2004 年之前一直有零散的投资,但都不太顺利。2004 年,我当时工作的公司合伙人也投资了 50 万元。盛大的投资其实是红袖接受的第五次投资。红袖一直在坚持,一直在寻找各种资源,同时也不停地寻求商业发展的突破点,这可能才是红袖存活的缘由。

邵: 但红袖其实可以尝试通过 VIP 付费制度去盈利,这一制度很早就出现了,为什么您到 2006 年才想到做 VIP?

孙: 整个网络文学,VIP 制度刚出现的时候其实很难赚到钱。起点最早的 VIP 收入和它当时的广告收入相比,完全不值一提。我们在 2006 年开始做 VIP,其实还是和当时的商业大环境有关,当时的支付方式逐渐变得多了起来。

2007 年我们的 VIP 付费方式里银行卡支付占 70%。银行卡支付其实很麻烦,不仅如此,用户付费阅读还需要逾越"网络支付不安全"这一心理障碍。另一种付费方式是买神州行充值卡,但渠道方会扣掉 15% 的钱,很不划算。2009 年接入移动阅读后,网文才真正开始通过付费制度挣钱。只有具备核心的基础条件,网站才能出现新的发展。

许: 您 2016 年为什么会选择离开红袖?

孙: 核心原因是自己没有股权了,红袖的发展就没什么话语权了。我还是希望能按照自己想要的样子做一个网站。我在去年和当初红袖的老作者有过一次聚会,当时也提到,其实特别遗憾,红袖还有好多想做的事没来得及做,其实可以做得更好。

红袖陪伴了我这么长时间,就像是自己的孩子。当初每一个商业点有突破的时候,我常常一整晚睡不着。离开红袖时,我在交接讲话上说,红袖的企业文化最重要的是"与人为善,成人之美"。红袖在过去给作者的待遇非常好,2007 年到 2009 年,作品的全部收入都属于作者,有时我们甚至会给出双倍稿费。红袖的员工和公司的关系也都不错。红袖所有的税都按时交，光从 2008 年到我离职的时候，我们就给北京市纳了 1 亿多的税。红袖其实是很有理想主义色彩的文学网站，我们更愿意做一些不那么有商业价值的事情，比如捐书、助学等活动，我们捐献了两万余本图书给山区孩子，或许会为他们的童年带来一些希望和色彩。直到现在，红袖老网友们也一直还在坚持做这些。

肖：您现在在做一个新的文学网站"花溪"，为什么会选择继续做文学网站？新网站会直接对标红袖吗？

孙：做文学网站是因为我觉得文学这个项目会比其他项目更有意思一些。花溪不会去对标过去的红袖，这没有意义。我们能够在每一个阶段有阶段性的自我超越，就很好了。对一个文学网站而言，更重要的其实是活下去，给自己成长的机会和可能，因为你时刻面临着巨头的碾压。

红袖的创作环境是相对自由的。现在有些网站的作者管束特别多，写文必须要按照"套路"，有些作者也一直说怀念当初红袖的随心所欲。我希望未来能够创造一个更好的创作平台，让作品百花齐放。

七、下个十年网络文学必有新变化，活下去才能有新突破

邵：您觉得在当前巨头垄断的文学网站格局下，还有什么发展空间？

孙：首先肯定还是在商业模式上去摸索。但在目前来看，对我们而言，更主要的任务其实是活下去。只要能活下去，找到发展趋势、发展途径都只是时间问题。比如说，现在阅文一统天下，我要迅速做出一个新的文学网站，其实是很困难的，但我先把作品做好，提高它的可读性，把网站成本控制好，相对而言就容易得多。在存活的基础上，才能基于产品、作品，去尽可能创新。

就网络文学而言，我认为后面的变数会很多。上一个十年，从 1998 到 2008 年，这个阶段其实可以看成网络文学的初始阶段，那时候没有付费模式，大家都是凭兴趣在写，但同时整个创作生态可以说是百花齐放。我觉得最初的这十年其实是非常好的状态。我们当下的这十年，网

络文学的生态其实并不好，太过趋同，内容缺少创新。对现在的很多读者而言，找一个特别感兴趣的文章来看其实变得越来越难了。我相信下一个五年、十年，一定会出现大变化。

第一，商业模式会发生颠覆性的变化。比如VIP付费模式可能会终结，也许它还会存在，但是也会变得不那么主流了。免费服务越来越成为一种趋势，比如Google地图就是免费的，它并不依靠向用户收费来盈利。第二，网文创作类型应该也会有新产物。我们这些年来影视化、IP化的作品，追溯一下，其实大部分都是2008年之前的作品。当下这十年作品的同质化太严重了。当一个生态越来越同质化，那么它出现大变化，我觉得是一种必然。包括监管环境的变化，也会对新类型产生一定的影响。此外，我认为，随着我们国家经济的发展，移民人口越来越多，移民人口的文化结构也发生了新变化。这里也会有一些新可能发生，移民群体的文学创作相对而言也更自由、多元一些。

互联网行业瞬息万变，以新闻门户网站来看，从当初新浪、搜狐、网易三大门户一统天下到现在的今日头条后来居上，不断会有新事物去颠覆你对互联网的想象。在创新方面，老牌公司反而会有很大的历史包袱。

邵：这是不是可以理解为在互联网飞速变化的环境里，已经拥有垄断地位的企业可能会缺乏对新媒介的敏感度？

孙：我认为主要还是看生存压力。现在的环境下，越来越多的小网站已经熬不下去了，熬下去的企业必须绞尽脑汁想出新的办法来对应今天的政策：不安逸，才能有创新的动力；不离场，才能有突破的可能。在互联网的大生态里，没有早晚，也没有先后，变动是一种常态，你唯一能做的只有不离场。影视行业，爱奇艺坚持下来了，所以它有现在的地位；网文行业也是，起点团队就是很好的例子。

许：您一直都在强调"活下去"和"不离场"，您觉得这才是创业的关键吗？

孙：对。我在2011年红袖的一次年会上就曾经说过："努力活下去，把坏人熬死！"

邵："坏人"是谁？

孙：没有确切所指，就是所有的险境困难吧。就比如红袖的成长，我在 2004 年的时候，完全没有想过红袖会主打言情、会出现"总裁文"，我当时只有一个信念，那就是活下去，只要有商业机会我就抓住。活着本身就是一个很伟大的目标。红袖的发展困难其实特别多，2005 年 9 月的时候我曾经因为一次突发撤资，一夜愁白了头。红袖的创业过程中，最遗憾和难过的事是 2011 年我的创业伙伴 disha 年仅 33 岁就因病去世了。每次遇到困难，想到 disha 还没有来得及实现的梦想，就会觉得眼前的一切都不算什么，未来值得好好努力。

"女性向"的理想主义
——露西弗俱乐部创始人 ducky 等访谈录

【受访者简介】

ducky，本名高薇嘉，女，"70 后"，露西弗俱乐部创始人、精神领袖，2003 年后逐渐淡出管理。科幻作家，曾凭借科幻小说《风之子》获第十届中国科幻银河奖二等奖。

Jack，露西弗俱乐部早期管理员（1999—2002）。

平平，露西弗俱乐部中期管理员（2000—2005）。

羽，露西弗俱乐部中期管理员（2000—2003，2007—2012）。

此外，最早提供网站技术支持、服务器管理的 Jess 夫妇虽然没有参与访谈，但在采访稿审核过程中提供了一些补充。

露西弗俱乐部是中国大陆最早的耽美文学垂直论坛，1999 年 12 月 28 日由 ducky 创立，开启了中文耽美网络文学的"露西弗时代"（2000—2003），使大陆耽美创作迅速蓬勃发展，培养出风弄、风维/NIUNIU、嫣子危、fox^^ 等知名作者。为了保障"女性向"小众空间的纯粹性，露西弗首创"答题注册制"，建立起一套耽美爱好者准入制度。此外，露西弗最早确立了耽美圈的转载授权规则，开辟了大陆耽美的个人志模式。露西弗俱乐部壮大之后，大陆耽美创作的规模、质量、影响力开始全方位超过台湾，中文耽美文化生态初步形成。随着论坛形式的衰弱和商业化转型的失败，2005 年后露西弗逐渐走向没落。直至今日，一些忠实用户仍坚守阵地，维系着露西弗的运营。

【访谈时间】2018年12月2—3日（受访者最后修订时间：2019年8月2日）
【访谈方式】微信群聊
【采 访 者】肖映萱
【整 理 者】刘心怡　徐　佳　肖映萱

一、露西弗俱乐部的建立

肖映萱（以下简称"肖"）：露西弗俱乐部（以下简称"露"）是大陆最早的"女性向"文学论坛之一，今天很高兴通过六月（现任露西弗管理员）联络到露历代的管理团队，请各位一起来聊一聊露的往事。

羽：我来介绍一下吧。露比较特殊，各个阶段是由不同的管理者在负责，ducky 和 Jack 是露的第一批管理层成员，接着是 2000 年左右加入的平平和我。

肖：谢谢羽大人。还是从头谈起吧，关于露的建立，根据网络上流传的信息，露是在 1999 年 12 月 28 日由 ducky 和 XERXES 创立的，两位当时为什么建立露西弗？据说 ducky 此前是活跃在桑桑学院的写手，因为学院不允许写 H（情色描写）才建立了可以写 H 的露西弗，这个说法准确吗？

Jack：当日 ducky 宣告要在桑桑学院发布《海版仙流》（一篇《灌篮高手》同人）所谓的 H 部分而被版主封杀 ID，愤而自建论坛，因为在当时的网盛论坛——也就是后来的乐趣园论坛，编号是 881，可以简单加密，所以称为"881 论坛"，是最早的露西弗据地。这篇所谓的"H"同人文，其实人物是一只章鱼、一只螃蟹，并不算 R18 内容。所以这件事情的实质不是 H，而是 ducky 有意挑衅桑桑学院版规，被封杀真是非常正常。

肖：ducky 是什么时候开始在网上活跃，怎么开始接触到 SD（《灌篮高手》）、萌仙流的呢？

ducky：我本名高薇嘉，网络 ID 是 ducky，她们也叫我"高鸭""鸭子"。1998 年大学毕业前，我写了两篇小说，其中《风之子》拿了那年的

(第十届)中国科幻银河奖(二等奖)。1999年还跑去成都开笔会,当时《科幻世界》的主编杨潇和阿来都很赏识我。

我从中学开始看日漫,一直有做国产动漫之心,为此还选了计算机专业,后来发现没用,就转去社会学的广告了。大学时代很努力练了两三年画,最后还是自暴自弃地写漫画类小说去了。贼心不死,1999年我还私下找了两个美术系学生画漫画,那时候我对《科幻世界》的画刊很有掺一脚的兴趣。

1999年秋天,我溜达到桑桑学院的"耽美小岛"版块,感觉找到了根据地。不过人好少,统共有20个作者就不错了,当时看到篇大唐同人很喜欢,和了一篇,然后开始写《海版仙流》这篇SD(《灌篮高手》)同人文。其实那时候我还没看SD(《灌篮高手》)的漫画,角色都是根据当时流行的同人文人设写的。混了几天,我对那个版块的感觉就不太好,感觉非常像班委开班会,态度太严肃认真,特别"精英范儿"。但也没别的地方去,耽美文类型当时就这个研讨班试验田。本来那里就有几个爱蹦跶的,我又开始搅和,版主很抓狂,就封了我ID,为了显示不是针对我,顺便把XERXES也一起挂了。

虽然事情过去了二十年,我还是澄清下,其实我写的是章鱼和寄生蟹的交配系统小论文("海版仙流"即海洋版的仙道彰×流川枫),我当时觉得写个生物学小H也就是搞笑,没想到会闹这么大,后来《海版仙流》差不多被看成是大陆耽美第一篇H文,而且还是触手系(笑)。版主防患未然封了我ID,一些觉得我文还没发就被挂很冤为我讲话的也跟着躺枪。我写邮件跟桑桑解释,说就是写一下章鱼的生殖腕足啥的,别想多了,结果她跟我说"淫者见淫"。大家吵了两封邮件不欢而散,结果就是她让我滚出她的地盘。

过了几天,12月28日,家父生日,喝多了点,我就去当时的网盛论坛开了个版子,编号881。"露西弗(Lucifer)"的出处是《失乐园》——彼时日暮,撒旦从天而降,辉羽万丈,映照天地——这段不记得是《失乐园》还是《神曲》了,不过我当时想要建立的lucifer是弥尔顿的失乐园。伴随着大陆耽美圈第一场争斗,露降生了。过了几天,2000年了,追《海版》的读者找到我邮箱,我说开了新版,大家来玩吧。就这样,露算是开张了。

Jack：取名"露西弗"用的是"叛天使"的原意，和 ducky 本身的性格结合来看，这个人身有反骨，天性叛逆——ducky 后来还叛出了露西弗（笑）。

二、转载制度、答题注册制与"女性向"

ducky：露刚建的时候，写文的本来就少，赶鸭子上架也就我和老 X（XERXES）两个作者，根本不够塞牙缝，于是大家就开始交流自己的库存（盗文）。

当时国内的版权意识就是个渣，一个正版软件的价格，至少要五年不吃不喝才买得起——参照之下基本就是拿一个房子首付能买两套操作系统，正版太遥远了，所以我们"70 后"基本没有版权意识。我们从台湾耽美论坛盗文，盗得太 high 了，后来跟苦主阳光沙滩（台湾论坛阳光沙滩"BB LOVE 绝爱版"）大干了一场。输人不能输阵，事发之后我们虽然知道自己理亏，但是对方咄咄逼人，也不能丢大陆的脸，于是各种大战。最后阳光沙滩总版出来协调，一直在台版写文的作者也从中协调，双方达成和解了，顺便也拿了很多转载授权。也是经此一役，才订立了一条"圈规"，原创作品要经过授权才能转载。

这件事之后，台湾那边希望我们干脆就做她们的转载站。当时我们内部也争执了一场，很多人觉得不错，我打死也不干——好歹自己也是个渣作者，文无第一，做"专业拍马"站，丢人！再说大陆多少人，我们的写手早晚要起来反攻她们。此后基本上就奠定了露的基调：原创，培养自己的作者，以及我后来跟 Jess 发飙分手的源头——做正版。露也就成了大陆原耽（原创耽美）的旗帜。

Jack：那个年代连 BBS 需要通过 Telnet 软件，并且拨号上网时 163 和 169 两个号码费用不同，能上的网站范围也不同，因此盗文、转贴算是方便大陆这边看文的福利。但露的盗版时期只有两个月，我来的时候露这边已经认可了版权概念，说来惭愧，我是在露接受了"我用的软件都是盗版是可耻的"——人生第一次版权观念教育。

肖：露是最早确定了转载圈规的网站吗？

羽：要说接受转载规则，不是我们最早，有的站点很早就规定转载贴文开头要授权书。

ducky：说露跟阳光沙滩打完之后才定了转载要授权的圈规，也是成立的，我们以前肯定是不知道这个规则的，如果前面定了，就没我们那么多人蹦跶无授权转载了。后来就确立下来并且延续至今。

肖：当时转载的台湾耽美是有实体书？还是也是台湾网站上连载的？

Jack：一开始是网站，后来是实体。人家的作者可以靠写耽美赚钱，我们不行，所以露也没法商业化。后来反而被台湾盗版。再后来大陆有了《花冠》口袋本，我们不能无授权转贴外面的网文，但是我们可以扫我们大陆的出版物呀。后来我通过晋江的吵架得知扫描实体书然后放上网也是一种侵权行为，但那个年代真感觉满网各种书屋、网站都是做这个的，二十多年前整个大环境知识产权概念太薄弱了（笑）。

肖：当时大陆的网络总体环境对 H 是什么态度？

Jack：那时元元（台湾元元讨论区）和羔羊（赤裸羔羊论坛）都挺知名的对吧，而且网下也有正式出版的，比如卫慧的书，尺度也挺大的。环境可能是宽松的，但我们的心是保守的，露是会员制网站，禁止 18 岁以下的未成年人加入。

肖：对 H 的尺度有过什么样的规定吗？

Jack：我记得 2003 年左右的规定是"因为情节需要的存在"。

羽：我们还专题讨论过某些小众文（例如 SM）能不能发，管理层为了一人一票出公告起码讨论了几天，就是这类文章存在的合理性。

平平：结果就是有人喜欢有人不喜欢，但是它的存在应该是被允许的，不能因为不喜欢就不允许它存在。

肖：露允许写 H，就是这一点预示了反叛？

Jack：哪能啊，露西弗与早期其他耽美论坛最大的区别在于重点强调"女性向"，以取悦女性、让女性获得阅读快感为核心理念。这个和以往的男性为主导的文学圈子不同，文学本身相比之下被排在次位。耽美嘛，两个男性的恋爱，性别相同，重视恋人间平等的感情交流，还有突破禁忌带来的刺激感。虽然后来也朝着霸道攻／柔弱受的方向走，总体上强调供女性消遣娱乐，为那个年代现实生活中循规蹈矩的年轻女性提供了宣泄的空间。

露西弗从开站就把"女性向"放在"文学性"前面，作者在露上随便发，除非触犯版规才予以删除。相比之下有些网站发文需要版主认可才能被网站收纳。因为这一点，露西弗才迅速壮大，吸引大量人流，迅速扩大站点规模和影响力。毕竟文学性门槛比较高，强求的话就容易变成孤芳自赏，配不上 ducky 的野心嘛。

当年的有些同人论坛规矩是，原作不是耽美向的就不能写耽美同人，所以范围很窄，基本限定在最早的几部耽美动漫。还有一些耽美论坛要和同性恋文化划清界限，比如《蓝宇》这样的算同志类型还是耽美类型就有争议。露就比较自由，管理员不能以个人对文章还有 CP 的喜好去删帖。

当时的几个耽美网站，整体来说，露最宽容，被当时一些比较重视文学性的其他站点嘲死了，说露一些文章烂得和幼稚园小朋友写的一样，要是这些作者到她们的版上发文，没被骂走也绝不会有好评。但是露严禁打击作者，完全不允许批评，读者要是看不顺眼就关帖不许啰嗦，还鼓励读者回帖，"文章写之不易，请给作者多些鼓励。哪怕是一句话、一个字甚至是一个微笑……^_^"这一条自立站以来的版规贯彻始终。如果你一定要显示自己水平比较高，版上还是允许进行"以帮助作者提高水平为目的的探讨"，但严禁尖刻的冷嘲热讽，所以论坛气氛相当其乐融融。

羽：刚建立的时候还好，流量不大，没有引起注意，后来流量大了，还时不时把介绍改成"女人话聊"。

肖：什么时候提出的"女性向"这个概念？你们是如何定义"女性向"的？

ducky：2000 年跟阳光沙滩打完之后就开始提"女性向原创站"这个标签了。我觉得"女性向"就是"女孩子的窝点，闲杂免进"的委婉说法，"原创"就是大陆原创。

肖：露西弗好像是比较早使用"女性向"这个表述的，是来自日语"女性向け"吗？这个词在日语里是一个用来分流消费者的标签，类似"女式""女款",为什么会选择用这个词呢?

ducky:是从日文直接化用的。谁先提的不知道,可能是谁在哪里看到了这个词,觉得简单粗暴,正好符合情形就直接用了。当时也没怎么定义,就是愉悦女性。我一直觉得这个词像是女性主义、女权主义倾向/方向的缩写,都不太知道它是日语词。

肖:你们接触耽美应该是始于日本的作品吧?

ducky:我是从希腊神话开始腐的。

Jack:耽美类《绝爱》《独占欲》《间之楔》,暧昧向《X战记》《圣传》,热血漫《灌篮高手》《棋魂》,台湾那边的霹雳布袋戏……都是那个年代的腐向源头。

肖:对,我看到很多考题也是跟这些作品相关的。你们设置答题注册制就是想要把男性和非圈内的读者都隔离出去吗?

羽:考试题明显都是BL类的。

肖:考题都是谁出的呀?

羽:我们几个轮流出的,都出过。基本就是管理员出,想换题了就号召大家提供,因为大家爱好不一样,可以确保小说、漫画、DRAMA(广播剧)、动画什么都有。

ducky:答题其实是形式,主要是考虑两个方面,一个是服务器扛不住要限流,再就是倾向需要。

Jack:设置答题注册制客观上确实起到隔离非同好的作用。当时有些热血漫的正常向粉丝知道露上竟然有大量BL同人后,大举前来论坛展开骂战,注册制可以让这些人止步,留给女孩们一个自娱自乐的温馨小天地。

我记得2003年前题型分为两部分,第一部分是相关知识(比如某某是哪位作者笔下的人物,某某两人什么关系之类),第二部分是版规(比如是否成年、转载文章是否需要授权、对服务处理不满应该怎么办),通过两步骤的考试后进入最后的人工审核环节,我们觉得不合适的会员就咔嚓掉。另外也有免试渠道,比如知名作者、画手之类的——作者是网站吸引力的重要来源,有其他能力也可以,露西弗建站一直靠的就是大量有爱的免费劳力。

关于考试我个人觉得还有一个用意,相当于"确认过眼神,我们是一类"。很多论坛都有对暗号的习惯，通过答题也可以获得这种趣味，而且大家也会更加珍惜账号，谨慎发言。881论坛是匿名制，相对说话随便，甚至吵架什么的，最出名的几篇批评都是在881上匿名发布后开始争论的，881最多一删了之，不影响俱乐部的账号。而俱乐部上发言大家就比较爱惜羽毛。有一阵子部分作者为了获得更多评论，在俱乐部发文后在881再次重发，把俱乐部变成单纯存文的地方，于是Jess还要求暂时关闭881，鼓励大家养成去俱乐部发言的习惯。

三、从881到俱乐部

肖：俱乐部具体是什么时候建立的？什么时候有的独立服务器？

羽：俱乐部是在2000年夏天搞的，月份不记得了，估计是初夏。Jess是ducky的粉丝，被拉下水。

ducky：阳光沙滩事件后她主动跳出来卖老公，是她的老公Tony写的网站程序，2000年9月之后吧，2001年才建的俱乐部。

肖：Jess是ducky的粉丝？是科幻的粉丝还是同人的粉丝？

ducky：她们不知道我写过科幻的黑历史。

Jack：好些人知道，那时候《科幻世界》很火的好不好，我也订的。

肖：我们查到有一个资料说2000年10月从乐趣园的881转移到热讯，是从那个节点开始筹备俱乐部的？

ducky：对，881扛不住了，那时我整天给Jess打电话催服务器。我记得是卖了同人志，加上捐款，才有钱租的服务器。

羽：当时服务器压力大，还有一个原因是露还有很多分支的网站，在俱乐部首页有交换链接——上俱乐部可以去分支，从分支也可以回俱乐部。其中一个"倾斜5度"的网站（ducky：小Tea做的站。）就是主要用来存档扫描的港台出版的日本耽美漫画小说。我那时候就负责港台漫画和小说的扫描。另外，TG架了同人志买书网站"千色书店"，但是没卖东西。

Jack：还有"夜露追想"，一个推荐论坛。当时露的包容风格导致发文量很大，好文章可能一下子就被淹到后面几页去了，所以网站想提供一些发文上的引导，希望提高文章质量、鼓励优秀作者，设立了这种代表网站态度的人工推荐论坛——当然，肯定没有现在晋江这种靠程序计算的推荐排行榜的计算准确。随着发文量的剧增，做推荐真是看文看到吐，需要非常多的新人来看文，来写推荐。

还有"梦开始的地方"，主要做影视、漫画、动画的介绍和资源，直接放影音文件上去。"露西弗大陆"，做写手COS文字游戏的。还有一个"月狐轩聊天室"。

肖：论坛的那些独立的版块，一开始是在乐趣园等地方挂着，后来全部都收回到了俱乐部的论坛子版块下面是吗？

Jack：是，大家会在乐趣上留备份，两边泡。会员制最早在热讯，反复重新注册。热讯没撑多久。

肖：所以最早是881论坛，然后是各个分支版块组成的论坛挂在乐趣园等网站上，2001年3月卖了同人志，加上捐款的钱才租了独立服务器。再加上Jess夫妇的技术支持，有了会员制的俱乐部。

Jack：对。

四、以原创耽美为主，不重同人

肖：露有明确说只能写耽美吗？

Jack：其实在露西弗出现以前，大家对"耽美"一词的认知是有分歧的。耽美从日本传过来，原意应该是颓废沉溺堕落官能的美，用现在的流行词就是"三观不正"的美。比如经典的日本耽美漫画《绝爱》，从来不承认自己是一个同性恋的故事。

俱乐部建立之初，我们展开过对耽美定义的讨论——什么能在露西弗上发，什么不能。按ducky的性格，自然是无所禁忌，但是Jess为首的多人认为，我就是喜欢看到两个男人在一起，所以才来做这个网站。最后达成了共识，露西弗俱乐部正式的主页上面注明，在露西弗，耽美 = BL=Boy's Love，只能发BL，但是如果作者要发BG或者GL，不是特别夸张的话也睁一眼闭一眼——这部分是向ducky的妥协。这是网站定位，没有这个，露的定位就不清了。这也意味着露纯粹的"女性向"。后来BL的读者和作者在数量上占绝对优势，其他作者和读者就渐渐撤出了。

羽：几年后 Jess 想改成女性综合站，讨论生娃育儿话题什么的，也没成功。

Jack：嗯，后来还想卖化妆品什么的，服务器太烧钱了，结果都是想想，没行动。

肖：露最初是同人和原创并行吗？感觉创始人都是同人爱好者呀。

Jack：不是，虽然我是同人爱好者，ducky 也是同人起家，但露开版没多久就靠原创撑起了天空。这可以从历年的注册题目内容侧重中看出。

同人这块做得最好的不是露，露在同人这块竞争力相当弱，这可能是由同人的性质决定的——同人小论坛，一本书一个，一个人物一个，可耽美一个，非耽美一个，一个 CP 一个，CP 不可逆一个，某人总受 / 某人总攻一个，可不可 OOC、可不可 AU 再细分……像露这样强调"大杂烩"的，反而对同人不是很友好。而且当时乐趣园还在，申请小版块很方便，每吵一次架，就分出一批人去开一个新版。我记得当时光 SD 主题就有几十个版块，而且大家还都是熟人，要么是同好，要么吵过架。

平平：每个同人综合论坛，能发展起来，都必须有一个铁腕的管理员，碾压一切吵架。一旦这个铁腕管理员辞职或隐退，吵架这件事就足以摧毁一个同人论坛了。

Jack：这期间还不能跟作者产生私人感情。很多管理员自己就是作者。

平平：一旦管理员产生私情，或表现出私情，就不能服众了。

Jack：但哪能没个私情，没私情谁去做个没收入耗钱耗力的论坛？

肖：所以像 LOFTER 这种没有管理员的，反而误打误撞很适合同人。

平平：光发展数量发展不了质量，能发展质量的地方，一定会有一个非常宽厚的环境。

肖：质量得看圈子整体的素质吧。

平平：素质是有引导性的，是"劣币驱逐良币"还是"良币驱逐劣币"？LOFTER 就是没有管理员，所以也没有引导。

肖：要看怎么定义"发展出来"了，同人肯定是小众，围绕作品和人物的，不可能大众，版权问题也解决不了，不可能大规模商业化。但如果说作品质量的话，同人圈子人数变多了，新作者也多了，我觉得时间积累得长一些的话，还是会出现好作者好作品。这些作者就算一个圈子冷了，也会去下一个圈子，她们本身是在成长的。不坚持同人，转去写原创也行呀，作者被培养出来了——虽然这话在同人圈说有点政治不正确，我是从网文整体来看的。

Jack：最后写得好的大多就自己去出书了。没有利益，好作者很难坚持同人。我那个年代有些SD的作者就去改原创了，当时把SD同人改成原创后还引起了一阵风波。很多耽美创作者都从同人入门，一种是本身非耽美向的耽美同人——《灌篮高手》《霹雳布袋戏》，一种是本身耽美向的耽美同人——《间之楔》《冰之魔物语》，尾崎南、朝雾夕。同人毕竟是一种戴着镣铐的舞蹈，限制和争议都很多。很快日系木原音濑和山蓝紫姬子这种非漫画类的原创传进来，台湾在同一时期渐渐也以原创为主，露这边同样有大量"小白文"出现，可能没什么文学价值，但看着确实轻松愉快，符合女性幻想。露就是在这个时期迅速壮大，海纳百川，好处是有容乃大，虽然不免泥沙俱下，整体还是利大于弊，所以说露是靠原创撑起来的。

肖：露的同人版块和随缘居有关联吗？

平平：没关系。

肖：是不是露的同人偏向日漫，随缘偏欧美？

平平：那时候的同人都是偏日本的。欧美主要是视频、美剧和电影。视频体积庞大，必须要互联网发展到一个地步才可能进行视频传播。日本主要是漫画和小说，首先是地理位置离我们近，有台湾地区当中转站，获取来源多。欧美直到互联网从拨号变成宽带，宽带开始包年，才能进入大陆文艺爱好者的视野。

五、民主制的管理结构

肖：露的投稿、审稿制度是什么样的？是无版主、无编辑的吗？

羽：从881的时候就有版主，后来分工细致了，版主越来越多，分工越来越细致。所谓的"无版主、无编辑"的版头，只是在强调跟其他网站那种版主独大的绝对管理的不同。

肖：就是说版主就算有管理员的权限，可以删帖，也并不会去干涉大家发帖的自由。

羽：耽美网站做到一定地步，也需要规范管理，不能一个感性的人想怎么样就怎么样。管理层是投票决策，很多管理员有自己的小版块，小版块里一堆人自己怎么管自己决定。因为我们很多版块啊，每个版块有自己的管理群，会有一到两个人进总版；总版一人一票，发生什么好沟通。

肖：管理有报酬吗？

羽：没有，还要贴钱。除了捐款，还有参加网站活动的成本都是自己付的，除了去漫展卖得好可以报销车费和午餐。

肖：捐款买服务器的时候，管理层大概有多少人啊？

羽：当时整个网站一起捐的，也没有光靠管理层。我记得比较核心的管理是在10—15个之间，前后还有些人来来走走。这些人下面很多还有自己的管理组，如果把这些都算管理层肯定有几十个人。

ducky：我们的结构就是把所有摊子全组合起来，然后每一个版自主商量、告知总版她们在干啥。

Jack：然后有一阵子大家不知道摊子有多少，到底在干什么……但是摊子多了就大家自己继续扩大招人，甚至有互相之间也不太认得、不知道对方干嘛的情况。

ducky：除开招人，就是发动对外战争，批发马甲去打仗（笑）（Jack：这是鸭子自己的主打任务，别人没这么闲［笑］。）

羽：总版是一个乐趣园的加密论坛，每一个版块足够分量的一两个主要管理员就会进总版，新人进去前其他人也得同意，老人辞退前要给自己找好接班人。

肖：所有版块的管理集体在总版做决定？

Jack：是，一人一票。

肖：我了解过的其他早期网站的管理结构都相对简单，露的"联邦共和"和"民主投票"真有意思，你们真的精英啊，不愧是最早一波能上网的精英女性用户！你们会觉得露从管理到用户都比较偏精英吗？

羽：当初精英的不是我们啊，露是接地气的代表。

Jack：没错，我们只是杂而且人多而已。

羽：如果说露是精英化，那某些网站不就只能女神化了？但是现在的整体耽美圈素质是不行，村网通了。当年的某些网站，挺清高的，整个管理层都是高知做派，我战战兢兢在那边，到露这边百无禁忌，一个歌剧院一个小剧场的感觉。倒不觉得她们有什么不好，露的创始管理员都是从那里分裂出来的吧？从那边分裂出来的普通群众开的网站。

Jack：别的网站我们称呼对方都是"大人""殿""桑"，这是当时受日本影响的一个表现。但是回到露大家就叫版主"死鸭子"（笑）。

ducky：我们不承认精英，但事实是2000年有时间上网的女性，肯定是有时代背景的。

平平：拨号上网10块钱一小时，一台电脑10000块，能支付得了这个代价的显然不是工薪阶层，当时的收入一个月如果有1000块就相当不错了。

Jack：我是工薪阶层，只是那个时候一个人吃饱全家不饿。

肖：乐趣园是何时倒掉的？之后露的主体就只剩俱乐部了吗？

ducky：2005年后。跟MSN挂的时间差不多。

肖：乐趣园倒掉后，原来那些版块的人自动消散了吗？没有回到俱乐部来？

羽：乐趣园倒掉之前我们就不太用他们论坛了，他们会倒也是因为大家慢慢不用了，那时候其他沟通工具方便了，开源网站流行了，只剩俱乐部和"梦开始的地方"。"梦"后来也是管理员全退出，接班人跟不上，自己消亡了。"露西弗大陆"是因为她们吵架分裂后来管理员没趣了，也慢慢自己没声息了。再后来整个论坛都式微了，改成自媒体时代，像现在的微博。

Jack：除了乐趣园之外后来还有一个"QQ论坛"也有比较多耽美版块聚集（非腾讯那个QQ，同名而已），另外就是西陆，都随着BBS式微一同没落。"露西弗大陆"的主体是在这种论坛型网站，是类似文字cosplay游戏，大家互相拉扯关系，形成好多家族，关系太混乱，聊天室里遇上以后谁和谁就开始认亲戚，当然也能发现对方是仇家。年轻真是很闲很美好的一件事。

肖：露的管理和用户主要是"70后"还是"80后"？

羽：第一代管理层主要是"70后"，"80后"非常少，有也是1980、1981为主。

肖：是不是很多管理在广州？

羽：会员的话北上广都多，哪里互联网发达经济发达就多，但是管理层全国都有。搞印刷的一帮人主要在广州，因为方便印刷，最早有漫展可以卖，还有港台书籍可以租来扫描放网上。其次是上海、北京。

管理上，早期ducky和Jess是两大巨头，一个是创始人名片，一个是程序，掌握着网站根基（所有文章数据）。我来看的话，ducky算是当时文写得比较好的一个写手，出名时间早，个人风格强烈，有一定的感召能力，但不太有组织纪律观念，感性大于理性。所以在真正建立起网站管理层之后，她反而没有具体的管理实务，后来还跟管理层吵翻了。

平平：2000年到2003年至少有十几个人在主管理层。我是2005年之后渐渐不管事的，偶尔看一看，2008年后实在没空了，只负责需要的时候捐钱。

羽：我主要是2000年到2003年（做管理），2003年出国，2006年年底又被悲人叫回来，2007年到2012年也管理得比较多，后来慢慢退出，有事问我才回答。

ducky：到2003春我还是老大，Jess是程序支撑，其他都算部门负责人。

肖：2003年之后ducky就淡出了吗？881也转成ducky个人的论坛了？

ducky：对，我想做收费，她们不干了。我是觉得，大家年岁大了，理想主义玩过就好，遍地开花的局面也有了，拖两年关站好了，结果她们也不肯关。后来我就跑去晋江玩了下。

我建露西弗其实就是想有个自由发表文章的地方，2001年我就打算2005年关站的，这种激情和理想主义的产物就该早点挂掉，后面的现实主义就是晋江好了。露西弗是自由主义，关键是没工资。

平平：露西弗的问题就是，不能形成铁腕决断，没有上下概念，一人一票，绝对公平——理想主义和浪漫主义呼啸而过。晋江在这件事情上（正相反），政治不正确一点可以说是绝对的"男性化倾向"，没有商量和协作，一人专断。我有时候回想起来会觉得，我们这个环境非常理想主义，完全依托于过高的个人素质、群体协作——特别像母系社会的协作。

ducky：其实程序员是老大，Jess一直是隐形老大。

羽：我2007年初回来出《七周年》的时候见了Jess，商业化不成功，网站流量大幅下降。她有其他事业无心管理露，想把整个数据库交给台湾那边。我一个个问了那群老人的意见，大家都反对。

后来是悲人接手了整个程序，她也算管理员吧，负责花钱去找其他程序员重新写网站程序整理数据，为这个我们又向老管理员借过钱。那时候悲人和真蓝管得多点，2007年我和悲人讨论，说现在原创做不过晋江，我们又不敢收费，要不然就主力同人吧。

2009年之后，紫苍嫒上台，之后差不多就只有她一个主要管理员在操心了，以前都是至少有一群人在管理不同版块，不是一个人能管过来的。她是挺有才能的，要是她2003年出现，我们可能就成功搞工作室发家了。但网站这边明显还在退化，她是她部门方面的优秀负责人，但不是整个网站的优秀负责人。接着2010年我们服务器硬盘坏了，后来不幸又发生了数据外泄和丢失。

肖：我们整理下来，觉得2007年是个节点，剑走偏锋事件加后面晋江开始VIP，露的鼎盛差不多到这里，之后开始走下坡路。

羽：2007之前就走下坡了。应该是服务器有段时间老宕机，好多人都不得不跑去其他网站。

Jack：露的下坡和晋江崛起是巧合吧？

平平：露不走下坡晋江怎么崛起？露之所以走下坡，很大一部分原因就是那时天天宕机。要不是天天宕机，真的没晋江啥事。那时候我们没钱，在线人数又太多，特别耗流量，流量特别烧钱，更加凑不到钱去找专职的程序员。

羽：其实是我们自己的问题，Jess的老公Tony毕竟是义务程序员，做了一些如果是收费程序员看来很不负责的事情。

ducky：主要是没程序员，原来的版子就是随便写的临时品。

六、同人志、个人志等商业化尝试

肖：2001年露西弗第一部同人志《天之翼 地之翔》问世，开启了大陆网站印刷同人志的潮流。当时产生做同人志的想法，是受到同人圈文化的影响吗？

羽：2000年就做个人志了啊。

ducky：这件事是这样，当年第一本个人志（Apple《郎心如铁》）被盗版书先印了，还是大陆的盗版商。我就这事发飙了，写信给他们，后来收到人家的回信了，说以后不盗了。其实那时候整个圈子还是侠气的。

羽：当初盗版小说和漫画非常普遍，盗版商跟我们一样买台版，我们扫描上网，他们翻印赚钱。他们有钱，还买日版让大学日文系的学生翻译然后出版。

Jack：当时做网站如果想防止盗版，要么加乱码，要么只能出图。

羽：同人志是加了很多花纹的，就是防盗版，加花纹扫描会乱码。

ducky：我们个人志基本没被盗过。其实找捐款前十名，估计就找出盗版商了。

羽：2001年出第一部同人志的时候我刚好要去考试，ducky跟Jess一起去印刷厂，一看报价比想象中低，还搞了个精装版把成本加上去。我考完回来一看，快吐血了，从此拒绝她们两个掺和我们商务部的事。原来没有想搞精装版的，就是她们想要浪费钱。

Jack：她们是想做纪念。记得鸭子说老板拿出不同的纸比较给她们看，她俩一看就想要好的、贵的。当时批评她俩连这么低级的推销手法都看不透，她俩还很委屈来着哈哈。同人志厚得跟砖头一样，纸质太好，完全浪费钱。后来和别家的比一下，吐了无数血。

肖：同人志在那个年代还是很贵的，典藏版是不是更贵？

羽：是啊。

肖：全部卖出去了吗？

Jack：不知道，反正我抱着捐款的心买的。真说起来觉得怪傻的，一辈子没见过那么厚的纸印的文字书，有的画册用纸都比不上（笑）。

羽：我们不发中学地址，发货时看到中学地址还问过，有人回答说她是老师哈哈哈。买家真是什么都有，还有运动员，因为转战训练基地和我们换了几次地址。

ducky：我一直想出正版，后来就搞成到台湾出正版，2001年、2002年附近就挺多了。

羽：台湾出版社我们一开始还推荐了作者过去，后来作者自己都知道去他们那边投稿了，他们跟我们也就没有官方联系了。这样我们同人志收免费稿子就越来越有阻力了，愿意投稿的作者都是看露的面子。

ducky当初提过要给稿费，我们负责出版的部门（当时叫商务部）讨论过，觉得很难，因为全给稿费给不起，部分给不公平。但其实已经试着私下给过某作者钱，让她特地给我们写了，因为名人效应真的厉害。那时候已经有商业化的雏形，要跟台湾出版社竞争了，但这个没对外公开。然后我就出国了，另外几个人接手了商务部的同人志，想搞商业化那条路，搞不起来，连原来的规模都不能维持。后来讨论过收会员费，法律顾问否定了。

肖：我还一直以为露是坚决不走商业化的。

羽：商业化没成功，后来就说不商业化了。赚钱是想更好地发展网站，靠理想打不过人家给钱的。最理想的是能给管理员发工资，给作者发稿费。

平平：当年连写数据库的钱都出不起。露的数据库太大，导入导出很可怕，能做这么大一个数据库的程序员，也是相当贵的。我那时候就是想凑钱去找程序员，还自己去学过写架构，那是我这辈子电脑知识的巅峰。

肖：当时所有网站运营费用都是广告和同人志赚的钱吗？

羽：几次全网站号召捐款，也不容易，那时钱还很值钱。有很多是邮局汇款，还有人用信封装现金过来。

ducky：直接说大家凑钱捐款，拿本同人志当纪念比较准确。

肖：露和鲜网有没有合作？

羽：没有官方合作吧，好像一度还因为鲜网打广告拉人气愤过，就是文在露发一部分然后让读者转去鲜网看。

肖：除了每年周年同人志外，还给很多作者出了个人志吗？是像晋江的定制印刷那样的官方印刷物？

羽： 露出同人志是有编辑组选的，无论是综合本还是单人本，都是编辑组选上了才能出，不是作者自己定制的。因为早期印刷是有起印数要求的，速印还没兴起，成本不低，不可能随便印。后来悲人想过要搞定制，做好方案问了程序员，发现写一套自动程序很贵。我也问了一些搞同人志设计的人，都没兴趣，觉得粗制滥造没意思，但是想要做好看的话人力耗费太多不会有利润，这个计划就算了。

肖： 女频VIP整体都晚，差不多2007年后才收费，露为什么不考虑VIP收费呢？

羽： 收费也要程序的，数据都在Jess手上，那个时候要她放弃我觉得也不可能，只能把钱给她老公。不过我们也雇不起她老公。

肖： 没有投资商找过露吗？

羽： 2001年Tony的老板要买，不是投资，是买断，开价300万，但Jess拒绝了，觉得可以更值钱。我们那时候查过露的网络排名，原创小说类第五，唯一一个女性文学网，前面是起点、榕树下这些。那时候太早了，还不兴投资，等到后来有投资的时候，露流量已经下去了。不过也客观反映了程序员控制网站，当时要是卖了就卖了，我们也没办法。

平平： 现在小朋友可能不明白，当初做网站的，所有的人，纯粹是因为爱，因为分享。没有任何人是为了权力和钱做这件事。但在做的过程中，有些人昭显了他的才华和能力。一些网站坚持到了风口，转成商业化，就存活了下来。有些仅仅只有爱的，就湮没在互联网历史长河了。没有露也会有别人的，终究会变成今天这样。

ducky： 培养三千作者，做网站，做同人志，版战从正月初一打到十五，一群80斤的小姑娘顶着40度的太阳搬书，收入全倒贴……露是大家这么做出来的。

盛于实体出版，守护心中的梦想
——龙的天空创始人楼兰雪访谈录

【受访者简介】

楼兰雪，本名李利新，男，1972年生，北京人。2000年开始网络文学事业，龙的天空创始人之一，任站长。现任猫片主编。

龙的天空是中国网络文学发展早期最先从论坛中独立出来、建立书库的（玄幻）文学网站，2001—2002年间文学网站的领军者。网站前身为龙的天空原创文学联盟（简称"龙的天空"或"龙空"），于2000年8月1日成立，由西陆BBS的四个论坛（自娱自乐、红尘阁、一意孤行、五月天空乱弹）合并而成。2001年1月正式建站，从西陆独立出来。早期管理者为楼兰雪、Weid、流水等。龙空以线上发布—线下出版为主要盈利模式，与台湾、大陆出版社合作出版大量网络原创小说。后转型为网络文学评论网站，着力打造网络文学推文标准和评价体系。

【访谈时间】2017年7月19日（受访者最后修订时间：2019年7月31日）
【访谈地点】北京，猫片公司
【采 访 者】邵燕君　吉云飞
【整 理 者】谭　天

一、龙空的创始人都是文学爱好者、好哥们

邵燕君（以下简称"邵"）：龙的天空是最早从西陆独立出来的网络文学原创网站，也是网络文学行业最早的居于"龙头老大"地位的网站，曾有"天下大神出龙空"的美誉。之后才是幻剑书盟和起点中文网的相继问鼎。您是龙空的主要创始人，很想听听您当初创建网站的情形。

楼兰雪（以下简称"楼"）：创建龙空的初衷很单纯，我跟其他几个创始人都是文学爱好者、好哥们。一方面，就想要给原创文学开设一个阵地；另一方面，我那时候常去水木清华的BBS看小说，因为是教育网，登陆很困难，特别想在外网有个自己的网站。因为这样一个爱好与梦想，我们哥几个一起辞职出来做了一个网站，就是龙空。

龙空开站的时候一共18个作者，我对此印象深刻，因为他们是我一个一个从网上邀请来的。这18个作者里面，内地和大陆作者才占6个，其他都是香港、台湾的作者，尤其以台湾作者居多。当时流行"驻站"这个概念，即网站把作者们邀请过来，作者们自己上传内容。我当时特意请了一个繁体网站翻译公司，我这边简体版出来一章新内容，大概两三秒后，繁体版就更新了。

吉云飞（以下简称"吉"）：也就是说那时网络文学作者中，台湾、香港作者的比重更大？您可以介绍一下当时台湾网络文学发展的情况吗？

楼：从网络文学的角度上说，台湾的发展比咱们稍早两年，所以相比大陆肯定是具有优势的。这主要体现在硬件设备、网络服务支持以及写作思路三方面。当时台湾的写作思路跟大陆不太一样，他们受日本传统模式影响非常大，小说是以连载形式发表的，而那时的大陆还没有连载这个概念。一本30万字的小说想要出版，作者必须在整本完稿后，才能去找出版社投稿、出版。有人问能否写了一半就出，答案一定是否定的，没有这个机制也就意味着没人会为其出版。台湾就不一样了，他们的长篇一定是连载的，边写边出。

二、龙空的实体出版之路

邵： 2002 年以后，文学网站都在探索商业模式。龙空是走线下出版这条路的，其实这条路的门槛挺高的，需要有资源有经验。龙空做出版主要是您主导的吧？

楼： 对。当时我认为传统出版这个领域至少还能蓬勃发展八到十年，这是我从自己看书、阅读的体验和环境来推测的。我 1997 年从机关出来，过了几年就开始走出版这条路，一直走到 2008 年都还算顺畅。

邵： 您说的传统出版业是指的大陆还是台湾？

楼： 大陆。在台湾出版是因为大陆没有同类型小说的出版环境，当时还遇到了跟我合作的台湾出版商倒闭这种事。但其实这对我的影响并不是太大，除了经济上产生一些影响，对于我想做整个网文出版的事业没有任何影响，我当时就有大踏步地把所有出版业务往大陆迁移的决心。

邵： 在大陆做出版，有很多具体问题。比如，必须与出版社合作。网文比较长，怎么解决申请书号的问题？

楼： 只能分期做，比如将一部书分成四本做。这里存在一个成本问题，当时一个书号需要 2 万，如果是我们自己独立去做，最后出版这部书仅是书号就需要 8 万，成本着实不低。这也就是后来我为何会与海洋出版社进行深入合作的原因。

邵： 您出版武侠、玄幻等类型小说，出版社不管吗？会不会是超范围出书？

楼： 海洋出版社本身是个科普出版社，所有的跟科学幻想、科学普及相关的题材都可以做。

邵： 当时发行怎么样？

楼： 有些发行量还不错。在当时的流行小说领域，我可能占到全国全年发行量的十几分之一，成绩还算不错。记忆中最好的单册发到七八万册。但这里存在一个问题，比如一部小说要分成六本出版，可能第一本卖到七八万册，但第二本就只能卖到五六万册，最后一本结束的时候只剩两三万的样子。这里的主要原因是，大陆读者连续阅读的概念还没形成。

邵：那会儿您一般每部小说出几本？

楼：这得看字数，一本书只能容纳20—30万字，不然把字排得特别小特别密就成街上的盗版书了。开本从最初的32开到16开，从小16开到大16开，都是为了尽可能把书做漂亮，让读者拿在手里就觉得舒服。但一部书最好别超过三本，正常情况下60万字以内比较好卖。

邵：推出一本和另一本之间有时间间隔吗？

楼：基本上是作者快完稿了，我才开始运作。

邵：作者快完稿了，然后您一起推出三册是吗？

楼：全部完稿的作品我会放慢节奏，先出一本，下个月再出一本。那个年代，一次性让读者花五十多块钱买一套书，很多人都会先考虑一下。但是花十几块钱买一本先看看，大部分人都能接受。这样其实也可以解决我们前期的制作资金压力，同时也慢慢地培养读者适应连载阅读。

吉：当年网上一直盛传这么个说法——龙空为了出版会砍作者的网络作品，也就是说作者在网上写了一半，然后龙空准备出版，就要在出版前把作品撤掉或者不让他在网上写完，有这个状况吗？

楼：没有撤下来，但是确实有停更的。因为实体出版跟网上连载确实存在效益冲突，要是在网上把小说全部连载完，就会影响出版的销量。那时候买书的主力消费群体是学生和武警官兵，没有多少消费能力，能在网上免费看全，就不愿意花钱买实体书。而且出版社也一直有意见，它觉得你至少要给我留一半新鲜内容吧。所以我们跟准备出版的作者们都协商过，尽可能只发一半，等到出版后半年到一年，再全部补齐发出来。当时这个做法可能对作者造成一定的影响，但大多数读者还是能接受的。

邵：那时候您大概有多少个作者？

楼：签过约的有一百多个。

吉：这些签完约的都出书了吗？

楼：有的出了，也有的没出。我当时跟作者的合同应该叫代理出版，不是说我付你钱，你的东西就永远归我。我当时有一个特别明确的条款：12个月以内我出不了书，那出版权就退给你。你要是愿意让我继续操作,我可以接着帮你做。我觉得这个条件相对比较宽松,对作者更合理。

吉: 龙空后来跟海洋出版社闹僵是怎么回事?

楼: 当时行业内不够规范,特别是二渠道图书市场,我们要面对全国几百家分销商,发货按什么节奏发,多久结一次账,退货比例是多少,各家都不同。这不像出版社直接面对一渠道(新华书店)有正经的规章制度。恰逢海洋出版社换了新领导,对二渠道市场不了解,与我们也少有沟通,这才导致后来出现的问题。出版社直接去法院起诉这确实让我有些被动,甚至法院强行将服务器给停了,因为按照规定,龙空网站是隶属公司的,不可能说网站单独作为一个上级单位还下设公司。等到 2009 年,我们只好重新再注册,拿域名去做新版龙空网站,不过数据还是原来的数据。

邵: 您说的这些,我很理解。这和我们特有的文化政策和出版机制有关。我特别想问您的一个问题是,如果我们的出版机制也像台湾那样,可以有民营出版社,不需要书号的话,您觉得网络文学的实体出版机制能建立起来吗?

楼: 不好说,因为电子媒体的出现对传统出版冲击太大了。到了 2009 年、2010 年的时候,我就感觉出版网络小说遇到困难了。在当时,整个出版形态发生了巨大变化,传统的图书出版业呈现衰落景象,很多个体书商都濒临倒闭。

在那个时候,我认识的出版商里,一部分去做"九州"了,一部分去做影视了,还有拿着投资做其他的了。

邵: 您觉得直接冲击实体出版的就是像起点这样的网上付费阅读机制?

楼: 其实我觉得对出版影响最大的,倒不是起点这种网上阅读收费机制,主要还是盗版网站,包括手机端的。盗版书的阅读量比正版书的大得多,按实际阅读量算的话,正版可能都占不到 20%。

邵: 从 2001 年到 2008 年,您一直在做网文实体书出版。这七年间也有盗版,为什么网文的实体书还能火?

楼: 我觉得是因为在出版网文这条路上,龙空没有遇到什么竞争对手。其他几个网站都不太在意传统出版，侧重点也不在这上面。传统出版略微有一点门槛，不管是去买书号、编辑校对，还是有没有资格发行等，对于行外人来说都是阻碍。就好像出版业上有个小保护罩，能进来的人就进来了，进不来的人手里没有特别丰厚的资金，不敢进入。

邵：当时买您出版的这些书的读者，是不是有好多人不习惯在网上看小说？

楼：对。我那会儿做纸质图书的时候，每本书都要下发调查表。数据反馈回来以后，您知道什么人最多吗？武警官兵、退休老干部以及偏远地区的中学生。这个调查的结论和那个文学期刊的调查结论差不多，读者以老少边穷为主，他们不太能接触到网络，也不习惯网络。

其实互联网的发展对网络阅读形成了强力支持，不管是从网速，还是付费机制的便捷程度上来讲，这都是促进网络文学快速成长的重要因素。网络文学的发展跟互联网的发展是息息相关的，互联网每前进一步，都带着网络文学往前走一小步。

三、拒绝了盛大，也错过了收费

吉：我在网上看到有人说，龙空到后来老登不上去，导致人气下滑了很多，是这样吗？

楼：对，这是龙空发展起来以后的事了。等到龙空真正开始做大的时候，网站就开始出现各种技术问题，比如说网站拥堵等。这些问题现在来看特别简单，加一台服务器就 ok 了，但当时解决起来确实有困难。

一个是技术缺陷。现在做网站都是团队分工，当时都是一个人做一个网站，难免有缺陷。我们后来就不断改，改了至少有三四版，才基本确保登录网址不堵车，否则连上线都困难。

另一个是缺少财力支持。我印象特别深的一个细节是，网站刚成立的时候我花 4 万块买了台 1U 的服务器，而一年服务器的托管费 7 万块。现在听着这价格贵得离谱，但在那个年代就是这样的资费，对当时的我们来说是一大笔钱。因为大家做这个网站纯粹是兴趣爱好，所有费用都是自掏腰包。

其实这不只是龙空的问题,别的网站都有。比如起点在2003年10月第一次收费的时候,专门收了一个30块钱的充值会员费用。为什么要收这个?原因很简单,如果不收30块钱,它就支撑不下去了。起点同样面临着网站服务器的压力,它的服务器也是换了几次,最后网站实在没钱了,只好每人收30块。后来龙空开始做出版,有了收入就相对好了一些,所以服务器的问题对我们来讲不算什么压力。

吉:当时也有会员的捐款吧?

楼:对,最开始有的。虽然说绝大部分金额还是我们自己出,但当时真的有不少朋友是不计回报地给我们捐款。当时大家挣的都不多,哪怕就20、50的也是从自己饭费里省出来的,所以才会觉得珍贵,这也是我们努力做大龙空的动力。所以从另外一个角度来说,龙空就像是我们这一帮人的梦想,我们得守护它。

吉:在那个时候,网络文学、网络游戏都发展起来了,没有人愿意来投资龙空吗?

楼:有,还不止一个。包括盛大也跟我谈过,当时我没接受它的要求,后来它才找了起点。盛大的想法很直接,需要用网站赚钱,需要资本运作。对此我表示不能接受,我们做龙空不带任何私心,纯粹是出于满腔的热情与爱好,根本没指着它赚钱。就拿原创评论版块来说,原创评论是我们最看重的一个版块,那会儿也有几个水平相当高的版主,全是自家兄弟。后来他们年岁渐长,精力有限,就换了一拨人,为此整个办站的方向也就相应有了一些调整。但无论网站怎么调整,我们都不是为了赚钱,而是为了守住这一方净土。对我来说,只要能维持它的运营成本,让网站自给自足就行。

而且我们当时网站的宗旨是:你在为作者做一件事的同时,一定要为读者做一件事。对于网站的改版、调整,我们始终坚持要处于中间、左右平衡、不侧重某一方,不然很容易导致很多变数。比如当你针对作者做了好多工作,对他们很负责任,或者很照顾他们时,读者心里就会不平衡。类似的讨论,当时我们基本上一周就能碰一两次,开会经常开到两三点也很正常。

吉:当时盛大对龙空是一种什么样的定位?

楼：我觉得盛大是没有定位的，它不知道将来这个东西怎么发展，就觉得网文有强大的用户群体，与游戏的用户重叠度很高，将来可能是个发展方向，干脆先把业内第一、第二买回来。因为游戏做得好，所以那时候盛大的资金很充裕。

邵：2004年盛大买文学网站的时候，圈里是龙空第一、起点第二吗？还是幻剑第二？

楼：龙空第一，幻剑第二。从流量到整个领域内的影响力，起点都只算刚起步，但是起点走了一条创新的路、一条以盈利为目的的路。也许以盈利为目的才是网站能够壮大的基础，但这条路是我不愿意选择的，直到今天我也不后悔。对我来讲，盛大的要求相当于你把自己孩子卖给人家，完全听他号令。而且，公司虽然是以我个人名义来注册的，但我们几个龙空创始人毕竟是一个团队，我们商量这件事的时候，大家都表示不愿意被盛大收购，所以我就拒绝了盛大。

吉：您当时为什么不建议龙空收费呢？哪怕拒绝盛大收购，您也可以在龙空做付费阅读，是不是？就像您说的，只赚够维持网站运营的钱。

楼：互联网的飞速发展，超乎我的想象，这使得我在市场判断上出现了一些失误。我那时候判断，至少在两三年之内网络用户数量都不会有太大的变化，这不仅是我个人的观点，也是其他几个龙空创始人的倾向。可能因为我们这几个人年龄都相对偏大，错估了网络的发展情况，因此错过了做收费的好时机。从另一角度来看，我们一直认为免费阅读也是一种发展方向，只是当时的收费阅读占了上风而已。那时的市场远没有现在这样丰富，各种商业运营模式还不成熟罢了。

四、良性的网络文学发展机制要帮助作者成长

邵：那您怎么看起点现在这条路？

楼：起点目前虽处于龙头霸主地位，但依然存在纵横、掌阅、17K等网站在瓜分市场。大家在抢占市场的时候最先想到的就是通过资金的大量膨胀去压倒竞争对手，但用钱来解决问题，不是市场的正常手段或必然结果。如何做到全领域覆盖，大概是起点未来的努力方向了。而在

这个过程中，维持全市场良性循环可能是最难的事情了。将来不管是起点独秀，还是有其他网站异军突起统领全局，更或者是几家网站平分市场，我们都需要一个正常的良性循环的道路，而走入良性循环道路并不是以金钱为基础的。

邵：那您觉得良性的循环应该是什么样的？

楼：我觉得它应该有一个很好的竞争机制。首先需要思考，我们应该通过什么，才能把优质人才吸引到身边来？如果只是通过金钱利益，以及娱乐手段，那反而会腐蚀人的身心，不管是对人、对作品甚至是对行业的大环境，都起不到良好作用。我们更应该做的，是与作者谈作品，包括作品的优缺点以及优化方向，什么样的选题更有利于作者发挥，什么样的角色更出彩，把本质聊通透了，帮助作者成长，让他有更好的发展与未来。这才是一条正确的良性循环道路。其他方式方法仅仅作为辅助福利，并不是核心所在。

吉：您觉得接下来像 IP 热还能持续吗？

楼：以 2017 年的现状来看，还能持续一到两年。现在您看到的 IP 市场里，好好做事的人不是特别多，大多数是热钱。从全球看，目前可能就中国的文化市场，包括影视市场，是蓬勃发展的，只有咱们这儿急速上升，所以热钱冲进来的也多，不理智的人也多。我为什么说还有一两年呢？因为我判断这个市场从极盛往下滑，不会是瞬间就下来了，还有一个过程。当它下降到一定程度的时候，有些人资金收回来，就跑了；还有人赔得差不多，也该走了；然后又有人来接盘，最后接盘的人就是最后死的人。我感觉这个过程可能最多两年。

吉：也就是说，这个资金链条的带动顺序是先从资本市场出发，带动影视，最后进入网文，是吗？

楼：嗯，可以这么说。本来网文应该是源头，但市场不是这样，市场从后面开始做起来，它先在影视、游戏领域里瞬间爆发，然后再从后往前辐射回来。市场缺内容，它需要内容，需要采购资源，然后它就不断地去抓那些比较符合自己需求的内容去操作。如果资本都撤离了影视环境，可能对市场本身会是一件影响很大的事。对网络文学来讲，收入锐减到 1/3 的时候，应该就会理智了吧。

吉：在 IP 热潮里，很多作者开始专门为影视写定制文，您对这个变化怎么看？

楼：定制的话，可能短期内能够解决问题。比如一家商业公司让作者根据需求去写定制的内容，双方谈一个差不多的价格就可以操作了，甲方拿到的故事正是自己需要的，可以快速改编剧本，进入拍摄阶段。但长期看这是很有问题的，因为每个作者擅长的领域、写作的方向，包括写作思路都不太一样，哪有那么多符合需求的定制文？作者往往会迁就甲方的要求，使得故事缺少了亮点，这是第一个问题。第二个问题，如果全是为影视而写的定制文，就失去了小说本身的意义，毫无文学可言，是挺可悲的一件事。真正的好作者、真正的精品是能存活下来的，不管市场低迷到什么程度，他们都有生存能力。这一点从传统作家身上看更直观一点。这么多年来，传统作家从来没像今天的网络作者这么火过，从来没有过这种收入水平，即便是贾平凹、莫言也没有。

等到大家都理智了，然后能沉下心来好好做东西的时候，就能真正活着了，那也将是市场趋于理智的时候。

邵：您刚才反复强调"理智"，那是不是意味着，您觉得网络文学下一步还是走精品化的趋势？

楼：我觉得是。您看现在不管是多大牌的作者，他最早出来的时候受众也不是非常多，还是一点一点辐射出来的。他之所以能成功，就是因为写的作品好、跟大家互动得好，或者说大家对他有期望。放在今天，对于新作者来讲也是一样的，前人已经给你建立了各种写法及类型，你自己去筛选适合你的，选择你自己适应得了的。我觉得对于作者来讲，学历并不是最关键的，重要的是要有很好的想象能力以及对生活的积淀。那些有好想法的作者，如果能够慢慢地，沉下心来，踏实认真地写，我觉得他们还有机会。如果说市场没有这么热的话，作品的量应该也会小一些。

邵：您觉得是在读者群扎得深的那些人会留下来？

楼：嗯，最后成功的人一定不是偶然的。

见证与评说

——龙的天空创始人、网评家 Weid 访谈录

【受访者简介】

　　Weid，本名段伟，男，1975年生，北京人。2000年进入网络文学行业，龙的天空创始人之一，曾任纵横中文网副总经理。著名网络文学原生评论家，著有《网上阅读十年事（1998—2008）》（2010）、《一部标签的丰富史，一则原创小说类型谈——试论二十一世纪以来大陆网络类型小说的兴起与演变》（2011—2012）。

【访谈时间】 2017年1月7日（受访者最后修订时间：2019年7月31日）
【访谈地点】 北京
【采 访 者】 邵燕君　李　强　吉云飞　肖映萱
【整 理 者】 张　芯　田　彤

一、早年的"阅读饥渴"，无书可看才上网

　　邵燕君（以下简称"邵"）：您是网文圈特别有名的人物，一方面因为您是业内元老，一方面也是因为您是著名的网评家——这应该算一个比较通行的称呼吧，我们在写论文时，用的是网络文学原生评论家的概念，也简称网评家①。您的《网上阅读十年事》（以下简称《十年事》）

---

① "网络文学原生评论"的概念为编者自定义，指的是在网络原生环境下生发、主要在网络空间内部产生影响的评论。这一概念与最早关注这方面评论价值的崔宰溶博士（转下页）

和《一部标签的丰富史，一则原创小说类型谈》（以下简称《标签史》）是我们研究团队的必读书目，很多真知灼见令我们眼界大开。所以今天特别高兴有机会和您当面聊聊。能先聊聊您个人的阅读经历吗？

Weid：我是1975年出生的，1997年大学毕业。我打小喜欢看小说，西方名著、《史记》、名人传记、古代的和当代的小说，小时候就把市面上和文学沾边的书几乎看了个遍，好看不累的还得是通俗小说。

差不多是1998—2000年那会儿，互联网正在普及，而我正好处在阅读饥荒之中。我在《网上阅读十年事》中有提到过，我那个时代最后一次阅读盛宴差不多是1996、1997年，我上大三、大四。那时有几个重要的作家。一个是黄易，他当时在连载《大唐双龙传》。《大唐双龙传》被我们认为是黄易最后一部重要的作品。我开始看时，它连载还不到三十卷。当时一看，黄易那时候所有的作品都有了，当然是盗版。另外一个重要作家是倪匡，《卫斯理》《原振侠》的盗版作品很多。还有一个是席绢，我印象里当时她的作品也很多，也有几部是盗版。这些书学校图书馆都不会进，但我们学校对面有一个活动中心，那里面有一个租书柜台。

邵：您是在哪儿上大学呢？

Weid：首都经贸大学，我上的时候还叫北京经济学院呢。它对面是朝阳区文化馆嘛。我们那儿离水锥子北京图书批发交易市场也很近。那

（接上页）所引用的一个概念——"土著理论"（vernacular theory，源于麦克劳克林 Thomas Mclaughlin）的含义相近，指非精英、非学术研究者在日常生活中所进行的一种文化批评活动（参阅崔宰溶博士论文《网络文学研究的困境和突破——网络文学的土著理论与网络性》，北京大学中文系，2011年）。但是，无论我们称之为"网络土著评论""网络本土评论"，还是"网络草根评论"，都难免有精英本位色彩。所以，自创了"网络文学原生评论"这一概念。这方面卓有成就者可称为"网络文学原生评论家"，简称网评家。庄庸、安迪斯晨风曾提出"网生评论家"的概念，即"网络上成长起来的评论家"（见《网络文学评论》2019年第1期"网生评论家"专栏"主持人语"）。只是，这一称谓容易让人误解为"网生一代评论家"，并且，如其所言，作为"网络文学评论界不可忽视的一股新生力量"，"网生评论家"的批评实践已经有了超出网文圈、进入主流化的倾向。为了稍作区分，本书采用"网络文学原生评论家"的概念，主要指仅在网文圈内发言的著名粉丝评论者和推文大V，特别是早年在龙的天空论坛活跃的评论家，如段伟（Weid）、暗黑之川（Kind-red）等，同时也包括开始进入主流评论空间的安迪斯晨风等"网生评论家"。

时候省下钱来能租书就不错了，买不太可能，但是会去"扫"。

那时扫了好多盗版书。当时胆儿大的盗版商，会盯着某个畅销的作者，出他一套的东西，有时连出版社的名字都是瞎编的。有一个"盗版狂潮"就是署名西藏人民出版社的那个蓝皮儿的"龙枪编年史"（2000）、"龙枪传奇三部曲"（2000）等。

所以那个时候阅读的特点就是，一个作家几十年的重要作品一次性摆在你面前。因此你会非常充实。但其实这是很可怕的，人家辛辛苦苦写了几十年，你两礼拜就看完了，然后就和人家拜拜了。我记得当时宿舍里八个人一个屋，四五个都看小说，一摞书就放在那儿。《大唐双龙传》当时是一套六册，你看第三册，我看第四册，有本事的从第六册开始看，看完以后，再拿一本过来再翻，六本书当天要还回去，然后再借。当时阅读速度是这么熬出来的人，才有那种饥渴要到网上去看——因为你身边已经没有书看了。

我们那代人里头会觉得黄易是一个非常重要的作者，可以说是"大家"了。我们是"金古温梁黄"这么读下来的嘛，我个人对梁羽生不是特别喜欢，觉得他没到跟那几个并肩的境界，但"温瑞安之后是黄易"我们基本上没有太大疑问。

这基本上就是大学毕业前的阅读经历。我对那一段时间的印象是比较深刻的，就跟吃饭似的一下子吃撑着了。撑了之后呢，你再缓下来就会感觉到越发的饥渴。其实我这辈子看言情小说看得也不多，但那个时间段饥渴得厉害，实在没办法了，也去翻了翻言情。于晴的言情我还能接受，当时也翻了两本，但那几年都在追的是黄易、倪匡和席绢。当时其他作家的作品给我感觉还是跟他们几个有很大的差距。

工作后的头两年其实没太多精力看小说，但那时《银河英雄传说》是一个很大的惊喜。就我个人阅读感觉而言，《银河英雄传说》跟黄易的一本可能评价不是很高的小说《大剑师传奇》有点相似——这两本书的世界观、写作手法，和之前我们能看到的武侠小说已经有很大的区别了，这是它们让人感到惊喜的点。《银河英雄传说》之所以能在国内流行，就我个人观察来讲，是因为当时有一本叫《大众软件》的杂志。《大众软件》上有一个哥们儿，我记得好像是 King 他们中的一个人，写了一个关于《银河英雄传说》第四代游戏的攻略。《银河英雄传说》在日本特别热,它有漫画,还有个游戏。在《大众软件》这个杂志上看《银河英雄传说》游戏的攻略,就觉得跟看小说似的,这跟看《大剑师传奇》不一样——那个是看小说跟看游戏攻略似的。所以对当时的我来讲,小说已经不再局限在武侠小说了,它有一个更广阔的世界,想象力被打开了。

对那个时代的我来讲,其实说不上对类型小说有什么认知,但感觉这既不是言情,也不是传统武侠。《银河英雄传说》里"太空歌剧"①的类型对早期的作者而言是具有标志性的作品,也是他们学习模仿的对象。

2000年左右,我就开始陆续在网上看小说了。

二、见证华语网络原创在台湾的兴起

李强(以下简称"李"):我看到您在一些文章里写的,2000年时您在网上主要还是看台湾的小说?

Weid:这跟互联网的传播是有关的。实际上,我认为整个华语社会第一部网络小说是莫仁的《星战英雄》,在我还没上网的时候人家就在台湾的BBS上写。而且《星战英雄》是第一部被正式出版的网络小说,用的方式就跟后来的一样,还没写完就有人给出版了。

肖映萱(以下简称"肖"):那大概是哪一年?

Weid:我印象中好像是1998年甚至以前,你可以查一下。②那时候痞子蔡还没写出来。后来我才知道早在那之前就有一个台湾人开始网文创作了,他在夏威夷的大学做天文工作,笔名叫LQY。他写的那本书叫《大宇宙战争年代志》,我在2000年看的时候就已经有4M文本了。我问他是什么时候开始写的,他回答好像是1994年,说他开始动笔的时候,田中芳树的《银河英雄传说》还没有发表。自己已经写了好几十万字,然后看了《银河英雄传说》,"当时人都颓了"。那是一部在早期给我印象

---

① Space opera,一般泛指将传奇冒险故事的舞台设定在外太空的史诗科幻作品,代表作有《星球大战》《星际旅行》《银河英雄传说》系列。

② 青海人民出版社1998年出版的《星战英雄之五祖传说》,是目前可查到的大陆最早出版的莫仁小说。

特别深的作品。

华语网络创作跟网络普及以及运用互联网来干什么有很大关系。大陆这边的作者之所以很难在那个时候被发现——比如当时我们龙空版上有一个 Tomshi，他应该是国内最早的一批互联网用户，好像是北科大的吧，他大学的时候在实验室里拨号上最早的中文 BBS。哪怕他就是只发表一篇文章，也得先在磁盘里敲好了再拨国际长途去贴上，无法获得一边创作一边跟读者交流的那种感觉。所以最早的论坛肯定主要是台湾和海外华人圈的，比如北美那边的年轻人在进行创作的。

后来，在元元和它的内站虎门的基础上产生了一个网站叫"元元图书馆"，它发展到一定规模融资以后，建立了华语的第一个文学网——鲜网。鲜网成立时那几个主站作者，有元元出来的罗森，也有像莫仁这样的，我记得大陆的典玄也是很早就在鲜网驻站，后来到了 2003 年的时候就是萧潜。在元元转鲜网的时候，你就可以在元元、虎门里看到一些大陆作者在进行创作，当然主要是色情小说。虎门很辉煌的时间大概是从 1998 年开始的吧，反正我印象里它肯定是比较早的，要早于 2000 年。

吉云飞（以下简称"吉"）：你们很多人当时在网上追《大唐双龙传》吗？

Weid：对大陆读者来讲，《大唐双龙传》巨大的意义在于它是连载小说的一个启蒙，在此之前，大陆读者都没有正经追看过连载小说。我个人认为，对网络创作有深远影响的是《寻秦记》，但几乎所有早期的书友都是追《大唐双龙传》到网上，然后聚在西陆 BBS 的。

吉：当时网上连载的速度快吗？看您文章里讲，那时候清华有人在扫描，然后手打上传的。

Weid：他们把新书从香港寄过来，到了之后就直接沿着书脊"咔"地一分，有电脑的一人几页，然后开始敲，发到水木清华 BBS。这是拆书敲出来的。

吉：这样应该比纸质的盗版快很多吧？

Weid：当时的盗版其实已经不会跟着出这个书了。我不知道你们见过那种书没有，6 万字一本，很薄的，字还很大。卖的不到十块钱。你一次就给我出这小本玩意儿，我看什么呀？盗版商肯定不敢卖。当时好像是华艺出版社出《大唐双龙传》正版书，一开始就跟着连载，好像是三卷合一本卖，然后发现销量下降。为什么？就是因为我们在网上都看过了。然后就变成两卷合一本，十几万字一本。最后实在扛不住了，就六万字一本和港台同步。而且，OCR（Optical Character Recognition，光学字符识别，通俗而言就是文字扫描）拆书扫描什么的，有台湾的朋友给你寄回来，让你慢慢敲，就总有流出。清华那哥们儿可能是家里有关系，从香港寄书回来。互联网精神嘛，分享啊。当时在西陆 BBS 大家都很 high，基本上是头天出的书，第二天、第三天下午精校本就出来了，你能看出是谁打的，因为错别字老一样。《大唐双龙传》每月出稿子在大陆这边的论坛上还是挺热闹好玩的一件事。

李：主要是在西陆，其他论坛没有吗？

Weid：西陆实际上是网友在找了一串儿的网站后最后找到的。后来我在文章里写，可能是很自然的一个路径。一开始互联网那个年代你基本上知道的肯定也就是四通利方——那时候有聊天室，真正的网页网站不是太多，雅虎可以看看。那个时候你会用雅虎搜索引擎之类的你就总有办法知道，突然发现网上这里是看小说的地儿。第一个能找到的差不多就是黄金书屋——反正我把书 OCR 进来，然后输入电子版本。我到黄金书屋的时候，印象里它那儿就已经有差不多十几本网络小说了。

吉：网络小说？

Weid：对，网络小说。《星战英雄》我就是在黄金书屋这样的网站看的，我还没到西陆的时候就看过网络小说，肯定有《星战英雄》《星路谜踪》，《风姿物语》至少"太阳""月亮""星星"那三篇应该是有了，《圣魔帝》也应该是有了。我忘了有《神魔纪事》没有了，反正是非常早了。

《圣魔帝》的作者是一个广州人，当时在澳大利亚上学。《神魔纪事》的作者是一个北京人，在澳大利亚上学。然后是《天庐风云》。我到西陆的时候，《天庐风云》已经有不少字了，所以写的时间应该挺早。作者是福州人，福州电视台的记者或者编辑，大美女，早早地嫁人了，当时让我们很伤心。就是这几本，我们印象比较深。

我记得当时六艺（指六艺藏经阁）肯定有人已经开始写了，比如《苍穹》《幻魔战记》《真实与虚幻之间》。就那个时候看书呢，第一个感觉是

"哎哟，有写这个的，太好看了"。当我们看田中芳树的另一本《亚尔斯兰战记》之后，就突然间，你发现有一个世界打开了。我老喜欢用这个词儿，就是他那种中世纪奇幻背景，我个人把它叫"日式奇幻"。

当时国内有一批盗版小说，可能影响力很低，应该真的是国外的人写的，类型非常集中，就是诺曼底王征服英格兰那个时期，大量的法国骑士跟着诺曼底大公到英国建立新王朝。在那个时期，某个英俊强壮的骑士和一个贵族小姐，又砍人又恋爱之类的。印象中我大概看过三四本这样的小说，它们完全是另外一个风格的。

吉：是《三个火枪手》那样的吗？

Weid：对，那个路数一下子就能想到《三个火枪手》《基督山伯爵》，就是西方类型小说的一个传承，跟世界名著可能带来的吸引力又不大一样了。很多人喜欢《龙枪》，但我不太看得进去。《龙枪》《黑暗精灵》，我觉得比较晦涩，但是西方那种扔火球是新的东西。我认为武侠小说就是被金庸写死了。在这个范围内这么多年，不说超越，你总该有点变化吧？但这就很难了。那你怎么办呢？只能扔火球。我觉得这是一个非常典型的类型小说读者的自觉。然后我有时候在想，这是不是就是所谓的写一本《堂吉诃德》，骑士小说就再也不见了。你太好了，这个类型就死掉了。当时就觉得《亚尔斯兰战记》《真实与虚幻之间》还有《圣魔帝》啊，《天庐风云》《风姿物语》啊，他们几乎都是架空的日式奇幻背景故事。

吉：源头还是《银河英雄传说》？

Weid：对，黄易和田中芳树是两个标志性的作者，他们在创作方面对于最早一代网络作者的影响是非常大的。黄易最重要的是《寻秦记》，但他还有《大剑师》《星际浪子》《凌渡宇系列》，每一种类型也都有人在模仿追随。而田中芳树是真的在文本上打开了新的世界，告诉后来者应该怎么写太空歌剧。他的《亚尔斯兰战记》是中世纪的背景。还有水野良的《罗德岛战记》这种正统的日式奇幻。印象里我是很晚才看到《罗德岛战记》漫画的，可能有人看过它改的动画，还打过游戏。他在创作上吸收游戏和漫画的灵感比较多，但在文本上，我感觉还没有超过黄易和田中芳树那两个人。

李：能再谈谈在西陆的经历吗？

Weid：在西陆主要就是看小说嘛。印象中，第一件很开心的事情是突然发现了一个叫"飞凌"的 ID，在黄金书屋看《天庐风云》的时候就发现了。我上去问，《天庐风云》是你写的吗？问过之后才知道这是在红尘阁连载的，红尘阁在西陆 BBS，有在台湾 BBS 上发作品的大陆作者聚在这里，大家对武侠小说有兴趣，聚在一起写了就贴出来。当时为什么去西陆呢？因为西陆随便开版，就像后来的贴吧。论坛相比聊天室有一个好处是，你不会担心有什么东西你看不见。你聊天室聊完这个人就不见了；论坛上留一句话，他看见了就能回一句。当时论坛上的玩法其实和现在的论坛有很大的区别，我们早年做龙空的时候用论坛做过一次采访。把作者请过来，说，今天我采访他，然后在西陆申请一个版，叫 *** 采访专版。作者就发一个帖子："大家好！大家有什么想问我的？"然后网友就刷一堆问题，他就在那儿敲。敲着敲着大概两个多小时，然后"咔"论坛锁死，跟一个帖子似的。想看？就去这个论坛看这长帖。

邵：哪个论坛？这时还没有龙空吧？

Weid：没有，当时还没有龙的天空，就只有一个版。那时候我们叫自娱自乐。

吉：对，龙空是几个版的联盟。

Weid：红尘阁、一意孤行、自娱自乐、五月的天空。

吉：都是自己申请的吗？

Weid：对，西陆的一个版真跟现在的一个贴吧差不多。一意孤行当时的量最大，因为当时有几个哥们儿去台湾把几篇网络小说转帖过来，跟盗版也没什么区别，但基本上都很客气地问作者："我能拿走吗？"其实就先拿走了。当然也有作者说不能拿的，那就换个马甲拿走（大笑）。但那个时候，基本上所有的作者，就算你不说他也不会在意的。但你要是说了就有一个好处——作者很有可能就跟着过来了，看一看读者是怎么评价的。

李：阅读上没什么障碍吧？

Weid：简繁体真的一点儿问题都没有，两岸人对简繁体都是根本不学就能看懂，交流上没有太大的问题。甚至有一个台湾作者 mayasoo，他是属于台湾的统派，写科幻的，学《银河英雄传说》这种太空歌剧的科幻小说，我非常喜欢，叫《银河新世纪》。他是第一个从台湾到西陆扎根的。后来他发东西就直接发西陆了。台湾那边就在鲜网贴一个，成天泡在这边。mayasoo 是龙空军版开版之后主要的成员之一，他给我们分享了大量海峡对岸有趣的事情。

但总体上看，到这边来的台湾作者还是比较少的，这可能跟台湾作者数量本身比较少有关系。他们比较抱团的地方主要是在六艺，里头其实有非常有才华的人。子鹰后来不写了，很可惜。怀物后来到原评做版主，也是去六艺交流过来的，他写科幻短篇多一点。写《幻魔战记》的 unknow 后来参军不写了。但是里头有一个 foxflame，文笔非常好的，他就写最传统的武侠，一刀一剑、一颦一笑，正经跟你写出侠气和人的内心，写出冲突，甚至是你想象不到的冲突，或者老梗玩出新花儿……我真的感觉是非常强的一个作者。他有两篇小说都是只有开头，但是在那个年代，在我眼里，台湾作者里面论才气真的没有比他再强的了。武侠那篇叫《水龙吟》，后来他曾经出版过，但是没出完。他还有一本奇幻小说，写得非常棒，好像叫《黑色火焰之歌》，也是只有十几章。

三、龙空论坛的建立

吉：您能再详细说说龙空建立前后吗？

Weid：龙空建立前后网友越来越多嘛，那个时候我们也从外面把很多书转进来。就是我们想再进一步发展，西陆站方并不支持我们，我们自己出去做一个网站就是顺理成章的事情了。

吉：站方怎么不支持？

Weid：如果贴吧的一个吧主跟网管说我要怎么怎么着，你看管理员理你吗？

肖：当时具体是有什么需求呢？

Weid：主要是一些个性化功能方面的需求。当时西陆已经开始做分类导引页面、首页推荐什么的，已经有意识地向真正的社区化去运营了。推荐位啊活动啊那些资源，都是有价值的，就想着应该怎么去跟它合作。我们作为整个西陆流量最大的站，有什么希望，就跟他谈，谈完以后就被敷衍了。就没什么好说的了，就出去做站。有程序员，然后也有人肯掏银子，自己掏老婆本出来，就买服务器，就开站，龙空就这么建立了。

吉：你们几个版的人因为商量建立龙空而在线下聚在一起了？

Weid：对。当时龙空其实有多个创始人，我们基本上有三四个自娱自乐的版主都是早期的管理团队。这里头有一个我，有一个楼兰雪，然后一个流水。所以后来为什么在前期这么长时间龙空的运营是我们在做，因为我们在北京，大家讨论起来比较方便。

邵：当时您是专职做了吗？

Weid：龙空2000年成立的，我应该是2001年中辞职出来的，记得龙空成立的时候我没有马上辞职。辞职出来后我跟楼兰雪是全职，流水后来一直没能出来。

邵：您当时辞职做这个，是觉得这个可以当正经事儿做吗？

Weid：我大学毕业以后先是做上市公司审计，几年之后我去了一家咨询公司，做企业战略管理咨询。当时在咨询那个圈里非常流行的一句话，叫"二次创业"，我印象很深。再者因为北京人也没所谓啊，可能有点像你种完地整点儿钱，然后败家跑去搞艺术了，就觉得创业这件事很有趣。龙空这件事情，对于一个有点儿小浪漫主义的人来讲，你能把一件自己喜欢的事情当事业，这是很难得的一件事。虽然当时还不能挣钱，但是琢磨琢磨还是能干一干，所以我和楼兰雪就出来做了，闷头一做就回不去了。开始想得还挺好，做不成就再回去打工。出来一年两年还能回去打工，但你做了四年五年待久了以后你就不见得能够回去了。

龙空在这一点上跟幻剑书盟和起点是不一样的，就是我们这个团队在商业化上其实不是非常乐意的。我们不太有思路，或者说我们当时做事的方式，并不是一个互联网公司的做事方式，更像是一个书商、文化公司。我不愿意说孔毅和吴文辉在网文行业的理解上比我强多少，也有可能是我当时把他们的路堵了，他们没办法才做VIP这件事。VIP很早就想到做了，但一个是你执行不下去，第二个的话我觉得互联网公司跟传统公司有很大的区别，就是你必须专注在这件事情上，你要坚信互联网带来的力量能推动这件事情最后替代了旧的事情。但是龙空，毫无疑问，我们是没有这个决心，没有这个意识的。

吉：楼兰雪之前是在北京做什么的？

Weid：书商。所以我们跟图书相关的人比较熟悉。楼兰雪的这段经历，你们要真正写的话，可能还是采访他比较好。他现在应该是在猫片那边。

邵：有时候是这样，可能恰恰你们那个时候有出版的渠道，走得特别熟，反而不会寻找新的路。像起点那样进不了出版门槛的，不去找新路就活不下来了。

Weid：不光熟，而且你能挣到钱。我们后来聊的时候有几个特别典型的例子，比如龙空一直不上广告很长时间，你简直难以想象——当时就觉得上广告对读者的体验不好啊，我们做这个就是情怀啊玩啊什么的，没有很强烈地说一定要把它商业化。因为我们在另外一个相对传统的商业化道路上，而且把后头的路都堵死了。

邵：你们当时就是靠出书吗？

Weid：我们当初是靠出版活的，就是在台湾的公司。

邵：主要有哪几家啊？听说有八家？

Weid：没有那么多，是积累下来的。主要是狮鹫、万象、飞象、圣堂，盖亚也偶尔有合作。一家出版社可能会有好几个厂牌，比如天海文化出版就是狮鹫的一个牌子，2003年还出过刘慈欣的《流浪地球》。我和狮鹫合作得比较多，出的书质量也比较好，我现在手里还留有一批样书。后来台湾书商压缩印刷成本，书的品相差了不少，我就不留样书了。

吉：都是在台湾出的吗？国内的我记得应该是天津那边也有。

Weid：对，天津、广西。天津是金震，老金。广西那边是一个书商。

吉：所以建了龙空之后就很顺利地把这个出版的渠道陆陆续续都建起来了是吗？

Weid：只能说是建立渠道，然后去出书。国内这块其实并不顺利，几乎挣不到钱。

吉：为什么？买的人很少吗？

Weid：销量很少。广西、天津这两套书，包括当时大家非常喜欢的《迷失大陆》《都市妖奇谈》，国内销量好的可能也就1万多本不到2万本。

对于一部正经的书来讲，这个利润是非常非常低了，几乎没法让作者去全职创作。国内这类书的市场，如果只看男频的话，可能是到《诛仙》才火起来。可是《诛仙》火了一下之后你就又看不到了，《鬼吹灯》和《盗墓笔记》我觉得某种程度上是个案。之后基本上就是磨铁，磨铁之外当然还有其他人做言情，但在男频这方面销量其实一直不好，直到《知音漫客》对低年龄群读者群的覆盖，改编成漫画然后再做书，作者在大陆的简体收入才算不错。之前很长一段时间作者都不跟你聊简体版权，你问他简体版权的时候，他说这也能卖钱？都不惦记的，有多少是多少吧。

李：好的时候大概养活了多少作者？

Weid：我可能不太严谨啊，保守地说 100 个作者到 150 个作者那是毫无疑问，因为我们最高峰往台湾就每个月出 140 本书。我们这边可能有一些不是网上的作家，但是 100 个肯定还是有的。

吉：2002 年、2003 年的时候一个普通作者在龙空稿费大概有多少？

Weid：一个月两三千起步。看你住在哪儿，你要是住在比较小一点的城市，真的可以辞职写书了。

吉：那时台湾那边大概能给到千字多少？

Weid：早期比较高的能到千字 120 元至 200 元人民币，后来稿费再低也有千字三四十元。我想萧潜那种成绩的可能就是单谈了。像龙空这样通过中介出来的，到作者手上千字五六十元以上肯定是有的，最惨的千字 30 元也有。千字五六十元，一个月 6 万字，那时候没税。

吉：您觉得是从哪年开始，台湾的整个畅销书的市场，类型小说的市场基本上都被大陆的作者占领了？

Weid：我记得当时写回忆的时候列的是 2006 年？提了一个畅销书的前十名里头只有两个是台湾作者，一个是罗森，一人有两本，然后就是《异侠》的作者自在；其他的全是大陆人。大陆第一本在台湾出的书我印象里头是飞凌的《天庐风云》，小说频道出的第一本书。

吉：大概是哪一年？

Weid：我印象不太准，但我感觉应该是 2001 年、2002 年的时候。然后龙空真正第一本送去台湾的书应该是勿用那本《临兵斗者皆阵列在前》，要不然就是《神魔纪事》。

吉：增长很快吧？一年时间就从第一本到上百个作者？

Weid：千字 200 元，一个月 6 万字，那就是 12000 元。那是 2001 年到 2002 年之间，对台湾人来讲，这是还不够活下去的钱，但这些钱在北京全职写都能买房。千字 200 元的稿酬，当时国内除了《故事会》，还没有第二家能开出这个价格，但杂志不可能每个月都找你写 6 万字。好多人当时想我一个月怎么写得出 6 万字？但真正吃这碗饭的人，是按照我一个月能挣多少钱这样算。我记得老蓝（台湾出版社老板）签第一个作者的状况，真的跟小说似的。找到陕西大山沟里，"久仰久仰！"啪叽甩下去一摞人民币，摞四摞就够了。特逗的就是，写"烂尾"的人还是蛮多，因为他不是很明确写书就是为了挣钱，写不出来特痛苦，一个月五六千块钱也写不下去。

邵：那他写不下去怎么办呢？

Weid：关于这个，有一个趣闻。有个作者，网名好像叫寇仲，是清华 BBS 一个武侠团体的。他的文笔堪称老大，写了一本小说《长河击剑录》。就算现在看前面那部分，还是给人很大的震撼，大才子。每次催他都是："哥们儿，哥们儿交稿了？""不交，脚坏了，写不出来。""为什么呀？""脚坏了，只能躺宿舍，不能上街看美女了，没灵感——就是写不出来！"大部分就那状态。他不太有职业作者的自觉。而且他写不出来的时候，就真写不出来，不像现在的职业作者，我今天就要这两千字，他有 600 万种方法可以对付。那个年代，6 万字，我天！今天不写明天不写，然后还差三天敲 6 万字，当时 90% 的作者都做不到。

邵：后来也是训练出来的，建立 VIP 以后这么多年训练出来的。

Weid：我感觉不是训练，是淘汰。这是个筛子，规则是网眼儿。为什么早期大量的作者今天都听不到了，因为他们都被筛掉了。所以在网文历史上来讲，血红的地位是非常非常高的。起点是最早做 VIP 的，但血红是第一个稿费比在台湾出书拿的多的。对网文作者来讲，这是一个非常有标志性的事件。他第一次证明在线上的收入能够压住你在台湾做繁体的收入。作者就是这样，收入来源在哪里，他就要为它写。我曾经提过，为什么 2004 年之前你在大陆网络上看到的最繁荣的是历史小说，因为那个东西在台湾出不了。

邵：那是因为有禁令还是读者不喜欢？

Weid：他们不喜欢，接受不了这个。就是《异时空之中国崛起》那种，什么穿越回去救亡啊什么的——我一小确幸，看这干嘛？罗森在主导台湾市场之后，他本身在向越来越伟大的色情小说家前进，你能看到他被那个市场所禁锢的局限性。就好像港漫，喜欢的人很喜欢，但是你不喜欢的人你就接受不了，但他为什么要坚持这个路数，因为在香港这个东西就是王道——罗森写的东西在台湾在香港是王道，或者说他认为是王道。直到最后有一天被一波又一波那么大比例的大陆作者在那刷，他也要掉下畅销榜。

所以早期台湾对大陆这边的输血是很重要的，承前启后，基本上哺育了顶级的"远古大神"。直到血红向大家证明，我在网上写可以挣到比你多，这点是实实在在的。而他靠的是什么？他靠的就是，你在台湾一个月只能出 6 万，我一天写 1 万，我一个月写 30 万字。他当时的千字稿费可能非常低，但那是一条路。早期龙空和台湾出版大概就是这么回事。你可能会觉得这些早期写玄幻的作者写作速度也就那样？可是像唐家三少，像流浪的蛤蟆，还不是日更 1 万什么的。以当时的平均数，能每天出 1500 字的都是良心作者，每天出 2000 字这就是能给台湾写书的作者。

四、网络小说篇幅越来越长和经济收益有关

Weid：作者是在不断学习模仿的，越来越多的前人的经验告诉你，你应该怎么写 400 万字的作品。网文从 100 万字以内到 150 万字左右，这是一个阶段；从 120 万字往上到 240 万字是一个阶段；200 万字到 400 万字这是非常难的。许多网站的总编，甚至顶尖的作者，都坐在那儿想，我是怎么写到 400 万字的？我应该怎么写到 400 万字？

邵：为什么是 400 万字呢？

Weid：比方说，一个月 20 万字，一年十二个月，我要争取这本书写一年半到两年的时间，我才能稳住读者盘。当它是一部一线作品的时候，时间越长，给作者带来的集聚效应越明显。而作者每开一次新书，

对他来讲都是一个非常巨大的考验。

邵：一年半到两年最好，再长也不好？

Weid：主要是不敢。因为当时他还处在一年之内，也就是240万字之内的阶段，不敢一下儿跨太多。但当你一本书跨了400万字之后，你究竟是写500万字、600万字还是700万字，可能主要看作者写了几年了。之前还是一年一本，比如唐家三少，后来一线作者就是两年一本，甚至三年一本。越是前面的作者越有这样的自觉。

邵：这个速率是不是读者和作者之间，依托网络这样的一种媒介，自然达成的默契？

Weid：我觉得不是。决定这个作品能撑多长完全取决于他的经济利益。有一个很典型的例子：烟雨江南的《罪恶之城》为什么最后40万字跟大纲似的？这40万字按照他之前的笔法来写，写200万字轻轻松松，但他没有。他的合同上要求他尽快收尾。

决定一个作者的经济利益的因素可能是多样的。我的书订阅很稳，就算开一新地图人气下跌，我还能这么多订阅。尤其是他在充分经历过订阅上涨、下跌的波动之后，他已经知道该怎么逗你，让订阅再涨上来。我每天这么稳的收入，我写这个不累，我干嘛开新书呀？拖着吧。等到有人谈版权我再开新书。尤其是当时移动阅读基地的规则决定了，你写得越长，推荐你的概率就越大，那你为什么要开新书呢？要是有人跟他说，你现在稿费多少，乘二倍开新书吧，马上就有新书。有的作者上一本书没完，下一本书就已经谈好了，一般都是这种状况。

五、VIP收费制度的意义及未来

邵：您刚才说，从血红开始，才真正把中国读者定位为网络文学的读者。所以从他之后整个规则都发生了变化？

Weid：嗯，他的示范效应很强。可能从那儿以后，才意味着网文市场真正开始，最好的作家才开始真正地为网络读者写作，开始针对市场琢磨我要怎么写，写什么东西。

邵：您怎么看VIP制度？

Weid：能出现血红这样的作者就是因为 VIP 制度，整个网络文学商业化模式的成立几乎就是因为 VIP 制度。站在竞争者的角度来讲，其实在起点推出 VIP 的九个月之前，我就拿着计算器在算，如果推出 VIP 制度我能撑几个月，我能不能挣钱。因为我之前是学会计的，自己也在演算，也在劝合作伙伴。但是我们当时的团队真的不像起点团队战斗力那么强。

起点早期 VIP 制度获得成功有个做得非常好的地方，就是每个用户进来都需要付费 30 块钱，这是开创者的红利，几乎可以说很难看到跟随者敢这么做。所以对他来讲，一个读者今天看多少字、明天看多少字并不重要，重要的是每天能有多少人来给他交 30 块钱。对于互联网公司来讲，我不断地拉新的钱其实是最重要的，直到有一天我稳定的循环成立。还有一个重要背景，对于他们团队来讲，就算没有 VIP 的这个钱，他靠广告离自负盈亏也已经不远了。很可能那个时候他们靠广告就可以回本，VIP 的钱就是纯赚了。VIP 是一个非常符合互联网规律的制度。它所代表的商业模式和商业精神，其实也就是把所谓的传统行业移到互联网上，或者颠覆推翻传统行业的根本原则。VIP 制度完全让生产者和消费者直接地面对面，中间没有其他环节。你看着中间好像有一个平台，但是它无疑已经是最少的，再往前一步就可能是类似公众号这样的。

那个时候，作者写一本书，实体书也好，杂志也好，我算过，作者差不多可以拿到 10%。网站出来了，作者不是只能拿到 10% 吗，剩下还有 90%，来，作者你拿 40%，我拿 50%。哪怕是对等的一比一，同样一个作者他出实体书，对等的价格，我只需要有实体书五分之一的读者，收益就和实体书一样。而实体书的销量是多少呢？当时普遍来说在台湾 1200 本就是畅销了，大陆根本不能出书，也就别惦记。那时候黄易出版社的《大唐双龙传》，最后一本还有 20000 册的销量，虽然不是冠军。《边荒传说》首册的销量应该没有过 8000 册，很快就在金石堂可能排行前三，但当时的第一可能就在 8000 册。后来，对于大部分的书，除了最拔尖的，大部分能有 1200 册、1500 册的销量。有 1200 册，台湾书商就肯给你出。

肖：其实现在大陆的女频卖个几千册也就很不错了，能超过 1000 册就能赚钱了。

Weid：整个的图书市场都在萎缩。台湾地区市场就像日本市场一样，在传统出书这一块面对的压力特别大。这一种压力可能不来自图书，而是来自游戏。

邵：等于说我们大陆的网络文学兴起、大量作者在台湾出书的那段时间，也正是台湾图书市场受到ACG文化挤压的时期？

Weid：我不知道二者是不是匹配的，那边给我的感觉，ACG还真是有挤压。再有就是台湾租书店的市场和传统的台湾书市场是两个市场，租书店市场可能就一直都那样。我相信，从台湾盗版金庸小说开始，租书店市场就已经非常红火。这样一代一代地下来，可能几十年了，它慢慢地输给了网络信息的普及。

我们其实很早就有一个认识：网络小说的竞争对手不是实体书，而是游戏、电视剧，所有会抢夺时间的东西都是对手。首先我们要比的是单位时间金钱的消费比，然后是谁消费得起你这个东西，谁消费得起更高的东西，也就是信息更富集的产品。所以从这个角度来讲，随着娱乐产业的升级，网文再把打盗版的红利吃完之后，下一步要怎么走肯定又会是一个剧烈的变化。

六、"龙粮榜"的建立和"纵横挖人"

李：您能不能聊一下当时龙空建立评价体系的事？

Weid：那个其实是一个实验，它没有推行下去最直接的原因是，我们试验的那一天，恰好赶上狮鹫出版社出事，打电话到我们办公室，所有工作立刻转向。

其实我们的想法是按照体系去评价一个作品。我这里有不同类别的书，不同特点、不同长度的书，我们应该怎样用一个评分的体系，让你能够对一本书建立直观的印象。不一定说哪一本书是第一，而是对这样一本书有直观的印象，它是一本什么样的书，它适不适合我来看，作为读者，我们觉得这本书出色在什么地方。它可能是我们作为价值观趋同的一群人的试验品。一开始放邀请号，也就十几二十个人，然后大家推荐书，打分汇总。第二个是把分数展示出去。这两个是规则层面的，再下面才是说哪些类型哪些书很好，好在什么地方……就是这样一个封闭的试验。

李：这个设想没展开？

Weid：没有精力去做了，这种事情没有人组织肯定是不行的。

李：我原来以为"龙粮榜"的几个等级，比如"仙草""毒草"是从那个时候出来的。

Weid："仙草""毒草"更多地是网友在论坛调侃，自发形成的，和"yy""小白"是一个类型。"彼之仙草，我之毒药"都是网络用语自发形成的，只不过用的人多了，网站也就认了。还有"毒舌"，我是没所谓，但当时很多版主不喜欢这个词。被人说"毒舌"，可能他会以为，这是他做评论或者主持这个版块比较失败的表现。虽然龙空"毒舌"很多，但是我们最早的几个版主都不喜欢这个风格。

邵：您哪一年离开的龙空？

Weid：2008年年底，我去了纵横中文网以后，就不太参与龙空的日常工作了。2009年开始实际主持纵横的日常工作，一开始是总经理助理，后来是副总经理，一直到2013年离开纵横。后来去了多酷做了半年之后就出来自己创业了。

吉：纵横向起点挖人，像梦入神机那一批过去，应该是2010年。当时是什么样的具体情况？

Weid：纵横挖梦入神机他们有几个背景。第一个背景就是我们从2009年到2010年真正把根基打下来了。做网站，和作者之间的第一关就是怎么样建立一个信任关系，就是你团队工作有效率，给稿费及时，让大家觉得纵横中文网是说话算话，值得相信的。之前的一年把这个根基夯住了。这样在你去挖别人的时候才能让别人去相信你。第二个，对于老板来讲，经过这一年，他明确知道自己要什么，知道该怎么做，挖作者要付出怎样的代价，乐意掏钱。这两个是前提条件。所以，挖人是2010年挖的，但是之前的2009年这一年在这两个方向完成铺垫，才让2010年那次事件的影响力爆出来，一下好几个作者集体跳槽。

吉：但是后来很遗憾的是，纵横没有再像之前那么烧钱了，它没有撑到 IP 价值爆发的时候。我不知道是不是这样一个情况？听到一些传闻是这样说的。

Weid：我不太有这种感觉，我没觉得在 IP 热潮下纵横就能怎么怎么样了。其实就算它怎么怎么样了和我的关系也不大，因为当我离开纵横之后，老团队的人怎么做跟我没多大关系，我也没必要指手画脚。

邵：可是您不觉得，纵横现在做得好的话，会和阅文有一个相对多元化的抗衡？否则的话会不会太垄断了？

Weid：垄断性存在弊端，但是不可否认，到今天来讲，正是起点之前的垄断性造成网文到今天为止的一些变化。纵横打破阅文的垄断性也有这个可能，但是在 PC 时代，纵横和阅文并不是并驾齐驱的。纵横相比阅文始终有一个级别上的差距。就比如说两个人，你 60%，我 40%，可能还是旗鼓相当；你 80%，我 20%，你说他是不是垄断，其实区别不是很大。

邵：对于作家来讲，我在这边不行了，那边还有一个地方可以去。

Weid：对，但现在是阅文在垄断性上最虚弱的时候。

邵：为什么呢？

Weid：现在你几乎看不到不在起点成名的男频大神，但在垄断性上，起点比之前任何时候都虚弱。因为现在真有一批作者，不靠阅文就可以挣到很多钱。大家认为纵横不行了，中文在线不行了，恰恰是从移动吃掉 PC 网站的时候开始的。老吴（指吴文辉）他们合作的咨询机构对外公布的 APP 市场占比报告，都不得不承认掌阅 APP 所占的阅读市场的份额。这种接近度是在 PC 时代看不到的。

邵：所以您这里所说的打破垄断不是 PC 时代那种的，而是来自移动端的冲击。

Weid：也包括移动之外更多元的力量，都在使垄断性降低。比如，有很多顶级作者，自己掌握着作品的 IP 权。

七、评论能不能成为一个行业，得看有没有人供养它

邵：您是网文界最有名的评论家，我们也在做网络文学史料的搜集和整理工作，发现一批网络原生的评论，包括一些网文史，都很有价

值。特别是您的《十年事》和《标签史》，无论是基于丰富阅读经验的类型史梳理，还是基于多方行业经验对网络文学商业化历程的描述和思考，都具有难得的价值。我读《十年事》的时候，特别为其中的情怀所打动，"小说，好看的小说，看得起的好看的小说"，一唱三叹，说出了网络文学发展的根本动力，我打算引作我们正在写的《中国网络文学发展史》的题记。《标签史》的学术价值更高，在编入我们的《新中国文学史料与研究·网络文学卷》（南京师范大学出版社，待出版）时，在题解中给出的评价是"文章个性鲜明，独具慧眼，有史有论，自成一统，堪称网络原生评论家所写网文类型史中的翘楚之作"。而您作为主要创始人之一的龙的天空网站，也是网络评论的大本营。所以，特别想听听您对网络文学评论的看法。

Weid：这个过奖了！可能是因为我在这儿的时间长，"老人们"可能比较尊敬。我觉得自己首先是一个运营的，就是做网站的；甚至我更愿意觉得自己是个编辑。而在评论那个方向上，我觉得评论更像是一个业余爱好。

邵：业余爱好？

Weid：嗯，业余的爱好。我有一个特点，就是可能隔几年，有一个什么想法了，我就"砰砰砰"写一大堆，然后烂尾。写到最后你就没兴趣了，就停掉，这个阶段完成了，我就搁在那儿了，就这么一个状态。评论这件事情，做得好不好不说，就这件事情本身，我觉得空间非常小。

邵：是呀，在《标签史》的最后更文中，您写道："在这个注定将超过十万字的长篇评论的最后部分，我们将脱离具体的作品重回理论部分。从大至整体环境对创作的影响，到小至流行事件的网络文本道德倾向，从类型小说的整体特征，到类型小说的创作要点……无论是有用功还是无用功，这样的事情，总不妨由些痴人去做。"这是2012年1月22日贴出来的。然后呢？下边是什么？能不能概括说几句？

Weid：首先挖坑不填是不对的，我的锅我认。其次确实是能力还不够，当时计划用四到五万字来写这些，结果写了一万多字都废掉了。具体事件是好写的，具体事件背后简单的生态动力也是好分析的，但我的野心是聚焦网文创作这一个我心中的当代文化大潮的结构分析，还是功力不够，所以先搁置了。另外还有两个原因，一个是像之前说的，网评是一个纯粹的业余爱好，动力上确实容易懈怠；再者我当时在纵横任职，有些话也确实不方便说。

类型小说的整体特征和创作要点设想中是类似"类型谈"中相关的简述，将之细化，明确审美要素，分析商业套路的得失。这种分析应当是结合该类型在市场中的核心读者群画像来进行的。

整体环境与网文生态，在我设想中应当是一种商业创作中的"进化论"，有"物质海的形成"，有"基因突变，适者生存"也有"活化石"，有"协同进化"也有"生态位"。另一方面，当我回顾这十多年的网文生态，又会惊叹于它的盛大与难得：这是一场门槛极低、参与人数极为广泛的文学实践活动，它是在相对宽松的监管氛围下发生的。它是商业的、媚俗的；也是原生的、智慧的；更因为参与者与受众的广泛，其中又不乏颇为善良的试验性的、小众的作品，可以说也是时代的、包容的。文学是一面镜子，喜闻乐见的东西背后，必然是时代的巨大投影。

2012年到现在，移动互联网、IP热已经是对网文大势产生极大影响的事件。未来还会出现什么？会不会IP退潮、资本受挫？会不会整体经济下滑？会不会阶层固化？这些未来的不确定性让我担心自己到底能否写出让自己满意的东西，一方面也让我有着参与大时代的兴奋感。我想这种颤栗似的兴奋感是会让我把后面这个坑变成"有生之年"系列的。

邵：您觉得在整个网络文学发展的过程之中，像您这种评论的意义和作用在于什么？

Weid：我更愿意认为它是一个自娱自乐、自嗨的过程。对于网络文学的进程，记录啊、思考啊、总结啊、预言啊，我觉得写的那些东西还有点儿价值。但是那些评论，比如，这边给你写1000、2000字长评，那边又给他写2000字的长评，我觉得一点儿用也没有。

邵：为什么呢？

Weid：它有什么用呢？

邵：哎，我觉得长评对那个作者和当时看这篇文的粉丝，应该有一定的作用啊。

Weid：那个状态是精英式的交流，作者和读者在精神世界是平等的。你说我哪儿不好，我真会记在心里，甚至去探讨写作。但是进入 VIP 以后，甚至还没到 VIP 阶段，到龙空、幻剑成立之后，这些东西更多的就是门面了。你写了 2000 字的长评，作者读了之后说"我心都醉了啊"，他还能说什么啊？

邵：为什么是"门面"呢？

Weid：很早就是门面了。你看哪个作者说："这个书评写了 2000 字，哦，你这个意见太对了，我后头改。"有一个这样的作者吗？我没听说过，我没听说哪个有名的作者这样说过。从很早的时候，还能"活"下来的作者就有一个意识了：这个东西我写完了贴上去了，我不会再改了。要改进的都在下一部中，因为读者也不会回过头来看了。事实上，这是一个淘汰的过程，所有贴上去觉得不好拿来再改的作者，全都被淘汰了。

邵：为什么呢？

Weid：因为你既然是每天快速连载更新，你的书好不好就不在于你这段好不好。读者是持续地追一部书，如果发现某些章节写得不好，也不一定会专门去批评的。作者或许会像旁观者那样看看评论，但也不大可能在其中吸取多少东西。我觉得，现在读者评论对作家的价值不大。

但是又不能说评论对行业没有贡献，没有帮助。我知道的很多在评论上有想法的人，后来都成了很好的编辑。如果写不了书，但很喜欢这个行业，就可以考虑做编辑。

邵：那么"铁粉团"呢？他们的意见应该有意义吧？

Weid：在粉丝文化方面肯定是有意义。对于帮助作者来说，我知道他们有人的做法是建立一个"幕僚团"。"幕僚团"会帮助作者分析、判断。最早这么做的是罗森，他 2000 年出版了《风姿物语》《银河篇》后，已经把世界观全部展现出来了。然后就在鲜网开设专栏，直接面对全世界华语读者进行交流，并直接从网友中招募"幕僚团"协助定稿。

邵：您觉得评论能成为一个行业吗？

Weid：评论能不能成为一个行业，得看有没有人供养它。这得看投资人的想法。你让我出钱，我得知道怎么能赚回来。换句话，我出于爱好写评论是可以的，但一个 24 岁以下的，他能靠写评论养活自己吗？如果这个收入，能让我在我喜欢的事情上全身心地投入，能让我全职来做这件事情，就很好了。我们当初做网站，不就是从这儿开始的吗？

邵：不过龙空还是个评论的大本营啊。

Weid：龙空之所以能成为一个作者的聚集地，评论版在一个时间段内所起的作用确实是非常核心的。"他山之石，可以攻玉"，这种评论让"老白"有一个风向标。甚至会聚集一些小众作者，他们是真的出于爱好来写作的。当然，随着人多，八卦也就多了。你看，从原创评论到网文江湖，可能大家都在聊八卦。后来我就发现，那帮一线作者谁都不说话，但是他们的电脑上，都打开那版块的头条在看热闹。

邵：所以那还是一个很重要的平台。

Weid：这东西本身不是资本关注的点，它自己的盈利模式不强，不过暂时没有别的东西可以替代它。但是龙空几次变革之后，现在它对一线作者的影响力可能已经不像当初那样明显了。它未来怎么样，也不好预测。

邵：所以，您自己在做评论时，是不是也感觉挺孤独的？

Weid：是的，在评论、在研究这个方向上，你几乎没有同志，没有这个土壤。一个作者说："我这本书能成功，感谢编辑（怎么怎么指导）……"他除了客气，还有一个字儿你能信吗？信也是极端个案。因为商业网站的编辑也根本不可能教作者写作。他跟一个作者只能聊十分钟，下次再聊，一个月之后了，他就是这种覆盖率。

邵：您觉得网文作者需要培训吗？

Weid：从内容生产，甚至娱乐化的内容生产角度上来讲，如果有培训，感觉会在一些方面起到很好的效果。应该有学校去教人怎么写剧本，这是技术，不是艺术。你想要好的艺术，必须要有好的技术。

邵：我看到起点的杨晨、碧落黄泉，17K的血酬，包括您自己，都写过编辑手册、写作手册等培训教材，17K还办过网文大学、青训营。

Weid：网文界自发的有一些培训，有作者分享。

邵：有没有一个系统来帮助这个行业的人？

Weid：如果有的话，可能是来自于几方面。第一，是有专业的营利或非营利的组织来掏钱做这件事儿；第二，可能来自于作协；第三，可能来自于比方您这样的学者。

邵：哈哈，我们从业余评论聊到职业培训，又聊到专业研究。我们这些专业研究者，可能最初就是您这样的人，有人在写小说，我看后有话想说，就写写评论。您刚才说，靠写评论不能养活自己，但是文学研究可以，这就要进入学院体制，遵守学院逻辑，时间长了，也会自说自话，甚至和创作没有关系。对于网络文学尤其如此。所以，现在我们希望以"学者粉丝"的身份进行研究。写论文时，是"粉丝型学者"；在网上写评论帖时，是"学者型粉丝"，或者干脆就是粉丝。这也是一条新的学术路径，我们也在不断摸索，所以，特别需要和您这样的资深从业者和评论者交流。确实获益匪浅，非常感谢！

做一个有口碑、有好看内容的精品网站
——幻剑书盟前主编、纵横中文网创始人邪月访谈录

【受访者简介】

邪月,本名许斌,男,1982年生,广东人。龙的天空早期最活跃的评论者。2001年出任幻剑书盟兼职站长和评论版版主,2003年任幻剑书盟总编。2008年参与创建纵横中文网,现任纵横文学高级副总裁。

幻剑书盟是中国网络文学发展早期最重要的文学网站之一,2002年年底至2004年年初网站规模居首位。纵横中文网凝聚了一批写"特色文"的大神作家,在起点中文网之外的同类型网站(以VIP在线收费制度为核心商业模式、以男频文为主、以PC端为基础)中最具竞争实力。

【访谈时间】 2017年8月5日(受访者最后修订时间:2019年8月8日)
【访谈方式】 书面采访
【采 访 者】 吉云飞
【整 理 者】 吉云飞

一、最早接触网络文学,是在台湾的巨豆广场和六艺藏经阁

吉云飞(以下简称"吉"):您是网文圈的"元老级"人物。一是入行特别早,在龙的天空时代就是评论圈子里的名人;二是经历非常丰富,在龙的天空、幻剑书盟、纵横中文网都发挥过重要作用;三是现在也仍然在行业的最前沿,是纵横文学的主要负责人之一。相信您的见闻

和思考,会增强我们对网络文学早期发展历史的理解,以及对起点以外的网站发展情况的全面了解。我们还是从您的早期阅读经历谈起吧,包括对动漫和游戏的接受历史。

邪月(以下简称"邪"):1980年代生人还是很幸福的,因为生在广东可以提前接触到很多内地人接触不到的杂志、报纸、小说。记得武侠小说是我第一次接触到的通俗娱乐作品类型,那是在小学三年级的时候,1990年代初。那时候看的还是香港繁体竖版的连载,看金庸、梁羽生作品时的确有大开眼界的感觉。不过小时候其实对好坏没感知度,有得看就看。游戏在那个时代还是禁忌品,所以就只有小说和动画漫画可以看。动画当然是绕不开的《变形金刚》《圣斗士星矢》,漫画自然是《七龙珠》《幽游白书》之类的。

吉:您是什么时候开始接触网络文学的呢?是从龙的天空开始的吗?

邪:接触网络文学当然要比龙空的时候更早。早期的网络文学,不提痞子蔡,单纯从幻想类型这块谈,其实是发迹于台湾,大部分早期网络作者也是台湾人。1998年能接触到网络时(拨号时期),通过各种搜索找到了鲜网的前身巨豆广场和六艺藏经阁等台湾网站。之后就是国内的一个收集网文的站点叫作洪亮的爱心小屋,然后才是西陆BBS兴起,龙空的几个早期创始人都在上面建立了转载网文的BBS,后来龙空和幻剑又从西陆独立出来,聚合成网站。当然也有一批人停留在西陆,聚集在百战、天鹰等BBS。在那个时候网文作者开始尝试着自己写连载,获得越来越多的人气。

吉:最近和猫腻、愤怒的香蕉等作者聊天,都说现在他们这批早期上网的网文作家倾向于把中国网络小说的起点定到罗森1997年在台湾BBS虎二站开始创作的《风姿物语》,而非痞子蔡产生巨大影响的《第一次的亲密接触》,您怎么看待这个起源的问题?以及您如何评价罗森的《风姿物语》?

邪:其实《第一次的亲密接触》说是网络文学,但从来不是幻想类网络文学,更不是后来网络文学里的主流,在网络上的人气远低于《风姿物语》这样的幻想类作品。真正对整个现有网文模式和写法有影响的,的确是《风姿物语》。罗森在更新这部作品的时候,树立了不少标准,包括对商业化的重视,比如只有付费买实体书的读者才有资格评论,以及每个月的作品字数基本量的更新等。

吉：所以从长篇连载的类型小说角度而言，您也赞成将《风姿物语》作为起点？

邪：是的。

吉：您当年读过台湾的元元以及"恶魔岛"时期的情色小说吗？如何评价？

邪：读过啊。一直都很喜欢，这是一个独特类型的作品，对于男性而言真是一种特别的诱惑。但是在互联网上这种类型的作品的确不应该再存在了，想想我可是未成年就接触到了这种作品的。

二、在龙的天空和幻剑书盟时代，是"文以载道"派

吉：您从一个纯粹的读者到行业的参与者是从龙空开始的。您在龙空的经历简直是一个传说，我曾见到过一份龙空2003年11月18日的论坛数据，上面显示发帖最多的会员邪月共有1185篇文章，占整个论坛文章数的12%。您当时还被称为邪月MM，被认为是"女文青"。能给我们具体讲讲那一段经历和当时的论坛生态吗？

邪：首先得强调，虽然一直被人这么称呼，但是实际上我是持续地纠正别人我是个男的，但是人缘好被调侃也没辙。那时候还年轻有精力，混论坛当然就是灌水回帖为主。其实一开始时的网络文学生态很平等，所以哪怕是第一次发帖，只要言之有物自然会有人回复。那时候的网文还没有商业化，大家更多的是讨论一些文章想表达什么。毕竟"文以载道"这种观点在早期还是很有市场的，单是商业化是否应该考虑思想表达这块，我印象里论坛就经过三次较大型的论战。不管是《我是大法师》，还是血红的成名作《我就是流氓》，甚至唐家三少的《光之子》，都因为成绩冲击了大家的想象而导致大规模的讨论。那时候的言论现在回头看当然是有些稚嫩的，包括对商业化的理解，乃至对网文的定位都很不同，但是要说热血和追求，可能早期在没有商业化的情况下，更符合对"文学"而非"通俗小说"的要求。

吉：您写过网文吗，包括早期在台湾出版的时代？

邪：没写过网文，一直都是读者。

吉：您愿意称呼在龙空和幻剑时代的自己为网络文学的原生批评家吗？和 Weid 不同，似乎您没有写过成系统的网文史或者年度评论，而是以即时回帖的方式评论？您如何看待这种评论方式？您对网络文学原生评论的整体看法是怎样的？

邪：毫无疑问我不应该算是一个网络文学的批评家，我觉得从资格上说我还够不上。在整个网络文学的发展中，我是随着网文的发展在不断地更新自己的看法。现在让我再看看以前写的帖子，总有一种很羞愧的感觉，不够成熟。在整个网文评论发展过程中，我应该是一个积极参与者，但是并不喜欢去做总结。比起对网文作品的评论，我可能更喜欢网文产业的八卦吧。

这种回帖、灌水的评论方式在网文的初期是有用处的，因为那时候一切都是萌芽阶段，在这种讨论中作者也可以获得一些火花，当然不能说占到了主要作用。但随着商业化潮流的到来，读者用钱投票后，作品自然就不再需要类似的批评和评论了。其实从实际情况看，如果有一批评论家可以持续对作品进行批评和讨论，可能有些作品会有机会变得不那么市场化，不那么商业化，更有思想价值。但是在追求立言之前，我觉得大部分作者可能会先追求温饱和富裕，这个时候批评对他们是没有用处的。

吉：后来在幻剑书盟，您完成了从网评者到经营者的转变，这中间于您而言最大的变化是什么？

邪：最大的转变当然是要考虑商业化。如果看我过去很多发言，应该会知道我一直属于"文以载道"那边的，甚至会很理想化地认为作者跟作品应该是一致的。在这个过程里阳春白雪的事很多，所以教训也很多。放到现在这个行业这个状态，再也不可能让我像当年那么任性，把《天行健》之类口碑好的小说放首页第一排推荐半年了。

三、幻剑书盟的没落，在于拒绝了盛大的收购

吉：除了活跃在龙空，在幻剑您也是重要人物。您是什么时候加入

幻剑书盟的？最初是作为评论团队的一员吗？又是什么时候成为幻剑的全职编辑？以及为什么选择了全职投入做网文？

邢：加入幻剑分两个阶段吧，2001年的时候我成了幻剑的兼职站长兼任评论版的版主，那时候幻剑大概有三十来个人，主力兼职站长和管理者大概10个人左右，我是最年轻的一个。

2003年幻剑成立了公司，不再是单纯的个人网站。那时候公司就3个人，孔毅是总经理，我是总编，还有个行政妹子。之后慢慢扩充到10人左右。选择加入幻剑的公司，是因为那时候我是幻剑最活跃的站长——年轻就是好啊；同时也是因为喜欢这个行业，喜欢看书，爱好变成职业其实是特别棒的事呀。

吉：您是幻剑书盟最早的编辑和员工，作为当事人，您能谈谈幻剑的兴衰成败吗？曾经在2003年前后领军网络文学行业的幻剑，虽然衰落不过十来年，但很多故事都已经消散在网络中了。

邢：幻剑的成败经验总结其实特别简单：

幻剑的兴起在于《大唐双龙传》的扫描。作为领先者的龙空那时候书库因为底层数据结构问题不能访问，并且龙空的几位为了生存都做出版去了。所以结论是：如果业界老大不出问题，老二是很难冲上去的；而一旦冲上去了，原来的老大是很难再冲回来的。

那时候的幻剑还是很看重文学性的，所以很长一段时间推荐类似《天行健》这样的作品，但是对套路小说其实包括我在内都是保持一个不太热爱的态度，特别是那种杀杀杀的书，签约的机会就不大，拖累了网站的发展速度。

那时候的幻剑结构是半公司化，专职的人不到10个，兼职的站长接近30人。这意味着效率会很慢，不管是决策还是技术开发。一个全文阅读花了半年时间，那时候我天天趴起点看书，因为用户体验好。

资本的力量是无可阻拦的。盛大成就了起点，因为龙空和幻剑拒绝了盛大的收购，拒绝的原因是因为那时候盛大因为游戏名声不好。而幻剑那时候就是个自负盈亏的网站，在早期商业化不够成熟的时候，缺少资本的支持，幻剑是没有任何资本去做推广和签约的。

压垮骆驼的最后一根稻草是幻剑当时只有五台服务器，跟腾讯QQ做的一个推广活动上线当天网站就挂了，让一些有心人发现了这一点，然后一个DDOS攻击（即分布式拒绝服务攻击，一般是不同位置的多个攻击者同时发动攻击），半个月幻剑基本不能访问，就很自然地衰落下来了。

有时候回想会思考：如果重生回去那个时候，有什么办法可以拯救幻剑。最后结论特别简单：说服大家接受盛大的收购就行了。早期的互联网，人的能力差不多的情况下，资本的威力是无敌的。

四、纵横中文网虽然一度声势很大，但其实从来没有机会超越起点

吉：您是纵横中文网如今唯一一位还在坚持的创始人。您当年是和哪些人一起、在什么样的情况下创建了纵横呢？

邪：2007年年底，文舟找了我和狐王列那，说完美世界那边有个哥们想做网文网站，但他是作者，没有太多网站运营经验，想让我们帮忙一起去聊聊。于是见到了曾戈。经过了不长时间的讨论——后来才知道那时候完美已经下定决心要做网站了——就把我们三个招进去准备做网站了。到了公司才知道曾戈和完美那时候心特别大，除了我们外，还找了江南、今何在，打包了"九州"的团队。同时找了现在"有妖气"的几个创始人成立了纵横动漫。回头想想，曾戈的眼光真的是特别准的，只是那时候的完美估计也没想到过这些人要分配多少资源才能起来。

吉：2008年9月，纵横中文网正式成立，是在完美世界的投资和支持下建立的。一开始的运营策略是不是就考虑和传统的文学网站有所不同呢？还是就冲着挑战起点的霸主地位去的？

邪：从2008年初开始筹划到建站，应该说都是在长时间的磨合过程中，包括几个团队之间的磨合，也包括不断地招新的人进来承担更多事。事实上完美当时的目标肯定是希望纵横能挑战起点的霸主地位的。但是2008年和2009年，这两年我应该就只是混工资的态度吧，偶尔出出主意的那种。我是从不相信一个没啥钱的部门——记得那时候稿费一个月不到10万——能做到挑战一个独立网站的。有小道消息说，纵横网站初版上线的那天，竞争对手都松了口气。

吉：2010年7月3日，刚刚凭借《阳神》获得起点月票八连冠的梦

入神机入驻纵横中文网，成为当年网文圈里最重要的事件之一。我们也采访过神机，但更想听听您作为主导者对这件事的看法。当时应该是纵横在一年多的积累之后正式发力吧？

邢：用比较通俗的话讲就是2009年年中，完美这边终于觉得这网站不死不活的不对劲。力主做网站的完美董事长池宇峰开始找员工们一个个面对面沟通。沟通完大概花了几个月时间，终于下决心要找个人好好管理。由于创始人就剩我一个，江南和今何在走了，纵横动漫的几个哥们也开始准备闪人，池找了云帆（张云帆，2010年出任纵横中文网总裁，现任纵横文学CEO）过来做管理，也决定真的开始投入资金了。当时17K已经沦落，所以很多人，包括业界很多人，都觉得挖作者这种事是没有意义的，最终还是需要自己有根基，烧钱不可能持续，一旦不烧作者就又回起点了。但我和当时在纵横做总经理的Weid并不认同这个观点，我一向认为挖作者这种事，只要挖对人，那就是有意义的。全挖是坑，挖不可代替的作者那是正确策略。

当时神机正在起点大发雄威，对我们这样的网站来说，一个还有冲击心、还想着往上走的作者是很难得的，我当然会盯上他。中间做了很多次沟通，包括最终邀请神机出来跟池宇峰吃了个饭，都是砝码。神机过来后也的确如我所预想的，掀起了极大的波澜。从运作网站的角度而言，不亏，大赚。当然神机过来后的声势让很多人误以为纵横有机会超过起点，就是我没想到的了——说不好听点，纵横五年的成本可能还不如创世中文网创建第一年花的钱……商业化的互联网花小钱办大事是可能的，花小钱办所有事那就是做梦了。

吉：纵横当时还有"十虎"之说，指梦入神机、方想、柳下挥、无罪、烽火戏诸侯、罗霸道、更俗、赵子曰、呕吐等十位作家，他们都是差不多同时进入纵横的吗？

邢：这几个人是分开来的，陆陆续续，但时间都集中在2009年到2010年。所谓的引入"十虎"就是噱头啦，商业化运作总得有点噱头才行。

吉：2013年12月28日，完美世界发布公告，称已与百度达成最终协议，将以1.915亿元的价格售出旗下纵横中文网。当时为什么选择出售？加入百度系后对网站的运营有影响吗？

邪：在 2012 年的时候，纵横已经陷入了一个瓶颈，虽然外面没人得知，但是我们自己是特别焦躁的。这个瓶颈在于我们虽然在有限的资金下达到了那时候的声势，但其实并没有相应的收入规模。资金有限到什么程度呢？那时候纵横一个月的稿费支出大概是起点的十分之一，和 17K 差距不大。这并不是完美不想再投入，而是我们那时候的团队状况和稿酬体系，不足以支撑更多资金去竞争更多作者。同时纵横一直是内容出身，那时候团队的商务短板也很明显。所以在内部会议的时候，我很直白地提出往下走纵横只有找个流量大腿，才有机会再进一步，而在完美应该不会有这个希望。所以完美这边也开始考虑找腾讯、百度聊聊，看是否有可能让纵横有个更好的前景。在这点上，我一直很感谢完美世界董事长池宇峰和纵横的 CEO 张云帆，他们两个的确是站在想让纵横往更好走的路子上考虑，而不只是商业。因为那时候纵横一年的亏损已经缩窄到 1000 万元不到，我们已经预计 2014 年步入盈利平衡点了。

加入百度系后对网站的影响，其实只需要说一个事实就够了。在百度的两年纵横的亏损是前面五年加起来的 70%，回到完美后的纵横文学当年就盈利了。纵横在百度没有得到想要的。

吉：为什么从百度回归之后就盈利了呢？

邪：这当然有大环境的影响因素，当时关停了很多家盗版站，百度贴吧也正式撤下了所有小说盗版内容，所以订阅收入剧增。

其次，回完美后纵横又回到了云帆的管理下，大家做事都是为了公司和网站发展去的，不需要为了百度的 KPI 制度扭曲很多的目标。

最后，对于一个公司和团队来说，有没有懂行且信任团队的领导，特别重要。

五、纵横的定位从来没变，就是做一个有口碑、有好看内容的精品网站

吉：2014 年 3 月 1 日，烟雨江南携新书《永夜君王》入驻纵横中文网，烟雨过来是一个什么情况呢？另外您如何看他的一系列作品尤其是在纵横创作的《永夜君王》？

邪：烟雨在 17K 待了很长时间，合约到期了，那时候纵横、创世、起点都在竞争他的新书。我跟他关系比较好，就抢下来了。他是我在那四年里出手抢的又一个大神，就是因为我认为他的创作在网文圈是无法代替的。这个圈子总有一些人靠着天赋站在最顶端，比如猫腻，比如烽火，比如他。《永夜君王》的创作也证明了这一点，只有他才能在写一个那么庞大的暗黑世界时，将人物之间的互动关系处理得那么细腻。他的作品是情节和文笔最平衡的，可以形象地将他眼中的世界影像化到人的脑海中。

吉：从 2008 年创建纵横，至今已超过十年，如果要在中国网络文学界给纵横一个定位，您觉得是什么？

邪：虽然一路磕磕绊绊，但我对纵横在网络文学界的定位一直没变过：做一个有口碑、有好看内容的精品网站。当然，我觉得的确没做到。生存在商业化的路子上才是第一位的，我们只能尽力在其中守住底线。

吉：但我们这个团队在做每年的年度网络小说榜单的时候，也确确实实感觉到，在起点之外，就是纵横还有一部分好内容了。但这几年的网文界发展的新趋势，比如新媒体文和免费阅读的兴起，似乎都是渠道在起主导作用。您如何评价这一倾向？以及纵横是如何应对的？

邪：好看的新媒体文和免费阅读里比较受欢迎的作品，不过是复刻当年"恶魔岛"那些迎合人性的作品类型而已。这种作品不可能持续，也不鼓励持续。商业化的路子上有些底线我们不应该去触碰，虽然难免有忍不住诱惑的时候，但幸好最终我们还是回到了正确的内容导向上。

对纵横来说，毕竟一直以内容为主，新媒体那块我们是不大可能有机会了，免费阅读等渠道导向好一些后，可能我们跟他们的合作会有好转吧。专心做内容，是纵横一直以来的宗旨。

吉：您怎么看待网络文学接下来的发展趋势？

邪：这个问题有点大。首先可以确定的是，免费阅读模式的兴起，会让整个行业有一段时间的动荡，不管是内容的创作，还是新用户的阅读习惯培养，都会有所不同。其次，免费阅读的可持续性不好评估，我们认为可能维持不了两年，资本的泡沫就会破碎，这个时候活下来的平台才是健康的。现在的免费阅读平台是奔着广告+会员的模式去的，探索到最后可能会回归到顶尖作品订阅+普通作品免费的程度。最后，内容永远是网文的根基，只要安心做好内容，其实不需要担忧。但是同质化内容的增加，作者、作品的增多，对整个行业来说都是一种劣币驱逐良币般的冲击，可能会影响很多新作者登顶的机会。

网络文学恢复了千万人的阅读梦和写作梦
——起点中文网创始人吴文辉访谈录

【受访者简介】

吴文辉，网名黑暗之心，男，1978年生，浙江人。2000年毕业于北京大学计算机系。起点中文网创始人之一，曾任盛大文学总裁、起点中文网CEO、腾讯文学CEO、阅文集团联席CEO。

起点中文网是全球规模最大、最具开创性和影响力的商业文学网站，成立于2002年5月15日，历经起点中文网时期、盛大文学时期和阅文集团时期。其率先探索并成功运行的网络文学生产机制（VIP付费阅读制度、网络职业作家体系、用户主导的作品推荐—激励机制），打造出了"起点模式"，奠定了中国网络文学的基本形态。在中国网络文学发展总体格局中，起点中文网长期处于领先和主导地位，以吴文辉为首的起点创始团队被认为是中国网络文学的奠基人。

【访谈时间】2016年7月28日（受访者最后修订时间：2019年10月31日）
【访谈地点】上海，阅文集团
【采 访 者】邵燕君　吉云飞　陈新榜
【整 理 者】田　彤　吉云飞　王　鑫

一、做网络文学是因为无书可看

邵燕君（以下简称"邵"）：今天来采访您，有一份特别的亲切。因为我们发现，网络文学"龙头老大"的"老大"是我们的校友（笑）。您应该是2000年从计算机系毕业的，那一年我正回北大中文系读博士。我同屋同学的先生就是计算机系的。他当时说过一句话，让我至今记忆犹新：他说，你看这些年来我们做计算机的已经把产品做得多傻瓜，把你们伺候得多舒服，可是你们做文学呢，一点都不照顾我们。没想到，最后，中文系的事，也还是让你们计算机系的人自己干了（笑）。您在2015年腾讯互娱发布会上的演讲以"回到初心"为主题，请问您的"初心"是什么？是想打造一种与中文系，或者说与传统文学不同的文学形态吗？

吴文辉（以下简称"吴"）：我的想法没那么高深。因为我本身是学理科的，不是文学专业，所以我也没有从"未来的文学形态"这个角度来看待网络文学问题，而是以一个纯粹的读者角度来看这些小说：有趣、好看就可以了。可以说，我的"初心"就是做出轻松、愉快、有趣的小说。

如果要具体定义这种小说的话，首先应该是想象力。因为原来文学处于一个比较苦闷的阶段。我小时候也看过很多名著，但我发现，无论中国的还是外国的，通常都以苦痛为主题，好像你不悲伤、不苦痛，就不是文学。像是西方的《红与黑》《安娜·卡列尼娜》、中国的《平凡的世界》。虽然从某种程度上说《平凡的世界》是一本很爽的书，但是大部分内容仍然充满了生活的苦难。虽然看上去有很多书可看，但是轻松、愉快、有趣的书很少。

另一方面，武侠小说在金、古、梁、温之后也基本上到了一个难以为继的状态，书摊上一年都不一定能找到一两套新出的、可看的小说。直到后来黄易出现，才为娱乐类小说打开了一个新领域。但是他的产量很低。所以从当时来看，纯娱乐类小说的量太小，对于喜欢看小说，尤其是以娱乐为目的看小说的人来说，是一个非常痛苦的时期。

邵：我们在采访中，发现网文圈中有很多都是阅读速度特别快、阅读量特别大的人。我称之为"吃书"。您是不是也是"吃书"量特别大的人？

吴：对。

邵：您的阅读速度有多快？

吴：我中学的时候，暑假去租书，一天正常租三四本、五六本，有时候租两次,就七八本、八九本。

吉云飞(以下简称"吉"):您看书那么快,这么多类型重复的书对您还有吸引力吗?您还看得下去吗?

吴:无法选择,没有选择。我没有其他的爱好和乐趣,不像其他人那样喜欢打球什么的,我就喜欢看书。

邵:所以,您需要办一个网站,为了这些"食量"特别大的书虫生产小说。2001年的时候,我采访过春风文艺出版社"布老虎丛书"的总策划安波舜先生,他是传统出版社中最早做品牌畅销书的,目标读者就是像您这样的"中关村理工知识分子"。比如我们的"汉字激光照排之父"王选先生,应该是您的老师,就是金庸的忠实粉丝。据说王选先生一年到头奋战在实验室,但每年要给自己放几天假,专门读金庸小说。安波舜先生虽然是做纯文学出身的,但他在做"布老虎丛书"时,核心读者锁定的其实是您这样的理科生。但后来我突然发现,最终,你们这些理科生看的是自己做的书,不但"食材"是更地道的类型小说,更是用网络这个新媒介翻炒出来的。

吴:从我个人的角度来说,我觉得当时网上的书数量太少,看书特别麻烦。当时我每天都去西陆论坛上刷新、翻页,这是很麻烦的事情。我当时就想,如果能有一个文学网站,内容比较全、更新比较快、数量比较大,就能够满足我的需求了。

邵:今天回过头来看,您当初的梦想,哪些实现了?哪些还没有实现?或者还有哪些是原来没想到的?

吴:如果仅以当时最简单的想法而言的话,已经实现得七七八八了——至少我现在有书可挑,并且能挑到我喜欢的书。这个量已经大到只要我想看,我就可以去享受这些快乐的文学。当然,人的精神追求是会不断升级的,我们会不断希望有更多、更好、更新的创意和内容出现。从这一点来说,我也只能说实现了七七八八,因为永远都希望有更好的作品出现。

邵:您现在还有读者的心态吗?

吴:当然是读者心态。

邵:我非常好奇,您现在处在这个位置,这么忙,每天还有多长时间看书？

吴：路上，无聊的会议上……总能挤出时间来的。

邵：它一直在陪伴着您，是吗？

吴：对，因为我不玩游戏——我相信有很多玩游戏的人也总能挤出时间来玩的。

二、商业化才是网络文学最好的时代的开始

邵：您怎么定义网络文学这个概念？

吴：我自己感觉还是在于"在网络平台上创作，在网络平台上发布，在网络平台上传播"。

邵：这三个缺一不可是吗？

吴：对。

邵：昨天我们去拜访早期做榕树下网站的陈村老师，说起他2001年发过的一个帖子《网络文学最好的时期已经过去了》。他认为，网络文学好的时期，大家有"赤子之心"，自由的、随便的、不功利的。并且，文学应该是从线下向网上走。但当时的榕树下，一些好的作者开始热衷到线下出版，网络作家以"印书"作为评价标准，这是倒退的行径。对于这样的判断，您怎么看？

吴：首先，我还要强调，我不是一个文学专业出身的人；其次，我认为应该是实践引导理论，而不是理论引导实践。从文学角度来说，他说2001年网络文学最好的时代已经过去了，我觉得他可以这么看。因为确实在2001年左右，榕树下的结束代表了网络文学一个低潮的出现。但是，我觉得这是精英层所看到的情况，和草根层在下面所看见的情况是不一样的——草根层其实是在慢慢成长的。我相信他当时没有去西陆这些小说论坛看过，没有看到这些潜藏在下面的、正在尝试创作的草根读者和草根作者。当然，当时他们大部分的水平都比较低也是事实。所以我自己觉得，在精英层跟草根层之间对文学的认识有不同的观点。而我并不觉得哪个更高一点或者哪个更低一点——我也不认为只有精英层才有资格来谈论这个问题。

另外还有关于媒介的问题。我觉得恰恰是媒介改变了整个行业。传统出版是以半年或一年为周期运转的，但是互联网是以月、周、天的周期来运转的。互联网的周转速度远远超过传统出版的速度。我认为媒介恰恰是对整个文学的发展产生了巨大的推动性的。互联网就像蒸汽机一样，本身没有什么特别的属性，但是作为一个工具，撬动了各个产业的革命。而 VIP 制度，其实就是互联网+文学之后产生的一个成果。我相信如果没有 VIP 制度，到现在网络文学应该也还可以有一些发展——毕竟互联网会促进和推动大部分产业的发展，但是我觉得 VIP 制度使得整个行业的发展速度加快了很多倍。最重要的一点在于，当创作者能有足够的稿酬和收益的时候，整个自循环体系会快速地膨胀并且吸引大量的人进入；而整个产业迅速变大了之后，才能够谈到更多的产业升级的问题。中国经济已经证明了这一点：先改革开放，做大做强，再产业升级，所以商业化在整个系统中起到了非常重要的作用。如果没有商业化，可能后续的文学发展还是在空中楼阁之上。所以与其说 2001 年是网络文学最好的时代的结束，不如说恰恰是最好的时代的开始。

三、VIP 制度实现了内容形式、媒介形态和商业模式的匹配

吉：下面让我们谈谈最核心的问题——VIP 制度的建立。您是 VIP 制度的创立者之一，当时网络文学业内，包括当时居于网站老大地位的龙的天空团队，都是普遍不看好 VIP 制度的。在起点创始团队内部存在分歧吗？

吴：当时外部的争论很大，唱衰的声音非常强，但在团队内部分歧没有那么大。2001 年互联网大潮的时候死了很多企业，我们看到了无数互联网企业因为盈利问题分崩离析。我们认识到，如果想让这家网站长期生存下去，只有建立一个比较稳定的体系，即使我们离开了，后面的人仍然能把这个体系坚持下去。这就必须有可持续的营利方式。

我们内部在 2002 年就已经决定好了收费就是我们未来的商业模式，我们当时采用的模式包括分章节、千字两分钱等，之前在国内是没有的。所以在 2003 年开始实施的时候，与其说有分歧，不如说有一些担心

和忧虑。

我很清楚地记得 2002 年的时候，学松——就是藏剑江南到南京来找我，我们几个人在宾馆里讨论未来的商业模式是什么。然后我说，用"奥卡姆剃刀原则"的话，剔除掉一切不可靠的因素，剩下的最可靠的因素是什么？

当时最重要的盈利途径，第一是版权，但代理版权的收入是不可靠、不稳定的——因为你没有办法确定收入的数量级和长远的有效性；第二是广告费，但无论之前的新浪还是其他的网站都说明，对一家网站来说，纯广告费的收益是无法支撑的；第三就是卖电子书，但是电子书也是不成功的，当时台湾的电子书在大陆的销售情况并不好，而所有其他尝试过电子书的企业都失败了。

最后，我觉得应该结合当时的网络文学的特点来选择商业模式。因为当时网上有大量有趣的、连载的互联网小说，所以我觉得电子书是值得一卖的，但应该抓住网络小说的特点去做。第一，要把一月一出改成单章销售，否则盗版会让你整个的系统死亡，台湾的小说电子书就是一月一出，可盗版第二天就出，所以卖不动。但是对于连载小说来说，只要你现写现卖，那么保鲜期哪怕只有一天，它仍然是有销售价值的，因为后续可以连续不断地去产生新的东西。第二，要把价格降下来，原来的台湾电子书是两元钱一本或者一元钱一本，相对于一月一期或者说一月两期来说并不是很贵。但我认为当时互联网用户的付费制度并不成熟，所以我就说应该把付费标准降到用户的心理门槛的最低极限，就是一角钱。假定说一个章节用户付费的最低心理底线是一角钱，而当时一个章节一般是五千字，这样算下来一千字两分钱。真正的商业模式就是一角钱看一次，一次五千字。

邵：您今天回头看的话，这个微支付对于 VIP 制度的成功是不是一个非常重要的因素？

吴：我认为在系统中这是最核心的要素。

邵：因为它是互联网的，是跟这个媒介最洽和的？

吴：对，它把书不再变成书，而是变成了一段一段的文字，变成了一个信息流。

邵：而且是最新鲜的，是与互联网这个媒介结合得最紧密的。我能理解为您说的是内容形式、媒介形态和商业模式三者的匹配吗？

吴：对。

吉：VIP制度到现在已经成为网络文学最核心的一个制度。但是这个制度这么多年了，网络文学已经发展得很不错了，它会不会有一些变化的可能？对现行的VIP制度进行一些局部的甚至是整体的修改在未来有可能吗？比如像微信的公众号一样变成作家个人的平台，等等。

吴：我觉得有可能。因为随着时代的变革，商业模式肯定是需要调整的。但里面的根本问题在于，你是调整其中的细节，还是调整收费这件事。我自己觉得，当这个行业已经正式进入收费时代，那么就很难再跨回到免费这条线。这里面具体的商业规则我觉得还有调整的空间，但核心要素比如连载之类，在目前的文学形式没有发生变化的情况下，商业模式是不会发生太大的变化的。

吉：有人提出，鉴于网络文学盗版严重，商业模式可以不可以变成免费＋打赏？

吴：打赏机制的特点，是对于个人素养和表演性要求都非常高。很多人说网络文学"喧哗"，但如果你对比直播行业或者公众号，网文的沉淀程度远比它们高。正是因为有了订阅制度，才会有人认认真真、诚恳地沉下来写作。而如果以打赏性质为主的话，那么哗众取宠、吸引眼球的事情就会更多。

吉：所以，您觉得这对网络文学不是件好事？

吴：是，因为打赏要求你在短期之内引爆眼球。但是对于一部小说而言，尤其是对于长篇小说而言，你不能保证用户一直处于一个非常兴奋的状态。即使是现在这个状态下，网络文学作品都比较浮躁，沉淀不够；如果你再把周期缩小到每天都必须有一个非常精彩的爆点的话，那我觉得最后就会变成段子。

吉：您是觉得VIP制度背后的根本其实是文学形式，文学形式没有根本性的变化，那么VIP制度也就不会有根本性的变化？

吴：是，内容决定了收费的方式。如果我们的核心内容依旧是长篇小说，依旧是长篇娱乐类的小说，那么商业模式就肯定是这样。但是如果我们目光集中在短篇、二次元、轻松的小段子，那么我们的商业模式就可能是以打赏为主的。内容和商业模式之间是密切相关的。我们也在关注另外的内容和商业模式，如果我说我们有机会去开拓那个，那我肯定会用另外一种商业模式来面对它们。

吉：不知您怎么看待免费阅读的问题？2017年7月连尚文学成立后，很快收购逐浪网，主打看广告即可免费阅读的运营模式。连尚、米读等免费阅读平台通过下沉到乡镇、农村市场，吸引了广大中小城镇和乡村的网络小说爱好者以及盗版网文阅读人群，实现了读者规模的极速增长。2018年以来，免费模式已经在网文界，尤其在作者间产生很大影响，被认为是对起点2003年建立的VIP制度最大的挑战和冲击。特别是连尚网络创始人陈大年是盛大老总陈天桥的弟弟，更使这一挑战具有某种江湖八卦色彩。不知您怎么看？

我们看到2019年年初，阅文推出主打免费阅读的APP飞读小说。不知现在的情况怎么样？当然，我们更想听听您从宏观上谈谈对网络文学商业模式和走向的判断。

吴：免费阅读是基于我们全民阅读的愿景推出的服务。我们致力于为用户提供优质的正版免费内容，QQ阅读、起点读书等更针对网文精品化付费用户，飞读针对的是没有付费阅读习惯但也逐渐产生阅读需求的用户，这两者互为补充，免费带来的是增量市场。同时，对于作家来说，阅文也会尝试多种内容变现渠道，提高作者收益水平，丰富作者的收益方式。

此外通过全行业、多玩家合力布局免费，培育更广泛的用户正版阅读习惯，这对网络文学行业的健康发展、对内容消费行业来说，是长期有价值的，也是长期有利于阅文的。免费阅读模式与现有付费内容并行推出，拓宽了我们的内容广度及服务的用户群体。长期来看，随着免费用户与我们平台的互动增多，我们也将有机会把部分免费用户转化为付费客户。

近年来广告的价值得到快速提升，广告变现成为互联网企业营收的一种商业模式；另外，免费阅读其实也不是新模式，本身阅文就长期存在免费、限免等多种内容运营方式，当网络文学的内容存量达到一定数量，依靠这部分存量内容进行广告变现就成为可能。免费的商业模式和收费的商业模式，是长期并存的。

免费实际上没有涉及商业模式的变革，只是针对内容的不同变现模型。用户的内容消费趋势也一定是升级的，最终这个网络文学行业的竞争一定会回到对优质内容的培育上来。

对于头部内容，继续深耕运营，从源头强化 IP 属性，协助作品运营粉丝、完善世界观、拓展内容边界，无缝连接 IP 开发市场；对于具备故事价值的作品，积极探讨多种变现可能，对作品进行价值评估并与作者深度沟通变现方式；对于流量作品，通过人工+大数据的智能推荐，吸引用户加入和留存，进行以广告为主的变现。对于不同梯队的内容，我们密切关注不同梯队的优质数据表现，来实现内容流动和运营方式的变化。

四、阅文系统的核心是 UGC（用户生产内容），未必一定是小说

吉：在目前以超长篇作为绝对主流之外的地方，您还会考虑去做中短篇，您觉得这都是可能的吗？

吴：超长篇是整个文学系统中最资深、最具有吸引力和凝聚力，也就是说最深度的产品。但当这个系统中最深度的产品发展到一定程度的时候，就必然要求有其他各种形式的产品来补充和多元化。而我认为就是因为网络文学在深度内容上的发展，才会给陈村老师所希望的纯文学以及短篇文学留下空间，我们也才能在现在用户的基础上去培养更新的文学形式和商业模式。如果做中短篇，就不一定卖连载了，我们可能卖整本书，通过打赏获得收益。我们也在关注直播这方面的东西。我们认为关键是内容形式和商业模式要匹配。

吉：我特别好奇，您说的直播这个东西，在我们一般的想象中，可能跟阅文集团甚至跟网文行业没有什么关系。

吴：我们系统的核心其实是 UGC（User Generated Content），即用户创造内容。而创造出的内容到底是什么？它并没有自我设限。我喜欢看小说，那是我喜欢；但我不见得只喜欢看小说，我可能也有很多其他

的喜好和需求。在过去的十几年里面,因为大家对这个网络小说行业有需求,以及商业模式的助推,才会使长篇网络小说有了一个单向度的繁荣和发展。但是当它到了一定程度的时候,它的增速会下降,那么其他的、不同的类型内容肯定会填充上来。

吉: 就像您说的,您主要的娱乐方式是小说,我主要的娱乐方式也是小说。但游戏啊,动漫啊,甚至包括看一些视频、直播网站,对我来说也是不可或缺的。

吴: 所以基于 UGC 原则的话,在我们的平台上,只要用户喜欢的,逻辑上我们都可以向他提供,并不局限于长篇小说,甚至文学。过去很多年都有记者来问我,网络文学会不会是一个短暂的现象?如果它是,那以后你们网络文学公司怎么生存呢?我的回答始终都是:我们是一个市场驱动型的 UGC 公司,如果读者的口味发生了变化,那我们网站的作者就一定会随之而变化。因此如果现在的读者需要有一个灵活的文学形式,或者其他的形式,我们的网站只要能够提供,我就觉得可以。

吉: 我一直很乐意将 VIP 制度形容为一个"供养人"制度。按照二次元的说法,作者是产粮的,读者是吃粮的,然后吃粮的有爱就要给钱,把作者"供养"起来。这其实是我们对这个制度的最根本的看法。它实际上是一个相互连接的社群,所以说产生什么,分享什么,其实都是大家可以一起商讨的。在这个系统中,根本就在于一个正回馈的机制,这个正回馈的机制能够保证这个系统不断地生产优质的东西出来。

邵: 如果把阅文的核心商业模式描述为市场驱动的 UCG 平台的话,随着网络化的深入,以后未必以产文为中心,因为文学并不是网络时代最"受宠"的艺术形式。中国的网络文学格外繁盛,有种种"中国特色"的原因,我称它为"印刷文明的遗腹子"。

吴: 由文到图,由图到视,我觉得这是一个必然的过程。当然我不相信文字或者文学会被彻底地取代,因为它具有独特的魅力,但人们倾向性的变化是肯定会发生的。不过至少在现在这个阶段,大家对阅读的需求是远远没有得到满足的,所以我觉得现在还有空间。而且在 UGC 方面,文的创作已经可以做到了,但图和视的创作,UGC 的条件还不是特别成熟。至少现在的漫画、图的个人创作很难产业化;而视频的创作,除了一些个人的搞笑视频之外，产业化的难度也很大。所以我觉得当它们可以产业化的时候，发展速度也会加快。

吉：所以您觉得跟阅文集团有竞争关系的，已经不是业内的其他文学网站了，而是娱乐产业线上的其他各个入口？

吴：作为文学网站，在经过这些年的挑战和竞争之后，要在这个领域再打败阅文，我觉得已经是一个非常难的事情了。所以，我们的主要商业竞争应该来自于上下游，主要是下游其他相关娱乐产业的合纵连横。

五、起点团队离开盛大文学的原因

邵：2013年3月，起点创始人团队离开盛大文学，在腾讯支持下建立创世中文网。当年离开的主要原因是什么？

吴：其实根本的问题是在于移动互联网的兴起。从2010年开始我们看到它开始慢慢兴起，到2011年、2012年的时候增速越来越快。起点当时在行业内虽然有最大的优势，但是我们仔细思考和判断了之后，认为这是唯一有可能颠覆我们领导地位的变动。我们为此感到非常焦虑，而当时的盛大文学还在谋求上市，没有办法重新投入再创业的过程。所以我当时觉得，与其被别人打败，那不如自己去打败自己。我们判断2013年是整个移动互联网时代的入口关闭的最后节点，如果我们不能在那个时间点之前抢入，再次进入这个市场，那么最终起点就会被关闭在移动互联网的大门之外；而当移动互联网大门关闭的时候，未来的前途就很渺茫。后来我们出来，移动互联网的入口中国就这几家，格局已经基本定了，所以我们选择了腾讯。

邵：进入腾讯之后是按照你原来的思路在走？

吴：我进入腾讯之后的目的很简单，就是全力进军移动互联网。在2014年，我们一年在移动互联网上产生的收益达到了起点全年的收益，所以证明我们的思路是正确的。我们相信第二年如果没有收购盛大文学的话，那应该跟整个盛大文学的收益是打平的。所以从这个角度上来说，移动互联网带来了一个巨大的市场空间，如果有人去做了，并且做得很好，那么就有可能颠覆掉起点和盛大文学。

邵：那么现在回购起点中文网，成立阅文集团以后，更严峻的挑战是不是 IP？

吴：对。移动互联网方面，我们成功地在最后的时间点切入，并且成功地保住了我们的行业地位。当然现在最大的挑战就是来自于 IP 了。

六、网络文学行业远比中国的其他娱乐产业成熟

吉：关于 IP，或者用您 2015 年提出的"泛娱乐"概念，我们感觉，阅文集团在整个产业链中可能还处于一个相对弱势的地位——相对于游戏业、影视业。您觉得阅文是否可以在泛娱乐全产业开发中占据主导地位呢？

吴：我觉得可以。有两点，第一，文学是上游产业。我们现在确实比较弱势，目前整个数字阅读和网络文学产业加起来也不过百亿元，但是下游的游戏等产业加起来有万亿元。同时下游对知识产权的尊重其实并不是很够，他们会有各种各样的方式，去试图偷窃创意、复制创意，因为这对他们来说成本很低。所以从这个角度上来说，现在我们有困境。但是我认为，如果是一个成熟的商业社会，大家充分地尊重知识产权、尊重创意权的话，你会发现真正核心的创意来源是这个产业，所以那时候文学产业对于下游文化的辐射力、控制力会比现在强很多。

第二，我们自己的商业系统也在推进。比如迪士尼公司，它最大的资产就在于知识产权，它的 IP。用它的 IP 授权出去的产品是非常庞大的，每年米老鼠的玩偶、白雪公主玩偶的数量，影视作品等都非常庞大，但它能通过一个很好的方式来控制 IP，能够保证这个产业良性地成长。如果我们能够做到对 IP 有这样一个良好的控制和经营方式，那么其实它就可以成为整个互娱产业的核心。

吉：所以阅文现在是源头，但不是核心，现在想追求的是对整个 IP 产业的控制力？

吴：没错，目前来说，我觉得恰恰是百亿和万亿之间的市场规模的差异，导致我们对一些事情没有足够的控制权，这是现状。

吉：所以您是觉得，如果盗版问题逐渐解决之后，阅文首先还是要强健自身？

吴：不，我觉得还是在于商业化的成长。现在对 IP 的需求，其实某种程度上还处于一个当初山西挖老煤矿的状况，大家挖到多少是多少，没有一个产业经营的状态。当很多公司成长到一定程度，希望长期经营的时候，对于 IP 的开采就会变得更有序和更长期，这个时候我们作为 IP 的生产源，就能和他们一起坐下来更好地去协商，讨论这个 IP 长期的发展。如果仅仅是现在这样子，他们只觉得这是 IP 的一次性开采的话，那么有开采权就可以了。

邵：那么我是不是可以理解成，现在恰恰是由于下游的产业不成熟，所以导致了对 IP 的利用上还处于一种早期的、蛮荒的、乱砍滥伐的阶段？

吴：其实现在对于整个 IP 的使用上，国内我没有看到什么好的企业对 IP 有充分的了解，甚至是充分的尊重。

邵：那您觉得下游的产业包括影视和 ACG（即动画 Animation、漫画 Comic、游戏 Game 的缩写）产业的发展成熟度要赶上网文产业，还需要多久？

吴：大概十年吧。

七、"小白"的不断涌入说明系统生态链是在持续扩张的

吉：我是看网文长大的，所以也算一个"老书虫"了。这几年的感觉是找好书看越来越难，这也是不少"老白"共同的感觉吧。所以，有时觉得，是不是起点现在也像很多大公司一样，有 KPI 驱动，以至于有一些短期的商业化行为，更加偏向"小白"读者和大众市场？

吴：某种程度是误解。我自己觉得，整个网络文学的内容在不断地前进和发展，但读者的品位也在不断地提升，而且越是"老书虫"口味就会越刁钻，产业的发展不一定能跟上他口味的提升。如果这是一个闭环的生态链，那他们可能反而不会有这样的感觉；他们有这样的感觉，就说明了这是一个开放性的生态链。正是因为有"小白"读者的不断进入，才会让源源不断的"小白"内容有生存的空间，才说明整个系统仍然是在膨胀和扩张。否则，如果都是"老书虫"，那么这个网站肯定会逐

渐倾向于老成化，那么他们就不会觉得那么差。至少从我个人的感觉来说，如果我认真地去挑，还是能挑到很多很好看的书，当然这个比例肯定比以前要低很多。

吉：大家是觉得挑着难。

吴：是，但是总体的量是比以前要多很多的。有很多老写手当年是活不下来的，现在活下来了。活得越久，就越会有"老书虫"成为他们的粉丝，他们就越会提供固定的内容。从这个角度来说，首先是系统决定的。其次，从企业经营的角度来说，我们从 2003 年、2004 年开始，对于整家企业网站的要求都是七分商业化、三分文学化，始终要求我们的网站对小众内容保持一定的宽容、关注和支持。起点从最开始建起来的三江阁，就一直是小众化内容的自留地。我们始终相信，内容是要多元化的，因为不断的同质化最终对内容产业会是一个毁灭性的打击。

我们也从来没有简单地把起点当成一个赚钱工具，而是当成自己所创立的一家公司，是非常爱惜它的。我们肯定希望它能长期健康地发展下去，所以我们不会因为 KPI 而故意地把它导向收入的那一端。但是我们认为这需要保持一个平衡。第一个，商业化是必需的，你需要给平台下面大部分的"小白"用户和读者提供足够的内容。第二个，你要给其他人留下足够的空间和火种，让其他内容有机会的时候能够上去，这也是我们网站这些年能够不断地涌现出新类型的原因。

邵：起点有一个非常重要的作家培养制度，我觉得这点非常了不起。传统文学期刊原来有一套系统，就是在最基层铺设一个业余作者网，把最广大的工农兵作者从底层拔起来，在一个系统里逐渐成长，包括莫言这样的最后得了诺贝尔文学奖的作家也是从这个系统上过来的。我觉得网络文学也是铺了一张巨大的网，写作更没有门槛，目前注册过的作者已经超过千万了，这还是保守估计，去掉重复注册部分。起点的作家制度也是逐步建立起来的，应该说是网络文学发展的重要保障机制。不知这个制度的可持续性有没有问题？比如有一段时间大家都说大神霸榜啊，新人难上啊，您怎么看？

吴：网络文学确实是恢复了千万人的阅读梦和写作梦。对于作家制度，其实我们一直都有微调。VIP 制度给了很多人足够的稿酬让他们能够留存下来，但这也使得老作家的比例在这个系统中逐渐地上升，越来越多的成熟作家的留存，也确实会挤压新人的空间。所以我们从最开始就一直在努力地想办法为新人保留一定的空间，像从2004年、2005年开始独立成立新人榜、新书榜，就是为了让新人也有机会出头。我自己觉得我们还是给了新人很多空间的，但是这些年下游产业的发展，反而让这种流动性变弱了。

邵：您指的是IP的部分？它的价值反过来主导了作家的价值了，是吗？

吴：对。因为在我们的平台上作家的价值是非常清楚、非常简单的，用户喜欢还是不喜欢，用户愿意为你付多少钱，已经形成了一个体系，那么新老作家之间流动的速度会非常快——只要你有足够的粉丝，你就可以成为一个非常有价值的作家。但是这个机制在IP时代到来之后就有了些变化——老的作家可以根据他好的IP继续延续他的影响力和生命力，但有可能他的新创作在读者眼中已经没有那么强的吸引力了。

邵：在文化生产领域里，这个也算是逃不过去的规律，价格更高的艺术门类，其价值体系总是会冲击较低价格的门类。行业唯一能做的，就是尽量维持自身价值体系的稳定性，避免价值"折射"，比如，别因为谁的剧拍得好，就大幅提高其在网络文学内部的咖位。

八、好的网络文学一定是反映普世价值的

邵：网络文学发展到今天，必然面临一个"主流化"的问题。而主流文学除了数量上的主流外，还得承担主流价值观。但从我们的研究来看，主流价值观和网络文学以粉丝为中心的"爽"价值观其实是有冲突的。您怎么看这个问题？

吴：在开始的时候确实有低俗化的倾向，但当你用一个良好的商业规则、行业规则来约束它的时候，就会发现大部分的用户真正欢迎的内容反而是反映普世价值观的东西。

邵：为什么呢？

吴：我觉得这里面的区别在于收费和免费。经济问题是用理性来思考的，如果一本书上面全部是一些吸引眼球的东西，读者或许会觉得很

爽，但也会觉得这个东西是没有价值的，看看就过了，不值得付钱；但一个很好的故事，是值得为它付钱的。所以在我们平台上出现的一些内容，虽然各有特色，但到最后是能够符合中国传统的价值观的，而且通常是会强化传统的家庭观念、道德观念。违反基本道德的内容是天然被用户所排斥的。以前我也担心过这个问题，但自从2004年、2005年自己看过了榜单上的内容之后，反而比较有信心。其实我们可能低估了中国老百姓的审美能力。

邵：这是因为那样的价值观才会让人觉得幸福、安宁、愉快吗？是人的本性？

吴：中国老百姓还是有非常明确的基本道德观、是非观，也是能在作品里面表达出来的。他们中可能会有对于生活不满的，可能会有对于财富分配不均不满的，但是对于最基础的忠、孝、义这类的东西反而是非常强调的。

邵：在网络文学发展的过程之中，不仅是中国，全世界都处在一个道德价值大崩坏的时期；同时中国还处在一个巨大的社会转型期。所以有人说，网络文学是一个全民疗伤机制，同时还有可能是一个道德重新建立的过程？

吴：我看了书之后倒没有感觉到所谓的道德崩坏。因为大部分读者是知道理想世界中什么是好、什么是坏的，但是在现实生活中他们没有办法去表现出这一点；因此在故事里、在小说里、在幻想世界里，对于理想世界应该是什么样子，大家反而会有一种更明确的标准。

邵：就是说好让人愉悦，让人爽？

吴：让人爽是一回事，但是这种爽是不能逾越道德标准的。比如为什么现在起点上面的黑社会小说消失了？因为有人写过了，然后就发生了大辩论，最后大家就都不写了。

邵：大多数人不喜欢？

吴：很爽，但是不喜欢，引起了很多人的道德反感。

邵：我换一句话说，假如没有这么严的外部的控制、引导、禁令，完全是放任互联网自己发展，它的社区也会慢慢地有自己的自治，会建立自己的道德标准——也就是说我们对文明要有信心是吗？

吴：对，我对中国很有信心，就是因为看到了这些东西。其实大家心里是知道的，大家对整个社会的不满其实只是一种表象，自己心中是有善恶判断的。

邵：您觉得在网络文学的发展当中有没有那么一段时间，大家去挑战底线、突破底线，然后再触底反弹？

吴：整体上没有，但是有个别现象。比如在一些黑社会小说，还有一些情感类小说中，会出现一些，但很快就会出现大量批评的声音，于是作者很快就会去修正。最后所有人就会在平台上形成默认的规则，不去挑战大家的道德底线。

邵：那您对现在的监管机制怎么看？

吴：其实用户关于私德与公德是有一个界限的。公德的问题他们是不会挑战的，但属于私德问题的界限就会放得比较宽。但是在监管的层面上，对公德、私德的界定和用户不一样。

邵：您怎么看网络文学精品化的问题呢？

吴：我们的重点是把网站上具有更多文学性、艺术性的作品扶持起来。但是我还是持那个观点：商业化和文学化这两件事情是要并行的，倾向于任何一边都会导致整个系统失衡。为了主流化我们必然会去扶持很多文学性强的内容，为这个社会产出更多的精品，但我们更希望出现的是又畅销又叫好的作品。

吉：真正能够成为经典的都是既畅销又叫好的作品。

吴：这就要看天意。

邵：您提出的"全民阅读"，指的是以阅文为中心主导一场传统阅读的网络迁徙吗？

吴：我并不期望主导这样一个倾向，而是我认为中国大部分人的日常行为事实上会迁移到互联网上。在这个迁移的过程当中，我希望他们的读书行为也能在互联网上找到一个入口。而我认为网络文学是整个互联网读书上最有深度、商业价值最高的一块儿，但并不是说我们只需要这一块儿。我们最终是希望当大家在互联网上需要看书的时候，能够找到一个很好的平台。

九、为什么媒介革命在全世界发生,而网络文学的中国风景独成奇观

邵: 我们研究网络文学,一直需要回答一个问题:外国有网络文学吗?这个外国,一般主要指科技文化发达国家。如果没有,是不是意味着中国的网络文学很low?如果你说网络文学是一种新媒介文学,那么,为什么媒介革命在全世界发生,网络文学只在中国发展得这么盛大呢?您怎么回答这个问题?

吴: 因为在中国发展网络文学的负担小。中国的出版单位、创作单位基本是国营,导致生产量不足,这就积攒了一个巨大的潜在市场。这个市场被互联网迅速催化,就带来了整个出版业在互联网上的快速转型和新形势的产生。相反,国外的出版业过于发达,则约束了他们的网络文学的发展。

邵: 您的判断和我们的判断挺吻合的。我们也觉得这恰恰是中国自身的文化体制决定的,使得类型小说这一块儿印刷文明时代最大的商业蛋糕一下就落到新媒介文学的盘子里了。所以我们现在特别关注网络文学在北美和欧洲的翻译情况,就是想知道他们在拥有了这么成熟的类型小说文化市场的情况下,还有什么动力让他们去翻译中国的网络文学。这也可以让我们反向看到我们的网络文学的媒介先进性。

吴: 我觉得新技术革命时代,新势力与旧势力是很难妥协的,即使在国外也是一样的。

吉: 从2014年年底Wuxiaworld建立开始,网络文学也开始自发地在北美地区流行,出现了翻译组,就像我们的美剧、英剧字幕组一样。目前,已经有数百万的"老外"粉丝,追更阅读我们的网络翻译小说。阅文集团也于2017年5月上线起点国际(Webnovel),成为中国网络文学海外传播的第一个官方平台。想听听您对中国网络文学"走出去"总体布局的看法。

吴: 中国网络文学能够走出去,根本原因在于中国文化的魅力。有魅力的文化产品天然地具备很强的辐射力,比如美国好莱坞电影、日本动漫。中国网络文学以小说作品的形式演绎中国文化、文学的魅力,并且借助了互联网高效快捷的传播形式,很容易被海外读者尤其是年轻人

接收和接受，因此成为中国文化输出的一种重要桥梁。我们的海外门户起点国际（Webnovel），现在的用户访问数、作品翻译数，都在逐年快速增长。可能因为最开始的基数比较小，整体的增长率非常可观。目前来看，我们觉得后面的市场潜力空间还是比较大的。在未来可见的几年，应该还是可以保持快速的增长。从2017年上线到现在，已经有四百多部中国网文翻译成了英文作品，这些作品大部分是大长篇，而且都有很多的读者，相对来说我觉得增长还是非常迅速的。而且，起点国际已经于去年上线了海外原创功能。目前，起点国际的海外原创作者已经有三万多人，上线了原创英文作品五万多部。接下来我们会加大海外原创内容创作的培育，也会加强与海外当地平台的合作，共同推动网文商业模式在海外的落地，实现网文生态"出海"。平台上除了文字阅读之外，还会逐渐上线动漫画等更多形式，后续也不排除与海外合作进行IP开发，等等。

十、对网络文学的大势回顾和未来五年的发展趋势预判

邵：起点团队被很多人称为中国网络文学的"教父"。自创立至今，起点一直是网络文学生产机制的探索者和标准制定者，"起点模式"成为行业标杆。可以说，起点的发展历程本身就是一部中国网络文学发展史。最后想请您对网络文学的发展大势做一个总体回顾，对未来五年的发展做一个预判。

吴：过去的十年，最重要的趋势是，移动互联网快速发展，使得网络文学快速进入了另一个新的膨胀期。大量新用户的加入，扰动了原来相对比较成熟的网络文化行业。而大量的新读者、新作家也和老读者、老作家之间产生了一定的分歧。

吉：您觉得新阶段的时间节点是在哪一年？

吴：2010年开始萌芽，2013年、2014年正式出现。一方面是那两年互联网创作越来越多，另一方面就是IP产业的快速膨胀。以前的内容输出很简单，开始是网络上的电子输出，到后来增加了其他版权输出，比如图书出版、游戏版权之类，但是这些都还是简单的内容版权输出。这

些年因为 IP 的概念被炒热了，很多人，特别是影视剧方面，开始大量地关注原著作品乃至原著作者，使得一部分作家从网络文学作家中分化出来，成为一些具有 IP 性质的作家，他们使得行业当中网络文学产业和下游产业之间的关系变得更深。现在如何来定位，以及如何发展双方之间的关系，我觉得是一个重大课题。

邵：那么从现在开始向未来的五年展望，您觉得会有什么趋向？

吴：未来五年更重要的还是在于网络文学的 IP 产业化。网络文学的创作和下游会结合得更加紧密，开发也会更具系统化，逐渐有一个规范、定型。

起点中文网的"总设计师"
——起点中文网创始人藏剑江南访谈录

【受访者简介】

藏剑江南，本名商学松，曾用 ID 江南武士，男，1974 年生，吉林长春人。起点中文网创始人之一，曾任起点中文网总经理、腾讯文学总裁、阅文集团总裁。网络文学运营与管理专家，原创运营与产品模式创立者，设计发起了包括起点中文网平台架构、图书分类推荐体系、粉丝推荐体系等在内的多项行业制度。

【访谈时间】 2016 年 7 月 29 日（受访者最后修订时间：2019 年 10 月 31 日）
【访谈地点】 上海，阅文集团
【采 访 者】 邵燕君　吉云飞
【整 理 者】 吉云飞　张　芯　项　蕾

一、江南武士的"闯入"与起点中文网的诞生

邵燕君（以下简称"邵"）：在我们进行访谈的过程中，听到很多人说，起点中文网有一位"总设计师"，宝剑锋还称您是"中国网络文学的乔布斯"。您设计了起点中文网的网站架构，创建了网络阅读的平台模式，并让起点模式成为网络文学业界的标杆，后来的文学网站竞相模仿。您还规范了网络文学的作品分类、榜单推荐、签约体系以及用户阅读行为流程，通过作品分类和榜单推荐，使读者能以最快的速度找到自

己喜欢的作品，而优秀的作品也能通过榜单推荐为更多读者所知。今天我们就想和您聊聊这些年起点中文网乃至整个网络文学的发展历程中，那些不为外人所知但又至关重要的历史节点与制度设计。

藏剑江南（以下简称"藏"）：宝剑（即宝剑锋，下同）胡说的（笑）。

吉云飞（以下简称"吉"）：我们从起点中文网的诞生说起吧。对起点诞生的故事，网上一直有着各种传闻。不过在每个版本里，您都是最传奇的那一个。据说在 2002 年 5 月 15 日起点成立的大会上，您闯入了庆祝的聊天群，把起点的书库系统批判了一通，说得宝剑锋等几个发起人都哑口无言。更传奇的是，您最后接手了网站建设的大权，从此改（网）名"藏剑江南"？

藏：这个基本上属实吧，但肯定没有这么粗暴。我在创立起点之前一直在上海对外贸易大学的教务处工作，在大学里的工作其实挺无聊的，我更感兴趣的是看小说。当时几乎所有租书店里有的传统的武侠小说都被我看光了。我上网又比较早，大概 1998 年就开始上网，所以那时就在网上的黄金书屋看书。后来发觉黄金书屋大部分的书都是 OCR（实体扫描上传），很多都看过，所以很快也看完了。然后我去了西陆论坛，就发现了很多原创小说。其实最早的网络原创小说起源于西陆论坛，从 2000 年开始。

2001 年，宝剑锋成立了中国玄幻文学协会（CMFU）。他们当时在西陆也有一个论坛，恰恰又是我经常逛的论坛之一。在 2002 年 5 月份，宝剑锋就自己搞了一个网站，并且在西陆论坛上做了一些作家的连载活动。我从其他的论坛上看到这个消息，就跑到他们聊天群去了。因为我是搞技术出身的，更重要的是我是一个重度的网络小说书迷，所以我对于找书、网站设计、网站逻辑是非常挑剔的。我就提了很多建议，但并不是去指责。当时的网络环境非常好，大家都非常诚恳，宝剑锋看到我提了这么多东西，就直接问我可不可以来帮忙搞网站。我说，OK。因为我有寒暑假，所以我就来帮他们重新做了一个。

吉：当时吴文辉是已经加入到团队里了吗？

藏：我跟文辉是在 2000 年一起玩一个网络游戏时认识的。起点建立的时候，我和宝剑在网上聊得比较投机，他说他是一个作家，完全不懂网站,希望有人来帮他做网站设计。之前他找了一个程序员,也是一个书友来义务支持,但那个书友是一个海外留学生,所以不太能够在一个比较稳定的沟通环境里去不断地交流,他希望找一个稳定的能够沟通的程序支持。于是在 5 月份的时候,我来接手这个网站,大概花了一个月的时间,把它重新做了一版,这个其实是最早的起点中文网。

当时我帮宝剑做第一套系统的时候是在 2002 年暑假,9 月份开学之后我其实就没有太深地参与了,更多的是宝剑自己在做整个网站的维护。到了第二年,2003 年春节的时候,宝剑又找我聊了一次。当时有条件访问网络的用户量,包括网络文学的用户量已经起来,但我之前做的系统比较简单,所以网站整体的架构已经撑不住了,他就希望我能继续做下去。我当时就跟他说,想要把网站继续做下去,是需要出成本的,因为此前的服务器是临时找别人要的,是没有办法去支撑的,所以需要我们自己去租带宽,自己购买服务器。但是那个时候网站是一分钱收入都没有,在这样的情况下需要大家一起来把它真正当作一个事业来做,需要一个比较正式的心态。我当时就问宝剑,是否大家有这个意识。后来宝剑就召集了协会里面对这个事情比较认真、比较感兴趣的人,包括黑暗左手(罗立),包括意者(侯庆辰),我同时又请了文辉一起加入。

吉:是您请的吴文辉?

藏:是的,因为我当时更擅长的是前台和整个网站的运营设计。文辉是程序员,他更擅长后台服务器,所以我请了文辉一起来加入。整个团队在那个时候基本成型,大家一起出资买了服务器,然后我又花了两个月的时间来改版。最终在 2003 年的 5 月份正式推出。然后那个版本一直用到了 2008 年,才又做了一次改版。

邵:我们听很多人讲过,起点团队的分工组合特别好,做内容、做技术、做市场的人都有,这是你们成功的一个重要因素。你们当初是怎么分工的?

藏:当时的团队分工是很自然形成的。宝剑是作家的心态,他和意者组织的玄幻文学协会是一个作家的松散联盟。大家来一起交流经验,一起构思写作。但是从 2003 年这个团队成立之后,角色就开始转变:宝剑主要作为网站负责内容的核心；意者主要负责联络作者；我和文辉主要是作为技术和商业运营的负责人；罗立在杂志出版行业工作过，所以他负责出版，后来做下游的改编。这个分工其实一直延续到现在，这么多年来一直是这样。

二、从辞职创业到全职进入盛大的起点创始团队

邵：你们这个团队真的很传奇，这么多年的风风雨雨，一路坚持到现在。

藏：这是一件我也觉得不可思议的事情。从2003年大家出资买服务器，建起了起点中文网，到2004年1月，起点就是中国访问量前五十的个人网站，但到那个时候我们都还没见过面。

邵：那时候你们已经建立了VIP收费制度了，居然还没有见过面？你们是在什么时候认识的？

藏：我和宝剑是在2002年认识的，和文辉是在2000年认识，2003年一起买服务器，2003年10月开始做VIP收费，到了2004年2月14日情人节那天才第一次见面，我记得非常清楚。

吉：是故意挑情人节那天吗？

藏：正巧宝剑和意者来上海，我去见他们。那时候我还没有女朋友，所以不需要陪女朋友，可以出去和他们一起，那是第一次见面。

吉：之前都是通过聊天群联系吗？

藏：之前六个人在中国的天南海北，哈尔滨、广州、上海、北京，大家都是通过QQ协作。

吉：那一次见面以后是不是就决定辞职全心投入？

藏：那一次其实还没有，的确就单纯是大家第一次见面。

邵：那你们最终决定辞职是什么时候呢？

藏：其实在2月份我们见面以后，大家都感觉到这个网站到了瓶颈期。我们都是兼职，在业余时间工作。我当时的状态是：八点多上班，五点多下班，回到家里，先睡一觉到晚上八点钟，然后一直干到凌晨三点钟，睡三四个小时直接去上班。我大学的工作还不算太紧张，所以可

能维持这样。但是吴文辉当时在北大方正工作，工作节奏很快，工作强度也很大，已经没有办法再坚持。最终决定是在 2004 年 5 月份，当时我们一起去了阳江，到宝剑家去旅游了一次。那次就讨论说过去的状态没法维持了，我们是把这个作为新事业，还是只是到现在这个高度，最终就决定应该一起去找投资，把这个事业真正做大。当时的想法是，我们有这么多好的作家、这么多好的作品，我们应该有这个责任，让网络小说像当年的武侠小说一样，能够真正到达一定的高度，让这种文学形式得到中国主流的认同，这是我们最早的心愿。

在 2004 的 7 月份，宝剑他们都辞职来上海，我们当时也谈了一些投资，最终在 2004 年 8 月份和盛大合作，接受盛大的收购，然后一起全职进入盛大，来一起做这个事。

邵：你们是先辞职然后才进入盛大，大家都下了很大的决心。

藏：是下了很大的决心，宝剑当时还是公务员的身份。

邵：这个时候有多少用户了？

藏：我们在被盛大收购的时候，我记得月收入是在一百万元左右。

吉：那在被盛大收购之前就已经有盈利了是吗？

藏：盈利没有，当时它构不成盈利的概念。因为我们所有人都在兼职，除了服务器成本就没有其他成本，而服务器大概是一台两万块左右。VIP 当时给作家是 100%，后来 70%，这 30% 的余额就开销掉所有的服务器成本。从 2003 年 5 月份，我们有第一台服务器，到了 2004 年被盛大收购的时候，我们是有了第八台还是第九台服务器，就是不断需要买服务器，因为流量不断地上去。

邵：五号蚂蚁是当时就离开了吗？

藏：五号蚂蚁是在 2006 年离职，我们被盛大收购的时候签了两年的服务协议，到 2006 年 9 月份正式拿到全部收购款。五号蚂蚁自己家里是有家族企业的，他就离职回去继承家族企业去了。

三、作为行业标杆的起点模式及其网站的历次改版

邵：您刚才说您第一次"闯入"的时候出了很多的主意，具体有哪

些？怎么改变了起点中文网原来的系统？

藏：我当时是一个书迷，加上我在大学里面也是开发信息系统的，并且我初中一路读上来都是图书管理员，对于图书分类法很清楚。因为我兼有几种角色，所以我清楚怎样让这本书在平台上按照什么规则进行展示，按照宝剑他们的标准评判出来的好书该怎么去推荐给用户，以及一套分类、排序、阅读的流程，这些都是我慢慢磨出来的。后来整个行业也都按照这个标准来做。

吉：最开始您自己设计的江南书库就有了类型分类和推荐榜这些设置吗？

藏：对，其实在龙空（龙的天空）和幻剑（幻剑书盟）的时代就已经有了分类，但是它们的分类比较简单，只有四五个类型。同时他们有一个榜单，强推榜，这是人工的榜单；另外数据的榜单依据的是访问的流量榜。我后来在做这些事情的时候，它们好的东西其实都吸收过来了，然后把分类从原来的四五个扩张到十二个；同时之前只有类似于PV（Page View）一样的阅读数据，我改成了推荐，用户对于自己喜欢看的书，每天有权利去推荐一票，让用户来主动选择。

吉：所以推荐票是2003年的时候就有了。

藏：还给了用户一个活跃积分，他们可以用这个积分来换书架或者是更多的推荐票。这样把用户和作家之间的交流体系初步给搭建了起来。

邵：这个是2003年就已经开始了吗？

藏：对，2003年的第一版其实就有了推荐票、积分、作家评论区、精华以及用户从书架点击到阅读页、详情页的设置。还有阅读页和详情页的标配，阅读页上面是有推荐票、返回目录，以及下一页；详情页上面有这部书的简介、字数、更新信息、作家的简介，这都是2003年那一版就把架构搭起来的。

邵：您能说一下为什么当时您一开始要设计这些东西吗？这些后来被证明是非常有效的，而且是网络文学独有的创新制度。

藏：这就是因为我自己平时喜欢看书，希望能够有这样一个方式去找书、看书。很多东西都是我当时访问龙空、幻剑觉得不顺的地方，然后在我自己开发的时候去调整。因为网络当时都是36k的猫，某种程度上来说在线阅读是一件很麻烦的事情，所以我当时就开发了全本阅读，从第一章直接全本下载下来。其实当时起点能够超过幻剑和龙空，主要是两个因素：一个是宝剑他们的确是比其他网站的内容负责人更加尊重作家，知道作家更喜欢哪种交流方式，所以能够不断邀请作家来起点上发表作品；另一个是用户觉得自己能够不断在起点上找到书，但是在龙空和幻剑的平台不能。

像我最早的时候就是打开龙空所有的书库，一本本地去扫，而且只能从 abcd 这样按照书名一个个去找，因为它没有任何其他的渠道让我知道，这本书好看，那本书不好看，我就这样把龙空书库里七八百本书整个地去看了一遍。但是在起点，就可以通过推荐的方式、点击的方式把好书推出来。而且我们当时规定，推荐榜每周都要换一次，但是幻剑的推荐榜基本上是一个月两个月都不动的，因为这是需要有人定期来维护的。这就是当时能够抓住用户的最好的一个点，读者能够很方便地找到好书了。还有一个是功能多了，比如能够直接和作家在评论区聊天，用户觉得很好玩，不单调。这是用户最朴素的需求，你让我在上面待得爽，那我肯定更乐意来。而当时在 VIP 制度还没有起来之前书是没有独家的，每个平台的书都是一样的，作家愿意在哪个平台上首发，能够一章提前五分钟，哪个平台让大家找书更方便，让大家玩得开心，就成了网站的核心竞争力。

邵：因为各个作家可以在各个网站同时发，所以抓用户是最重要的，其实这就是最早的粉丝生态建设了。当时推荐票是您独创的吗？所有的制度里面，哪些是您独创的呢？

藏：这个我也没有办法记得太清楚。书架的设置和一个书架应该有的功能，是我首先定义然后行业照着做的。第一个是书架在添加收藏之后可以显示作品信息、最近更新章节，同时有书签可以记录你阅读到哪里，可以从书架直接点击到你上一次阅读的地方，这些东西是我独创的。第二个是用户积分体系，就是每个用户在网站登录以后，通过发书评、加入收藏、投推荐票的行为来获得一些积分，同时可以通过这些积分来兑换一些奖励。第三个就是当时的分类排行榜的一些规则，后来又有新书的排行榜，怎么来对新书有所扶持，这些内容运营的规则都是独创的。此外就是比较细节的东西，包括 VIP 那一套收费体系，该怎么样去划分章节，怎么约定收费章节和字数，从哪里开始收费，以及后来的一整套订阅制度。其实整个阅读这一块，不只在 2003 年，包括 2008 年、2009 年，在整个时代，一个好的阅读网站应该怎么去做，起点一直起到一个范本作用。

邵：这些其实都是"老书虫"从自己的阅读经验中得出的。我觉得您的人生实在是非常成功的，我指的是，您能够把自己深度的爱好和需求变成一个商业模式。

藏：成功算不上，但是这一点的确是一件很有乐趣的事情，因为可以把自己的兴趣变成自己的事业，对于人生来说本身就是一件非常好的事情。

吉：VIP 制度因为涉及付费和收费，在当时是不是一件非常复杂的事情？

藏：是，的确是一个复杂的事情，加上还要防盗版，其实在 VIP 方面我们还是走了蛮多的弯路的。第一次先是把整个 VIP 制度定义出来，因为我们不是最早做收费的，在 2003 年 6、7 月份，明杨中文网和读写网其实已经开始在做收费，但是看了他们的收费制度我们发现了很多问题。比如明杨天天崩溃宕机，因为它是用 Flash 去做的防盗，但是当时的 Flash 是非常不稳定的，很多用户想看书，就是打不开网页，而且也很难真正遏制盗版。我们自己做的时候，就想了几个办法，一个就是有会员费，会员费在明杨和读写都是没有的。我们当时希望真正喜欢读书的人来先交一笔钱，然后再用一个非常低的价格去付费。我们希望进来的人，都能够不把内容传播出去，这其实是一个非常朴素的防盗版的心理，但的确很多人来支持这个行为。第二个就是，我们当时的定价非常低，每千字两分钱，而明杨为了支撑整个商业体系的运营把价格定到了千字四分。

吉：从我们今天能从网上查到的史料来看，明杨当时的收费标准也是一角钱五千字，算一下应该也是千字两分。想请问您，两分钱这个定价是谁提出来的？

藏：两分钱这个概念是大家一起讨论出来的，当时我在南京和文辉直接在宾馆里面上 QQ 跟大家一起聊。那时大家定了几个制度，第一个就是三十元会员费，然后就是千字两分钱订阅，这个后来就变成了高级VIP。再就是做一个VIP的图标，这个VIP图标虽然简单但在当时没人做过，后来发现效果非常好。大家有一个身份的识别度，我是正版的用户，在留言、发书评的时候都会觉得很骄傲；作家也知道你是花过钱的用户，就会特别关注你的话题，回复你的评论，互动就非常好。更重要的是，我们向作家承诺在做VIP的前三个月里所有从用户收来的钱都给作家，我们倒贴钱来做这件事，通过这样的方式把VIP制度的开局开出来。但是其中的坎坷挺多的，特别是我们刚定好这个规则还没上线，其他网站就抢先上线了。

吉：其他网站是？

藏：天下书盟。因为在2003年6月份的时候就有一个温州书商去投资了天下书盟，所以当时他们的商业化速度很快，而且有资本把我们约定好的十几个作家拉了一半过去，变成他们的作家，在他们的平台发文。所以其实开局蛮坎坷，但是我们的流量比较多，积累了一批对于作品有忠诚度的用户，他们都很支持我们做这件事情。当时正版化是一件很难的事情，此前互联网从来就没有向用户收费的这个概念，那时向用户收费的，除了电商就是起点。这批最忠诚的用户让VIP制度开始的第一个月就立了起来。第一个月收入最高的作者就是流浪的蛤蟆，他的作品《天鹏纵横》有一千多元收入，当时没人敢相信这个数字，蛤蟆自己也不相信。后来意者给他打了一个电话说你这个月拿到了一千元钱稿费，我汇款给你，他终于相信了。

吉：当时天下书盟在起点上VIP制度之前就已经上了，它的模式是怎样的？

藏：和我们一模一样。

吉：一模一样？等于你们当时泄露了？

藏：因为我们当时有两个版主被他们给挖过去了，这可能是整个行业最初始的竞争吧。我们当时也是觉得很诧异的。

邵：这个时候有多少作家、多少书参与到了VIP制度？

藏：我们当时就六本书，其中70%的用户都订阅蛤蟆这本书。到了第一个月月底，我们就有了三千多的VIP用户。这给了我们更多的信心，我们可以签更多的作家，让他们独家发表，这样子就形成了一个正态循环。

在这个过程中，发生了很多事来逼迫我们不断去完善这个制度。第一个就是怎么发布作家的稿件。因为蛤蟆的稿件发生过一次泄露，当时作家都没有保密意识，经常会把自己的稿件传给自己的书友团先去看一下。结果就发生了一次泄露，让盗版网站比我们发布得还早，蛤蟆就重新写了那一部分。第二个就是我们当时先做了一个阅读器来防盗版，必须先下载，并且用户买了 VIP 之后我们给你一个验证码，你用那个验证码才能登上阅读器，那一套流程其实非常烦琐。我们在第二个月发现，这套流程其实没有办法像互联网一样，让大家真正轻松地阅读，阻碍了很多用户的进入。后来在 11 月份的时候，我们做了第二次改版，把所有的阅读统统浏览器化——因为当时 IE 浏览器已经出到了 4.0，是一个非常稳定的版本，这奠定了后来所有工作的基础。第三个就是流程的建立，包括作家的管理、推荐、交稿、付款流程和扣税等，都是慢慢完善起来的。后来到了 2004 年公司化的时候，整个商业模型已经成熟。这也是为什么盛大决定和我们合作。其实盛大之前和幻剑书盟、天鹰文学网都谈过，而盛大决定用最高的价格来收购起点，关键就是我们当时把商业模式做得最完善。

邵：我听说过一个说法，吴文辉和商学松不能同时出差，否则网站就要出事。这是因为你们两位都是负责技术的吗？吴总是什么角色定位？

藏：文辉的角色定位一开始和我一样，他也是一个非常重度的书迷，会和我不断地讨论各种运营策略和技术问题。在我们商业化之后，他的角色主要是考虑商业运营。其实像 VIP 制度以及其他大方向的决定权，都是由文辉来最终拍板，我们比较信任文辉在这方面的感觉。大家一起提意见，大家一起讨论，但最终的方案上不上，应该怎么上，是文辉来把控。

邵：你们相信他的什么？

藏：我们相信他的直觉。因为在最早，2003 年 6、7 月的时候，我们做了改版之后，到 10 月这段时间，我们都在讨论说这个网站应该怎么活下去，怎么给作家带来最大的利益。最终选择了 VIP，其实是文辉觉得这条路应该走得通，我们当时提了七八个方案。

邵：你们都提了什么方案？

藏：第一就是学龙空——去做出版。就是说我们网站上不收费，然后把好的书推荐给出版商，当中赚一笔差价。

吉：当时在台湾出版其实收入已经很丰厚了。

藏：对，比大陆多得多。第二就是广告，当时新浪也都是靠广告赚钱，我们也想用广告来维持整个服务器的成本，不向用户收费。第三就是募捐，当然会费在某种程度上是由募捐这个想法转变过来的，但是我们当时就明确说这不是募捐这就是收钱。募捐呢，因为我是学法律的，知道这里面会存在很大的问题，当时就明确地说这是收费，然后有等价的东西来回报你，当然这也是用户对于我们的支持。后面还有类似于接彩铃这种东西来赚钱，反正2003年整个7、8、9三个月都在讨论应该怎样赚钱让这个网站活下来。因为很明显的是，当时如果不收费，我们服务器的费用靠大家填钱已经很困难了。当时支撑到第五台服务器，大家就将近投了七八万，而我一个月的工资才一千八百多块钱。

邵：所以当时你们都是挣工资，把自己的钱投入进去，投到最后没钱了就必须得收钱，必须得挣钱。

藏：刚做VIP的时候，为了付作者稿酬，宝剑老家的房子也向别人抵押过一次。我们的稿酬是接外部的银行卡系统，那次银行系统结算晚了，但是我们给作家的协议上有承诺，每个月15号之前发给作家稿费。当时大家就紧急凑钱，宝剑就向别人借钱，当时我们也没有想到别人借钱还跟他要一个抵押。当然这个风险是不高的，后来就马上把钱打过去了。

吉：所以当时是有收入没盈利吧？

藏：对。那么虽然大家提了很多的方案，最终是文辉拍板，说应该按照VIP这个方向做下去。后来我们大家也统一观念，认同这个想法。后来的确做成了，我们就非常信任文辉这个商业逻辑。

因为他觉得这样的做法，第一是能够真正长远做下去的。别的方式，其实在某种程度上都是依赖外部的收入，外部的收入一旦不稳定，这个网站就相当于死掉了，你没有办法正常运作。像广告、台湾出版、彩铃这些后来都被证明是一个不稳定的收入。

第二个就是，我们当时的目的是希望作家能够不断地发书，让作家发书就必须给作家报酬，让作家获得收入，这样作家才能稳定地创作、职业化地创作。但是在前几个模式下面，作家都不能获得稳定的收入，我们获取的钱更多是支撑网站的成本，作家拿不到多少钱。如果说介绍作家出版，但是出版社当时就已经约定不让作家在网上发稿件，所以我们介绍一个作家过去，网站就少一个作家，龙空没落下去就是因为这个原因。只有真正地让用户给作家钱，作家能从用户这里收到钱，作家才能不断地通过自己的优秀创作获得收益，这样才是一个持久的商业模式。

当时他用这个理论去说服我们，然后就沿着这个路径走下去。所以后来我们团队尤其在战略和商业模式上，大都以文辉的意见为主导，同时团队在那个时候开始更细化的分工。

吉：我们也看到，起点最近又有一次新的改版。从2003年第一次，到现在最新的一次改版，起点中文网一共改版了多少次？

藏：按照我自己的划分的话，2003年是一次大改版，这一版一直到2008年。这段时间所有的改版都是我在主导，这个过程当中，网站的访问逻辑、路径、功能，更多是在添加，是不断地堆东西上去来不断地满足用户层出不穷的需求，相当于补功课。2007年到2008年，当时陈总（陈天桥）有自己的关于起点的想法，他当时提了一次改版，那一次改版就是由盛大的人来主导，我们更多是在旁边提意见。因为当时我们和陈总交流了几次，不建议这么改，但是陈总觉得应该这么改，那么就以陈总的意志去做。从现在的角度看，应该说陈总是一个天生的战略家，在中国没有人能超过他的眼光，他在当时提的很多改版的点，其实都是现在或者前两年刚实现的，用户刚意识到这些功能是很需要的。比如作家的俱乐部，以作家为品牌的作家通道，书评人的意见领袖，把推荐权放给用户，读者书单，这些其实都是陈总有过的想法。

但这个版本改得很不成功，因为陈总的思路和执行人之间是断裂的。他的思路，我们能理解，但是我们当时觉得步子太大。所有的功能，应该是一个点、一个点地推，而不是在一个版本一起上。陈总的意思，相当于消灭起点原来的版本，推出一个全新的版本。甚至起点的首页都应该像百度一样就是一个空白，让大家搜索加排行榜。然后我们觉得陈总的这些想法都很好，但是第一，当时起点是一个非常小的团队，到2008年的时候只有四十多人，这些功能其实都是需要有人来运营的，我们没有这么大精力去一下子把这些功能全部铺开。事实证明，改完版之后，这些功能上去了，用户一下子涌进去，玩个新鲜感，但后面因为参与度不高，没有人去组织管理，几乎成了作家和用户的私聊论坛，全部变成了灌水，因为作家本身是不会去管的，他需要有一个强大的助手帮他去管。像书单，思路是好的，但是怎么样让用户去完善这个书单，怎么给他激励，怎么让他自发地创建书单，有成就感，以及这些书单如何去曝光出来，让所有人知道原来有这么一个书单可以不断给我推荐好书，那是一套运营的东西。但是产品功能开发出来之后，后面的运营没有能力去跟上就会产生一系列的问题，一旦后面的书单都是垃圾，别人就对书单这个功能不感兴趣了。所以那个版本提出了很多创新的东西，但是整个版本上线以后，用户的反馈不好，反弹很大。我记得之前起点每年的收入增长都是在80%，但是2008年那一年低于50%，用户不买账。

吉：似乎盛大文学的成立就是在这个时期？

藏：那一年我们和陈总在发展思路上产生了一些分歧，陈总决定变起点为盛大文学，开始去做商业化。他希望起点步子迈得更快，但是我们觉得用户还远远不够，因为当时起点日访问量只有二百多万，其实是一个很稚嫩的网站。我们当时更多的希望，是继续投入和推广，然后商业化不要太重。但是陈总整体的策略是希望抓紧做变现的考虑，这个是主要分歧。到2009年盛大文学成立之后，是侯总（侯小强）来管，陈总从整个战略上来说是放手了，不管细节，更多是和侯总沟通，沟通怎么进行资本收购。所以在2008年到2009年把中国七家最好的文学网站都收购进来，组了一个盘子来谋求上市。

这相当于又恢复了我们对于起点的战略掌控。所以在2009年的时候，起点又做了一次改版，那一个版本一直延续到2014年。这个版本在几块做了重大调整，第一个是把整体的书架开放，因为服务器资源已经够了，已经不需要再限制书架。第二个就是打赏，其实2008年已经开始试行，但2009年才正式做。打赏包含怎样让用户打赏，要有什么样的用户激励，包括粉丝排行榜，要在各种地方体现读者对于一本书的忠诚度，这些功能都是在 2009 年那个版本实现的。另外一块就是整个 VIP 体系，从访问路径、签约体系、书库的展示，到所有的推荐体系，包括封推的确立、强推制度的优化都是在那个时候做出来的。这个版本一直延续到 2014 年。

吉：2014 年的这个版本主要在哪些方面改动比较大呢？

藏：到了 2014 年，起点之前的版本已经六年没改，打过太多的补丁，加上当时是 800×600 的像素，字体非常小，已经不适合现在的大屏阅读。所以这个版本其实是交互、视觉改得最大的一个版本，也就是突出全屏访问，突出大屏幕封推，突出栏目推荐，突出作品和用户的关联度。要让每一部作品自己形成一个小网站，让更多的周边，包括游戏的周边、用户的同人、插画，这些东西由作家自主地让用户上传到这个空间，更多是一种去中心化的概念，把网站推荐的东西间接化，把更多的权利去交给作家和用户。这个其实是陈总 2008 年、2009 年的思路，但现在做就是一个非常好的时间点，因为用户更多地沉淀下来，他们有更多的诉求说我愿意发表意见，我愿意去做书单，我愿意和别人分享我喜欢看什么书。这其实是 2012 年社交化的理念出来后大家才慢慢去完成的改变。

四、曾经错失的机遇与迎难而上的挑战：起点的移动阅读之路

邵：现在起点的用户是多少？您说在 2008 年是两三百万，那现在呢？

藏：现在的话，因为 PC 已经不是主要的，我们 UV（Unique Visitor）应该是 150 万到 200 万。PC 的巅峰是 2012 年，当时是 600 万。

吉：现在我们能够清楚地看到整个渠道重心的变化，已经是到了 APP 这一块了，包括 QQ 阅读，加上起点中文网自己的起点读书。那么，您是怎么去看待从 PC 到移动背后最深刻的变化的？

藏：其实起点是最早做移动的。在 2006 年的时候，虽然还是诺基亚功能机的时代，就已经有 WAP（无线应用协议）存在了。起点是整个行业最早上 WAP 的，2007 年上线，而 2008 年中国移动才开始做。到了

2008 年，虽然访问起来很麻烦，但是当时 WAP 站的流量已经是国内前五，仅次于新浪、网易、搜狐这三大门户，还有一个是 3G 门户，其他都没有我们高。但是在 2009 年，因为做盛大文学，当时做了拆分，单独成立一个无线部门，把起点这块业务割出去了，我们就完全没管。如果当时我们接着做下去，起点完全能够成为网文行业在移动时代的领头羊，但是这个转变不是我们在操盘，我们没有办法来进一步推进。2008 年底，中国移动想改组移动梦网去做基地，里面有阅读基地，阅读基地就来和我们一起讨论该怎么做。中移动阅读基地开始的商业模式和整个收费路径可以说都是在参考起点，我们当时提供了大量的作品，给到他们将近一年的免费运营，来帮助他们成长，当然他们也有给一些补贴。2008 年花了一年的时间积累，在 2009 年 10 月，阅读基地开始收费，然后整个收入开始爆发。所以 WAP 时代起点是走在前面，但是移动阅读基地靠着它的流量，靠着它的各种短信、代码订阅，特别是依靠它直接扣费，不需要付钱的支付方式，成为绝对的霸主。

吉：2009 年的时候中国移动杭州基地的戴和忠做了手机移动阅读基地，盛大文学在当时是最主要的内容提供商，要是当时放手去做无线的话，您觉得盛大当时能把渠道做起来吗？

藏：2008 年、2009 年时我们控制着的优秀内容已经能达到行业总体的百分之八九十了，尤其这还是一个滚雪球的效应，基本上知名的作家、作品都在起点，那么在有新渠道进入的时候，我们有内容优势，进入新渠道其实是件很方便的事情，关键是愿不愿意投入的问题。当时选择和中国移动合作本身也是一种尝试，我们知道中国移动在渠道上面会有很大的力量来帮助我们把内容推广出去，如果我们自己做，会需要一段很长的时间。在这种情况下，如果当时是我们团队自己来决定的话，会选择边自己做边合作，并不会放弃和中国移动的合作，因为内容本身来说也是不断需要下游来帮我们拓展更多的用户。但当时盛大最大的问题其实是自己放弃做渠道了，在 2008 年的时候就把自己的 WAP 站基本上给切掉了，全部放到中国移动上面去。

邵：为什么是这样的呢？

藏：因为当时中国移动对于所有内容的推广，以及它潜在的收费力度，是可以明显看到它的力量，或者说它在未来所产生的回报将是非常高的，但是我们自己的 WAP 不管是建设、运营，都是需要其他的成本投入，对于当时盛大文学整体的策略来说，其实是不太愿意做一些新的扩展或投入的。

吉：当时已经是想收获、想谋求上市了是吗？

藏：对，我们 2009 年就开始有上市计划了。

吉：我们能看到后来中国移动这一块的收入增长得特别快。2009 年、2010 年那时候盛大能从中国移动拿到的分成有多少呢？

藏：中国移动第一年的总收入大概是 3 亿元，第二年是 10 亿元，第三年就是 25 亿元，然后 2013 年最高的时候达到了 45 亿元，它的增长速度是非常快的。整个盛大文学在中国移动里面的分成，一直占到中国移动的大盘差不多 25% 的收益，中国移动本身给到 CP（内容提供商）的总分成大概是 10 亿元左右，我们大概占到里面的 2—3 亿元。这个是在盛大文学时代。

吉：您说的收益是在整个的盛大文学时代？那么中国移动是拿走了绝大部分的收益。

藏：这个是因为中国移动的机制问题，因为它还要和各省再去分一道，所以它和 CP 的分成是在扣除掉这些渠道成本之后的分成。

吉：那当时无线的收入比得上主站的收入了吗？

藏：差不多持平。

邵：起点中文网盈利就是从 2009 年开始的是吗？

吉：应该还要往后吧，因为吴总他在 2010 年接受采访的时候也说起点中文网到现在已经七年了，也没有盈利。不过起点实现盈利应该和无线收入的增加有很大关系吧？

藏：是这样的，因为在 PC 时代我们奉行的政策是基本上把绝大多数的收益给作家，希望能够去把作家慢慢地养出来，这样能够让作家更好地进入一种全职创作的状态。当时的 IP 改编基本上也没有太多的收益，都靠电子阅读，所以那时候我们是没有办法在电子阅读上获得比较大的收益的。那么中国移动起来之后，一方面就等于它在正常的网站电子阅读之外，有了一块和网站阅读相当，甚至在最高的时候还高于网站阅读的收益。在这块收益里面，我们和作家是五五分成的。这块收益本身我们投入的资源也不多，因为主要是靠中国移动来推动的，所以当这一块收益补充进来的时候，企业的现金流也好，整个利润也好，才慢慢出来，但仍然是一种微利状态。

邵："依靠提供内容获得的分成，各个接入移动阅读基地的文学网站都收入增倍，起点中文网也在VIP在线收费制度成功运行七年后首次真正盈利。"如果我做这样一个表述，您看准确吗？

藏：基本是对的。

吉：像您说的在2013年是巅峰，我们知道之后中国移动似乎也逐渐式微了，因为各家网站自己的APP也都出来了。那么现在中国移动的移动阅读基地大概是一个什么样的状态？

藏：中移动基地现在发展得还是相当不错的，它今年应该至少能有四十个亿的收入。

吉：现在各家基本上都有自己的APP了，那中国移动为什么还能有这么大的收益呢？

藏：是这样的，正版付费阅读有一个比较好的特性，就是当一个用户选择了一个网站进行付费的时候，他的粘性会非常强，只要那个网站提供的内容能够满足他的阅读需求，一般来说很少会发生迁移。因为如果迁移走，他在这里所有付费的东西，一方面其他的网站未必能提供，另外一方面就是他之前看的书要重买一遍。所以，在这种状况下，用户很少会迁移，除非遇到大的渠道改变，就好比PC向移动转移，那么这个时候新用户会重新挑选自己的渠道。

吉：移动阅读基地的商业模式和起点的似乎还不太一样，有很多类似包月的特殊制度。

藏：移动阅读基地基础的商业模式和起点基本上是一样的，在最早的时候单订是远远大于包月的。但是好像是在2010年的时候，移动自己本身的策略改变了，更鼓励包月，因为他们会做很多移动增值包，里面提供阅读的套餐，发现这个对用户的吸引力也比较大，而且用户一旦订阅了，他退起来其实是一件很困难的事。因为一般都是自动扣费，大多数用户也不会习惯天天看自己是不是被扣费了，所以这样子沉默用户就会慢慢积累出来。所以现在移动整体靠包月占大头。

吉：我们再回到起点来。在整个团队出走之前，起点中文网在无线方面的权力是被收到了盛大文学其他部门，包括后来做云中书城，都和起点没有关系了，是吗？

藏：起点自从2008年之后无线这块就一直被分割出去，然后到了2011年的时候陈总提了一个云中书城的概念，想把PC的资源全部汇集到一个APP上。这个思路现在看其实也是没有问题的，但是当时做得不是很成功，最关键还是在于推广力度上面。我个人觉得盛大以前对于文学上面的投入一直是比较低的，所以云中书城在2012年的时候已经控制不住整体的形式。在我们离职前半年，云中书城其实就安排起点在做了，明显就是感觉到云中书城做不下去。那个时候起点的APP才开始做，相比于掌阅其实已经晚了三年，掌阅是2009年开始做的。

五、移动转型与二次创业

吉：一旦从PC端进入到移动端后，我们能看到整个网站的架构就完全改变了。您觉得对移动端来说，网站架构最核心的是什么？这里面能够带来的最重要的改变是什么？

藏：最关键是直达。所有移动APP或者说移动互联网能够超越有线互联网的关键就是直达。也就是说，在手机上，作为平台或作为产品想要触达用户是非常简单的一件事情。我给你推送一个消息提示，你就可以及时地发现说今天又有哪个作品哪个章节更新了，同时你想看的时候你也不需要坐回到电脑前，直接手指一点，全部可以看到。所以，这其实等于平台到用户之间消灭了最后一公里，能够无缝地去触达每一个用户。同时当你打开这一个APP的时候，你的所有访问记录、阅读信息，数据后台都可以去监控到的，哪怕你没有去登录我也可以监控到，这点在PC上是做不到的。在这种情况下，每一个用户与平台的粘性和连接性都被大大加强了。

邵：就是服务会更加个性化是吗？

藏：对。

吉：那起点在设计自己的APP的时候有哪些能直接看到的重大变化？

藏：我和文辉之前讨论的就是，我们离职的目标就是冲着APP来的，因为当时我们在起点没有办法做APP，但是我们自己觉得这以后一定会替代PC网站，所以才会有二次创业的想法。我们自己对于阅读APP的判断就是三种模式，第一种有点类似于传统的或者现在的起点APP的形式，它其实是传统编辑、意见领袖来告诉你每天可以去或者应该去看什么书，这是一种主动人工推荐方式，在海量的作品里面挑选出来内容，定期按照榜单和推荐来输送。这和原来的PC相比变化不大，也有点像新闻客户端，腾讯新闻、网易新闻都是这么过来的。

第二种就类似于今日头条，你每天打开APP，想看什么我都知道，所以我就会推送给你你想看的东西，你直接在里面看就行了。这被我们定义为一种信息智能化推荐，也就是说任何一个人打开这个APP，他所看到的内容列表是完全不一样的。我们通过数据后台记录你的每一次阅读，阅读到的每一本书的深度，以及你自己主动提交的各种推荐票、订阅、打赏这些信息，来最终确定你最喜欢看哪几个类别，你的口味是"老白""小白"还是"中白"，标签里你是喜欢看种田还是穿越，帮你把整个的阅读兴趣去定一个维度，然后从书库里面拉书，直接给到你。这就是我们QQ阅读在做的事情，我们能够去更精准地推送。但它其实是一个漫长的过程，需要数据的不断积累。

第三种就是社交化阅读，我们正在和微信一起做微信阅读这个产品。在这里，是通过人际关系链来告诉所有人今天我看了什么书，我对这本书有什么评价，我周围的这些关系链上的好友、同事、家人、朋友他们都会关注到我在看什么，可能也会有兴趣跟着我来进行阅读。这其实是通过一种社交化的传播方式来进行的，只有有关系链的平台才能去做，没有关系链的话做起来是非常难的，所以当时我们找了微信来一起讨论这件事情，来试验这个产品。但是目前来看，除了关系链的获得之外，更多的还需要一定的社交网络推广资源加入进去，才有可能迅速膨胀，不然它的积累周期也是非常漫长的。

吉：很早就有这样一个消息放出来，说阅文集团可能会和微信合作来做微信读书，当然现在我们还没有看到有比较正式的产品出来。

藏：产品是2015年年底就出来了，但是一直在打磨过程当中。张小龙（微信团队负责人）的要求是非常高的，你要达到他的那个非常高的标准，他才会来投入资源帮你推广，所以这个产品还在不断打磨当中，现在来说只是在外围选取一些用户来进行测试。

吉：QQ阅读是你们团队出走建立创世中文网以后做的，现在又回到了起点中文网，现在起点读书这个APP和QQ阅读是什么关系呢？

藏：我们现在是双平台同时在推，因为这两个实际上代表了两种用户群。QQ阅读所代表的其实是比较年轻化的，就是我只看我感兴趣的东西的这种用户群。而起点读书所代表的是比较重度的用户群，就是他信任编辑所推荐的榜单，每次在强推榜上的十本书之中至少能找到两三本，习惯于别人帮他挑好的东西。

吉：所以对这两种用户使用的策略还是非常不同的。那接书的资源方面，起点APP是只有起点的吗？

藏：我们现在所有内容都是打通的。某种程度上现在的所有产品体系分成两层，前端每一个产品都有自己的一个品牌，都有自己的推荐的方式，然后后端就是一个统一的大内容库。

吉：所以我们在起点读书的这个APP也可以看到所有的内容。

藏：只不过编辑部会按起点用户的口味来推荐。

邵：我也想问一个稍微宏观一点的问题：您怎么理解媒介的变化和人们的阅读习惯的变化？

藏：我们会把媒介定义为渠道，其实渠道的载体或者渠道的形式的变化必然伴随着商业模式的变化。在这个切换过程当中，更多的不是大家预判到了什么，而是你一定要保持一种新鲜感，不断地去观测一些东西，然后看哪些能够为你所用或者可能为你所用。你需要不断地去尝试、去投入，可能在这上面就可以爆发。

给我印象最深刻的就是2006年，我们为什么会去做WAP网站？当时并不是说外面有很多的WAP网站，而是完全没有的情况下我们第一个想着去做。因为当时一个用户给我们发了一封邮件，说他经常喜欢下载我们的一些电子书到他的手机上，在他的手机上进行阅读。因为他当时用的是比较好的大屏诺基亚，有内存，是可以拷贝一些TXT文档到手机上的。

但是他觉得在手机上阅读非常不方便，因为看的是连载，他必须得过一段时间就把新的章节下载到手机上，所以他问我们能不能有什么方法让他直接在手机上看。我们就做了一个小调查，看一下有这个诉求的用户有多少，结果发现在用户里面还是比较多的，虽然不到10%，但当时的确有这个需求，那我们就想能不能提供这种服务。事实证明，这个方便的程度和这个直达的程度，决定了它在未来其实就是一个新渠道。只不过当时局限于手机的载体，没有办法有这么大的屏幕来提供最优化的阅读状态，只要硬件或者说载体改变了，必然可以成为一个新兴的势力。

六、网文行业的垄断与盗版问题

吉：现在阅文除了自己的渠道之外，好像还把内容投放到了三十多个渠道？

藏：具体的数量我不太清楚，应该是挺多的。

吉：把自己的内容提供到其他渠道去，您觉得会对运营有哪些影响呢？就比如在其他渠道里，一是可能得不到很全面的反馈，二是其他渠道它也有这样一个做内容、做原创的企图，阅文是如何应对的？另外，怎么处理彼此的竞争关系呢？

藏：在和渠道合作的时候，我们都会有一定的运营权力。尤其像中国移动这种比较大的渠道，我们是有一个专门的团队在和中国移动进行沟通的。所以在这种情况下，我们是了解每个渠道的用户的方向，了解这个渠道的用户喜欢哪类作品，这些都会有反馈并且我们会及时地反馈给作家，让作家能够在每个渠道寻找到适合他自己的用户，这个都没有问题。

至于说竞争，其实这个行业，从我个人角度来看，一直以来的理解就是，创意产业是一个碎片化的东西，它是不会存在垄断的，也不会存在通杀这样一种情况，因为每一个个体都是创意的来源，你不可能把中国十三亿人口都垄断进来。在这种情况下，我们自己的平台拥有多大的力量，我们能给多少作家提供稿酬，那我们就能签约多少作家。这个是取决于你自己平台的高度，而不是去砸钱。2007年中文在线做17K砸过一次钱，2010年完美世界做纵横中文网砸过一次钱，2012年百度文学砸过一次钱，但事实证明砸钱是没用的，你自己平台不堆到一定的高度，就没有办法产生自循环，光去花钱签约一批作家是没有任何价值的。所以在这种情况下，起点或者说整个阅文集团的未来只取决于我们能做到什么高度。我吃掉了我自己应该吃掉的那些优质内容就可以了，对于那些中小CP来说，它们多签一个作家，某种程度上也是在为我培养一个作家。因为这些作家再往上冲的时候，小平台是支撑不了的，只有到我这里来，只有我才能满足他，这也是我们这里作家驻留得越来越多的原因。

吉：现在是不是有一些渠道是最近才从盗版的渠道转化过来的？

藏：这个行为在中国互联网平台一直是有的，包括像优酷、土豆其实也都是原来的盗版平台洗白的，这是中国的一种特有现象。那么从我的角度来说，如果有盗版平台愿意遵循正版化的原则，全部切掉盗版，其实我们也是愿意接受或者说不反对吧。因为其实我们之前是两种准备，一种准备是不断地通过法律诉讼，请求国家支持来不断地把这个行业的一些盗版给打掉；另外一种，如果他们来找我们谈，那么我们也会告诉他必须要把所有的盗版清空，然后我们可以提供部分正版内容，让你正版化，这样也是变相地消灭了一些盗版网站。

吉：对于一些比较大的盗版网站，像追书神器这类，也能看到他们说正在和你们谈，然后逐步地正版化。

藏：看来你是追书的用户啊。

吉：不是，我只是在上面观察。其实我用的是起点读书。为什么我还用追书呢，因为有一些被删掉的书，我找它的时候必须找盗版。我们能够看到追书的这种策略，应该是它自己现在也在尝试着孵化一些原创作品，这是很正常的。但比如说在渠道上面，阅文一般会给它一个什么样的政策呢？比如它的订阅，是会给它一些渠道费，还是它本身的渠道和阅文自己的渠道订阅规则就是一样的呢？

藏：它所有的规则必须按照我们的来，不然的话我们是不会授权的。因为如果不对这方面进行控制，它会滥用我们的内容。

邵：今年4月23日读书日阅文作家们联合进行了一场声势挺浩大的反盗版活动，据说后来正版订阅收入增长了百分之二三十？

藏：从目前的效果来看还是不错的，因为UC已经把盗版都给下架了，然后百度也对搜索进行了一定的控制，虽然没有完全改变，再加上贴吧也做了一次关闭，追书神器最近也在正版化，几个大的盗版源都在逐步地改善。那么在这种情况下，正版用户或者说原来付过费但因为盗版很方便而不付费去看盗版的用户有过一些回流，这其实是一种比较正常的现象。我觉得最关键的，还是如果能够肃清到视频的这种程度，那么中国的电子阅读行业，才是真正开始起步。现在某种程度上可以算是在艰难的环境中生存，就和当初的音乐一样。

这个行业是收费最早的却是发展速度最慢的，其实在某种程度上就是因为盗版。像视频崛起只花了五年时间，土豆是 2005 年做的，优酷是 2006 年做的，爱奇艺和腾讯视频是 2010 年做的，但是可以看到三家网站不管是收费也好，用户的影响力和数量也好，都远远高于网络文学。这并不是说网络文学不好看，大家只喜欢看电视而不喜欢看小说，关键是环境。

七、永不过时的传统编辑推荐体系和永不消亡的"好故事"

邵： 进入移动时代以后，其实必然有一个推荐系统的去精英化的转变。作为"老白"和推书系统的"总设计师"，您有失落的感觉吗？

藏： 这其实也是一种与时俱进吧。我们在正式成立起点编辑部的时候，当时的整个编辑体系是按照小组化来运营的，这个体系和当时传统的出版社就是不一样的。我们当时的出发点是说，我用四五十个编辑的口味去覆盖到所有用户，是一个样本折射的关系，也就是说我的编辑团队，每一个人都应该是看所有的书、各种品类的书，然后他在各种品类中挑出他喜欢看的书。同时经过一些评审机制和推荐，从最小的推荐到中等的推荐到大推荐的这么一套流程，自然地让用户筛选。所以从某种程度上来说，起点的推荐体系就是有一批意见领袖——你可以把编辑视为意见领袖，意见领袖列了一长串的将近几百本书的书单，把这几百本书在这一周向所有用户推荐，然后用户通过推荐票、通过他的点击和他的阅读行为把书单刷掉一批书，留存了一批大家认为最符合大众口味的作品。这些书再进入到第二周推荐、第三周推荐，最终形成一个金字塔；到了最后推荐的时候，这本书必然被绝大多数人认可。

编辑传统并不会消亡，只是当我有一百万用户的时候，我需要五十个人来覆盖，当我有一千万用户的时候，我可能需要五百个人来覆盖。这个方面，我们现在其实已经在开始做书单系统，也就是说把读者的力量也给引入进来，当读者愿意不断地上交自己的推荐书单的时候，我们就可以让读者也成为编辑、成为意见领袖，最终形成的是一种人推人的体系，而不是一种专家体系。

邵：您刚才说的这个编辑部样本折射，跟传统的编辑系统有什么不一样？

藏：传统的编辑可能是经过个人的主观判断，70%—80%是经过他的主观判断和他对于市场的判断，但我们这里的编辑在某种程度上是不判断市场的，这四五十个人，大家在这一周喜欢哪些书，就把这些书放在书单里给交出来。

编辑在他最开始看书的时候只需要看三万字，这是一个层层累进的过程，因为作家在连载的时候，他也是每周最多连载更新两三万字，然后一个月十几万字的样子。所以说编辑的任务就是在每周的新书里保持阅读量，然后根据这三万字的内容进行一次初选，初选之后得出的书单里面肯定有精品，也有垃圾，因为编辑不可能完全地靠经验去判断。他们把这个书单放到网站上面去，然后让读者用他的推荐票、打赏和订阅去筛选这批书有哪些是真正的好书，然后再进入第二轮推荐，它是一层一层由市场去筛选和淘汰的。像传统的编辑，我知道每个出版社都会有选题，再经过编审委员会，编审委员会确定选题之后，就直接进入制作，然后印刷发行，所以是没有试错的，要么成功，要么失败。

吉：其实我们传统的编辑也有试错，比如说他第一次只印五千本，其实那就已经是开始试错了。但是这种试错和现在就没有办法比，我们的每一本书，按起点的说法就是从蚊子推(效果最小的推荐)到大封推(效果最好的推荐)，这样一层一层的体系是没有太大的代价的。

藏：这个试错当中成本很低。它不像出版社，一旦编审委员会通过，就至少多少册的起印，然后它错了就错了，就没有办法再挽救了，用户不买单就不买单。在这个上面，我们的这套做法不管是对于作家，还是对于编辑来说，它的试错成本都很低。作家如果说真被推荐了但是效果不好,等到十几万字他也可以停笔不写了,他付出的只是这十几万字的兴趣创作的成本;但是如果他能够真的上去,他的回报就可能是几百万、几千万的收益。

邵:现在这套系统还在执行吗?

藏:这套系统是永远不会落伍的。

这在未来只有一种可能会发生淘汰。好比我,我作为"70后"已经看不下"小白"文,像我这种就不属于合格的编辑,因为你已经被时代淘汰了。现在大部分阅读的人都是"90后"和"00后",如果你不了解他们喜欢干什么,你就不合格了,那我也只能给"70后"的人推推书。

吉:其实那也不能算是被淘汰了,而是又形成了一个新的群落的划分。

藏:所以我们每年都会进编辑,在不同的年龄层次都会有编辑存在,就是为了满足所有的阅读用户。

吉:关于书单这个问题,我们也能看到无论是像龙空、像优书网,都有很多,尤其是像女频,她们在微博上扫书推书也一直有传统,这在女频甚至是最主要的找书的渠道。阅文现在想建设这样一个系统,是准备怎么做?

藏:我们现在是希望能在APP里面发动作者、读者来建书单。像豆瓣的豆列,它做得非常早,所以沉淀了一批非常优秀的书单,这样能够把所有的图书的属性去做关联。我们这块的确起步得比较晚。

邵:我刚才就想问,您说的这个人际关系链,包括个人推送,是不是原来豆瓣上做的那个系统?

藏:和豆瓣那个不太一样,因为豆瓣那个在某种程度上更去中心化。但是我们希望做到能够把所有的书单给串联起来,能够每周或者每个固定时间提炼这些书单里的精华作品去集中推荐。豆瓣就是给你提供一个平台,但是它不管你,而我们是会有意识地让优秀作品不断被大家接受,让大家发现。豆瓣是一个去中心化的个人平台,你想看什么自己去找,平台不管你,但我们要管。

邵:某种意义上豆瓣更精英一些。

藏:或者说豆瓣不商业化,我们有商业化的元素。

吉:豆瓣有一点你可能会觉得更接近的地方,比如说豆瓣有它的电影top250，其实龙空也有它的网络小说top250。虽然龙空只有这么一个重量级的榜单，但因为比较权威，所以用的人其实是很多的，大家也是非常需要这种榜单的。这种书单在某种意义上是把编辑扩大到了所有读者，同时这些普通读者也没有像编辑的KPI和商业化这种东西的考量，会更自由。所以这个算是对您说的APP的三种模式中第一种的补充和发展吗？

藏：对，实际上它是属于第一种起点推荐模式的进化版。我需要更多的人来作为意见领袖，向更多的人来推荐作品。但它的整体模式还是属于先有推荐，后有阅读。第二种就是说我要读什么东西，你给我推荐，先有阅读再有推荐。

邵：另外，起点读书的"本章说"也是特别值得关注的机制，我现在看书，基本离不开"本章说"了。"本章说"的机制深具移动阅读和二次元基因。我们采访欢乐书客的创始人陈炳烨，他说他是参照视频网站Bilibili的弹幕首创的"间帖"，2015年9月上线的。起点的"本章说"应该是2017年2月上线的。我觉得"本章说"和"间帖"还是不太一样，如果"间帖"可以称为"弹幕阅读机制"，"本章说"我更愿意称为"批注评论机制"，因为它不仅可以让"小白"们吐槽、玩梗，也可以让"老白"像金圣叹那样点评、眉批，也就是说，把传统读书人的点评、PC端网文的"书评帖"和弹幕机制下的"间帖"联系起来了。后来，纵横中文网、掌阅、咪咕阅读也都陆续上线了类似功能。很想听听您这位"总设计师"谈谈对"本章说"功能的理解。

藏："本章说"包括"章评"和"段评"。"章评"是以章为单位的，比较像以前的书评帖。在移动阅读端开始普及以后，用户的阅读时长越来越久，表达欲也很强，他们看到精彩段落，会忍不住想知道同好的阅读感受，从"章评"到后来的"段评"，就是解决这一社交需求的"痛点"。"段评"就像小说上飘过的"文字弹幕"，自成一派。这种作者与读者、读者与读者"共读"所创造的文字内容，不仅颇具趣味性，同时也成为社群归属感的重要来源。新世代年轻读者天生带有网络社交基因，他们更乐于表达、分享，粉丝社群归属感很强。

邵：所以，更出新的是"段评"？

藏：对。在推出"段评"前,我们社区化的进程中碰到一个问题:用户的互动行为是中断的,用户最有互动冲动的阅读环节没有提供互动的场景,必须退出阅读界面到讨论区甚至站外进行讨论。而这个时候,视频的弹幕已经成为视频网站的标配。但我们如何在文字上叠加文字呢?最终经过大量的讨论和论证,我们推出了以章为单位的"章评"和以段为单位的"段评",获得了用户的一致好评。

大家在"段评"中,调侃角色,调侃作者,还创作了各种同人,诞生了一大堆预言家,甚至有一些作品被认为是大家一起创作的,作者"卡壳"了也会去看"段评"寻找一些灵感。让我们来看一下"段评"的一些关键数据:截至今年 4 月,起点平台上已累计产生了 7700 万条"段评","段评"对于平台人均阅读时长的贡献达到 9.6 分钟以上。参与和阅读"段评"的用户为平台带来了付费率 10% 的提升。

邵：我们采访的时候,经常听到有人谈起您,尤其感叹您在技术方面的给力。比如蛋妈(本名苏小苏,原起点中文网编辑,2006 年从起点去 17K,现任纵横文学总编辑)就说,在起点的时候,他们给您起了个外号叫"江拖",因为他们编辑每有一个创意要求,您总拖一天才能实现;到了 17K 才知道,隔一天就能实现,这是多了不起啊。后来 17K 出问题,很大一部分原因就是技术问题。另外,您在推书方面也很有名——几乎相当于"票房毒药"吧——凡是商总看好的书一般都火不起来。您推书的眼光是不是和我们差不多呀?是不是比较"文青",注重"文学性"?

藏：不会吧?从我个人的经历来说吧。我小时候不是只读小说的,乱七八糟的东西都读。我看得最多的其实是历史。小说是后面年纪比较大的时候才开始看的,之前都是看一些像"二十四史"这些史书的。后来看小说也是因为当时实在无聊去看各种评书,评书翻完了,才发现原来还有武侠小说和《蜀山剑侠传》这种书,然后再慢慢看到金庸的书——我看金庸的书是比较晚的,是这样一步步看下来的。

在我的个人判断里面,小说应该说就是通俗文学吧——如果按照中国现有的图书分类法的话,其实就是通俗文学,也就是说小说背后的故事承载了每一代人的价值观,然后它通过小说这么一种娱乐化的方式来不断地向前推进。在八九十年代就是武侠、言情,现在可能就是玄幻、仙侠，在未来可能就是科幻、游戏。你会发现美国现在所有的这种主流都是科幻，更多地代表他们本民族的一种价值观。

我觉得我更加喜欢有故事性的东西，对于文学性本身或者文学应该具备哪些东西去折射到好故事中，我认为更多在于作者本身是否愿意去添加这种东西。像《庆余年》，看到陈萍萍死掉的那场我当时是哭了的，这个其实就是猫腻本身愿意赋予人物比较鲜明的特色来创造这种悲剧的场景。但是你说这一定是文学性吗，我觉得他是创造了一个好故事。我觉得，只要有好故事，文学就不会死。

网络文学崛起的历史细节

——起点中文网创始人宝剑锋访谈录

【受访者简介】

宝剑锋,本名林庭锋,男,1977年生,广东阳江人。2001年在网络上连载《魔法骑士英雄传说》,后在台湾出版。2001年11月,在西陆BBS创建中国玄幻文学协会(CMFU)。2002年5月15日在中国玄幻文学协会基础上成立了起点中文网,任站长。曾任起点中文网总编辑、常务副总经理,腾讯文学高级副总裁、总编辑,阅文集团高级副总裁。"起点团队"最早的创始人,主要负责网文内容发掘和作者培养,建立了包括内容类型体系、作家保底福利制度、职业作家计划、白金作家计划等商业网站作家体系,以及网络文学编辑流程等行业标准。

【访谈时间】2016年7月30日(受访者最后修订时间:2019年10月31日)
【访谈地点】上海,阅文集团
【采 访 者】邵燕君 陈新榜 吉云飞
【整 理 者】陈新榜 金恩惠

一、"玄幻"的发展脉络

邵燕君(以下简称"邵"):您是起点团队最早的发起人,江湖人称"宝爷"。我们在网文圈听到很多关于您的传奇故事:比如起点中文网成立当天,江南武士从天而降,宝爷拱手让江山,江南武士之后改名藏剑江南；VIP 的点子来源于您特别喜欢银行的 VIP 服务，而 VIP 制度运行初期，由于网银系统根本不行，您其实是一趟趟地跑邮局接几十块一张的汇款单；有个事情是商总接受我们采访时说的，有一次，银行系统冻结，为了及时给作者稿费，您还抵押了老家的房子；还有就是您酷爱"屌丝的逆袭"的故事，这么多年，这么多文，总也看不烦……起点团队风风雨雨走到今天确实是一个传奇，在这个传奇的故事里，"宝爷"是一个明大局、有大量、肯担当、不计繁难又任情率性的形象。我们今天想听您亲口讲讲这些传奇，尤其讲讲细节，当然，不详不实的也希望辟谣（笑）。您这些年在起点主要管内容，也是最早在网上发表小说的作者之一，就先从您早年的阅读和创作经历开始吧。

宝剑锋（以下简称"宝"）：我是 1977 年出生的。小时候经常去图书馆看连环画。长大后的课外读物主要是港台武侠小说。但是港台武侠小说的量还是比较少，像我们这种阅读量大的人，一天三部，基本上过个半个学期就都看完了，很快就没书可看。还珠楼主《蜀山剑侠传》，我是看了五遍的。后来有了网络，可以在网络上很方便地发表小说。像我看了那么多东西的人，很多都有创作的欲望，到了没书可看的时候，就自己去写。

邵：您怎么开始在网站发表的？

宝：我写的书当时是在百战 BBS 发表，也在龙空发表，还有在幻剑书盟发表。当时每天更新 2500 字左右，别小看这 2500 字——现在那些大神们一个小时就码出来了，但是我那时候可是要花四五个小时来码的。

陈新榜（以下简称"陈"）：您当时是设计好一个大纲之后开始更文的吗？

宝：早期的网络作者是想到哪里就写到哪里。甚至刚开始都没细想，只有一条主线，就这样写下去，随意更新。很多网络作者一有事情了就不写了，断更。有很多很好的作品就这样埋没了。在其他网络作者更新不稳定的时候，我坚持每天一更，有时候甚至会在论坛发四五更。这样很快认识了一些同样在论坛发表的作者，和他们在论坛里聊天。和意者（侯庆辰）就是这样认识的。跟黑暗左手（罗立）也是在龙空认识的——他以前也写过一本书，后来懒，不写了，就在那发表评论。五号蚂蚁（郑红波）是我的读者。

吉云飞（以下简称"吉"）：您的第一本作品《魔法骑士英雄传说》，是阅读了哪些书而萌发的创作兴趣？

宝：我喜欢西方的骑士精神。另外当时也看了不少日本的漫画，然后再结合中国的玄学思想。这样的玄幻区别于欧美的魔幻和日本、台湾地区的奇幻。其实2000年那时候，这三大体系的争斗还是蛮激烈的，只不过后来我们将玄幻这一脉络发扬光大了。在刚开始的时候，还是奇幻占上风。

吉：当时是因为玄幻还比较新鲜但并不显示出优势，所以您才想建一个玄幻协会来研究和发展它吗？

宝：那时候很多人写的是西方奇幻的体系，没有接地气。而玄幻作品，有一些中国人的思想，有东方背景。最直接的，主角的姓名和家族都是用中国百家姓的。而奇幻作品里主角名字是外国化的，好多都是四五个汉字的，很拗口。当然，最重要的是，正统的西方奇幻是基于西方价值观和历史文化的，比如说骑士文化，比如说女巫等，不太符合中国主流读者的口味，也不太容易被广为理解和接受。玄幻这个体系，自从我们创立了玄幻协会之后，写的人越来越多了。而奇幻在2003年、2004年之后渐渐没了声音，作品越来越少。看来还是喜欢玄幻的人更多。这种玄幻体系后来也渐渐发展分化出各个流派，比如说后来就出现这样的设定：主角会突然回到小时候，然后再次参加高考。像这种都市重生类，其实也是在玄幻的影响下出来的。

邵：您怎么定义并区分奇幻、魔幻和玄幻这三个类别？

宝：先定义魔幻吧，它的核心元素是魔法，骑士救公主、骑士屠龙之类的情节。奇幻主要是采用了西方元素，另外日本奇幻大家又添加了谋略之类的东方元素和个性人物进去，但是它整个体系和价值观还是日本人理解的西方文化，不会有中国人名以及地名普遍出现的现象。玄幻就很难归纳。玄幻主要是中国元素，我觉得主要是中国化的中国本土的幻想体系。所谓玄幻，就是你没办法用科学解释的、中国式的幻想。

吉：您看过"九州"系列吗？当时他们提出要建立一个东方的奇幻。

宝：说实在话，我没看"九州"。2003年他们创造出这个架构来，然后在网上发了,让大家去写。但我个人觉得在中国,一个成功的世界观,应该是由一个超人气的故事为主体的,而不是固化一个架构,用一个个差异化很大的故事去填充。虽然江南和今何在的笔力非常强,属于天才作家,但固化结构和分头创作还是影响了他们的发挥。读者没有一个主干故事和人物去粉,书就很难做起来。

吉:他们是想照着西方正统的奇幻体系,如《龙与地下城》的玩法来,先有一套统一的规则,再来完善故事,只不过故事里面是中国的元素。而玄幻是不按统一规则来的,大家更多时候是打破规则,不像"九州"那样规定作者必须按照这个规则来写,玄幻也没有任何人规定你只能这样写,只要有古代东方背景和超自然能力都可以叫作玄幻。

宝:对。"九州"这样首先就禁锢了思想。首先规定只能在它的体系里面,比如说它分几个州,只能写里面的东西,然后它又是定死了九个城市叫什么名字,还有主要人物和历史只能写里面发生的。作者只能在这个体系里做一个项目,这样它就不能真正发展成为一个类型甚至网站。网站不应该规定来网站写书的作者必须要写什么。因此当时我就不看好"九州"这个模式。在2002年我们这些作者写书,并不是说为了赚钱,而基本是单纯为了自己的兴趣,为了满足自己创作的欲望。我们那代作者前面是没有多少可以借鉴的,没有其他的小说可以看的。港台的小说,金庸、古龙就几十本那么多。也没有什么对外交流,那时候没有微博之类的。精神是很贫乏的,因此我们就有很强的创作欲望。当时可以说是"百家争鸣","九州"也是想做出一个独立的体系。

邵:是不是可以说"九州"的体系对当时整个的玄幻界来讲,是相对精英、相对西化?

宝:不能说相对精英,只能说他们跟我们是两个风格不同的群体。我们跟龙空、幻剑书盟、天鹰等网站是同类。而"九州"群体是不同的,它是在我们这种网络原创文学之外的,更像实体出版的作品,是为了出书,为了杂志发表去撰写的那种小说。篇幅也有差别,我们网络小说篇幅一般比较长,而"九州"更像给杂志发表的,只是写体系里的某一部分、某一个人物,比较短。

2004年我们召开第一届网络作者大会时,也请了他们过来。当时我们连台湾、香港的那些作者能请到的都请来。但是跟他们交往还是不多，大家的理念是有点区别的。不过，大家又经常都被归在玄幻类里。

二、起点创业历程：书友会到商业公司

邵：您是怎么开始创立玄幻协会，并在之后成立起点中文网的？

宝：2001年10月，我就想做一个协会让大家一起来交流，一起来发展。那时候的网络作家，港台有罗森，大陆没有几个叫得出名号的。我们大陆的作者做一个组织，大家就可以一起交流、进步。于是我就做了论坛。搭建论坛的时候，我是一个个去找那些作者帮忙。比如写《临兵斗者皆阵列在前》的勿用，帮我搭建了论坛；后来的起点中文网 logo，也是"明杨"（明杨·全球中文品书网）的苏明璞帮我做的。

邵：您怎么吸引别人过来呢？

宝：我是通过网络邀请作者来发文章的，跟作者发邮件说：我做了个网站，你过来，在我这儿发你的文章。他们就来到我们这里发表作品，这样就得到了他们的授权。那时候没有什么利益之争，我们都很淳朴的。作者也愿意让自己的作品给更多的人去阅读，当我提出来后，他们都很愿意来。玄幻文学协会版面挺小的，除了意者、黑暗左手，论坛里还有读书之人、老猪、PIG、木头等。大家都是偶尔来，来了其实也没有什么事可做的。当时活跃的人没多少，大猫小猫两三只，在论坛里跟帖发评论，泡泡水。大家都是发发文章，互相拍拍马屁，甚至大家更多地都是在 QQ 上聊天。

邵：后来又怎么想办网站呢？

宝：到2002年，我们就想做网站了，主要是因为论坛还是不够正式。作为读者，还是希望第一章、第二章、第三章、第四章、第五章……这样能够按顺序连续阅读的。而论坛（BBS）有个问题，就是作者今天发表了，更新了一章，第二天帖子就不知道落到哪里去了。BBS不方便，必须要能一章章集合在一起，阅读体验才会好。于是我去租借虚拟空间，又买了一个域名：www.cmfu.com。到2002年5月15日，赶在5月23日我二十六岁生日之前，起点中文网上线了。

邵：为什么不是在生日那天上线？

宝：主要是怕程序出问题，对我这种不是技术出身的人而言尤其如此。我是到处求人，才做出了一个简陋的程序。

吉：网上流传说"江南武士"（商学松，下称"江南"）是在起点中文网成立当天突然"闯入"你们的聊天室，具体情况是怎么样的呢？

宝：在 5 月 15 号那天，我们聊天群大概有十几个人在庆祝网站成立的历史性时刻，江南他就"闯"进来了。他一进来就说：你这个页面太简陋，服务太差了，太不好用。我就说：这已经是我所能找到最牛掰的程序员写的最好的产品，没有更好的。他说：谁说没有啊，我就有一套！

他就将他的"江南书库"亮出来——江南他自己原来是个高校老师，他喜欢看书，也喜欢收集书，就私底下做了一个书库——然后我一看就拜服了。那个书库满足了我心里所有想要的东西。我突然碰到一个知音，感觉很兴奋，相逢恨晚。

他那书库，一章章的排列，有书目页，有列表，下面还有可以评论的评论区。虽然还很简陋，但是已经满足了我当时作为一个普通读者的所有需求。

邵：江南跟我们说那个书库就是他自己想要的，但在别处得不到，就自己设计了一个。

宝：江南是一个很伟大的产品家，在我心目中，他就相当于"网文圈里的乔布斯"。这个产品他后来不停地完善，比如说那些书的分类、作者的类别，然后书目页、书名页，还有里面的阅读页，这整套体系一直沿用到现在。中间是作品更新列表，左右两边是作品推荐等，这套体系如今也被很多家文学网站采用。江南在网络文学草创期，制定了行业产品的基本框架和规范。他很符合我心里的需求，我就想让他加入我们，让他把那套程序给我们网站使用。

邵：他的"江南书库"里也是类型小说吗？

宝：不是。当时我看到的"江南书库"里没有什么作品，还是空的，他只是做了一个产品模板出来，里面没有内容。

你知道我是怎么劝服他的吗？我劝他加入我们时，他说：我为什么要加入你们呢?

我那时候也是一穷二白的,我就跟他说:我有很多作者作品的授权。

然后他问:你有《英雄志》的授权吗?

我说有。其实当时还没有,后来我特意找了孙晓,寄了封邮件给他请求授权,然后孙晓回复说同意,我就有了《英雄志》的授权。

他说:啊!太牛了!他很喜欢《英雄志》的,然后他就同意了。

吉:果然还是要以书会友。

宝:说起来我跟他的阅读经历蛮相近的,因为我们都是喜欢看书,都喜欢往租书店里跑。我们还有相同的经历,都承担过帮租书店检验新书的任务。当时租书店进新书,要经过我们这种老手去检验一番,看看有没有重复。因为当时"二渠道"出版的书很乱的,武侠小说经常换个书名和封皮就拿出来卖,这就需要我们这种老手去检验。我们这种混过租书店的人有同样的经历和感受,所以相逢恨晚。

不过一个网站除了前台还要有后台。他做的是前台,后台呢,他说"我给你们找个高手",就又介绍黑心("黑暗之心",吴文辉的网名)进来。江南跟黑心是更早就在一个游戏网站认识的,是好朋友。靠着黑心的技术,我们解决了网站容量(主要是数据、底层结构,这决定了网站的稳定性和容纳能力)等这些制约后来发展的瓶颈。

我就跟江南商量了,把"江南书库"改成起点中文网,到23日第一次上线。

邵:那起点的生日就是你的生日咯?

宝:不是,还是5月15日,是我跟江南相逢的日子。

吉:天鹰文学这些当年在网络文学草创期也曾兴盛一时的网站如今只留下只言片语。网传天鹰是在第一波"扫黄打非"的时候,被停了一两个月,错过了机会,后来就没有发展起来,是这样吗?

宝:其实天鹰文学面临的主要问题,也是我们那时候面临的问题:服务器。当网络小说阅读的人群越来越大的时候,服务器就跟不上。我们网站经营者最头痛的事情是访问人数多的时候就宕机。起点直到最近,每年都还会发生宕机事件。因为读者群体不断壮大,就会给网络服务器带来冲击。独立服务器并不便宜:现在一台电脑就几千块,那时候配一台主机需要一两万打底的。2003年之后，压在我们身上的经济压力，除了作者的稿费问题，主要就是服务器问题。

邵：也就是说之前你们没有独立的服务器？

宝：玄幻文学协会，还有2002年时的起点，都是在一家空间商那里租虚拟空间，是一台服务器里面放了二三十个网站。它有限定，只给你一个非常小的流量，一旦超过，通信立刻就崩溃了——宕机。

2003年到2004年时，我们经济压力很大。需要服务器主机；另外，要给作者发稿费；然后要正式成立一家公司，就要有注册资金。那时候我拿房子去抵押才借到钱。

2003年5月份我们还给人骗了。那时候，有人为了推销服务器，说借一台主机给我们免费体验试用。当我们把内容转移到他们主机上之后，他们就连人带机都不见了。幸好网站内容是有备份的——做网站的人时时刻刻都要备份的，不然的话一旦碰到服务器崩溃这类意外情况就不行了；备份了，出事后可以恢复数据。

然后江南做出了2.0版，改进了系统，添加了一些阅读上的便利，还增加了作品论坛评论的功能，赶紧重新上线。

买了服务器之后决定做收费制度，因为经济上支撑不住了啊。我们几个人除了五号蚂蚁家里条件好点，其他的几个人都很普通，比如我那时候一个月工资也就三五百元。一台服务器需要两三万元。好在我还写了本书，有点稿费，靠这才勉强支撑着。

邵：这个决议你们是怎么做出来的？你们几个人当时有分歧吗？

宝：没法不决定，你要么这么做，要么等死。那时候是我强烈希望做。我说服了他们，他们几个人也都同意，因为不做，就会挂掉了。我们这个团队有个好处，在几次重大决定时都是有商有量。但等决定了一个方向，大家都会朝着一个方向去。决定要做，我们就要做到最好。——我们几个人就是这样一路走过来。

为了做VIP，必须进一步正规化，正式成立公司。2003年7月我专门跑广州去办理手续。那时候一定要弄出来的，不然的话，就没法做网站的，因为没ICP（即网站备案，《中华人民共和国电信与信息服务业务经营许可证》）服务器是没有办法上线的，没办法正式运营。要买服务器，是要看你的 ICP 证。在那之前，租别人服务器的虚拟空间就可以。但要有一台自己的主机，就必须成立一个公司。而政府规定必须有 100 万的注册资金才能办理 ICP 证，需要垫资 100 万元，但我们没这个资金。好在有五号蚂蚁，他就从家里拿了 100 万出来。当时的 100 万元，和如今的 100 万不是一回事，那时 100 万可以在上海买几套房子了。在他汇 100 万时，大家甚至都还没有见过面。蚂蚁肯将 100 万汇给我，这真是不容易的。没有蚂蚁，我们的起点中文网（上海玄霆娱乐信息科技有限公司）都没法成立起来。真的是很感激蚂蚁的。

邵：这真是传奇，谁说网友不可以信任？你们和五号蚂蚁从来没见过面？

宝：没有，一直是在网上联系。

邵：VIP 收费模式应该不是你们最早做的吧？当时读写网、明杨网都已经做了吧？

宝：他们做了，但是他们没办法做起来，因为他们没作品，不能满足读者的阅读量。我和意者都是网络作者出身的，我们从那时到现在一直都是把作者的需要放在第一位的。那几年，我从来没有两点前睡过觉，每天晚上都跟各个作者联系。

2003 年 5 月我们决定做 VIP 之后，就拉作者，跟他们说好，让他们把作品留给我们到 10 月份发表。要商量规则，比如先发表十几万字试读之后再收费。第一批作者很少，比如流浪的蛤蟆，是我从西陆论坛上拉过来的，然后劝他加入 VIP。

吉：在 VIP 付费阅读正式上线之前，是确定了 12 个作者，然后到真正上的时候就有一半都被拉走了，对吧？

宝：10 月份天下书盟成立，把一批作者拉走了。但并不是说拉走了几个作者就能使网站成功。我跟意者在作者圈子的口碑跟人缘是很好的，那时候起点书库存量有几百部——那时候能有一百部作品就已经很厉害了。一个网络新读者，找书看，去论坛只能看到一章两章，找半天都找不到，阅读还断断续续的。要看一个完整的书库，要么就在幻剑看，要么就来起点看。当时靠着这样的储备量吸引读者来，虽然部分作品被拿走，但还是开了个好头。后面陆陆续续有比较好的作品发表，我们都劝作者放到 VIP 里收费，作品渐渐积累起来。

邵：你们当时提出来 VIP 时，其他的同行怎么看呢？

宝：6 月 28 日由《传奇文学选刊》杂志社、广州大然文化公司等举办的"大然传奇中国首届奇幻文学笔会"在广州召开，我当时参加了，相当于网文圈子聚会。我们还有龙空、幻剑几家，就对应该怎么样发展网络文学、网站应该怎么样生存进行了讨论。

当时龙空他们是做论坛的，没有书库；段伟主张做出版代理中介，通过倒卖网络作品的版权，然后放到台湾去出版，赚取中介费，来维持网站的服务器；幻剑书盟也是类似，通过 OCR 港台出版的武侠作品，来吸引流量，赚一些钱。

而我提出 VIP 收费，是因为不能单靠转手卖版权赚点差价。对于我们起点来说，更希望的还是吸纳更多作者到网上来创作，更希望看到人人都能写作，创作出好的作品来给读者阅读——因为那时候，对一个阅读量大的人来说，没书看是最可怕的事情。

对收费的提议，他们都嘲笑说这个怎么可能——当时网络阅读都是免费的，在这种环境里，做收费阅读来赚钱是根本不可能的，做不起来的。那时候有些人把一些书和杂志扫描后放到网上，但是他们都收不到钱。

邵：当时你们没有商业竞争关系吧？所以大家能坐在一起共谋一个生存之道，看到底走哪条路走得通。

宝：是的，我们那时候考虑的更多还是怎么样生存下去。讨论没什么结果，各自回去。我们开始进行会员收费。

邵：千字 2 分钱这个价码是怎么确定的？

宝：在我们之前，就有千字 2 分收费的，但是他们不成功。

比如明杨中文网，也是按千字 2 分收费的。但是问题是，看完了就没了，没有真正的服务。他们没有 VIP 这个概念。VIP 这个概念是我从银行柜台服务借鉴的：要给人一种贵宾的享受。开通 VIP，就意味着网站专门为用户服务，有专属通道去解决问题。而其他做付费阅读的，就完全没有考虑到读者的感受。我们更重视读者的感受，想着怎么样让读者付费之后阅读有更好的体验，对读者服务得更好。

明杨更大的问题是：只有一本中华杨的作品可看，没别的书看怎办?还剩下的几块钱怎么办?等于花 10 元钱买一本电子书。我跟意者是作者出身的,所以能联系到很多作品。在明杨中文网那里你花 10 元钱,没多少书可看,而在起点网可以看到很多作品。

如果用户付费之后却发现没作品又没什么别的服务,这样子是做不下去的。

邵:我们采访 Weid,他盛赞你们的会员制,说收 30 元会费是起点渡过最初关口的关键,并且说这是首创者红利,以后再做的公司就不能这么做了。

宝:VIP 读者要交 50 元,其中 30 元的会员费购买一个 VIP 资格,另外 20 元是账户金额,作为预存阅读费用。那时候我们也是没有办法,收 30 元主要是为了用来支付服务器费用。

获得 VIP 会员资格后,就可以拥有一些服务,比如说个人书架,这是我们独创的。这就是江南伟大的地方。

Weid 说的没错,这个会员费,的确对早期的起点意义重大。但是我倒是不觉得后来的公司不能再做。关键还是看内容是否值得用户去购买会员资格,是否不可替代。当年起点的内容是全新的,后来的网站如果内容和起点相似或者品质还不够,那肯定不能这么收会员费;但如果是全新的、有突破、不可替代的内容,依然可以收会员费。实际上,现在的知识付费已经说明了这点。

邵:今天,我们复盘一下起点 VIP 制度的建立过程,您觉得成功的关键要素是什么?

宝:我觉得还是服务。因为那时候让读者付费是很困难的。在付费率不高的情况下,要让一个人愿意在你网站上不停地付费,就要提供一种好的阅读感受。当时最开始只能通过邮局汇款,我要在非常热的天跑去邮局去收那几块钱。收到第一个 VIP 会员汇款的时候还是很激动的,看到还是有人愿意支持我们来做这个事业。第一个 VIP 用户"流浪的耗子",后来也加入了我们,现在在运营部工作。(当时耗子还是个学生,后来毕业了就来到起点工作。)

邵:VIP 制度 2003 年 10 月份开始启动以后是什么情景?

宝:当时网络作品赚不到什么钱,千字 2 分并不多,读者也少。要让他们觉得赚钱的话，要做出一个标杆。当时我们是把读者付费100%给作者。像流浪的蛤蟆他第一个月拿到一千多块时说：呀，写网文还是能赚钱的！

2003年11月后，网站进入高速发展。于是2004年2月14日，我们就在上海第一次见面聚会。那时候大家都没有女朋友，我们就专门挑了情人节那天见面。我们几个人，除了黑暗左手是偏外向的，其他几个都是内向的宅男，不愿意在公众场合多说话，都是看书看书看书……总共十几个书友，大家见了面都蛮高兴的。

三、想继续做网文，所以选择了盛大

邵：2004年这次会面讨论盛大收购问题了吗？

宝：在VIP发展以后，我们网站服务器的压力又加大了，因此就得研究要不要买新的服务器。而随着我们做大了，渐渐就有资本来关注我们。

其实，盛大不是第一家联系我们的。第一家是TOM网。盛大给的钱并不多，TOM网给的钱更高，条件也更好。盛大只给了200万美元。而TOM网还承诺，帮我们去开曼群岛那里办账户，而且由于它是香港公司，还承诺我们可以办理到香港定居的绿卡，不像我们来上海这么多年，连上海户口还是没办下来。

邵：你们几个创始人到现在还没有上海户口？

宝：黑心和江南有了，他们是"特殊人才引进"，我们都还没有。在上海就一套房子，其他什么都没有。我们的上海户籍是在2018年才落下的。

邵：我们还以为你们这么大公司，我们毕业生如果到你们这里来工作可以拿到户口呢，没想到你们作为创始人都没户口。

宝：不说户口了，说起来都是泪（笑）。

邵：钱又少，又没户口，当时为什么还是选择盛大呢？

宝：因为想要起点嘛，自己的孩子舍不得嘛！TOM网要求我们过去，等两年培养出编辑可以接手之后，你就得走了，也就是说完全卖了。而盛大呢，虽然给的钱少，但是愿意完全交给我们去继续把网站做大，而不是说做两年后你就走人。

当时我们已经各自辞职，准备专职做网文行业。我 7 月底就到上海来，8 月大家就在上海集合。我们当时评估之后认为，虽然 TOM 可以给我们开曼群岛的账户，可以少交点税，还可以给绿卡什么的，而盛大这边没有其他优惠，但我们还很年轻，还是应该继续做这个行业，最后就决定来上海继续做下去。后来幻剑书盟卖给 TOM 网了。幻剑的创始人就慢慢淡出，网站没人打理，虽然还存在，但是名存实亡。可见 TOM 网只想要内容，而并不想发展。不过当时如果没谈好的话，我们也就准备接着熬。

9 月 27 日完成收购。我们几个股东按照买服务器的比例分成——股东是第一次买服务器的时候确定的，论坛还有编辑和版主，最终谁是股东，就看成立公司第一笔钱谁愿意出。愿意出钱做这个事，才有决心和热爱。200 万美元扣掉税之后剩下的钱其实也并不多。

吉：盛大集团当时注资了吗？据报道是给了不少流动资金？

宝：其实流动资金不用给多少。盛大集团对我们帮助最大的还是改进了付费系统，通过盛大点卡让支付渠道更为畅通。当时盛大的点卡体系是很强大的，这也是我们选择盛大的一个重要原因。2004 年 9 月之后接入盛大系统，读者付费就方便多了。在这之前，我必须跑邮局和银行，都要把我给跑死了。付费方便之后，付费用户就越来越多了，点卡开始凸显它的威力。之后网络文学越来越蓬勃，越来越多的人开始写作，写了很多好作品。

四、17K 的挑战与起点的应对

邵：进入盛大之后，你们遇到的第一个大挑战就是 17K 挖人了吧？以前的网站基本都是爱好者自己建立的，大家都是挣扎着活下来。这个时候，已经进入到真正的商业竞争了，17K 就是外来资本建立的网站。

宝：越来越多人看中了这个行业。童之磊（中文在线的创办者）也看到了，觉得这行值得做，于是就过来挖人，把我们编辑部当时 17 个员工挖走了 11 个。他们不是马上就全都走了，而是分批离职的，我们就走一批，补一批，熬过来了。我看到求职简历里有能写书的、有写作经历的就招进来。314（杨晨）、小分队长（周炳林）这些新一代编辑，就这样面试招进来了。

邵：你们没有被挖吗？

宝：其实当时我们收购协议的两年期限也快到了，中文在线他们也高薪挖我们。但我们兄弟齐心，大家都不走。

邵：你们当时什么待遇？

宝：待遇的确不高，工资在当时也属于一般的，付了房租也剩不了多少，够生活而已，和被挖走的同事肯定不能比。

邵：那你们团队为什么不走？

宝：主要还是觉得起点是自己的孩子，就像我们没有选择TOM网而选择盛大一样，还是希望起点让所有作家都能赚到钱。

邵：面对17K挖人，盛大怎么应对？

宝：盛大是资方，主要的应对还是起点自己。我们就招编辑，把写过书的、有经验的找来，然后一个个带起来。另外重新挖掘作品，培养作者，很快又将一批新的作者培养起来。

邵：眼见着你们手下的编辑到了另外一个公司，挣了你们两三倍的钱，你们培养的大神也开始挣了很多钱，你们是什么心态？

宝：做编辑，首先心态要调整好。现在我们的编辑工资也不高，而很多作者一个月就可以有几十万元。但在我们编辑部里有这样一个宽松的环境，做一个最喜欢的事情。编辑还是要对工作有热爱，就像栽树。

我一直跟手下编辑说，你们对这行要有爱，没有爱是没办法做下去的。如果你不爱这行，你就会觉得很灰暗的：哎呀，我这么辛苦，每天加班到这么晚，拿的钱还不够作者一个零头……那你是做不下去的。首先要对这行有爱，要有奉献精神。

你看我，带出来那么多大神，百度搜索排前五十的作者，哪个不是千万身家呢，而我也只有上海这栋房子。所以你要调整好心态。

吉：据当时17K说，是它们建站后第一次提出了"买断"的概念，起点之前是没有买断的吗？

宝：怎么可能！之前的"职业作家计划"其实就是"买断"。比如血红的就是买断的。只不过17K以更高的价格进行买断，将血红挖了过去。

吉：你们是怎么样应对 17K 的挑战的？

宝：培养出新的作者，让更多人来创作。我总结了，我在 2013 年之前所做的主要工作是全民创作；而后面这两年我做 QQ 阅读，做的是全民阅读。

要让一个作者安心持续创作，就要保障他的生活，给他基本的生活条件，因此我就推出了"作家福利计划"。只要满足一定的条件，在这个月创作更新达到一定字数之后，也就能拿到基础保障的福利，以保证那些有志于创作的网络作者能活。有很多作者写书只是为了兴趣，或者不想做其他工作，就想写一个好的作品出来。要让更多的人来写作，必须给作者希望：只要你一直写，只要写得足够好，即便是在金字塔底端，我也能把你提上来。我那时候看到很多很好的作品"太监"了——写一半就不写了，因为他为了生活需要忙其他事务。如果能保证基本条件，他就能继续创作下去，因此我们不断地完善"作家福利计划"。

17K 的那些编辑，可能是因为跟随我们还不够久，没有学到我们真正的东西。自从挖人之后，他们并没有培养出多少新的作者。除了挖来的血红、酒徒，他们网站后面并没有新作者冒出来，也就慢慢做不起来了。

吉：他们没有新人冒出来的核心原因，是因为没有这些相应的制度吗？

宝：我能说没有我们这种编辑的能力吗？制度方面，很多人都是照搬我们的，比如我们建立了书库体系，有人照搬；我们建立了推荐、点击、打赏、月票等制度体系，有人照搬；甚至连和作者的合同，都有人是"全盘借鉴"我们的。那么什么是不能"照搬"的呢？恐怕就是跟作者的关系吧，就是那些细致的工作吧，或者说就是我们整个团队的能力吧。

吉：17K 给起点带来的挑战在当时看来还是很严峻的吧？

宝：其实我一直很有信心的。当作者被挖走时，江南他们连夜开会讨论。我跟江南他们说：别讨论了，只要有我跟意者在，走了一个作者，我能给你再培养一个，不用怕。

邵：最核心的还是全民写作这个培养体系？

宝：对，大神是可以培养出来的。通过不同的方式培养作者，哪些是要避忌的点，还有哪些写作技巧，要跟他说清楚，我们就能不断地推出新的作者。

吉：当时你们推出"白金作家计划"，您是怎么想出来的？

宝：白金计划，是我看到银行卡的白金卡所想到的，就像当初 VIP 概念是因为跑银行而形成的一样。"白金作家计划"，就是想打造全新的作家品牌，让这个品牌成为一种荣誉、品质认可和层级认证。那时候挑了唐家三少和跳舞、番茄（我吃西红柿），集中力量来推他们。这些人又成为作家群的榜样和职业目标，和作家福利等基础待遇结合起来，形成一个有层级、有发展的职业写作路线。按照现在的话来说，就是生态。

五、起点独立成长，盛大给予的帮助很少

陈：我看到新闻稿说，2007 年 3 月 7 日，盛大继 2004 年 10 月收购起点网以来第三次增加投资，向起点增资 1 亿元。这个资金实际到位情况如何？真的有那么多吗？

宝：这个我觉得主要是象征意义。

邵：那做"作家福利计划"，需要公司出钱，这笔钱不是盛大投的吗？

宝："作家福利计划"是我们起点推出来的，起点是独立子公司，自己独立核算的。当然，为了说服盛大的财务，我们还是花了不少力气。

邵：您认为起点在盛大的战略计划中占据什么位置？

宝：收购起点是陈总（陈天桥）的迪士尼式泛娱乐产业大布局中的一环，盛大在很早就提出了自己的产业战略，还是很超前的。

邵：我们在圈外，听到"千万亿计划"，觉得起点加入盛大，还是获得了很多投资的。

宝：我们做收费阅读其实一直是盈利的。我们这些宅男土鳖实干家就是嘴不行，不会吹。那时候阅读群体已经变得很大了。作家血红的稿费年收入都已经过百万了。中文在线就是看到阅读群体变大了才心动的。中国移动那个时候也开始发展阅读基地。行业规模已经这么大了，作为行业最大的公司，我们玄霆是赚了不少钱的——当然，相对于网络游戏来说，那时候的付费阅读的确是比不了的。

吉：那么盛大给你们的支持主要体现在哪里呢？

宝：说到支持，其实就是点卡渠道，还有在游戏中导流。这个的确是加速了起点用户群的扩大。从我个人的想法来说，我觉得起点主要还是靠自己奋斗起来的。

六、与盛大理念不合导致团队出走

邵：移动互联网兴起以后，你们行内的人都明白，必须得向移动互联网方面转移了，是吗？

宝：现在看起来好像大家都应该预知，其实不然。很多互联网企业都错过了这次转型。当时盛大也想做大文化这块，筹备上市，就找了侯小强过来。

陈：为什么不是由你们团队直接做呢？

宝：这是我也想不通的问题。可能上市还是需要故事和包装，侯总有高大上的背景，大概是"外来的和尚会念经"的意思。这也是盛大的一种文化或者风格吧。走了很多人，换了很多子公司CEO，流动程度比其他稳定的公司大好多倍。

陈：侯小强有很强的"文青"气质，是不是和你们团队的气质不大合呀？

宝：侯总本人一开始认为网络文学的未来是精英化，就是把传统出版文学转移到网络上，把网络作为传统文学的发行渠道。他一到任就搞了"30省作协主席小说竞赛"。所以说他过来后，跟我们有很大的理念冲突。其实我们也很佩服他能将我们网络文学带进了主流的视野，但当时我们跟他还是有很多冲突的地方。我们还是觉得网络文学将会变成主流，而他还是想用主流来收编网络文学。两种文化不一样。因为他确实也不是网络原创文学这个圈子出来的，他也基本不读网络小说。这点和陈总不一样，陈总本人还是看很多网文的，我记得官场、玄幻、历史都有看。有了解他才会投资。至于侯总，我们一起上班那几年，没看到他读。

陈：盛大文学成立云中书城，把你们的移动业务都给拿走了，起点的移动阅读业务也就没法开展了吧?

宝：就是我刚才说的理念原因。云中书城的运营思维和市场本身是冲突的，当时产品上也没有形成突破，还是门户模式。最后变成单纯是收几家子公司的权力，跟我们几家子公司的创始人关系就弄不好。

当时，我们除了做电子收费阅读之外就没有其他权限了。我们当时的设想，一个是移动阅读，一个是版权，两者都没有了。同样地，配套的市场推广资源当然也不会有。所以，虽然我们的WAP站一开始很红火，还拿了大奖，后来也没有很大进展了，只是方便了部分原有读者的阅读，新用户没有推广就进不来。自营渠道其实是行业领先者的第一选择，但当时盛大文学却选择了主业做CP（内容供应商），虽然回报高，但可持续性是不足的。

2010—2012年纵横又来挖作者，刚好赶上我爸生病，我还是坚持守在公司，跟大部分作者签了三年长约，稳定住作者群。

陈：纵横当时没挖你们团队?

宝：那时候纵横也想挖我，但我还是舍不得起点。我们把起点当成自己的孩子一样，不停地付出。但是，起码要让人看到有前途，值得你努力。最后我们决定，还是要自己来经营，想MBO（管理层收购），很多基金都非常有兴趣——他们很相信我们。

邵：当时你们提出MBO是什么情况?

宝：2013年我们跟老陈提出MBO，希望我们管理层收购，让我们来直接管理。但最后没有成功，虽然陈总不希望我们走，也谈得很深，但最后我们还是出局了。

吉：也就是说是盛大把你们踢出来的?

宝：是。我们那时候在跟陈总谈：如果我们没有办法去实施自己的两个战略，就只能离职了。为了表示决心，我们也提出了离职。不过按公司的程序，高管离职是需要一个过渡期的。然而侯小强马上就批复：同意。而且同意之后第二天立刻开了新闻发布会。开发布会是需要提前几天布置好，请好媒体，做好准备。当天辞职当天批准，第二天就开发布会——如果没准备好，是不可能那么快的。

七、从创世到阅文：以"人纽带"为核心的内容输出

吉： 后来为什么选择腾讯？

宝： 当时互联网几家巨头和大的产业基金还是对我们很看好的，最后选择腾讯，主要是觉得腾讯能给我们更多的发展。我们看重的还是用户群体，因为腾讯是像 QQ 和微信这样以人的纽带为基础。我们团队一直觉得，这个群体的阅读会发展得更多更快。我们希望通过人与人的交往，产生更多网络文学的用户。

陈： 竞业禁止协议是怎么回事？对您有什么影响？

宝： 竞业对我的直接影响就是两年不能直接从事这个行业，但反过来说，也让我能够站在管理者以外的角度来理解行业。

陈： 竞业禁止协议结束之后，您在腾讯文学主要干了哪些事？

宝： 主要工作就是基于我在去腾讯前对行业的判断所做的一些规划：内容上，主要是移动互联网将成为绝对主流的判断。

实施起来主要分两块：一是内容策略，如何让内容更适应移动互联网，适应碎片化加深的阅读环境。这包括作家引导、资源调整以及榜样塑造等几个方面。另一个是内容与产品的结合，编辑要让内容实现多元且精准到达。什么人喜欢什么书，去寻找共性，为我们的产品提供完善的逻辑。

陈： 2009 年开始兴起的移动互联网，让网络各种功能逐渐拓展到移动手机平台领域。腾讯文学是怎样有效地适应了移动互联网的新格局，迅速追赶上起点？

宝： 就像前面所说的，移动互联网是腾讯文学既定的发展核心，我们的内容也好，产品也好，公司战略也好，都是围绕移动互联网展开的。因此，在内容上，我们比起点更加适应移动用户，产品也更完善、更精准——我们一年做了两次大的改版。这构成了我们领先的基础。

同时，和盛大文学侧重于 CP 业务不同，我们始终认为，在智能机时代，自营的 APP 和渠道才是未来。为此，我们在 APP 端重点发力，全力展开 QQ 阅读的推广，QQ 阅读也因此迅速成为领先市场的品牌，加上由我们运营的多个渠道，与起点有效地拉开了差距。也正是因为思维方

式和运营策略的不同，我们的用户数实现大幅增长，实现了自有平台订阅量、作家稿酬等各个核心数据都超过起点。

陈：腾讯文学和盛大文学是怎么合并，成立阅文的？

宝：说实话，如果按照2014年初的规划和后来的实际增速，其实腾讯文学完全可以在三到五年内实现对盛大文学的全面超越。因为仅仅一年下来，我们在很多指标上就已经行业第一了。

但我们判断，2014年开始，随着网络文化产业的发展，网络文学很大可能会站上风口，如果腾讯文学按照这样的速度，可能会错过产业化的机遇。说白了，腾讯文学毕竟还太年轻，积累不够。所以，下半年的时候，开了几次会，我们说，还是得通过资本手段快速实现资源整合。毫无疑问，市场上唯一高价值的，就是盛大文学了。而且，我们非常熟悉盛大文学，也相信自己可以充分利用好它的价值。所以说，这次合并，主要还是从商业上考量的。当然，我们对起点的感情也是一个原因。于是，我们就和投资人谈了自己的看法。投资人对我们很支持，由基金出面开始和盛大文学接触。

盛大文学这边，因为前面几年错过了移动互联网机遇，再加上我们高速成长带来的竞争压力，尤其是销售、渠道、用户等方面被我们超越以后，也有脱手的意思。可以说，双方都有意愿，也就有了并购的基础。

于是，两边谈了几个月，最后敲定了并购。2015年3月，成立了阅文集团。

邵：收回起点你们很高兴吧，我觉得这"逆袭"情节简直太网文了。

宝：老实说，确实有一种"胡汉三又回来了"的感觉（笑）。

陈：您刚才提到自己最近两年的工作是从原来的"全民创作"到现在的"全民阅读"，具体是什么变化？

宝：前几年，我的主要精力都在作家生态的建设上，这也是市场培育时期最重要的工作——只有形成稳定、良性的作家生态，才能保证内容的数量和质量的提升，进而吸引更多的读者。这也是我们作为行业领导者的责任。

现在，一个良好的作家生态已经基本形成，读者空前多元。如何满足这多元的阅读需求，尤其是面对随着移动互联网进入的新读者，要实现"人人有其书"的目标就变得更加迫切。所以，我现在更关注内容丰富和精准、个性，也就是我们说的全民阅读。

陈：您和团队一路前行，发展到阅文集团如今这个阶段，自己当初心目中的网络文学图景实现了几分？将来还有什么愿景？

宝：我始终觉得，愿景是一直在变大的，因为当你登上心目中的高峰的时候，会看到不一样的风景，会看到更高的山，甚至想去征服天空。就跟小说一样，练到筑基期，发现金丹期才是强者，你就要不断去努力才行。

我们对网络文学的期待也是这样。最初创业的时候，我们的愿景是有一亿读者。这个目标很早就实现了。后来，我们想，优秀作品应该被改编成游戏、影视、动漫等，这个目标也很快实现了。到现在，我们的愿景已经是建立一个以网络文学IP为核心的泛娱乐产业共营生态，建立起一个像美国的漫威、DC，日本动漫、轻小说那样的大众文化，并向全球输出。这个愿景，也正在逐步实现。

网络文学职业作家体系的建立

——起点中文网创始人意者访谈录

【受访者简介】

意者,本名侯庆辰,男,1978年生,黑龙江哈尔滨人。2001年,开始连载网络小说《不会魔法的魔法师》,并在台湾出版。同年,与宝剑锋(林庭锋)共同创立中国玄幻文学协会,即起点中文网前身。曾任起点中文网副总经理兼副总编、腾讯文学副总裁兼副总编、阅文集团副总裁兼副总编。负责作家与编辑管理工作,与宝剑锋共同建立起点中文网的职业作家体系、编辑体系,并发掘多位知名网络小说作者。

【访谈时间】2016年7月29日(受访者最后修订时间:2019年10月31日)
【访谈地点】上海,阅文集团
【采 访 者】陈新榜
【整 理 者】陈新榜　金恩惠

一、早期的网文环境和中国玄幻文学协会的创立

陈新榜(以下简称"陈"):您是最早和宝剑锋一起发起成立中国玄幻文学协会的,应该是起点最早的元老之一。起点能成功建立 VIP 机制,以及后来在那么多次"挖角战"中屹立不倒,很大程度上得力于您和宝剑锋在作者间的号召力。你们创建并不断完善起来的职业作家体系是中国网络文学持续发展的重要基础。在起点团队的分工中,您是重点

负责联系作者吧？我们采访宝剑锋时，他总是说他和您在作者中人缘是很好的，这和您自己也是最早的一批网文作者有关？我们还是从您的阅读和创作经历聊起吧。

意者（以下简称"意"）：我和宝剑（即宝剑锋，下同）是作者出身的，我也喜欢跟作者交朋友，跟很多作者关系很好，就负责联系作者。我自己最开始是在黑龙江信息港里看黄易当时连载的《大唐双龙传》，应该是网友转帖过来的。另外比较有名的还有莫仁。这两个作者的书其实都是之前就在租书店开始读的。像黄易，只有跟书店的老板很熟才能较早读到。老板会把新书收藏在专门的小柜子里，熟客去了以后才拿出来，而且只能在书店里看，不能带出来，后面还有人在等。新书大家都想早看，一本新书可能一天有六七个人排着队看。

因为租书店的书比较慢，没那么及时，而我通过网络一搜就发现了后续章节，还能找到同类其他小说，于是就到旧雨楼、休闲书屋、黄金书屋、亦凡书屋这些个人书站读。当时网上的书少，书站一般按书名ABCD……字母排序，我一般直接一口气就从A到Z扫下去，不久就又看完了。后来，发现了西陆论坛，有一些作者在论坛上现写。

陈："意者"这个笔名是怎么来的？

意："意者"，就是思想者的意思。我一开始上网的时候就在用，想做有思想的人。

陈：当时有没有想过专门从事文学创作行业？你的作品《不会魔法的魔法师》是怎么创作、发表、出版的？

意：当时只是业余爱好，不是看到好处才去做。我一开始写得很差的，看到其他作者写得好，于是就学习、追赶。2001年写出成名作《不会魔法的魔法师》。我和宝剑的书差不多是在同一期，在西陆的点击率各方面都是差不多的。当时读书之人的《迷失大陆》、老猪的《紫川》等也在连载，这些都是属于同期的。

我先在西陆BBS发，也在龙空和幻剑发。后来有台湾出过书的朋友帮着介绍，我拿到邮箱地址就投稿到上砚出版社。他们让我修改，我也改了两三次，还是有点问题，他们又没确认要。后来全人出版社可以出，所以我就放弃了上砚出版社，选择在全人出版社出版。

陈：这部小说的反响如何？

意：当时是按月出，每月出一集，每集差不多能拿三千多元稿费。台湾的编辑说销量挺不错的，两千七百多册，后来可能达到了3000册。那本书销量当时在仝人出版社里是排第一的。我出了6集，将近100万字。后来它倒闭了，我只拿了3集的一万多元稿费——当时在北京工作，工资也就几百块钱。再后来我就换到了冒险者天堂出版社。

陈：你们怎么发起起点中文网的前身中国玄幻文学协会的？

意：当时西陆论坛很多人都在建空间，我们也建。在QQ聊天室里，宝剑说了玄幻文学协会这个提议之后，我是第一个响应的。然后由我在西陆论坛创建了CMFU版面。当时西陆是个开放的论坛，申请注册版面是很简单的。会员主要还有黑暗左手、读书之人、夜摩等人。服务和组织主要是我、宝剑两个人负责。

陈：2001年成立CMFU时，"玄幻"概念是怎么来的？

意："玄幻"这个词，代表着我们中国文化的特点；而"幻想"或者"奇幻"，那就代表着国外比如像《龙枪》之类由西方传说和骑士小说演进而来的故事，文化背景和思维方式都是西方的。像"玄"字就代表了我们自己写的中国特色的东西。

陈：您刚才说的特色到底体现在哪里？

意：首先是文化的区别。比如说中国文化强调忠义仁孝，讲求人情世故，有原则有变通，这和西方的价值观是有区别的。这样的文化，会体现在情节里、人物上。其次文化与现实环境下的期待不同。现代中国和基本固化的西方文化作品思维不太一样，我们更强调自我实现和改变。接下来是故事元素，我们的作品还是受传统的中国小说影响比较大，人物也好，情节也好，都是这样。比如说体系，我们更喜欢按中国人的习惯来。

陈：当时您自己写作采用了魔法背景设

玄幻文学协会名誉会员

罗森　典玄　老猪　夜摩
无常　杨振　波波　勿用
意者　幻冰　影动　无限
九虎　冷钻　周易　亚伯
碧绿海　宝剑锋　易飘零
梦非天　舞叶绸　二代淇
月桂树　独自醉　飞上天
金魔针　焰冰菱　rayiii
读书之人　黑暗左手
灭世天使　半只青蛙
kelen999　寒月清光
服部半藏　不胖老高
mayasoo sendoh
雅娜卡拉　小分队长
痴人弄蝶　月夜见　X
清风明月1980　夜星
kaya　百里芜虚　tomgod
红颜爱红颜　烂袖
黑色天空　海知风　霜满天
windy　合伙人　圣者晨雷
Necroman

网络文学职业作家体系的建立 ｜ 195

定，是不是受西方奇幻的影响？

意：当时创作的那批人大部分以魔法为包装。其实很大原因是当时本土幻想文化还没有复兴，大批引入的西方奇幻小说更让当时的读者有熟悉感。但仔细看下来，主角也好，故事也好，并不是传统意义上的奇幻。

就我看来，奇幻对于玄幻的影响，更多的是启发。因为很长一段时间里，中国传统的幻想小说都停滞，甚至倒退了。有了网络以后，我们发现，原来人家把幻想都做出体系来了。这个不得了。这是《西游记》《蜀山剑侠传》里看不到的，武侠小说里也没有。

二、作者、读者、网站应三位一体

陈：2003年起点中文网据说是做了比较大的改动，而且当年给读者带来相当好的体验。当时评价好的改动有哪些？

意：第一版还是以书为主，第二版就把重点放在用户身上。主要是增加了用户的一些互动属性，比如书评区、消费积分、推荐票体系。我们那时候觉得读者很重要。做书站的话，除了作者这一方面，读者是很重要的一点。我们希望增加读者互动的概念，所以，在互动方面下了很多功夫。这也是我们起点有别于幻剑等其他网站的地方。

我觉得，作者、读者、网站应该是三位一体的。我们注重作者，因为我和宝剑是作者出身，我们组成的编辑部对作者的责任心是最强的。到现在为止还是这个传统。在网站建设方面，我们2003年购置了服务器，有了自己的地盘，可以更放开手脚。第三方面，就是读者。当时其他网站对读者的重视程度很不够。那我们这边给读者提供了个人空间，就像书房，把所有书都聚集在自己的书房里。

陈：你们关于VIP服务收费模式是怎么跟作者们沟通的？

意：其实作者一开始也对收费有一些抵触，不敢尝试。我就说那你现在友情发布吧。另外一些作者愿意尝试，就签个约再收费。

还有独家首发的概念（也就是8点档更新），也是我们创造的。像《小兵传奇》就是我们独家首发，很火，更重要的是培养了读者追更的习惯。

到了更新时间点的时候，来的用户很多，经常超过流量范围，造成服务器宕机。

当时我就找作者说：哎，你的书存一两章给我，到时间点，把章节转给我，我拿到之后，再给藏剑江南。江南再把章节通过程序传到阅读器里。VIP 用户有阅读器的密码，他们可以下载，可以看，就是这样的流程。

陈：你们第一批付费作品上架的时候，读者反响怎么样？

意：小狼《灵异故事》是第一部书，还有流浪的蛤蟆《天鹏纵横》、圣者晨雷《神洲狂澜》……总共 8 部作品。

当时我们的策略，没有直接收费。其实建立收费制度这个过程很复杂，因为当时普遍免费的情况下，我们要考虑到读者怎么接受。所以读者第一月的千字两分钱订阅费都给作者，我们网站不收一分钱。读者就会觉得：那我就支持一下。这种感觉就不是像明杨那样，直接就是网站和作者分多少钱、网站抽多少钱，那样让读者感觉太强硬。

首先，读者可以在这里看书，可以自己选择是否付费；其次，读者付的钱，我们都是给作者的，网站一分不拿。

陈：那作者这边热情也就上来了吧？

意：第一个月最高的是流浪的蛤蟆，一千多元。我们也挺高兴的，因为超过 1000 元是个里程碑。我找蛤蟆说，订阅成绩出来了，给你稿费。当时并没有明确的协议，蛤蟆说：你们拿着吧，不用给我。我说，这钱必须给你，读者通过我们网站付费阅读，实现了交易，我要让作者知道在网上写书发表，是有钱挣的。如果我们不给作者钱，那作者也不会再跟我们合作。我们一开始是把订阅费全部给作者的，这一条我们坚持了一年半，一直坚持到后来被收购。这么做就是为了在免费时代把读者的付费概念养成，而且让作者了解到作品不光是玩票性质，而且是可以收费的。而作者原本也不知道作品怎么才能赚钱，我们把作品收入思想也灌输给他们。需要花一年半甚至更长的时间去树立这种观念。

陈：2009 年起点着力开发粉丝系统，当时是怎么想的呢？

意：其实我们一开始就有作者和读者互动的意识，比如说各种读者投票，一脉相承，发展成粉丝系统。在书库体系之后，我们创造了月票体系，让作者之间竞争。作者竞争的是什么？竞争的是自己对读者的号召力。作者招呼一下，喜欢他的读者就去投票，数据就会增长。后来我们又开创了打赏系统，让作者不仅靠电子订阅有收入，还有更多收入渠道。而读者喜欢作者，愿意多给他钱，那就要有通路，打赏就应运而生。以前，读者喜欢某本书，但是没有通路表达。粉丝系统的意义就在于有了这些体系之后，读者能够更快地形成团队。作者出来喊一声要参与月票战，他的读者就响应，比如说：我是七十二编的粉丝团"匪军"，我得为他投票。这样读者就有了团队身份去跟别人竞争，可以形成一种凝聚力，这也就是粉丝经济的基础。而粉丝经济，又是IP开发的出发点。

陈：那您作为资深的老读者，有这样的参与吗？

意：我自己也经常给作者去投票，也去打赏。我们起点几个管理者看书都是自己花钱的。宝剑也自己花钱开高级VIP。另外只要是签约作者就送高V，让作者自己花钱看书，也成为正版的读者用户。我们自己花钱看书，就是要培养付费意识，以身作则，而不是说网站是我自己的，我看书就不花钱。我在起点的账号都花了上万块钱。但我看的书太多，我没有特别说喜欢哪个作者。假如写得好，我可以帮作者安排一些推荐，这对作者的帮助已经够大了，我不至于再像普通粉丝那样摇旗呐喊。

陈：你们自己也会去充盟主吗？

意：我也充过盟主，像耳根的作品我就是盟主。但是我不会太明显，因为我是管理者。当有一些新作者作品冒头的时候，我都会用"小号"支持一下。

陈：推出打赏功能据说是你们某个编辑提出的创意？

意：创意是有的，但这些东西不是光有概念就行，需要网站去把它变成一种制度。当时是黑心觉得打赏这个词很好，整个制度也是黑心定的。其实，推出打赏的时候，很多作者不太赞成，觉得打赏这词不好，有一种要钱的感觉。作者认为自己写书，卖的是作品，是平等买卖，而不是像街头卖艺的，因此他们一开始都不支持打赏。推出这个功能后，是我们网站在不断地用心去推进，就像VIP那样一点一点做起来，让少数作者先接受，让他们真正赚到钱，后来大家就都接受了。

三、收费网文网站不只有起点，但起点脱颖而出

陈：2002 年 9 月份的时候就开始有网站尝试进行收费，比如读写网，比你们要早，后来还有明杨网，推行按章收费，也是千字两分。为什么他们没有成功？

意：读写网并不以网络原创为核心产品，更多的是做电子书售卖。这就等于只是做了图书的线上渠道，这个定位其实是很难成功的——没有不可替代性，实体书的读者没有线上购买的意愿，支付条件也不支持，的确是很难持续。

后来我们做 VIP 的时候，很多人来劝我们，也是拿读写网做例子，但我们当时就拿自己和他们比较过，认为未来就在原创文学，我们的机会更大。

陈：明杨中文网收费也没做成是什么缘故？

意：他们的模式和我们的方向其实也是有差异的，他们的方向就是纯卖书（网文）的，还是售卖为主，服务不是重点。纯卖书的概念，读者是不能接受的。再就是充值其实是很麻烦的事情，他们以手机短信业务去充值，渠道抽成很高，作者其实也拿不到多少钱。他们有名的作者也太少，可能就只有中华杨的《中华再起》比较著名，所以说它其实靠单个作者来撑，没有一批作者和好作品，还是不够的。

陈：盛大收购起点之前，他们自己曾经做过泡泡堂中文网（PT 文学），后来是不太成功，你们也关注过吗？他们有那么雄厚的资本，到底是存在什么问题而没有成功？

意：PT 文学是 2004 年开始成立的，那时候我们起点已经成为最大的网络文学网站。

网站要真正商业化必须有思路，没有思路的话是没法做的。幻剑 2004 年开始做 VIP 的时候也很大了，但是为什么也没做起来？其实就是因为他们整体的思路是不对的。我们搞 VIP 是让读者成为网站的 VIP，而不是为了一本书成为 VIP，所以说用户体验粘性都很牢固。

另外，PT 文学去找作者，也找不到好作者。他们在这个圈里的人脉一般。而我跟作者关系都非常深厚，所以我找哪个作者，基本都愿意加

入的,像血红等早期作者,都是通过我成为签约作者的。

建文学网站不是有钱就可以做成的事情,很多细微之处不是说资本进来了就能把它做好,而是需要一批专业的用心做事情的人来做。所以,PT 文学很可能只是他们领导的一个小概念而已。他们找了人去尝试做网络文学这事,这只是大公司的一个小项目,不是很重视。而对我们 6 个创业者来说,这是最主要的事业。在我们的努力下,我们的读者用户量也在不断地增加,我们跟作者的关系很牢固。

陈:天鹰和百战为什么没有发展起来?

意:从管理团队来说,我们团队自从一起投资购买服务器开始,大家都很用心去做事情。而他们的版主大部分都是大学生,分散到各地,都不用心做,没有真正的合力。天鹰的站长"自作聪明"是个程序员,因为他有些收入,就通过自己的收入来补贴网站费用。他们没有我们这样的 VIP 模式,还是只是让读者付费看书,而不是把他们当作用户,没有去做 VIP 制度附带的服务。幻剑的创始人小说亭主和司马浮云,我都很熟,他们没有很好的商业方向和逻辑。这方面我和宝剑其实也不懂,是因为后来黑心和江南加入,补全了这部分。

陈:黑心和江南两位到底有什么特质?

意:我和宝剑关注的是作者、内容。而像江南则非常擅长产品,起点第二版为什么能产生?就是因为他能不断地思考怎么样才能把网站做起来的发展方向。而黑心的战略眼光是非常独到的,在商业敏感度上比我们强很多。左手一直负责出版运营等。

陈:你和宝剑又怎么分工?

意:我这边是重点具体负责作者。我跟作者走得比较近一点,作者可能很多时候都找到我,有什么诉求的话,都是找我来反映。每次开年会的话,我就张罗跟作者一起去吃饭,去关心一下他们。而宝剑是从整体方面,比如说要有福利体系就是他提出来的。他也考虑怎么样去让受众更广一点。

陈:你觉得 TOM 收购幻剑书盟之后的管理怎么样?

意:幻剑也一直在努力做,但是一些做法还是有问题的,比如他们的短信充值业务渠道费用太高了。我们首先是希望作者赚钱,钱一定要让他赚到，而不是说看着赚钱但实际赚不到。我们的VIP付费方式以邮政汇款为主，一直没实行短信付费业务。因为用户短信付费一块钱，作者只能拿到两角钱，中国移动抽成经常达到30%甚至50%。也就是说用户充100元钱，你也得给读者按100元钱计算网站虚拟币值，但这100元钱经过电信运营商高达50%的抽成，其实真正价值只有50元左右。但计算作者电子订阅，还是以读者消费为准，所以就导致作者实际赚不到与电子订阅费用相对应比例的稿酬。作者赚不到钱，就不会和你合作。所以在渠道方面，我们宁可选择邮政和银行汇款这种很麻烦的方式，也不选择比较方便的短信付费方式。幻剑是实行了短信渠道，开始还不错，但是后来作者就会看到自己作品100元钱的电子订阅，结果最后实际拿到手的稿费只有二三十元。

四、执行力和细节决定成败

陈：开始做起点中文网的时候什么设计改进让您印象最深？

意：之前就是每看一章都要点击"下一页"按钮，不断重复点击，这个过程让读者觉得很麻烦。所以我们设计了"全文阅读"按钮，只要点击一下，这本书的所有章节就集合在同一个页面，只要拿鼠标上下拉就可以了。最初是聚合章节生成的，后来就是瀑布流了。

因为作品太多，我们也改变了页面方式，开发新版阅读页面。之前由我找作者收稿，前头负责10个、20个、30个、50个作者时我都能应付，但后来太多了，我也应付不了了。一开始每周收稿一次，每次收稿都非常累。我得找每个作者催稿，发我邮箱。收完之后，还要打包给江南。他还要看一看章节的顺序，再往阅读器里输入，也很累很麻烦。后来我们就用网页直接生成的方式，不再使用阅读器方式，就不用我再去收稿了。这样也减少了作者的麻烦。如果我们当时能坚持下来，阅读器就很可能成为最早的APP了。

陈：小处见功夫啊。

意：我们还得给作者、作品做一些Flash宣传。每本书上架得有一些宣传，不能没有任何声响，否则大家都不知道你有啥好书。运营经验就是这样慢慢积累的。

陈：为什么好书会是发你们网站上，而不是在别的网站？

意：你说的问题其实就是：那么多竞争对手都跟随着，为什么他们没做起来？其实就在于管理者对事情的看法，或者对事情的坚持，决定了细节的不同。这些细节的不同，就决定了网站的成败。可以说，网站发展得怎么样，管理者是非常重要的因素。

第一，我和宝剑、左手，都是作者出身。我们非常了解作者的想法。或者说我们作为网络作家，很清楚自身有什么需求。PT文学虽然是找了些作者过去，但是它真正的管理者不是作者，幻剑的创始人和后来的总经理孔毅也不是作者，天鹰的创办者只是网文爱好者，因此，他们对作者心态和需求都没有把握到位。

第二，细节很重要。我们想的每一点、做的每一件事情都是经过深思熟虑的。想让它能够持续，就要不断钻研下去。很多创新点，都是不断开拓出来的。

陈：这里的确有很多细微的工作是不为人所知的。

意：再比如说信誉，我们是业内老网站里唯一一家十几年稿费无拖欠的网站。

在2003年10月份到2004年7月份被收购这一段时间，因为刚开始实行VIP，为了让作者放心，只要作者申请，我们是随时发放稿酬的。因此作者申请稿酬非常方便。作者其实一开始也不太放心，而且有些作者也缺钱，看到账户上有钱了，就赶紧拿到自己手里，所以作者申请稿费很频繁。经常有作者给我发站内短信说我的账户上有百十块钱了，想申请发放稿酬。我这边接到稿酬的申请就转到宝剑那边，搞得我挺累的。宝剑更累，那时候他每天都要去汇款。但就是因为这样，作家才信任我们。

我们在被盛大收购之后，其实就可以和作者按协议五五分成，就是每千字两分钱的订阅费作者拿一分钱，我们网站拿一分钱，但是我们还是坚持两分钱都给作者。盛大也问过我们是不是要调整，我们说坚持。后来是因为开通盛大点卡渠道，它是有成本的，充100块钱的话，其实真正是拿70块钱的。这时候我们就没办法了，必须进行调整。

陈：盛大点卡渠道，为什么会有 30% 的流失？

意：做游戏的点卡渠道要给下面渠道商一些分成。这点卡 100 块，其中真正给我们的是 70 块钱。我们没资金去倒贴，所以我们要这样调整，给作者的分成不再是 100%，而是变成 70%。调整的结果，就是有一部分原来习惯拿两分钱的作者觉得你现在给我调整成一分四，就不干了。这些作者后来就被拉走，跑到了 17K。其实不是说我们不想两分钱全给作者，而是没办法。总之我们是为了让作者觉得在这个平台可以赚钱，而且可以赚很多钱。我还负责开拓台湾的市场，在 2004 年 12 月份我们跟台湾那边的信昌出版社进行合作，把我们的作品推到台湾。

所以，虽然当时我们有很多竞争对手，后来也有很多竞争对手，但是这么十几年下来，我们一直走在行业的前沿，而且一直保持着我们以前的那些观念和想法。如果我们没有贯彻让作者多赚钱的想法，网络文学作者的收入不会达到现在这么高。

五、职业作者体系的构建：职业、白金、低保、全勤、买断

陈：2005 年起点实行职业作家体系，类似于现在买断的方式，就是一年给签约作家一个固定的年薪，大概 8—10 万元，要求作者每个月更新达到 10 万字，平均每天大概 3000—5000 字。这个体系是怎么推出来的？哪些作家是您负责联系的？他们反响如何？

意：早期作者都是业余或者兼职，大家其实不愿意承认自己是网络写手，不觉得自己是个作家，甚至觉得在网上写书是很 low 的事情。随着我们网站的发展，作者收入也在增长，于是我们就想：为了让他们能够更好地去创作，为什么不可以让他们做职业作家呢？当时陈总（陈天桥）也希望能这样做，而且我们觉得也是可行的，于是确定了首批 8 个职业作家。职业作家协议规定，作家你写出稿子给我，我就按协议规定给你钱。我们是按当时很高的溢价给作者规定稿酬的。作家们的反响都是很积极的。

陈：稿酬有多高？

意：根据作者的情况不一样，像血红比较高。当时云天空和我很熟。

我问他，你说你每月赚多少钱可以维持你的生活，或者你想赚多少钱？他说 3000，后来我还给加到 5000。还有的作者说 1 万多或者 2 万多。2002 年初我写书，才 3000 元一个月。2005 年那时全国平均工资也就每月 1000 元左右。我那时每月工资 5000 元钱，其实也很 happy 了。我们最主要是要解决作者的职业化问题，让作者能够真真正正是职业写作，而不是业余写作。当时我们就选了 8 个作者作为试点。但是做了一年之后发现，作者虽然写书交稿，但是其实还不是很职业。我们开始都是按溢价给他们稿酬——如果是之前的状态，我们其实就会赔钱——但由于网站快速发展，我们赚得多了，这时候作者就觉得不对，觉得自己稿酬太少了。

陈：云天空《邪神传说》是起点 2005 年代表作，但后来他跳到了 17K。你跟他交往最多，其中的过程是怎么样的？

意：我跟他说了职业作家的时候，他一开始说，每个月 3000 元写 10 万字，就可以了。我还特意给他加了钱，就是让他多一点，比他要的高。后来他的作品成绩很好——他跟血红的成绩，都是很高的。他去 17K 最主要的原因就是他觉得自己成绩好，应该拿到更多的钱。但是由于已经签了职业作家协议，我们只能尊重协议。而且我们起点当时在盛大体系监管之下，不可能额外多给作者钱，没办法。后来他只写到一半就走了。

陈：当时起点将云天空《邪神传说》100 万字的 VIP 章节解禁，成为免费章节，是怎么回事？

意：关于解禁《邪神传说》这件事，是我们早期的作品发布体制在探索过程中的失误。因为我们是从免费过来的，当时还有解禁的惯例，就是等章节发了一段时间之后解除锁定，可以让更多的读者免费来看。在探索的过程中，有一些制度还是不完善。

陈：签职业作家的年限是多长时间？

意：一年。时间是很短的。如果时间长的话，就不只是一本书了——当时的作品还没有现在几百万字的篇幅。

陈：如果只有一年的话，合同很快到期了，不就可以改签吗？后来和云天空有没有沟通呢？

意：我们当时跟他说成绩不错，给你一笔钱，你把版权重新都给我。我们除了职业作家的约定稿酬之外，还多给他钱。但是过了一段时间，他可能觉得亏了，自己应该多拿一点。

陈：也就是说，当时作者对自己作品的价值，也并没有一个比较准确的概念？

意：对。也确实有别人在高价拉他，这是最主要的原因。17K 把这些作者拉过去，都是买断，而且都是高价。他至少千字 200 元以上；血红是每千字 600—800 元。我们给他开的价码也挺高的，但是架不住……所以就被拉走了，也没办法。再加上我之前说了我们因为用了盛大点卡要交渠道费，作者的分成从原来的千字两分变成了一分四。作者也并没有觉得说一辈子就在一个网站，有机会的话，他们会考虑跳槽的得失。我们当时在制度设计上也的确还不够完善。

陈：不完善在于作者的分成体系吗？

意：倒不是摸索分成体系，而是买断的定价……我们是希望按分成模式来的，分成的话，作者你多赚钱，我们也能多赚钱；而买断的话，就是风险都我这儿承担了。作者都希望买断，因为买断的话直接就看到钱。这是最大的区别。当外站拉作者的时候，给了更大的眼前利益，比如现在收入的两倍，作者很容易就跟着跑了。最终其实还是因为外站有高价吧。

陈：当成立"白金作家体系"之后，怎样确保顶尖作者跟新人之间的平衡？

意：新人首先要证明，自己能成为"神"，一般有进阶过程，除了如忘语之类一书成名的，一般很难直接成为"白金"。因为"白金"作者不可能太多，在下面还有一批成绩不错但达不到"白金"的作者，所以我们设了个"大神"级别（"大神"主要是成绩出色或者某个分类有代表意义的作家，不一定只是订阅，主要是影响力上比"白金"弱一些。另外，一万订阅是"白金"作家初创时代的标准，现在早已经升级了）。

陈：网站怎么确保新人的机会？

意：新人只要作品成功，就可以晋升，这是作家体系的基础。机会上，我们为新人预留了相当数量的专属资源和曝光机会，新人榜就是我们最早创立的。当然，那是最早的时代，现在我们已经进入全渠道时代,三十多个渠道,大家都有曝光机会,资源分配已经形成一整套的标准了。另外,当前的作家运营,也不再只限于推荐位,各种市场营销资源非常充沛,不同层次的需求都能得到满足。所以成功与否,关键还是作品。这么多年来,每年都有优秀的新人崛起。

陈:您自己发掘过哪个特别喜欢的作家?

意:我喜欢七十二编写的《冒牌大英雄》。七十二编当时在俄罗斯做边贸,卖鞋,因此更新很不稳定,有的时候一停更就是两三个月。常规情况下他是不可以有推荐的,但我想,这是好书,还是给个推荐吧,就推了他。每次他恢复更新的时候,我都照顾他。停更很久了,能维持人气很不错了,但他后来还挺热门的。还有,像骷髅精灵早期的网游小说《猛龙过江》,是我签的。当时网游刚热,我说这本书可以签。骷髅精灵当时是大学生,生活条件也不好,后来他一直记着是我把他签下来,给他安排了好的推荐位——当时是我管起点最重要的推荐位大封推。其实我们的很多推荐就是因为书好,我才安排的,而不是说作者过来找我才安排。

陈:2007年的作家福利保障体系,在业内非常有意义。之前作家体系都是激励尖端人才的,而有了面向基层作者的福利保障体系之后,网络的大规模职业化才有可能。当时你们怎么设想的?

意:一开始我们确实优先考虑顶尖的作家。随着商业化的发展,我们发现普通作者的"太监"率太高了,流失的作者太多了,随便停更。有些人写书单纯靠电子订阅赚的钱太少,他没办法去坚持梦想。我们发现,作者最难的第一关就是能不能写完一本书,如果把第一本书写完,而不是写了二三十万字就突然没动力放弃掉,他就能坚持写作。宝剑首先提出,如果网站要发展的话,我们应该给这些作者提供最低保障。就是让普通作者能坚持写满四个月,只要每个月发表10万字,我们就给你1000块钱,让你能把这本书完成,延长你的写作生命。我们希望作者能够在写作这条路上持续走下去。我们会不断冒出来那些对作者写作有帮助的想法,去采取措施,建立机制。我们"低保"面对的是那些写二三十万字就坚持不下去的,或者说没收入没有钱去实现梦想的作者。至于那些全年写作,天天更新,坚持梦想的人,是不是也该给他们一些奖励?于是我们就设立了全勤奖励。写得更好的,我们就提供半年奖;如果写得更加好的话,我们可以买断。就是这样,我们不断完善作者梯队体系。

六、起点与盛大集团的分歧:娱乐、渠道、自由

陈: 2008年盛大文学集团成立,对起点意味着什么?

意: 成立文学集团其实是文辉的想法,在很早以前他就想去把一些重要的文学网站收购下来,也向陈总反映过,但是一直没实现。后来侯小强做盛大集团CEO后,由他领衔去收购网站,我们也没有抵触,只要能做好行业就行,我们很愿意去做。因为平台大了,资源会更多,我们原本的很多设想就有实现的空间了。但是后来变化比较大,主要是两点:一点是业务方向,起点作为原创门户,已经证明了市场价值,收入也最高,但当时集团却想主做传统图书方向的作品,资源都往那边倾斜——这个在2002年、2003年就证明不可行了。另外一点是权限调整。本来我们打算做移动互联网的——我们2007年就做了起点WAP,2008年排名前几,但后来划走了。我们想尝试一下版权开发,也划走了。这个对于我们来说,等于有力用不上,这种无力的感觉是非常痛苦的——尤其是行业发展这么快,作为老大的起点却只能做做PC电子订阅。不过即使这样,我们还是做出了粉丝体系,尽可能精耕细作,也没有给竞争对手机会。

陈: 盛大文学的成立压缩了起点的发展空间,可以这么理解吗?

意: 一开始的时候并不是,后来变了。侯小强刚来的第一年,我们觉得大家还是同一个方向,尤其我们对于他将网络文学推向社会主流化的努力都是非常支持的。

但是过了一年之后,公司的战略变化了,做了业务调整,就出现了我前面说的情况。在相当程度上,如果不走弯路,起点应该能赶上移动互联网浪潮,而不应该变成一家CP(内容提供商)。

陈: 手机阅读业务兴起之后,应该给你们带来一大笔收入,你们的收入是不是有明显的提振?

意：不是我们提振，而主要是作者稿酬多了。总收入里，移动阅读基地拿走六成，剩下的四成里，盛大文学集团要抽走10%，到我们起点这里其实只剩30%。但我们还是按照40%跟作者分成的，被抽走的那部分我们自己承担。

陈：也就是说，如果和作者对半分的话是你们和作者都15%，但是实际上是你们拿10%，给作者20%，而在你们团队离开之后作者就只能拿到15%？

意：对。他们改变了。

陈：之前有新闻报道分析你们团队和盛大决裂，最深刻的分歧在于你们想要做移动互联网，但是对方不给你们权限，是这样吗？

意：不只是这一个事情，是很多事情积累下来。第一，我们起点积累了很多作品，我们看好的方向比如说游戏等版权可以发展，但是这块不让我们去做，而他们又没有很大进展。作者就给我们压力，说我把版权给你，为什么卖不出去？我们看到一些未来有发展的方向，想打基础做一些铺垫，但他们连基础都不让我们去打，那我们就没办法去实现这些梦想。

我们也做过尝试。我记得文辉也曾想MBO，但是陈总一直不放。我们也做过很多尝试，都没实现。我们还是想做这行，还想把事情做好，所以最终就出来了。

陈：当时集团他们这边把权力收上去，从逻辑上说集中资源去开拓也是有必要的，是吧？

意：这个从以前的一般管理原则上看是没有问题的。但问题是，如果理念和人才都不对，只是为了集权而集权，这就是错误了。就像之前的幻剑、今天的纵横等很多网站，为什么没做过我们？是因为找了很多不靠谱的人来做事情，做了不靠谱的事情。我们一直坚持为作者服务，让他们能够有高收入的理念，但是盛大的理念是赚钱，他们找来的新人，或者说是外行，对行业并不懂，只能想当然了。这跟我们的价值观是有区别的。那我们这边能怎么做？我们都没办法做，只能看着作者一点点受损。但我们没办法啊，只能这样。另外，其实从现代很多大公司的运营来看，也已经不讲究集权了，项目组也好，子公司也好，工作室也好，给你们资源去做，形成良性竞争，成就很多项目，我个人觉得这可能更适合互联网，而不是传统的自上而下机制。

陈：看来主要还是对行业整体的构想、做事方式的差别。

意：就像人家抢你孩子，砍掉手脚。作者这边也不断地给你一些压力，你又没办法实现自己的突破，手脚都绑住了。而且我们看到了未来还有很大的市场发展，却一直没办法自己去做，那我们怎么办？如果我们是很短视或者没想法的人的话，当年就会选择TOM而不选择盛大。我们选择盛大的原因，就是想把行业做起来。当他们不让我们再做行业的时候，跟我们的想法就有背离。那我们要不然就是只能跟随着盛大随波逐流，要不然就……

陈：后来你们决定出去，当时有好几家跟你们接洽，BAT三大巨头都跟你们联系了，各自给你们提供的条件和设想是什么？你们为什么最终选择了腾讯？

意：就像我们当时选择被盛大收购那样，我们是看长远的方向。我们想把行业做起来，那哪个能够帮助我们做好行业，就是我们第一选择。第一，腾讯是娱乐方向的，而不是一家技术公司。这是基因的选择。第二，腾讯有海量用户和最大的社交网络。这是基础选择。第三，腾讯愿意给我们自由度。就像当时选TOM和盛大的时候，在利益和梦想之间，我们还是选择了梦想，综合考虑，还是腾讯符合我们。至于具体谈判还是黑心和江南去谈的，我就专注于做好作者和作品这一块业务。

七、契约精神和人情味

陈：创世中文网成立，有多少"大神"和中层作者跟着你们过去？

意："大神"还是比较少的，重点的作者没有那么多。中层蛮多的，几百号人吧。所以有人说我们靠"大神"做出来，其实是不客观的。去查一下当年的榜单，"大神"很少，我们培养了一大批新人，也让一大批中层作者崛起，这才是关键。至于说"大神"为什么少，不是说大家不愿意过来，相反很多朋友私下都找过我。但是我们和某些外部资本不一样，我们还是想维护行业的基础，也就是合约体系。合约体系一旦被破坏，那就是恶性竞争了，作者官司缠身，跳槽频繁，读者自然看不到好书，对于网络文学绝对不是好事。所以大家可以看到，我们做创世，没有一个知名作者违约跳槽，也不像现在有些网站挖了作者弄个谐音笔名，自以为得计。无论是违约还是恶性竞争，其实最终伤害的都是作者。尤其是恶性竞争，所有风险转嫁给了作者，作者甚至都不能承认这是自己的作品，我实在看不出来，这是怎么个"为作家考虑法"。

陈：当时你们给这些作者什么样的愿景？

意：作者对我们是信任的，因为他们知道我们做事是靠谱的。不像其他网站在挖人的时候出了很高的价格，比如说千字1000块，但是维持不了多长时间。钱的因素重要，交情也是很重要的。我们一直希望作者能有稳定收入。我们不是说因为交情在，就少给钱，我们还是考虑到他们的很多因素，有的时候还主动加钱。就像唐家三少买断的时候，价格都是卡在天花板上甚至还高一点，但我们还是愿意接受。我们宁可自己亏点，也愿意他们能够接着去发展。再过几年之后我们通过版权运营，就可以赚回来。同时我们对自己有信心，在腾讯的用户体系下，我们会很快实现这种变化。我们不像盛大那样短视。就像买翡翠，可能十年前花1万块钱就是高价了，但是十年之后就可以升值到10万块钱。别人想自己先赚钱，而我们宁可自己先吃亏。我们是希望把行业做起来，作者多赚钱，我们企业自然就会得到好处。

陈：据说当时你们拉作者出来的时候采取买断模式，以他们原来的订阅为基数，在基数之上给他比例，比如说可能多加20%，是吗？

意：没有这个说法，具体协议还是具体谈的，价格主要是来自编辑的评估。虽然我们对自己有信心，但作者也有自己的生活，那么我们得保障让作者有钱赚，不能说反而让作者穷了。那样的话我自己就过意不去了。所以我们给他们一些溢价，我们先亏钱，稳定他们的收益。

陈：这些作者是不是后来创世中文网的基本盘？

意：这些作者有很大的带头作用，但是真正做起来还是因为我们不断地去培养新人，不断地有一些新作品。不断地把资源整合好，让这些资源能够很好地在作者身上发挥效益，这是我们成功的最主要原因。不是靠拉这几个作者来创造成功，而是让他们起个带头作用，让他们能够在土壤中，带起更多的一些作者种子和苗子，一齐成功。

陈：当时创世成立的时候，腾讯那边给你们什么样的条件？

意：腾讯把QQ阅读并到我们这边，把自己的资源拿出来。因为他们原来的文学做得不好。资源过来之后，我们就好好地把资源整合，通过我们在作者的、编辑的等各方面的优势，在腾讯的平台上，让更多的人成为作者，更多的人来这里写作，更多的人能够赚到钱。

陈：网络文学最新的发展方向是IP化，全娱乐体系的构建，您负责的部分有什么措施？

意：我负责的领域，首先我要维护重点的"白金""大神"作者，让他们的作品收入能够持续增长；同时我要培养一些新人，因为我觉得不断有新人冒头是很重要的。

陈：以您的经验，网站和作者合作，什么是最难把握的？

意：最难把握的是双赢中的平衡点。我觉得平衡点其实就是契约精神。既然几方事先评估后定好了规则，就要按规则去实行。平衡建立在双方信任的基础上。有了明确协议之后，按照契约精神，后来你多赚了，那这块就是你的，我不会再眼馋。如果说规定是这样，后来我们多赚了，那就应该我们多挣，对吧？但是如果说一看到对方赚多了就不尊重契约，单方面改变规则，那必然就没法合作。

陈：随着行业的发展，新增的渠道拓展之后，在原来的合约里面并没有注明，网站会觉得这是我们开拓出来的业绩，而作者会觉得是我创作的，我无论如何应该有份额。如果合约里面没有规定，就会产生争议，在这种情况下，网站会怎么处理？

意：我们主要还是希望作者多赚钱，开拓出来的利益我们都是愿意分的。比如说新渠道，对于我们团队来说从来就不是问题，从来没有说因为新增渠道作家没有钱拿的。实际上，最初起点的协议里也没有，但在中移动阅读基地出来后，很多网站都不作声，我们第一个拿出来分。后来，我们就直接写进合约了。在我们的分成协议里，新增的渠道作家都可以按照约定分成。所以，我前面也说，为什么我们一直鼓励分成，就是未来永远有可能性，作家可以一直享受这个可能性。很多作家这么多年，一直坚持分成，到现在完本的老书一个月也有几万稿费。另外，刚才我也说了契约精神，归根结底还是事先各自的评估和共同认可的判断结果，如果咱们约定了，我们网站亏钱的时候你不作声，等到忽然机会打开了，再说我应该有份额，这就不合理了。

陈：现在阅文集团在网络文学行业里面，具有"霸主"的地位，因而普通作者一般只能签统一制式合同，没有多少提出条款的余地。

意：首先，统一制式合约是UGC（用户生产内容）、PGC（专业生产内容）网站，甚至整个商业生态里都有的产物。这不是我们或者说某一家公司的制度，而是基本商业考量。换句话说，大家关注这个，很大程度上是因为作家是个人，但换个思维想一下，各行各业供应商是不是也得遵守这个逻辑？打个比方，就比如卖种子，种子可以长出玉兰花，玉兰花的价格高，而种子价格比较低。如果你要自己做的话，可以到自己的公众号上去发。但是既然你选择了把种子交给我们，那你要尊重这片土地的规则。不能说把种子卖给我们了，当长出玉兰花的时候，又过来要玉兰花的价。对我们来说，我们对"大神"作家是开放的，也接受多元的合作，很多普通作者有个别需求我们也愿意谈。所以，也没有一概而论的。至于还没摸清门路的新人作者，都要去适应行业的规则，整个社会都是这样。不能刚开始写书，就要像韩寒、南派三叔这样顶尖作家的待遇，或者说刚刚出道就要影帝的条款，这在商业上是不现实的，必须要有基础。其实，相比于很多行业，网络文学圈已经非常考虑双方利益了，因为平台和作家是共生共荣的关系。未来我们也会进一步加强作家的利益保障。

陈：2015年3月20日，贼道三痴在微博上发文向北京时代华文书局讨要《雅骚》的简体版《活在晚明》约3万元的稿费，据说他当初是自己去运作版权的。为什么会发生这样的波折？你们有介入吗？

意：贼道三痴身体状况一直不是太好。他生病后，我还特意派人去了他家，跟他见了一面，聊了一下。作者有困难了，我们公司愿意在我们的能力范围内给他一些帮助和支持。

这个出版的事应该是三痴之前自己和书商谈的，我开始不知道，但三痴公开此事以后，我也问了一下，的确是书商拖欠，后来大家一起努力，对方还是给了。当时，三痴已经病危了，我们一直努力去推三痴作品的漫画、影视版权,就是希望在他走了之后,家里能有一些收益——她女儿还在念书。也是大家努力,这些版权最后都授权了,对他也是一种安慰吧。这个事情,我们之前对外从来都没有提过。后来,有些别有用心的人还造谣,说和我们如何如何,牵涉到三痴的身体,我们都不愿意回应。最后还是三痴听别人说了,帮我正了名。

说到这里,也要说一下,网络文学的作家朋友其实都是很有感情的,我们编辑去参加葬礼的时候,看到了好几位朋友。还有一大批作家也尽可能给了自己的帮助。

这就是我最喜欢网文圈的一点——有人情味。

IP 运营与网络文学的主流化
——起点中文网创始人罗立访谈录

【受访者简介】

  罗立，网名黑暗左手，男，1977 年生，上海人。大学时期开始创作网络小说，2001 年参与创立中国玄幻文学协会，即起点中文网前身。曾任起点中文网副总经理、腾讯文学副总裁、阅文集团高级副总裁。负责版权运营工作，挖掘并运作了多部畅销作品及其版权拓展业务。

【访谈时间】2016 年 7 月 29 日、2018 年 1 月 16 日（受访者最后修订时间：
     2019 年 10 月 31 日）
【访谈地点】上海，阅文集团
【采 访 者】肖映萱 高寒凝
【整 理 者】肖映萱 项 蕾 王 鑫 高寒凝

一、"我们不叫创业，都是希望满足自己的爱好"

  肖映萱（以下简称"肖"）：罗总好。您是起点的五位创始人之一，一路见证着起点的发展。您还是最早在网络上写作的科幻作家"黑暗左手"，也是最早参与创办中国玄幻文学协会的组织者之一。您当时是怎么开始在网上写科幻小说的？是小时候就喜欢看科幻小说吗？后来怎么会走到网文这个领域里来？

  罗立（以下简称"罗"）：像我们这个年纪的人，小时候看的一定是连环画。我从小在上海长大，早先家庭都会有连环画，我的阅读就是从一个叫《好儿童》的杂志开始的，当然也免不了会看到"孙悟空大战葫芦小金刚"。如果是正儿八经看书，那第一本书不会是《呼啸山庄》《百年孤独》那种世界名著，一定是武侠小说。我就是看的武侠，金庸、古龙、梁羽生全部看完了，慢慢就发现了套路，看到开头就可以大致知道后面的剧情。

大约1998年的样子，我在上海的南市区图书馆发现了台湾网文作家莫仁写的一套书，跟之前的武侠完全不一样，按现在的话叫"高魔武侠"，一拳过去可以劈掉一座山。它和民国时代比如还珠楼主的《蜀山剑侠传》也不一样，作者是用当代人的想象方式来写小说。后来发现，这书跟其他台湾的书也不一样，它已经进入到一个新的时代了。当时是连载的，几个月会有一本新的——台湾一个月出一本，国内盗版等集成一本再卖出去。

等连载的时候我就想：网上会不会有？那个时候网吧里联网的和不联网的电脑都是分开的，能联网的不多，网速也很慢。我开始在网上找书，发现真有新的。在这之后，我看到了真正意义上的西方玄幻，除了萨尔瓦多（R. A. Salvatore）的《黑暗精灵三部曲》《冰风溪谷三部曲》等，还有国内的人写的一些西方设定的书。

肖：国内是指大陆这边？那么早就有人写了吗？

罗：大陆这边。那个时候已经有人开始写基于国外那种架构和背景的小说了。那个时候又有了QQ。以前聊天室没有固定伙伴，每天进去接触到的人不一样。有了QQ我就认识了宝剑他们，当时我读大三、大四，有大量的时间，也不用上班上课。

肖：您是在上海上的大学？感觉阅读环境很好。

罗：对。当时网上的书其实也不多，一下子就看完了，台湾出版的书也看完了。我虽然作文写得一般，没有拿过高分，但也觉得可以写写看。认识宝剑这一批人的时候，我不是作为读者认识的，而是作为作者认识的。

肖：（笑）您可是著名的黑暗左手大大！

罗：自从混进去之后我再也不写了。够了，有门票了。

肖：您之前是在哪里发文？

罗：和他们一样，小论坛、小网站，或者一些QQ群里。以前我觉得不够看，只好自己写，写了就要负责到底，就像生个儿子就要把他养大。后来发现其实写书的人挺多，我之前不知道是因为他们写的书台湾没出。到后来，大家都认识了，稿子发过来就有得看了，我就不需要创作了。

我们这几个人，基本上经历差不多，都是把外面可以看的书全看完了。吴总他们没写过，我和宝剑都是从创作进入的，共通点就是把所有能看的都看了一遍。我看的应该会更杂一点，明清小说、民国小说，比如《镜花缘》《蜀山剑侠传》。不知道宝剑他们有没有看言情，我基本上雪米莉、倪匡的妹妹亦舒、岑凯伦、席绢都看过——没东西看了，然后发现这些也能看，都一样。

肖：都是以中国背景的为主？

罗：西方也看。我一直喜欢看科幻，尤其是硬科幻。当时国内能够找到的科幻小说，我都看完了。

肖：基本上你们都是自己爱书，才会最后想来做这个。

罗：对，大多数是这样。我们不叫创业，都是希望满足自己的爱好。

二、"大陆男性娱乐小说出版业从来没有起来过"

肖：您是在什么情况下决定做起点中文网的？当时有正职工作吗？

罗：当时我们所有人都有工作。我是漫画编辑，所以我把市面上所有的漫画也看了一遍，少女漫画也看了不少。

肖：是兼职的状态吗，一边正职是漫画编辑，一边在起点做编辑？

罗：我们那个时候也不叫编辑，编辑掌控内容，而我们不会对内容做任何干涉，偏向于"网站运营"吧。

肖：那个时候已经有比较清晰的"运营"概念了吗？

罗：现在叫"运营"了。那个时候就是，你要引入多少作者，你要去拉哪些人，去别的地方做广告，有些功能需要调整之类的，都是"运营"的活儿。

肖：五人创始团队最早就有一个大致的分工了吗？您负责"运营"？

罗：有分工，吴总（吴文辉）做数据库，商总（商学松）做前后台的网站架设、页面布局什么的。宝剑（林庭锋）、意者（侯庆辰）和我三个人负责对接作者，拉进来尽量多的作者，然后搞宣传、和用户互动之类。我当时还兼职财务——我大学是学经济的。

肖：您最早就在负责版权业务这一块？

罗：一开始就把这个分给我了，虽然我也没做过，当然他们也没做过。或者这样说吧，我们几个人都不喜欢跟陌生人打交道，但是他们的讨厌程度比我的讨厌程度更高，所以就把版权运营这个活儿扔给我了。

肖：最早的版权工作应该是和出版社打交道吧？

罗：是。是和台湾那边打交道，我们最早的出版业务在台湾。

肖：大概从什么时候开始以大陆这边为主？

罗：现在也没有以大陆为主。从绝对收入来说，大陆肯定是大的。台湾市场小，一共就 2000 万人，大陆是台湾的 60 倍。按比例来说，台湾做 100 万，对应到大陆就应该是 6000 万，但是事实不是这样。

肖：就是说，市场占比是台湾更大？

罗：相对来说是。在台湾，网站加上作者自己出的书，一年有好几百种，大陆现在也就是一百多不到二百。大陆有一个核心问题，原来出版业红火的时候，娱乐小说热过一阵，但是到了 1990 年代书不大好做之后，优先被砍掉的就是娱乐小说，尤其是男性娱乐小说。女性这边还留着，原因是女生始终有购买言情小说的习惯，写小说的也多，市场一直是成熟并且稳定的。但是到男性这块，写作的人、购买的人少，大家都租书，不会自己去买一套。到后来，租书也租不掉了，就完了。市场越来越萎缩，需要开发新门类，但是这个时候没有新的出版社做，老的出版社又没有必要去冒险。所以，大陆男生娱乐小说出版业始终没有起来过。而台湾不是，男女频一开始就是平衡的。

肖：但是台湾的图书市场销售量应该不会太大？

罗：大概在 2005 年、2006 年的台湾，一本书还有销售过万的——当然了，2000 年之前过万的更多。2008 年到 2010 年这一段时间，2000 册是普遍的。2010 年之后，几百册是主流，上 1000、2000 的都是很好的了。

肖：大陆的数字一般是多少？

罗：一般起印 1 万。

肖：那最好能卖到多少呢？

罗：大陆大概单册 70 万册，70—100 万吧。也有一百多万的。像《鬼吹灯》《盗墓笔记》这种爆款，肯定就几百万册了。

肖：这已经是极限了。

罗：书就这样。现在上 5 万册就是畅销书，上 10 万册就是热销书，上 100 万册的就属于爆款了。

但是现在基本已经没有爆款了，可能在目前这个时代，大家在娱乐方面越来越不需要纸质书了。你看每年图书的销售量、出版量、整体的市场规模，都是往下降——整体图书的销售量这两年有增长，我承认，但不是增长在类型小说上，而是增长在社科、教育、教辅这些上面。类型小说每年都在下降，因为大家都不需要了，有更多的娱乐选择，有比书更方便的阅读选择，为什么还要纸质书呢？

三、2010 年：IP 概念还没有起来，市场就已经起来了

肖：您大概是从什么时候开始工作重心由出版转向 IP 的呢？

罗：这个不由我决定，是市场决定的。

肖：或者说，您判断 IP 版权这个东西是什么时候开始火热起来的呢？

罗：2010 年以后。

肖：当时是开始有影视公司找过来了？

罗：其实从 2006 年、2008 年开始，就已经有影视公司开始买版权了，那个时候版权便宜。资本市场是从 2010 年开始起来的。以前都是像华谊、光线这样几个上市公司，都是圈内大佬，有成熟稳定的体系。到 2010 年以后，"IP"这个概念还没起来，市场就已经起来了。新公司出来了，它们得找新机会，网文就是全新的，像欢瑞世纪做了《盗墓笔记》网剧，就成功了。还有一系列这样的公司，做了全新的东西。

肖：有一个说法是：2011 年是网络文学"改编元年"，从《步步惊心》开始。

罗："改编元年"的说法，是因为有了成功案例。从有案例到别人反

应过来，这中间还有一个时间跨度。影视剧和游戏的反应并不快，不像网络文学，比如"重生流"火了，别人马上就能写。影视剧想跟风，至少要等到第二年甚至第三年才能出来，周期很长，快不了。

肖：现在有人说 IP 热潮已经退了，您怎么看这个问题？

罗："IP 热"是说 IP 价格超越它的价值，好比股市，越热跌得越狠。但"IP 热"退了，不意味着价格便宜。IP 有泡沫的原因是影视剧制作总成本太低了，导致 IP 的比例看上去非常惊人。一般情况下，IP 在总成本里占比 5%—10% 比较合理，像好莱坞一部剧，演员占 30%，IP 加剧本是 10%，加在一起是 40%，用 60% 做制作。

肖：您是说国产影视作品的制作成本会越来越高？

罗：相对而言比例必然是越来越高的。

四、作品 1000 万，"明星 IP"一年运营 10 个

高寒凝（以下简称"高"）：根据您的判断，在阅文集团所拥有的海量原创作品中，真正具有所谓"明星 IP"价值的究竟有多少部？

罗：其实从概念上来说，任何一个形成了既有内容的东西都可以称为 IP。而"明星 IP"更多地是运营出来的，它不是一开始就天然是的。哪怕一位本来就很知名的作家，例如南派三叔，他写的《老九门》最初也不能称为"明星 IP"，但是现在很多人通过电视剧了解到它，大家都认同《老九门》是一个好看的作品，它才会逐渐成为一个"明星 IP"。当然，南派三叔本人就是一个"明星 IP"。

说到具体数量，目前为止市场上见到的、阅文集团旗下作品改编的"明星 IP"，大约有十几个。还有一些正在筹拍的作品，如果运营得好，也能成为"明星 IP"。

高：您提到了"明星 IP"这个概念，是否意味着还存在"普通 IP"，它们之间有着怎样的等级差异？

罗：除了"明星 IP"之外，某些由知名作家创作的作品，我们可以称为"潜在明星 IP"或者"潜力 IP"，具有成为"明星 IP"的潜质。此外还有一些作品，可能各方面都有待提高，还算不上"潜在明星 IP"，

可以称为"一般IP"。我们目前是分了这样三个档次。

从内容本质上来说，它们之间必然有所差异，不同作家创作的东西有好有坏，被用户认知的情况也有好有坏。假设我们不考虑作家功底的差异和市场的差异，那么最终的区别只在于：一部作品过去积累的人气，能够被多少用户所接受，是不是能够抓住读者心中的兴奋点。最直观地说，区别就在于一个作家很有名，而另一个作家暂时没有名。

高：所以说这个"有名"的标准是粉丝数量和知名度？

罗：对。或者他的品牌号召力、品牌效应，我们都可以用来解释这个"有名"是什么意思。

肖：这三个IP档次的数量级是如何划定的？

罗：还是看运营能力的，比如"明星IP"，一年可能只能运营十个。"一般IP"同样拥有潜力，但受制于资金等方面原因，我们还没有能力改编。

高：在挖掘新的"明星IP"时，您的团队的遴选标准是什么？

罗：其实什么IP都可以，我们并不会刻意挑选IP，能够得到我们运营的作品，都是通过用户的自然筛选，从那么多作品中得到用户的认同之后冒出来的。这些作品必然具有非常鲜明的特色，我们要做的工作是把这个特色挖掘出来之后，进一步充分地深化。

高：围绕不同等级的IP，运营策略会有相应的调整吗？

罗：对于已经是"明星IP"的作品，我们要做的，首先是不能消耗这个IP，要精耕细作，希望做出能成为经典作品的下游开发，尽量去完善它的世界观。而对于"潜力IP"来说，我们需要的是更进一步的运营，将它运营到"明星IP"的高度。我们的作品总数有1000万部，最顶尖的十几、二十部，都是过去十几年积累下来的。有潜力的作品，包括我们300个"白金作家"创作的不超过500部。除此之外的作品，就很难进一步运营了，因为那个数量实在太庞大了。

我们对每一个作家，尤其是新人作家，都一视同仁，给予最多的支持，只要你的作品在初期能被读者筛选出来，我们就可以迅速挖掘出来，给予一系列正规化的包装运作，使它迅速成为"潜力IP"。然后再从这批"潜力IP"里面，继续推出顶尖的"明星IP"。这就是我们对三个不同等级IP的态度。

五、从"作品制作人"到"共营合伙人"

肖：之前我们看到阅文提出过一个"作品制作人"制度，现在运行得怎么样？

罗：以前我们提"作品制作人"这个概念，是因为过去的编辑是不会帮你去运营作品的，他们只是从大量作品中筛选出符合出版社利益的作品去出版，在作品的整个运营过程中是不起作用的。而"作品制作人"更多地是像明星经纪人，当他作为编辑时，会从最开始就跟踪作者的创作，并做出一定的市场分析，帮助作家找到一条最符合用户需求的道路；当作家创作完成之后，他还可以为下游的版权开发做各种各样的宣传、营销和运营，甚至直接参与到下游产品的开发中去。所以这个人的作用是非常关键的，他掌握了这个作品未来开发的核心命脉。

我们现在不说"作品制作人"了，而说"共营合伙人"，因为我们渐渐意识到，在整个 IP 产业链里，个人的力量是很弱的。在整个链条里，没有一家公司可以从头到尾全盘参与。所以必须相信合作方，由"作品制作人"全面进化到"共营合伙人"，基于某一个 IP，一群人一起将它推出去，每个人都有自己的目标、任务。

肖：合作人有哪些？是不同的改编方吗？

罗：每个案例都不同。比如《斗破苍穹》，有动画的合作方——企鹅影视，有电视剧的合作方——万达影视，等等。文化变成泛娱乐后，整个链条很长。如果一个 IP 只有一两家看中，可以做轻、小开发。有的项目比较成熟，各方都很看重，整个链条也有十几个人聚在一起。这比日本的"制作委员会"制度灵活。相比之下，日本的"制作委员会"实际上比较死板，链条也比较漫长，无非是切割利益、设立责任问题。

肖：阅文为什么要亲自上阵，投入到影视开发当中呢？

罗：我们在与各方合作的过程中，发现的最大问题是：如果你不参与到制作中去，合作方是不会听从你的意见的。只有当你是制片人的时候，才有资格跟导演交涉对话。当然，电影是可以改编的，跟原著相比是可以面目全非的，在电影史上这个情况是完全可以成立的，但我们担任制片人的电影不允许这么做，否则你拍原创剧本就可以了，何必买一个 IP？

高：阅文在这些项目中的介入有多深？

罗：我们会参与脚本的沟通，不管是影视剧剧本，还是游戏脚本。我们可能参与到下游的运营，甚至渠道中去。当然，真正涉及游戏的开发、影视剧的拍摄，还是会请专业的团队、专业的导演来做。我们的角色和游戏公司的制作人、影视公司的制片人是一样的。有些项目我们会尝试自己来，但一些大的项目，和制作方会是平等的身份，因为我们也是投资者之一。

六、《择天记》：重要的是拍出来了

高：《择天记》是阅文最早参与运营的项目之一。在《择天记》的电视剧开发过程中，阅文主要扮演什么角色？

罗：《择天记》电视版权卖出比较早，那个时候我们的理念，还是2014年提出的制作方、投资方、运营方的角色定位。在《择天记》这个项目上我们是投资方和内容提供方、内容顾问，也就是说，如果需要也可以对剧本的写作提供参考和顾问。

肖：《择天记》的影视和动画是同时着手在做的吗？

罗：先宣布做动漫，然后再用动漫的消息去谈影视和游戏。

肖：为什么从动漫出发？

罗：很简单，动漫是最方便的营销手段。第一，当时平台上没有，你做出来就是唯一的；第二，相对成本较低，与动辄几千万的广告费比起来有效多了。

肖：做《择天记》动画的团队是自己的还是外包的？

罗：策划团队、监督团队和导演团队是我们自己的，制作是外包的，我们只掌控内容和设定。什么概念呢？我们来告诉你怎么拍、判断你拍得好不好。我们做前期导演和导演的事情，人设、剧本和导演是我的，相对简单的、专业的劳动就交给制作公司，制作公司只是掌机。我不需要完整的动画公司在阅文体系里。

你可以这样想，我提供设计框架，请人加工。你看到的东西是阅文做的，但做的人不是阅文的人。一个角色，在什么时候做什么事情，人设、

服装、姿态,都是阅文决定的,只是交给其他公司实现。好比好莱坞,制作团队不是导演,导演是请来的,但我们说作品一定是导演的作品。

肖:阅文对动画制作可以控制到什么程度?脚本?分镜?

罗:可以说到分镜的程度。甚至可以说,有问题我可以一帧一帧改。

肖:您觉得已经播出来的影视剧,比如《择天记》,它的水平在您预期的程度上吗?我们的邵燕君老师是猫腻的粉丝,在采访猫腻时,她直接对猫腻说,电视剧《择天记》她忍了15分钟就实在忍不下去了,好像看了一部碰巧也叫《择天记》的电视剧。

罗:从我们创作者的角度来说,永远不满足。但从商业的角度来说,基本上都满足。我们现在还在解决有没有的问题,而不是好不好的问题。假如你来选择拍剧,你希望你喜欢的东西是拍出来了还是没拍出来?目前网文超越了影视行业,是领先的,我们看中的剧都没有拍出来。

我觉得影视相对网文的滞后应当缩短在三年之内。这并不是说IP的启动滞后——现在很流行在作品还没写的时候就启动——而是说拍摄方式与表达方式。现在玄幻剧越来越像武侠剧,玄幻的效果没出来,香港TVB八九十年代的时候就是这样拍的,只是特效不如今天而已。我希望拍摄技术、展现效果上的滞后缩进到三年以内。

肖:您觉得滞后最大的问题是什么,是影视圈的套路吗?

罗:不是套路、模板的问题,而是可能一些技术成熟的导演,相对缺乏创新的想法,他们也想要和这个时代接近,但却没办法。有些年轻导演理念是有的,但是经验不足,他做出来的东西有些华而不实,看起来违和,这是经验的问题。所以说,如果能多一些优质的人才,把技术和理念跟上,这就对了。

七、"大神"走了,我们能再培养下一个"大神"

高:似乎越来越多的"大神"作者倾向于把改编版权收回自己手中,这个情况属实吗?

罗:可能从一些作家的角度来说,会更倾向于把版权收回来,因为阅文卖出版权时会收取一定的分成,无形之中使作家的收入少了一块。

但同样有一些作家不会把所有版权都收回,比如唐家三少,他是最有理由收回去的,但他仍有部分版权留在阅文。

很多时候网络文学作家和传统作家是不同的,传统作家的编辑不会负责下游运营,他们成名全是靠自己本身品牌度的积累——换句话说,传统作家的书在哪里出是不那么重要的,这和网络作家不同。你会看到很多很不错的作家,在起点的时候是一线作者,版权销售也很好,一旦跳槽之后,虽然版权还可以卖出去,但是跟其他留在起点的作家比,已经远远落后了。

我是这样看的,作家有权选择如何运作自己的作品,但是运营版权是一件非常专业、非常辛苦的事情。作家身上的光环并不是永远不会削弱,在网络文学界,成名快,名声去得也快,谁能保证你的知名度不坠落?只有平台。当个人名声大于平台的时候,去尝试更多可能当然没问题,但从商业的角度来看,无论是收入还是知名度,离开平台之后,除非你能找到更好的平台,否则还是建议多考虑一下。打个比方,假如我们 2012 年的时候售卖顶尖 IP,游戏加影视打个包价格大概是 1000 万,作家自己去运作,可能也能卖 1000 万;但是到了 2013 年,经过平台的运营,顶尖作家的版权价格已经普遍涨到了 3000 万,这时候如果作家自己运作,就不知是否能维持原来的价格了。

高:方便问一下阅文和作家在版权上的分成吗?

罗:我们的合同是公开的,很多作家的合同你都能看到。

肖:问一个有点尖锐的问题。之前我们采访过掌阅,掌阅做内容做了三年,认为他们三年积累的精品,差不多可以和起点、阅文十几年的积累平分秋色。我们采访过侯小强,他也提到阅文现在做得很大,但近几年"大神"培养机制似乎停滞了,出名的"大神"主要还是以前那些。现在阅文的发展速度是不是变慢了?

罗:其实最核心的问题是,到底是阅文"造神"的速度慢了,还是人们了解"大神"的渠道被遮住了?当年的"大神热",是两个风口导致的,第一个是游戏风口,第二个是影视风口,两个加起来,叫"IP 风口"。最早的"IP 大神"也就是四个人——天下霸唱、南派三叔、唐家三少、蝴蝶蓝,其他人网文圈外人不知道。后来人们研究,才发现起点还有那么多"白金作家""大神作家"。不过，这些都是基于"IP风口"的研究，现在这阵风头过了，"IP热"退潮了，就没有人研究了。

其实，我们的前10名"大神"每年都在换，但外界并不传播。这还是传播学的问题，并非没有新的"大神"，而是没有传播。"大神"都要靠宣传。我在做猫腻的时候，猫腻是百度第17位，现在做成了前3。IP和文学经典是行业共谋的。我们找湖南卫视做《择天记》，猫腻就是顶尖"大神"；和另一个卫视做一个开年古装大戏（《甄嬛传》），流潋紫就出来了。

肖：您这个观点我们不能认同。"IP大神"或许是行业共谋的，但作家意义上的"大神"，则是圈内公认的。在IP改编之前，他们已经是圈内人所共知的"大神"了。他们的"神位"，是"老白""小白"们推上去的；要说"文学经典"意义上的"大神"，或许像我们这样的中文系研究力量也会起到一定作用。IP开发运营，肯定能极大扩大作家在网文圈外的知名度，但是对于其"神格"也未必只有增辉作用。比如说电视剧《择天记》就被"猫粉"们吐槽得厉害，在他们看来，对于猫腻的"神格"是消损性的。不过，正如您刚才所说，现在影视剧的发展水平相对于网络文学还是滞后的，能拍出来，也是不容易了。

罗：作者之间都是相互不服气的，圈内公认无非是作者有一两部作品比别人强一些，但他也可能会退步、会失去动力。这个领域就是不进则退的，创作的速度、创作的心态都决定了往上走还是往下落。当然，在掌阅上市、中文在线上市、阅文上市之后，整个资本行业开始关注网文了，确实有了传播之外的"老白"大神诞生，比如烽火戏诸侯。但从我们的角度来说，当下这批作者的潜力是超越以前的作者的。以前容易成名，现在厮杀非常激烈，好比大家都考60分，来了个100分的，鹤立鸡群；现在，能够赢的人都考90分，来个100分的也凸显不出。最后会发现，"大神"不仅仅是质量好了，质量只是及格线，创造"大神"还是需要钱和时间做营销。

我觉得阅文最强的不是起点这个招牌，而是真正意义上的"大神"培育体系。我们有信心，一个"大神"走了，我们能培育出下一个"大神"。进入IP时代，作家也不会只考虑收入问题，而要考虑IP价值是否长久的问题。

八、看网文的粉丝长大了，网络文学就主流了

肖：您能谈谈对国内游戏、二次元受众的看法吗？

罗：阅文有一个基础观点，就是不认为游戏和二次元是特殊群体，或区别于主流文化的亚文化。中国的主流文化很弱，我们要做二次元，一开始就不应该把二次元当特殊门类，而是视之为主流产品的类别。我们希望二次元所有人都来看，而不是只给二次元人类看。我们可能会采用动画的载体，但不会主动区隔自己，这样才会把它的价值做大。

肖：您负责的 IP 运营部门，其实正是最后与主流对接的部门，这就涉及了一个网络文学主流化的问题。

罗：这是一个蛮严峻的问题，因为网络文学的价值观同主流文学的价值观是不一致的。我们在 2006 年的时候，曾经非常希望被主流认同，当时我们期待通过出版实体书和一些合作，尽快地主流化，让作家觉得写作是一件值得自豪的事，因为当时写作网文还是一种会受到歧视的职业。但是到了 2008 年，我们已经放弃了这个打算，不是因为我们不要求主流化了，而是觉得没必要去想主流的问题。

我们弄明白了一个概念，就像 1980 年代的武侠小说，在最开始也被定义成"毒草"，后来慢慢没有人再提这个事情，那是因为原来看武侠小说的受众群体太大了，他们长大了之后，自然而然不会认为自己是亚文化。到了 2008 年，我们发现起点最早的一批用户，都已经走向社会、成为主流，就不会再有人认为网络小说有什么问题，这就是通过用户自然而然的换代，完成了主流化。《甄嬛传》《步步惊心》能被拍成电视剧，正是因为原来那帮粉丝长大成了编剧、当了制片人。所以我觉得，世界观、价值观的不同，在每一代人身上都必然存在。

九、"如果翻译的问题能解决，外国将没有小说作者"

肖：我们现在很关注网络文学"走出去"的问题。很多网站在翻译

起点的书，阅文也搭建了官方平台"起点国际"。您觉得中国的网文在海外有多大竞争力？

罗：我说一句狂妄的话：如果翻译的问题能解决，外国将没有小说作者。曾经我们都在看台湾、香港的娱乐小说，现在我们有网络文学了，台湾、香港的市场都被我们占领了。

肖：但港台和我们的文化历史语境相似，共性很大，国外情况可能不太一样？

罗：其实是这样，我们的作者什么都能写。我们也有人写西幻，只是设定不同。像《指环王》《权力的游戏》，如果有需要，我们可以把他们的背景拿来，写自己的东西。他们有《五十度灰》，晋江十年前就写出来了。如果能解决翻译问题，把中等以上小说翻译成英文，还有外国作者的事吗？

肖：这应该还涉及一个文化独特性、独创性的问题。我们研究中国网文"走出去"，也是想从外国读者的接受情况来看中国网文的"中国性"在哪里？

罗：中国的主流文化是汉文化，代表可能是儒家文化等。当作品是中国人写的时候，可能故意用了西方设定，但内涵还是中国人；写到最后，还是中国人穿着老外的衣服。

肖：对，哪怕是套了外国的壳子，也能看出来是中国人。我们正想通过这点，反观中国的文化特点在哪里。

罗：我觉得最大的特点是融合，什么都玩得转。好的吸纳进来，不符合要求的吐出去。放在小说中也是。一个作者可以出于谋生的目的写西方的东西，写得比西方人还好，和贴牌的意思是一样的。如果有机会解决翻译的问题，先不想中国文化、外国文化，先把他们的作者挤下去。

肖：就像 Made in China 一样，先把生产力替代掉？

罗：对。还有一个问题，中国的幻想类小说容易出口，但越写实的作品就越难。因为生产力不如老外，生活感、思维逻辑是不同的。中国的核心问题是生存忧虑，保障不够，总想要挣钱，但老外没有这种想法。

肖：那如果 IP 改编能如实反映网文的水平，是否在国际市场上也会有竞争力？

罗：不一定。因为影视和小说是不一样的。从产品的角度来说，文字作品比较低端，影视比较高端。高端产品就像买包包——钱不是问题，买高端产品，和文化强势有关，和政治地位有关。我们接受美国文化，因为它更强势；反过来，如果看泰剧，先挑刺。

另外，到了高端的产品后，技术是问题，角色内涵更是问题。人物一定要很有性格。在人物方面，欧美人的思维模式和中国人是不一样的。最简单的例子是《寻梦环游记》，我和很多导演、编剧聊天，如果是中国人来拍，家里一定有个反派，否则没有冲突。但美国不是，家里就是亲情。我觉得美国人的情感方式还是简单的；中国的情感模式复杂，不激烈冲突就没有戏。有什么比家人激烈冲突更激烈的吗？

肖：小说也是一样吗？

罗：小说反倒好些。小说很少写爸爸妈妈是坏人，它更传统。但它会情不自禁地把阴谋设置在身边的朋友上。这是思维逻辑的问题，中国人想，如果有人要害我，那个人一定在身边（笑）。

十、未来文学还会是主流文艺吗？

肖：您觉得文学是人的基础需求。可能在这个时代，人们会更容易被图像、视频、声音这样的东西吸引，那您觉得将来文学还会是文艺的主流吗？各种文艺形式中，按照卖出的钱或者用户数量排，文学不一定是第一名。目前为止，中国的游戏、动漫，内容的核心来源还是文学作品。而像日本的动漫、欧美的影视剧，它可能直接就是游戏脚本或影视剧本，是直接从那个形式生发出来的。

罗：纠正一个观点，欧美和日本也是改编而非原创占主流。你看美剧会发现怎么都有一个原著小说在前面。日本动漫原来有漫改、小说改、原创三种，漫画基本都是原创，但是现在去看，因为漫画不景气，这几年没什么特别有影响力的作者，导致这几年的日本动漫，除了大师直接写原创剧本以外，基本上都是轻小说改的。这件事全世界已经统一了。中国可能是因为后发制人，所以统一得比较快。

肖：我们会说欧美的影视剧、日韩的动漫非常发达，中国相对来说是几种文艺形式并存,改编在很长时间里是跟着文学跑的,文学走在更前面。我们现在的动画影视的水准,不足以表达很多文学里表现的东西,我们会觉得这里面存在一个时间差。什么时候其他的形式和中国的文学能够达到同样的水准,甚至是超越文学?

罗:这是几个维度决定的。比如现实数据,在整个用户领域,文学的用户数量永远在前五,这已经落后于音乐、视频这些了。有阅读习惯的人会在第一时间接触到更新的文化、创意、创作方式,看电视剧的人只能在后面。你已经上去了,他们还在这里,就有落差。提前一步是疯子,你拍的东西下面的人看不懂。我和做影视创作的人聊,十个人里面十一个说美剧太好了,他们就想做这样的。但是如果你真的按那个标准做,平台都不会买,因为观众看不懂,太快太复杂。美剧的绝对点击量,哪怕《权力的游戏》《西部世界》《纸牌屋》,还不如《乡村爱情故事》呢。

肖:这应该是一个市场细分的问题吧?

罗:和市场细分没关系,能接受这些东西的人和看普通电视剧的平均水平有落差。文学一定会走在前面,因为文学有探索性、实验性,它能继续引领潮流。所以我认为永远不可能追平,如果追平了,文学就结束了,不被需要了。不大可能有这一天吧,你能想象中国13亿人都是硕士生或者大学生的时代吗?社会永远分阶级,人人如龙的国家只会毁灭。我们以前有句俗话叫"老大多了会翻船",必须是精英带着一群人往前走。

肖:那您觉得将来中国电影工业的平均水平和文学的平均水平能够持平吗?

罗:滞后的,永远不会超过。最顶尖的说不准,可能会超过文学,但文学永远是在影视平均水平之上的,永远是实验性质、先锋性质和探索性质的。它能让少数派先嗨起来,所以能够起引领作用。

十一、"最有威胁的是人工智能"

肖:您这个观点很令我们振奋。我们最近几年不停地听到游戏那边AR、VR那些新东西出现,有些做得很深的先锋理论家认为,这些东西真会根深蒂固地改变人类的生活方式。那个时候我们甚至不需要去读一本书了，戴上头盔看一遍就什么都到脑子里了。

罗：这其实都是手段。可他看到了什么呢？AR 也要人做出来，他基于什么东西做呢？AR 不会凭空出来。我觉得最有威胁的是人工智能。而且可以这样说，顶尖的人工智能软件已经超过了 90% 搞文学的。

肖：那您怎么看待这种威胁呢？以后如果人工智能强大到这个程度的话，不说"大神"，"大神"当然是不可替代的，那些中等偏下的作者是不是没有生存空间了？

罗：当然。人工智能水平高、量又足，要多少有多少。我们写一篇小说，就算"大神"再快也就是两年 300 万字，人工智能也许只要一个礼拜，甚至只要一天，那你怎么玩得过它？之前在 2014 还是 2015 年的时候，日本的一个人工智能软件已经获得了一个小出版社的三等奖。虽然说只是小出版社，但只要评到奖，就可以说它已经超过了 70% 甚至 90% 的作者了。

至于你说的那天会不会来，真不好说。或者我们这样说，它可能会代替 100% 的娱乐小说作者，也就是我们这个行业的作者，但是它不会代替文学家。这并不是因为文学家特别厉害，而是因为文学艺术的解读是由人类完成的，机器不会有文学艺术。它们可以画抽象画，画得比毕加索更好，但人类不会承认它们，艺术跟机器没关系。

肖：我们之前关注到写作软件，我写过一篇相关文章，认为现在网络文学已经是处在一个大工业写作的时代了。但在大工业写作时代，还是有一群坚持着手工业匠人精神的作者。我觉得大工业流水线上生产出来的类型文，将来有可能用机器来辅助他们写作，这是有合理性的。

罗：也不一定。这两年写作圈最大的恶习是什么？是抄袭。我认为 99% 的抄袭行为就是这帮人用辅助软件。

肖：已经有这么多作者，甚至很多成名的"大神"，都在用写作软件。您说的娱乐阅读也好，我说的大工业生产也好，很多读者其实不是很介意作者有没有用软件。

罗：读者可以不介意，但是我为什么要买你呢？

肖：也不是全用机器生产，作者也需要提供点子到里面。

罗：比如说，还有点价值的作者，我为什么要给你稿费，而不直接把你雇进来呢？我为什么让你在外面自由创作呢？万一你火了，我还损失版权。我为什么要把你当成自由作家？我完全可以把你当成员工。

现在没有证据证明你是依靠机器写的，如果大家都知道了，这个变成公开的秘密的话，我相信平台公司、内容公司对这个行为会采取另一种运营方式。其实手工作坊也好，匠人精神也好，作者在找的是一个新的东西。如果没有新东西出来，新的人就会代替你。时代在进步，你看到的东西每天都在变化。理论上来说，每天都会有新的东西。

"我是给网络文学做加法的人"

—— 盛大文学前CEO、火星小说创始人侯小强访谈录

【受访者简介】

侯小强，男，1975年生，山西人。2001年8月，加盟新浪，历任新浪教育频道编辑、新浪文化频道主编、新浪观察总策划、新浪文教中心总监、新浪网副总编辑。2008年7月，离职新浪，加入盛大文学，任盛大文学董事、CEO。2013年12月，辞去盛大文学CEO职务，担任盛大文学高级顾问。后陆续创立火星小说、毒药APP、中汇影视等。

【访谈时间】2017年8月8日（受访者最后修订时间：2018年12月27日）

【访谈地点】北京，火星小说

【采 访 者】邵燕君　吉云飞

【整 理 者】李亦梅　吉云飞　项　蕾

一、把网络文学推到更广阔的地方去

吉云飞（以下简称"吉"）：您从2008年7月到2013年12月一直担任盛大文学的CEO，是中国网络文学这二十年最重要的当事人之一。在中国网络文学诞生十年之后，您选择了从新浪去盛大，到了相对陌生的网络文学领域。您当时就爱看网络小说吗？

侯小强（以下简称"侯"）：当时我的阅读范围，现在看是偏传统的。我最早接触的网络小说，是更注重文学性的作品，比如今何在的《悟空

传》。但我在不断地观察媒介,加上后来在新浪分管读书频道,也开始关注这些更商业的类型小说。

2004年,在Google和百度两大搜索引擎的关键词总榜里,同时登上两榜前十的有三个关键词:刀郎、MP3、小兵传奇。"小兵传奇"是唯一一个与文学相关的词汇。同时,它还是新浪头号热门小说。我当时就很震惊,然后开始研究。在2006年,天下霸唱的《鬼吹灯》也出现了,同样轰动一时。这些小说尽管不在我以往的视野里,不在我日常的阅读范围内,但它们极大地震惊了我,所以在那时候我就觉得应该尝试新东西。

我是凭直觉和想象力来做事的。不是说因为我喜欢看一万本网络小说,所以就选择了从事这个行业,这不是我做决定的原因。在我的价值系统里,我是觉得它是个比较重要的、新鲜的事,所以我去做。

不久,陈天桥邀请了我。陈天桥邀请我,可能是因为他觉得我是可以给网络文学做加法的人。如果你只是活跃在经验范畴里,那你就只能从经验里去做决定。他希望我能跳出这个经验之外。陈天桥跟我聊的时候,有个构想特别打动我。什么让我下定决心加入盛大文学?就是因为他说:"你看,我就希望未来的中国文学像个立交桥一样四通八达,不止是在电脑上看,以后还可以从手机上看,我们还可以变成电影、电视剧,变成更多的纸质的书。"我觉得是这个恢宏的想象激励了我,而不是说某本书打动了我。这是在2008年年初的事。2008年时,网络小说在圈外基本是没有影响力的。

邵燕君(以下简称"邵"):*我们采访商学松(起点中文网创始人之一)的时候,他一直在说,陈总说的很多话都是对的,只是有些是超前的。*

侯:没有超前。他是一个拓荒者,拓荒者当然要领先别人去做。没有那个想象,没有我们这些人不断地朝这个方向走,把它变成现实,就没有今天的网络文学。所有的机会都不是一夜之间出来的,难道网文的主流化是一夜之间发生的吗?IP的概念是从天而降的吗?

我去盛大就是觉得我可以做加法。从一开始加入盛大,我就提出"一次生产、多次使用"的概念。我说我不去碰付费阅读,我觉得吴文辉和商学松他们的智慧足以把它做得比较大。而我要把网络文学推到更广阔的地方去。

二、"最早我说，IP可以免费送"

吉：那您当时具体做了些什么事去推动呢？

侯：我讲两个故事。一个关于陈凯歌，一个关于张艺谋。

《搜索》是第一个由大导演来做的网络文学改编的片子。陈凯歌做《搜索》是我参与运作的，过程还挺曲折。首先，它得给到陈凯歌这样的大导演吧？我是通过一个特别好的朋友曹华益（著名影视人，新丽传媒董事长）转交的，请陈凯歌关注下这个题材。如果我当时直接去找陈凯歌，那人家未必就接受。给陈凯歌的同时，我还得让它在更大范围内有影响力。我就向中国作协李冰书记推荐，给中国作协的领导们去看，推荐以后，大家觉得《搜索》不错。后来不是还评了个奖嘛，入围了2010年第五届"鲁迅文学奖"。电影宣传的时候就说它改编自唯一一部入选"鲁迅文学奖"的网络作品（原名《网逝》）。

我不止给陈凯歌推荐网络文学作品，也给张艺谋列了个书单，我说希望他从里面选，选一些玄幻的。张艺谋当时做《归来》，他约我跟他聊，我说你为什么不做网络小说的东西呢？你当年做的都是引领一个时代的东西，无论从美学、从叙事，你都是最能抓住时代情绪的，结果你现在回去了。

吉：现在看，网络文学的影视化就是这样慢慢起步的。那起点中文网上的书呢，最早的影视化是从哪部书开始的？

侯：是《鬼吹灯》。我对《鬼吹灯》念念不忘，因为这部小说也是促使我进入网络文学一个非常重要的原因。当年因为《鬼吹灯》，陈天桥还找过新浪，有过一些分歧和争执，我处理这个事，《鬼吹灯》就意外地进入了我的视野。

我一加入盛大文学，第一件事就是问《鬼吹灯》的电影、电视剧有没有人做？后来大家说一直没做出来，这个事我也就一直惦记着。我在影视圈的朋友比较多。当时我是同时去找曹华益、沈浩波、董朝晖（欢乐传媒董事长）等一大堆影视公司老总，挨个给他们推。我说我觉得这个东西好。虽然我也说不出它怎么好,但我朴素的直觉就是,它有很多人看,而且题材看起来特别像好莱坞的大片。我说你们为什么不做呢?所以当时董朝晖就帮我到处去卖。我说你帮我卖,卖完咱们还可以建立点儿合作。

最早我还说过这样的话:"以后别人要我们的IP,我免费送。"因为当时一个IP不贵,好的也就10万、20万,所以我宁可不要这个钱。我希望这个市场变大。因为市场不变大,网络小说永远就在自己的道场里面。

我加入盛大文学的时候,它第一年的年收入就是一两千万,我离开的时候,它有了十几个亿的收入。但是,如果不把这个市场继续变大,那永远就还是10亿、20亿。如果想要进入新的市场,那你必须要打开新的世界。如果只是把付费从一千字两分钱、三分钱变成四分钱、五分钱,这不该是我做的事。搞搞智能推荐,搞搞算法,搞得一个人原来看两本现在看三本吧,也不足以把这个市场变得足够大。我想做的是一个几百亿的市场。这些都是我真实的想法。

三、盛大和陈天桥的介入引起了"化学反应"

吉:这条路就是现在网络文学正在努力走通的路。您认为您到盛大该做的是移动化、主流化和IP化吧?

侯:对。当时陈天桥给我的任务非常简单:商业化、主流化、社区化。我牢牢地记住了。

邵:社区化?

侯:社区化,他就希望它变成一个社区。因为当时人人网、博客都开始起来了,所以我们希望尝试走一些社区化的道路。

吉:现在看,除了社区化,其他几点都很成功。关于商业化,当时盛大文学扩张、做大有一些重要运作,如2008年到2009年,也就是您到盛大前后,盛大文学把当时中国最好的几家网络文学网站都收到了麾下。具体的情况,您能回忆下吗?

侯:这个不需要回忆,很简单。今天无论谁说自己对这个产业有多大的贡献，都绕不过陈天桥。网络文学能到今天，陈天桥是功莫大焉，是决定性的人物。从他最早对起点中文网这些文学网站的认知，到他进入网文行业后输出资金、输出用户、输出渠道，我觉得他是做乘法的，起化学反应的。

原来最早的一批网站，幻剑书盟也好，起点中文网也好，都是在一个格局之内的。为什么后来幻剑书盟不行了，逐浪网不行了，起点起来了？这与商学松、吴文辉他们的智慧是有关系的。这是从0到1，是决定性的。但是从1到10，我相信一定是与陈天桥的智慧有关。

吉：您觉得盛大的资金和渠道对起点超越幻剑书盟等对手是有决定性作用的吗？

侯：当然，毫无疑问。因为盛大有游戏点卡，它一下子把玩游戏的人都给接过来了。没有这个渠道，没有这些用户，怎么做大规模呢？

但盛大进来之后，起点中文网的盘子仍然很小。因为市场就这么小，一年收入一两千万。那不能永远做一两千万啊，所以要收购。我们就排，文学网站里流量排名前十位的有哪些？这里面哪些不是做盗版的，哪些是还有点情怀的，哪些是用户基础比较好的，都接过来。用起点中文网的系统，包括盛大的支付渠道，把它接入进去。

这也包括商业模式的引入，因为当时收购晋江时，它们都还没有开始商业化。把这些东西搞起来，那就不是说我们做1+1=2了，而是变成一个乘法了，起化学反应了。有我们的商业模式输出、用户输出、渠道输出，这个市场就可以变大了。所以这个市场真正地变大，我觉得是有这样一个过程的。

邵：感觉有点像把手工作坊接入到一个大工业的体系里面。

侯：对，是这样的。

吉：当时收购的时候，这几个网站包括晋江、潇湘、红袖，都是怎么样的一个规模？

侯：2008年的时候，用户都是百万级，甚至几十万级、十几万级的规模，都不大。

四、晋江创始人的坚持成就了"女性向大本营"

吉：晋江为什么只收购了 50% 的股份？其他网站都是控股。这个结构是跟晋江当时的股权结构有关，还是跟创始人的坚持有关？

侯：是和创始人的性格有关。刘旭东和冰心这两个人的性格有顽固的一面，也是坚持的一面。当时我们也想过完全收购或控股，做过一些谈判。

吉：如果控制权不是留在他们手上，可能今天的晋江会完全不同。

侯：那当然了。

吉：不是由他们具体地来主导、运营，那可能就有更多的盛大文学集团层面的影响。网站的氛围可能会非常不同，发展的方向也会不同。

侯：冰心和旭东是非常有坚守的，我很佩服。很多人可能说他们太固执，我恰恰觉得这是非常有魅力的。

邵：坚持对他们有什么好处呢？我指的是对晋江后来的发展。

侯：今天我们看到的网文影视 IP 主要出自晋江。你可以看看晋江外其他几个被收购的网站，确实很可能会失去自己的独立性。没有了独立性带来的独特性，晋江也就失去了最大的价值，不可能是"女性向"小说的大本营，也不会有这么多好 IP 出来。

五、网络文学的"主流化"来之不易

吉：网络文学的商业化很成功，是因为有盛大的雄厚资本和资源支持相对容易，主流化就要艰难很多吧？

侯：这方面我也举两个例子。那时帮助当年明月、唐家三少加入中国作协，举办"30 省作协主席大赛"，都是非常难的。我做"30 省作协主席大赛"的时候，把邀请名单给秘书，然后说最难请的几个人我亲自来，用了一个星期把 30 个省的作协主席全都邀请来了（其中有一些是各省作协的副主席）。我们"30 省作协主席大赛"在起点开锣后，效果很好，日均注册用户一星期之内就涨了 40%，美国《时代周刊》有报道，白岩松的《东方时空》也有报道。我当时设计了很多类似的东西，包括韩寒和我们的一个"白金作家"打擂。还有一个事，后来没落实成，就是余华跟我们的一个作家PK。

　　这件事在当时影响很大，我印象最深的是，张抗抗老师跟我说，中国作协开全委会，所有人都在骂"30省作协主席大赛"（笑）。网络作家入作协，今天看好像顺理成章——唐家三少已经不只是全委会委员，是主席团成员了，作协主席团成员一共也只有十几个——而最早的情况可不是这样。我印象特别深，为了让当年明月入中国作协，我把张抗抗老师约到长安街的一个茶馆，给她讲当年明月怎么样怎么样。所以要特别感谢张抗抗老师。后来也得到李冰书记，包括陈崎嵘副主席、胡殷红老师的不断帮助。李冰书记、张抗抗老师……这些人在中国网络文学主流化的过程中起到了非常重要的作用。

　　当时网络小说走向主流化非常艰难。今天有人说陈天桥超前了，侯小强不看网络小说……事实上，是经过我们的艰苦奋战，网络文学的主流化才成功了，没有这些努力真的不可能。

　　这里面还有一个事，很有趣。中国网络作协，其实在2013年，如果不是我走的话，就已经成立了。

　　邵：这个事我知道，好像就是盛大承办？

　　侯：不是盛大承办，但我在参与筹备。中国作协也好，中宣部也好，一直在督办这个事。但是那时正好我离开了，离开以后，中国作协把这个事放下去了，没再继续弄。当时所有的材料都报上去了，我推荐唐家三少做主席的。后来，当我决定辞职之后，李冰书记找我谈话，说现在没有更合适的人，这事就先不做了。到现在中国网络作协也没有成立。

六、盛大是网络文学主流化的直接推手

　　邵：再插一句，我当年写过一篇关于第五届"茅盾文学奖"争议的文章。当时我就觉得非常奇怪，怎么关于"茅盾文学奖"的整个报道是新浪做的？那时候是您在做吗？

　　侯：我有点记不住了。第五届是哪一年啊？

邵：应该是2002年左右。

侯：那可能就是我。

邵：我觉得很有趣的是，"茅盾文学奖"是作协官方奖，那应该是由中国作家网来做。但是当时，好像整个关于"茅盾文学奖"的报道，是委托新浪做的。新浪做得很正式，也很活，包括争议性专题，吸引了很多读者，包括我这样的研究者。自此以后，每届的"茅奖""鲁奖"，都是新闻热点话题。研究网络文学以后，我感觉到，中国作协的很多活动都与盛大的推动有关。

侯：是。包括中国作协第一个鲁迅文学院的网络文学班，是我跟作协一起做的；中国第一批网络作家加入中国作协，也是我在推动；包括"茅盾文学奖"得主和网络作家结对子，都是我在做。当时我记得推荐网络作家加入中国作协时，网上还有些人骂我，说什么"搞招安"了。那时很多传统作家看不起网络作家，网络作家也看不起传统作家，两边挺敌对的。今天很多网络作家觉得加入中国作协既理所当然，也是他们的荣耀。而在五年前、七年前，还有很多网络作家说"侯小强不干正事儿，让我们加入中国作协，接受招安""要把我们软禁起来"——甚至有这样的说法。你今天听起来非常搞笑。

邵：是不是因为他们也有一种恐惧？

侯：我觉得恐惧是因为不自信，因为信息的不对称。我自己在新浪待了七八年，做了四年的副总编，我知道什么叫意识形态，什么叫主流化，我知道官方的机构对你有多重要。陈天桥也是知道的。刚开始大家是不认同的，但是我说我必须要做，不管你们认同不认同。

七、网络文学不纳入主流，承受的压力会更大

邵：但我的感觉是，在网络文学内部，包括不少网站负责人和作家，他们一直有点害怕，想悄悄地做，自己和自己玩，害怕网络文学在主流化的过程中被关注，然后被管束。

侯：这是两回事：一种悄悄的，是做企业的低调；另一种是见识格局的问题。我觉得，你越不纳入主流，越要被管束，这是毫无疑问的。

邵：我也经常跟他们讲这个问题，其实是躲不过的。当你的规模、体量大到一定程度的时候，不可能不被关注。

侯：要不你就是小国寡民嘛，你就永远在那个地盘里面。但压力面越大，你单位面积承受的压力越小；你越纳入主流，你承受的压力越小。我们当时搞"30省作协主席大赛"，所有人的都在骂侯小强，说挑弄是非、有辱斯文。不止作协，起点中文网都在骂侯小强。当时我真是两头不是人。作协的人说侯小强搞事儿、搞炒作，网络作家说侯小强把我们这一片净土弄来了一堆别的人。所以你一定要有勇气打破常规，要不事儿做不了。我说陈天桥他的了不起就在这儿，他一直在默默地支持我。我在盛大的非常重要的决策，几乎所有的人都在反对，但是陈天桥永远支持我。其实，并不是侯小强永远在执行陈天桥的要求，我觉得我们是在互相影响。

邵：那如果让您自我总结，请别谦虚，您觉得您在网络文学发展进程中的贡献是什么？

侯：我就是把这个事情做大。

邵：能解释一下这个"大"吗？

侯：很简单，我是一个特别容易为一个具象的梦所激励的人，当陈天桥跟我说，希望未来的文学像立交桥一样四通八达的时候，其实我就划出了我的路线图。我的路线图就是要做加法，我觉得我是给中国网络文学做加法的。

你如果只是在你自己的那个范围内运作，文辉他们就能运作得非常好，但是要把市场变得足够大，很多时候你要踏出去，我觉得我可能就让网络小说踏出去了那一步。无论是向主流，还是向影视，还是向作协，我特别希望我是能踏出去那一步的那个人。可能这踏出去的一步，有的是走错了，那就收回来。一个人一辈子谁会不做几次错误的事？不做几次成功不了的事？谁能做得到啊？

八、无线时代的到来是盛大遭遇的最大挑战

吉：在收购各家网站，组建盛大文学这个巨无霸，并推动网络文学

主流化的同时，可能您和陈总事先都没想到会遭遇中国移动这个渠道商的挑战。您在盛大遇到的最大的挑战应该是无线市场的崛起吧？

侯：是。我加入盛大，做的最大的加法就是接入了中国移动阅读基地。当时这个想法遭到了除陈天桥以外所有人的一致反对，大家都不赞同，觉得中国移动太强势，感觉我们签的是一个"卖国条约"。除了陈天桥支持我，上上下下的人都反对。我向陈天桥保证，我对这个负责。

这个坚持有好有坏，但迅速把盛大文学的规模做大了。盛大文学的规模，第一年是两千多万，第二年通过并购做到了1亿7千万，第三年做到了4亿多。从1亿多到4亿多的这个变量，主要是通过中国移动。

我还做了线下出版。2010年中国排名前十的畅销书有三本与我有关系，像《1988：我想和这个世界谈谈》和《蔡康永的说话之道》，包括于丹的书我也都弄过来了。通过这些东西，盛大文学从1个亿到4个亿，很快再到7个亿，我觉得主要是与中国移动和线下出版有关。

吉：线下就是盛大成立的几个出版公司？

侯：对。那是我主持的，无线也是我竭力推出的。和中移动合作，所有的人都反对，除了陈天桥。其实之前中移动的人来找过盛大，很多次，全部被拒绝。

邵：为什么？

侯：大家觉得，为什么我要把我的东西给你呢？

吉：是不是也有顾虑，怕让中国移动这个渠道做大，最后盛大只能变成一个内容提供商？正好我们马上要采访移动的前老总戴和忠先生，他应该是当时和盛大合作的中移动阅读基地的具体负责人吧？

侯：对，你们可以问戴和忠，他其实之前来过几次，但大家不愿意合作。我去了盛大之后，我跟陈天桥说一定要接入中国移动。然后我和陈天桥去拜会了当时浙江省主管电信的副省长，拜会了浙江移动的总裁。

九、在主推 WAP 还是 PC 上，与起点团队有分歧

吉：但在起点创始团队的理解中，在无线的时代，起点乃至整个盛大是放弃了这样一个无线的渠道，把内容全部给了中国移动，让中移动

阅读基地做大了。

侯：我这个人的性格，是不愿意去跟人做口舌之争的。按理说，我今天本来是打算不回答这类问题的，这对我来说没有意义。但是回到细节问题上，我可以回答一下，这也是我第一次说这个事。

当时我认为两个时代要来了，第一个是无线时代，第二个是 IP 时代。这正是我要去做的。所以我刚才讲《搜索》和《鬼吹灯》的运作，我是希望做 IP 的。但是移动时代也到了，渠道你不愿意接也得接，那时候又没有智能手机，只能做 WAP 网页，没有 APP 应用。我为什么要把无线收到我的直接管理下？非常简单，因为原来的团队坚持 WAP 站要比 PC 站晚 72 小时，同时格式要用图片格式。那我怎么做移动啊？尽管你说得很好，中移动蚕食我们的利益，我们如果做就不是这样的了，但当时移动的潮流已经以澎湃之势到来了，做个 WAP 站比 PC 站晚 72 小时，而且为了防盗版要用图片格式，那怎么去竞争？

当时我想得很明白，做 WAP 就是要杀死 PC。所有人都在从 PC 往移动上去转，又有那么多盗版，你说我们做移动晚三天？我在盛大文学，看着它从两千多万做到十几个亿的规模。你可以说是有别人的努力，就像我经常和人讲，一个公司能够做大一定是所有人合力的结果，但是非要说这与他们的老大没有关系，那我觉得这个也不太妥当。再说了，谁都有做错事的可能，但在当时那可能是唯一的路。

邵：起点团队是不是想的就是由盛大自己来做这个移动的渠道？

侯：我刚才不是说了嘛，自己不能做嘛。做了晚 72 小时更新，用图片格式。

吉：因为当时它必须得用图片格式防盗版，否则的话人家直接在网页上就 copy 走了。

侯：其实不是，我是认为就不应该用图片格式。所有的人都在盗版，你怎么防呢？人家到处都是盗版，还有手打组，你是防不住的。你反倒是把自己的用户给防走了。那时候是 2G、2.5G，下载一个图片得多长时间啊，又贵，下载又慢。做一个新的业务，瞻前顾后，怕狼怕虎，你怎么做？

邵：所以他们这样的做法主要是想以 PC 为主？

侯：对。关于这个我不做评价，我只是说这个事实。你可以看到，我从一开始时就想做加法。但你如果做不了，那我就来做。

十、云中书城的逻辑没有任何问题

吉：今天回过头看，当时盛大很多举措的路子都是非常对的，包括做云中书城。但是当时云中书城最后没有成功，是它时间点的问题吗？

侯：没有任何关系。云中书城其实最后散掉的时候是几千万用户，然后阅文今天做的 QQ 书城跟云中书城的逻辑没有任何区别。QQ 书城是不是也把阅文的所有东西都收到一起了？当时云中书城也是一样的，也做到了四千多万用户。

邵：当时智能手机还不算特别普及。

侯：对，没普及嘛，苹果刚刚开始。但云中书城一点不超前，陈天桥所做的一切决定都不超前，只不过是执行力没到位。云中书城你说它失败吗？我也不能说它就是完全失败的，所有的人都不可能做所有的事都很成功。我记得非常清楚，云中书城解散时有几千万用户。

吉：那为什么它当时就解散了？

侯：有很多原因。云中书城的解散，我认为与团队有一定的关系。但是它的初衷、它的策略没有任何问题。按我起初的想法，云中书城是想做一个把 PC 端干掉的平台。当然任何一个策略都不是我一个人的决定，而是大家一起决定的。文辉也好，陈总也好，我们一起决定。我当时都想过什么东西呢？我甚至想过移动端全部免费，让大家全部移到这个移动端上。

当时我还做了一个尝试——某一两个作者，PC 端收费，移动端免费，但是都很难推行下去。比如说我要用起点的某个作家，我自己是不直接跟作家接触的，不接触不是因为我高高在上，是说咱们一个公司得有一个公司的伦理。我和唐家三少、天蚕土豆都很熟，那不等于说我谈什么事，我直接自己去找吧。那文辉也可以，学松也可以，大家都可以了。这一个公司得有一个公司的规范。我也看到很多人批评我，批评的原因第一是高高在上，第二是不看网络小说，这个东西都站不住脚。因为我去签一个作家，不必要亲自去干这件事吧，那要人家中间层级的人干嘛呢？

我当时的想法其实是非常简单的，我就希望大家都往移动端上走。我这个决心非常强，但做这件事考验执行力，也考验既得利益。我觉得不能说是文辉他们不对，只不过是我们的立场不一样。要从文辉的角度来看，起点是他们一手创办的，他们对它像对孩子一样热爱，我觉得这完全能理解。所以我说，"横看成岭侧成峰"，今天说陈天桥是不是超前了，侯小强是不是高高在上了，吴文辉是不是太保守了，这些问题的答案都关乎你看待它的角度。

十一、起点团队出走事件

吉：对研究者来说，最应该呈现的就是这些丰富的历史细节和复杂的历史情境。

侯：是，我对文辉和学松他们的评价一贯是中国网络文学最重要的拓荒者。2013年，网上全是骂我的匿名信。虎嗅网站七天头条都是，说侯小强怎么独断专行，怎么抢夺别人的利益，还从来不看网络小说，这个那个，每天都有。

吉：当时您对这些还是感觉有些困扰吧？

侯：我不困扰，因为我始终记得我要干什么。陈天桥请我来也是要我做加法的，不是说文辉做得不好，你来做。文辉做他们的，我做我的，我始终尽我的那一份力。估计提纲里有的问题你们也不好意思问，但我也可以说一下。很多人说文辉他们一提辞职，我就批准了，甚至还有人给我打电话说，小强你不要赶尽杀绝。其实文辉他们没有提辞职的时候，我就知道他们准备集体走。我对文辉做了非常耐心的挽留。我跟陈天桥发了信，打了电话，我说文辉他们可能要走，这个你应该跟他们聊一聊。但是他们聊得不欢而散。

吉：他们当时走，跟之前盛大一直上市未果有关吗？

侯：这有啥关系啊。现在你说是因为上市未果，其实当时原因很简单，就是有野心了。他们是创业者，在被盛大全资收购之后，他们就只有头衔，没有股份了。也不要说当年卖亏了，当时卖那个价一定有你的原因,不能说过了十年,突然发现卖亏了。而且人家十年投了几个亿,你有那么多钱投吗?当时是要么死要么活的选择,盛大要选择了幻剑、逐浪,活的就是那些了。结果你告诉人家说,我卖亏了。我不喜欢这种论调。那要走的话,我觉得咱们大家说句实话,要体面一点,我走我也不可能带上 50 个人、100 个人走吧,我也不可能带着人家的核心资产走吧。

吉:盛大在 2009 年就有了一个上市的打算,但 2011 年、2012 年到美国上市未果,是因为当时海外不大认网文这个模式吗?

侯:其实主要就是在估值上有些分歧。另外就是大势不好,本来要上市了,我已经带着团队去美国、去新加坡路演了,结果中国的互联网泡沫灭了。人人网上市,突然有特别高的价格。陈天桥非常聪明,他一看,告诉我说悬了。所有的人都说是好事儿,人人网的认购率那么高,市值捧得那么高,说那不是很好吗?陈天桥非常敏锐,他说坏了,可能要有问题了。

所以我觉得这个事与上市没有关系。上了市,你就要留下吗?我觉得人是每个阶段都有每个阶段的需求,人都有野心,谁都希望自己过得好一点儿,这很正常。但是我认为你的这个需求要在一定的规范之内去做。

十二、网络文学的理想盈利状态是打赏加 IP

吉:您谈了许多盛大时代的事,现在网络文学的发展又进入到了一个新阶段,您也自己创业做了中汇影视和火星小说,对未来的网文发展有什么展望呢?

侯:我的火星小说有不少好作品,我的中汇影视一直在买 IP。我自己买了七十多个项目,拍电影、电视剧,像《嫌疑犯 X 的献身》是传统一些的,但大部分是网络小说。藤萍的《九功舞》,米兰 lady 的《孤城闭》,雪满梁园的《鹤唳华亭》,天下归元的《女帝本色》,玖月晞的几乎所有作品几乎都在我这里——《他知道风从哪个方向来》《一座城在等你》。都是比较经典的。还有纷舞妖姬的《弹痕》《鹰隼展翼》。纷舞妖姬就是董群，《战狼2》的编剧。这种军事或者说雇佣兵的题材我手里还有流浪的军刀的《终身制职业》《愤怒的子弹》。我买这些项目花了大约1.5亿。

邵：您买的作品很多，但是实现起来是不是不太容易？

侯：实现很简单，就是只和大导演合作，帮书找到最好的资源。我现在做了三件事，第一是做了火星小说平台，第二是做了中汇影视公司，第三是做了媒介"毒药"，我认为这是一个生态。

邵：火星有网文付费机制吗？

侯：有，我们现在一天大概四五万的收入。当然我们主要的收入来自IP，IP有几千万的收入。

邵：您原来在盛大不就想过连载免费吗？是不是想用IP来养网文呢？

侯：我理想的状态是打赏加IP，火星的付费我迟早有一天会取消的。

邵：由于盗版解决不了，按照互联网的思维，免费加打赏机制确实是一个办法。这个问题在采访起点团队的时候，我也问过他们。吴总的回答是："打赏机制的特点，是对于个人素养和表演性的要求都非常高。""如果以打赏性质为主的话，那么哗众取宠、吸引眼球的事情就会更多。""打赏要求你在短期之内引爆眼球。但是对于一部小说而言，尤其是对于长篇的小说而言，你不能保证用户一直处于一个非常兴奋的状态。""正是因为有了订阅制度，才会有人认认真真、诚恳地沉下来写作。"不知道您怎么看？

侯：打赏和付费是一个逻辑的产物。这两个我没做过定量研究，我不知道阅文是否有这个数据。从我直觉上来讲，付费和打赏都会让作者试图去取悦受众。像在天涯上写作，没有收费，作者照样要考虑读者的感受。所以我觉得主要是和在线手段有关系，和媒介本身的特性有关系。付费、不付费都不是最重要的，我理想的状态是打赏加IP。

吉：但中低层的作家拿不到IP，没有VIP的稳定收入就养不活自己。

侯：拿不到IP，付费也未必能拿到多少。晋江作者也拿不到付费的高收入。不过起点是以玄幻为主，主要的收入是游戏加付费。火星会尝试一条不一样的路。

邵：非常感谢您如此坦诚地说了这么多，这些史料对我们的研究太珍贵了！

侯：也是第一次说这些。我非常关注你们的年榜，很多小说选得很好，对我很有启发。有很好看的小说可以跟我推荐，我可以买了它，做电视剧。

因为"不专业"才走到今天

——晋江文学城创始人 iceheart 访谈录

【受访者简介】

　　iceheart，本名黄艳明，女，晋江站长、创始人，圈内昵称"冰心"。2001年接手晋江前身网站的管理工作，2003年8月建立晋江原创网（2010年更名"晋江文学城"），大陆原创"女性向"网络文学网站运营模式创立者。

　　晋江文学城是全球规模最大、最具创造力和影响力的"女性向"文学网站，中文耽美网络文学大本营。它是大陆主流文学网站中唯一以"女性向"立足的，也是女性文学网站中唯一言情、耽美、同人并重的。经过长期的论坛内部探讨和大量的文学创作实践，在情感结构深度发掘和欲望模式多重探索的基础上，它自发形成具有性别革命意义的"女性向"文化，打造出内含"网络女性主义"的"晋江模式"。绝大多数"女性向"作家成长于此，绝大多数"女性向"网文类型诞生于此。

【采访时间】2017年11月6日（受访者最后修订时间：2019年8月8日）
【采访地点】北京，晋江文学城
【采　访　者】邵燕君　肖映萱
【整　理　者】肖映萱　田　彤　许　婷　刘心怡　秦雪莹　徐　佳

一、从"晋江文学城"到"晋江原创网"

　　肖映萱（以下简称"肖"）：今天非常高兴能跟冰心站长聊聊晋江的

往事。对于我们这一代网络女读者来说,晋江是陪伴我们长大的一个网站,在"女性向"网文方面的地位无可匹敌。冰心站长作为晋江的创始人,也是十多年来晋江实际的掌舵者。江湖上流传着许多关于您和晋江的"传说",这次总算有机会听您亲自讲一讲,究竟是怎么一步步走到现在的。

邵燕君(以下简称"邵"):先从冰心站长个人讲起吧。您最早是怎么开始关注网络小说的?

iceheart(以下简称"冰"):我个人本身就喜欢看小说,上大学的时候在学校里比较无聊,那时候刚好学校通了网,有网吧——我大学是在石家庄的河北经贸,学的经济法。大学以前主要在租书店里租书,武侠小说、席绢、于晴之类的。学校有了网以后,我就发现了一个叫"晋江文学城"的网站,它提供大量的电子书。因为租书店的书是有限的,网上的书则要多得多,我就开始在网上看了。当时网站已经有论坛了,论坛的入口还特别隐蔽,很"不小心"才能点进去,点进去以后,竟然发现了一个新天地,很多人在那儿聊天。

邵:那是哪一年?

冰:我是 1997 年上的大学,大概是 1998 年、1999 年的样子吧。

肖:那时候论坛上都在聊什么呢?

冰:一般都是日常,讨论一些小说故事、生活趣事。很长一段时间里,我都没有发现这个网站有什么异常,直到我毕业,大概是 2001 年吧,上班后一两个月,有一天我上了论坛,突然发现有人发了一个《拯救晋江计划》[①]的帖子。我想,挺好一网站啊,有什么可拯救的?一看才知道,他们说晋江已经半年没有更新了。

邵:是指它的数据库?

冰:对,它的书库很久没有更新了。我之前都是搜着看,就没有发现首页没有更新这件事。有了这个帖子后,我才去了解了一下这个网站的前世今生,原来它是晋江电信局下面的一个信息港,信息港里有一个

---

① 《拯救晋江计划》,发布于晋江论坛网友留言区,发布日期:2001 年 12 月 28 日,地址:http://bbs.jjwxc.net/showmsg.php?board=2&id=3597,查询日期:2018 年 7 月 25 日。

专门的频道叫"文学"，负责维护这个频道的员工，也就是sunrain（太阳雨），特别喜欢小说，就独立地承揽了所有的工作，自己更新，做得挺有规模的。sunrain特别有才，当时多数网站都是静态页面，她是自己写的代码，包括论坛的代码。为什么后来网站停止更新了呢？因为sunrain调到其他地方去了，离开了晋江电信局，这一块儿就没有人管了，死在那儿了。

眼看这艘大船要沉了，我们这些老读者，觉得还是得拯救一下它。由于这个网站主要是言情小说，基本上都是女孩在看，搞技术的还比较少，所以讨论的人挺多的，但是能干活的没几个，我就帮忙来做程序方面的工作。虽然我的专业是经济法，但我对计算机特别感兴趣，大学自学了计算机，网站的页面、代码，刚好我都会。大学毕业以后，工作也特别清闲，在一个技术公司，没什么活儿，网络环境又特别好，于是我就加入了那个帖子。后来我联系上了离职的sunrain，她让她的同事帮忙从服务器里拿到了管理密码、代码等。通过这样的方式，我们拿到了文学城的管理权限，从此可以恢复更新了。

我还记得恢复更新的那一天，我把首页那个常年没有变的最后一期封面换了，论坛里欢声雷动，说这么多年终于变了！那应该是2002年吧，我上班一年不到的时候。论坛的帖子应该都还存着呢！当时换了张挺丑的封面，一会儿就有人吐槽，终于换了，但是太丑了，能不能换一张。

肖： 之后就恢复更新了吗？之前sunrain负责时的那些书，还有之后你们恢复更新的书，都是从哪儿来的呀？

冰： 恢复了。以前基本上都是sunrain自己扫的，她也是个书迷，工作能力特别强，自己扫了无数的书，再校对出来。应该有几千本吧。但不是她一个人，后来有一些帮忙的网友，可能有十几个人帮忙做这个事儿。后来因为它不更新了，队伍也就散了。

邵： 那几千本是什么书啊？

冰： 基本上是台湾言情小说，可能还有一些转载的武侠小说。其实当年这些台湾出版物在大陆应该全都有盗版，扫校基本上是从盗版来的。我们恢复更新以后，又重新组建了一个帮忙扫校的队伍，大概有五六七八个人。大家又重新开始继续更新。

邵：那时更新的是什么书？

冰：还是台湾言情小说，把当时最新的那些拿过来。当时网友也没有什么版权意识，反正我们也看不到正版，很多人都是自己花钱买的盗版书，扫校到网上。随着时间的推移，慢慢我们就觉得这事儿不太合适。

当时大陆崛起了一个比较大的言情小说出版商，就是广州的"花雨"。最开始，花雨应该是拿到了一些台湾的授权，在大陆出过一批书。后来可能它也觉得这不是长久之道，台湾那边授权卖得又贵，就自己笼络了一批最早、最优秀的言情小说作者，搞了一个自己的论坛，做收稿的网站。其实到了 1999 年、2000 年的时候，台湾那边已经有大量的小说是由大陆作者供稿了，包括奇幻、武侠、言情。之前大陆的作者除了往台湾投稿，没有别的途径，花雨一征稿，最精华的一批人就都过去了。

对我们来说，还是挺有压力的。很多人都想看花雨那边的书，如果我们再扫校，就存在侵权问题了。所以到了 2003 年的时候，我们也自己做了一个文学网站，当时叫"晋江原创网"，是为了与之前的"文学城"相区别，意思是这里的小说是大陆作者自己的原创。一开始二者是并重的，后来扫校那边版权的压力越来越大，渐渐就减少更新、慢慢淡出，原创网逐渐起来了。

当时我们还请了一批比较知名的作者来我们这边开专栏、贴文章，包括江南、今何在、萧如瑟、刘慈欣等，在论坛里现在都还能看到这些专栏，但基本上都荒芜了。

二、义务参与的早期晋江管理者们

肖：当时参与建立、管理网站的都是义务劳动的志愿者吗？大概有哪些人，负责哪些部分呢？

冰：之前负责更新文学城扫校的人跟我们关系不大，后来慢慢消失了。到了原创网，当时主要有我，负责论坛、网友交流、扫校的翠屾，负责推荐出版等业务的 nina，负责和人气作者交流的青枚。我们四个，大概就算是核心团队。我是 2002 年、2003 年左右因为换工作来了北京，

nina 是北京人，青枚是从外地来北京发展，挺凑巧的。其他成员就还在各地。

邵：您来北京上班是因为别的工作？

冰：对，当时是在一个房地产公司做美工，顺便写页面，基本上算个技术活儿吧。

邵：跟您的专业好像还是没什么关系？

冰：对，法律这个专业，我从毕业就再也没有接触过了，主要是自学的计算机。

肖：那您是什么时候开始全职做晋江的？

冰：应该是 2004 年吧，因为我记得 2003 年写原创网的时候，晚上干这个，白天还在上班。2004 年辞掉工作之后我就在家办公了，就连盛大来谈投资收购，都是在我家谈的。达成投资协议之后，2009 年初才有钱搬到现在的公司地点来。

邵：怎么会决定要全职来做网站？

冰：晋江最开始在晋江电信局的服务器上，更新之后，时间长了，用户越来越多，服务器不堪重荷，撑不住了。我们老麻烦晋江电信局去修，也是在人家的工作之外额外给人家找了麻烦。大概 2003 年的时候吧，我们就又发起了一个"救援计划"，募集了一笔捐款，买了服务器，脱离了晋江电信局。

肖：捐款大概筹到了多少啊？

冰：账目都是公开的，发在当时的《晋江救援书》的帖子里[1]。

邵：都是那些来看网文的人捐的吗？

冰：对。当时还有一个网友特别让我感动，他在香港或者国外，寄钱不太方便，就找了个铁盒子，在里头塞了一卷现钞，用 EMS 寄过来

---

[1] 2003 年 1 月 iceheart 在晋江论坛发布了《晋江救援书》后，收到了来自世界各地晋江用户的捐款。2004 年 1 月 13 日，nina 在晋江论坛网友留言区发布《2003 年晋江文学城年终总结及捐款使用报告》（网址：http://bbs.jjwxc.net/showmsg.php?board=2&id=40005，发布日期：2004 年 1 月 13 日，查询日期：2018 年 7 月 25 日），公开了这次捐款数额和使用情况：共募得网友捐款 39244.882 元，主要用于购买服务器主机（19000 元）和支付托管费用（14400 元）。

的。我打开一看，一卷钱！好危险啊！

邵：最初上晋江的，就是说晋江电信局的阶段，都是些什么人啊？

冰：真的都是天南海北的，广州的、上海的、重庆的、香港的，甚至还有国外比如美国的，各地的都有。当时我们的年龄可能都差不太多，都是高中、大学阶段，个别的刚上班一两年，都是女孩。我们曾经拉拢过两个搞技术的男生，但是没有长久，只给我们做了一部分场外支援工作就离开了。

邵：您感觉这个圈子大概有多少人？

冰：当时参与到"救援计划"的热心读者，可能有 20 个左右吧。人员一直在流动，但数量都差不多。捐款的比较多，我们当时有个捐款名单，应该有几百个吧。

邵：那读者呢，比这个更多吧？

冰：大概怎么也有几万人吧。我爸当年跟我开玩笑说，如果能收费，你就不发愁了，一人给你一块，你就有几万块。

邵：这几万人天南海北的，原来都是席绢、琼瑶的粉丝，没得读了，就到网上来看盗版？

冰：对。当时我们没有广告，也没有接广告的渠道，纯靠大家捐款买了服务器、交了托管费。服务器不太贵，当时好像是一两万一台，托管费一年是几千，还是因为找了熟人才算得便宜了点，后来随着服务器的增加涨价。

到了 2003 年下半年、2004 年初，才慢慢有了代理出版业务，但当时也非常便宜，一本书稿费可能也就几千块钱，作者拿个六七千，我们分个六七百、一两千。这点钱，基本不太够托管费。当时我老公，就是管三（晋江副总裁刘旭东）嘛，我们还没结婚，他在卖博朗电子书，晋江就给他做了个广告，收点提成。他也是搞技术的，也帮我写了不少页面。

我当时那工作，做广告嘛，老是让加班，白天干完活加完班，晚上还得负责网站的更新、一大堆事儿，特别累。刚好我突然有点私事，就辞职在家了。我平时生活其实不怎么花钱，当时我攒了差不多一两万块钱，感觉应该能撑挺久。我在北京住的是一个不到 9 平方米的地下室，一个月的租金大概是 150—200 元吧。所以我生活是没问题，当时愁的基本就是服务器和托管费。

肖：那在 2008 年实行 VIP 制度之前，您一直都没有给自己发工资吗？就是靠自己以前的积蓄生活？

冰：差不多吧，我爹妈还会资助我。后来结婚了，管三是有钱的，他有收入。

邵：全职管网站，就是每天上网、更新维护、管理论坛，乐在其中？

冰：就真是乐在其中！现在我没事看论坛，常常也能刷一天。

肖：您逛论坛，应该会看到我们经常吐槽，晋江的服务器老是抽！

冰：这是个梗了。真的不是我们没有服务器，我们现在有几十台服务器，还是说我们舍不得买（笑）。

肖：最近一两年感觉好一点了，不怎么抽了。您是到什么时候才觉得，晋江作为一个事业，是能够做下去的呢？

冰：2004 年之后我们代理出版书了，应该是明晓溪"明若晓溪"那一波①吧，那个时候就觉得可以经营下去了。

肖：是 2004 年 3 月办小魔女书店那段吗？

冰：比小魔女书店还要再往后一点儿。小魔女书店其实没办多久，它是一个网上书店，当时主要是在卖我们代理出版的书。我们没有经验，在家里也没有公司，就让人给告了，被工商局给查了，无照经营卖书。

肖：被查了以后，就成立公司了？

冰：没有，被查以后我们就把书店关了。正式成立公司是 2006 年 8 月。

三、"女性向"与耽美

邵：您刚到晋江那会儿，有"腐女"这个概念吗？

---

① 2004 年 4 月，明晓溪的"明若晓溪"系列开始由晋江代理出版（记忆坊工作室，新世纪出版社）。此后，明晓溪的大多数作品，包括《小魔女的必杀技》(2003)、《烈火如歌》(2003)、《会有天使替我爱你》(2004)、《泡沫之夏 1—3》(2005—2006) 等，均由晋江代理出版。

冰：当时文学城"腐女"其实不多，主要是在论坛里。sunrain 最早做的论坛一共有五个版块：交流区、买卖区——交流二手书的、原创区——贴原创文的、评论区、耽美区。

邵：这些"腐女"是从哪儿来的呀？

冰：耽美是从日本传过来的，中国大陆最早应该是桑桑学院吧，再后来是露西弗。我们当时的论坛主要是个露西弗答案汇集区，因为露西弗入会需要考试，那个时候第一没有百度，第二那些书你不一定能搜到，好多人来这儿问。我们是卖参考答案的（笑），想入露西弗的话，要从我们这儿拿份答案回去。

邵：您对耽美的态度是？

冰：我个人可以看，但是我看耽美和言情差不多，不会特别地挑哪一种。我第一次接触耽美，是大学的时候看盗版小说。我以为是本言情小说，以为它印错了一个字，怎么全篇都用单立人的那个"他"，明明应该是女字旁的那个"她"。看了好几本，都没明白怎么回事，直到看到有一本后面印了点读者评论，说第一次接触 BL 小说。我才想，什么叫 BL 小说？我就到网吧去查，才知道原来不是人家印错了。但那时候数量还特别少，在租书店租书的时候，十本里头偶尔会误借一两本，也没有明确的分类。2003 年原创网成立的时候，耽美已经比较壮大了，所以我们网站文章属性的构架就直接有性向这个选择了。

肖：如何判断耽美壮大了？是一下子增加了很多这类投稿吗？

冰：确实文越来越多了。我们其实没有故意做耽美的版块，只是性向的分类，一开始确实分了四个类别（言情、耽美、百合、女尊）。我觉得分类还是要学术一点嘛，你要让人选，就把该有的都列出来呗。

肖：到 2003 年原创网做起来的时候，耽美和言情的比例大概是什么样的呢？

冰：我没做过统计，感觉大概能有个 1∶3、1∶4 吧。

肖：同人的分类也是一开始就有吗？

冰：有的，也是因为当时有这个题材的文，我就加上去了。我本人很少看同人，因为我不太看日本动漫，后来出现的红楼同人这一类我看。

肖：您怎么理解"女性向"？我说的"女性向"，是指只写给女性看、不考虑男性观众。以前琼瑶可能也是主要写给女性看的，但她写的时候心里会想着我这个是公开出版的，还是有一些东西是要符合社会大众的标准。但是现在在网络上，尤其像耽美，我们不会想着男性读到这个会是什么感受。以前是公开的，是面向大众的，但是现在的我们只是面对我们那个圈子。

冰：那女尊啊耽美啊，应该都符合你说的这种"女性向"。

肖：我觉得它对女性主义的整个发展一定是有一个推动和促进的作用的。比方说，耽美出现了之后，我们在现实生活中对于恋爱的理解可能就跟以前不一样了，我们会要求两个"人"之间的恋爱，而不是一男一女的恋爱，性别不再是定义一个人的框架。腐文化扩散到大众文化之后，我认为对整个社会的婚恋观都是有一定的影响的。

冰：我觉得，对大众对同性恋、耽美的宽容态度可能是有影响，但对两性观有没有影响，我个人没有感受到。但我觉得，耽美首先刺激了其他类型，比如说女尊的出现，没有耽美的话可能不会有女尊。

邵：您算一个"腐女"吗？

冰：那得看怎么定义。反正我是什么文都能看，不会说只看耽美、不看言情。

邵：那对您来讲，比如看耽美和看言情有什么不同？

冰：我看言情很少看纯感情戏的文，肯定要掺着剧情我才看。但我看耽美，就可以接受那种纯感情戏的小短文。

四、晋江的管理风格与互动氛围

肖：小粉红论坛从最早到现在一直是由论坛的那批人自己管的吗？

冰：不是，都换了无数波的网友。但是还是一个独立的性质，基本上还是网友义务做版主。几个主要的论坛，比如客服的论坛是由我们工作人员看着。

肖：有什么管理上的联系吗？

冰：我们论坛的总版，是公司员工在管理。其他就是一些功能上，或者是大方向上的，比如什么东西不能说，这一类的会有管理。另外就是对版主的投诉，比如处事不公啊、该删的帖没删、不该删的删了，这是由我们管理。

肖：为什么论坛还一直保留着最初的样子呢？

冰：我们的论坛还挺好玩的呀，就是一个小型社区的感觉。能看到很多新鲜的事，有新闻，也有关于作者们写作技巧的讨论，有关于文章的一些评论，还有一些家长里短。我每天都在上面看好几个小时，逛逛碧水（碧水江汀版）和兔区（网友留言区）。

肖：您会关心论坛，包括其他平台网友的这些评论吗？

冰：会啊，我们到现在还天天在论坛回答问题。前两天一个作者说，能不能增加一个功能？我老公看见了，说可以是可以，但是我们不知道怎么设计，你们能不能自己设计一下？网友就开始各种给设计稿，P了图发上来说这样好不好。然后就有人冷嘲热讽，说设计的活儿都要让网友干，你们自己还能干点什么。也有人马上说，我觉得这样很好，特别有当家作主的感觉。基本上晋江就是这样一个氛围。

前一阵有人因为合同的事骂我，我就写了一篇文章回应。有人说我们这样做特别不专业，我回复他说，"你说错了，我们之所以能这样走到今天，就是因为我们一直不专业"，然后就被好多人骂了。但是我自己仔细想了半天，真的是一直因为我们都"不专业"，我们所有的选择，都不是基于专业的想法得来的。

比如，最早别的网站都有VIP制度了，我们没有，就是因为我们不专业，我们不敢，要先看别人死不死，多等两年再说。再比如，有的网站请了一些专业的内容部门，来引导作者应该写什么更赚钱之类的，我们没有，我们的编辑基本就只负责数据录入，对作者的掌控性很低。因为我们"不专业"嘛，编辑不太会调教怎么出热文，就干脆别调教了，让作者自由生长。我们好像真是因为"不专业"，才走到今天的。

肖：晋江的氛围之所以这么好，有困难大家都愿意来捐款，论坛也很活跃，也是因为您所说的这种"不专业"，不去做大家眼中商业化的一些事情吗？

冰：也可以这么说吧。我这个人就是这样的性格，我还蛮喜欢大家这样其乐融融的，有什么事就发帖子跟大家交流："这个事儿现在咱们决定这么办，你觉得好不好？"要是觉得好，咱们就这么办。有的时候我们做一些改动，做完以后大家都骂，我就说那我们再改，大家说怎么好就怎么改。晋江最值得夸耀的，一个是产品的种类线比较多，再一个就是在这个交流的氛围上，无论是读者与作者之间，还是用户与网站之间的交流氛围，确实相对别的网站来说好很多。

肖：您说晋江的产品种类比较多，怎么保障这种特点呢？

冰：一个是制度上，我们是严禁编辑干涉写作的，编辑不会引导作者该写什么、不该写什么——当然除了国家规定不能写的。版面推荐的调整上，我们也有意识地去推稍微冷一点的类型。

邵：那还是不完全无为而治，还是会有引导。

冰：要是完全不管的话吧，也会走到一窝蜂扎堆热题材去。

肖：晋江现在有多少员工？

冰：八十多，不到90。管理层大概就10个人吧。

肖：这个团队是怎么建立起来的？我注意到其实编辑的流动性还挺大的。

冰：其实我们的编辑流动性很低，我们没有从别的地方拉过人，都是自己慢慢培养，转行，然后学习。包括我们从商务变成产品也是，都是摸着石头过河，但是这个过程中我们会很看重用户的反馈。

肖：晋江现在跟阅文集团是怎样的管理关系？

冰：我跟阅文之间还是有股权关系的，5:5的比率，但运营我们一直是独立的。

邵：这5:5是怎么算？算谁控股？

冰：谁都不控股，商量着来。谁都没有决定权，但网站也不能不运行啊，所以基本上盛大（现阅文）会退让。

肖：为什么会坚持50%持股呢？

冰：因为不专业嘛！觉得他们不能拿大头，然后就一直坚持下来了。也没有想过它能造成什么危害，就是觉得万一呢，就一直没有松过口。后来事实证明，确实也做对了。

邵：怎么"对"了？

冰：比如盛大时期，后期做了很多整合的工作，包括当时有一个云中书院，要把旗下所有网站的资源都直接供给云中书院，去统一卖。别的人都是小股份，不答应也得答应，我们至少可以不答应。

邵：那你们的收入怎么分？

冰：定期上交报表呗。阅文上市也跟我们没什么关系，我们的利润能合并，但是业务收入都不能合并，得超过50%才能合并进营业收入里。

肖：那在资源方面是不是会造成一些影响？

冰：要说影响，肯定也有。比如大家瓜分腾讯阅读APP上的流量，就没我们的份儿。比如说一共有20个推荐位，起点2个、红袖2个、谁谁2个，肯定没我们的。可能腾讯的书库里会有一部分我们授权过去的书，但他们不会给晋江固定的资源分配。

再一个就是，如果像其他网站那样接到腾讯书城以后，可能主要的流量就被那边的读者给控制了，对整个网站的用户群体、类型选择，都会有巨大的影响。

五、移动时代的晋江

肖：如果要给晋江发展历史划几个阶段的话，您会怎么划？

冰：第一阶段肯定是野蛮生长的阶段，第二应该是从原创网开始，第三肯定是有VIP制度之后，第四肯定是移动端吧，是个挺大的转折。

肖：移动端对晋江的影响是什么时候真正开始的？

冰：有了智能手机影响就蛮大的。有一个阶段，PC的流量基本停止增长了，大部分用户跑到了手机。晋江很长一段时间都没有APP，是2014年有了初版，2015年才比较稳定。当时（2009年12月）我们有个WAP站，但相对APP来说简陋很多。有APP后，确实有迅速的流量上升。

肖：APP出来得太晚了。我2013年就问过管三，晋江为什么还没有APP？管三说正在做正在做。

冰：我们走了一些弯路，APP找不到人做，我们自己没有这个软件开发能力，都是找外包团队，来一个跑一个，难度很大。我印象中，有一个团队做到收藏列表开发，就做不下去了，因为他们的技术能力无法承载晋江用户那么大收藏量的加载，代码支撑不住，也不知道如何去更好地实现。我们甚至有缩减需求，甚至降低需求，但还是不行，后来那个团队就夭折了。一直找到第三个，到 2014 年才做出了安卓版本，2015 年推出了 iOS 版本。现在也算是我们自己的团队了，因为第三个团队刚把安卓的版本做出来就倒闭了，我们就把给晋江开发 APP 的团队全部接手了。

邵：你们好像也不着急做出来。

冰：没有那么强的意识。但大家都做呀，用户的呼声也高，我们只是不"焦急"而已，也想做，但做不出来也没办法。

邵：主要是 PC 端活得挺好的？

冰：WAP 也挺好，很快就超过 PC 流量了。

邵：那现在 APP、WAP 和 PC 的比重大概是什么样？

冰：如果 PC 一成的话，WAP 占比可能少一点，1∶4∶5。

肖：WAP 还能占四成啊？！

冰：对，如果算少一点，大概就是 1∶3.5∶5.5。

肖：这个比例我没想到，为什么有了 APP 还有人看 WAP？

冰：WAP 等于是一个简洁版，一张图没有，超级省流量。定位的是能上网，但不是智能机的手机都可以用。

肖：现在回头看，会后悔 APP 做太晚了吗？

冰：这个问题我琢磨过。我查了下资料，掌阅零几年就开始做 APP 了，我们肯定追不了先。大家路子可能也不一样，掌阅一开始就是做移动端的，这两年反过来要做一个 PC。我跟他们的人聊过，现在为什么做 PC，这些东西都没流量了。他们说也是用户反馈，不然好像总觉得没有一个大本营。当然也是因为后来他们也想做原创、做内容了。

邵：有移动端后，那些原来在晋江的所谓"老白"，有被大量新涌进的"小白"稀释吗？

冰：肯定会稀释，但整体氛围还行，应该没有太大变化。可能因为"小白"进了晋江就慢慢接受这样的风格了，如果不合适可能也就走了。

肖：今年我们在"网络文学+"大会上看到晋江给的数据，是说 2016 年 6 月到 2017 年 6 月一年间增长了大概 25% 的新用户。

冰：差不多，确实增长了挺多，基本都是手机用户，网站的流量收入也随之有增长。

肖：那网站的氛围，您觉得变化大吗？我个人的感觉是，很多文底下出现了不像是以前在晋江看文的读者的评论。

冰：有可能，读者的变化相对会更大，我觉得作者变化相对小。但可以明显地感到，晋江用户群的年纪总体是在上升。

邵：这个年龄我们能有数字吗？

冰：目前18—35岁占大概70%，男女比例差不多1∶3吧。

肖：这个用户画像是怎么做出来的？

冰：我们的数据是我们的第三方数据统计平台根据用户行为推测来的，不是做调查问卷，或者他们自己填信息之类得来的。

六、"脖子以下不能描写"

邵：当年这"脖子以下不能描写"是您提出来的？

冰：是我提的。主要是"净网"时期为了方便审核人员审核。总得有一个标准，不然到底是能过还是不能过，这个随意性太大。原先网站对于描写尺度也是有要求的，在跟作者传达的时候，有的作者觉得把握不住。干脆就说不要写脖子以下的部分，也是为了给所有人一个一眼就能分辨的标准。

其实这个事情也是源于管理部门太多，每个部门、每个工作人员对内容的评判标准都不一样，我们没法左右管理部门的想法，只能去要求作者。去年听说的一个事，莫言的《丰乳肥臀》获奖，已经出版的实体书三审都没有问题，电子稿放在某个网站进行电子收费，被相关部门约谈下架（笑）。他们对标准不同的解释是说，出版书经过编辑的把关了，即使个别描写超标，但是总体内容没有问题；网上的书，编辑既然没有一个字一个字看过，你就得更严一点。

邵：是这样的，存在很多标准。一些标准是，作为艺术创作就可以。问题是谁来判断是不是艺术创作。

冰：这个事情我也考虑过。我处理过一些作者，作者其实是很不服气的，觉得为什么出版的书可以，我的不行？我们也在想，有没有可能让这样的专家组成团体，针对作者有争议、作者不服的情况，我们提交让大家来评判，是过线了，还是为了情节。

邵："净网行动"时号召读者来自审，是怎么回事？

冰：其实2014年之前，我们也是按照当时的审核标准，文章都没有问题。可是2014年突然标准又收紧了，按照最新的标准，原先过审的老文也不安全了，我们就面临一个很麻烦的事情，要把所有历史库里面的文都过一遍。这可是几百万的作品，量非常非常大。而这个审核呢，又要以章为单位，这个几百万再乘每一部作品的章节，是一个非常庞大的数字，依靠我们当时的审核团队是绝对无法完成的——当时专审团队是10个人左右。你又必须要在尽量短的时间内把这个事情完成，不然多一天就是一天的风险。除非像当时有一些网站，把站全关了，然后审一本放一本，但是这样对于网站的影响又非常大。

我们就决定新建一套系统，还是以章为单位，一个章节放在这个审核系统上，会同时投放给三个互相不知道但是有权限的网友。这些网友是我们通过一定方式筛选出来的。他们三个人同时进行审核，要判断过还是不过其实很简单，就"脖子以下"你觉得有还是没有嘛。三个人的投票只要有一个人不过，那么这个章节就会被投放到下一个环节，也就是我们十几个人的专审团队。如果三个人全都判断过的话，我就认为它是安全的。用这种方式，就能在较短时间内过一遍这个库。

邵：那审出来没通过的话怎么办呢？

冰：如果审核不合格，那这个章节就暂时锁定屏蔽了，然后作者就去改，改完了以后再重新进这套系统。要没有问题的话就解锁了，可以正常阅读。

邵：那是不是大部分都有问题啊？

冰：其实没有，要是大部分都有问题那就完了。

邵：可是"脖子以下"呀……

冰：但不是一篇文章的每一章都有这个东西。比如这个文章有50章，只有那么一两章有这方面的情节描写。而且我们在网站上先发了公告，向所有作者告知了这件事情的严重性，你自己写了什么，你自己最清楚，觉得哪儿有问题自己去改，因为改的这个权限作者自己有。你要说我改不了,那你也可以把它先锁着。当你要解锁的时候,也会自动触发进到这套审核系统。

邵:就是说,先等作者自查一下,然后又号召网友来。当时参与审核的网友有多少人?

冰:我们大量发放了权限,最后主动参与过的有大概100万人。

邵:他们是出于什么动机?

冰:第一是好玩,点进去看看能干点什么;第二是可以挣钱嘛,我们有一点报酬,虽然不多,但是够你看一天的文章了;第三呢就确实是热心帮忙。所以我说我们的互动比较好,感情牌还是有用的,着急的时候可以有100万人来帮忙。

邵:这很了不起了。

肖:大灰狼事件[①]对晋江有什么影响吗?

冰:没有大影响,跟我们其实是没关系的。因为她出问题的其实是她自己做的定制(肖:"非法出版物。"),但网站要配合调查。

七、用户的"小白化"与作品的"甜宠化"

肖:我感觉最近一两年晋江的文稍微"小白化"了一点,甜宠文一直在红,我们在找原因,到底是为什么?

冰:这个事我觉得和整体环境也有关系。比如现在甜宠文流行,很多读者就说现在我就是一点不想看虐文,我生活这么辛苦,不让我看点甜宠,我怎么活?反正跟以前不太一样。

肖:您是觉得和现在的生存环境、整个社会的变化有关?女性普遍的压力比前两年更大?

冰:我觉得是一年比一年大。因为从婚恋到职场,对女性来说,压

---

① 2014年7月2日,中央电视台《新闻联播》播报"净网行动"成果,晋江作者长着翅膀的大灰狼因在定制印刷作品中掺杂情色描写,以涉嫌贩卖淫秽物品牟利罪被依法刑事拘留。受该事件影响,晋江文学城的"原创言情站"和"纯爱同人站"拆分为"言情小说站""非言情小说站""原创小说站""同人衍生站"四个分站,晋江论坛"完结文库""连载文库""同人文库""边缘文库"等分区紧急关闭。

力更大了。比如放开二胎，相对于独生子女来说，对女孩的教育付出就是负面的影响。然后还要求企业给假，国家又不给补贴，这就导致职场压力更大。包括《婚姻法》的变化，还有潜移默化鼓吹女性回归家庭……反而不如1980年代开放，那时还倡导"妇女能顶半边天"。我上一天班，麻烦的事情很多了，各种受到的待遇、方方面面的杂事，回到家又要看一篇反映职场钩心斗角的文，这事儿太痛苦了。

邵：那原来为什么愿意看职场、宫斗、宅斗？

冰：追根溯源，原来写网文，是因为你写的东西不是我想象中的，我就开始在网上写。我写的是想象中完美的状态，我梦想生活的体现。早年看职场，可能觉得比较有拼劲，我还有梦想，想进入职场成为女强人。

邵：那时候需要学习"宫斗"的技能。后来的甜宠，特别强调抚慰性，我知道是假的，但我要抚慰。

冰：对，这是跟整个社会大家的想法相关的。

肖："小白化"不但是因为新用户，也是因为这个社会氛围，是不是还有IP影响？IP让路人粉知道晋江，他们进来了。感觉近两年，晋江的确因为IP原因被更多人知道了。

冰：因为我们APP上线和IP大热基本是在同时，也不太好分清哪个影响更大，可能互相。

肖：你们怎么看待IP？之后会继续往IP方面发展吗？

冰：对于我们文学网站来说，数着指头想，也只有VIP和IP两种变现办法了。我们以前有很大一部分收入来自广告，大概占三分之一，这两年都被视频网站抢走了，现在基本上就剩这两个途径了。如果我们想在IP上更进一步，可能得成立一个影视公司，不光是文学网站的事了。

肖：什么时候广告收入能占三分之一？

冰：2008年商业化之后。但是2010年前后视频网站兴起，广告就都让它们抢走了。其实现在PC端整个流量都变少了，大家都转到移动端了，移动端的APP或者WAP的位置有限，广告多了也太影响用户体验，不再适合放广告了。

肖：现在IP收入是你们大头儿的收入吗？

冰：也不能算大头儿，将近一半，VIP 订阅收入还是挺稳定的。

肖：暂时也没想过要在 IP 方面有进一步的动作？

冰：我们还是继续沿着既定的方向走下去吧。

八、"后净网时代"的类型发展

肖：我们一直在做各个女频网站的扫文报告，近半年观察晋江的文，想做一个"年代文"的专题。您对这种以 1960 年代、1970 年代、1980 年代、1990 年代为背景的"年代文"怎么理解？为什么会突然这么火？

冰：其实年代文是一种更加直接突出"金手指"特点的穿越文。回到过去比较穷的年代，拿出预知能力和其他的一些本领，比如 1960 年代，那时候大家都吃不饱，你怎么带领大家吃饱；1980 年代改革开放，你怎么占领第一波先机。基本上一说年代，你就能够猜到"金手指"的套路了。

邵：就是更细分了、更准确了。

冰：对。你大概能猜到"金手指"的点在哪儿，你的阅读期待就直接被调动了。期待点特别明确，想看这一类文的直接就进来了。

其实女频从 2014 年"净网行动"之后，就极大地收缩了写男女情感互动这一块的欲望。我不知道其他网站，至少晋江基本上都跟男频的类型差不多了，言情都开始以剧情为主，谈情说爱变成了一小部分。以前大家写互动，多多少少都会写一些激情，后来都审到"脖子以下不能描写"的程度了，大家写得也没意思了，就写故事去了。包括现在的"无CP"，就更是倾向于只写剧情，没有什么情感线。

邵：所以这不仅仅是女频感情走向的变化，还是跟国家政策有关系。

冰：对，这个影响非常大。

邵：是不是还存在另一方面的因素，女性经过这么多年情感的成长，原来的那个情感上的巨大黑洞，也被补得差不多了？

冰：我觉得也有。但这个进程可能本来没这么快，咔嚓一下就被迫转型了。

邵：我们在考察晋江的时候，一直有另外一条我们称之为"网络女性主义"的脉络，它跟我们1980年代学校里从西方引进的"女权主义"是两个脉络。但是"网络女性主义"是从最基础、从满足女性的欲望开始，一点一点地在成长，这种成长反而是非常的扎实。欲望慢慢地也跟着这个社会——整个独生女一代成长起来以后的各种变化有关。女性似乎越来越像男的了，她们对爱情处理的方式、看的比重，也越来越像男的了。

冰：对。包括当年女尊这个类型，也是一种体现。

邵：这个过程里边，总是有一个阅读的问题，也有一个生活本身的变化。假如说咱们先稍微忽略现实社会中女性的变化，光从阅读兴趣上谈，是不是只要有一种东西"腻了"，就会有新的东西生长出来？

冰：确实。另外我觉得还跟用户群体有关系，有的网站可能还是原来那些类型，但有的人可能看腻了，就来晋江了。

邵：就是这边的老的成长了，那边的新的还在进入，还是没有被满足。文学史上会有这样的规律：一个健康的文艺生态，应该先有晋江这种纯的、小众的文学爱好者，"胸无大志"，"不务正业"，自娱自乐，或者有一些先锋探索。然后有的网站慢慢壮大起来，可能进入商业文化的主流。这时有些更小众的爱好者就再分出去，迁徙到一个边缘的地方，继续以小众的方式存在。晋江是否处于这种从原来的业余的、小众的到主流方向的发展中？

冰：肯定有这个影响。我们自从"净网"后肉都不能写了，那就跑去别处写。

邵：以后我们能不能说晋江是一个更主流的，或者说商业化程度更深的女性文学网站？

冰：我不太好预判，毕竟还有大量非主流的文章存在。很多作者就是因为爱写，可能对她来说IP是特别遥远的梦，一些中等以上的作者可能会想到IP改编这些，但底层的从地上开始长的作者不太会去想，还是会活在爱的氛围里，可能商业化影响没有那么大。

肖：我们一直在做扫文工作，晋江主要看的还是VIP金榜，最近感觉榜单上越来越多像"快穿"这种容易拿到VIP订阅收入的文，我们喜欢的Priest、非天夜翔在榜单也不一定有非常好的位置。我们会害怕这个最重要的榜单显得越来越商业化了。

冰：但是这个问题永远都是存在的。就像最早没有VIP的时候，我们有人气的月榜、季榜、年榜，那些榜上的文章，和我们每个月代理出版的文章，其实也是两个路子。就是说一直都是两个生态，一部分人就是以网络用户的这种关注度为生的，另一部分人就是以出版啊改编啊这一类为生的，一直都有两个群体。

肖：那对更小众、更精英的那个群体，晋江有想过怎么培养、留住这个群体吗？

冰：当年有一个官推组，就是官方推荐榜，基本上官推榜上去的都能卖出去、出版。这个团队是专门挖掘你们所说的这些"精英"的作品，但她们也是业余的，不是我们的员工。我们最近也在调研，想做一些类似的榜单，来推一些其他风格的东西。但是具体这个数据怎么提取，有多少人工介入的成分等，我们还在调研。

肖：现在即使是像我这样的老读者，要去找新出现的好作品，都只能去看那几个扫文号，才能知道哪些不在榜单上的好文出现了。我要筛掉很多纯粹是商业化、类型化的写作，才能找到这一年出现的有价值的新东西。可能零几年我刚开始看文的时候，榜单上有很多是我认同的，的确都是好文。后来慢慢地，一些上榜的文，我一看就知道是VIP收入非常高的作品，但我肯定不会喜欢。

冰：这说明你老了（笑）。

邵：您觉得核心受众是多大呢？

冰：不，我觉得跟年龄没有关系，跟阅读口味有关，看的数量积累到了一定程度以后。我个人是会从高级搜索标签那里找文，所以我没有文荒的顾虑，我的文都排得满满的看不完的。

肖：您现在会花多长时间看文？

冰：我们现在网站APP有一个朗读功能，我只要不在思考，我就一直听，用听的方式来"看"文。

邵：我听说您是八倍速听的。

冰：我用的是最高速，最高速我还觉得有点慢。我如果一天白天能待十二个小时，刨去思考的时间大概能听七八个小时。

九、"女性向"平台的多元化

肖：我们现在也看到一些同质的网站开始出现，尤其今年5月长佩宣布商业化了。包括我看到最近一两年，白熊也开始做原创的耽美了。对这些网站，您的态度和看法是什么？

冰：这些网站，目前来说还不算是我们的竞争对手，也就只能算同行业的一个新秀吧。希望大家一起共同发展吧。

肖：近两年我可能在长佩看文越来越多了。我们之前采访了长佩的站长和版主，她们有一个"二八开"的说法，就是说在一个大的市场里永远有"二"是代表精英小众的，有一个"八"是大众的。当这个平台越来越被"八"挤占的时候，"二"就会跑到下一个平台去，意思可能就是晋江这边原来的很多用户就跑到长佩那边去了。您有这种感觉吗？

冰：当它越来越主流化的时候，自然有一部分会沉淀在那里，一部分流到另外的渠道里了，这个肯定是这样的。还有一种情况，晋江以前曾经流行过一些种类或一些口味的文章，现在随着主流的文章类型有所转向，比如说更剧情化的文章占得比较多了，以前那种文章可能就会感觉不受到重视，就走掉了，流到了其他一些网站。我觉得这是一个特别正常的现象，就像同人跑到LOFTER一样。这些网站走向商业化转型的时候，也会面临同样的问题——下一轮的流失，这是没有办法的事。

我觉得晋江一直不能算是小众吧，我们其实一直都是"先锋"吧。比如说以前台言是那个调调的，晋江虽然也是言情，但是和台言的调调已经不一样了。然后等到红袖它们都是那个调调的时候，我们又走到下一个调调了。我倒觉得我们一直是"先锋"，是走在前面的，后面的剩下点就剩下点吧。

邵：但是现在可能长佩认为她们先锋。

冰：她们明显是我们前几年的风格。

邵：她们如果是前几年风格的话，怎么那些"老白"会过去了呢？

冰：因为"老白"就好那一口。

肖：我觉得现在晋江和长佩代表的两种风格，不能说谁新谁旧，两种可能都是孕育着先锋性的东西。只是晋江现在越来越让我难找，但是长佩可能人少一点，所以相对好找一些。

十、"合同""签约"风波

肖：晋江 2016 年 7 月公布了新的积分算法，我仔细研究了一下那个算法的参数，感觉长评的作用好像被减弱了一些？

冰：点击与字数、评论与打分、文章与作者收藏，大概每部分占了三分之一。我们做了一个系统的微调，跟原来的结构比，谁减弱了，我还真没注意。也可能原来长评占 40%，现在占到 33% 之类的？也可能。

肖：我们一直很看重晋江的长评体系，这个是其他网站都没有的，也最能让我们看到晋江的土著评论者自己生发出的一套圈内标准，甚至能够形成一个经典的序列。我们担心以后编辑的涉入元素变得更强。

冰：编辑对积分介入非常低。

肖：作者身份的规定是怎么回事？我看到网上有对它的解读，就是如果我签了作者身份，可能以后连我写一篇论文，版权都得归晋江。

冰：其实是这样，确实我们有合同是这样写的，但是当时签这个合同的目的不是为了去限制他的论文什么的。主要当时确实有不少作者是通过一些乱七八糟的形式，企图跳过合同的约束，我们就改得比较严了。后来网友反应比较激烈，我们就又改了版。你对上一版不满意的话，你可以跟我重签下一版。

肖：还有就是签约年限的问题，这个也是网上争议最严重的部分——条文上有个二十年的约，让大家觉得很可怕。

冰：这个没办法。我们其实并不想这么干，竞争对手的压力嘛，你的合约作者到期了就被挖。我们一贯的风格就是，你要挖我们也不留，反正我是不出特殊条款，我不会给任何作者放特殊条款。反正就这一种合同，因为要是给你一个特殊，那我是不是跟所有人都要特殊去谈？我们也没有这个管理能力。

肖：所以现在没有任何"大神"是不同的？

冰：对。因为我们不愿意出特殊合约，别的网站来挖人，我们就很麻烦，所以就搞了一个长的。一般网站最少也是签五年嘛，你可以不选二十年，选个十年，积分差得很少。

肖：为什么不出特殊条款？

冰：很多年前可能有，这几年没有了。很多年前就因为我们签了一些奇怪的合同，然后就没有办法控制，老是不小心就侵了权了。

我们没有那样的管理能力，我们有三四万作者，如果每个作者的条款都不一样，很容易就会出错。之前有过这种事：跟某个作者签了特殊条款，比如说别人都是五年合同，他是三年的，就直接给正常录进去了，然后加个备注说明一下；三年以后合同到期了，我们不知道，还授权给无线了，就侵权了。如果你给每个作者不一样的条款，却没有那么强的数据个性化管理方式或能力，就没有办法实现。

肖：难道思路不应该是晋江需要提高一下管理能力吗？

冰：这个太难了。你要是给作者开了口子，每个人都会提各种奇怪的要求，比如说我所有的言情文不授权，或者我某某年之前的言情文不授权，或者我名下所有作品的某项权利不授权，等等，那我就可能有好几万份不同的合同。对于管理系统来说，就会不断地增加判断条件，条件也会越来越复杂。

肖：那为什么不扩大团队，或者找技术通过数据库来解决这些问题？

冰：因为我们不想这么干呀，没有必要啊。我们就直接对所有的都一视同仁不是更方便吗？否则我会被迫跟每个作者去谈合同，这个是非常麻烦的，每一个人有每一个人的条款。没办法，如果留不住你，就不留你了。

肖：很符合晋江一贯的风格。

邵：这和阅文的策略是不是也差不多？阅文也说，他们不哄作者，你走了的话那我就再培养。

冰：关键是你挖阅文的作者，代价是非常高的。其实当年孙鹏（红袖添香创始人）说过一句话，对我启发非常大——他说，满足用户需求这件事，是永无止境的。其实阅读这个行业，业务模式各个网站都相差不多，大家比的可能就是怎么去满足用户的需求。但是这件事，你在技术上满足60%、70%，可能对用户体验的提升并没有60%、70%那么大。

所以我们不怎么着急，能满足的就满足，满足不了的，明年再说。

肖：我觉得还是您自己的站位问题，我感觉您一直没有把自己当作一个商人，而是当成一个文学爱好者圈内的人。

冰：对，顺便挣点钱。

邵：顺便挣点钱怎么能挣到一个亿呢？

冰：这不主要还是资本热捧嘛，这不是IP一下子就爆发了嘛。

十一、关于海外翻译输出

肖：关于网络文学"走出去"，我们一直很关注。晋江在东南亚这一块的成绩是很突出的，现在听说也有不少海外网站想翻译晋江的作品。最开始是有东南亚出版社找上门来要版权吗？

冰：一开始肯定是他们先找上来，大概是2010年左右吧，后来版权部门做了一些主动的挖掘。

肖：您对女频的网文"走出去"整体趋势、方向怎么看？

冰：我蛮怕炒概念的，东南亚也好，其他国家也好，其实对中国的文化体制是有警惕心的。我们怕炒这个事，其实我们没那么大影响，怕引起人家警惕，反而掐死我们的活动。有一年中越关系变得有点紧张，好像是因为黄岩岛的问题吧，不知晋江的版权输出怎么引起他们政府的注意，就禁止了大概一年多的合作，不让"文化侵略"、不让出版。当时好像越南也有报道，可能没有公开发禁令文件吧，但越南出版社直接告诉我们，不敢买了。后来可能风声淡了，出版社又悄悄来找我们。吃了这个亏之后，我们就有点怕了。网络文学在中国扎根也用了十几年时间，"走出去"就先慢慢来吧。

邵：整个东南亚，马来西亚和印尼对华语的态度一直是非常复杂的，觉得这么大的文化输出的话，是最警惕的。

冰：就不报道，悄悄的。

肖：晋江一直是悄悄的风格，闷声发大财。那英文翻译呢？西方国家呢？

冰：现在好像比较少吧。

肖：好像有网站希望谈合作的，但说这边不是很愿意？

冰：要版权做实体是 OK 的，直接要电子版权的话我们要再考虑一下。之前我们授权过日本还是哪里的电子版权，一点收入都没有。我不记得了，要不就是台湾地区的繁体电子版。

邵：很奇怪，按理来说"天下'腐女'是一家"，耽美文化在中国网络文学中已经获得了如此丰富的发展，它本来应该进入世界的"腐女"文化圈的，但现在反而是男频先实现了通过趣缘社区的海外输出。

冰：我也蛮奇怪的，怎么就没人翻译。

肖：有，但是少，没有跟那个圈子接上。

冰：目前国外的耽美基本都是同人，很少原创。但我们反而是原耽占主流，同人因为版权问题被挤到 LOFTER 去了。

邵：在 LOFTER 有圈子的国际交流？

冰：也没有国际交流，还是国内自己玩。中国作者可能去 AO3 发文，但好像没有翻译。

肖：有汉化，是圈内自发翻译英文大大的好文这种。

冰：那也主要是我们去翻译一些国外的，但很少有国内的翻译成英文的。

肖：两个受众群体没有接上？

冰：也可能因为她们没看到这个新世界。

肖：非常感谢今天您跟我们分享这么多！谈完这一场，感觉对晋江的历史，包括网站发展、主要类型的更迭都有了更深的理解。衷心希望晋江今后发展得越来越好，孕育出更多能陪伴新一代读者长大的好作品。

中层网站的生存之道
——逐浪网创始人、红薯中文网董事长蒋钢访谈录

【受访者简介】

蒋钢，男，1975年生，江苏人。1999年与李雪明共同创立文学殿堂网，2003年10月创立逐浪网。现任南京分布文化发展有限公司（红薯中文网）董事长。

逐浪网是中国网络文学发展早期和移动阅读时代的重要网站之一，是成立时间最早、延续历史最长、最具代表性的中层网站。2004年9月，仿效起点中文网实行VIP在线收费制度。2006年，被大众书局收购。2009年，转售给空中网，蒋钢、李雪明主动离职。二人于2012年4月收购红薯网，重新定位布局后，网站体量大增，逐渐成为掌阅、爱奇艺等移动阅读平台的重要内容提供商。

【访谈时间】2018年2月6日（受访者最后修订时间：2019年7月31日）
【访谈地点】北京，北京大学中文系
【采 访 者】邵燕君　李　强
【整 理 者】李　强　裴昭远

一、从最早的文学书站到逐浪网

邵燕君（以下简称"邵"）：您算是网文界的"元老级"人物了。您做的文学殿堂是最早的书站之一，而且特别难得的是，一直以顽强的生

命力活跃到当下。您后来创建的逐浪网、红薯网是网络文学中层网站的代表，构成了网络文学金字塔的基座。从您这里，可以看到网络文学发展的另一脉图景。您先聊聊自己的阅读和上网经历可以吗？

蒋钢（以下简称"蒋"）：我最早接触小说是上初一的时候，1987年。当时放假，看的第一本书就是《射雕英雄传》。我记得看了两三天吧，基本上也没怎么吃饭，一口气看完了。我那个时候也是第一次接触到小说，看《射雕英雄传》，觉得写得真好，就把金庸所有的书都翻了一遍。后来就开始看一些古龙、温瑞安和卧龙生的书，但我觉得跟金庸的还是差得挺多的。

上网是在1998年的时候，我的一个同学在电信局，后来他跟我说了上网这个事情。当时还很贵，我记得一个小时6块钱的上网费、6块钱的电话费，一下子花12块钱。当时是我同学借了一个他们的调制解调器给我，28.8的猫（调制解调器，英文名Modem，俗称"猫"，是一种实现计算机之间通信的硬件。28.8是指每秒钟传输速率为28.8k），给了我一个上网的账号，我只要花一小时6块钱。那时对网络也没什么太深的印象，最简单的就是去买一份《电脑报》看报上介绍哪些新内容，上网冲浪、聊天室、论坛之类的，然后会上去看一下。我觉得1998年、1999年那个时候上网的人的素质还可以。

李强（以下简称"李"）：您那时在从事什么工作？

蒋：我1996年到设计院工作，做结构设计。我学的就是工业与民用建筑，但是还对小说感兴趣，后来就去上网看小说了。那时是去看黄易的书，他算是一个开创了流派的作家。后来就看风云小说，根据漫画改的，我觉得也挺好看的。

邵：您还看类型小说之外的书吗？

蒋：我刚上网的时候也在论坛上看到了《第一次的亲密接触》，我觉得他的描写非常好。很多好看的书吸引我向网友推荐。所以上网上了几个月以后，也就是1998年下半年，我就开始在网易空间做了一个个人主页，做一些小说的转载，然后向网友推荐。那个时候网上的个人主页虽然比较多，但是类别还是比较少。

李：您的个人主页上主要放的是小说，还是各种东西都有？

蒋：都有。网上也有几个个人主页会转载。比如我刚才说的黄易的小说、风云小说。因为最早咱们叫"分享互联网",大家也没有什么付费和版权意识。那时候其实很单纯,就是想把一些不错的东西让其他网友也能看到。我记得还有人做一些OCR,就是把一些纸质的图书转成电子扫描版的。一般别人都会让注明一下,这是由谁扫描校对的,转载不要删除他的名字就可以。

李: 那时黄易的书好像主要是通过这种渠道传播的。

蒋: 黄易之前的书可能网上没有,基本上是从《大唐双龙传》开始扫描连载,非常火。

李: 您当时在网上看得最多的还是武侠类和玄幻类的?

蒋: 对,最早是武侠、玄幻为主。后来当广大网络写手开始写书的时候,慢慢地类型就丰富起来了。

李: 他们开始自己创作之后最初主要发在哪里?

蒋: 最早是发在论坛,比如西陆BBS之类的。

李: 您当时是怎样建立文学殿堂这个站点的?

蒋: 最初是个人网站,后来我们几个个人网站联合起来做了一个聚合网站,内容包括手机电脑介绍、美女图片等。聚了以后,每天有5万的访问量,在个人网站中流量排在前五。但后来合作这种松散的模式做的时间不长。1999年我们几个做文学的就单独拆出来,做了一个文学殿堂。文学殿堂最早是做转载、推荐。

李: 您那时候会去黄金书屋吗?

蒋: 黄金书屋跟我们的文学殿堂是齐名的,不过它做得比较早,做得比较大,书比较多。当时我在网上还跟它的个人站长交流过,好像姓喻。那时候大的书站就是黄金书屋,然后是书路。

李: 2003年10月正式成立逐浪网的时候,文学殿堂已经发展到了什么规模?

蒋: 文学殿堂那时排第三,黄金书屋和书路的流量更大一点。然后就是榕树下。

李: 您那时跟榕树下有交流吗?

蒋: 榕树下1999年在上海办第一届网络文学大奖赛,请了好多业内人士,我们也去参加了。那是我第一次去上海,印象非常深刻。在一个小弄堂里吃盒饭，就要十几块钱，我觉得上海东西真贵。

李：您那时候意识到你们和榕树下有什么区别吗？

蒋：我觉得榕树下规格比较高。我们就是个人站长，而他（指榕树下创始人朱威廉）是美国回来的，是有投资的正规军，也是正规打法。但我觉得那个年代其实都没什么讲究，就看最后谁能活得长久。我觉得榕树下更多的是短篇，更加"高大上"的风格。

李：那时能在网上看的文学作品，主要就是您这边的武侠、玄幻类型小说和榕树下那边的文学青年的短篇随笔吗？

蒋：是的。当时我们这边可能更多的是武侠、玄幻加上一些科幻，科幻是自己找的，比如倪匡的《卫斯理系列》。榕树下更多的是短篇和都市情感。而且这种类型也涌现了一批写手，短篇确实做得还可以。

二、逐浪网的商业化

李：您当时成立逐浪网的时候，有没有考虑 VIP 收费？

蒋：我们中间经历了 2001 年互联网的低潮期，三大门户在美国的股票已经跌到了一美元以下，长此以往就要退市了，但是 2003 年的时候我的合伙人李雪明在西陆 BBS 上做了一个幻之天空的论坛。他和我说想再重新做一个文学网站，于是就一起做了逐浪。刚开始做的时候其实已经有了类似的文学网站，像幻剑书盟、起点中文网。

李：大概 2006 年，很多网站其实都卖给了互联网巨头，逐浪为什么会选择大众书局这样一个出版公司？

蒋：我们当时给自己的定位，就是全国排名前三的文学网站。起点、幻剑肯定是比我们大一些。但是其他的例如爬爬、天鹰肯定是不如我们的。个人网站做到一定阶段，肯定要借助资本的力量才能发展的。服务器、带宽、人员、福利，也都需要资本的支持。当时业内前两名都已经借助了资本力量，起点中文网背后的盛大、幻剑书盟背后的 TOM 都是比较大的公司。他们会发展得越来越快，我们就跟不上了。我们也想找一家稍微有些实力的或者有些理念相合的资本，借助他们的力量做大。

最早跟我们联系的是方兴东做的中国博客网。卖给大众书局主要是因为他们在南京，我跟合伙人都是江苏的，之前都是兼职在做。我们想一起去南京，把这个网站当事业做。

李：它有很多线下书店，你们的选择和这个有关吗？

蒋：有。我们是线上，它有线下，合作可以做到线上、线下的资源互补。这种线上、线下就是鼠标加水泥的这种模式。他们当时想在香港上市。当时觉得这是一个机会，我们可以借助资本。一方面是因为业务发展需要，另外一方面还有很多政府关系，这不是我们擅长的东西。我们希望去借助它，能够在这两方面做一些工作。

邵：大众书局是新加坡的？

蒋：它是鸿国集团下面的鸿国文化的，鸿国集团是在新加坡上市的。

邵：大众书局是怎样的发展方向？

蒋：其实它不是单纯做书的，是做商业地产。比如它先在这个繁华路段开一个书店，通过书店带人流，然后再把边上的地方带起来，就是一种商业地产。

邵：那你们当时想做的是什么？你们做这个网站，然后线下出版，在他们的书店卖书？

蒋：对，还有作者签售，还有一些合作。当时谈得挺好的，确实是有资源互补的，而且目标也很明确。比如说通过两年、三年把这个做大，然后打包上市。

李：方便透露一下是多少钱收购的吗？

蒋：大约1000万。

邵：全资收购吗？

蒋：我们还留了一些股份，因为当时是奔着香港上市去做的，就留了一些。

邵：管理团队还保留吗？

蒋：对，我们签了三年的服务期。

邵：服务期满之后你们要离开逐浪网吗？

蒋：没有要求到时离开。当时签三年，是整个收购里把服务期包进来了。

李：你们三年期满之后没有继续签约在逐浪网待下去，是因为没有实现预期？

蒋：是的。我们当时的想法很简单，还是把逐浪当成自己的孩子一样看的。虽然卖了，但我们希望把它做大。当时也做了一些动作，但他们之前承诺的投入，包括资源，没有完全到位，加上一些发展理念的不同，我们就出来了。后来他们把逐浪网卖给了空中网。

三、作为同行如何看待起点中文网的成功

邵：今天看来，2003 年左右的网文江湖是群雄逐鹿的年代。龙空、幻剑、起点都在寻找不同的商业模式。最后，起点中文网的路走通了。作为同行，您觉得他们成功的主要因素是什么呢？

蒋：我觉得最重要的就是他们抢占了先机。他们是最早开始推 VIP 制度的，最早签约了一批作者，然后最早商业化运作。回过头来讲，现在这个点让起点那帮人出来，再重新做一个站，如果没有资本，没有腾讯的帮助，它也很难起来。它抢占了先机，对它的帮助最大。

邵：以您业内人的看法，阅文的体量现在在整个网络文学格局中大概占几成？

蒋：网络文学行业的营收我觉得要分开看：狭义上是纯粹的电子收入，就是订阅分成的收入和作者的稿费收入挂钩；广义上包括出版、翻译、有声、漫画、影视、游戏、周边等 IP 收入。阅文依托腾讯的资源支持，在 IP 方面的拓展能力很强，占据这个市场的过半份额。单从狭义的电子收入来看，阅文的市场占有率并不是很高。

单从 APP 来说，我觉得像掌阅其实比阅文更强，只不过掌阅有它的渠道成本，阅文可能渠道成本会相对低一点。书旗的主要成本也会比较低，因为它是靠 UC 给它带量，内部可能 10% 的渠道费用。阅文的体量够大，当然它自己宣传说有多少万本书，有 100 个月收入过 10 万的作者，我觉得这些还没达到。而且这几年起点的作者流失也挺多的，原因就是一些霸王条款。它能消化的作者也就这么多。好多作者在它那可能没有推荐或觉得出不了头，就会被其他网站分走。

李：我们设想一下就是如果您重生回创立逐浪网的时候，你觉得在哪些方面能做得更好更大，甚至把起点中文网干掉？

蒋：我会把它最早的那几个顶尖作者撬过来，就像流浪的蛤蟆、唐家三少等。在起点开始推 VIP 的时候，其实他们也受到了冲击，最后就靠蛤蟆的《天鹏纵横》帮它拿住了不少用户。我可能的做法就是把它几个前期 VIP 的重点作者拿过来。另外就是网站流量的推广我们会优先考虑。

邵：有一次好像是邪月他们开玩笑，说想过他们如果重生，唯一要做的就是卖给盛大。

蒋：盛大确实风头比较劲。我刚才没好意思说，除了作者和推广流量，也会主动去联系一些资本抢占先机。我觉得起点的时间点掐得特别好，都是先人一步做出了这种尝试。

邵：我觉得他们的决策很好。

蒋：另外可能就是他们最早的六个人团队，有比较明确的分工，有负责技术的，有负责内容的，不像其他网站可能就一两个人，团队力量不够。

四、红薯网的目标是渠道的前三供应商

李：您是什么时候接手的红薯网？

蒋：2012 年我回到南京，就跟现在的合伙人组织团队接手了红薯网，红薯网那时候是亏损的。

李：它最初是做什么的网站？

蒋：最初其实是掌阅投的一家网站，但他们刚开始没做好，后来跟掌阅谈好合作，我们回去接手做这个事情。

邵：那您现在做红薯网有怎样的目标定位？

蒋：我当时做逐浪网做了一半把它卖掉了，逐浪网虽然现在发展还行，但我觉得好多理念没有做下去。我想重新做一个超过逐浪的网站出来。我的兴趣爱好还是在这一块，而且我有很多作者朋友，想继续从事自己的爱好。现在给红薯网的定位，还是在版权内容的这种生产和储备上，目标是做到各大渠道的内容供应商的前三。

李：您刚才说想实现当时没有实现的理念，可以具体说一下您的理念到底是什么吗？

蒋：我觉得逐浪的平台，现在做得也很好，但是因为资本的制约它没有服务好作者。我们是想把这些作者都服务好，跟作者双赢。

李：我找材料的时候发现，龙空还有一些贴吧里，对逐浪网的怨言好像还不少。

蒋：主要是稿费不透明。但一般网站多少都会存在这个问题。

李：有解决办法吗？

蒋：网站是有运营成本的，这些数据作者随时可以来查，或者我主动给你提供比较详细的数据。但它没法做到完全透明，因为有些也是第三方渠道给我，我再给作者的。我能做的也只是选择我信任的第三方渠道。

李：红薯网现在的定位是做一个男频网站？

蒋：我们现在男女频都有，编辑部都是分开的。就从内容储备量来说，我觉得我们是一个综合性的网站。

李：现在红薯网的体量大概有多大呢？

蒋：我们去年大概做了2.2亿收入，给作者发了1亿稿费。

邵：现在的局面下再做一个文学网站，得找什么样的差异性定位才能发展起来？

蒋：我觉得现在的文学网站，大多数已经有了变现的渠道。而且它们是绑定比较深的，比如投资关系或者股东关系的这种形式。这样的状况对于新的文学网站来说，还是挺难的。但并不是没有机会：

第一，阅文的大部分作品也是无线"小白文"的，从内容上并不是不可替代的。阅文把自己在掌阅的作品撤走了，但是我们会发现其他CP（内容提供者）立刻把这些空儿都给补上了。就大部分作品来说，阅文其实也不是不可替代的。

第二，网文行业也存在着"店大欺客"和"客大欺店"的逻辑。顶级的"白金作家"可能只给阅文签电子版权，其他的版权都抓在自己手上，这样可能就是作者强势一些。当然对大部分作者来说，阅文都是强势的一方。我们想站在作者的角度考虑，要么代理作者版权，要么买断，都说得很清楚，是想让作者尽可能多赚到稿费。我们推荐的IP改编，在价格上也会征求作者意见，作者同意了，我们才去推进。我们想要双赢，然后把这个产业做大。

邵：那现在读者流量是从哪儿来的？比如大家想看网络小说，可能就去起点中文网了，怎么会上一个新的红薯网？

蒋：红薯网做了几年，有一批老用户。但现在流量都集中在UC、书旗、掌阅、爱奇艺、搜狗等各大渠道的手上，我们要通过各个渠道的分发获得收入。我们2/3的收入都来自各大渠道。同时，我们也要保证自己的网站、APP有一定的流量。这一定量的保障可以帮我们签约新书，在自己的平台去试一些书的好坏。我们主要的定位还是做好内容储备，另一方面给我自己主站的作者一些补贴。

邵：感谢您为我们讲解中层网站的生存之道，让我们明白了网络文学的金字塔底座是怎样建成的。

不是"文学青年",而是"网站经营爱好者"
——潇湘书院创始人潇湘子访谈录

【受访者简介】

潇湘子,本名鲍伟康,男,苏州人,潇湘书院创始人。

潇湘书院2000年建立,是中国网络文学早期知名个人书站,后转型为以"古风言情"为主打的女频商业网站。在书站时期,潇湘书院以扫校港台武侠小说为主,2004年后开始扫校港台言情小说,聚集了一批爱好者。2005年开放原创投稿,转型为原创小说网站。2007年进入商业化运营,定位为以古风言情文为特色的女频网站,删除男频内容;7月推出VIP在线收费制度,成为继红袖添香之后第二家女频收费网站。2010年3月被盛大文学并购,仍以古风言情为核心类型。2015年随盛大文学并入阅文集团。2016年鲍伟康离职。2018年阅文整合女频资源,推出移动阅读APP"红袖读书",潇湘书院作为阅文旗下网站,亦成为内容提供平台之一。

【访谈时间】2018年1月18日(受访者最后修订时间:2019年8月10日)
【访谈地点】苏　州
【采访者】肖映萱　项　蕾　王　鑫
【整理者】韩思琪　许　婷　徐　佳　秦雪莹

一、潇湘书院的建立：从扫校到原创

肖映萱（以下简称"肖"）：潇湘书院是商业化阶段非常重要的女频文学网站，我们团队从 2016 年开始每年都在做各个网站的扫文工作，其中潇湘也是我们重点观察的扫文对象来源。但是我们目前能掌握到的潇湘历史发展方面的资料非常有限，希望能从您这里拿到一手资料。

还是从您自己的经历开始讲起吧。您作为一个男性读者，本人喜欢看什么样的小说？怎么会想到做潇湘这样一个女频网站呢？

潇湘子（以下简称"潇"）：我喜欢看的主要是武侠小说吧。像我这一代人，初中、高中的时候，台湾的武侠、言情小说传到大陆来，大家都特别喜欢看。至于做网站，做文学网站，不是因为我喜欢看小说——其实比起小说，我更喜欢玩电脑游戏。我以前是在飞利浦公司做销售的工作，长期在外出差，大部分时间一个人很无聊。那时候接触了一些同行，我被他们带着，觉得电脑游戏挺好玩。玩完游戏又觉得电脑这东西不错，挺有意思。2000 年，我自己去买了一台电脑，开始瞎琢磨。那一年前后，互联网上开始流行个人网站，大家觉得上网应该折腾点东西，说白了就是玩。那时候做的网站非常粗糙，没什么技术含量，只有几个简单的网页。

肖：是因为您的 ID 叫"潇湘子"，所以做了一个叫"潇湘书院"的个人网站吗？

潇：不是，是先有了"潇湘书院"后，我的网名才叫"潇湘子"。为什么叫作"潇湘书院"呢？我那时常在湖南出差，当时文学网站挺多，比较有名的有"黄金书屋""白鹿书院"等这类的命名，我想我人在湖南，那就起名叫"潇湘书院"吧！很多人一直以为我是湖南人，其实不是的，我是苏州人。

肖：是 2000 年就建立了潇湘书院个人网站吗？我在网上查到过一份资料，说潇湘书院的创始时间是 2002 年？

潇：那是搞错了，2000 年就有了，相差一两年，我也没去纠正它。可能是误传的，也可能是我讲的时候别人听错了，时间确实也很久了。

肖：您当时的网站是挂在什么服务器上，还是有什么免费的网站？

潇：最早的时候是免费的。像长沙信息港之类电信局做的大型网站，会提供一些免费空间，但是很小很小。当时我做了好几个个人网站，关于游戏的、关于电影的。后来开始专门做小说，一方面我自己也喜欢看小说，另一方面我觉得做游戏、电影网站的内容不如小说丰富，小说的内容相对多一点。

肖：一开始是您自己在网站上放书吗？

潇：是的，就是转载，复制粘贴。

肖：搬的都是您喜欢的书？都有什么呢？

潇：对。各种类型都有——古典小说、"四大名著"。那时候网上的小说也不多，要把一部小说搬到网上去确实很麻烦。先要把小说用扫描仪扫描，然后用OCR，出来之后再校对，工作量非常大。

肖：是您个人在做这个事吗？

潇：对啊。之后几年的时间我一直在做扫描、OCR，主要把香港、台湾的一些武侠小说搬到网上去。那时有一些小说的爱好者愿意帮忙来校对、做OCR的工作。早期很多网站都是这么过来的，因为那时只能用这种方式把小说的内容放到网上去。不然怎么办，手打？手打字更慢。

肖：什么时候开始从扫校到有了原创内容？

潇：大概是2005年，也算是顺应潮流吧。有些人在网上看了六七十年代的港台武侠小说之后，觉得看得不过瘾，因为那些确实很老了。很多人萌生自己来写的想法。当时有个网站叫西祠胡同，里面有很多的版块，其中有一个文学版块，很多人一章一章地把自己写的东西贴在那里，从那时起慢慢地兴起了原创的潮流。我当时想，能够搭建一个平台，让这些爱好创作的人发表，挺有趣。

肖：当时潇湘已经积累了一些用户吧？

潇：读者很多，而且很多作者就是从读者转变过来的，慢慢看着觉得他们写得太烂，还不如自己动笔写。

肖：当时大概有多少用户？

潇：那时访问量不大，一天才几万个IP。

肖：很多了呀，2005 年就能有几万个 IP！

潇：跟现在当然不好比。那时候在文学网站中应该能排在中上规模。

肖：当时有类似论坛的、可以让读者们交流的地方吗？

潇：就在西祠胡同，论坛嘛。

肖：潇湘和西祠胡同用户之间的关系很密切吗？

潇：这个我倒是没有去了解。我关注西祠胡同那边男生比较多。西祠胡同后来出过一些大的网站，与起点的规模差不多，比如天鹰，都是从西祠胡同独立出来的，最早都是里面的版块。

肖：您在西祠胡同观察到大家有原创的欲望，而潇湘这边读者也很多了，所以想开一个原创投稿的功能？

潇：差不多吧。其实是起点 2002 年建立，2003 年开始收费，2004 年被盛大收购，他们找到了一种商业模式，让各大文学网站都看到了希望，我们也逐渐把精力转向原创——"复制粘贴"毕竟是侵权的，而且内容就这么多了，那些老作家都不在了，不可能有新的内容了，看完了就看完了，不可能再有更新或增长，原创才是未来。因此，2005 年潇湘上线了投稿系统，慢慢地把精力转移到了原创。

肖：开放了投稿功能之后，大概收到了多少投稿呢？

潇：刚开始不太多。很多写手一开始是出于自己的兴趣爱好，写着玩的，内容质量等各方面还是不行，看的人不多。从我们网站访问量的结构来看，大概 70% 的用户还是愿意看港台的知名作家，比如琼瑶、席绢、金庸、古龙之类的。到 2006 年之后，原创才慢慢有点起色。

肖：开放投稿的时候，是不是引导网站的内容更偏重古风题材呢？

潇：其实潇湘的古风言情强势，应该算是无心插柳吧。我们最早是做武侠小说的，网站上男性读者才是主流。但是后来，一方面武侠小说确实也不多，大陆没有什么武侠小说，港台也就那么几百本而已。相对而言，言情小说的数量很大，一个琼瑶就写了多少本，一个席绢又写了多少本，而且言情小说的篇幅比较短，一部小说 8 万到 10 万字，扫起来比较方便，到后来我们主要更新的就是港台的言情小说了。这样一来，我们网站上的女性用户越来越多，到最后变成了主流。

肖：扫校言情小说，应该不是您个人的爱好吧？

潇：那不是，当时有网友来帮忙，还有转载。

肖：核心的管理还是您个人在做，剩下的都是来帮忙的？

潇：差不多吧。那时候的网友都很单纯，也很热心，都是为了兴趣爱好来做的。大家都是有工作的，没有人专职做这个，只是兴趣爱好，不赚钱的。

二、不是"文学青年"，而是"网站经营爱好者"

肖：您早期一直是以业余爱好者的身份来做网站的吗？在我们印象中，跑销售的工作应该很忙，为什么会有闲暇的时间来做这些？

潇：那时候不做销售了，2000年年底我就回了苏州，找了一个比较安定的工作，相对清闲。

肖：建了潇湘一年不到的时间，您回到苏州来工作，做了几年之后——可能到2005年左右，才开始看到这个网站可以作为一项正经的事业经营下去的希望，可以这样理解吗？

潇：也不能完全这么说吧。其实我一直把它当成自己的一个爱好来做，做这个事情有乐趣、有意思，没有想到要去赚钱。因为在那个年代，如果你是抱着赚钱的目标去做的话，一定做不到今天。

肖：就是说当时您还是兼职管理网站？做的是什么类型的工作呢？

潇：基本上一直从事的是销售方面的工作。我学的是纺织，是理工科的专业。

肖：非常有趣，我们在采访各位创始人的时候，发现很多都是理工科的男生，即便是女频网站，除了晋江是女生之外，都是男生，都是理工科的。是因为做网站就得偏技术一点吗？

潇：还是跟每个人的兴趣爱好有关吧。理工的多一点可能是巧合，很难说。

肖：您是什么时候做了一个专门的网站来取代个人站的呢？

潇：一直在用个人站。但后来在那个基础上不断改版。

肖：改版是您自己在做吗？还是说有一些负责技术的人参与进来？

潇：大部分时间还是我在做技术支持。

肖：您不是学纺织的吗，怎么做到自己写代码做网站的？

潇：自学。主要还是因为喜欢，另外也是因为没有钱去请别人来帮忙做网站。做一个文学网站并不需要特别高的技术，相对简单，自学凑合凑合就行了。潇湘技术的基础框架，就是我自己一个人做出来的。"潇湘书院"这个域名也是在离开信息港之后，我自己买了虚拟空间，自己注册的。信息港只用了很短的时间，因为他们的服务器不稳定，速度也慢。

肖：跟您聊了这么久，我也感觉到，您不像是很喜欢应酬的人，还是比较偏技术型的。

潇：对，因为我喜欢技术，做网站嘛，当然得靠技术来做。

肖：我一直以为做文学网站，可能多多少少需要对文学本身有一些想法，这点您跟别的网站的情况可能稍微有点不一样？

潇：对，我就是单纯的兴趣爱好。

肖：即便潇湘后来变成了一个女性为主的网站，您也觉得没什么关系？

潇：没关系，我就是喜欢做网站，这是我的爱好。

肖：所以您喜欢的点，是经营一个网站的感觉？

潇：没错，甚至不一定得是一个文学网站。

肖：所以您不会说自己是一个"文艺青年"？

潇：对，我从来不说自己是"文艺青年"，我就是喜欢看小说而已。

肖：之前我们采访的几位网站创始人，都是觉得自己对文学有一种热情和爱好，才能一直坚持。他们的刚需是看书，如果没有好书看了，我自己想看书都满足不了，那我就必须去搞一个网站。而您跟他们不一样，您是觉得这个网站经营着挺好玩的？

潇：这是一个很关键的因素。我大部分时间、精力都花在了网站上，觉得它就像自己的一个作品在不断成长，流量、访问量越来越高，是挺有成就感的事，虽然说一直不赚钱。

肖：那您是如何理解文学、理解网络文学的呢？您觉得网络文学是一个商品吗？

潇：也不能说是商品，其实我也很希望这个平台能够让大家好好创作，写一些好的作品出来，但是事实上很难做到。如果不商业化的话，这个网站就维持不下去，编辑就活不下去，他们也得吃饭，而且作者也是人，他们也得吃饭，在大家都要吃饭的情况下，就必须要商业化，去迎合这个市场，丢掉很多东西，不可能老是写一些太文艺的东西，这样很难生存。

肖：但是跟潇湘相似的时期和环境里，也有像晋江这样的平台，他们对文学性，或者说对相对传统一些的文学性有一些坚守，所以才能在出版、在现在的 IP 市场上反而又能受到重视，又重新得到肯定。

潇：这个也很正常，就好比当年网络文学开始收费的时候，晋江没有收费，我们和红袖收费了，收入就一下子涌进来了，我们可以有更好的服务，买更好的服务器。这样很正常，此一时彼一时。

肖：您是怎么看技术这个东西的？技术是为什么服务的？是想让更多的作者有机会表达自己，还是要让更多的读者满足阅读的需求？您会更看重哪一个方面呢？

潇：我们当时的想法很简单，就是提供这样一个平台，让喜欢看书的人能够在这里找到他喜欢看的作品，让喜欢创作的人也能有一个好的环境，可以安心去创作，同时能获得一个好的收入。其实我们没有想太多，我们觉得能把这件事情做好就很好了。

三、VIP 制度建立：商业化开端

肖：潇湘是什么时候开始 VIP 收费的？

潇：我们 VIP 收费是从 2007 年下半年开始。

肖：2005 年到 2007 年，大概两年半的时间没有收费，当时用户量大吗？完全靠义务劳动维持网站运营吗？

潇：用户量很大，但不产生效益。2007 年之前，服务器都是我自己出资购买的，一台服务器需要 2 万多，一年的托管费当时也差不多 1 万多。

肖：那您为了玩这个"经营类的游戏"花了不少的钱？

潇：也没有，当时网站的广告费收入还是可以支撑的，流量还是很高的。

肖：当时已经有了一个怎么样的用户量级，几万、几十万？

潇：一天几十万IP吧。因为2005年开始国家推出了ADSL宽带业务，宽带的普及带来了第一波互联网人口红利，很多网站从那时开始用户量规模增长得很快，一下子就起来了，网站开始能看到收入了，有希望了。

肖：您要是只想经营一个网站的话，这么大的流量，应该很有成就感了。为什么2007年决定开始做VIP呢？

潇：你总希望它越来越好、越来越大。直观地讲，看着每天访问量刷刷地涨，特别有成就感，跟打游戏刷怪一样，每天都能升级。做VIP是因为必须要这样做，你不做VIP靠那些广告费是很难继续走下去的。当时服务器越来越多了，编辑也越来越多，资金开销是很大的。我当时就想一定要做VIP，而且起点VIP的成功也给了我们很大信心，我们觉得这一定能成功。

肖：在2007年VIP之前您就已经开始请有偿的编辑了吗？

潇：是啊，2005年之后就有了。但请的不多，零零碎碎的。资金也基本能用广告费覆盖，只要不亏就行。那个时候我就只是在做个人网站，我本人的性格也是比较求稳。

肖：潇湘的VIP制度基本上是和起点差不多的吧？那个阶段好像普遍是学起点。

潇：我们是参照他们建立的。起点的VIP制度能够成功，给了我们很大的参考和信心。

肖：相较于男频，女频的VIP收入会差一些吧？

潇：对，有很大差异。其中的一个原因是，女频的小说篇幅比较短。男频小说一部几百万字，女频早期的小说一部也就二三十万字。女频的作者也希望能获得收入，主要获益方式是出版，这就决定了不能写很长，否则没有人会帮你出版。

肖：潇湘在VIP之前已经有了一些出版业务？

潇：有，但是那些出版业务跟我们没有关系。那时候的出版社没有现在这么正规，他们觉得哪部作品写得好，就直接去联系作者。作者把授权给他们，就出版了。

肖：他们为什么能直接找到作者呢？

潇：为了和读者交流，作者在评论里会留QQ号等联系方式，要找肯定找得到。

肖：潇湘没有做任何编辑与作者沟通的工作，包括版权方面的沟通？

潇：那时没有，到后来才有比较成熟的编辑制度。我们没有把精力放在出版这方面，觉得不太可能带来多大收入，到今天也仍然是这样。那时候你出版一部小说，作者能拿到的稿费也就几千块钱，你还怎么跟他分呢？没办法分了。而且我们对出版这块也不太熟悉，我们当时的定位还是在线阅读，所以小说的风格、题材不太容易出版。

肖：是一开始就把潇湘定位成了一个方便在线阅读的小说网站吗？

潇：也不能说刻意，这是无形之中形成的。比如说晋江，为什么晋江的小说出版了很多？是因为早些年晋江的作者创作的主要目的就是为了出版，作者在小说的选题、风格等各方面会尽量去贴近出版的要求。而潇湘确实不太了解出版，也没有去做这块业务，所以我们的内容相对来说是更符合网文读者的爱好，在刚开始的几年确实很少有小说出版。当时的生态就是这样，很多人就只是为了兴趣爱好，写着玩。

肖：您开始做VIP，开始商业化之后，应该会需要一个公司来管理吧？

潇：差不多，我们是2007年注册公司的，当时在苏州租了一个房子，只有一两名技术人员和一些编辑。以当时网站的收入，也没法招很多人。我们在收费之前唯一的收入来源就是广告，但是文学网站恰恰是所有的网站中广告点击量最差的——看小说的人一般不会去看，更不会去点广告。

四、无引导的发展结果："自由生长"的潇湘女频

肖：2007年VIP收费之后，您对潇湘的商业化方向有一个大致的规划吗？

潇：还真没有，只是觉得流量不断地上升，VIP营收能增加就可以了，并没有给自己太多压力。这本来就是自己的兴趣爱好，一步步走到这一步我挺知足的。我是一个比较懒的人，不喜欢给自己压力，我觉得只要每年比去年做得好，有增长，大家开心就好。

肖：感觉潇湘的文一直是以古风为主，这个不是人工调整，一开始就是这样的吗？

潇：没有去刻意调整，其实任何网站想要去刻意调整文风都很难。我们中间曾经尝试着去引导作家写作某一题材，但都失败了，确实做不到。我主要还是看大局，我的重心还是在技术，随着访问量的增加，网站对技术的要求也是越来越高，我们中间也经历过黑客攻击、网站崩溃之类的，确实很麻烦。

肖：为什么最后会变成专注古风的状态呢？

潇：潇湘之所以慢慢会演变成古风最强悍，在这个版块最有优势的网站，是一个有点类似先有蛋还是先有鸡的问题：我们的读者最早都是从看港台言情小说过来的，相对来说可能偏古风；早期正好流行穿越文，穿越其实一直是一个流行的大的题材、风格，而且肯定是古风，那个时候有大量的作者在写这个题材的作品。一方面这个题材看的读者多，另一方面看的读者多反过来也会促进创作这一类题材的作者变多，而这一类读者多说明付费的用户基数大。

肖：那有没有考虑过给潇湘一个更明确的定位，去和别的网站做出区分？

潇：当时只想着要跟起点区别开，不要再去做男频，其他就没有考虑了。之前我们还是有一些男频的，大概和女频是2∶8，或者3∶7的比例，2007年之后就把男频全部砍掉，专心做女频了。我觉得做"专"会更好一点。其实早在2006年，我们就把网站上转载的内容全部砍掉了，一方面是有版权的顾虑，要做原创的话这一部分可能将来会是一个问题，国家也越来越重视版权；另外一方面，我们也不可能靠转载的收费。而且当时的趋势是大家越来越喜欢看原创小说。当时我们流量牺牲很大，掉了一大半，但差不多一年不到就又回到之前的水平了。做了VIP之后，网站的收入确实增长得很快，我们从2007年7月份开始做收费，到2008年，我们一个月的收入就达到了100万元。

肖：确实很多，好像比我们从别的女频网站了解到的都要多一些。

潇：2008年，女频里面潇湘肯定是最大的，当时的晋江才刚刚开始收费。

肖：为什么当时潇湘有这么大优势呢？是因为做"专"了吗？

潇：很难说，有很多方面的因素。当时起点也有女频，但起点的核心还是在男频上，女频就显得没有什么竞争力。女频就只有潇湘、红袖、晋江和小说阅读网。小说阅读网那时候刚起步，流量大，但是几乎所有的作品都是转载潇湘的，所以也没有去收费，更像是做一个渠道。晋江的作者大部分还是希望能出版自己的作品，所以也不愿意收费，因为一收费就意味着读者的减少、影响力的降低。所以当时真正从2007年开始收费的就只有潇湘和红袖两家。我们的读者群和红袖还是有很大不同的，红袖最早是诗歌、散文一类的，她们的读者还是比较偏文艺的，潇湘的读者、作者相对来说就更接地气，好看就行。

肖：潇湘的这种特质是自然形成的吗？没有任何引导？

潇：可能就是因为没有任何引导才会这样。我们就觉得读者愿意付费的就是好的，既然要走商业化就该彻底一点，所以我们也就没有做干预。其实你也干预不了，因为小说毕竟是作者创作的，我们不能去干涉他的创作。我觉得在收费机制下，你不用去管作者，作者自己会知道怎么样才能去做得更好，作者都希望收入能更好。

肖：那时候作者的收入多吗？

潇：多不多要分地方。比如像北京、上海这些城市，作者可能生活条件本来比较好，写文的收入就不算什么；但是对于很多城市，比如中西部地区，那里的作者一个月工资就一千多，写小说一个月也许能挣三五千，比原来就多很多。我们那时候最顶尖的"大神"月收入都上万的——当然，这样的作者还是少数。

肖：您觉得潇湘的作者、读者主要是什么样的人群？

潇：学生居多，60%应该是学生。

肖：您说的是早期，还是现在的潇湘？

潇：可能到现在也还是这样。

肖：您这个数据是统计的结果，还是您自己的感知呢？

潇：这很难去明确统计，是我们从接触到的读者、作者总结出来的大致情况。我们的作者当中其实大部分也都是学生。

肖：潇湘有读者比较集中交流的地方吗？比方说论坛。

萧：论坛是有，没啥人气。读者也好，作者也好，主要是在各自的贴吧交流。

肖：可能我们会觉得潇湘缺少网站的"死忠粉丝"，没有一个互动感很强的交流氛围，您怎么看？

萧：据我了解，女频很多读者是不会局限于一个网站的，潇湘、红袖、晋江每个网站都会转一圈，有好看的小说都会出现在她们的视野里。

肖：有个说法是"网络时代没有遗珠之憾"，也是说网络时代好的作品一定会被发现的，您对这句话是认可的？

萧：也不一定，好的小说发表在起点还是发表在其他网站还是有差异，因为起点的用户基数大，在那里发表更容易出名，在其他网站的话相对难度大一些，这也很正常。营销还是很重要的。

五、"净网"活动中"独善其身"

肖：2014年"净网"的时候对潇湘有造成什么影响吗？

萧：对我们的影响是最小的。

肖：是一直管得比较严吗？

萧：应该是从2012年开始（管得严起来）的。前面几年大家写得还是比较正规的，后来有作者为了赚钱就慢慢开始写得不正规了，我们注意到这个问题以后，觉得不能马虎，也不能老让南京的公安、版权局三天两头来找，搞不好再把网站给封了，所以我们这方面还是管得比较严的。而且后来我们上线了一个审文系统，发表的文章我们的编辑需要一章一章去看，审核过后觉得没有问题了才能发布，否则读者是看不到的。

肖：也就是说每一章都是编辑看过了之后才发的？那这个工作量非常大。

萧：我们招了十几个专职的员工专门做审核。

肖：这个审核是面向一些相对比较敏感的题材吗？

萧：主要是不要涉及政治和色情这两类，涉及了我们就不给发。女频这边政治涉及得比较少，主要是色情方面。2014年严查的时候，我们倒还好，因为知道我们每一章都有编辑审核过，不会有太大问题。

肖：我们很重视女性向、女频作品的重要原因是，它们满足了现代女性纾解工作、生活中的压力、焦虑、缺失的需求，其实情色描写，还有一些对男性有一点儿冒犯的，比如说女尊的作品，在我们看来都是对女性自身很有意义，甚至是性别解放的、有女性主义色彩的东西。您是怎样看待的？作为一个男性，您会觉得冒犯吗？

潇：我不会觉得冒犯，我觉得存在就是合理的。

肖：您自己会看潇湘上面的小说吗？

潇：我不看女频文。

肖：您以前爱看武侠小说，到了网络时代自己平时会去哪里看小说呢？

潇：自从做了网站后，就基本没太多时间看小说。偶尔会在起点上找一些历史类的来看。

肖：哈哈，看来您的兴趣还真的主要是在做网站了。

潇：做网站和"文艺青年"还是有差异的。

六、重视新人作者培养：女频的"黄埔军校"

肖：最早的那批月入过万的"大神"，现在还在潇湘吗？

潇：一代一代已经换了好多了。我们发现，女频作者的创作生命力周期一般就只有三年，她能持续地产出一些好的作品，大概差不多维持三年。

肖：我们现在说潇湘的"大神"，最有名的应该是天下归元，但她应该不算潇湘最早的那批"大神"？

潇：对，她应该算中后期。但她可能写得比较早，成"神"要晚一些。这很正常，每个作者都这样过来，都要经历过一本、两本，慢慢提高自己的水平。

肖：起点、晋江的一些早期大神，现在很多都通过影视改编重新回到了人们的视野当中，但潇湘好像很少听说这样的情况，这是为什么呢？

潇：其实"大神"只是这些读者对自己喜欢的作者的一种尊称。能赚钱，说明他的小说可能是选题选好了，抓住了流行的点。每一个时间段流行的题材都不一样，抓住了就能火。还有其他的一些因素，比如网站的推荐位等,各种各样的因素都有,并不是说你一部小说能赚几万块钱你就成"神"了。我们见过太多的作者,一部小说火了之后,第二部就不行了。

潇湘在对待作者方面一直有一个原则点:重心要放在培养新人上,要让想写作的人变成可以写好的状态。我不知道你们有没有听说过一个说法,很多人说潇湘书院几乎是女频的"黄埔军校",基本上很多的"大神"都是从进入潇湘开始,写作慢慢变好的。这个其实跟我们网站的工作重心有关,我们确实特别关注培养新人,老的作者确实创作的生命周期不长。

其实逻辑很简单:一个作者聪明,自己基本功好,但还是需要有人能挖掘你,给你一个展示你自己作品的机会。网络小说那么多,没人推荐你的话,谁知道你有这么一部作品?所以潇湘一直是保留最好的推荐位,只推新人的作品,我们一直是这样做的。编辑经常会给新的作者上课,也会经常邀请一些写得比较好的作者,跟新人们交流,分享他们的创作经验。这个已经做了好几年了。

肖:但到了 IP 时代后,"大神"好像越来越被网站重视。潇湘如果一直只把重心放在培养新人上,不去巩固之前的"大神",会不会稍微有点吃亏?

潇:我也想过这个问题,确实也觉得很难处理。这个现象在网文界很常见,很多作者成名之后往往会跳过网站,直接和影视公司、游戏公司、出版公司合作。他这样选择有很大部分是因为他不愿意和网站来分享这个收入;再加上那些影视公司、出版公司,他们的做法也是直接跳过我的。

肖:潇湘有在营销方面做一些功课吗?

潇:没有,我们属于闭门造车。

肖:我们看到天下归元的粉丝还是很厉害的,她在潇湘是独一无二的例子吗?

潇:她的读者群算是维护得最好的一个。

肖:天下归元现在的作品也在做影视改编,可能也是因为她的粉丝比较有影响力,成为热门 IP 也有这个原因?

潇:那倒不是,她还是自己本身文写得好,这是关键。她自己维护粉丝也花了很多心血。网站基本上没有去做什么，我们还是希望网站成为一个平台，作者创作出好的小说，这就可以了，这是最重要的。

七、移动阅读兴起，读者是最好的检验标准

肖：潇湘的作品，现在起名的方式，都类似QQ阅读，比如说《霸道王妃：XXX》，是怎么确定下来的呢？

潇：这个是受当年移动阅读的影响。我们以前的作品名字挺好的，但移动阅读的业务上去之后，就需要按照它的规则来，比如说非得起一个副标题，副标题要吸引人啊。

肖：移动阅读起来以后，很多网站因为PC的文风和手机阅读的偏向不同，遇到了一些转型的困难。但是潇湘好像比较顺利地度过了这个转变，在无线这边也没有什么障碍？

潇：也不算没有障碍。其实手机阅读应该是从2011年、2012年才真正开始的，杭州的移动阅读基地开始正式运营以后，才把整个手机阅读业务带起来了。我们的作品刚刚接入移动阅读基地的时候，业绩惨不忍睹。

肖：为什么呢？

潇：应该说是文风不对吧。我们小说的题材、文风、内容和当时的手机阅读用户匹配不上。

肖：后来是做了一些调整吗？

潇：其实也没做什么调整。这个东西很难调整，也很难去琢磨手机端的这些读者到底喜欢看什么，就算琢磨出来了，要引导作者去这么写，更难。作者的写作往往形成了一定的风格，不会轻易去改变，这个风险很大。从我们的小说来看，潇湘经过这几年之后，慢慢趋向于相对成熟一点儿的风格。

一开始在移动阅读基地的女频上红袖是卖得最好的，到大约2013年、2014年之后，经历过一年多的调整，我们就赶上去了，后来移动阅读基地潇湘的女频作品的销量都是第一的。我们始终觉得，读者也会成熟，也会长大，"小白文"看多了之后，我们相信他们慢慢也会喜欢一些相对成熟一点儿、有点儿深度的文，而不是老看"口水文""小白文"。

肖：那么进入移动平台之后，对潇湘的影响主要是什么呢？

潇：我觉得差不多吧，没有太大的改变。随着 VIP 制度的实施，最大的改变就是作品变得越来越长了，注水也越来越多了。其实作者写多少字和我们网站没有什么关系，我们干涉不了，这是作者自己一个人创作的，我们没有办法让作者必须写 60 万字或者 100 万字。但是从 VIP 制度来说，我们是千字三分钱，这个制度就决定了如果想要赚钱，最好的途径就是写长，而不是写好。

肖：有一些网站可能会在字数上有一些控制的政策，比如说 100 万字以上，在积分算法上的优势就会少一点儿。

潇：也不是绝对的，写得长也不一定意味着质量就差。我们绝大多数的作者不是专业的写手，也不是学写作专业的，篇幅写得越长可能就越难驾驭，写到后面可能就漏洞百出，这个是一定会有的。但相对来说我们还是主要靠市场规律自己来调节的，作者自己掌握就好了。

肖：即使注水，只要写得好，还是有人看？

潇：只要有人付费就行，我觉得读者就是最好的检验标准。

肖：您有没有想过把潇湘做得更大、类型更全面？

潇：也想过，但投入会很大。作者如果赚不到钱，就肯定不会去写这个题材；如果没有大量的这种类型的作品，就不会诞生这一类的读者；而没有这类读者，就没有人来付费。所以早期一定是依靠我们网站投入很大的资金来培育作者，每个月要给作者们一些固定的收入。但后来我们发现这样做也不行，当你承诺每个月给作者发工资式的固定稿酬时，他们就不会用心好好写，就会当成完成一件任务来凑字数。所以引导真的很难，不给不行，给也不行。

要想把一个题材引导起来培育成熟，投入真的很大，而且投入下去是否一定能够成功确实不好说。盛大文学想打包上市融资，希望有更好的发展，那几年在资金的投入上确实都挺精打细算的。

八、加入盛大：保持合作，自主经营

肖：盛大是怎么开始跟潇湘接触的？

潇：2008年的时候来谈过收购，但没有谈拢。

肖：为什么没谈拢？

潇：当时就是条件没谈拢。我觉得他们低估了潇湘的价值。最早的时候，17K中文在线也来谈过，由于种种因素没有谈妥——可能早年的时候，他们对文学网站的价值也没有一个很乐观的评估。

肖：其实早年榕树下卖的时候，估值也是远低于预期，但后来谈了几个以后，还是低价卖了。您不卖，证明您对潇湘还是很有信心的。

潇：对，我觉得潇湘的价值肯定不止于此，所以当时就没谈好。

肖：后来还是卖给了盛大？

潇：对，2008年没谈拢，2010年又谈了一次。他们是真的想要打包上市，走资本运作的这一条路，想尽快搞定，2010年收购了潇湘和小说阅读网两家。

我没有把潇湘全部卖掉，我还是股东，盛大是控股股东。之前像百度、阿里我也有接触过，但他们都不看好网络文学。盛大是第一家比较看好网络文学也愿意投资来做这个事情的公司。有这样一个好的平台，我觉得挺好的。集合这么多优秀的网站，大家一起去把一件事情做得更好，我觉得这是挺有意义的一件事情。当然，我自己也喜欢干这个事情，2010年加入之后，盛大基本上还是比较放权的，我们自己想办法经营好就可以了。

肖：后来盛大被腾讯收购了以后，您这边跟阅文还是保持和盛大一样的合作方式吗？基本上还是自主经营的一个状态？

潇：对，几乎没有什么变化。

肖：我感觉阅文是想要做中国最好的内容提供，他们现在越来越往泛娱乐、IP去发展了，想要做产业链的源头，甚至是参与到产业链当中去。潇湘这边有这方面的设想吗？

潇：当时也想过，但是后来经历了几次尝试的失败，比如说我们发现我们的小说在改编成影视等各方面都挺难的。可能还是文风、题材方面的原因。相对来说，晋江的小说肯定是比我们的小说更适合去出版、改编的。这个就是两个网站的读者群、作者群都不同，定位也不同。

肖：您觉得是跟文学形态有关，一个是更偏网络，一个是更靠近传统出版？

潇：对，我们更倾向于在线的、网络化的，网文的风格。

肖：潇湘加入了阅文、进了QQ阅读之后，流量上应该会有一些增加？

潇：应该还是有不小的帮助。

肖：这个会对潇湘的文风，或者说对读者、作者有影响吗？

潇：影响不大。

肖：感觉潇湘的环境很稳固，不管什么人过来了，这里就是这样的，留下来的人就留下来了这种感觉。

潇：对，我们这里就是"大染缸"。

肖：您的说法都很有意思——"大染缸""黄埔军校"，感觉这边特别能塑造人的感觉。近年来潇湘有什么变化吗？

潇：最近的情况我就不太清楚了，我2016年就已经离职了。

肖：为什么会选择离开呢？

潇：因为那一年我母亲生病了，当时我觉得时间会拖得比较长，所以后来我干脆跟吴文辉说算了不干了，确实也没有心思。另外我也觉得干了这么多年了，想休息一下，太累了。一年一年这样重复做下去已经没有什么太多的新意了。

肖：是指技术上的革新吗？

潇：也不仅仅是技术，技术只是很小的一部分。做网文做了十五六年，这样一步步过来，我觉得后面可能自己能力有限，没有办法带领潇湘走得更远，也正好碰上我母亲的事情，所以就觉得算了吧。

肖：您不怕阅文这边有这么多网站，对潇湘不会照顾得很周全吗？

潇：那倒不会，我觉得文辉、学松他们都很靠谱的。

肖：您还是相信阅文这边会好好带您的"女儿"的。

潇：因为文辉、学松他们本身就是做网文的，又不是什么职业经理人，这个没有什么不放心的。他们这个团队我还是非常认同的，起点在网文界的贡献是有目共睹的，这个是不可磨灭的。希望潇湘做得越来越大、越来越好吧！

我一直在网络文学的第一线

——17K文学网创始人黄花猪猪访谈录

【受访者简介】

黄花猪猪,本名潘勇,男,1980年生。2004年加入起点中文网,成为第二号员工。2006年带领团队离开起点,创立17K文学网。2010年任3G门户文学部门负责人,投身移动阅读领域。2014年创办萌萌达网络科技有限公司,成为"新媒体文"内容提供商。

17K小说网是中国网络文学PC时代和移动时代初期最重要的文学网站之一,也是首家由资本主导、参照"起点模式"建立的大型网站。建立于2006年5月22日,又名"一起看小说网"(曾用名"一起看文学网"),简称17K。

【访谈时间】2018年1月26日(受访者最后修订时间:2019年8月28日)
【访谈地点】广州
【采 访 者】吉云飞
【整 理 者】谭　天　吉云飞

一、因为爱看小说所以去起点工作,成为第二号员工

吉云飞(以下简称"吉"):您应该是起点最早的编辑之一吧?

黄花猪猪(以下简称"黄"):我是第二号员工。

吉:那第一号是谁?

黄：第一号是南风（南风听蝉）。起点编辑部是 2004 年 8 月份成立的，南风那时候刚好大学毕业，我就把她推荐给宝爷（宝剑锋）了。

吉：所以第一号员工也是您推荐的。那您是什么时候到的起点？

黄：我是 9 月份才过去的。

吉：您为什么会去起点？

黄：爱好吧。我是很爱看小说的，从小看到大。

吉：最早是在租书屋看？

黄：对，在那个年代是。

吉：什么时候开始上网呢？

黄：2000 年吧，网吧刚开始兴起。

吉：最早上网看书去的是龙空？

黄：是西陆论坛的百战 BBS。龙空没混，黄金书屋倒是混过，然后去幻剑。后来起点刚开站，去幻剑打广告，我就看到了。那时候我也是到处找书看，就找到了起点。

吉：所以您是先在起点看书，再去工作？

黄：对。当时互联网刚开始普及，整个网络的社交就只有 BBS，起点当时也搞了一个类似论坛的版块。我去起点那个版块玩，认识了一些人，后来就留在那里。

吉：当时您是在做什么？

黄：我正好闲在家，2001 年到 2003 年没工作。那时候家里面拉网挺贵的，我都是在网吧上网。有工作哪有时间去混网吧，你想是不是？也算是机缘巧合了，缘分吧。

吉：您是怎么从读者到编辑的呢？

黄：我还是先去上海见了起点的创始团队。2004 年 2 月份，就是情人节当天，商学松组织了起点第一次比较大规模的线下聚会，我也去了。见到了起点的几个创始人，还有血红和其他作者。当时，起点的创始人们就有全职做网站的意思了。起点的创始成员那时候是这样的：宝剑锋（林庭锋）是交警，坐办公室的人，现在叫黄金饭碗；商学松也是这样，当时他在上海对外贸易大学教务处工作；吴文辉是程序员，在北大方正；罗立好像没什么正事，只做一些出版漫画相关的工作，他当时电话号码也是广东的,在广东打工;还有蚂蚁(五号蚂蚁,本名郑红波,起点中文网创始人之一)——可能蚂蚁你没有采访到,很久没联系了。

吉: 对,据说是回家继承家族企业去了?

黄: 其实不是,他那个人的性格不适合在一个大公司里面待很久,进起点可能还是出于玩的兴致,也没想过在上海落户。后来起点被收购,对赌完了,他就拿尾款走了。

吉: 我们采访过宝剑锋,他说起点注册公司的时候需要 100 万的保证资金,这个钱就是蚂蚁出的。

黄: 可能是他从家里面要的。如果他自己真有钱,那时候他应该在上海买房子。我跟他同租一间房差不多快一年,没感觉他像那种特别有钱的人,可能是低调吧。

吉: 您后来还跟他有联系吗?

黄: 没有了。我出去做 17K 的时候,基本上把起点创始人给得罪光了。其实那时候也是冲动,并不是说想翻脸。我这人性格很跳脱,跟蚂蚁一样,不想在大公司办公室里待太久,觉得很腻味,没意思。

二、起点中文网被盛大全资收购后,创始人团队一度处于迷茫的状态

吉: 这是后来您离开起点的原因之一吧?

黄: 是的。而且我进起点第二年,就是 2005 年,起点就被盛大收购了。那一整年起点过得就像个后娘养的孩子,盛大的人看不上起点。而且我在起点只是打工的,又没什么利益牵扯,我就想这么玩没意思,很早进入了一个养老状态。我的感觉是假如后面没有侯小强来搅这一棍子,他们五个人可能会长期是迷茫的状态。

吉: 采访宝剑锋的时候,他也说卖出全部股权以后,五个人都有一点放养的感觉。

黄: 对,是失去进取心的状态。后面是侯小强来搅局,就像鲶鱼进来搅浑了水,他们五个人斗志又起来了。再往后陆续发生的事情其实也是机缘。他们肯定说了 2013 年准备上市的事,但在 2010 年之前,绝对不敢想象能去做这个事情。当时,起点放养的状态让很多中小网站有了活

路。你知道什么意思吧？等于说他们不再关注整个行业未来的增长点，所以到移动端兴起的时候，起点还是落后一步的。直到2014年之后，把QQ阅读这个强大的APP纳入进来，才把差距补回来。之前他们一直执着在PC端上。只能说命好。

吉：您出来做17K的时候，是中文在线来挖的吗？

黄：当时中文在线其实是一个很小的公司，我跟他们的一个商务聊得很好。那时我觉得在起点继续做下去，就跟我当初想做的东西完全不一样了。我有"文青"的那种梦想，总觉得要做一些事情，就是有点冲动。

吉：走的时候您已经在起点工作两年了？

黄：对，起点也升我上去了，让我加入决策层面。但我站的位置还是不一样，我不是站在吴文辉和商学松那边，也不知道王静颖——就是盛大上面派下来的人——和上面是什么想法。反正我们底下的人就很沉默，像一潭死水，所以我就有了离开的想法。其实现在回过头来看，我觉得自己还是有点冲动。

吉：那您觉得离开起点只是一时冲动，还是自己想做些事，觉得当时在起点的状态不对劲？

黄：主要还是自己想做些事，不想提前进入养老状态。假如是现在的年纪，我可能更沉稳一些，看得更久远一些。但当时比较冲动，觉得每天上班就这么放养没意思。

吉：您是起点当时第一个到中文在线去的吗？

黄：对，我是第一个，还拉了我的一大堆好朋友。就是我们一群文学网站底层的人还有个"文青"的梦想，想去做一些事，跟起点的管理层沟通不够，可能沟通够了也没办法。

吉：他们那个时候所有股权都卖出去了，也是给盛大打工。

黄：因为他们有对赌协议，不可能把自己的利益给搞乱。下面的人就很没办法，因为你做不出业绩来，整体收入也不高，所以才有那么多人愿意一起走。那个年代的付费阅读是比较难做业绩的。

吉：您还记得当时工资多少吗？

黄：一开始2500元，走的时候7000元。我算高了，因为他们把我级别提上去了，当时起点也在扩大嘛。中文在线也就给我1万元，我离开中文在线的时候还是1万元，跟在起点一样是待了两年多。所以我不是为了钱离开起点的，就像现在做这个公司一样，我还是想做点自己觉得骄傲的事。我并不想去推翻谁或者跟谁敌对。

吉：您当时从起点到了中文在线，给了您什么条件呢？

黄：给了我期权，投资确实也有，但只用作公司发展。其实我们那个时候很单纯，做事只拿工资还有口头承诺的期权。但你走了，期权就没了，这都是假的。所以个人利益上我们没拿到什么，连安家费都没要。

吉：当时您把起点编辑部一半多成员带过去的时候，没考虑过给他们多争取一点利益吗？

黄：对，当时真的没考虑，很亏欠大家。那时候就想着大家一起做事能开心。

吉：至少17K给的工资高一点。

黄：这肯定的，但是你转头看这个其实不算什么。

三、靠买断"大神"和在盗版站打广告，17K点击量从0到100万只用了两个月

吉：您觉得17K真正诞生是什么时候？

黄：2006年6月份。我们的PV（页面点击量）从0做到100万只花了两个月。那时我的策略是买断"大神"和去所有的盗版站买广告，效果都很好。

吉：当时17K从起点挖血红、云天空过去是什么价格？

黄：不便宜，在那个时候是天价了。血红是千字三四百还是五百才过去的；云天空便宜一点，千字两百多。云天空在行业里只是后军突起。他那时候订阅确实高，但没人认为他特别值钱。假如当年有移动阅读，那他的价格保证比血红高。但是在PC端上，他没有显示出那么大的影响力。他的优势在于写得快，每天两万多字。但他只是用一个"快"字吸引了很多读者。

吉：回过头来看，云天空可能是当时的一线作者里掉得最厉害的一个了。您觉得是不是因为大家后来都写"小白文"，更新也都快起来了，

他就没有竞争力了？

黄：对。说实话现在无线端上写得比他好的人太多太多了，日更两万的人也不少。

吉：在挖"大神"外，您是用在盗版站打广告的方式积累了第一批读者？

黄：对，盗版站的用户本来就是这批作者的读者，而且喜欢免费看书。17K当时又都是免费看，所以他们会过来。后来，那些盗版站发现读者流失严重也很生气。最后因为读者过来了，还搞死了好几个我买广告的盗版站。

吉：现在听起来挺传奇的。当时的盗版网站是靠广告收入活着吗？

黄：那时的盗版站还是挺单纯的，没有别的收入，就是为了热情才做，有些也是为了聚集流量，但又不知道聚集起来的流量能干什么。后来网页游戏兴起，才有大量广告收入。在那之前，我几千块钱就可以包一个头图（首页广告），哪怕是在所谓一天有几百万PV的盗版网站也一样。所以后面不是有很多变成正版了嘛，你看潇湘、逐浪原先都是做过盗版的，还有小说阅读网、飞卢也是。

吉：这些网站能有机会从盗版转成正版，是不是跟中国移动手机阅读基地的兴起有很大关系？

黄：对，它们转正版的年份大都是2009年、2010年。你看逐浪就是2009年上半年开始转正版的。一个新的大渠道起来了，给了它洗白的机会。

四、团队经验不足与技术力量缺乏，导致17K失败

吉：组建17K的时候，除了您以外，团队里还有哪些比较重要的人？

黄：一个是蛋（本名苏小苏）。还有一个就是木匠，现在回到阅文了。其实木匠挺冤的，我要不拉他出来，他应该是起点运营的头——现在是飞刀（本名朱靖，阅文集团副总裁），他成飞刀的副手了。这是我的锅。

吉：蛋现在是？

黄：蛋现在是纵横中文网总编。除了他们两个以外，团队里还有南

风。还有一个西瓜，也是思维很跳脱，现在是在上海创业做了一个音乐网。基本上团队主力就这四五个人，剩下的都是小编辑。那个时候最吃亏的是不懂技术。不像现在，那时候的技术人员很难找。

吉：我听说17K失败很重要的原因就是开始收费后网站反复崩溃，读者上不来？

黄：对，就是这样。我们不懂技术，只能由中文在线派技术过来。然后中文在线那帮人也不懂技术，老被人忽悠，一年换了三拨技术，到第三拨才把这个网站整体稳住，但时间已经过了一年多。你说，过一年多还有什么读者能留住？

吉：就是说差不多一年多的时间里，网站都是经常崩溃？

黄：对，经常崩溃。确实是没办法，这个项目就崩了。所以说起点成功，必要原因是它创始人团队里有两个懂技术的，有两个懂内容的，还有一个懂得出去跟外面打交道的。这个团队结构非常好，互补。网上这种缘分很难碰到，很奇妙的。其实他们五个人就差一个运营，后面飞刀进来了，他懂运营，又补上了缺陷。

五、17K太早从免费走向收费，真正死是在收费系统上

吉：17K是什么时候开始做付费的？

黄：2007年。2007年过完年就开始，建站才半年，很快。因为网站流量起来了，又跟中文在线签了协议，只能去做。当时我的阅历和经验确实不行，现在一想，其实根本不需要去跟他们达成什么业绩承诺，为什么呢？因为我没从它那儿拿到什么利益。没有利益，还要搞业绩承诺，确实有点傻。你给我什么了？我为什么要去给你业绩承诺呢？

吉：17K开始收费时流量是多少？

黄：每天的PV应该是500万到600万。

吉：那您估计同期起点的PV是多少？

黄：起点当时是两千多万。我们最高的某一天达到过八九百万，快到起点的一半了，大家都很有信心。但事实上我们应该再积累一段时间。因为当时17K是免费阅读，免费就意味着盗版站没有盗我的必要；

变成付费就不一样了，肯定有人盗，流量会往下掉。

吉：那您估计流量掉了多少？

黄：掉了一半以上。要是你整个服务好的话，其实不会掉那么多，但没办法，服务不行，跟不上。我找了个没钱的金主。那时候中文在线都开始卡网站的稿费了，因为它觉得每个月支出太高。其实那么多优质的内容，现在看来支出不算高，2007年每个月大概八九十万元吧。

吉：当时砍稿费这个事还闹得沸沸扬扬的？

黄：对，蛋为这个跟我翻脸。他不懂，我们那时候跟中文在线签对赌协议了，钱在人家手里面，我们没有能力跟他们翻脸。其实这么做在运营过程中确实很不好，但没办法。而且那时候我除了眼界低、经验少以外，脾气也太软，相当于还是打工者，没有去跟中文在线那边争取或者死扛，回过头来看我是很不合格的。所以后面这个项目失败了，我觉得理所应该，没办法。

吉：中文在线那边不愿意再继续投入了？

黄：我找错了一个金主，中文在线没钱。它想做这事，但没钱。它融完资就急着要我这边能见到收入，步子迈得太大，造成了一系列的变故。假如多给我一年到一年半的时间，不去考虑收入，只做流量，把盘子尽量做大，那么在2007年的下半年我相信17K就跟起点的流量没区别了。

吉：不考虑技术问题？

黄：可以不考虑，因为没收费。我们真正死是在收费系统上面，这是主要的崩溃原因。原来的页面流量再大，只要增加服务器就行了，因为它不会有跳转支付，只是很正常的页面浏览，死不了。后面是开发付费系统的那帮技术太烂了，或者说太先进了。他们搞了个亚马逊图片加载模式，程序支撑不住，一直到了2008年上半年才改好。你想想读者虽然是冲着这些"大神"作者来的，但是发现经常登录不了，那自然也就完了。

吉：您觉得这个项目失败的最核心原因是技术还是别的？

黄：应该是我们这个团队没有做好准备，在人脉和经验上面没有积累。对中文在线来说，虽然不算胜利，但至少是赚到钱了。可我们这个做项目的团队是很失败的，除了血酬和南风，基本上2006年、2007年的那拨人眼下都不在17K了。我们这一帮人全离开之后，血酬才开始负责。现在他也就在那里养老了，等着期权套现，也没有出来的想法。

六、高价买断不可持续，培养低价的优质作者、拥有造血能力才是正路

吉：您刚才说了很多原因，包括技术、经验、投资等。如果技术到位了，哪怕稿费被砍了，这个项目最后是不是还能成？

黄：我觉得能成。砍稿费对公司来说不是很大的事，很多作者有水分，可以砍。刚开始我们买稿子的时候，有些作者是高价兜售。所以稿费定价有水分。后面我们砍了不少作者的价格，但是17K编辑部的能力很强，又培养了一批比较低价的优质作者，重要的是网站要有自己造血的能力。

吉：那批优质作者有？

黄：比如失落叶，当时是二三线，现在都成"大神"了。其实砍稿费等于是在运营一年之后，再进行一次作者的筛选。你不可能一直去供养一些作者。对于当时的买断作者来说，他们只要每天写够1万字，一个月就能赚几万块钱，在那个年代还是可以过得很舒服的。他也不需要去看成绩，反正我交稿你给钱就好了。

吉：所以高价买断本就很难持续下去？

黄：对，本来就需要淘汰筛选。所以说稿费不是失败的最重要原因。我觉得最重要的原因是，我们这个团队——从我到下面的人，特别是我——跟中文在线之间的沟通不畅或者理念没有达成一致。你内部不和，就没办法去做事。技术其实也是双方沟通不畅的体现，我们反映了很多次，问题已经出现一两个月了，上面才会抱怨说你为什么不早点反映。这是我觉得很难受的一件事。可能我们那群人没有见过职场的风险，像蛋他们都是刚毕业出来工作，性格很单纯，就像一张白纸。

吉：整个网文行业都很年轻。

黄：对，其实网络文学行业在2010年前，很多人都是一张白纸，很单纯。像我们做编辑的也没什么心眼，没想到要往自己口袋里面塞点钱或者怎么样，都很干净。但它反而是我们的一个弊端，你没办法去面对

职场上面的一些风险。我那两年压得自己差点抑郁了，各方面压力都很大，你挣扎又无能为力。为什么后面我离开中文在线呢？直接原因是我病了，病了几个月，然后一回来就觉得这个公司很陌生，待不下去了。

七、移动时代开启了网络文学的盛世

吉：您是什么时候离开 17K 的？

黄：2008 年 8 月，待了两年多。

吉：您离开的时候，17K 是不是稳定了？

黄：没有，是不稳定的。等到 2009 年它开始跟中国移动手机阅读基地合作，才稳定下来。

吉：所以您在 17K 的那两年半里，网站都是亏损的？

黄：肯定的，做阅读很难盈利。你问起点，2010 年前它是没有盈利的。起点后来开始做网页游戏，才补了很多亏空。这点还不如那些小站，小站里还有盈利的。

吉：采访起点创始团队的时候，也是说直到进入移动时代，才开始盈利。

黄：对，移动时代带来一个盛世吧，尤其是支付宝和微信支付普及以后。支付宝、微信对阅读行业带来的最大变化其实是支付体系的变化。你要知道，原来哪怕你去用中国移动的支付，看起来很方便，但是 40%、45% 的收入要交给移动，这还光是渠道费用，没算别的。现在为什么情况变好了？因为微信支付和支付宝手续费很低，才 1%，基本上你可以不考虑支付渠道的费用。

八、在 3G 文学做了正版化的工作

吉：您下决心要走的时候，也没有想好接下来要做什么？

黄：没想啊，要是想再找一份工作的话，北京当时还有一个刚兴起的 QQ 阅读嘛，以我的资历应该是可以在那边找份工作的。但当时没想这些，就想离开。

吉：所以当时您离开以后是休息了几个月？

黄：休息了一年，2010 年才来广州这边的 3G 门户工作。

吉：您在 3G 门户是做什么？

黄：跟以前一样，做个文学部门的头儿。

吉：当时是做了什么网站？

黄：3G 文学。3G 门户就相当于手机上的新浪网，什么都做。我来的时候，3G 文学主要做盗版书，因为流量大。2009 年以前，中国移动对移动互联网企业有流量费补贴。等到 2009 年 10 月份之后，中移动把补贴停了。对 3G 门户来说，3G 文学的流量换不来钱，就成鸡肋了。我的上一任想进行正版化运营，但没成。3G 文学那时候也养了一小部分作者，但大部分是盗版。我去那以后就花一年的时间建立了一个原创的内容团队，2011 年去掉所有的盗版，不然早晚要被起点告死了。

吉：当时这一系列盗版网站能够存活，都是因为有了中国移动带来的巨大流量分成？

黄：对。

吉：您做了正版化工作后，主要的收入还是来自中国移动手机阅读基地的内容分成吗？

黄：不是。当时二分之一是网站的收入，二分之一是移动基地分成的收入。

吉：那时 3G 是只做手机门户？

黄：对。最早的时候，它跟 QQ 是一样的流量，对移动来说都是最大的流量入口。2010 年，手机开始慢慢智能化，到了 2012 年就全面智能化，3G 门户才开始没落。

吉：您在 3G 待到哪年？

黄：2014 年底出来做了现在的公司。

九、做内容方面的垂直专精市场提供商，但也必须要有自己的平台

吉：您选择创业是出于什么考虑？

黄：我在判断阅读市场的未来规模。我觉得它能成为一种仅次于电

影的娱乐产品。我不称我做的那些是文学，我从来都跟别人说，我做的就是娱乐，跟传统文学的东西沾不上边。不管是移动端还是 PC 端，其实一年新出的网络小说里，能称得上文学的没有几本。这是因为它的用户人群基数大、层次低，所以才导致这样的状态。我那时候的目标也没多大，不是要做什么市场第一、龙头老大，就是说做一个内容方面的垂直专精市场提供商。

吉：您想垂直的内容是偏向移动端的都市、玄幻吗？

黄：刚开始不是，其实想做的蛮多的。但是有吃饭的压力，还得继续做老本行。现在就又可以慢慢去做一些想做的东西。其实我很想去改变网络文学的泡沫化，就是字数特别长的问题，我想挤压这里头的泡沫。我现在做的有短言情，就拿 6 万字来跟 100 万字比。争取到哪一天 6 万字的收入比 100 万字多，作者就不会被迫去写 100 万字的书。

吉：在 2014 年，网文行业的竞争已经非常激烈了，您是怎么应对的呢？

黄：刚开始考虑过只做内容，但是后面发现不行。因为你没有试金石，你没有地方去试验自己的内容，你不可能到别人平台上面去试验，人家不会给你那么多好的位置去浪费。不像在 3G，3G 就有自己的流量，你可以用大数据去测试你的内容的用户接受度。

吉：那您的内容自己做评级的话有用吗？

黄：没用。原来以为靠着我的关系有用，但不行，生意归生意，关系归关系。不过现在就好多了，两年多了，我们才在渠道商上面变成了一个重要的内容提供商。

吉：这个过程很难吧？

黄：因为养书需要时间。为什么说做网络文学很艰难，需要时间。你得有自己的一批经过检验的内容，不是说半年就出一大批书的。

吉：开始养内容的时候，需要持续的投入吧？

黄：对，2015 年其实一直在亏损，年底的时候资金都快不行了。因为渠道回款没多少，员工工资、稿费这些开销都快扛不住了。所以 2016 年开始做自己的平台，一下子就缓过来了。

吉：2016 年才开始做平台的话，平台推广也很难吧？

黄：咬牙撑下来呗。没有大资本，只能自己咬牙活过来。不过刚开始的时候，新媒体这一块成本很低，后来那些流量大鳄进来，才把成本搞上去了。

吉：所以您还是赶上了新媒体文的风口？

黄：我赶上了时机，但没有成为流量大鳄。因为我一直只做正规的内容，没去玩邪门歪道。其实我们行业里有几家就是靠着擦边球的东西做起来的，我没去做，对得起自己的心。

十、在做 100 万字以内更贴近现实生活的文，也靠新媒体的渠道卖书

吉：怎么定位您现在的这个公司？

黄：我只做内容，不参与任何影视改编。因为我觉得改编市场很虚，完全不控制在你手里。除非你觉得哪一本内容特别好，自己去拍，自己去掌握改编思路，亏了都认。但是你去交给别人，你亏了就没下次了。所以我未来可能就是玩玩音频，有可能会去参与一下漫画改编。不过现在我没看到特别想要合作的工作室。它们都还是日漫风，没有新鲜感。

吉：内容方面呢？

黄：我现在做得挺杂的，比如短言情这一块，像港台言情那种 6 万字到 10 万字的小说，按本卖。前面有几千字、一万字的连载是免费给你看的。

吉：您做的这些短言情怎么卖呢？我很难在什么渠道上看到它推荐 6 万至 8 万字的书。您主要是在自己的平台上推这些书？

黄：自己的平台，还有新媒体。新媒体比重还是挺大的，其他的渠道来源都被大渠道、大网站占满了。就是找公众号投放一些文案，取一些吸引人的标题，然后等用户跳转过来，看到开头比较激烈的矛盾冲突，吸引他继续付费阅读。

吉：跟您规模差不多的还有什么公司？

黄：北京有个哎哟，还有甜悦读，这两家都有点名气。

吉：那您怎么看这些中小 CP（内容提供商）在行业中的位置？

黄：现在作者越来越多了，关注这一行的越来越多了，有能力、有

才气的人也会越来越多。但阅文的体量只能容纳一部分，掌阅也一样。为什么中小公司还能活？因为作者是供大于求，所以说中小公司能在这里面发掘自己的路。像我现在做的，就是自己在发掘未来想做的路子。其实我更想做贴近现实生活的一些故事或者小说，更吸引用户去传播订阅，而不是所谓的 YY 文——YY 文看多了也很腻。最近我在做一系列快递外卖类型的文，比如说《我做外卖员的那些日子》之类贴近生活的东西。

吉：这种送外卖有没有外挂，还是纯现实题材？

黄：就是纯现实的。这是有市场的，很多人都会跟外卖小哥打交道的，会对这种生活感兴趣，你只要写得稍微真实一点。

吉：是中短篇吗？

黄：100 万字之内，不会是无线流那种特别长的篇幅。这种题材太长写不下去。

十一、全民都在发展经济，对于生活、文化、娱乐的要求很低，文化整体都是青黄不接

吉：写不长是不是因为没有升级体系支撑？

黄：升级体系离正常生活还是比较远。这就是为什么网络小说一直进不了主流社会，很多人都觉得网文是白日做梦，所以说我就不管它们叫网文，叫娱乐小说拉倒了。我觉得主流媒体对网文的一个评价是对的，就是文字质量差。很多网络作者觉得自己写的文章很牛，但事实上你写的东西真不行。我年纪比较大，1980 年生的，很早就开始看书了，我觉得现在网文的文字、架构还有文学素养上都比较差。但现在传统文学那块也没出来什么新人。文化这一块可能国内整体都是青黄不接。

吉：您对网文的这个看法会不会跟您这边做的内容有关系，因为您面对的主要是"小白"用户。

黄：你说他们"小白"，但我们分析过用户年龄层，30 到 39 岁的也占了 20% 多。你不要当人家真的很小，他们只是看这些东西消磨时间。

我觉得只能说是发展的阵痛,因为全民都在发展经济,对于生活、文化、娱乐的要求很低,没有那个闲情去要求精致的东西。但文学始终会回归本源的。

吉:本源是指精品化吗?

黄:不是,精品化不行,精品化对公司生存来说风险很大。除非我像阅文那样,以前靠一堆大众向的书籍养着,然后自己默默地再去做几本精品IP,那是可以的。但对于小公司来说,这么做活不下去,因为IP砸在手里面的可能性太大。而且现在同质化也很厉害,你抄我,我抄你。所以我是从别人看不到的地方去找方向。

吉:等于说是您设计内容方向,然后让编辑去找作者写?

黄:编辑要认可我设计的内容才行。我们是很民主的。编辑得认可、喜欢这个东西,他才会去做。不然的话,他不认可也不懂,怎么去做?

吉:所以说您这边的编辑对于要让作者写什么有大致的思路?

黄:有,我们的编辑对作者的约稿或者投稿都会有个判断,我们要求自家的编辑有这种判断力。因为我们的稿件没别家数量多,所以就更珍惜质量,不会随便就让稿件通过。

吉:您目前签约了多少作者?

黄:大概一千两百多个,不多。这也是慢慢积累出来,我们是小公司嘛。

吉:这些作者大部分是分成吗?

黄:对,买断的只有一两百本。所有的公司都这样,起点号称100万本签约书,最后赚钱的不也就几千本嘛。

吉:那您现在的收入结构里,自己平台赚得多还是外面渠道赚得多?

黄:当然是自己平台多。渠道要靠慢慢积累,还要靠字数,靠你在那些渠道上的表现,根据这些,它会慢慢给你增加推荐位。现在的渠道也在培养自己的作者,占自己的坑。但它们不会放弃外部CP,免得把鸡蛋放在一个篮子里。

十二、新媒体文占据网络文学行业三分之一收入，每个月流水 5000 万以上的有五六家

吉：我们一直对那些没有站到前台来的 CP 特别感兴趣，特别是那些靠给中移动、掌阅提供内容活着的 CP，以及现在通过微信、微博引流的平台。但这些网站比较多，也比较杂乱，很难进入。您能不能给我们出出主意，假如我们要去了解这样一块之前被忽略掉的网络文学生态，有什么好方法？

黄：我跟你这么说吧，假如出了一个什么网络文学行业的年收入报告，你最少要在那个数字上加 50%，这部分就是新媒体文的收入。比如它说网络文学的规模是 100 亿，那实际数字就是 150 亿到 160 亿之间。去年在微信、微博进行整顿之前，我知道一个月的月收入过 5000 万的就有五六家，都是靠新媒体把流量引过来的。这些人以前是给网页游戏做带流量的工作，他们不会接受采访，只是默默赚钱，把平台做到一定程度就拿去卖，绝对不会像阅文那样做成长久的基业。

吉：那些网站里，您觉得哪些比较有代表性？

黄：掌中云，这是最大的新媒体文网站，在上海。郑州有两家，掌云和麦睿登。还有杭州的平治。还有湖南的企智，刚卖给恒大投资。

吉：多高的估值呢？

黄：总体 3 个亿吧。它是属于赚快钱，好像是艾瑞资本投了它，然后牵线搭桥卖给了恒大投资。

吉：您说的赚快钱是指？

黄：它们获得流量的能力很强，但不建设内容，只是从我们这些内容提供商这里花钱买一点内容。可以看出来，图书市场还是很大的。你以前想象不到每月流水五六千万的都有五六家吧。

十三、个人创业的中小网文公司只占行业份额的 5%

吉：那您觉得中小 CP 在整个网络文学行业中占比多少呢？

黄：可能是 5% 左右吧，没那么多。

吉：这么少吗？

黄：因为你说的是中小，像平治这种控股几十家CP的大公司就没算，我算的都是自己创业的中小公司。要算上大集团投资的那些，可能接近20%。我初步估计阅文有百分之四十多，掌阅有百分之十几，阿里有百分之几，咪咕也有一定份额。像我这种自己创业的就只有5%了。我们这种一没渠道、二没流量、三没内容，都是白手起家，没有渠道大鳄在后面支撑。

吉：您有没有想过寻找外部资金支持？

黄：在谈，但是比较艰难，你没到一定量级人家看不上。反正我现在自娱自乐还行，团队比较稳固健康，公司也是盈利的。

吉：那您觉得这些中小CP将来会怎么样？

黄：在2018年、2019年，我估计它们很多都会被大公司并购或者入股。不同的大公司想法不一样，我比较欣赏侯小强以前在盛大的方式，就是把市面上做内容还可以的都买过来。不买新的，就是买做了几年，有一定内容储备，而且获得认可的公司。阅文就有点独，挺傲气的，看不上这些。其实当初侯小强把潇湘、小说阅读网、红袖这些网站买了，等于帮阅文剔除了几个竞争对手。那几个女频网站做得很好，市场占有率也很高。

吉：这应该也是一个动态平衡吧，做大了就卖出去甚至上市，然后又有新的创业公司出现，也不断给网文行业带来新的活力。

十四、新媒体文的兴起在2015年，关键在于从超级APP引流，挖掘了大量潜在用户

吉：想跟您细聊一下新媒体文。对我们研究者来说其实是有点措手不及，就觉得是特别新鲜的一个事儿。

黄：这不算是新鲜事。你看那么多微信公众号起来，说明整个社交网络里面有很多人需要内容，微博兴起也是一样的道理。有需要就会有人做嘛。流量的来源是复杂多样的，比如QQ的公众号养活了很多大V，还有咪蒙那种靠微信发展起来的号。微信公众号的兴起就是各种内容的兴起，小说也是内容，所以这种新媒体文火了。我不知道谁第一个在新

媒体做的，可能是黑岩。

吉：那是哪一年？

黄：2015年，黑岩那时候应该还是在百度贴吧引流，后来就改在微信公众号、微博去引流。再往后它被收购，就没继续做这个事了，因为那些能引流的书都比较黄暴。它挣到了第一桶金，别家才开始进场。传统上来说，我们能观察到的读者用户，要么在PC端，要么在UC或者QQ之类的浏览器上，要么在大的门户网站那里。其实我们的认知是错误的，很多地方还有潜在用户，他们只是隐藏在各种社交媒体或者别的可以看到内容的地方，这就需要新媒体文了。新媒体文都是用一个文案开头，给你个六七千字，把你拽进去了，你再花钱。这些用户先接触公众号再接触小说，把小说也当作公众号来看，养成了阅读习惯。

吉：那这些小说还是偏黄暴？

黄：有，不过针对女性用户的小说不黄暴，都是言情。我跟你说个笑话：公众号刚起来的时候，2013年，微博上就有人专门叫人加公众号，然后30块钱卖百度网盘一个月的使用权，里面有很多资源。其实那时候我们这种用惯电脑上网的人，上百度去随便搜一下就是，根本用不着去买这个。但微信上这些卖资源的人——后来我听说过几个被抓的——一个月流水都有几百万，说明很多人会去买。微信把三四线城市、乡镇、村庄那些不经常用电脑上网或者只是用电脑打游戏的人引进来了。

吉：以前我们以为中国移动的渠道已经把这些人都覆盖掉了，但其实远远没有。

黄：过去不是有一个读者的分布图，里头显示广东、浙江、山东、上海和江苏是五个最大的阅读省份，我们都以为用户就集中在沿海这一带。事实上我们那时候忽略了中西部。内地不是不想看内容，而是没有接触渠道。直到上了微信、微博之后，这批人才接触到内容。微博推广的用户层次还稍微高一些，微信是所有人通杀，男女老少全都用，很多人是先用微信才用微博，甚至很多老一辈的只会用微信。

吉：微信成了日常必需的东西，几乎把所有人一网打尽了。

黄：对，微信现在七八亿用户，把中国一半人口搞进来了。而且它有扩展空间，还剩下七八亿人没用它。里面有很多是小孩，还可以增长。

十五、新媒体文给网文生态带来结构性的变化,但本身也在调整之中

吉:所以新媒体文的流量都是从这儿新引过来的,才能做到像您刚才说的那样,五六家都是月流水四五千万元。

黄:对。它们都号称自己平台有几千万粉儿,比如奇热号称自己有2000万粉儿。这是什么概念?一个月运营得好的话,2000万粉儿有1000万元流水很轻松。

吉:如果只看订阅的话,您觉得哪怕是天蚕土豆,订阅收入能有多少?

黄:我觉得一年几百万元收入是正常的,上千万都难。我算一下,上千万元就等于均订要到二三十万,但土豆高订曾经到过20万,均订据说也就七八万。其实阅文有些事干得比较独,它跟渠道签约,要求优先推荐它的书。因为阅文要扩大用户,支撑着上市以后估值往上走。但大渠道不会这么干,只有小渠道干。可事实上,阅文只看到了这些渠道,但渠道之外还有很多用户。虽然是行业龙头,其实都没有抓住先机,很被动。

吉:可以说微信等超级APP和新媒体文带来了结构性的变化吗?

黄:可以。但新媒体文这块也有危机。

吉:您是觉得新媒体这波风潮已经过了?格局又稳定下来了?

黄:不是过了,是在整改,打击标题党和黄暴内容。微信封得挺严的,后面可能会越来越严。不过今年我在张小龙的微信公开课上观察到两个有意思的迹象:第一个是小程序,第二个就是公众号。这说明微信还是很重视公众号,它有可能会做一些颠覆,允许创作者自己开公众号,再收费。只要它在这上面竖几个标杆的话,很多公司都要死,先是小公司,然后是大公司。因为这么做的话,作者的独立性太强了,公司没法活。不过换我在微信的话,我也会这么做,因为这对我微信自己的生态很有好处。

吉:所以您觉得网文的盘子还在扩张?

黄:还在扩张。假如说微信干这个事的话,网文的大盘子又要扩张了。

吉:但对您这样的中小公司来说就是威胁?

黄：我倒是没危险，我再干一两年，积累一些内容，就可以卖了。内容是可以继续赚钱的，好内容不过时。哪怕你现在拿十年前那些晋江、潇湘写的小说，把黄的内容去掉，拿来卖还是不过时。

十六、网文圈现状扫描

吉：那您觉得这些做新媒体文的网站在网文行业的整体位置是在哪儿？

黄：就是说现在老大是阅文，老二是掌阅，它们基本上可以排到第三。咪咕都没有那么高，我上次跟咪咕那边的人聊，他们也就每个月3000万—5000万元之间，就是靠原来的流量在活着。原来他们是两个多亿到3个亿，各家网站自己的阅读APP起来后，现在就不剩多少了。

吉：17K呢？

黄：17K就别提了，半死不活的。猪王（17K原总编栗洋）不是前一阵刚离开嘛，我问过他，17K那时候一个月也就七八百万元，都没打平支出。中文在线本来也不想在网络文学上做出多大规模，只是靠17K去赚上市的钱，当时2015年赶上好时候，中文在线融了20个亿。假如这20个亿真砸到网络文学上的话，现在也能砸出个水花来吧？至少它的市值或者营业额能翻几倍。但它不这么干，去搞多元化。我完全看不懂它的思路，说是做泛娱乐，但实际上纯粹是追着概念走，而不是自己去扎实地做一件事。所以说它现在的股价是自己折腾的结果，股民都觉得你拿了20个亿，为什么不去做你自己擅长的东西？中文在线就是靠17K上市拿了钱，然后主营业务不去干，只干别的。

吉：那您怎么看纵横？

黄：纵横不是刚融了8个亿嘛，它其实走的是"大神"加IP的路线。这个路线跟阅文的做法相反。阅文现在是"去老化"，就是淡化老一批"大神"，扶植新人。你看它的IP盛典上面，全是新人。至于老牌"大神"，你愿意跟我玩就跟我玩，不愿意跟我玩，也不会把你当成网站大哥那样重视了。

吉：就是把资源倾斜到能够掌握的新人身上。

黄：对，它的合约现在都是签五年，五年后看情况我再扶持一批。

然后它的资源都是自己内部消化，IP自己拍，不给腾讯影业。我倒觉得它这个路子是对的，早就应该"去老化"，自己主导IP开发。

吉： 那您觉得纵横现在是？

黄： 纵横在走阅文的老路，因为纵横没有流量优势，只是内容还可以。它经过百度收购那一遭，也没获得什么好处。它的APP和WAP站的流量都是靠原来的人气慢慢积累起来的。纵横如果要上市，多半会在香港上市。现在纵横挖来天蚕土豆，跟天蚕土豆的公司合作搞《元尊》的IP，去拍电影。

吉： 所以现在顶尖"大神"都很独立于网站了？

黄： 只有头部那几个是这样，往后一点的"大神"——像是我吃西红柿——都做不到。我吃西红柿有点在吃老本，IP做得不是特别好。不过他的写作水平一直是最稳定的。

吉： 男频主要还是靠游戏、动漫改编，但在影视方面，晋江才是最大的IP来源，占了IP市场的半壁江山。

黄： 对，半壁江山肯定有的，而且还可以扩大。但是我就觉得晋江现在的状态很浪费它的优势。不过无所谓了，反正它现在每年卖IP，一年也挣个几千万元，都不需要在乎付费阅读那些小钱。

吉： 我们前两个月才又去见了冰心，她说他们2017年的年收入也才刚刚过亿，包括IP。

黄： 是啊，原来光靠付费阅读，网站收入肯定不行，现在IP这块赚得多，又不用分给作者太多。

吉： 给作者分得还挺多吧，现在顶级"大神"的分成协议好像是8∶2。

黄： 过去不多，现在可能要留人了。反正他们网站是赚的，几乎是白赚，没什么运营成本。网站人员还不一定有我这儿多，就三四十人，管管社区什么的。我真的很羡慕他们，躺着也可以赚钱。

吉： 冰心最有意思的是，当初拿到盛大那笔钱，她干的最大一件事就是买了她现在那层楼，结果现在晋江最大的资产就是北京那层楼。

黄： 晋江那个时候拿盛大的钱，是因为它要被花雨（出版社）告盗版侵权告到破产了，花雨要它赔200万元嘛。

吉： 花雨为什么要告它？不是合作关系吗？

黄：花雨到处都告，到处都要钱。只要是它的合作商，到期了没有续签，它就要告。按理说我跟你到期了，你可以通知我下架。但它不通知，直接就去做公证，准备告你。要是你上市，它就上市前去告你。那时候不有个汉王嘛，它在汉王上面讹了 200 万元。然后就吃到好处，到处告。所有的跟它合作过的网站，都告过。最后是盛大出面，帮晋江搞定了。

吉：您提供的这些丰富、生动的细节特别有价值！

黄：因为我一直在第一线嘛，所以经历和观察都比较丰富。

吉：从起点到 17K，再到 3G，现在自己出来创业做"新媒体文"，您可以说完整地经历了网文这个行业的每个大潮头，虽然不是每一次都是弄潮儿，但这种流动的位置和身份让您始终是一个特别好的观潮者。非常感谢您的坦诚与认真，让我大有收获！再次感谢！

尝试在商业制度内走不同的路
——17K小说网"二次创业"负责人、总编辑血酬访谈录

【受访者简介】

血酬，本名刘英，男，1981年生，山东荣成人。2005年入职起点中文网，任二组编辑、主编，负责"三江阁"推荐和第二编辑组工作。2006年参与创建17K小说网。2008年在投资方中文在线主导下将网站从上海迁至北京，重组17K进行"二次创业"。2009年任17K总编辑。

血酬一直积极从事网络文学编辑和作者的培训工作，著有《网络文学新人指南》(2008)、《网络小说写作指南》(2012)等教材。2006年8月，在他的提议下，17K开办首届"网编训练营"。2011年，开办"商业写作青训营"，号称"网络文学培训第一品牌"。2013年10月发起成立中国首家培养网络文学原创作者的公益性组织——"网络文学大学"，任常务副校长(莫言任名誉校长)。同年，创办的"汤圆创作"APP上线，主打中短篇手机写作，并与多家大学文学社团合作。现任中文在线总裁特别助理。

【访谈时间】2017年7月11日（受访者最后修订时间：2019年8月22日）
【访谈地点】北京，北京大学中文系
【采 访 者】邵燕君　李　强　吉云飞
【整 理 者】孙凯亮　项　蕾

一、早年读写经历：从漫画到《第一次的亲密接触》，从古体诗到武侠小说

邵燕君（以下简称"邵"）：这些年多次和您在作协召开的各种会议上见面，觉得您既是网络文学的资深从业者，也似乎可以称得上是我们的"半个同行"。很多时候，您是代表网文界发言的人。您也一直致力于网文编辑和网文作者的培训工作，编教材、搞培训，还当校长（笑）。从您的角度，应该可以看到网络文学发展的不同侧面。您是武汉大学法律系的毕业生，在网文圈里也属于高学历人群。最后从事网文行业，应该也是出于强烈的个人爱好。我们也还是从您个人的阅读经历开始谈吧。

血酬（以下简称"血"）：我家算是一个知识分子家庭，爷爷以前是当地县的法院院长，很小的时候家里就有特别多报纸和杂志，像《半月谈》《求是》《光明日报》《人民日报》等。我经常去一个老师家里玩，第一次接触到通俗文学就是在她家里。我在她家里发现了一本金庸的《射雕英雄传》，虽然书很残破的样子，当时字也认不全，但是我觉得这书挺有意思的，很喜欢看，翻了很多遍。后来，我父亲去县里工作，我就跟着到城里来，又看到了很多的小漫画。

整个小学阶段，我是以看漫画为主的。初中阶段，我看的武侠小说比较多，古龙小说就是在那时开始看的。到了高中以后，我基本处于没书可看的状态。然后，又看了一段时间的言情小说和小口袋书，可是看多了就越来越觉得没什么意思。刚好那个时候，我同桌家里买了电脑，他上网下载了很多小说。有一天，他跟我说，他手里有一部特别好、特别刺激的小说叫《第一次的亲密接触》。他人特别聪明，就把这部小说打印出来，还装订成册出售，但是内容不全。后来我又去网吧看了一部分，还是不全。一直到 2001 年，我上大学以后，才把这部小说看完整了。

李强（以下简称"李"）：您最早写东西是什么时候？

血：我最初在网上写诗歌，就是高二学生写的那种"古体诗"，也会在纸上写一些武侠小说。我在网上发布的第一本小说，就是我高中写的一篇武侠小说。那是从中学日记本里翻出来的，我觉得还挺有意思，就

发在了幻剑书盟上,一共才七八万字的样子。后来,我就在幻剑书盟上写文了。

二、回忆中的网络文学早期状貌

血:我那时也会去网上看一些"内涵小说"(即包含一些情色描写的小说)。在 2004 年的一波清扫之前,"内涵小说"几乎是我们同学之间对网络小说的主要印象。

吉云飞(以下简称"吉"):这些"内涵小说"主要是从台湾过来的吗?

血:不是,很多都是大陆的作者在写,但是可以在台湾的元元等网站上发。那时候,台湾的出版社几乎是网络文学唯一的盈利渠道,最牛的作者都在台湾出书。2003 年其实就算《小兵传奇》在起点发布,那时的起点也只是一个三线的网站,并不强大。而幻剑书盟却特别牛,有很多好的作者,比如树下野狐。我自己就特别喜欢树下野狐的《搜神记》。现在《搜神记》看起来可能匠气比较重,但在当时那个年代,能写得这么宏大、这么精致的作品还是比较少的。

李:那时还有哪些有名的网文相关的交流和发布平台?

血:在到幻剑书盟之前,我还有一段混 BBS 的历史。我们最早到大学之后就要上学校的 BBS。现在已经被关站的"一塌糊涂"BBS,那时是北大的校内 BBS,特别火,上面还发生了很多社会事件。像孙志刚事件、黑龙江的宝马撞人案,都炒得很热。那个时候"一塌糊涂"上线人数最多,同时在线人数是超过 10 万人的。我在上面看了很多转载过来的网络小说,慢慢发现网络小说连载的属性特别强。一旦它后面的章节没有了,你就会特别着急地想看,然后你就会到处去找着看,往往还都能找到。

李:那时的网络小说好找吗?

血:当时,网文里面有个特别重要的概念叫"首发"。现在已经没有这个概念了,它完全被 VIP 给取代了。但在当年,"首发"的意思就是最早能看到。这个概念实际上吸引了很多读者。我就从北大的"一塌糊涂"转移到了幻剑书盟,因为好多小说是幻剑书盟首发的。我在幻剑书盟看了有一年多将近两年的书，直到后来幻剑书盟发生了一件事情——血红被驱逐了。

三、血红为什么离开幻剑到起点

吉：血红是跟唐家三少一起走的吗？

血：不是，唐家三少是 2005 年幻剑书盟没有钱付稿费了才走的。血红更早，血红在 2003 年的时候就出走了。本来血红匪气就很重，湘西人嘛。血红早期的作品，就是那一套流氓系列的，它是有问题、有风险的。他最早写的是奇幻文学，想象力特别丰富，写小说喜欢夸张。他写了一匹马，特别大，后来就有人较真，说世上哪有这种马啊，你瞎写。他脾气比较爆，再加上那个时候生活状况不好，然后就跟人呛，呛完了之后写了一本书《我就是流氓》，发出来之后影响特别大。那个时候，大家还是用很文艺的腔调在写的，但他这个作品就向世人宣告说，我就是流氓，你能把我怎么地，然后一下子就爆了，变成一个特别大的事件。后来，幻剑书盟可能有所顾虑，就限制他上榜，不让他出现了，他就比较悲催。刚好起点从一开始就在挖幻剑书盟的墙脚，那时幻剑书盟很大，大家会自然而然到幻剑书盟上面来，而起点只是一个追赶者。起点当时有一些比较牛的网编，他们会把幻剑书盟上的所有作者全都骚扰一遍。如果你当时是幻剑书盟的作者，你会发现你的书评区里十条评论中可能有三四条都是起点编辑发的。那个时候起点并不要求你一定要到我这儿，而是说你可以同时在我这儿发，也是一条宣传渠道嘛！那个时候大家都没有钱可以赚，相当于起点靠人工的方式在不断提醒你：还有一个叫起点的网站。

邵燕君（以下简称"邵"）：这是宝剑锋他们干的事吧？

血：对，其实早期的时候大家都不太认起点这个品牌，还是觉得幻剑书盟比较强大。幻剑书盟有很多好的作者，网文网站的发展一直是作者居于第一位的。血红去了之后，起点同时还依靠首发的《小兵传奇》带流量，但是《小兵传奇》后期被台湾出版社限制网络更新，在那之后起点就靠血红带流量了。到起点之后，血红就发现起点的团队很简单，它基本上不玩任何虚的东西，做任何事情都非常直接，目的性特别强，特别有朝气的感觉。因为年轻人都有很强烈的欲望，渴望成功，相对来讲它不"文青"。当然它们团队当中也有两个人比较"文青"，是做技术的两个人——吴文辉和藏剑江南。

邵：他们团队是做技术的比较"文青"，做编辑的比较务实，挺有意思。

血：我还是有一点精英思想的，我害怕社会的分裂，希望它和谐稳定。但是在社会发展的过程当中，矛盾其实是很激烈的。比如说，如果你是一个新人的话，你会很苦恼如何获得资源。从商业经营的角度来讲，一个成功的作者，尤其是像血红这样能够带来巨大流量和影响力的作者，站方会最大化地把资源和流量给他。一个星期之内，你就会看到他的作品出现在不同的推荐位上。因为，网文行业早期的经营方式是导航式的，是大家点开首页看它上面推荐的作品。新人就特别痛苦，就会抱怨。起点当时有个论坛，他们经常上去哭诉，说我们既没有能力，也没有好的待遇。那时候还没有签约这种方式，网文没有完全商业化，但以流量为导向的趋势已经很明显了。

邵：您说的这个时候已经有 VIP 制度了吗？

血：2003 年七八月份的时候还没有，2003 年年底起点开始上 VIP，得等到大概 2004 年年底的时候，才逐渐形成一个主流。当时很多作者是非常排斥收费的，因为早期很多上网的人根本不缺钱。那些真正需要钱的是在校的学生或者刚毕业没有找到工作的人，像血红、流浪的蛤蟆，这些人是真正缺钱的，没有收入就意味着生活不下去了。为什么他们更成功呢？是因为他们更有成功的欲望。血红可能不是早期网文最重要的作者，但他绝对是对早期网文商业化最重要的作者。《小兵传奇》是起点早期特别好的流量书，但因为台湾出版的原因，出版社把它掐掉了，不让它在网上继续连载了。所以起点当时就面临特别大的流量压力。早期互联网的玩法是要靠流量去融资的，做大流量，然后去找投资，认清这一点之后大家都开始刷流量。网络小说早期的推广特别差，基本上全靠卖书、靠口耳相传，去外面大量投广告也完全做不到。在起初两年里，起点属于特别底层、特别草根的小网站，大家完全注意不到它，所以它只能靠一些很野的办法去获得流量，像做弹窗这些。但是，起点的主要流量还是来自作品，在它做商业化之前，刚好在 2003 年年底的时候就遇到了血红这样一个很大的流量来源。血红更新又特别快，他最多的时候一天能发 6 万字。而每次的点击都可以算是网站的流量，如果特别喜欢这本更新频率很快的书，你一天可能要上 6 次这个网站，那网站的流量就会上升得非常快。

四、见证起点壮大之旅

李：后来您是怎样去起点的？

血：本科毕业的时候，我本来是要去做一个父母希望我做的法律方面的工作，但遇到了一些外部的困难。毕业之前我就有大概小半年的时间，一直都在想我这辈子到底想干什么。因为我在起点做兼职网编也做了很长时间，我就想是不是以后可以靠这个来工作。当时我还去过别的网站和公司包括《今古传奇》这样的纸媒杂志，大概了解了一下情况。我觉得起点可能是最有前途的。2004 年，我就做了决定如果做网编就只选起点。2005 年去起点应聘，我当时简历准备得挺好的，又写了一篇大概三四千字的对网文的认识。因为我已经在起点做了很长时间的网编了，对起点的团队还是比较熟悉和认可的，后来面试也比较顺利。

李：像您这样的起点网编，后来正式入职起点的有多少？我听杨（晨）总说，当时是有一批这样的网编转过来的。

血：入职的人不太多，那个年代的网编是很随意的，可能随时就不干了。我和杨晨是同时入职的，当时他在英国读硕士，我们一块儿去的起点。当时我们做网编，不是找不到工作，而是真的非常热爱网文。我到起点工作之前，起点的书不多，我还是起点前一百的签约作者。我记得我写的书的书号是 18486，我就把起点从第一到第 18000 号的书全都看了一遍。那时网文的体量还比较小，大多数人写得都非常短，而且写完之后可能就没有然后了。我把里面比较重要的书都看了，然后还根据这些写了一个入职报告。

李：早期作者签约方式是怎样的？

血：早期有很多不同的签约方式，比如说 A 级、B 级、C 级签约。

现在全部都是 A 级签约，也就是独家签约的方式了。以前甚至还有一些书，合同都没有签，就是大家说一声我把你的书放在这里收费，然后就收费了。

邵：如果你的书在起点收费了，就不能放在别的网站了吧？

血：在起点是这样的。起点一直在推 A 签作品，因为它很清楚读者是首发带来的，我们有这个独家的资源，读者就只能到我这里来看。这个是它在商业化方面一以贯之的一个策略，从首发给它带来巨大的流量，到后来的 VIP 独家签约，都是这样。

邵：首发的话，就不能在别的地方发了吗？

血：可以发。首发的意思是说我这里是最快的，读者想看最新的章节只能到我这里来看。就是说，你可以在别的网站上去给别人增加一个点击，但是你同时也可以给我增加一个点击。

后来，起点的阅读体验越变越好，这也是它争取流量的很重要的策略——因为我做的是最好的，所以久而久之，读者就不愿意再在别的类似网站上看书了。这些都是起点后来在网文行业里越做越强的重要因素。起点的改版是很成功的，比如对绿色的使用。绿色会给中国人带来一种心理暗示，比如令人感觉更加环保等。起点就从这些很朴素的想法出发，把用户体验的优化做得特别好。

邵：起点的成功您觉得还有其他方面的原因吗？

血：我觉得起点的团队搭配得比较合适，非常完整。而且这个团队能够历经差不多将近二十年的时间，都没失败。它有技术，有产品运营，有编辑，还有商务。在这个团队的六个人里面，几乎什么专业人才都不缺，其他的网站不会有这样的配置，幻剑书盟也好，17K 也好。17K 的初创团队里面一个搞技术的都没有。别的所有团队里都会出问题，只有起点团队他们不出问题。所以，有时候，确实可能偶然带来的是一个必然的结果。如果说当年藏剑江南没有自己先做一个很破烂的小网站的想法，他就不可能先把这些东西做出来。是他和宝剑锋两个人都做了这样的事情之后，经过比较才选中了藏剑江南的这套东西。这是一个特别偶然的情况，所以后来很多人都说，不少大佬的成功跟运气有很大关系。

五、"区分'文青'的一个重要标志是他是否有明确的商业理性"

邵：我们刚刚说到"文青","文青"在你们看来是怎样的概念？

血：在我们看来,"文青"更看重自我表达。区分"文青"的一个重要标志是他是否有明确的商业理性,也即他是更看重自我表达,还是更多地考虑到读者的需要。与此相反,商业运营就不会考虑到这个东西到底有什么意义,成功就是一切；有很多人读,能卖很多钱,这个就是全部的意义。这是商业化运营的一个思路。

之前起点有几场比较大的争论。其中一场是关于烽火戏诸侯的成名作《极品公子》的。这本小说现在是一本禁书,当时火到爆棚。藏剑江南认为不能签这样一部小说,因为它里面涉及很多软色情的东西。后来他就被编辑们反驳了。他们说,第一,它不是色情作品。它最多就是打了一个擦边球,里面没有任何直接的性描写,它不是色情的东西；第二,书的成绩这么好,如果你不签的话,作者流失之后,就会为起点增加一个竞争对手。签下这部作品以后,藏剑江南又不让推荐。他认为,签了就代表了站方的认可,认可作者的创作思路和创作方式。单是签约这部小说,他就觉得很过分了,更加不要说去推荐。因为推荐意味着你认为它是一个特别好的作品,值得所有人去看。最后,这个作品还是签约了。后来,编辑部就禁止藏剑江南来干预这些事情（笑）。

吉：起点里技术最好的却是最"文青"的（笑）。您很早就负责三江阁,是三江阁最早的吗？三江阁是什么时候建立的？早期定位是怎样的？在哪一年发生了变化？

血：三江阁是2003年建立的一个论坛版块。后来在首页给了一个推荐榜位置才引起了读者和作者的重视。我最早是做三江阁的网编,归正式的起点编辑（蛋妈）管理,先刷书然后再推荐。三江阁和强推（即强力推荐）,是起点新人出头最重要的两个手工榜单。早期对三江阁的定位是小众网文,它和强推是不同的,不能把它当成一个用作初级推荐的小的强推榜。三江阁推荐的书,一定得是有特点、有文学性的那种小说。

我们大概从2006年开始做17K以后,起点就把三江阁的定位改了。

我临离职的时候，和接替的小分队长说以后首页寸土寸金，三江阁原来的定位可能坚持不下去了，顶不住就改了吧。三江阁可能寄托了我们的一个文学梦想，当然定位是需要有人去坚持的，你必须要有一个核心标准，你必须清楚你要用什么样的能够立得住的东西去评价网文。如果你没有这样一个尺度的话，那么你就只能把它当成一个初级的推荐，它就失去意义了。

起点被收购之后，整个管理团队都有些懈怠。在盛大这么大的一个公司里面，虽然起点没把自己看得有多高，但是盛大却把它看得很低。在起点团队从创业者转变为打工者的过程中，管理层比较懈怠，起点内部也比较乱。刚好那个时候，中文在线入场了，他们要做一个文学网站，问我们这边有没有这个想法。

说回评价尺度的问题。我们做 17K 也有想实践自己想法的一面，看能不能靠最"精品"的作品带领网文前进。后来回头看，起点实际上是从商业角度来评价网文的，17K 也看重商业但带有更浓重的"文青气"。如果我们把商业性和文学性都画一个圆，这两个圆交叉的地方，就是"叫座"又"叫好"的作品，这是两个网站都喜欢的。而第二层的选择是先选"叫座"的还是先选"叫好"的作品，这是起点和 17K 之间唯一的差别：起点更看重"叫座"，而 17K 更侧重"叫好"。

李：那您怎么看网络文学的商业化过程？

血：网络文学的商业化过程不仅是商业公司推动的，也有网文作者主动经营的成分。例如，当时的付费与解禁，其实是杜绝盗版的一个重要方式。那时候大家购买的实际上是一个优先权，而不是像后来那样，如果你不付费的话，你就完全看不到了。实际上，真正愿意解禁的，是那些能靠解禁冲到人气榜第一并由此获得很大收益的作者。但是绝大多数作者面对的情况，则是你解禁也没多少人气，冲不上榜单。所以他还不如存着，万一有人愿意花钱订阅呢。从开始有解禁制度到最后作者完全不解禁，这实际上是很自然的一个变革，作者会发现自己的 VIP 用户越来越多，我不断维护我的这帮读者就行了。这些 VIP 作者们讨厌盗版的原因,就在于他们从盗版那里拿不到任何的应得收益,而 VIP 用户的订阅收益都是肉眼可见的。所以,大家就特别讨厌盗版,他们认为,我写的每一个字都是我的钱,所以谁都不愿意白白解禁。到后来,文就越攒越长,然后网文中的长篇小说就越来越多了。

在网络文学这么多年的发展历程中,网文公司和作者本身都在商业化。作者们活跃在商业化创新的第一线,当时的好多商业化运作方式,最初都是作者的发明,公司更多是将这种商业化创新制度化。然后,大家都在赚钱的这条路上,找到了很多种类似的商业化方式。比如说,大概在 2008 年底的时候,起点和 17K 差不多同时推出了打赏功能。在网络文学网站推出打赏功能之前,有很多作者私底下接受读者转账,并相互炫耀,他们逐渐就会脱离网站。他们会觉得,网站变成了他们吸引人气的一种方式,但实际上来讲,他们干的是微商的事。

六、团队不成熟,导致 17K "第一次创业" 失败

李:17K 创立的时候是不是准备得不太成熟?

血:我觉得自己当时已经准备好了。2006 年 5 月 5 日,我在龙空论坛上发了一个帖子,里面写了一句话:我们只做精品!当然,这个精品化并不是要所有人都认可才行。那个时候,留在起点的除了后来新培养的人之外,剩下的大都是原来的二线作者。所以我们实际上是有能力去做精品的,对吧?而且我们给作者的待遇也很好,全部是买断的,给他们的福利也很好。从当时看,我们有能力为作者们提供一个良好的创作环境。

邵:当时做 17K 的时候,你们主导的人是谁?

血:当时的总监是黄花猪猪(潘勇)。我们核心团队的成员都是从起点跳槽到 17K 的。跳槽到 17K 之前,他在起点做左手(即罗立,网名黑暗左手)的副职,协助左手做商业化方面的工作,对外交际能力比较强。当时我们需要一个能够和中文在线沟通的人,他在 17K 负责的就是这方面的事情。那会儿我们中的每个人都比较纯粹,每个人都有自己想做的东西。当然,有的人可能纯粹是出于义气的原因,因为他喜欢的人都走了,他也就跟着走了。我们这些人其实是陆陆续续走的。那时起点有一

个特别不好的气氛，就是谁也不知道谁明天会走。到了后来，起点的氛围就越来越差。

吉：听说当时中文在线也直接挖过吴文辉他们创始团队的五个人？

血：最开始的时候，事实上我们两家的关系没有那么差，毕竟大家也一起在起点工作了很多年，彼此只是一种道义之争。所以，当时我们实际上是把17K作为"起点的分站"来做的。我们和起点之间是没有网上所说的那些恩怨撕扯的。真正搞事的、抹黑17K的人，其实不是起点的人，而是盛大的一些新来的编辑。

邵：你们走的时候，先是你们这些人想出去做一个不一样的网站，然后找了一笔投资，还是说先有了这么一笔投资，然后把你们给挖走了？

血：先是中文在线拿到了一笔投资。当时我们这个团队刚好也对盛大各种不满，想要出去，然后又遇到了这样一个机会，就出来了。当时是以上海中文在线这样一个子公司来运营17K，以去美国上市的方式来融资。我们对商业的理解不深，所以基本上可以认为是有一个投资商愿意出一笔钱，让我们来做这个事情（完成自己的文学梦想），那我们就很开心。但是大概到2008年的时候，我们就已经开始做不下去了。因为完全融不到钱，当时的用户数还没有开站时高，所以整个做网站上市融资的方式就不行了（后来盛大文学也折戟了）。2008年5月的时候，中文在线要求我们全部搬到北京来，当时已经走了一批人了。然后，中文在线就把剩下的这些没走的人都转移到北京中文在线来了。2009年3月，我们提了一个口号叫作"二次创业"，就是我们已经承认"第一次创业"完全失败了。

吉："第一次创业"的商业模式是怎样的？

血：商业模式很简单，所有互联网公司都是上市。只要网站的流量在不断增长，投资商就会一直给你投钱。对于网站的流量来说，最核心的就是网站要有好的内容。而网站要想有好的内容，就必须花钱去买内容在网站上投放，然后流量持续增长，用户也增长，就可以去上市了。

吉：最早的想法是把17K做到独立上市吗？

血：没有。那时的人都还没有现在这么聪明，也没有现在这样见多识广。当时大多数人的意图是不想再跟起点吵了，干脆自己做一个吧。

其实，被盛大收购之后，起点的作者们也很郁闷，因为小的网站被大公司收购之后，它花的钱一定要收回来，所以它就会想很多办法来达到这个目的。

李：17K 的成立对起点的影响大吗？

血：我们从起点出走 17K 的过程中，起点当时有三个编辑组，我们编辑二组的三个编辑都走了，作家排行榜前一百的作者跟着来的有 70 个左右，发书最后留下来的有五十多个。云天空从起点跳槽 17K 之后，为了让云天空从起点排行榜上消失，起点对云天空的作品《邪神传说》进行了 VIP 解禁，损害了云天空的经济收益。已经离开起点的作者是不能出现在排行榜上的，这是起点运营的铁律——这也是起点商业化运营的一个方面。当然，最后起点输了这个官司，不管是资金还是商誉都受到了损失。

李：现在看来，您觉得 17K"第一次创业"失败的原因在哪里？

血：我们和起点开战的那一段时间，写出来的那一批作品质量还是很高的。然而，因为网站后来不断地崩溃，投资者看不到实际的流量，你就没有办法再从他们那里拿到钱了。随之而来，资金跟不上了，陷入恶性循环，最后网站就崩掉了。对互联网融资来说，它的逻辑就是你做得越大，能够进来的钱就会越多，是一个正向循环。不幸的是，我们的资金链在中间断掉了。第一笔钱投进来的时候，它没能形成一个正向循环，一开始就变成了一个负向循环。所以，每次融资我们都只能拿到比上一次更少的钱。那个时候，网站已经到了生死存亡的边缘，随时都可能破产。

现在想来，17K 当时的资金链之所以会断掉，是因为 17K 在建立的时候作者资源太好了，我们不缺好的内容，但是我们缺乏能够把它释放出来、把它变现的渠道和市场。同时，我们又没有足够强大的技术团队来支撑网站的高流量运转。一开始我们的技术人员觉得我做的这个网站每天有 100 万人访问都没有什么问题，结果三个月之后访问量就过 100 万了。这样，网站的服务器完全撑不住了，临时改版也来不及了。最严重的时候，网站一星期都登录不上去一次。对于作者来讲，你要补偿他们可能还相对容易一点。但是，对读者来讲，这就完全没法接受了，他们就逐渐流失掉了。这个问题一直要到大概 2012 年、2013 年的时候才被彻底解决。起点也曾经面临同样的技术问题，但都很幸运地被藏剑江南、吴文辉和盛大游戏的技术人员先后解决。我们是 2006 年 3 月 15 号开始成立团队的，到 2009 年 3 月份的时候，基本上就宣告失败了。

邵：现在回顾第一次失败的主要原因是团队问题？

血：是，我们团队不成熟，没有经验。现在看来我们当时的商业模式是成立的。这一整套商业模式，有无数互联网公司都走成功过，而我们那个时候却没有走通，我认为主要原因就是团队不行。

七、17K 的"二次创业"

吉：前三年都是亏本的状态，2009 年是怎么扭亏为盈的？

血：2009 年之后的阶段我们叫"二次创业"。能扭亏为盈，主要是靠两点：第一是前几年积累的大量优质资源，特别是优质的版权还在盈利；第二是没有付出高的成本——没有任何新的投放，稿费也从近百万元降到了十几万元，人员从七八十个变成了十几个，根本就没有需要花钱的地方。基本就是之前积累了很多的遗产，然后，现在产生的收入足够覆盖成本，这样网站就开始逐渐摆脱亏损状态了。

吉：所以当时很多之前谈好买断的作者最后都切了？

血：是这样的。因为那个时候你完全接不住了，你根本没有钱付稿费了。在 17K 开站的"四大天王"血红、烟雨江南、云天空、酒徒，血红和云天空后来都回起点了，这俩都属于写得特别快的那种网文作家，只要他俩一交稿，就像当年幻剑书盟遇到唐家三少一样，流量很快就上去了。烟雨江南当时正在写《尘缘》这部作品，他想挑战一下自己，写一个最难写的古典仙侠作品。结果真的把他给难住了，他就经常一年都不交稿。正常的话，你肯定会去催他，但是那个时候你就庆幸他不交稿。所以，那段时间"四大天王"里只有酒徒一个人在写书。一个网站如果没有顶级作者写出来的作品，读者是不会持续关注的。酒徒靠着《家园》等作品，差不多支撑起了整个网站的门面。还有一些作者没走是对你真的有感情，像骁骑校就是这样。当时给他的钱特别少，一个月 2500

块钱。已经没法按字数给了，因为你不知道他会交多少字给你，所以就按月。就这样一直扛了很长时间。

邵："二次创业"与第一次相比在策略上还有哪些不同？

血："二次创业"的时候，我们完全按照中文在线的布局在走。这样中文在线融资获得的钱都是17K的，网站也就没有了破产的危险。而且，当时中文在线跟中国移动有了合作，市场渠道就被打开了。17K之所以能发展那么快，核心原因就是2010年中国移动阅读基地开始商用。渠道打开之后，好的内容开始批量变现，甚至包括当年亏得特别厉害的那些"小白文"作者，像云天空等，通过这个移动阅读渠道都会迅速获得收益。所以，这对云天空来讲也是一件比较背的事情，他只要再坚持半年的时间，移动阅读渠道就打开了，他就可以成为一个无线上特别牛的作者。

吉：一直以来，你们跟中国移动阅读基地的合作与收益分配是什么样的情况？我觉得这对于17K来说，应该是一个关键的问题。

血：17K在第一次创业失败的时候，检讨过失败的主要原因。我们觉得除了技术问题，有很大原因就是我们囤积的优质内容没有办法得到释放。第二次创业，我们就要找渠道。当时我们并不是只和中国移动做合作伙伴。我们当时定了一个策略，和所有卖我们书的人都合作，像新浪、腾讯、凤凰、网易等。我们不对任何网站设限，但是会根据收益分配情况来给网站划分等级。这是一个非常极致的利益导向机制。

中国移动在早期给我们带来的收入还是比较高的。在收入逐步增长的过程当中，网站对内容的投入也逐步变大，中国移动帮很多网站解了套。但是，从内容方面来讲，它也带来了非常不好的影响，让整个网络文学倒退了好几年，甚至是倒退了一个时代。中国移动当年最大的贡献，是把"三低"人群引入到了网文里面，读者已经不是社会的"精英"人群了。所以说，虽然中国移动对网络文学贡献很大，但是从一个编辑的角度来看，这可能并不是一件纯粹的"好事"。

李：从最开始叫"一起看文学网"到后来叫"17K小说网"是怎么回事？

血：这是"二次创业"的时候改的，也是很无奈的。选"17K文学网"这个名字，其实就是谐音"一起看文学"。开始还是想做文学的东西，觉得这个名字挺好的。因为当时有很多作者和读者都不停地叫网站"17K"

（一起看），所以到后来"二次创业"的时候就改成了"17K文学网"。2011年又把网站改名叫"17K小说网"。把"文学"改成"小说"的原因很简单，就是为了在百度优化SEO（搜索引擎优化）上面能够占到"小说"两个字，毕竟搜文学的人没有搜小说的多。这纯粹是一种商业化的考虑。

吉：所以，实际上到"二次创业"的时候，你们就发现17K为了活下来所做的事儿，是比在起点的时候更加商业化的。这跟一开始的想法有些背道而驰？

血：是。后来我就想明白了一个问题：穷人是没有能力做慈善的。你没有钱做什么慈善？你饿着肚子还要去搞文学，这是很不负责任的事儿。所以，我就极力主张作家一定要有钱。真的能写出好书的作者，他一定要有钱，有了钱才能按照自己的想法去做这种表达。愤怒的香蕉就是很典型的例子。如果不是因为有这么多人看，如果他只是一个拿全勤的人，他不可能写出《赘婿》这种书来，因为他从来拿不到全勤。

李：您刚说第一次创业的团队不太成熟，那"二次创业"这个团队是如何调整的？

血："二次创业"中，中文在线帮17K重新组建了产品技术团队，招聘了不少好的负责任的专业人才。产品方面的话，中文在线对17K的帮助还是挺大的，创业之后产品经理团队基本上都来自中文在线。小网站是没有能力去请一个很强的技术团队的，因为特别花钱。技术是互联网里薪酬比较高的岗位，成本都由中文在线承担，其他的岗位花费比较少。在编辑管理方面，我们一共是三个核心人员：一个是我负责整体，一个是南风（17K的首任总编辑）负责内容把关，还有一个夜青魂是常务副总编。支撑17K的有一个很大的网编体系，整个网编体系就是在她手中成功重建的。17K正式的编辑人员一直不多，因为你需要控制成本，我们主要还是要靠网编来分解工作。

李：17K和起点的岗位设置有什么不同？

血：17K的编辑岗位设置得更加细碎。我们把一个整体性的工作，拆成了很多可执行的部分。只有这样，兼职人员才能够把它做好。签约和推荐的核心权力是掌握在编辑手里的。

邵：您在网文编辑和作者培训上做了很多工作，做了"青训营"，办了"网络文学大学",还编写了《网络文学新人指南》《网络小说写作指南》等,产生了很大影响。请谈谈您在这方面的体会吧。

血:我特别热爱创作,但实话实说,我自己的写作天赋并不高,所以做文学编辑也是个选择。在网文兴起之后,我一看网上有这么多的"天才作家",每年都能崛起一批"大神",说实话我是很兴奋的。从起点做评论版版主、三江阁网编、新作者互助联盟的管理者开始,我就对处于底层的新人作者比较关注,因为你不知道哪块地会挖到金子,所以要尽可能多地让他们不弃坑。在和他们聊天的过程中,我发现大家有很多困惑,好些我自己也不明白,于是就去找"大神"问,找血红、找酒徒去问,在这个过程中学到了很多经验;然后我自己再通过总结提炼,向新手作者去讲解。

早期的网文编辑大都出身于作者,没有经过专业的编辑训练。可能作家也是这样,野路子出身的比较多,相互学习,共同提高。网文依靠海量读者、海量作者的方式淘选出很多的优胜者,但这个过程折损率是很惊人的,站在金字塔顶端的人万里挑一。

网文总有一天会到达"拉新"的顶峰,在这个过程中能多留住一些创作者,就是给网文行业保留了一点元气。对底层的作者来讲,其实他们缺的更多是鼓励和支持,所以我除了个人写一些指导文章,更多的是做一些组织工作,让他们能抱团取暖,相互扶助吧。

八、探索网文新方向:从汤圆创作到 IP 改编

吉:能不能谈谈您从"汤圆"再到现在的历程?

血:做和"汤圆"有关的这个决定是在 2013 年。在 2013 年之前,我们网站的流量没有一次超过开站的时候。但在 2013 年,不管是网站培训的作者,还是网站的收入、流量、利润,跟以前都是天差地别,到达了前所未有的高峰。你就会想,什么时候你会跌另外一个跟头,而你却毫不自知?于是这一年我就提出了网文的两条路:第一条路是越来越轻,也就是无线化,从电脑变成手机,做客户端。17K 是最早做客户端的网络小说网站之一。而且,一开始的时候,17K 就做出了特色。它是唯

——一个让用户可以在客户端上写作的。那时其他所有的客户端都是用来看书的,而我们的还能在上面写作。第二条路是越来越重。我当时提了一个名词,叫作"网络文学 500 强",其实就是 IP 化的道路。它变成影视剧也好,游戏也好,这是主流化必然会经历的一个过程。

移动化,你还可以做一些比较私密化、个人化的事情。但是主流化,它必然要受到社会的关注,而且 IP 开发本身就是一个高度商业化的事情。当时我自己想了一下,就是想做移动化方面的东西。但是掌阅、腾讯、中国移动已经在做这个了,你根本做不过他们。所以我想从写作这个角度切进去,刚好当时移动写作的市场也已经成熟了,我就开始做汤圆 APP。

但是,"汤圆"后来出现了很大的问题,它缺乏一个筛选机制。长的东西,它可以通过固定化、模块化的类型小说的方式来做筛选,所以我就在"汤圆"建立了一个网编的体制,让网编来做更细致化、类型化的分类工作。但是后来,它还是失控了,因为"汤圆"的个性化表达太强了。事实上,你对网编的培训,有点像学校的培训,老师讲自己的观点,你们接受我的观点,然后大家去考试、作业等,这种培训只能形成一种权威的观点。这对"汤圆"来说太痛苦了,因为每个编辑面对的都是成千上万的作品。"汤圆"那个时候每月有 10 万以上的作者在写作,我们还要求编辑阅读每一篇作品。到最后它变成了一个没有成熟商业模式,也没有作品筛选模式,更像文学社区这样的角色。如果要把它强行商业化,可能现在也在尝试这种商业化,则可能又有违我的初衷。在网文文学"轻"的这条路上,我没有做出成功的探索。

中文在线上市之后要组建 IP 团队,我就调入了 IP 开发部门了,帮助公司建立了 IP 评估标准、IP 策划、IP 研发等业务板块。

实际上在 IP 改编里面会有很多大坑,对很多作者的创作伤害极大,有些作者已经是在为了 IP 改编而创作了。IP 改编最后就变成了一个定制作品,而不是一个改编作品,你很难去想作者他到底在表达什么;相当于它最后变成了一个编剧的工作,只不过是用写小说的方式在做编剧。其中还有很多其他问题。我觉得 IP 改编可能确实是一个方向,但还需要很多年去实验。

伴随网络文学一起进化
——塔读文学首任总编、17K前总经理、竹与舟创始人猪王访谈录

【受访者简介】

　　猪王，本名栗洋，男，1983年生，北京人。2003年开始网络小说创作，2005年陆续在台湾出版《幻刃镇魔曲》等作品。2006年入职东方出版社，策划出版血红《邪风曲》。2007年任幻剑书盟主编。2009年参与创建塔读文学，任总编辑。2014年加入17K小说网，任总经理兼总编辑。2017年创立独角文化，致力于IP孵化与开发，后成立竹与舟传媒，将独角文化并入。

【访谈时间】2017年8月12日（受访者最后修订时间：2019年8月9日）
【访谈地点】北京，亦庄
【采 访 者】邵燕君　吉云飞　李　强
【整 理 者】谭　天　吉云飞

一、VIP刚刚兴起时，绝大部分作者的订阅收入远不如在台湾出版的稿酬

　　吉云飞（以下简称"吉"）：您是网文发展史的重要见证者。作为早期作者，在台湾出过书。作为出版社编辑，推出过《邪风曲》等网文畅销书。作为网站管理者，担任过幻剑书盟与17K小说网的主编，更是塔读文学的创立者之一。现在，又开始以IP为导向做精细化的开发。您拥

有网络作者、出版社编辑、网文编辑、文学网站管理者、IP开发商这五种身份、五重经验。不过我们仍然想先从您的读者身份谈起，最早接触网文是哪一年？

猪王（以下简称"猪"）：我最早接触网络文学是在1998年，在论坛上看黄易的《大唐双龙传》盗版连载。

吉：很多人都是追着黄易上网的，不过您更特别的是，看着看着就自己写了。您最早的书是《没落的刀客》吗？那时您还在读大学？

猪：是。那时候是"非典"时期，网吧都关了，我闲得难受，就想找个事干。

吉：您当时的风格比较偏向武侠？

猪：对，就是传统武侠的风格。

吉：在潮流转向奇幻、玄幻的时候，您在写武侠。但您再往后到台湾出版的小说大部分是玄幻、奇幻题材了，您是怎么转变的呢？这很难吧？

猪：确实很多武侠作家转不过来。其实我也没有转，我写的这些书没有一个是正常的网文套路；恰恰相反，都是大家不让我写什么我就写什么。第一本是传统武侠；第二本是双主角，一个中国人，一个西方人；第三本是纯灵异类的；第四本是纯西幻类的。我选择题材的方式是这样的：在某个阶段，我最喜欢什么——可能是小说，可能是影视——然后写这类题材的欲望就会比较强。我不管市场怎么样，只写自己有感觉的题材。

吉：您是第一批在台湾出版网络小说的大陆作者吗？

猪：我算第二批吧。当时大陆的VIP制度刚刚起来，不怎么挣钱，出版渠道对大家来说还是有很大的吸引力，而且稿酬是美金。

我的第一部作品收入很微薄，写了40万字，在VIP上总共挣了两三千块人民币。这本书是发在幻剑，后来起点的一个编辑在幻剑追看我的书，才把我挖到了起点。第二本书就在台湾出版了，是起点帮我联系的。6万字的稿酬转换成人民币大概有七八千元。

李强（以下简称"李"）：6万字就有这个数？

猪：对，这个收入要远高于VIP的订阅收入。

李：那您写 6 万字大概需要多长时间？

猪：我刚写的时候很快，每天就写两个小时，然后剩下时间都玩，一个月交一集稿子。久而久之，一个月就只能写一集了。很多在台湾出版的作家跟我都一样。台湾的出版节奏是一个月一集，可能多的到两集，你再给得多，它也不出。6 万字这个字数比较尴尬，哪怕平时不写，最后一个礼拜突击一下也能写出来。万一整整一个月一个字都没写，再拖稿一个礼拜也能写出来。所以那时候我总是拖稿。

吉：您通过起点的渠道在台湾出版实体书，那还能在起点的网站上继续连载吗？

猪：能，还能发。那时候算是网文初期，不像后来那么严格。往后也一直可以发，算是约定俗成的一个规矩吧。

二、《诛仙》2006 年带动了大陆最早的网络小说出版热潮，但来得快去得也快

吉：不过后来您没有全职写小说，第一份工作反而是去做了实体出版？

猪：是的，我做了出版编辑。当时策划出版了血红当红的一部小说，叫《邪风曲》。

吉：当时网络小说在出版市场里整体表现如何？

猪：那次网文出版热主要就在 2006 年，来得快去得也快，因为大家发现网文数据好并不代表卖得好。热潮过去以后，出版的网文销量迅速跌落，然后出版业也不敢投入资源了，整个网文出版市场萎缩得非常快。只有女频小说卖得还比较好。

邵燕君（以下简称"邵"）：为什么会这样？为什么网文的粉丝多却卖不出去实体书，是不是因为买书的群体和网上看书的群体不一样？

猪：主要和阅读习惯有关吧，大部分网络读者觉得在网上看过那些小说了，之后没有必要再看出版的书。

另一方面，跟网文的篇幅和水平都有关系。首先，几百万字篇幅的作品一旦出版，价格一定不会便宜。其次，网文的文字、内涵，也是读

者判断它是否值得购买的重要因素。

三、2009年开始创建塔读，最早做APP客户端，赶上了智能手机的兴起

吉： 后来为什么离开出版行业？

猪： 我在2010年之前是没有什么事业心的，就是开心就做，不开心就换。出版行业不景气，加上我在行业里面做得比较久，又有出版社和门户网站的工作经验，所以无论在哪儿都能拿到不错的offer。直到2009年，我从新浪离开，又被家里人催着找工作，就随便投简历，投到了易天新动（天音集团子公司）。我入职大概是3月份，很快发现这家公司没有业务。怎么说呢？就是有总经理，也有财务，然后有法务、有产品经理，就是不知道该干什么。它隐隐知道要做的内容跟阅读相关，但是没有具体方向，整个团队都很好，但大家只比我早一两个月进来，不知道要去做什么，可能换一个人过去，未来的方向就不一样了。正巧我懂网文，明确知道要做什么，就成业务核心了，开始带领大家一起创建塔读文学。我加入易天新动，建立塔读，其实是一件非常巧合的事情。

一开始，公司没有投入，也没有预算，我觉得网络原创这个事情可以做，我们CEO就支持我做尝试。然后我就签了四个作者做实验，公司所有资源都给他们了，再加上他们水平也不错，最后都火了。这里面还有个小插曲，天音当时分管互联网业务的总裁，有一天突然找到我们，把一百块钱拍在桌子上，找我们要一本书后面的稿子。从那一刻开始，公司就知道这个事可行。

吉： 您觉得塔读为什么能发展起来呢？

猪： 我觉得是多方面的原因吧。

一个是当时作家成本低。那时无线端刚刚兴起，作家还没有开始从中获利，我获取作家的成本非常低，几乎没有千字50元以上的作者，都是千字20—30元。现在那些作者里千字1000元以上都有很多。那时赶上了一个网文发展的低谷，应该是被埋没作家最多的一个时间点。

然后是有资源优势。当时天音是中国最大的手机分销商，资源很多，离移动渠道更近。再加上当时手机开始迭代，移动那时候都做的是手机 WAP 站，我们一开始就做 APP 客户端，抢占了先机。

所以说，塔读有最便宜的作家、最便宜的渠道，又愿意去投入技术跟产品，公司上层也支持，团队成员很优秀，天时地利人和，基本上都占了，我们才能够在那样一个特殊的时期把公司从零做到一定规模。

四、17K 短板在于重内容而轻生态

吉：在中文在线的这段时间，您对 17K 是怎么理解的？

猪：在中文在线这段时间挺难的，它运转了十几年，体制已经很复杂，负担很大，跟新创立的塔读没法比。而且我正好赶上它上市的时候，其实从上市前一年多到上市后两年，应该是这家公司最难的三年。一方面我确实想体验这个过程，这个是我能撑下去的核心原因。另外我在逼自己，每次不想做下去，就会给大家一些承诺，让自己背着承诺一步一步往下面走。

吉：对于 17K，网文圈流传着这么一种观点，就是觉得 17K 这些年好的内容不多，就是靠着无线渠道赚钱。您对这种观点怎么看？

猪：不能这么说，当时任何一家文学平台都无法忽视无线渠道，17K 只是其中之一。

渠道对文学网站来说至关重要。当初为什么起点赢了幻剑，就是因为起点背后有盛大的渠道，包括点卡充值体系和用户系统。

17K 的内容其实不差，百度风云榜里也有多部作品上榜，它真正的问题在于重内容而轻生态，自有用户不足，这是 17K 长期以来最大的短板。

吉：对网络文学发展整体来讲，您觉得这种抢"大神"的状况究竟是好是坏呢？

猪：看程度。因为行业目前没有明确的价位标准。如果大家都遵守一个共同的标准，最后肯定是共赢了。比如说像影视公司挖艺人，经常是平价去挖，你在原来的地方干得不开心，那就到我这儿来干，我给你一样的价格。或者行业内部有一个溢价率，你 100，我 120 把你挖过来，

那也还好。最怕的就是 A 平台给 100，B 平台给 500。那个作者可能就值 100，但 B 平台现阶段比较需要人气作家，就给太多了。这样其实对双方都不好，最后有可能 A 平台的作家流失掉了，B 平台虽然在短期内是有一些名誉上的收获，但是长期之后变成负担。那个被挖的作者去了 B 平台之后也发现，新书并没有想象中的那么卖钱，过了一段时间只能把新书砍掉，这对自己的人气也有损失。而且他的身价上来了，又不能下去，以后就变成了骑虎难下的局面。最后整个行业形成了一个负面循环。

五、网络文学要主动进化，精准定位

吉：大型网站有各种难为外人所知的艰难，也有不少劣势。您选择自己出来创办的独角文化和竹与舟，跟传统的文学网站有什么区别吗？

猪：不太一样。文学网站是平台，我不做平台，我做内容。我的目标其实有两个。一个就是能够去做具备社会话题性、传播性的内容，这肯定不只是网络文学，有可能是婚恋类的，或者是一些与主流文化相结合的，就跟美剧那样。美剧有个特点，即便是婚恋、医生这些现实题材，依然可以做十季，有点像网文连载似的。我就在寻求一种交集，打算做一种同时具备主流文化本质和网络文学特性的东西。

之所以要做这样的内容，无论是文学、漫画还是影视，是因为我觉得现在情况跑偏了。什么是互联网文学呢？就是对某一类题材有特定诉求的人群能够在互联网上看到他想要的内容。但是现在，网络文学还是给自己打了标签，设了限制。其实它不应该有标签，我觉得它的标签就应该是用户的标签。因为在中国这么大的人群基数里面，任何一个小标签都不小。

邵：您觉得网络文学作家可以胜任漫画和影视编剧的工作吗？

猪：很难。漫画和影视的编剧需要更强的专业性和更坚韧的心态。文学作品和剧本是完全不同的产品，视角、重点、角色完全不同。很多人都认为从作家到编剧的转化是顺理成章的，但实际情况截然相反，绝大多数作家都无法接受反复改稿，或者听取导演或其他项目成员的专业建议，也无法从影视、漫画的角度去思考其与文学不同的特质。

邵：您认为网络文学以后也会向精细化方向发展吗？

猪：它现在还很粗犷，我认为它必然要进化。现在很多年轻人已经不看传统网文了，因为同质化太严重。这就类似当年我们追着看武侠，除了金庸、古龙，还会去看很多同时代武侠作家的书，凡是武侠都看。但是后来，大家审美疲劳了，只留下了金庸和古龙。所以我觉得未来网络文学的主流很有可能会让人疲劳，它一定会进化，不进化就是死。

邵：您说的进化，将由谁来完成呢？

猪：我也不知道，也许是一家全新理念的公司，也许是破而后立的传统网络文学公司。过去的网络文学一直是被动发展的行业，这个行业没有主要的推动力：因为移动阅读起来了，无线端才开始有；因为影视火了，IP才跟着火了。这个行业一直是被动的。

因为大家的思维很传统，他们不想或者不敢去革命，这个行业一直以来考虑的都是生存下来。也许有很多人会思考未来该如何发展，但很少有人真正付诸行动。

互联网的兴起对传统出版来说是巨大利好
——磨铁图书、磨铁中文网创始人沈浩波访谈录

【受访者简介】

沈浩波，男，1976年生，江苏泰兴人。诗人，北京磨铁图书有限公司创始人。毕业于北京师范大学中文系。曾发起"下半身诗歌"运动，获第11届华语文学传媒大奖、《人民文学》诗歌奖等。

磨铁图书是国内规模最大的民营图书公司之一，中国网络文学最重要的品牌出版平台。早期（2004年前后）挑选热门网文出版，持续推出了《诛仙》《明朝那些事儿》《甄嬛传》《盗墓笔记》等爆款网文。在IP时代来临之际，建立了磨铁中文网（2011）。磨铁力图走出一条以实体出版为依托、以IP开发为延展的网络文学商业路径。

【访谈时间】2017年8月23日（受访者最后修订时间：2019年7月30日）
【访谈地点】北京，北京大学中文系
【采 访 者】邵燕君　李　强　吉云飞　肖映萱
【整 理 者】叶栩乔　李　强

一、依靠对互联网的嗅觉，做畅销书出版

邵燕君（以下简称"邵"）：浩波先生，我是您诗歌的粉丝，几乎看到的每一首都会读，总是很被打动。不过，我们今天做这个访谈，主要是因为您是磨铁的创始人，网络文学最重要的品牌出版平台。

沈浩波（以下简称"沈"）：我们今天只谈磨铁，不谈诗歌，诗歌以后单谈。

李强（以下简称"李"）：好，我们就从您做出版聊起吧。当时为什么会有这个想法呢？

沈：一开始就是不想被人管，不想上班嘛。

邵：您从北师大中文系毕业之后，本来是去哪儿上班呢？

沈：我大三的时候在《中国图书商报》实习。大四毕业的时候，他们的总编辑张维特去了新华书店总店下面的《新华书目报》，我也跟去了。他做了一个副刊，就是每周一期的《阅读导刊》，后来还被称为"北京文化圈第一小报"。那个报纸办了大概一年多，张维特一直想把这个《阅读导刊》拿出来独立承包，自主经营，但新华书店总店不同意。2001年年底，这个事情做不下去了，我们团队也解散了。我那时大学刚毕业，已经是《阅读导刊》的编辑部主任了。这样再出来找工作，就有点眼高手低了。

邵：后来您找工作了吗？

沈：没找。毕业分配到了中国青年出版社，但是我人没去。不想被人管嘛，那就只能自己来做了。

离我最近的行业就是做书。那时很多诗人都干这行，而且挣钱了。我有个好朋友叫张小波，他就忽悠我："你干吧，几个月就买房买车了。"我心想这么好办？那就干吧。就上了贼船下不来了。哪有那么容易"几个月就买房买车"？前面做得基本血本无归，后来到了做《北京娃娃》的时候已经一分钱都没有了，都赔光了。

邵：我记得《北京娃娃》是远方出版社出的？

沈：对，是内蒙古呼和浩特的一个出版社，是跟他们要的书号。做《北京娃娃》的时候，我几乎是把它当作我的最后一本书了，因为做不下去了。当时我们自己发货给批发商，发了货他不给你钱呀！不管卖得好坏，他都不给你钱——要货的时候他是要的，你印了3万册，按道理说应该是挣钱的呀，但他不给你结款。你等于是白做了，就没钱了。

没钱了我就去找张小波，我说你再借我5万块钱吧，我最后再做一把。那时春树也是刚刚初中辍学，她也写诗，所以跟我很熟。我刚开始做书时，她跟我说写了个长篇，我说我来出版。既然答应了，你总得把这个事给办了吧？想着办完就不干了，这算最后一本，还是想做得努力一点。前面几本都是别人怎么做，我也怎么做，到了《北京娃娃》，我就得另辟蹊径。那时我和文化圈、媒体圈的关系是非常好的，我就想利用它们宣传这个书。

可以说，21世纪以来，中国所有的商业图书宣传营销的范式应该是我建立起来的。此前公立出版社没有做这种大规模的媒体宣传的动力，新起来的书商也不会管这些事，发完收钱就行了。《北京娃娃》应该算是第一次大规模地启动了宣传营销计划，与媒体的联动、与互联网的联动，就是从这本书开始的。

我当时给自己定的目标是每天搞定五家媒体，一家一家打电话，给它找新闻点、话题点，也是在那个时候和互联网发生了比较深刻的关系。当时没有阅读网站，只有新浪有一个文化频道，里面有个编辑叫侯小强，我们认识得很早。我就去找他，问他能不能在那儿发表《北京娃娃》。当时借助互联网的力量，效果特别明显，因为它新鲜。所有的媒体在它新鲜的时候是最管用的。比如新浪博客，最新鲜的头一两年最管用，到第三年就差了。头两年它用户的粘着力最强，一旦粘着力旧了，它就习以为常了，变得絮烦了，大家的话题度就难以集中了。

邵：新事物才出现时，总是吸引最活跃、最敏感的人群。

沈：对。这个情感的投射程度都不一样，旧了，司空见惯了，就像初恋和老夫老妻的差别。宣传《北京娃娃》的时候，通过媒体、通过互联网，我大概找到了一个行业中的新模式。

李：您当时的感觉是报纸上的宣传力度大，还是网络上的力度更大？

沈：那个时候还是报纸。当然网络很新鲜，它的效果不一样，但那个时候铺天盖地的还是传统媒体，新媒体还没起来。

李：当时这部小说在传统媒体中算是很另类的吧？

沈：当然了，打的就是另类啊、先锋啊、青春啊这些点。

邵：我做过关于春树、棉棉的论文，那会儿就查到《北京娃娃》这本书。我一搜她们的材料就会连到黄金书屋之类的网站。

李：黄金书屋应该是没有给您任何版权收入吧？就是直接贴过去了？

邵：还有西祠胡同之类的。

沈：我没有关心过黄金书屋，它是昙花一现。西祠胡同还比较活跃一些，领过一时的潮流的。黄金书屋这个平台应该是偏盗版一些，贴过去也没人管它，它也没继续发展下去。

二、以编辑思维挑选网络文学作品，打造畅销书

邵：您读网文吗？

沈：读。不过我看它不是因为工作需要，我会看一些特别YY的、特别无聊的。

邵：您看什么呢？

沈：我基本上每年都会看十几部吧。比如《圣墟》之类的——记得名字是因为正在看，不然根本记不住，看完就忘。

但我为什么会看呢？休息脑子。我白天工作已经很累了，让我回去再看本诗集，就看不动了。但是我又想让自己的脑子停下来，不要再想工作的事了，就要弄个东西让自己歇下来。这个时候，对于很多女生来说，可能是看看电视剧。我懒得看电视剧，要更容易的，就是看小说嘛，有点像美国人看爆米花电影。不用动脑子，就在休息状态，而且看得也挺高兴。看完没有任何负担，你也不需要寄托感情或者什么。记住这本书的名字叫啥，都是负担。

邵：那怎么能爽呢？

沈：就是消遣，不需要费脑子。对我来说就是这样，每个人的需求是不一样的。比如在我的需求里，它就是纯休息。我看两页，脑袋就休息完了，就缓过来了，因为你也不需要为它投入脑子。

邵：您也是网文中很主流、很纯正的那一类读者了。

沈：对。当然有的网文也比较好玩，对吧，但这一类我是看不懂。虽然我自己可能是所谓的精英人群，但我读网文也希望读门槛低的，也就是想着别让我费脑子了而已。

邵：那磨铁出版的网文，都是以什么标准筛选的呢？

沈：我1999年进入这个行业，其实是和互联网发展同步的。我是有

上网习惯的，所以我肯定是享受到互联网红利的第一拨出版商。其实我也不是故意的，说有个宝库叫互联网去开发或怎样，那是你的生活方式会带来的自然的结果。

在《北京娃娃》之后，我迅速出了一本大畅销书，叫《草样年华》，孙睿的。《草样年华》就是纯网络文学了，《北京娃娃》不是，它只是由我把它放到了网上而已。但《草样年华》就完全是在新浪文化论坛区连载。跟它同期的，像《成都，今夜请将我遗忘》啊，包括它前面一点，像《悟空传》啊、痞子蔡啊这些已经出版了。我做第一本就是《草样年华》，很快就卖到了几十万册，好像是50万册，那时赚钱就很容易。我当时选稿子基本上就在互联网上选，因为很多新鲜的思想是在互联网上发生的。

当时我们还做了另外一本书，也是在新浪的论坛，是讲量子物理的书，叫《量子物理史话》，写得非常好，作者叫曹天元，现在在香港。那个书卖到现在已经卖了十几年了，还是畅销书。那也是在论坛上连载的，而且写得还挺深、挺专业的。它就是在互联网上发生的。

再紧接着，有了专门的文学网站。起点、幻剑这些网站越来越为人所熟知。当时已经有很多出版商在出他们的书了，大概在2005年、2006年，但基本上是见光死，出一本死一本。为什么呢？因为从出版的角度来讲，它长，动辄200万字，你出一本，还得出第二本；你出的是没写完的书，谁会买呢？这在当时是一个很大的挑战。

但我就觉得既然在网上有这么多人来看，那这个市场就是明确的。当时很多人的阅读习惯不是在网上看，读实体书还是主流的。我想这里一定有一个巨大的机会，我要找到一个标志性作品。但网站那时主要是根据点击量来排作品的，这还是个平台思维。

邵：您说的"平台思维"，是说网站其实没有自己的判断，只靠点击量？（沈：对。）那和"平台思维"相对的概念是什么呢？

沈：是编辑思维。比如，我要找一本什么样的书，先朦朦胧胧地勾画出来：它既是互联网特性很强的，又是更接近传统文学阅读习惯的网络文学。它不能是那种过于YY的作品——读者花钱买书是很慎重的，一本30块钱。过于YY的书，他不会花钱，他可以在网上看盗版。

大概在2005年春节期间，我看了大量起点和幻剑的奇幻、玄幻类网文。最初选中了两个——事后来看两本都是可以的，但当时没敢都签下来，要二选一——一个是《新宋》，一个是《诛仙》。我最后选的是《诛仙》。因为我觉得《诛仙》跟金庸之间是有关联的，有一个金庸的世界观基础，但它自己又往奇幻、玄幻的方向推进了一步，而且它有一个经典的三角恋关系，语言文字也非常优美。基于这几点，我当时选择了《诛仙》。

但《诛仙》最先是互联网上发布的，我必须让传统媒体也接受这个作品。我当时比较擅长的是宣传推广以及营销，把这两者结合了起来，它一下子就爆起来了。爆到了什么程度？当年在丰台的图书订购会，在京丰宾馆，楼里每个小房间的书商都在卖奇幻小说。《诛仙》火了，所有人赶紧全都去签，奇幻小说出版这条路打开了。

邵：《诛仙》之外的奇幻小说很难卖吧？

沈：它们卖得也都不错，在那阵风刮过来的时候，卖得都不错。但风刮完了再卖就难了，两年之后你再卖就没人要了。读腻了，或者我就在网上读，读者买单的兴趣没有了；或者没准儿看盗版也可以。所以网络文学在发展，但它的实体化之路越走越窄。因为大家花钱买书，就是要有收获。大家不愿意真金白银地来买，看着玩还可以。

邵：当时大家为什么愿意花钱呢？

沈：读者也是跟着潮流的，有一阵风。《诛仙》的价值是在那里，它有那个范式，读者花钱的动机也是有的。

邵：您能想象《诛仙》的读者大概是什么样子的吗？什么阅读口味？

沈：我觉得还是传统的武侠甚至传统的通俗文学满足不了他们世界观的需求吧。但他们又不太上网，因为网文里那些粗糙的东西又让他们不太满意。即使是这样，那个时候《诛仙》还是带动了一大批网文大卖了的。总体来说，它把这帮读者建立起来了。但读者经过两三年的阅读之后，又不想再花钱买了：反正我在网上能看到，我为什么要花钱买呢？

邵：那个时候，毕竟在网上阅读还不是那么普遍的习惯，还是想看纸书？就算我能在网上看，我也还是想拥有纸书更好？

沈：对。尤其是中学生会买回去，他要传阅呀。学生群体没有电脑——当然现在随着电子产品越来越普及，中学生都有手机了——有一阵甚至网络文学只能在中学生群体里卖了，网络文学出版的纸本只能在校园周边卖。

邵：比如唐家三少的书？

沈：对。价格不能高，也基本上是卖给学生群体。

邵：就是那种在网上、手机上偷偷看一会儿，然后就可以买书了？

沈：是，就往那个群体去了。但历史发展有一个过程，当时那两三年是奇幻文学在出版行业的爆发期，很多都卖得不错，不是说只有一本卖得好。当然《诛仙》绝对是最好的。但是慢慢地，新风潮就会起来。

我在做《诛仙》的时候就吸取了一个教训：是我把网络文学在纸质出版这个领域做起来的，但我只做了一个《诛仙》，后面的人群狼扑食一样就把这个蛋糕抢走了，我觉得我吃亏了。

所以我要找下一个风口，找到的就是盗墓文和穿越文。《鬼吹灯》已经被人签走了，我就拿下了《盗墓笔记》。我觉得《盗墓笔记》写得也很好，但拿下《盗墓笔记》的同时，我就把市面上所有的盗墓文都拿下来了。什么《盗墓之王》啊、《我在新郑当守灵人》啊，这是一个门类。第二个门类是穿越——当时晋江的穿越文起来了。反正我把这两大门类几乎包圆了，至少拿下了50%的选题。

邵：就是说您吸取教训，拿下一个尖儿，然后再把底下那些都拿走？

沈：是，我一年要出几百本书。就是在这个情况下，资本才找上来的，他们一看你这个太狠了。

邵：我们在外面看到的都是最尖儿的那本，其实您还签了好几百本？

沈：对。差不多是涸泽而渔，一把做完了，你们也别做了。然后我再挖下一个。

邵：这样的话，比如说像您后来的《盗墓笔记》，还签了其他的，这一本和同一门类其他的比数量怎么样？

沈：那相差太大了。《盗墓笔记》现在都卖得不错。

邵：《盗墓笔记》印了多少本呢？

沈：《盗墓笔记》印到300万本的话，这类的另外一本卖得最好的也就是30万本吧。

邵：那要是加起来呢？

沈：不知道，没算过。

邵：但总之还是这个是大头儿对吧？

沈：对。当时我们当时最出名的就是四套书嘛，《诛仙》《盗墓笔记》《后宫·甄嬛传》和《明朝那些事儿》。这也是网络文学发展早期必火的几本书。

后来我就不太关心网络文学了，因为这个领域的出版价值越来越小，互联网的平台越来越宽广，有个性的作家越来越少，平台思维越来越强烈。现在是大规模复制，长得越来越一样，有个性的作品在网络文学里基本没有生存空间。因为你活不下去嘛，一个作品你不写个1000万字，你挣不到钱。你非得写1000万字呢，就没有个性了呀，篇篇注水。50万字以下在网络文学里是存活不了的，比如韩寒、郭敬明的小说，在网上就活不下来。我慢慢地就失去兴趣了。

我更多地会看微博、微信，自媒体类的。我出版的兴趣点更多地转向了这一批，比如像张嘉佳的《从你的全世界路过》崛起于微博，那里可以保护个性，跟平台上的通俗文学就不一样。平台会越来越雷同，虽然它看起来也在往前发展，但它抄袭、雷同，劣币驱逐良币。因为它要赚钱嘛，它要追求利润。当网站要追求利润的时候，作家就没有空间了，因为你只有追求这个逻辑，才能挣到钱，所以你有想法也没有用了。

李：当年您在各种论坛上找作品的时候，有其他出版社的编辑也干这个的吗？

沈：那会儿还是比较少的。因为当时我的出版公司算是个新公司，年龄更大的公司当时还没有适应互联网环境。但是后来，大家就都在一个平台上了，差距就拉近了。

李：我找资料的时候发现，大概2007年、2008年，有不少作者在天涯等网络论坛上把自己写好的作品贴上去两章，然后就等编辑来签约。

沈：对。大家都在等，有人等不到磨铁不出手。

李：似乎各种出版社都在竞争，但是这个日子也很快就结束了。

沈：因为互联网的特点就是快速嘛，今天是这样的，明天就是那样了。

李：现在还有编辑去天涯上找适合出版的作品吗？

沈：有个别编辑还会去吧，但肯定不多了，因为有价值的作家已经不在天涯了。有一段时间大量有价值的作家都在那里，尤其是我做《明朝那些事儿》的时候,那几乎都在天涯上。

李:这和网站平台自身有关系吗?

沈:还是看哪个平台更符合时代的需要吧。比如论坛时代,论坛时代有西祠啊、天涯啊,现在这些就失效了嘛。(李:比如博客?)博客还干不掉论坛,要有更强社区性的自媒体出来才行,就是微博、微信。这种交互性特别强的,它把人的时间给拿走了,你不需要在论坛上发声了,自媒体就妥了。

李:还有一个小问题,可能有点敏感:当年明月发了《明朝那些事儿》,后来在天涯论坛煮酒论史版还发生了一些风波?

沈:他们的问题特别简单。当时有人告诉我青梅煮酒版有一个人,写了一本叫《明朝那些事儿》的书,我在电话里听到"明朝那些事儿"这几个字,就知道有了——这个名字太好了。我就赶紧去淘。他那个文风太互联网了,有巨大的亲和力。我立刻飞到广州,找到这个作者,立刻把他签下来了。

煮酒论史版的版主叫赫连勃勃大王,他的文字比较粗糙,但之前没人写通俗历史,所以他成了煮酒的核心人物。后来那里同时出现了三个作者,一个叫当年明月,一个叫曹三公子,一个叫短信长史,他们写得都好于赫连勃勃大王,点击量都很高。赫连勃勃大王就说当年明月造假,刷数据,但其实当年明月是不太会上网的人。

邵:他是写完了之后有人给他放上去吗?

沈:他自己贴上去——他只会干这个。什么黑客、注水、刷票这些,他根本不会,他压根不是互联网化的人。他只是莫名其妙到这儿开始写,写完粘贴过来总是会的吧?当时赫连勃勃大王洒脏水都要疯了,我就忍不住替当年明月说了一句话,后来他就开始骂我。在这个情况下,我想,不能在这儿待了;已经让人不平衡了,你再在这儿待就要天天吵架了。

当时正好新浪博客起来了,我跟当年明月说,咱们到一个新的平台去放大你的价值。我就跟新浪博客的编辑谈,我说我把天涯论坛的大人物带过来了,你要给我最好的位置,连续推多少天。谈好了,然后就放到新浪博客上去推。一推就大红了,迅速就变成年度最红了。

这个模式我还复制了一次,就是流潋紫的《后宫·甄嬛传》。她也是在晋江被骂疯了，我就请她离开晋江，去新浪博客。这是同时发生的。那种事只能发生在新浪博客发展的初期——那时新浪所有的精力都在博客上，网络注意力也都在那儿，这是有用的。现在你去用博客，没什么用了。

邵：您看上《后宫·甄嬛传》什么了呢？

沈：就是写得调性对、特点强烈呀，那个时候没人这么写过。

邵：那您怎么发现的呢？

沈：就是看到文了。

邵：您自己去晋江了吗？

沈：有很多人跟我说，然后我一看就明白了，一看就知道这个有价值。说穿了，就是找到最有价值的东西。

邵：跟它同期的那些作品相比，它突出在哪里？

沈：首先是它的语言，是新鲜的。还有它里面的后宫权谋，大量古典诗词，受到《红楼梦》影响的东西，这些对女性读者的杀伤力是很强的。都是后宫（题材）的读者，她们当然看这个更有特点的。《甄嬛传》的电视剧保留了那种语气，那就是对的。那种语气最早从哪儿来的？从《红楼梦》缘起的。

邵：所以您觉得它跟传统的搭上了对吗？（沈：对。）跟它同期的，您还有别的选择吗？是几个中选一个，还是一看见这个就选了？

沈：当时这个我认为是最好的。宫斗的我看了很多，我很看好这个题材。

邵：您怎么看好这个题材呢？

沈：中国人好的就是权力这口嘛。

肖映萱（以下简称"肖"）：在这之前，《金枝欲孽》已经火了吧？

沈：《金枝欲孽》火也是因为这个，中国人就爱这一套，宫斗这样的。

邵：之前的清宫题材，您还出过什么吗？

沈：先出了《后宫·甄嬛传》，然后再一本本地出这些宫斗小说。

邵：所以您还是先看上了这一本？（沈：对。）在这之前也出了"清穿"文？

沈：先出了"清穿"文，但"清穿"我好像没找到一个标志性的作品。

肖：《步步惊心》不也是？

沈：《步步惊心》不是。《步步惊心》的影视是我在做，是我代理出去的，但是当时出版我没拿到。因为此时很多新的出版公司起来了，所以我是拿到了一个盘子，但是没拿到标志物。

邵：您是挺早就进入到这个盘子里来的，然后最终拿到了《步步惊心》的改编？

沈：对。我的心理敏感度高，很长时间都是这样。比如现在条漫兴起了，几乎所有的条漫都是我在做。等别人反应过来的时候，我已经全签完了。

邵：所以您手下的编辑，首先要深入到各个地方，得非常敏感？您现在招编辑有什么要求吗？

沈：我不知道，我现在不管具体的了。都是各个负责人来，他们招他们的。因为现在一切都在网上，包括我们做外国文学，也都是在互联网环境了。

三、互联网对于传统出版来说是巨大的利好

李：2007年正式成立磨铁公司时您主要做了哪些准备呢？

沈：建立公司是资本来找了。2006年时，忽然有人跑到我办公室。我都不知道他是谁，是干嘛的，后来终于听明白了，说是要给我钱。那时我没有接触过资本，也完全没想过企业化之类的。

但这个人就来讲了半天，我们当天就把事情定下来了。我一听5000万元好像挺多的样子，就拿了，拿了人家的钱就完了，拿了资本你就算上贼船了。那之前没有人关心书商这个行业，因为政策管制比较严嘛，资本也不关心这个行业。不过从那时开始，资本突然就全进来了。

邵：为什么那个时候资本到了出版这个行业？

沈：因为大家对出版行业的未来还是有期待的，资本要在这个行业里赌未来。资本其实要比我们更敏锐，我们在里面做，身在此山中，但对于资本来说，它看到的是这个行业的变化。

邵：您觉得它是在赌什么未来呢？那时已经是2007年了，它为什么要赌一个传统出版业的未来呢？传统的出版社那边日子已经不好过了。

沈：但我们混得很好啊。举个例子，大概 2007 年、2008 年的时候，我去老婆的家乡昆明，算是二线或者二线半城市吧。她哥哥是个商人，也是大学毕业，我去他们家的时候，他书架上只有几套书，比如《盗墓笔记》大全集——一看，盗版书，因为正版是我做的嘛——还有《明朝那些事儿》大全集、《卡耐基全集》，他们家是不读书的。在昆明这样的城市里的一个企业主，算中产阶级了吧，但他是不读书的。这是 2007 年、2008 年。

到微博兴起之后——都还没到微信时代——我到他家，再看他家书架上，已经是解玺璋的《梁启超传》了。这个变化是非常快的，他迅速地变成一个读书人了，而且读得不少。现在进入了移动互联网时代，整个读书人口是急剧膨胀的。大家都有了读书的需求。

另一方面，移动互联网又掠夺了原有读书人口的阅读时间。他过去一个月可以读 5 本书，现在一个月可能就 1 本书了。不过，阅读的人口是在急剧扩张的，因为中国人太多了，阅读的数量肯定是上升的。我认为做书是全国所有产业里最稳当的一个产业，每年稳健上升，规模越来越大。这其中肯定会淘汰掉一些不良的企业，但这个产业整体的规模是在不断上升的，而且上升得还比较快。我们磨铁今年有 13 个亿的码洋，6 个亿的收入，这是纯图书的。

邵：您现在码洋主要集中在哪些书呢？

沈：各种各样的都有，不只是文学。每个领域都有挣钱的书啊，没有一定之规。

李：互联网对传统出版业的冲击力不仅不大，反而有促进作用？

沈：对，互联网对于传统出版来说是巨大的利好。因为进入移动互联网时代之后，阅读人口急剧增加了。今天的阅读人口比起我当年做书的时候要提升了 100 倍不止。

邵：您的意思是，互联网兴起以后，微博、微信包括网络文学把大家的阅读欲望刺激起来了，对吗？

沈：过去你不觉得阅读和自己有关，但我们现在微博、朋友圈，几乎所有地方都在给你发阅读相关的资讯，它就跟自己有关了。如果你想对这个世界有新的认识，就会阅读的。过去怎么会认为读书和你有关呢？没有关系的。可现在不读书就不对了，和别人怎么聊天嘛！现在是这个逻辑了。

邵：但他们为什么要读书呢？他们完全可以看点别的东西呀。

沈：是这样的，深度阅读只剩下实体书这一个板块了，其他全是碎片化阅读。碎片化阅读是所有的都在抢，APP也好，自媒体也好，它们在拼命地抢大家的碎片化时间。但是深度阅读这块没人抢。它是两极，一极是手机，一极是实体书，没有中间极，中间极全部废掉了，例如报纸、杂志、iPad、Kindle……

邵：为什么说中间极全废了呢？

沈：因为中间极的商业没有建立起来，阅读习惯还没建立起来就死了。数字出版在中国就从来没成立过。我们其实特别希望数字出版能够成立，比如说在美国，实体书的出版和数字出版同时迅速发展，美国的出版商可以挣双份的钱。但是我们只能挣一份钱，还是实体书出版的钱。数字出版这块洗牌没完成。

邵：但是将来也可以由你们完成呀。

沈：我不太想，这个事情似乎也不太重要。

邵：为什么不重要呢？

沈：我觉得中国人总会玩出不同的模式来。比如，现在已经变成有声书的世界了，数字出版也不太吃喝了，好像这个发展期也过去了。那你该干实体书的干实体书，该用耳朵听的用耳朵听，该看网络文学的看网络文学，该刷微博的刷微博，妥啦，也挺好的。你没必要非要把这个事情办成，它已经直接越过这个阶段了。反正它总能搞出新的事情来，比如现在有声阅读、听书这种东西一下子就成立了。它就是数字出版的一个新的现象。

邵：就是说，数字出版和听是合拍的了？我又要深度的，但我也要互联网模式（沈：我没时间在这儿抠着字看。）——他老要用我的眼睛啊！

沈：对，但是你所有的听也好，一切都在手机上。谁拿个大pad在手上？这样的人越来越少了，因为手机是最方便的。一个人的包里放不下三件电子设备，放一件是最妥的，一般就是手机。

不管手机的体量多少，实体书都是另一端。久而久之深度阅读只能做书，碎片阅读都在手机上。在手机上不会进行深度阅读。谁没事在手机上深度阅读，好累的吧？手机上深度阅读一下，读1万字你就累死了。所以当你想深度阅读的时候，你还是得看书。比如我现在要出版诗集，一个没有任何大众知名度的诗人，我正常地出版，在一个品牌出版的情况下，5000本没问题。

邵：因为您的渠道畅通了。

沈：对，实体出版的渠道比较重要。诗歌这么小众，但是你会发现5000本没问题。那全是真爱，不是挺好的嘛。

四、自媒体兴起之后，转向网络中短篇作品

邵：听您刚才的描述，您做出版选书的渠道大概有一个转折点？

沈：对，大概是微博崛起的时间。

邵：那应该是2009年，您出版的兴趣点就转变了，从微博这些平台拿书了？

沈：是的，转向自媒体，微博呀、知乎呀、豆瓣呀这些。

邵：但是这边文学不多呀？

沈：也有很多。基本上都是有个性的中篇、短篇。因为几千万字的长篇我不想出了，没有几本网络文学能出完的。所有的出版商都出前5本，后面的就不出了。出不完，这个事情就变成越来越无聊的了。只有少数几个人能卖，大部分是没人要的。

除了晋江找到了一条新路之外，其他的网站都一模一样。晋江是因为他们老板不作为，啥都不管，所以它保全下来了。所以晋江的影视开发是最有价值的。为什么有价值呢？是因为别人不做这种文。

所有的平台都在玩挣钱，晋江那儿不管，最后这种写得比较好的文只能在晋江火。最后晋江赢了，是因为它不作为。晋江的所有作家都极其痛恨他们，因为又苛刻，又胡来；但是没地儿去，去了所有地方都要穷死，至少这个地方还有人给你点赞，还有个吵架的氛围，其他地方都没人理你。

邵：您看好微博、微信这种平台在文学方面的发展前景吗？

沈：文学这个事情，最终还是要看个人的吧。绝大部分人现在的发表都是在互联网上，精英一点的在豆瓣，装一点的在知乎，通俗一点的在微博，商业性强一点的在微博和微信，套路化强的在起点、掌阅，每个人都能找到一个适合自己调性的传播平台。你愿意写文学作品也行，愿意写非虚构也行，发点牢骚也行，画点漫画写点段子也行，总归会生产出各种各样的、五花八门的东西来。

邵：磨铁的调性和哪个平台相符呢？

沈：我们比较综合吧。对我们来讲，磨铁文学有一个互联网体系，这个体系也是由五六个网站组成的，都是中小网站，每个网站我对它的定位不一样。我的逻辑很简单，就是大奇幻和小黄文之外我都干。因为大奇幻你干不过起点，对我来讲它更多地是为我的影视行业服务的，是为IP化服务的，所以我更关心的是它的影视开发价值。

邵：现在磨铁的工作重心是不是也在向IP转移？

沈：我自己的精力可能在电影和电视剧更多一些。但是图书增长速度快，利润稳定，它能撑起我整个集团。图书是我的根，我的目的是根深叶茂。电影和电视剧是我的新利润来源，很庞大，而且它能让磨铁的品牌快速向更多的领域去扩张，能带来概念和资本的加持和认同。我现在就是三个板块——图书、文学和娱乐。娱乐就是电影和电视剧。文学是互联网化的一个触手。

邵：您说文学是根……

沈：不，图书是根。

邵：那图书里面，文学占多少呢？

沈：文学是我的另外一个板块。我是分三个板块的，图书、文学和娱乐。文学是指单纯的互联网原创——就是那些网站的，它是一个组织，叫磨铁文学；而我的实体书出版叫磨铁图书；我的电影和电视剧叫磨铁娱乐。

邵：那您现在的磨铁文学中，主要是磨铁网站的人在创作？

沈：主要是磨铁自己的。

邵：其他的那些都放在图书里吗？

沈：其他的是和图书对接的。

邵：明白了。您刚才说图书是最稳定的，稳定在哪儿呢？

沈：图书的商业模式清晰呀。你印多少书，然后卖掉，这个模式太清晰了。最大的问题是退货，如果这个批发商跟你要了 10 万的货，结果只卖出去几万，这不是赔得透透的嘛。这是过去的风险。但现在数据都越来越透明了，卖书绝大部分是在互联网上进行。当当、京东、亚马逊、淘宝、天猫，都在卖，你都看得清清楚楚的，退货压力很小。一本书你很清楚它能印多少，卖多少，几乎就没有退货的压力了。

现在签下一个作家，我很清楚他的书大概能卖多少。比如刘同的书，他是从微博来的作家，我很清楚他能卖 100 万册，100% 的。我们经过了对内容的判断，比如说影响力在这儿，他过去的数据在这儿，这本书写得又很好，有新意，肯定是个 100 万册起的书。很简单就能判断出来了。

五、畅销书出版要做粉丝粘度高的作品

肖：您怎么看待"定制"？

沈："定制"是个人志吗？（肖：是。）个人志是粉丝产物吧？而且通常是非法出版物。个人做的话，还蛮挣钱的。它是粉丝经济的产物，粉丝消费也是互联网的一个巨大特点。

网络文学分两种，有粉的网络文学和没粉的网络文学。比如说一些纯粹"小白"的玄幻小说，你要是做个人志，没人买的。因为读者跟它之间没有很强的粘性。那是无价值的营养，我也不知道要看谁，那就看第一名的吧，看了一下还挺好看，但我没有任何的情感投入。但对于那些耽美大大，粉丝愿意给他们花这么多钱，就意味着这个情感粘度是非常强烈的。

个人志是一个测量粉丝粘性的指标。但粉丝的粘性和粉丝的宽度又是两回事。有的粉丝确实是窄的，但它粘性特别大。有的粉丝粘得没那么紧，但它足够庞大，比如张嘉佳的粉丝、刘同的粉丝，是这个逻辑。

邵：磨铁出版的标准也是这么定位的？

沈：我们肯定要粉丝粘度高的，因为粘度高的读者群愿意花钱。有的网络文学作品看起来影响力很大，但我不出版，因为它的粉丝不愿意

为它花钱。为什么出版越来越好做？我们只要判断它的粉丝粘性就知道可以印多少本了。

邵：那就是说，如果政策允许的话，个人志也可能是你们重要的开发对象？

沈：那当然了。其实我们很多东西本质上就是个人志，只是我们把它大众化了。有的个志太窄了，有的是耽美，男男恋，它出不了嘛；只要能出的，它又没必要做个志了；有的个志是更具有收藏价值的东西。

邵：按照您的互联网思维的话，用互联网来凝聚粉丝群体，是不是以后纸质书的一个方向啊？

沈：是这样。

邵：就是这个人要先在网上火了，他的粉丝有粘性了，然后出一个更高级的出版物来收割粉丝？

沈：现在所有的作家，只要想吃这碗饭的，不管是实体出版还是在互联网上，他要干的第一件事就是在网上建立自己的知名度，吸引粉丝。所以大家要争当网红嘛，你只有先当上网红，才有别的机会。

邵：但出版其实是印刷文明的形式，是一种精英文化的思维。您说的编辑思维，又是基于互联网思维的？

沈：这两种思维要糅在一起了。出版需要我刚才说的编辑思维，而它借助互联网之后，变得更准确更好卖了。但是实体出版的根本特性是价值。如果你卖一本短平快的书，可能你能卖半年，卖不完就全退回来了，没人再买。但是价值越高，卖的时间就越长，比如有的书当年我可能只能卖3000册，看起来赔了；第二年卖了5000册，第三年15000册，第四年30000册，价值会慢慢体现出来。

实体出版的根基和互联网是完全不同的，根基在于它的价值。只要你有足够好的价值，一定不会赔钱。这是实体出版颠扑不破的真理。你不能做得太烂，比如书名写得谁都看不懂，非要叫"魑魅魍魉"，谁都看不懂这四个字，那就是自己找死了。

邵：我的问题是，比如现在我们还用纸质书，有一大部分可能是由于过去的媒介依赖。您觉得纸书在未来的网络时代还会存活很长时间，恰恰在于它在阅读的时候是脱离了网络环境的，但是它的内容是生长在网络里的？

沈：不能叫内容生长在网络里——我们今天就是个互联网社会，我们今天的一切都是互联网的。它是不是网络的，好像这个事情已经没有关系了吧？比如说我现在所有的工作都在网上，我订个菜也是在网上，写诗随手就发在我的朋友圈里了。但我也不能说我这就是网络诗歌呀，因为只是写在这儿而已呀；我过去是写在纸上，那也不叫纸书啊。

邵：因为您以前的传播方式不一样呀。原来您写完，就只好印刊物上。

沈：对，我还要投稿，找个时间整理一下，好烦啊，对吧？随手就发多快啊。

邵：所以您是把前提都定义为大家都在互联网里了？所谓互联网的特征、内在性质这不用说？

沈：它都泛化了，还有什么特征呢？

邵：作为主流媒介的特征？

沈：有什么特征呢？反而是各种特征都出来了。我们现在只能说豆瓣什么特征，知乎什么特征，快手什么特征，等等，但我不会再说互联网是什么特征了。

邵：那您怎么看期刊文学呢？现在我们主流的文学机制？

沈：我对期刊和期刊文学本身没有任何的成见。当然，它的文学价值观可以很多元。因为这个世界上既有大众文学，也有严肃文学。严肃文学不要瞅着大众文学挣钱你就眼红——大家都是功利的，严肃文学的功利性在于我要战胜时间，赌的是在时间里面能够留多久。大众文学的目的在"现世报"，今天你们喜欢我，给我钱。大家的目的是完全不一样的。

当然你从境界来讲，可能严肃文学的境界会更高一些，但是严肃文学的境界高不代表这帮写严肃文学的人的境界高啊。他也想"现世报"，今天想把"鲁迅文学奖"拿到手，明天想把"茅盾文学奖"拿到手，后天想当作协主席，他写不好的。一个境界高的东西，结果让一个境界低的人去写，他写不好。不是说严肃文学本身有什么问题，是写严肃文学的这帮人蝇营狗苟的，那你还不如大家谈谈钱呢。我有时觉得跟这些专业作家谈谈钱还更纯洁一些。

邵：从出版业出发的话，您对未来时代的文学有什么判断？

沈：没什么好判断的，大概会挺好吧。我觉得未来的实体书会正常稳健地发展，数字出版可能会在互联网里有各种各样的形态发生，比如有声的、解读式的阅读，还有社区化的阅读——像十点读书这种就搞得挺好，现在有几千万用户，形成了一个社区化的阅读环境。

邵：所以在互联网时代，活着的可能未必是实体书，而是相对精英的、小众的那样一种文学趣味？

沈：也没有要分大众和小众吧。你像我们动辄卖100万册的那种书，那都是大众的；或者卖到300万册，也都是大众的。

肖：哪些书可以卖到300万册呢？

沈：你像我们做的《天才在左，疯子在右》，张嘉佳的小说，刘同的，白茶的漫画，类似这种这几年发生的。包括像有些心理学啊，实用类的啊，比如《自控力》，已经到三百多万册了。少儿文学就更多了。

我的第一部电影就是张嘉佳的《从你的全世界路过》，它的IP价值肯定比起点的那些大很多呀。它是基于微博传播的短篇小说集，也是大众文学，是故事性的文学。

邵：那你们怎么从微博这些平台上选书呢？

沈：看它的内容吧。就像我当年看《诛仙》那样，我们所有的编辑都是干这个的，盯着这个，凭着嗅觉就知道有没有价值了。没有这个能力就不要干这行了嘛，那我就要淘汰掉，换成新的人了。

邵：读您的书的群体大概是什么样子的呢？

沈：所有类型的人都有吧。我们的书类型不一样，比如《我的心理学》，它的群体可能跟《天才在左，疯子在右》的群体不一样。每一个读者群体都是要细分的。所有喜欢文学的人我们可能都关注，没有一个固定化、标准化的人群。

邵：就是说整个网络部落空间的粉丝群体，是您书的对象？

沈：对。现在所有的用户都是互联网用户，大家都是网络群体了嘛，你找不到非互联网用户了。除非我就拒绝这个时代，那也没招了。

做引领纸媒技术革命的专业阅读平台
——掌阅科技、掌阅文学创始人成湘均访谈录

【受访者简介】

成湘均,男,1978 年生,湖南人。2008 年创立掌阅科技股份有限公司,现任掌阅科技董事长兼总经理。

掌阅 2011 年推出手机客户端 iReader,成为国内最大的移动阅读渠道。2015 年成立掌阅文学,并推出掌阅 iReader 电子书阅读器。2017 年 9 月于上海证券交易所上市。

【访谈时间】2018 年 1 月 10 日(受访者最后修订时间:2019 年 8 月 7 日)
【访谈地点】北京,掌阅科技
【采 访 者】邵燕君　吉云飞　李　强　肖映萱
【整 理 者】谭　天

一、看书慢,所以去做电子阅读器

邵燕君(以下简称"邵"):进入到移动时代以来,网络文学的格局发生不小的变化。以往,一直是起点一家独大的,目前,至少在用户规模上,掌阅已可与之分庭抗礼。而掌阅创业者团队也像起点团队一样,相当有战斗力,并且率先上市。我们很希望能了解您对网络文学和媒介变化的看法。不过我们还是想先从您的个人经历聊起,您做掌阅之前是做什么工作呢?

成湘均（以下简称"成"）：我是技术出身，刚开始的创业团队中有三个都是做技术的，一个是做市场的。

肖映萱（以下简称"肖"）：四个人怎么聚到一块来做这个事的呢？

成：我们都是朋友。当时大家首先是想创业，想一起做个事情。这个事情不只是想挣点快钱，当然，挣钱这方面的诉求确实有，但不是最重要的部分。我们希望能做一份事业，能长久去做的。

邵：为什么这个事情是做阅读器呢？我们去采访起点团队的时候，觉得他们的创业路径很好理解：这些人都爱看小说嘛，爱看到一定程度了就自己弄个网站；网站的服务器实在负担不了就辞职成立公司。不管当时的条件成熟不成熟，似乎爱好自然会把他们推到那里。对您而言呢？也是兴趣驱动吗？

成：我也差不多。我每天都会看书，阅读是我生活的一部分。

邵：您是从小就特别爱看书，还是说最近才开始养成这个习惯的？

成：以前也看，但在最近二十年才形成一个很自然的习惯。每天晚上不看一会儿书就睡不着。我以前看纸书，最近的十年基本都是看电子书。我以前是手机看，现在是用阅读器看，看电子书习惯了，反而再转到纸书上来会有点不习惯。第一个是它的重量，第二个是我感觉电子书更方便。

邵：那您是什么时候开始觉得阅读是一种生活必需的习惯了呢？

成：从大学毕业。在学校的时候，其实你不知道读书有什么用，就是为了考试而去学习。出来工作以后，没有限制了，你可以看自己很喜欢的书、看开拓眼界的书。

我看书还有一个特点，就是慢，品文嚼字。我可能看一本两三百页的书，有时候要一个月，我的看书速度跳跃不起来。而且我不能同时看两本书，一次只能看完一本再看另一本，或者这本实在看不下去了，不看了，才能看下一本。所以我感觉我头脑转得比较慢，又很难双线程并发。看书是这样，做事也一样。

邵：这个慢太重要了！我们采访的很多网站创始人，比如起点团队、龙空团队，他们为什么会创立文学网站？就是因为他们看书太快了！而且一般只看通俗小说，所以总是没书看。而像您这种看书慢的，最后选择做阅读器,您觉得这二者之间是不是有点关系?

成:对于创业来说,第一个考虑的肯定是商业,第二个才是情感。我希望像自己这样喜欢看书的人,能跟掌阅有关联,让掌阅能满足他们的诉求。其实像我这样的年龄,或者是我这样阅读时间更长、对阅读更挑剔的人,更愿意选择阅读器。

邵:您现在看什么书?

成:很杂,有趣味的书都会看。晚上一般看节奏比较平缓的。临睡前看烧脑的东西睡不着。

邵:那我是不是可以这么理解,掌阅对准的是像您一样的一类人——想看书,喜欢慢慢看书,让书构成生活的一部分。甚至假如说,您一直当程序员的话,这种阅读也是一种理想的生活方式。

成:是,我坚信阅读会让一个人变得更好。因为阅读跟视频、音频这些形式都不太一样,视频是导演给你设定了一个画面,你来不及根据自己思维走,画面播放什么,你的思维就是什么;音频也是一样,发出声音的人在引导着你的思维。但文字完全不同,比如说《道德经》这样的书,一百个人看,在不同的年龄、不同的心情、不同的状况,得出来的解读都完全不一样。阅读能帮助人思考。

吉云飞(以下简称"吉"):您有喜欢的网络文学作品吗?

成:也有很多。比如月关的《逍遥游》,还有天使奥斯卡的《盛唐风华》。

肖:这两部都是正在掌阅上发的。您看网文也这么慢吗?

成:网络文学还好,它一天就两章或三章。所以我基本上十分钟就可以看两千字,很快就看完了。

二、在正常的商业逻辑里,阅读一定走得更长久

邵:麦克卢汉的媒介理论认为,人类的感官比率和媒介形态、文明形态是有直接关系的。比如,在前电力时代,人类要想跨时空传播知识,只有通过文字。而在前文字时代,人类的交流靠的是口耳相传,说话的内容与声音、表情、手势这些感官刺激是一体的。一个人,安静地、独自地、

慢慢地阅读，这是人类在印刷文明阶段培养出的习惯。今天互联网兴起，网络媒介又允许我们把感官带回来，所以，视觉艺术，尤其是电子游戏这样的互动艺术，成为最受宠的艺术形式。网络文学也深受其影响。我想问您的问题是，您认为在网络时代，人们还会保留原来的阅读习惯吗？或者说，阅读还会在人们的日常生活中占据多大的位置？

成：这个问题其实很多人问过我，他们觉得现在有那么多碎片的时间被朋友圈、直播、视频这些东西占据，时间的总和是不变的，其他的（休闲方式）来了，阅读就少了，那以后阅读的时间会不会被彻底挤走呢？

事实上，从我们的数据上来说，近年来中国人的阅读时间一直是持续增长的。而且，我们的体量也不是一个小众的体量。我们反复去论证、判断过当下中国人的阅读状态。现状是，真正爱读书的人少，但完全不读书的人也不多。真正形成主动阅读习惯的人其实不多——这种人不需要任何外力去刺激，自己每天都会形成习惯去看书，去寻找书，书是他们生活里的一部分——这样的人很少很少，数量上跟英国、美国比可能有十倍的差距。但是我们也会发现，那种给什么书都不读、推荐什么书都不感兴趣的人也不多。所以，人们的阅读生活里其实缺一个场景，一个让你能发现书、触碰到书的场景。如果今天我推荐一本书，告诉你们去读的理由，然后这本书恰好又能命中你们的诉求，那我觉得你们可能就会去看这本书。如果没有这样的场景，也许你们一辈子都不会去碰这本书。

邵：我们采访过磨铁的老总沈浩波，他说大家都以为互联网时代后纸质书出版开始成为夕阳产业，但是从他自己的公司来看，其实纸质书发行在增长。恰恰是因为互联网的碎片化阅读刺激了人民的阅读欲望，读者可能看了一篇微信文章，然后就去找书看了。

成：没错，其实我很难量化地告诉大家，阅读以后会增长还是会下降。但是我们去判断一件事情，通常是说这件事本身带来的意义和价值是什么。所以我们想，虽然现在手机里边的碎片信息很多，朋友圈、短视频等，但是物极必反，朋友圈、短视频，每个人每天刷刷刷，你不自觉就会刷几个小时，但是你身心都会感觉到疲倦，这种疲劳感会很容易出来，特别是像视频直播，直播行业才刚开始两年，就出现疲倦感了。还有知识付费，90%的人花了钱听不完一本专辑，他们刚开始很有兴趣，但两周以后这种疲劳感就出现了，很难坚持下去。而阅读恰恰是让你觉得越读越充实。阅读会让你感觉更有能量，这本身就带来价值。所以我相信在正常的商业逻辑里，阅读一定走得更长久。它不一定会大起大落的，但会细水长流。

三、技术基因让掌阅可以发起"纸的革命"

邵：我们研究网络文学这么多年一直在思考，从纸质时代到网络时代，主要的媒介载体发生了变化，那么纸质书在网络时代的命运会如何呢？会留下什么呢？是不是纸这种媒介就不存在了？会不会变成掌阅这样的电子书呢？

成：我们跟邵老师想的是一样的。几千年的进化里，承载文字的载体变了很多种，从写在骨头上、石头上，再到竹简上、丝绸上，然后到纸上，而现在其实已经有很大一部分文字是在内存里、在网络上，它们是以0、1这样的二进制形式存在的。手机本质上与电脑相同，也还是一个数码产品。阅读器又稍微进化了一点点，它是一个物理存在，也是一页纸，纸里面有不发光的液体，里边有两种小球，一种白色的球，一种黑色的球，用静电一刷，黑色的形成文字，白色的形成空白，就成了电子书。不过再往后，我觉得一定会有更好的材质，甚至会有颠覆性的突破，大面积地替换纸张。

邵：在我们的理解里面，目前的掌阅是让阅读从纸换到了阅读器的屏幕，您指的介质变化是把屏幕升级还是有了新的介质？

成：是新的介质，不过仍然是以电子信息的方式承载文字。我们要做的设备会像一张纸，你可以在上面练毛笔字、钢笔字，达到这样的柔顺度。我们这个技术应该目前是世界第一，我们掌阅的研发中心在深圳，这就是他们做的。

邵：所以，这是一场"纸的革命"？

成：其实有些东西并不是随着时间的推移就一定会被替代。如果它已经做到极简，是不容易替代的。纸就是这样的东西，它已经到极简的程度了，一张白纸，想写就写，收藏方便简单。所以假如说纸张会完全被另一种媒介所替代，需要的时间也会很长，五十年甚至一百年都可能。

但在某些特定场景下，纸会不如别的媒介有优势。从商业的角度去考虑，市场的消费者永远在选择更高效率、更低成本的东西。所以新的媒介或许不会替代纸，只不过有些场景下不需要用纸。纸确实有几个弊端：第一是没有保密性。你不敢写太隐私的东西，不然放到桌子上谁都可以看，对吧？以前我们买日记本还加把锁，其实那把锁形同虚设，没法让日记本保密。第二是不方便查找和分享。你写出来的东西很难立马分享给大家看，除非拍照片发出来，但照片的编辑又很麻烦。

所以我们要解决的恰恰是这两个问题，第一个是保证安全，第二个是随时分享。你在我的纸上写完之后，马上就可以投到墙上，变成投影，可以分享到朋友圈，也可以发给朋友，而且绝对安全，就跟登录微信的密码一样。而且写在玻璃屏上是不行的，没有那种感觉，我们一定是让它像纸，笔也是有弹性的。人们会觉得使用起来很接近纸上书写的感觉，又更加便捷、容易保存、保密。这就会带来一场彻底的书写媒介革命了。

邵：有了介质变革，内容怎么变革呢？掌阅的很多内容是从传统出版社来的。为什么它们自己不去做网络出版，而由掌阅来完成呢？

成：我当时也总结了为什么出版社很难去做到这种顺应时代的转化。因为出版社的内容方面很强，工作人员全都是懂内容的人。他们也尝试过招一些程序员，但程序员的管理和内容的管理是不一样的。所以出版社招的程序员很难以技术为驱动去做创新，或者说出版社这种形式天然不适合在技术上发展。出版社的强项是内容，也没有必要拿自己的短板去拼，可以强强联合。

邵：就是"基因"不同，出版社是内容基因，掌阅是什么？技术基因？

成：对，我们的基因里还是以技术和产品为主，掌阅依然是一家科技公司。所以现在就要取长补短。我们掌阅如果想做得越来越好，一定是内容加技术，也就是懂文化的人通过技术去承担内容。技术是支撑、是核心，但后面丰富要靠内容。

四、走向国际化的掌阅

邵：您能谈谈掌阅与亚马逊 Kindle 的定位有什么区别吗？

成：Kindle 的思路其实比较清晰，就是追求图书本身的真正体验，从笔画到内容，在整个链条上提供一个完整的解决模式。掌阅肯定也希望这样去走。亚马逊在这上面坚持了十几年，这种心态值得我们学习。

邵：假如有人说掌阅是中国的 Kindle，您是什么态度？

成：其实我们刚开始会这么宣传自己，现在已经不说了。因为我们觉得与亚马逊走得距离近了，交流也多了，彼此关系更加平等。甚至他们自己也觉得自己那边有些东西做得不如掌阅好。

邵：为什么呢？

成：因为我更多在看中国的市场。同为阅读企业，我们现在的操作体验和性价比远远超过 Kindle，这个他们自己也是知道的。他们那边要去修改一个操作体验或者软件功能，流程非常长，走完流程可能就得三个月，一年也改不了几次。第一是它所有的研发团队都在国外，所以响应太慢。第二是 Kindle 有老大思想，它觉得自己提供一站式解决方案，全世界各国都得按它的标准走。所以刚开始用 Kindle 的人是不太习惯的，甚至连字体都是偏西方的字体。我觉得面对中国这样一个用户数量巨大的国家，他们的反应还这么傲慢僵硬，在商业上是不应该的。我们现在也做海外，去做各种语言，都是在当地找研发团队，根据当地用户的习惯进行调整，响应也很快。

吉：掌阅在海外是怎么样一个定位呢？只做阅读器吗？内容这块怎么办呢？

成：我们刚开始是自己派人飞到各个地方去，比如要做印度业务，那我们的同事就背着包去印度，然后把出版社找一通，谈合作，签协议。等于说是掌阅出技术，然后把当地出版社的内容电子化，用当地语言排版。现在我们的排版技术可以满足很多种语言。

吉：每种语言都在当地有团队吗？

成：只有一些国家有，像东南亚、印度、韩国、俄罗斯这些地方我们做得比较多。

邵：那在这些地方你们应该是 Kindle 的对手了吧？

成：我们的硬件还没出去，只是手机上的软件。软件里的内容就是当地出版社提供的。

吉：掌阅在海外有多少用户？

成：还不少。以前是华人多一点，现在其实本地用户比较多。这种变化也是因为我们的技术先进。我跑过很多国家，发现阅读这一块，移动互联网的水平与技术产品里掌阅肯定是全球第一。很多小国，像东南亚的一些国家，他们手机上的所有应用要么来自美国，要么来自中国。像我们这么大体量的一个阅读公司，在他们那里是找不到的，所以我们到他们那里去基本没有对手。

吉：现在网络文学也开始逐渐走向海外了，比如出现了武侠世界这样的英译网络小说网站。您怎么看这个情况？网络文学的内容究竟有什么独特之处？

成：我觉得这挺好的，因为最近我问过很多国家的用户，这么多年以来，你们知道中国哪本书在国外知名度比较高、一直受追捧吗？是刘慈欣的《三体》。欧洲、美国这些地方的用户都会主动找这本书来看。真正传递中国文化的一定得是外国人能理解、能明白的东西才行，《论语》比较难懂，《三体》读起来就轻松多了。《三体》里其实也有中国文化，无形中就影响到了外国读者。所以我们觉得"出海"这一块，更多应该是以"润物细无声"的方式去传播。像科幻、玄幻，翻译到海外是比较合适的。我们有几本漫画，在东南亚国家很受追捧，在韩国也很受欢迎，甚至在日本这样本土漫画强势的地方都能排到前几名。

吉：您这边在海外走得比较好的书是什么样的书？

成：一些精品的漫画、小说，在海外很受欢迎。

吉：是公司翻译然后推广的吗？

成：一部分是那边的公司来找我们买版权，他们回去翻译；还有一部分是我们自己来翻译的。

五、掌阅文学的目标是做互联网时代的精品阅读平台

吉： 掌阅文学是 2015 年成立的，似乎有点晚了，是因为看到网文 IP 的火热才成立的吗？

成： 不是，是基于中国的商业环境。中国企业目前合作精神还是不够，你看日本做一部作品，是很多公司组合在一起的，比如说拍电视的是一家公司，做漫画的是一家公司，做玩具的是一家公司，发行又是一家公司。他们有强烈的契约精神，是一个利益的共同体。所以不会出现大家都要去拍电视这种一窝蜂现象，是很成熟的商业合作。咱们这里呢，要么你就让我收购，要么我们就要竞争、打压。即使是同行业的合作，我给了你去合作，自己会不会有影响？掌阅刚开始的定位就是一个专业阅读平台，就是一个图书馆。我不一定要自己去生产内容，就是想把全世界的图书都汇总到这里，让人阅读更加便捷。但你会发现，做内容的平台也想做发行，做发行的也拼命想把内容垄断，所以不会跟你去合作搞内容，没有办法，逼着你变成一个全方位大平台。

吉： 据我所知，最早的时候掌阅在内容上面是来者不拒的，包括像阅文等网站，只要他们愿意给，按照掌阅的标准去给他们分成就行，是这样吗？

成： 对，但后来不合作了，他们有自己的想法吧。

邵： 那现在是竞争关系了？

成： 我理解的竞争其实不仅仅只有竞，还有合，应该是一个竞合关系。因为这个行业里面，如果有一个同行，他们在这个行业里把服务的价值思考得更好，对你是有利的。

推动网络文学进入移动时代

——中国移动手机阅读基地创始人戴和忠访谈录

【受访者简介】

戴和忠，男，1975年生，浙江杭州人。管理学博士，高级经济师。2009年担任中国移动手机阅读基地总经理，主持中国移动手机阅读业务的全面建设，推动中国网络文学进入移动时代。2014年年底，中国移动手机阅读基地转型成为咪咕数字传媒有限公司，任总经理。2016年10月加盟中文在线数字出版集团，任执行总裁。

中国移动手机阅读基地是中国网络文学移动阅读时代的开启者，3G时代（2010—2013）最大且具有垄断地位的无线渠道。2009年2月在杭州启动建设，2009年10月在8省试商用，2010年5月全面商用。

【访谈时间】2019年1月31日（受访者最后修订时间：2019年7月25日）
【访谈地点】北京，中文在线数字出版集团
【采 访 者】邵燕君　吉云飞
【整 理 者】谭　天

一、做手机阅读基地既是大势所趋，也有个人爱好驱动

吉云飞（以下简称"吉"）：我们知道中国移动手机阅读基地从草创、发展到鼎盛时期，都是由您在具体主导。您是哪一年到中国移动的？又是怎么在作为国企的中国移动建立起手机阅读基地的呢？

戴和忠（以下简称"戴"）：首先必须要说明下，中国移动手机阅读基地的发展，不是我一个人能够推进的，更要感谢中国移动各级领导，感谢产业各界合作伙伴，感谢和我一起内部创业的团队，这是发自内心的，无数个感人的画面，永远记在我心里。今天之所以一起来回顾，是希望在中国网络文学史上，能够记住这段波澜壮阔的进程，记住这个意气飞扬的时代，记住有这样一帮志同道合的人。

回到问题，我是 2001 年 4 月份浙江大学研究生毕业后，直接去了中国移动浙江分公司。前面在综合、集客、战略条线都轮岗过，后来到了数据业务部，主要负责增值业务运营和内容型数据业务创新。当时，公司正在推进手机动漫业务，但那个时候，动漫的内容和网络条件不成熟，而文字阅读对终端和网速的要求相对比较低。手机是一个很好的载体和媒介，只要和好的内容结合到一起，它可以改变人的阅读习惯。

人的兴趣爱好，很大程度上会影响你决心干什么。我从小喜欢看书，从小学起就是非常狂热的武侠爱好者，高中的时候基本上把市面上所有武侠小说都看了，不仅是金庸、梁羽生这样的大家，连小众的也全看完了。后来就看网络文学，幻剑书盟、起点等，是骨灰级的网文读者。

邵燕君（以下简称"邵"）：我问一个简单的问题，您看书快吗？

戴：非常快。我现在每天用手机看书，有时候碰到一本好书，爱不释手，一晚上能看近百章。

邵：我们采访里发现一个特别有意思的事情，就是大部分自己做网络文学平台的人，最初的动力之一就是看书太快了。他们看类型小说，把能看的书都看没了，只好自己去搞。

戴：对，就是这样。当时在移动阅读基地，里面很多书的第一个读者就是我，阅读量最大的读者我肯定也是其中之一。但在这之前，用手机阅读内容很局限、体验也很差，我们就想改进一下，让大家能很方便地用手机来看更多的书。

邵：好强劲的个人动力啊！

戴：这种个人的动力，其实只是一方面，更关键的是，我和我的团队希望能做一些改变社会的事情。那时候，大家特别有激情。移动改变生活，阅读改变命运！当时我们相信，我们正在开创的是一个改变行业、改变人们阅读习惯的事业。记得有一次开研讨会，有团队成员大声告诉我，特别自豪，他发现在公交车上，很多人都在用我们的业务阅读。其实，手机阅读的发展中，我们遇到过很多问题，但正是这种意气飞扬，才让我们坚持向前。

邵： 我们谈到网络文学，一般会自然联想起 PC 机。事实上，自从 2010 年进入移动时代以来，网络文学阅读的主体人群、阅读时间和阅读方式都发生了很大的变化。形象一点说，PC 时代的读者，是那些在 2010 年以前就能拥有一台电脑的人，甚至是在电脑很贵、网费很贵的时候都上得起网的人。手机读者，很可能是 2010 年之后依然买不起电脑的人，甚至是在陌生的城市森林里，除了铺盖卷就只有一个简陋手机的农民工。PC 端的网文是上班时间"摸鱼"看的，手机端上的网文则是上下班的路上看的……

戴： 我很清楚 PC 时代的网络文学已经提供了大众喜欢的丰富内容源，网络文学和手机这个带着体温的最大媒介结合，就会激发巨大的手机阅读市场需求。现在来看，手机阅读的发展，确实很大程度改变了出版行业的传统产业链。通过手机阅读，让更多的读者，能够通过手机这一随身携带的媒介，随时随地看到更多的好书；让更多的作者，能够有机会创作，最大地释放了民间的创作力；同时，还极大地压缩了中间出版、发行等环节，缩短了作者到读者的距离。另外，还可以互动，实时反馈，更好地帮助读者参与，帮助作者创作。

邵： 您的这些想法当时在领导层，尤其在不读网文的领导那里，容易获得支持认同吗？谈到这一点，我不得不说，如果他们不认同，我觉得也是正常的。因为，在 2009 年以前，我也没怎么接触过网络文学。我还是做当代文学前沿研究的。不过也正是在那一年，中国作协领导派了我一个活儿，让我去探探路，后来在第七届中国作协团会议上做了一个报告，当时，讲 PC 端的网络文学都是新鲜事物。

戴： 我的想法，当时公司各级领导非常认同，因此，我才最终决心沉下心思，和团队一起，拓展手机阅读业务。最开始团队只有两个人，从 2008 年 8 月份开始研究，花了一个半月时间，做出一份详细的报告。然后 2008 年年底开始启动，包括引入技术开发、内容运营等合作伙伴。

一个企业能否起来，跟整体氛围有很大关系，我非常感谢当时公司的各级领导，不管在战略决策、模式选择，还是资源配置和机制创新等各方面，都给予手机阅读基地最大的支持。实际上，手机阅读项目最早、最有力的支持者和推进者，是浙江移动的高层领导和部门直接领导，没有他们的信任、包容和支持，手机阅读业务很难做起来。

当时浙江移动领导为了让我们有更好的创业精神，能跳出传统的电信产业，做了两个突破：一是允许基地按照准公司化模式运营和管理，决策更自主和灵活；二是把工作地点从省公司大楼，迁到了华星时代广场，楼上是支付宝，楼下是淘宝，特别有创新氛围。现在回头看，这两个政策，对手机阅读基地的快速发展影响巨大。也只有在浙江这样的蓬勃发展、开明开放的土壤里，才有可能更好地在国企里进行内部互联网创业。

吉：您开始做手机阅读业务，是不是受到了中移动当时已有的，比如音乐基地业务的启发？

戴：中国移动其实是一个非常具有创新力的公司，很长一段时间引领产业的发展。早在我们之前，集团就在试点和推行一种基地模式，就是委托一个省，建设一个创新业务基地，统一建设、运营和支撑某个业务，内容统一引入，业务统一运营，市场联合各省移动发展。用户要想使用这个业务，就要通过手机网关连接到我们的基地平台；内容提供方要想为中国移动用户提供该业务内容，就需要统一接入基地平台。这个模式其实非常具有创新性和突破性，相当于把分散在各省的资源打通整合起来，更具有规模效应，也更具备互联网集中化运营的特质。当时，音乐基地是第一个试点的。

我们当时一直在考虑，有没有类似音乐的内容业务可以采用基地模式。当时是功能机时代，手机操作特别复杂，并且屏幕很小，不适合看图片、视频这些内容；但看书就很合适了，它对带宽和手机的要求都不高。手机阅读和无线音乐，在用户使用场景上其实是不同的。无线音乐的核心业务是彩铃，用户是被动接听。而手机阅读需要用户主动点击和阅读，从这个角度讲，手机阅读其实更偏向互联网业务形态。

吉：那原有的基地模式对手机阅读基地的影响有多深呢？

戴：我们的阅读基地与厦门的动漫基地都是在2009年成立的，应该是最后一批内容基地了。最开始成立的是音乐，然后是视频、游戏。这几个基地模式，有相同的地方，就是基地的管理和运营模式；也有不同，就是在业务领域和产品设计上。比如，音乐方面主要以彩铃为主，用户是被动接听，这跟阅读差别很大。现在这几个公司合并成咪咕文化，更具规模效应和协同效应。

邵：手机阅读基地落在浙江，是你们主动申请的吧？

戴：对，我们那时候全力推进这个业务，积极去中国移动总部申请，获得批准。感谢中国移动有一批眼光敏锐、思想开明、敢于创新的领导，我们的项目得到了集团的高度认可和支持。基地成立以后，接受省公司和总公司的双重管理。

邵：申请提出以后，各方有质疑吗？

戴：最初提出这个建议的时候，有很多质疑。2008年11月，我们做了一次行业调研会，会上大家主要向我们提了三个问题：第一，用手机看书不是我们第一个提出来的，外面也有很多盗版的 free WAP 阅读网站（即独立于移动运营商平台之外的、通过手机浏览器进入的免费阅读网站），怎么拼过它们？第二，中国移动内部也有在做移动阅读的，而且比我们早得多，比如移动梦网的梦网书城、其他省在做的拇指阅读等，但一直没有爆发，为什么你们就能成功？第三，是出版社问的，说万一你们做成了，出版社怎么办？一方面，认为手机阅读起不来；另一方面，也担心数字媒介会替代纸质书。总之有很多问题。

最后，我们通过深入的用户调研和产业调研，基本上解决了各方的疑问：第一，内容型平台，内容是第一位的，我们要提供更多更好的用户喜欢的内容。在前期，不仅对接出版内容，更引入接地气的网络原创文学。这也符合手机碎片阅读的场景。第二，我们要提供更好的阅读体验。盗版内容阅读体验很差，而且长期看一定会得到控制，调研发现，大多数用户可以接受正版阅读，只要体验好、定价合理。第三，我们要提供最方便的付费模式，也就是移动话费支付，方便便宜，小微支付。

在没有支付宝和微信支付的时代,只有话费支付才能打开付费阅读的市场。第四,针对出版社等内容提供方的疑虑,我们先期推出了内容补贴模式,在用户和收入规模没有起来的情况下,通过内容补贴形式获得更多的内容,让时间来证明改变。

吉:但手机阅读的主要内容还是网络文学,而不是从出版社上网的纸质书。

戴:这就是用户的趋势。实际上,我们也是这么判断的:前期重点吸引用户的应该是网文。相对于出版书而言,网络原创文学是原生于互联网的,其爽感、代入感和节奏感更强,同时每天更新的模式更容易把用户黏住,天天用手机去追更新。另外,作为运营商,我们必须承担社会责任,传播更多更好的精品出版内容。在用网文培养手机阅读习惯的同时,我们推进出版内容的数字化和移动化,把出版物搬到移动互联网上来。当时,我们还在推动各种创新尝试,比如,把几十万字的财经著作,浓缩改编,推出手机书;比如,按照内容专题分拆,推动碎片化的知识付费阅读。

吉:中国移动阅读基地主打网文,是一开始就有这个想法,还是在运营中看到了读者反馈回来的需求,才慢慢转向网文的?

戴:网文一开始就是我们的重点选择,随着读者阅读行为的大数据分析,更强化了这方面的判断。这里其实有很多因素:一方面是网文本身就是数字形式存在,不像纸质书还要多费一道手续进行转换,而那个时候数字化还是有一点门槛的;另一方面确实是市场的检验,读者的需求。

不过,现在情况也起了变化。随着用户群体的扩大,传统的纸书阅读用户也在接受用手机看内容。实际上,出版内容和网络文学本质上没有区别,只是传播媒介和出版过程的差异,导致了内容选题、节奏和篇幅等方面的差异。另外,用户在升级,需求也开始转变,他们也想要通过手机获取更深入的知识,知识付费时代就慢慢到来了。

邵:当时还有什么事情令您记忆深刻?

戴:当时还有个方向的波折,就是关于重点推进手机阅读,还是推进类似 Kindle 的电子阅读器模式。当时在美国,亚马逊 Kindle 发展得很快,其类纸阅读的体验和随身携带的特性,对全球出版产业都产生了冲击。而手机阅读在欧美发展得并不好。有领导专家提出要重点发展电子阅读器，我们也做了尝试，联合汉王和华为等，开发了全球首批具有TDSCDMA 3G（即移动 3G）模块的电子阅读器。我记得当时，央视财经还专门针对电子阅读器做了一期节目。但事实上，中国和美国的阅读习惯不一样，纸书数字化带来的性价比不一样，手机使用的用户群和特性也不一样。最终，我们在当时重点发展手机阅读。事实证明，这是正确的选择。所以，一个新的业务要想发展，必须要符合时代的节奏，踩准时间点，同时还要因地制宜，符合国情。从手机阅读来看，我们当时和现在，都是全球领先的。现在网络文学，已经成为全球四大文化现象之一。

二、阅读基地改变了网络文学的商业模式，把网文从小众产业变成大众产业

吉：移动阅读基地早期的内容主要是网络文学网站提供的。当时去跟各家网站谈判是您去的吗？而过程似乎并不顺利，当时您好像去过几次起点中文网，起点开始有点不乐意把全部内容给过来，是吗？

戴：我们当时组建了专门的内容团队，去引入更多的内容，包括原创文学网站的内容和出版社的内容。但整个产业接受确实有个过程，开始大多数人都不看好移动阅读能规模盈利，这是核心问题。我是起点的资深读者，起点是我们非常重视的合作伙伴。双方的合作，是一个逐步但快速推进的过程。先期是一些非重点书，后来随着双方沟通的深入、信任的建立，以及我们规模的发展，很快实现了全面合作。

吉：很多人开始根本没有意识到这是一个多么大的市场？

戴：对。我觉得中国移动手机阅读基地为整个产业带来的最大改变，就是加速了网文阅读进入移动化、规模化与商业化的阶段。

移动化就是用手机在碎片时间随时随地阅读；规模化就是利用中国移动的渠道让更多的用户来看书；商业化就是让读者肯花钱，让作者能赚钱。

这里面要重点说一下商业化。起点在 PC 端推出 VIP 付费制度，但那

时候付费充值都很麻烦，很多读者没有花钱看网文的习惯。我们则是利用中国移动便捷的话费支付方式，让读者养成网上付费阅读的习惯，这样作者才有规模收入的可能。

通过移动化、规模化和商业化这三点，我们阅读基地就把网文从小众产业变成了大众产业。

邵：您能说一下具体的规模数字吗？

戴：2010年正式投入商用后，我们第一年收入就超过5亿元，第二年超过15亿元，第三年超过25亿元，这是爆发式的增长。通过短短的几年时间，中国移动手机阅读基地就打造了中国最大的移动互联网阅读产品，构建了中国最大的数字内容汇聚分发平台，塑造了中国最大的手机阅读产业生态。2015年，手机阅读的全网收入超过40亿元，占据了整个网文领域70%的收入份额。甚至为此，在信息网络传播权里，又分拆出一项权利，叫移动信息网络传播权。

邵：我想和您确认一下，网络文学进入移动时代到底应该算作哪一年？我们查到的资料是：2009年2月，基地在杭州启动；2009年10月，在8省试商用；2010年5月，全面商用。我们认为应该划在2010年。不知您怎么看？

戴：是的，2010年！要想做好移动阅读，既要有极大的热情，良好的业务模式，还要有比较好的时间点，需要天时地利人和。我们是在2009年，智能机爆发的前夜，开始建设移动阅读。2009年10月开始在8省试商用，2009年12月开始付费测试，记得当时我正在日本考察DOCOMO、集英社等，付费测试遇到些问题，一直越洋远程盯到凌晨。2010年1月，正式商用，正式开始付费。2010年5月，全面商用。说到付费，我们移动阅读在付费形式上还对网文产业做出了一个微创新，从千字付费改为了按章付费。

吉：这也是我想问的一个重要问题，为什么您当时要改成按章付费呢？千字付费对于网站和作者来说简单易懂，写多少赚多少嘛。但按章付费的话，有可能大家每章字数就都往少了写。

戴：按章付费最大的好处，在当时是解决了用户的体验问题。我们有便捷的话费支付方式，但同时也有非常严苛的服务规范管理。按千字付费，因为每章字数不一样，每次都要计算下一章要付多少钱，并提醒用户，这样用户的体验比较差。按章付费，就不会中断用户的阅读，他可以在读之前购买一章，甚至设定自动向下继续购买，不需要每次重新付钱，这样就获得了很好的阅读体验。在当时用户付费意愿较低情况下，这个改变其实还是很重要的。当时产业氛围很好，大家都在希望这个新兴的行业能更好地发展，尽管对原有模式有所改变，但大家都往前看，很容易达成共识。

邵：像起点这样的网文平台，原本只是靠网站的收入来维持，后来有了移动端，多了很大一笔纯收入。我听说，正是靠着和移动合作的分成，起点在成功运行VIP收费机制七年后才终于盈利，不知道是不是这样？

戴：网站收入确实发生了结构性的剧变。一方面是中国移动的渠道带来了规模效应，另一方面是充话费阅读便宜快捷，所以用户就愿意去付费阅读。收入一上来，产品就可以升级，可以汇聚和推出更多内容，吸引更多读者来付费，形成良性循环。

吉：中国移动采用了什么推广方式，让移动阅读这么快就流行起来了呢？

戴：在2009—2010年，我们采取了几个很关键的步骤：

第一，最开始我们采用用户阅读免费、内容侧补贴的模式。花了半年多时间来培养用户习惯，引入更多的内容，并在这段时间里，一起验证了用户手机阅读的需求和行为模型。实际上，打造平台，初始期最关键，如何在内容侧和用户侧形成正反馈，这是巨大的挑战。现在行业正在扩展的免费阅读模式，其实我们是最开始尝试的。

第二，在模型验证后，集团总部非常支持，2010年将手机阅读纳入中国移动各省重点推广的增值业务清单，和KPI考核有一定挂钩，这样就激发了各省渠道和客户经理推广的积极性。

第三，推出手机阅读会员包月模式。现在看视频平台发展付费会员作为增长抓手，其实我们2010年就推进了这种模式。手机阅读包月产品的推出，能够降低用户的价格敏感性，让用户沉淀下来；同时，包月产品更适合中国移动各省渠道结合传统语音、流量、增值业务等套餐，进行更好的推广。

第四，推出联合运营模式，在用户接触的各种移动互联网产品上，通过 SDK（Software Development Kit，软件开发工具包）或者 WML（Wireless Markup Language，无线标记语言）嵌入形式，建立手机阅读专区。比如，我们把自己的 WAP 书城，嵌到一些手机浏览器的首页里面，建立手机阅读专区。这样，就通过各种渠道，让更多移动互联网用户接触和使用手机阅读，然后再和渠道分成。因为我们有最多的内容、最好的体验，以及最便捷的支付方式，联合运营模式非常成功。

吉：据我们所知，移动基地起来之后，不仅救活了一批网络文学网站，还催生并养活了一批专门向移动端提供内容的中小 CP（内容提供商）。

戴：不能说养活，我们是相互依赖和成就的关系，形成了一个生态系统。

吉：那这些自己没有渠道只做内容的 CP 里面，您觉得最有代表性的有哪几个？

戴：很多，我们的平台是开放的。我们团队一直致力于把门槛降低，让更多内容进来，由用户来选择和付费。我们应该是最早构建 BI（Business Intelligence，商业智能）中心的了。通过 BI，我们进行大数据分析，并且给不同的用户推荐不同的内容。当然，现在大家更流行叫 AI。

吉：手机因为屏幕小，能够展示给用户的空间也比电脑页面小得多，这让网站推荐的影响力急剧提升。而进入的门槛虽低，但是各个网站的内容想要被推荐，是不是还得有长期的积累？

戴：我们有冷启动和热启动。举个例子来说，如果你是名家，就可以进入我们热启动的范畴。你会拥有一定权重，被纳入到我们的推荐库中。我们的推荐原则有两个：编辑推荐和数据推荐。编辑推荐很容易理解。数据推荐是基于数字的，除了一些榜单和特殊位置外，这种推荐都只能让书在相对比较低的位置出现。接着根据用户点击和付费数据往上滚，逐渐出现在更加重要更加醒目的位置，所以我们也叫它滚动式推荐。

但这里有个很大的问题，就是用户—内容的正循环建立以后，内容容易同质化。当时，产业起了个名字，叫"无线流"，专门用来指在我们手机阅读客户端容易畅销的内容。

吉：移动阅读对网络小说还有一个重要影响，就是把小说篇幅大大拉长了？

戴：对。你可以对比一下2010年、2011年前后网络小说的字数，变化非常大，从原本的一两百万拉到五六百万甚至更多。一种商业模式改变了内容形态。

吉：这是不是跟移动阅读的推荐算法有关？这种推荐方式会偏重于推荐字数较多的书？

戴：有几方面因素：一是手机阅读很大程度是碎片化阅读，追网文更新是一种很重要的用户习惯。只要内容足够有吸引力，理论上篇幅越长，吸引的用户越多。二是数据驱动的推荐算法，在同等质量情况下，字数越多，一个推荐位一次推荐，能得到的整体持续收益就越多。所以，作为纠正，我们后来建立起一个非常大的内容编辑团队，按照作品质量和数据，将内容进行分级，区分推荐程度。

吉：很多作者当时发现，自己写的书一旦能够被移动阅读基地推荐，收入马上就发生天翻地覆的变化。

戴：对，完全不是一个量级。比如说天蚕土豆，他一开始在起点上可能并不是最顶级的作家。后来我们在起点推荐基础上，结合数据推荐了他的《斗破苍穹》，一直霸榜，形成马太效应，粉丝群不断壮大，最后成了最顶尖"大神"。具体分成数据不太好透露，但一定是个巨大的金额。

吉：向您求证一个圈内流传已久的八卦：最初起点不愿意把网站最好的内容、排名最靠前的书给移动阅读基地，只给前二十之外的书。然后天蚕土豆的《斗破苍穹》、鱼人二代的《很纯很暧昧》都恰好在二十名开外，结果靠着移动阅读一下子就大火起来了。

戴：或许开始有这种考虑，但是总体不明显，因为我们规模发展的速度很快，发展很大程度上能解决一切问题。在那时候，大家互相支持，相互成就，心气都很好很高。

邵：您当时与盛大文学的合作主要是和谁谈的呀？是侯小强侯总吗？

戴：主要是小强与文辉，具体负责是汪海英汪总，我们都是很好的朋友。

吉：除了内容，移动阅读基地在技术上也有不少创新的地方吧？

戴：是的。

第一，我们是一个超大规模的移动互联网平台，这里就有很多的数据库、缓存等技术创新。2014年，还对平台进行了重构，引入了模块化、服务化等架构技术。

第二，我们的商业付费体系比较复杂，分成点播和会员。点播就是按章或按本来买，会员也分成许多档次，三元包、五元包等。后来我们又添加很多促销功能，可以按时间促销、按用户促销、按内容促销、按区域促销，这几个还可以组合促销。当时是克服了很多技术难题。

第三，我们在阅读体验上有很多突破，比如翻页技术、护眼模式等。另外在版权保护上，基于 EPUB 格式，制定了移动阅读标准。

第四，我们是阅读行业内最早构建商业智能 BI 系统的公司，最早做到"猜你喜欢"，推进"千人千面"，等等。

吉：技术问题的解决，是不是也跟中国移动身为国企，技术储备力量雄厚有关？

戴：我们当时的系统是和华为合作的，华为负责帮我们开发，但产品设计还是自己主导。我记得很清楚，2009年我们闭关了一个半月时间，天天在会议室里面讨论规划。2014年的时候，我们对系统进行了推倒重来，实时"平台涅槃"计划，因为用户发展得太快了，前面的设计框架和基础不能够更好地支撑后面的用户发展和产品体验，以及内容上的多元化，需要把整个平台更加模块化、服务化，并引入支持大规模并发、支持实时计算响应等更新的技术。

吉：阅读基地对网文付费机制做出了很大调整，有各种促销和包月，那么您是如何与 CP 方面进行结算的呢？

戴：为了推动业务发展，让 CP 方有更多的收益，我们设计了包月和促销等模式。同时，我们是一个国有企业，规则的公开和透明是我们任何工作的前提。我们有专门的数据结算中心，制定了相应的结算规则，专门处理计算、稽核和结算。比如，在某个包月产品上，会根据 CP 提供的内容的数量，以及用户点击不同内容付费章节的情况，来计算该 CP 在这个包月产品里能够结算的金额。具体会根据实际情况，不停优化规则，但一定是规范的、透明的。实际上，有一次我和一个视频平台负网络大电影的朋友沟通，发现现在网大的分账模式，和我们当时的包月结算模式很类似。

吉：移动阅读是要先跟省公司分成，然后再跟 CP 分成吗？方便透露分成比例吗？

戴：对。一开始省公司拿 40%，基地拿 20%，CP 拿 40%，是 424 模式，后来又变成了 334 模式，总之，CP 那边是拿大头。

吉：我听到一种说法，就是在 2009 年、2010 年的时候，假如没有移动阅读基地出现的话，除了起点以外，其他网文公司可能都快坚持不下去了。您觉得这种说法准确吗？

戴：很多事情不能假设。但当时确实是一个产业转型的关键时期，而我们恰好在这时候提供了移动化、规模化、商业化的力量，推动整个产业出现了新的规模增长和变现的可能。否则的话，后面那些 CP 热、IP 热很可能不会出现了。

邵：假如没有移动，其他网站也有可能把移动端阅读做起来吗？

戴：或许过几年有可能，但在当时没有可能。有些网站在之前就开始尝试了，一直都没成功。实际上，在当时，有内容的没有移动的立体化渠道和规模用户，有用户的没有移动的支付优势，没有内容汇聚的影响力。

邵：所以，当时业内很多人意识到了移动时代的到来？

戴：一开始没有，在基地规模发展起来之后，大家都看到了移动阅读时代的到来。但当时我们有几个优势：第一，我们的话费支付方式很便捷；第二，我们有很强大的渠道动员和用户获取能力；第三，因为具备了第一点与第二点，所以我们能够去获取更多的内容；第四，因为有更多的内容、渠道、用户和更好的 BI 推荐系统，我们形成了正反馈。在这样的情况下，除非发展模式改变，当时要出现同样的规模平台很难。

三、移动阅读重塑了网络文学的内容形态和整体气质

吉：2010 年到 2015 年，在移动阅读的主导下，网文的内容和类型都发生了极大变化，比如以玄幻、都市"小白"文为典型的无线流小说的兴盛。在这个过程中，您有什么感触很深的地方吗？

戴：现在回头看，最大的感触是，我们应该离内容和用户都更近一点。做渠道型阅读平台，很大程度是以数据和用户结果来说话，这样就容易导致初始用户的特征筛选了其偏好的内容，内容类型的强化又进一步固化了用户群体。当时，我们做了很多工作，来解决这个用户和内容的同质化问题，包括前面讲的 BI 智能推荐、"猜你喜欢"和"千人千面"等；也做了一些榜单规则的限制，比如限制带总裁之类敏感词的内容上排行榜。但总体，还是架不住市场的力量，促进了无线流小说的兴起。

这其实可以从两个层面来看：

第一，怎么样结合媒介的改变，推动内容创作的创新。每一次阅读载体或者叫媒介的改变，其实都带来创作本身的改变。比如，春秋战国时期，文字的载体是竹简，所以只能流行言简意赅的文言文。而纸的发明、普及和印刷低成本化，才推动从唐诗、宋词、元曲到明清小说等内容形态的改变。从这种意义上讲，无线流的兴起，其实和手机阅读这种载体很有关系，不能一味地肯定或者否定。比如，因为手机阅读的碎片化阅读特征，要求节奏更快，每 3000 字一定要有个故事高潮。这些特征，其实是需要被更多的创作借鉴、融合和发扬的。所以，关键是坚持底线原则，并做好创作技巧的融合和内容引导，这就需要离内容更近一点。

第二，在用户侧，怎么样深入区分用户的差异内容需求，推荐不同的内容。我们可以在 BI 里对内容和用户做进一步的深入细分，划小数据颗粒度，通过算法训练，给不同的用户推荐不同的东西，形成更"百花齐放"的特质。

吉：为什么无线流能把各个文学网站都带到这条路上？

戴：这就验证了市场是一只无形的大手。要想迎合读者的需求，同时提高效率，就会带来内容"同流"化。所以我觉得文学创作，不应该是一个全面迎合市场的过程，有时候也要有意识对内容和用户进行引导。甚至也许保持一种生态，不迎合不追风，做自己的风格，也是一条路。

吉：您觉得用手机来看网络小说的用户群体是怎样一种构成？外面有人猜测说他们绝大多数都是中学生、农民工之类的"三低"（低收入、低学历、低年龄）人群，是这样吗？

戴：我们有确切数据，一开始确实主要是"三低"用户，后来这个群体的结构在改变，学历、收入等都有所提升。

邵：我们能拿到这方面的数据吗？

戴：每年移动阅读基地承办的中国数字阅读大会，都会发布公开的资料。

吉：所以移动端的用户与之前PC端的用户有极大不同？

戴：对。移动端的用户群是几何级数的扩张，远远超过了PC用户的规模。另外，也由于终端的差异，扩张进来的新用户绝大部分不是PC用户，是"小白"用户，相对而言，PC上那些用户就变成了"老白"。但过了几年，最早的"小白"用户也在沉淀，低年龄变成高年龄，阅读习惯从"小白"变"老白"，喜好类型也在改变。

吉：2015年您离开移动的时候，这个变化趋势已经很明显了吗？

戴："老白"化的趋势已经很明显了，"老白"比例年年上升。我们有三个数据——年龄线、区域线和消费水准，从这三方面来看，"老白"化的趋势一直是在线性上升。

邵：您有没有直观的感觉，"小白"看多久的书会变成"老白"？

戴：这跟经历和学历有关系。比如只是一个农民工，因为他自己没有大提升的空间，所以我估计他改变口味的可能性比较低，或者时间更长。但如果用户的经历不断丰富，人生理解不断提升，阅读需求也会升级。另外，如果是学生，随着他上高中、大学，年龄和学历提升，口味就会慢慢改变。所以虽然统称为"三低"人群，但他们的演变路径是不同的。

邵：虽然"小白"不断变成"老白"，但也不断有新的"小白"进来填补空缺，甚至"小白"总数还在不断扩大，是这样吗？

戴：对，那个时候是移动互联网最好的时代。从2010年到2015年，移动互联网新增用户带来巨大的红利，发展用户比较容易，老用户在成长的同时，新用户在不断进来。当然，现在移动互联网的用户红利期基本过去了。其实，从2016年开始兴起的基于超级APP生态的新媒体文，本质上也是在发展"小白"用户。

吉：据您估计，在最巅峰的时候，中国移动阅读基地大概有多少活跃用户？

戴：当月活跃用户超过 2 亿。

吉：这里面付费用户占多大比例呢?

戴：2015 年，我们手机阅读的月信息费收入超过 4 个亿，付费用户比例很高。当时我们的付费率比其他几个平台都高 30% 到 40%，因为付费方式更方便，而且用户是一代代沉淀下来的。

吉：中国移动的读者构成中，男女读者性别比例是多少?

戴：60:40，男读者稍多一点。

吉：男女频作品内容比例呢?

戴：70:30 左右，一部分女读者会去读男频作品，但男读者一般不读女频作品。

吉：那付费与男女性的性别比例有关系吗?

戴：我们分析过：女性要么不愿意付费，要么付费之后就会坚持很久；男性愿意付费，但付费坚持不了多久，就会去找盗版看。从当时的数据来看，同一本书，统计每一章的流失率，最后发现，女性用户的流失率很稳定，男性用户的流失率曲线要陡峭得多。

吉：能否这样理解，在当年，移动端聚集的"小白"用户与 PC 站的"老白"用户，在阅读需求上就形成了很大差距，但因为移动端读者群体多，为了更高的收入，网站和作者会倾向去迎合他们，甚至会抛弃原本的读者?

戴：确实如此。其实我们如果离内容和用户更近一点，可以做得更好。当时我们的"猜你喜欢"功能已经比较完善了，这个功能的本质就是"千人千面"。只有"千人千面"，才能防止内容被市场大流所绑架。当然这不仅是技术问题，还有数据积累问题。

邵：您当时做这个有困难吗?

戴：其实没有太大困难，但不管是内容，还是用户数据，都需要时间。

吉：在成本上会不会不划算? 当时"老白"跟"小白"的比重非常悬殊，您花费这么多资源去做 BI，有可能最后收益极少。

戴：简单看似乎如此，但其实不是。原因有几个方面：

第一，从短期看，只要"千人千面"推荐效果好，就能够让每个人都快速找到自己喜欢的内容，实际上能提高用户的付费和留存。

第二，从长期看，这样可以避免我们内容和用户的同质化和固化，能够吸引更多偏好多元化的用户进来，能够引导和挖掘更多多元化的内容创作，这其实是在扩大整个手机阅读的内容体量和用户规模。

第三，我们作为运营商，是国企，还要承担相应的社会责任，引领受众群体去阅读更多的精品内容。

四、商业模式决定了 IP 时代比无线时代更加精品化

吉：中国移动阅读基地在 APP 时代到来之前是行业唯一的巨无霸，但现在 QQ 阅读、掌阅这些 APP 涌现出来之后，是不是中国移动阅读相对来说就开始走下坡路了呢？

戴：2015 年，我们还占据着很大优势，现在具体什么情况不是很清楚，但毫无疑问，转型改制后，咪咕阅读在行业内仍旧有巨大的影响力。不过回头看，我们在 APP 发展上，确实有一些遗憾。实际上，我们是做 APP 阅读最早的，2009 年就开始做手机阅读 APP 了，当时还是功能机和多操作系统时代。但世界是公平的，运营商体系被赋予了资源支持，必然也会带来一些体制限制，比如 APP 的推广机制不够灵活，与终端厂商的灵活合作也有挑战等。这些都是留下来的小遗憾，不过现在咪咕还有很大的市场机会。

邵：为什么您觉得咪咕还有很大机会？

戴：咪咕目前还在业内处于领先梯队，有强大的收入规模和内容基础。内容平台也没有强大的网络效应，不会赢者通吃。同时，随着移动互联网红利的结束，发展用户的成本越来越高，借助中国移动的巨量用户规模，咪咕阅读依然有很多触点和资源可以开发利用。另外，随着咪咕文化的成立、机制体系的创新，将释放咪咕阅读的互联网战斗力。

吉：既然这样，您为什么在 2015 年年底选择离开移动呢？

戴：2015 年，我刚好 40 岁，在运营商体系和在手机阅读方面，已经经历了很多，未来的路径也相对明晰。但是，站在 40 岁这个点上，我非常希望下一个四十年，能有更大的挑战，能有不同的活法。人生其实很多时候充满了偶然性和仪式感，如果当时我不是 40 岁，也许不会选择离开。另外，当时我已经清晰地发现产业正在向 IP 时代升级，希望在 IP

一体化开发这一块，能够有更多的拓展，所以我到了IP的中下游，致力于IP的策划开发和影视化开发。

邵：您离开移动后到了中文在线，您现在重要的工作方向是什么？

戴：在做IP。我希望五年以后，中文在线能成为"中国的平台型漫威"：中国是指立足中国，弘扬传统文化，讲好中国故事；平台型是指17K和四月天等网文平台，不仅提供文学IP来源，更有粉丝可以赋能IP开发；漫威就是指IP影视化开发。这里不仅是指一次性开发的IP，实际上我们希望策划和制造能够持续商业化开发、变现的超级IP，推进IP的系列化多元化开发。这里我们提出一个新的概念，叫"IP思维"。

邵：什么是"IP思维"？

戴：首先要理解下什么是IP。我觉得IP的核心就是人设和粉丝，通过故事更好地树立人设，强化粉丝在价值观和感情上的认同。同时，IP必须具备跨界开发的可能，只有跨形态的开发，才能打造真正的IP。跨界越多，IP的价值就越大，这个IP成熟的周期就越短。

在IP里面，最有价值的是那些具有系列化开发价值的超级IP，这样的一个超级IP，实际上就是一个平台。超级IP有三种类型：第一是《阿甘正传》《三生三世十里桃花》这样的，很爆款，现象级，但只能开发一次，这叫超级IP 1.0。言情小说往往都是这类。第二是类似《哈利·波特》《007》这样的，或者世界观和故事够大，或者可以单元化推进，可以同一个人设系列化开发的。第三是像漫威宇宙，每个人设都有系列故事，同时基于一个世界观，构成了群像，互相交叉联动，在关键时点上有集体高潮故事。

做网文也好、影视也好、游戏也好，如果只停留在项目本身，实际上没有持续性，没有想象力。我们不仅是为了做项目，更是为了放大IP，以IP去跨界，更好地增值。更重要的是，要做超级IP 2.0和3.0，能够序列化、持续性地经营。这就是"IP思维"。

IP可以有很多来源，小说是IP的重要甚至主要源头，因为小说的创作成本和进入门槛都很低，投入产出很经济，市场又大，可以用来检验这个创意是否可以成为IP。

吉：是不是还有一个原因，就是网络文学的生态已经很成熟了，可以提供源源不断的小说作为 IP 的素材？

戴：这是一方面，网文释放了民间的生产力，可以提供源源不断的小说，为 IP 提供丰厚的土壤。但与此同时，我们也要看到，从网文到 IP 转化存在行业壁垒。因为网文的创作形态必然会导致 IP 化困难。它是一种连载更新、按章付费的模式，导致内容结构不成熟，改编难度很大。流行的网文很多都是装 13 打脸、升级打怪模式，比较套路化，人物群像很多立不起来。反而是 2010 年以前的很多网文 IP 化价值高，因为它们还没有强烈地迎合市场需要，可以安静地创作。

邵：也就是说当网文还相对比较精英化的时候，那些作品更加容易进行 IP 改编？

戴：一定程度上是的。2015 年以后，我们认为网络文学已经进入了精品化和 IP 化时代：一方面，网络文学野蛮发展，必须要创造和推广更多的精品内容；另一方面，IP 改编也需要网文走精品化、创新化的路线。

邵：您觉得 IP 怎么走精品化路线？

戴：首先，在内容上要通过榜单、推荐等形式，进行创新和引导，避免纯粹的套路化。创新是精品化的必然。其次，要加大对作者和编辑的培训。中文在线建立了全国最早的网络文学大学，我们网文大学的青训营，培养出了很多头部"大神"。其实很多事很多时候并不难，有时候就差一层纸，捅破就好。再次，要通过协同创新，提升作者和平台的整体 IP 化水平。通过轻策划，更好地帮助作者打磨 IP 核，让小说更具有 IP 改编的可能性。

邵：是以 IP 为导向进行创作吗？

戴：不是，网文创作还是要符合网文的特质，不能硬凑影视等改编，不能太被限制，不然网文的爽感没了，没到 IP 改编这一步，就直接在网站上被淹没了。我们强调的是，在创意之初，就针对 IP 核进行打磨，希望更容易跨界改编。

邵：您觉得影视、游戏这些转化 IP 的产业，距离比较成熟的网文产业，是不是存在发展的时间差？我们采访阅文老总吴文辉的时候，他说 ACG 产业距离网络文学有十年的发展差距。

戴：确实如此，存在一定的时间差。中国的网文产业，经过近二十年的发展,以及众多从业者的耕耘,已经非常成熟,成为全球的文化现象。实际上,现在网文产业已经变成了传统互联网内容产业。但与此同时,我们看到,游戏、动画、影视等目前并没有同步匹配。游戏行业现在整体产值大于 2000 亿,尽管远远大于数字阅读和网文产业,但目前实际上商业化开发过度,而对游戏内容的策划相对比较薄弱,很多游戏是技术和运营主导开发,更多地强调玩法和氪金。影视方面,我们整体策划、特效和后期工业化等方面相对较弱,这也制约了 IP 在影视上的系列化开发。不过,中国文娱产业整体正在升级,相信五年之内,中国一定会出现"好莱坞六大"级别的公司雏形。

吉:您对于阅文现在开始做影视和游戏是什么看法?

戴:我觉得这是有远大目标公司必然的趋势。数字阅读的天花板太低,要么是横向拓展,比如从数字阅读进入知识付费;要么是纵向发展,比如进入空间更大的影视游戏环节。而且,不能是简单地把版权往外一卖就不管了,一定要对 IP 有掌控力。自己没参与、只由别人开发的 IP,很难把控跨界的质量,很多时候会损耗 IP 价值。但另一方面,简单地进入影视和游戏环节,不是我们网文平台应该做的事情。进入下游,不仅是为了变现,更是为了放大。我们应该做的是 IP 经营公司,用 IP 串联整个产业链。

实际上,每个行业和赛道,都有其价值规模的极限。单一的网文原创平台或者数字阅读平台,市值上限可能是 100 亿;而原创+数字阅读平台,上限就可能是 300 亿。影视公司的市值很难突破 300 亿,原创+数字阅读+影视,其市值上限就可能是 1000 亿;要想突破 1000 亿,必须在此基础上,进行超级 IP 序列化、多元化衍生开发。迪士尼和漫威,其实不仅是动画和影视公司,更是超级 IP 经营公司。

当然,这条路很漫长,不仅需要方法和资源,更多的是需要相信和坚持。

打造"小而美"的多元化平台

——长佩文学创始人阿米、主编不系舟访谈录

【受访者简介】

阿米,本名刘潇,女,长佩文学论坛创始人、站长,长佩文学创始人。

不系舟,本名杨茗,女,长佩文学论坛原创版版主,长佩文学主编。

长佩文学论坛是中国耽美网络文学小众非商业创作论坛,成立于2010年12月,以中短篇(50万字以下)耽美小说为主,对晋江文学城商业化后的耽美写作构成重要补充,在耽美圈内有一定影响力。由于服务器设在国外,且保持相对隐秘的非公开状态,长佩文学论坛的创作自由度较高,作品以论坛发帖(可匿名)形式连载。受连载形式限制,篇幅相对较短,在网络文学篇幅越来越长的整体趋势下,为50万字以内的作品保留了创作空间。论坛不设排行榜,以更新时间排序,为科幻、西方奇幻、惊悚灵异等冷门小众题材和新人作者提供了较为友好的创作环境。长佩从多个方面对以晋江为大本营的"女性向"网络文学进行了补足。2014年"净网行动"后,更多耽美用户涌入长佩。随着用户规模扩大,2017年11月推出商业文学网站——长佩文学(gongzicp.com),采取VIP收费制度,与原免费论坛并行。

【访谈时间】2017年8月3日(受访者最后修订时间:2019年8月20日)
【访谈地点】北京,北京大学中文系
【采 访 者】邵燕君　肖映萱
【整 理 者】彭笑笑　徐　佳　肖映萱

一、建站过程与早期耽美

肖映萱（以下简称"肖"）：大概是从 2015 年前后，越来越多的耽美读者发现，在晋江之外，还有长佩文学论坛这样一个平台，聚集了一些免费写文看文的耽美用户，我也是那时候开始关注长佩的。在我的印象当中，长佩是一个能够容纳更多元化的题材，并且对新人作者、对冷门类型比较友好的论坛，但同时也是一个相对小众的、地下的平台。直到（2017 年 5 月 30 日）在微博上看到你们宣布即将开始商业化转型，我想你们应该会愿意接受采访了。先请站长大人介绍一下你们的情况吧。

阿米（以下简称"米"）：长佩现在由我和不系舟两个人负责最重要的事情，包括商业化的推进。在今年 4 月份之前，我们还都是业余爱好者，服务器和版主的工作都是大家兼职或课余时间在做，现在我们已经全职在做了。

肖：你们是怎么接触到耽美、成为"腐女"的呢？

不系舟（以下简称"舟"）：我是 2001 年知道有耽美的，当时有连载日漫的杂志《耽美季节》，还有小说志《阿多尼斯》。后来 2003 年我出国了，没杂志可看，就开始看网络小说，在露西弗、晋江都看。

米：我们这代人的启蒙，最早是 ACG 方面的《动漫时代》《漫友》《新干线》。国内最早创刊的杂志，应该是广州的《动漫时代》，之后广州又兴起了《漫友》；北京这边 1999 年桑桑、雪鹰等人做了《MAGIC 地带》，是《电子游戏软件》的一本特刊（以书代刊，内蒙古文化出版社）。后来 ACG 方面杂志的很多资深编辑，像《新干线》《梦幻总动员》《动感新势力》什么的好像都和他们有关系。

还有日系耽美的《阿多尼斯》《最爱》和《耽美季节》——这三本是同一家做的[①]，是日本耽美漫画和小说没有授权的翻译，可以直接在报刊

[①] 2000 年 1 月，国内最早的实体耽美杂志《耽美季节》创刊。此时，尾崎南《绝爱》（1989）等日本耽美漫画大量流入国内盗版市场并出现大量伪作，耽美爱好者自发组建工作室，陆续推出耽美漫画月刊《耽美季节》（2000 年 1 月创刊，2012 年前后停刊）、耽美漫画月刊《最爱》（2000 年 6 月创刊）、耽美小说月刊《阿多尼斯》（2002 年 9 月创刊，2011 年 8 月停刊），大量译介、连载汉化版日本耽美漫画、小说，并向国内读者普及日本耽美文化。

亭买到。国内这几家杂志在那个网络交流并不发达的年代,把我们这批人滋养大。

其实在晋江之前,国内原创耽美水花很小,杂志社有过尝试跟国内作者约原创稿,但一直没有很好的反响。我记得当时《动漫时代》连载了嫣子危的《新房客》,《阿多尼斯》连载了满座衣冠胜雪的《千山看斜阳》,但后来好像没有什么后续了。

邵燕君(以下简称"邵"):你们当时看到这些、被启蒙的时候是什么状态?

米:我是从同人入门的。我们这批读者,接触了日本的动画漫画之后,大多会走上同人的路,我就是被这些写同人的大姐姐们带进去的。我在杂志上看到一些 ACG 网站和日漫同人作品的推荐,就顺着推荐爬去了桑桑学院,看了仙流同人《世纪末,最后的流星雨》(sunsun,1999)和一些《东京巴比伦》的同人,从此打开了新世界的大门。那时候年纪小,也不明白为什么两个男人之间会有爱情,就觉得很震撼、很美。

我们家是个四线城市,相对来说,家庭和学校环境都比较自由,同学们放学都会去租书店租漫画。当时《魔卡少女樱》在连载,看到小狼很喜欢雪兔,我们就会研究小狼到底是男孩子还是女孩子,如果是男孩子为什么会喜欢雪兔,但如果是女孩子又长得很像男孩子……经过这么一个比较懵懂的时期,再上网看到 BL 同人,自然而然就接受了。

舟:我初中是在南京外国语学校,学风比较自由,上课会给学生放《东成西就》《春光乍泄》等电影——南外整个风气就是那样,只要觉得是好的,都可以介绍给你。我初中还写过一篇算是同人的作文,我们老师觉得我写得还挺真挚的。其实这也是一次试探,之后上网,我就发现了各种各样的东西。我觉得这就是一个接受新事物的过程。

肖:大概是什么时间大陆的原创作者才真正出来的呢?

米:应该是我大学毕业,2007 年、2008 年的时候吧。我之前一直在看日系耽美小说,很少看国内原创。但当我真正开始看原创的时候才发现,日本的很多写手,完全比不上国内写手的深度和文学创作力。

肖:是开始看文之后,就在网上碰到志同道合的人了吗?

米:对。读者之间经常会交流的,比如我们会加作者的群。我和宝妹纸——论坛的第二代站长，就是在读者群认识的，也结识了很多作者。当时的晋江原创文库（即晋江论坛的连载文库、完结文库、同人文库等版块）氛围特别好，几乎所有的耽美圈大手都在那里写文，文库保持着非常旺盛的创作力，而且作品质量也非常高。

肖：我还一直以为绿晋江（即晋江主站）和红晋江（即晋江论坛）的多数作者是重合的。

舟：没有。

米：我觉得大家对文学和耽美的爱是一致的，虽然没有联系，但是也没有那么多利益分歧。大家在不同的地方做着不同的事情，但是目的和想做的事情都是一样的，想把这个地方守护下去，让更多的人成长起来。

肖：你们是怎么聚在一起把长佩做起来的？

米：有一些朋友是在小粉红（晋江论坛）结识的，但大部分还是线下多年的好友。长佩论坛最初是我和一个外援的技术姑娘搭建的，论坛管理主要是我和第二代站长宝妹纸负责。缘分的事情很难讲，一群人只要气场相合，就比较容易做成事情。

长佩从刚建立到现在，一直很注重论坛版主和作者身份不能重合，因为论坛要保证一定的公正性，而版主的权力包括查 IP 等，都是比较敏感的事情，所以所有的版主都是纯读者。服务组有几位老人是建站时的成员，还有几个是从新人带起来的，也全部都是读者。

比如，我们这里比较元老的作者，像 ranana、人体骨架，她们的读者会因为作者在这里发文而自发聚集过来，每天花大量时间来看文写推荐。我们招新公告出来之后，读者们会来报名参加版主的工作，我们在这些读者中挑选最活跃的、平时的留言言之有物又很积极的。不系舟就是 2015 年来参选版主的，我们在众多申请者当中发现她非常活跃，几乎每篇文下都留有她的足迹，一般这样的读者是最能给管理团队留下深刻印象的，我们会把他们当作管理人员的备选。

舟：我刚进版务组的时候是被"考验"过的。要当版主，不光要很热情，还要认真，还要有鉴赏能力，性格也是考察的关键，要八面玲珑一点，做事不要太极端。其实论坛管理的核心就是版主了，都是兼职的义务劳动。

肖：都是义务劳动的话，版主的人员流动大吗？

米：经常招新，比如 2015 年后招新了两次。很多版主平时都比较忙，特别是一些女孩子毕业几年后会面临升职加薪或者结婚生孩子的问题，论坛工作就难以持续下去。我们必须挑选一些其他的新人进来。原来版务组有十几个人，换新过程中又引入很多在校学生，基本上都是业余时间在做。我们有一个完结区，大概 5—8 人。完结区的版主是负责搬文，工作很辛苦，要在很多水帖中一楼一楼爬楼搬文。

舟：长佩这么多年来全靠版主义务劳动。比如我们遭到广告攻击了，后台是没有办法一键删除的，只能慢慢一个一个点击删除，大家都靠人工。

米：做这个事情很辛苦，但慢慢身边会聚集很多人，很多人想做这件事情，愿意去帮助你，包括我们 2015 年搬家，也是义务的技术姑娘来帮忙，包括备份、安装新的论坛、调试。

肖：搬家是换了服务器吗？

米：是换了论坛程序。我们之前所用的论坛 Moly 因为程序公司不再更新，版本非常老，后来就换成了 Discuz。在这两个论坛之间搬家，对于我们这种业余爱好者来讲就非常困难了。

肖：技术人员也一直在换？

米：技术姑娘是这段时间一个来负责，下段时间另一个有时间就来负责。

邵：你们基本上都是姑娘？

米：真正做我们核心工作的，从技术到运营没有一位男性。未来我们肯定会在技术上招一些全职的工作人员，而现在论坛所有东西都是成形的，也不需要太多的技术支持。

肖：我觉得论坛结构也是造成长佩文本特点的原因。比如到 99 页就不能再翻了，必须要开第二个帖，这是长佩的文普遍比较短的原因之一。

米：这是人工的限定，因为楼太长我们觉得很麻烦。也可能是当时的版主比较强迫症——99 楼了就开新楼吧。

肖：你们现在还是人工锁稿？

舟：是的。如果说现在的互联网是 3.0 时代，那么论坛就是 0.5—1.0

时代、BBS 时代。说真话，论坛的技术已经是过去时了，Discuz 这个框架甚至没有办法去建 APP，本身是没有带 API 接口的，现在的公司也不会再给你开发这种东西了。大家都在用掌上的 APP、H5，必须有新的框架出来，技术人员把接口留出来，才能再做 APP。

肖：像 ranana 这些作者，最早怎么会到长佩来写文呢？是你们本来就认识，还是作者看到别的地方的广告过来的，比如小粉红（晋江论坛）？

米：我们没有在晋江打过广告。其实长佩刚开始就是几个写手朋友做的同人版块的论坛，最早我们叫 allcp，网站的域名也是 allcp.net——allcp 在同人里就代表无差别配对的意思。开始只想作为一个冷 CP 的同人文交流地，并没有想搬很多原创过来，但很多写手是同人与原创双担的，她们也会把自己的原创作品发到论坛上去。

2011 年初，晋江论坛的原创区因为某些原因暂时关闭了一段时间，原创区的一些写手没有地方写文，比起需要注册开专栏的绿晋江，她们更喜欢这种无注册发文的机制——虽然这种论坛机制和现在互联网的形式不是很一样，是一个比较原生态、很原始的机制，但她们很喜欢这样的氛围，所以选了长佩来这里发文。在 2015 年之前，整个论坛一直是相对封闭的状态，没有开放注册，大家在小圈子里自娱自乐。我们的管理也比较严格，大家觉得在这里写文挺有保障，慢慢地自发形成了很好的读者和作者的生态，口碑一直不错。

特别是到了 2017 年，长佩有很多作品被更多人认识了，一些作品大爆，在整个原耽圈里是很有水花的。在原耽圈，可以说晋江代表了耽美一大部分人的口味，同时长佩也能代表另外一部分人的口味。走到现在，在 2017 年 5 月，我们最后做出这个重大的决定，要转型商业化，也是想把这个事情当成事业推进下去。这就是我们简单的发展历史和做这个事情的初衷。

肖：那和我想象中的不太一样，我以为长佩最开始的用户大多是从晋江论坛的连载文库、完结文库那边过来的。

米：早期有个别作者，是我私人的朋友，她们在这里发文只是想做一个备份；后来确实有不少用户是从晋江论坛过来的。但是我一直不是很明白,为什么外界认为我们和晋江属于一个分化或分立的状态。

对于写手来说,她们永远是希望有更多的平台去发表自己的文章,她是需要一些曝光平台的。即便不是长佩,也会是别人。现在微博、LOFTER等平台相继崛起,一些自由人的作者可以在各个平台之间选择。但在七年之前,长佩刚建立的时候,除了晋江,作者并没有太多的选择,当时大部分大陆写手源自晋江,我们的作者来源肯定和晋江有一定关系,这个关系是没法否定的。

肖:我看到很多作者现在也是两边一起发文。

米:对,作者想要更多的曝光,特别是一些没有V文和编辑推荐的作者,能在多一个平台连载自己的作品,就能多收获一个读者,会多一份动力。所以她可能不止发表在一个平台,有的人甚至在四五个网站同时连载。

长佩为什么在很长一段时间内禁止外链,就是有人认为,我们可能会把链接发到别的论坛上去打广告把人引过来。但是我们管理组从来没有做过这样的事情,后来我们干脆把外链禁止了,禁止大家把任何外链贴到别的地方去。

二、"小而美"定位与商业化转型

米:我们还挺意外的。5月份我们刚发了长佩商业化的公告,就看到你们的微博号发了长佩的扫文总结①,意外的是这种学术的视野能看到我们自认为很封闭、很冷门的这个地方。

肖:其实我们都是混圈子的,我从高二(2007年)开始看耽美,也是十多年的老读者啦!之前一直默默观察,我们团队的扫文工作也有涉及长佩的篇目,只是怕影响到你们的隐秘性、圈内性,一直没有公开这方面的研究成果。5月30日那天我看到你们宣布要转商业化,就立即拍板,当天就发布了扫文报告。我看到你们在商业化的公告里说,想要有

---

① 2017年5月30日,北大网络文学论坛在微信公众号、微博同步发布了《扫文进行时|小众题材与"小甜饼":1—4月长佩扫文报告》,地址:https://weibo.com/5607472441/F5xKXw0sR。

跟晋江不同的商业化模式？

米：文学网站的商业模式已经不很新鲜了，在一个比较好的生产机制里，商业模式已经成型并被成功实践，说长佩要走一条和大家完全不同的路，也不太现实。我们现在希望能和晋江及其他网文站有所区别，在细分领域更好地保留长佩特色和长佩优势，保留住我们以前的用户；但并不是说我们要在整个商业模式上做出完全不同的、巨大的创新，这也是不现实的。

肖：所以目前阶段性的目标是做一个小而美的细分化网站？

米：嗯，我们阶段性目标是这样的。

肖：那刚才您提到目前作者为了曝光率，作品可能在好几个平台上发，那网站商业化之后会要求签约作者的唯一性吗？

米：我们会要求签约作者在我们这里"独家首发"，其他平台可以晚个三天五天，但不是完全要求不能在任何其他网站发文。

肖：我看长佩在微博公布了网站建立之后的一系列商业化举措，有一些也确实引起了很大的反响，比如说"社保"。

米："社保"是这样的——北京有一些作者全职写文，可能没有保险，但这个名额不会很多。大家可能误会我们会给全员作者上保险，不是这样的哈。

其实公司出全额社保的比例不大，对于作者是不是真的需要这份社保，也会在内部做个评估。但其实社保不是作者最关注的问题，因为大部分作者有工作，或者正在上学，他们需要的是平台更多的曝光率，这个平台能不能将我从一个新人培养为一个优秀的写手。所谓社保，就是个人文关怀。

邵：作协那边我们也提过这种作者福利方面的建议，一个是打击盗版，一个是给作者上社保，但其实他们也做不到。

肖：主要还是希望作者能够在这个地方有归属感。

米：我们从建站开始，都比较注意保护作者，如果读者和作者之间有冲突，我们会比较偏向作者。我们会保持一种平衡。

其实我们一开始的阶段性目标，是保证长佩原来的特色，把"小而美"做下去。从我们现在的体量来讲，突围是一个非常远的目标，我们会往那个目标努力，在这个过程当中不停地做阶段性尝试和调整。"社保"是要靠钱砸的，我们只能在力所能及的范围内提供一点福利，这并不是我们的突围方向。商业化的第一条是我们要对所有签约作者负责任，然后要保证签约之后有稳定的条件，这才会有长期的生态。

我们要形成一个良好的生态，而不是靠噱头或互联网方式去拧来更多的流量。长佩本质上还是一个文学类网站，文学类网站就是以内容为主导。我们觉得写作是一个非常需要沉淀的过程，像长佩成立七年才觉得需要迈出重要的一步了，这是一个慢生意，急不得。但是我们会在这个急不得的过程中，保证我们长佩网站的存活，保证签约作者能够写下去，就像我们养的"青花鱼"（长佩对用户的昵称）读者一样越来越多。

肖：建站转型商业化，是希望让更多的作者有一个安心的创作环境。

米：我们的目标理想化是这样。从商业的角度上来讲任何市场都是二八分化，不可能一家独大。大家对长佩抱有很大的期望是因为现在的晋江已经具备了垄断的规模，我们不能评价晋江好还是不好，只是觉得它现在可能确实体量已经非常庞大，水满则溢，自然要流到其他地方去。我们也要知道自己能做什么不能做什么，以及将长佩原来的特色和各个细分领域的优势继续做下去。情怀是情怀，商业是商业，是两回事。

肖：您一直在强调内容和作者的培养，具体来说体现在什么方面呢？

舟：比如你们发布的长佩扫文报告里，提到了芥末君这个作者。在长佩发展的七年里，出过两本丛刊，一本叫《时光机》，一本叫《时光机PLUS》，芥末君在二周年出刊时就开始在长佩进行创作。她当时的文章很青涩，现在很成熟了，是有一个质量差距的变化的，可以看到一个作者在长佩的坚持创作和成长。

长佩有给作者开培训课，我们希望在大家不知道怎么写网络文学的时候，提供一个比较科学的方法论。我们会请一些专业的老师，来告诉她们网文写作也不可能是凭空造物，也有一套基本的规则，把这个方法论掌握好之后再进行创作，再进行梦想的实现。我们开培训课，一直是长佩编辑组在做，想给大家传达的理念是，长佩一直会有编辑陪伴你指导你，会付出一定的服务，而不只是一个写文、给钱的过程。

米：培训课也有作者问我，上课之后是不是大家会写得千篇一律，我觉得不是这样的。很多人思维没有转变，这个课程不是要告诉你怎么追热点，怎么写套路，我们更多请的是专业的编辑老师，是传统文学的思路，怎么能扎扎实实把自己的基本功打好——因为很多作者的资历比较浅，或者没有一个专业系统化的学习，或者人生经验比较浅，甚至不知道该去看什么样的书来充实自己的阅读量，需要有人来带带她们。我们的出发点是这样的。

肖：你们上课的编辑老师是从哪里请来的？

米：是出版社的老师。因为这个圈子里面一直有很学术、很专业的人在关注我们，我们一直跟大家关系比较友好，提出这个设想之后对方也说没问题，就来帮助编辑组推进这个事情。大家都是网文爱好者。

肖：每次都是不同的老师吗？

米：目前是一个老师系统化地讲课程。现在已经两次了，一次是"大纲"，一次是"过渡"，接下来讲"开头"，还会讲讲人设问题等。文学已经存在几千年了，是有一些有迹可循的规律和方法论的，把这些东西找对之后，作者自己该发挥发挥，放飞自我都可以的。

肖：现在编辑组大概有多少人？

米：有6个人。我们服务组和编辑组是分开运营的，版主只负责版面，编辑负责带作者、服务作者、和作者沟通签约。

肖：现在的编辑组等于是完全针对签约作者的？

舟：这6个编辑是专职的工作人员，全职的，跟版主是不同的。

肖：现在正在搭新的网站吗？

米：正在搭。

肖：但是不会保留论坛的形态吗？样子会有很大变化吗？

米：论坛我们会保留下去，但新的网站就不是论坛的形式了，会更像一个文学网站。论坛是没有打赏功能的。

肖：我一直觉得论坛是一个非常神奇的好东西，虽然很古老，但形式还是很有活力的。我们现在在做网络文学发展史的项目，要找很多早期资料，太多东西已经湮灭了，但是论坛上什么都有，在保存资料这方面功不可没。

米：而且论坛互动性非常好。

邵：是在一个相对大的空间，一个人发布，一堆人跟着的形式。

肖：其实现在的豆瓣小组，也是类似论坛的方式，还是有内容生产力的。

邵：这种方式相对精英吗？

舟：论坛就是用户生产内容，但用户生产内容的质量不能够保证。

肖：应该会对参与者的要求高一些，但内容还是看用户——贴吧也是论坛体。

米：我们的初心还是想看一些有趣的文。比如，我个人的口味可能和现在流行的不太一样，最近热门的快穿、ABO 之类的题材我基本是不看的，我看的还是特别古早的那种。我一直是 ranana 的忠实粉丝，还喜欢狐狸（fox^^）、唇亡齿寒这类欧风作者。

邵：为什么她们会选择在长佩开文？

舟：我们回答这个问题，可能不太客观——应该说是长佩氛围比较好。第一，我们论坛的体验模式跟晋江有所不同，即时互动生态很好；第二，晋江榜单模式对未签约作者不是特别友好，长佩的曝光度可能反而好一点。其实不管是长佩也好，LOFTER 也好，选择一个对自己来说更舒服的地方写作就可以了，而长佩恰好满足了她们的这种需要。

邵：长佩会更灵活、更自由，而且又筛选了一批人，是一批更精英的人在这儿沟通？

舟：我觉得不能算精英，互联网就是一个很通俗、大众的东西。更多的意义在于，可以有理解她的人在，也可以有以前没有接触过她但愿意认识她的新人在。这是一个概率的问题。

肖：有很多作者可能只是不愿意和晋江签约，这样的话她在晋江发文的曝光度，基本上是没有办法和长佩相比的。

米：在长佩，不论是读者的热情也好，还是版主也好，都会让作者感到自己的创作是受到重视的。

三、微博扫文号与长佩扫文小组

肖：长佩是 2010 年 12 月就建立了，但我们真正注意到长佩好像要到 2015 年之后了。那时候发生了什么关键性的转折吗？

舟：我觉得是从 2014 年 5 月小紫（即推文号"紫色熄灭之纯爱扫文札记"）推《唧唧复唧唧》开始爆的。小紫一开始是完全的个人微博号，大概 2013 年、2014 年开始做扫文的尝试——这可能是她首创，我没有考证过。她尝试之后，有很多人来效仿她。她看文比较久，在原始积累的基础上，又去做的新的扫文，数量就越来越大。她是第一批做这个事情的人，所以大家全都关注她，其实也是大姐姐带着小妹妹入门的过程。

肖：我听说最近大爆的一篇是老鼠吱吱的《在一起九周年男友送我一台二手破烂电脑》。

米：那篇是莫里推的。

舟：老鼠吱吱这个作者年纪很小，还是大学生，想法非常新颖。长佩里有很多有想法、创作力爆棚的小孩在写。

肖：你们会与作者主动接触，了解情况吗？

舟：这个圈子混多了慢慢会形成一种默契，互通有无。

肖：需要登记年龄吗？

舟：这是个人隐私，只是熟悉了之后坐下来聊一聊。我们认为网络文学有一个很重要的点是沟通，读者永远要与作者沟通，作者在意评论反馈，粉丝给作者的写作过程一个非常大的推动力。作者会在自己创作某一个伏笔或者梗被人识破时，有茫茫人海一下子找到知音的感觉，就跟我当时在互联网认识各种朋友是一样的，可能借此引发各种缘分。

米：我自从做了论坛，就没有再与他们有这样的接触，因为要避嫌的。

肖：我对长佩的早期印象是"大神"会在那里发文，"大神"之外我都不是很关注也不是很清楚。也就是最近几年，很密集地有很多长佩的文被推荐，就会主动跑去长佩看新文。推文帖影响还真是挺大的。

舟：因为扫文号占据了现在"95 后""00 后"的主要信息来源，大家都很吃这一套。

邵：长佩扫文小组扫的是什么呢？

舟：扫文小组是 2015 年 2 月开始有的，当时我们看出来扫文号的影响力了，觉得长佩也可以做一个。而且长佩之前没有榜单，这就造成了很多读者想挑文但没有筛选机制的问题。从 2015 年到现在，扫文号有投稿，但用的比较少，基本上都是我自己一个人在写；因为我自己看文比较久，平时看的书也比较多，我也知道小紫是什么风格，就想试着做一做不一样的东西。一般来说，扫文帖包括这些内容：一篇文章是什么样的，有什么剧情，有什么优点，再主观地说说给我带来了什么感觉。

米：我们也尝试在推文的时候做一些区分，比如，哪些是青花鱼读者推荐的，哪些是我们版主自己强推的。其实我们版主的口味还是偏小众一点，一般都是欧风、灵异、科幻比较多。

舟：我们版主团队都对剧情向的文章比较感兴趣，也只有那几种类型的文章才可能写出剧情来。如果只是普通的现代，金主狗血啊，恋爱啊，看来看去，剧情也就是这么一回事儿吧。

四、在小众与主流之间

肖：我们对长佩的扫文报告，还是很看重你们科幻、欧风、惊悚灵异等小众类型的部分。你们会不会担心最近一两年长佩火了之后，涌进来一批明显低龄一些的用户，影响长佩整体的画风？

舟：现在的消费主力，主要是"95后"到"00后"。网络文学的门槛比较低，谁都可以写。当一个梗或一种题材在网络上流行开来之后，被复制和被模仿的概率是非常高的，因为大家都可以写出这种东西来——论坛体、ABO，都是这样的。但对于创作者来说，她既然开始想要去写一篇东西，那说明她对已经看过的文不满足，想要去创造新东西——她的动机是这样，但实践的结果可能有偏差。只要有想要创造的心态，再给她一定的时间让她去成长，我觉得还是可以提升的。同质的东西膨胀到一定程度，一定会出现新的东西。

米：也有一些作者，一直在坚持写很严肃的东西，从来不去跟风写热门，我们反复推过很多次，可还是没办法引起大部分读者的兴趣。当然，作品本身可能是有不足之处，但能坚持这样创作的作者非常少，我们也会更多地去引导鼓励吧，推一些我们觉得真正值得大家看的东西，把精品的内容展现出来。

肖：如何去引导呢？

米：第一，现在的读者年纪比较小，互联网一代，她们喜欢用APP，不愿意自己漫无目的地搜索、淘文，你得把一些现成的东西送到她嘴边。

第二，说引导不敢，但我们希望网站的推荐有潜移默化的影响，而不是让长佩自由野蛮地生长，变成完全不可控的一个局面。

我们也会从版规上，做一些最基础的规定，划出底线。有一些东西肯定是不能接受的，比如14岁以下、恋童。如果我们完全不做这样的规定，会给论坛管理带来很大的问题。每一条论坛版规的出现，其实背后都是对应了一个事件。

邵：版规主要包含些什么内容？

米：最开始的版规很简单：不要掐架，不要谈政治，不谈BG（因为我们是耽美向的），不要抄袭——就这四点，遵守就行了。但后来发现，光是这样远远不够，有各种各样情况出现，就一条一条地加。

舟：比如，今天出了一个事，已经造成了一些恶劣的影响，读者就会说，你们长佩的版规也没有惩治他的东西啊，要怎么投诉他呢？只能针对该事件，出一套相应的版规。

米：我们对读者有很多的规范，是希望为作者创造一个更良好的环境，让她们可以自由写作，不受流言蜚语的影响。

邵：那这个版规是怎么制定出来的？

米：服务组自己讨论出来的。相对来说，我们现在比以前民主多了，之前都是一个版主，一个人说了算。后来进来了一批新人，更多有能力的人一起去讨论，这件事情可行不可行、能不能接受。其实，我们的管理对外一直都是非常强硬的，顶了很大的压力——网络上，谈感情有时候讲不通，就会陷入车轱辘话题，谁也说服不了谁，不如直接有一个人下一个决定，如果有理有据，你认同就留下来，你不认同可以去别的地方。

邵：将来你们商业化、做大了，或许也会有一些商业上的规律，也有一些不得已。那么不服你们、觉得在这里不自由的人还会再走。商业化成功后，更多人认可你们了，你们又要进入到某种主流，永远都会有一批更小众的出来。这就是最健康的生态。

舟：商业化有一个规律，第一步"二八"，第二步"一二七"。就是说，市场上20%和80%永远分开，不可能永远只有一个100%，"二"和"八"出现之后，必然会有人不满足，再从"八"里面分出一个"一"来，一个更小众的东西会出来。100%分成20%和80%，再分成10%、20%和70%，所有东西都是在不停地细分的。

米：如果整个市场就只有独一家，像晋江，就成了一个垄断的行业，这是非常不健康的状态，或者说有点儿违背经济规律。总是有人会想继续进入这个市场，虽然这个市场壁垒很高，但还是有人想进来，即便长佩不进来，也有其他家，想把这个事业做起来。我们认为长佩前期有非常好的基础，还是可以在这个市场中成长起来的，并且希望自己能把原貌保留住。

五、对耽美和"女性向"的界定

肖：耽美是长佩的初心吗？商业化之后会继续坚持耽美吗？现在的大环境其实是不那么友好的。

米：从我的初心来看，耽美是属于女孩子的事情，虽然偶尔有一些男作者来参与，但这个环境仍是女孩子对爱情的一种幻想。

肖：这其实是我所说的"女性向"，那言情为什么不可以？

米：言情里也有一些比较好的作品，比如我以前喜欢顾漫和一些台湾的言情作品。但可能后来耽美看多了之后，口味上更喜欢耽美。

肖：你回不去了。

米：对，没有回头路了。

邵：怎么就没有回头路了？

舟：我个人的想法，也是我身边一部分人的想法是：耽美里面的主角，就相当于作者本人一部分情感的投射，她把一些需求放在了一个男性的身上，一个女性要用一个男人的身份去做什么事情。我不能只局限在一个女性的身体构造里，而是用一个男人的身份。跟BG的区别在于，BG里永远有个女孩子，但是BL里自己就是个男生。男生可能不会想，我是一个女孩子会怎么样，但女生经常会想，如果我是一个男孩子会发生什么事情——就是这样一个创作初衷，发生了各种各样的演变。

米：再比如说，你把文章写得特别虐，两个男人的话，虐身虐心怎么样，最后和好了，大家觉得还能接受；如果你对一个女孩子做这种事情，会被认为是非常大的伤害，她再和这样伤害她的男人和好，作为女生你是无法接受的。

邵：那就是代入感太强了。

舟：就像耽美小说里面所谓的受控和攻控。有些人很爱假设自己是攻，用攻的视角去看文章；有些人就假设自己是受，用受的视角。但实际上本身就是一个女生，觉得自己不要做女孩子，我要去其他世界里当一次男孩子，发生一次故事。

邵：其实是羡慕男孩子的身份？

肖：羡慕的不是性别本身，而是男性身份给予的自由。

舟：BG中只有一个男的，女生只能代入女孩子。耽美能放飞自我，不是很好吗？

肖：我经常会说的是，耽美的这种性别模式，给了女性更加自由的性别想象，它会带来"去性别本质主义"的意识觉醒，打破原本"女性/男性就应该怎样怎样"的性别偏见。

米：这跟社会女性意识的崛起也有关。

邵：比如说，霸道总裁文，主角是特别专断、控制欲特别强的男性，传统的女性主义，在理性上、观念上是反叛的，要去反抗他，对他口诛笔伐，但是内心深处又很喜欢他，很愿意为他赴汤蹈火，毫无底线地牺牲。这种反叛当然也是真诚的，但它的情感模式一直固定在那里。但在网文里，大家就很诚实地面对自己的欲望。

米：我喜欢的一个日本作家叫木原音濑，她特别喜欢写一些平凡的小人物：攻要不很落魄，要不就很无用；不是霸道总裁，我包养你，我就要这样强硬地对你，你以后都听我的。其实我觉得耽美——我喜欢的那批作者——更多写的是两人之间感情的对抗和平等。

舟：应该先给她们一个满足的空间，而不是告诉她们，你们这是不对的。

邵：对，先是要满足，而且在满足之后才会有尊严和反抗。如果她不能得到满足，就永远走不出去。

米：跟原来的生长环境也有关系。

邵：喜欢"虐恋"的读者，原生环境可能是特别传统的、男尊女卑的社会，这是社会性的，也许她的家庭并不压抑她，但社会的整体结构是那样的。这部分心理上没有得到充分满足，她虽然有社会成长经验，但她内心深处的那个小孩没有成长。文学就该干这事儿，别往高了抬——我觉得文学不该往上提溜人，而是从底下接她，让她自己往上走。

米：比如曾经有篇很火的文，受完全就是一个封建时代的小媳妇，形象塑造得唯唯诺诺，无论攻对他做了什么，他都是那种小女人的心态——攻对他好一点就暗自窃喜，感到很开心。让我来看的话，我非常讨厌这篇文章，到我无法忍受的地步。但它文笔挺好的，也有一定的受众，很火。

邵：我特别重视这样的文。我觉得，网络"女性向"空间的先进性在于，它像一个"子宫"一样，首先是包容、满足女性读者的所有欲望，哪怕是"精神奴役的创伤"，而不是去遏制它。

肖：我们扫文的时候，其实会觉得长佩还是有挺多这种文的，尤其是娱乐圈文。我们会调侃说长佩的特色之一是"狗血文"很多。

舟：我们是预留了这样的空间，给这种类型去创作的。虽然是不符合时代潮流的，但它既然存在，肯定有想表达的东西，我也不会抹煞掉它。

邵：对啊，就放任她在你们那儿写，爱怎么写怎么写，谁不爱看就骂呀！这种争论是可以通过文学批评来完成的。

米：有些时候这种就直接被我们的读者投诉了。

肖：投诉啊、举报啊，其实才是最可怕的。

邵：我们这一代人，还是有很多人认同"我不同意你的观点，但要捍卫你说话的权利"的。不过，这未必是你们这一代人的常识和底线了。

米：我们也尊重作者自己的权利。

邵：我想象的是，女性向的小众空间，像长佩，可以做到这一点。

舟：我们最担心的是，如果作者写了一些过界的东西，一旦过界，就很难再回来了。在这个圈子里，一旦踩在了不该踩的线上，就可能永远被别人孤立。有很多作者因此封笔"自杀"，非常可惜，但是也没有办法。

从我们管理者的角度上来看，我们就会反思，是不是这个空间留得太大了，是不是在该给她一些方向选择上的引导的时候，我们没给到。我们希望我们珍视的每一个作者，都能够在最大的空间里最自由地发挥，但要是不慎过界，就真的很可惜。

肖：希望长佩能够掌握好这中间的平衡，给作者提供一个尽量自由、多元的创作环境吧！

让"二次元人"成为更有尊严的生产者
——欢乐书客（刺猬猫阅读）创始人陈炳烨访谈录

【受访者简介】

陈炳烨，男，1988年生，浙江人。二次元小说阅读平台欢乐书客（2018年更名为"刺猬猫阅读"）创始人、董事长，"弹幕阅读"首创者。

欢乐书客是目前影响力最大、最专业的"宅文"（二次元"男性向"网文）平台之一，拥有数量庞大的同人作品和"宅男向"原创作品，并参照Bilibili视频网站推出"弹幕阅读"功能（即在阅读界面添加弹幕评论功能，方便读者随时"吐槽"，后被起点中文网等借鉴为"本章说"），深具二次元基因。

【访谈时间】2019年5月12日（受访者最后修订时间：2019年8月29日）
【访谈地点】杭州，白马湖国际会展中心
【采 访 者】吉云飞　王　鑫
【整 理 者】王　鑫

一、早年起点同人区占主站三分之一的流量

吉云飞（以下简称"吉"）：您是欢乐书客的创始人。在二次元网文这块，我们一直认为欢乐书客占据了特别核心的地位，是很纯正的二次元。这和您的个人气质是不是关系很大？听说您是个特别"宅"的人？

陈炳烨（以下简称"陈"）：我确实是个"资深死宅"。我已经宅了

二十年了,从初中就开始看小说。我1988年生,但别人都说我偏"90后"。

吉:初中就看网文了?还是日本轻小说?

陈:开始还看那种小的言情本,一本四五万字。我当时在上海读书,要坐大巴从老家去学校,每次都买一本在车上看。后来高中也在上海上,就买那种盗版的、很厚的方块书——当时不知道是盗版——字特别特别小。我经常上课的时候看,不知道被老师收了多少本了(笑)。

吉:我当年是在租书店租网络小说看。其实这种杂志和租书店租的网络小说也不一样。

陈:那个时候觉得有点意思,还和班上的女同学换着看。我第一次知道网文是因为《异人傲世录》(明寐,2005)。在学校图书馆里看到,惊为天人。讲男主到异世界,将异族全部收拢旗下,还有光暗两族斗争,特棒。不过后来烂尾了,这是后话。我当时天天找图书馆问:"什么时候进新货啊?《异人傲世录》什么时候来啊?"很久很久都没看到,直到有一天,我突发奇想,去百度了一下,没想到真有。

吉:您说的是《异人傲世录》?我也看的!不过我当时最喜欢的还是《佣兵天下》。

陈:当时我不知道所谓正版盗版的区别,在世纪文学网上看得特别爽,没想到在网上突然也断了。我很奇怪,怎么断了?结果有一天看别的书,我看到它在起点中文网首发,就一直去起点看书了。

王鑫(以下简称"王"):我看到有采访说您早年有给起点邮寄付费?

陈:那没有,我当时用的是小灵通充值,可以充起点。还有一段时间用盛大的充值卡,我当时是《传奇》玩家,就一边充游戏一边充起点。

吉:那二次元入坑呢?

陈:我平时就看动漫。我开始在起点看到同人区,还疑惑这是在干嘛。直到有一天我看到了《死神》同人,非常喜欢。再一看,哟,《海贼王》也有,这个我也喜欢。我是女帝①的粉丝(笑)。看着看着,就主看二次元了。

---

① 《海贼王》中的角色,漫画世界中亚马逊·百合王国的现任女皇帝,官方设定的三大顶级美女之一。

吉：为什么？

陈：这么说吧，当时起点大部分分区同质化极为严重。玄幻弄来弄去全是"退婚流"，游戏区也都是虚拟世界、打怪升级、装13打脸，一个套路，看完很难受。同人就不一样了，动漫一直在出。像《高达seed》，热门动漫一出，同人马上就跟上了，看得爽啊。

吉：哪一年开始看？

陈：很早。2012年、2013年左右我就知道有这个分类了，量也很大。我一直说当时起点同人区占起点主站三分之一的流量。

吉：但同人作品一直没什么推荐位？也不签约是吗？

陈：对，当时起点是不管同人的。同人有版权问题，基本上也不推、也不签约。我是通过推荐票排行找书的。但有个很大的问题，同人几乎没有完本的。后来付费阅读比较流行，同人区有一批作者就出去了，有去奇幻区写书的，我也就跟着一些作者出去了。尤其是马上将军那本《冒牌全能职业大师》，我认为这是最早的二次元小说。主角是这个世界的人，把"梗"带到异世界。异世界的魔法师甚至发明了自行车，骑着它就可以闪电瞬移，非常有趣。

吉：同人区我还有个问题。您说起点同人区的流量占了起点的三分之一，但存在版权问题，既没有签约，也没有推荐，是自生自灭、自娱自乐的状态，写完的小说都很少。您觉得现在有那时候养出来的作者吗？

陈：有啊。村长万岁、学霸殿下都是那时候出来的。

吉：他们那时候也都没写完吗？

陈：学霸写完了。村长万岁……勉强算写完了，他以番外的形式更新。很多同人文都是"大纲遁"，因为原著有结局，按原著结局就算写完了。但这种写法我觉得不完整。

吉：也就是说，虽然起点同人区没有商业化，但后来的二次元"大神"很多都是从那里出来的。

陈：有不少人是这么累积出来的，因为"大神"也需要环境。第一，写同人区的那帮人天天看动漫。第二，你还要会写。不管怎么说，他去写了，就是很好的尝试，就有用户反馈。有反馈就会提升自己，写出口碑了还会有粉丝。

王：目前书客最高均订还是学霸殿下吧。

陈：对，均订4万。

吉：都4万了？我2017年底的时候看才一万多，竟然增长得这么快。

二、二次元的潮流是弹幕文化，看到有趣的东西，我要吐槽，我要交流

吉：那您怎么定义"二次元小说"？和起点主站有什么区别？

陈：这个事情很简单。首先是用户。"二次元向"小说受众是二次元用户，几乎只有二次元用户在看。除了远瞳，很少有人能做到玩"梗"玩出界的。大部分情况下，你不玩游戏、不看动漫，你就不是真正的用户，就看不懂这些小说。受众首先是圈内的。远瞳自己能创造"梗"，能让所有人理解，这很厉害。学霸殿下也是。学霸在《死神逃学日记》里面写"炸屎狂魔西格玛"，也走出来了。所以学霸是二次元"大神"之一。用"梗"是网上有一些"梗"拿来用，最终实现"造梗"的人才是真正意义上的"大神"。

第二是作家的环境。除了一开始就有天分写出这些作品的人，大部分都是经历了大量的小说、动漫、游戏的洗礼，把这些灵感、脑洞、"梗"融在一起，写成小说。比如"我膝盖中了一箭"，就是老滚卷轴①的"梗"。你不玩这些东西就无法创作二次元小说。很多人说我想写二次元小说，然后扑了，问为什么。你玩都不玩，怎么指望有人来看。

第三个是脑洞。除了个别天赋异禀的人脑洞惊人，像《全职猎人》的作者富坚义博，他总能突然想到一个脑洞，然后画成了，大部分人还是要花时间沉淀，大量阅读、沉迷，把想法变成一个可展示的东西。你说这事儿没有时间沉淀能做吗？

吉：您怎么看起点现在的二次元分类？比如现在流行的《大王饶命》？

---

① 老滚卷轴：指RPG游戏《上古卷轴》。游戏的英文名为 *The Elder Scrolls*，引进国内时，elder被误译为"老头"，scrolls被误译为"滚动条"，所以它也被戏称为"老头滚动条"，也作"老滚""老滚卷轴"。

陈：《大王饶命》是二次元。

首先，二次元是什么，二次元是没有边界的联想空间。有句话怎么说，想象没有边界，二次元就没有边界。这实际上是一个想象工作。互联网本身是一个没有边界的东西。你在互联网中沉浸够久，接受的资讯够多，你产生的联想能力和想象就越多。

对于会说话的肘子这个作者，我是从《我是大玩家》开始追的，极限运动这件事很少有人能写好的，他写好了！他通过系统把极限运动和文抄公并列在一起之后，很戳我的爽点。至于《大王饶命》，第一是他玩"妹控"，这个属性好玩。第二是毒鸡汤，反潮流反套路。所以《大王饶命》是二次元，没毛病。

其次，二次元的潮流是弹幕文化。看到有趣的东西，我要吐槽，我要交流，要是没有"本章说"，《大王饶命》不会这么火。用户大量的评论是吸引其他用户看书的一大原因。

吉：我觉得从生产机制的角度讲二次元小说的定义，就是从"弹幕阅读"到"本章说"评论机制的变化。那这种"弹幕阅读"是欢乐书客首创的吗？

陈：小说这边是我们首创的。视频最早是Niconico，然后是B站。

吉："弹幕阅读"是什么时候上线的？

陈：上线的时间在2015年9月左右。我们推出的第一个版本的APP就是带吐槽功能的。

三、"小白文"和弹幕天然矛盾

吉：起点的"本章说"和您这边的"弹幕"什么关系？

陈：我先出，叫"间帖"。然后起点的投资部找我聊，就有了"本章说"。我不确定是不是他们抄我。我原以为起点不可能出这个，因为起点的销售很大部分来自"小白文"。"小白文"和弹幕天然矛盾。因为很多"小白文"意味着不能带脑子看。一旦有了"间帖"，一看到就会想为什么啊，就会吐槽，就会产生疑惑，然后会带着疑惑看这本书，各种各样的疑惑会充斥大脑，渐渐就看不下去了。所以起点有段时间销售量下降得很严重,就因为"本章说",大量的"小白文"变得没法看了。但起点也很聪明,网页端不做,只在 APP 端上做,那些原本的"小白"用户还是能看。

吉:为什么 PC 端不能手机端反而可以呢?

陈:起点的 PC 端有很多"小白"用户。我这边不是,PC 端也是核心二次元用户。但现在 PC 端的弹幕不能看了,因为净网行动,书评也不能看。一旦习惯了弹幕后,再看书,没有弹幕很难受的。

王:您有接受不了的"梗"吗?

陈:没有,万一有就当它不存在了。间帖有个好处,一个"梗",哪怕作者没想明白,读者也会帮你解释清楚。这才是二次元小说火爆的原因,必须要有间帖。没有别人一起玩,一起解释,这件事就做不下去。

吉:这就像用典没有注解一样,没有注解就玩不下去。

四、二次元用户最渴望交流

吉:谈谈您创业时候的事儿,您办书客之前是在读书还是已经工作了?

陈:在读书。学金融专业,但一直看小说,成绩不好。我是个纯粹的读者。

吉:毕业后做了书客?

陈:我在我爸厂里实习了两个月就出来了。当时光看小说,别人总说我,感觉自己像个废物,就想做点什么证明一下自己。我 2014 年年初回国,3 月成立了公司,2015 年 9 月网站上线。

吉:这期间在做什么?

陈:拉团队。我当时除了小说不懂任何东西,连管理都不懂。我一开始先找人事,通过人事去招,基本上是各种被坑吧,一路上我能踩的坑都踩了。

吉:比如说?

陈:比如说很多人会讲虚头巴脑的东西。在做弹幕小说之前我想做个弹幕浏览器,有个人说他能做。他自称参加过黑客比赛,很厉害的。我花了 5 万块,结果这个人不见了。他还是小说群群友介绍的,真是一塌糊涂。

吉：那真的很不容易啊。现在的书客体验就非常好。

陈：早期是很糟的，甚至到 2017 年年中也不是很好。每天晚上 12 点服务器必崩溃，因为晚上 12 点到凌晨 1 点是高峰期。那时候流量还没有很高，日均 10 万，2018 年砸钱推广，流量才大了，日活 40 万左右，其中 APP 有二十多万。不过早期用户留存率有 70% 以上，非常高。行业里算数一数二的，口口相传，用户环境最好。后来流量一大，用户也来了，盗版也来了。

王：说到盗版我有点好奇，感觉你们盗版挺少的。

陈：其实早期是有盗版的，现在也有，但尽量不宣传。开始我直接联系盗版网站站长，说你能不能把盗版下架。大部分站长都蛮好说话的，因为我用户少，盗版赚不了钱。现在不行了，流量很多了，再怎么说也没有用了。所以我们找第三方合作，看能不能打掉。

吉：签约作者有多少？

陈：两万。但里面很多人写着写着就弃坑了。正在写的估计有两三千人，连载中的作品有六千多本。

吉：您觉得 2016 年起点关闭同人区是二次元小说发展特别大的转折点吗？

陈：算是吧。当时阅文看不到这批书能赚钱，就算二次元区的"大神"去了别的区，也就均订 3 千，但阅文"大神"3 万都有了，所以，二次元这块对阅文来说就是小渣渣，风险还特别大。这种情况下阅文选择一刀切，写过同人的全砍死。所以有大批量的作者就流失到飞卢，那时候我刚做网站没多久，一没流量，二没宣传，这块饼干吃得是最少的。飞卢那时候起来了，最牛的时候日流水有 50 万元。就在当时！我羡慕得眼泪都快流下来了。

吉：当时你有多少啊？一万有吗？

陈：我能有几千就谢天谢地了，就一两百。

吉：但飞卢已经存在很长时间了，您这个刚开张。说实话，从我们这些读者的角度来说，还是觉得欢乐书客是最纯正的二次元书站。

陈：我也认为我这边比较纯正。我这边从上到下，从编辑到技术人员都看这些。

吉：您觉得为什么呢？书客是当时最小的，肯定是做对了什么，变成了最核心的死宅聚集地。您觉得做对的是什么呢？

陈：我觉得是"间帖"。我非常理解二次元用户渴望交流的心情，我看书的时候就渴望吐槽，但找不到人吐槽。所以我这个口子一开，用户也口口相传。他们觉得吐槽好有意思啊，甚至会帮我拉别的作者进来，说："你去欢乐书客写啊，那边可以吐槽，很有意思的。"我这边氛围营造得很好，老一批读者和作者性格都非常好，几乎没有搞事情的，彼此之间都很友善。现在人一多就杂，比较容易开骂。

吉：看来吐槽是刚需啊！这样一来对于书评的审查是不是特别麻烦？

陈：很麻烦。我这么说吧，2017年的时候每天吐槽量就达到了6万条。有一天做技术统计，我总共有上亿的吐槽量，你说这怎么查？现在已经和作者强调，要他们注意，但很难。尤其是一些小作者，刚写了新书，难得有一条书评，你让他删吗？所以我们交给阿里云审查，我们实在是查不了。但阿里云是疯子，时不时给我加一批敏感词：妹妹！漫画！姐姐！妈妈！全是敏感词，作者还写不写书了？

王："妹妹"都是敏感词怎么搞二次元啊。

陈：作者也很难受，但又不得不这么做。万一出点事，作者大不了放个假，网站倒了怎么办？

吉：真是创业维艰。

五、"95后"与"00后"对互联网的理解和我们是不一样的

吉：书客作者和读者集中在什么年龄段？

陈：15—25岁之间。高中生最多。50%以上是高中生，20%以上是大学生。

吉：您作为一个"80后"，面对这些比您小的孩子，感受是什么？

陈：我1988年生的，就喜欢看打怪升级、小人物逆袭；"95"左右的喜欢搞笑轻松热闹、有点理想化"中二"的；"00后"比较喜欢无厘头、搞事情。

吉：无厘头？搞事情？比如？

陈："啊我死了"，还经常在弹幕上写出缩写"awsl"。

吉：这是？

王：比如你看到一个仙女姐姐，她特别美，你就可以说"啊我死了（她好美）"。

陈：我也不知道是"啊我死了"还是"啊我射了"（大笑）。

王：这个"梗"会不断衍生，变成一堆"梗"。"啊我死了"就是"阿伟死了"，弹幕会不断搞这个"梗"，说阿伟你怎么啦，阿伟不要死，阿伟你醒一醒，意思都是一样的。甚至最近有个小动画，做了很多阿伟的坟墓，光看这个就非常愉快。

吉：这就是无厘头。

陈：早年我认为"梗"是一个非常好的点子，现在"00后"已经把"梗"变为一个潮流。在我们那个时期"梗"不是潮流，现在已经是潮流了。

吉：那您怎么理解"梗"？

陈："梗"是一个信息集合体。用一句话就可以让人领悟到所有的意思。可能是一大篇文章、一个情境或者一个故事，它通过一两个词儿就说完了。把面的东西变成一个点，快速传达信息，信息量还很大。而且这个信息可以令人快速反应过来。之前有个段子，说拿出一个"梗"，问人明不明白，明白的就被拖走（"枪毙"）[①]。

吉："梗"真是很有话语生产力。

陈：是吧。比如"SSR"是个"梗"，它流行之后，给网易带来了大量用户[②]。B站有个视频把这一现象称为"模因"。它说"梗"是个被"模因"覆盖的东西。说穿了就是看你明不明白，你明白了它就是一个"模因"。

王：这个是"模因论"，meme，它把信息类比成生物，认为信息有

[①] "拖走看懂'梗'的人"源自一则网传的苏联笑话。笑话的大意是苏联的长官给下属讲政治笑话，发笑的人将被拖走枪毙。后来演变为一个"梗"，在这个"梗"里，"拖走"意味着对"自己人"的认可：连这件事都知道，说明你深入地了解了这部分文化，你的思想很"危险"。而宣称自己圈子文化"危险"是一种"扮酷"的行为。

[②] "SSR"即"superior super rare"，在抽卡游戏中，指一种极度稀有的卡牌，获得的概率通常在1%左右。网易游戏《阴阳师》采用了抽卡系统，"抽到SSR"成为游戏的一大玩点，很多玩家因此成为《阴阳师》的用户。

自己的DNA，每个信息都想在信息场里扩散自己的DNA，所以要不断地传播。

陈：是这样的。大家接触了互联网之后，特别是更早接触互联网的年轻人，都想要被更多人认识。

吉：确实，"00后"和"95后"跟我们也有很大的区别。我们大都是在15岁之后，甚至是在大学才接触互联网。他们可能识字之后，在7、8岁就玩了。

陈：所以，他们对互联网的理解和我们是不一样的。比如对真假的分辨就不同。我们在网上遇到信息，可能还怀疑一下真假，他们可能都不怀疑。等他们长大之后也会慢慢需要分辨，但这个谁也不好说。

还有，对小说的偏好是有变化的。他们现在对很多苦大仇深的小说受不了，原因很简单，他没有经历过，也不认为那叫苦大仇深。对于不了解的东西为什么要接受？网络是潮流变化最快的地方，大家信息量变化太快了。这样的话"00后"和我们的代沟是很大的。

吉：您也能感受到吗？

陈：代沟来源于你脱离了互联网，但他们没有脱离。只要你一直在网上，就是一样的。我一直都在，我的作者也是网络资深作者。

吉：所以什么时候上网、是不是一直在网上很重要。

六、我们虽然很爱二次元，但靠这个赚钱的人很少

吉：现在书客可以说走上正轨了吗？

陈：正轨？现在也不是正轨，但正在变好。我做书客的理念是让用户实现自己的价值。我开始提出很多点子，但技术一直实现不了。说实话，二次元用户其实很自卑也很高傲，我们有深刻的文化认同感，但我们不被主流认同。原因是这个人群不赚钱，没有养家能力。

我这么说吧，你进入了社会，还沉迷小说、漫画、手办，这些东西不但不赚钱，甚至还会花钱。如果你没有职业能养活自己，家人怎么看你？媳妇儿怎么看你？

吉：媳妇儿？

陈：如果说有嘛，其实大部分还是单身狗，只能说"未来媳妇儿"。这个圈子很严重的问题是人立不起来。我希望给这帮人一个机会，现在可以看小说玩儿、吐槽，如果以后他们能凭借这个实现梦想，自然最好。就像"吐槽"，"吐"得好可以做段子手。有很多段子手是从我这里出发的。还有人用吐槽写小说，成为写手。具体的设想我不好意思说，简单来说，希望想进入二次元产业的人能从我这边找到方向。

二次元人群面临的最大问题是我们不是生产者。盗版的问题使得知识付费很难。说穿了我们虽然很爱，但靠这个赚钱的人很少。我们最终面临着经济压力、社会压力、家庭压力。很多人到最后每天可能就花一个小时看看动画片，这样的就不是核心二次元用户了，而是泛二次元用户。

吉：所以你们将读者锁定为大学毕业之前的人。

陈：除非你毕业之后能从事IP行业。如果你在其中，还能靠这个赚钱，你就仍然是核心二次元用户，而且是"网络新贵"。

吉：当年网文用户太庞大了，所以活下来了。

陈：网文是大的，它的标签就是"没有标签"，或者说轻松阅读。智能手机一来，立刻在人群中铺开。而我这边，在这个基础上要做差异。第一是核心二次元用户，第二还要看小说，第三还得是男性，第四还要能掏钱。而网文的核心用户只需"我会看小说"，只要会看小说就可以是网文读者，它"泛"，而我"专"。

王：您刚才说想要这些人有尊严。

陈：我希望我这里的二次元行为可以商业化，能够赚钱。我希望我的平台里有能付费的点，变成知识付费。很多段子是有价值的，只是我现在做不到。我目前只有小说，这是IP源头，可以扩散到IP所有位置。虽然它现在还只是个理想，如果能实现就太好了。

美国网络小说"翻译组"与中国网络文学"走出去"
——Wuxiaworld 创始人 RWX（任我行）访谈录

【受访者简介】

RWX（任我行），中文名赖静平，男，1986年生于中国。3岁时随父母离开成都，定居美国加州，就读于加州大学伯克利分校，毕业后加入美国国务院成为外交官，曾先后在马来西亚、加拿大、越南轮岗。2015年辞去美国国务院的外交官职务，全职运营中国网络小说翻译网站 Wuxiaworld。

Wuxiaworld 建立于 2014 年 12 月 22 日，是建立最早、用户规模最大的粉丝型翻译网站，引领了中国网络文学的海外传播。建站以来，Alexa 全球排名稳定在一千余名，月活跃读者超百万，其中北美读者占三分之一。目前，Wuxiaworld 是中国网络文学海外传播的两大门户之一，与阅文集团推出的官方翻译平台起点国际（2017 年 5 月 15 日上线）并列。

Wuxiaworld 开创了中国网络小说的"追更翻译"模式，探索出具有原创性的翻译-付费机制，并很快完成了译者从业余到职业化的过渡，建立了一整套职业翻译制度。在 Wuxiaworld 的示范下，Gravity Tales、起点国际等英文翻译网站以及法语、俄语、西班牙语等多语种翻译网站陆续建立，读者覆盖了一百多个国家和地区，将中国网络文学的影响力辐射到全球。2018 年 2 月，起点国际推行付费制度。同年 4 月，Wuxiaworld 上线"提前看"付费模式。这一更符合海外粉丝付费习惯的"等就免费"（Wait or Pay）模式，与"按章付费"的"起点国际模式"互为补充。

【访谈时间】2016 年 7 月 28 日（受访者最后修订时间：2020 年 7 月 23 日）
【访谈地点】上海阅文集团
【采 访 者】邵燕君　吉云飞
【整 理 者】吉云飞

一、翻译网络小说是从武侠小说开始

邵燕君（以下简称"邵"）：我们关注到 Wuxiaworld 是因为发现上面有很多自发翻译的中国网络小说，就像我们当年追英剧、美剧的字幕组一样来做"追更"（读者追着作者更新作品）的翻译，而且没想到规模这么大。吉云飞写过一篇比较大的文章来讨论这个问题，我们在各种研讨会上也讲了这件事，各方面都特别关注，并且很惊讶。因为这里面涉及中国网络文学的定位和意义问题，就是在网络时代文学能够实现什么样的可能性？在美国这样一个类型小说已经充分发达的地方，为什么还需要中国的网络小说？我们以前一直在回答这样一个问题：为什么媒介革命在全世界发生，而网络文学在中国风景独好？这次我们也访谈了几位起点中文网的创始人，基本上还是有共识的：原来我们的文化体制，在纸质出版的时候限制比较多，类型小说没有充分发展起来，正好有了网络，类型小说就发展起来了。

但在这一过程中，网络这一新媒介到底有什么更特殊的力量和意义？这点我们没法判断，我们只是觉得中国好像在补课。那么有了海外的传播之后，我们想知道的是：在欧美这样一个有漫长的类型小说生产传统，并且类型小说已经很发达甚至很饱和的地方，他们还看网络小说是为什么？要在这儿得到什么？我们就预见到这里边可能有什么网络性，什么中国性，甚至世界性。在这个意义上，才说到网络文学作为中国最有代表性的主流文艺在全世界的主流文艺中的特殊意义和地位，这是我们现在最关注的一个问题。当然具体的数据啊，还有海外读者的评论和反馈啊，也都是我们特别关注的。

RWX（以下简称"任"）：我今天主要是来分析一下我的个人经验。我之前的职业是外交官，翻译更多是爱好。对中国网文的历史和现状，我的了解肯定要比你们少太多了,我现在能介绍的就是我了解的欧美对于中国网文和 Wuxiaworld 的一些看法。我们这些人最早来自美国的一个 Spcnet 论坛,当时主要是讨论和翻译武侠,包括武侠电视剧和武侠小说。我们十多年前看了大陆流传过来的武侠电视剧,就想看看武侠小说是什么样的,但当时几乎没有任何武侠小说是翻译成英文的,唯一一本《鹿鼎记》的翻译水平也不怎么样。像在美国和东南亚有很多华侨和华裔,他们的汉语水平是可以说可以听,但不会读不会写,说难听点就是上千万个"文盲"。但我们这些"文盲"也想看看那些改编成电视剧的武侠小说原本长什么样,是 2008 年的版本对,还是 2006 年的对,或是 2002 年的对,所以我们开始翻译。通过六七年时间把金庸和古龙几乎所有的小说都翻译完了,但读者不是很多,尤其刚开始的时候,更新一章花我们半个月时间,也许就几百个点击量,读者真的很少。

邵:你们看武侠电视剧的都是华人、华裔吗?

任:对,可以说我们刚开始那一批人 90% 都是华人和华裔。

邵:是想通过看电视剧继续学汉语吗?

任:也不是为了学汉语,就单纯是好看。这里面一大部分人来自东南亚,那边华裔特别多,他们对亚洲和中国文化还是很感兴趣的,但大多数都是"文盲",只会听说,不会读写。我们在论坛上也是很随意地翻译,基本没有组织性,经常是大家接力翻译。渐渐地把那些武侠大家的小说翻完之后,有大概一年时间翻译活动几乎停止了,因为看过的那些电视剧的原著都翻译完了。直到某天一个人突然说他最近在关注中国的网络小说,要分享一下,问我们喜不喜欢。这个人是越南华侨,他翻译的就是发布在起点中文网的《星辰变》。最开始大家还纷纷表示不是武侠不看,但随着他翻译得越来越多,也就慢慢有人看了,看着看着觉得挺有意思的。比如我就是看了《星辰变》后发现还不错,就去看了我吃西红柿的另一部小说《盘龙》,然后开始翻译《盘龙》。

可以说是《盘龙》第一次引起了国外读者对中国网络小说的兴趣,首先因为《盘龙》是一个很西化的作品,像里面人名都是西式的,读者看到就比较亲切。很多西方读者都说,读之前的中国小说包括武侠小说都读不进去,光看那个名字怎么发音都不知道,对人物也完全没有代入感。但《盘龙》很不一样，我渐渐就发现一天点击量有十几万了，就想能不能自己弄个网站，毕竟也有了那么多读者，这样各方面也都简单、方便一点，比如上传文章我都可以控制得好一点，论坛毕竟是一个比较粗糙的上传文章的方式。网站建立是在2014年12月22日，刚开始一天有十几万点击。因为我翻译得不错，读者比较多，慢慢地也有其他的译者想加入进来。我最初取名"武侠世界"（Wuxiaworld），本来就是想看看能不能把更多的小说拉进来，这样就渐渐地从一部到五部到十部，再到现在几十部。

二、武侠是过去唯一走到海外的中国文化

吉云飞（以下简称"吉"）：您能简单介绍一下自己的经历吗？

任：我在美国外交部工作了六年，22岁考进去的。当时加入外交部的很大一个原因就是希望能为中美关系做点贡献，但是一会儿派马来西亚，一会儿派加拿大，始终没派到中国。

邵：您父母是哪里人？

任：我老家是四川的，我父母1988年到美国去读博士，可以说是"文革"过后第一批去美国读书的人。我是1986年出生的，1989年被带出去。我在家里和父母说中文，在学校跟同学们说英文。不过在家里说的都是些"厨房中文"，今天吃什么啊之类的，所以没什么词汇量——因为平时在家里也不会谈其他话题。我还记得第一次看中央电视台的新闻节目，给我留下很深刻的印象，当时很确定这些人说的是汉语，但我怎么就不知道他们在说什么呢？我在美国接触到的中国文化，主要是武侠、功夫什么的，但那些大都来自香港，全是粤语。因此经常就是我跟我妈看电视剧，一边看，我妈一边帮我翻译，因为我既看不懂汉字也听不懂粤语——这也是我接触翻译的开始。其实我决定做翻译的很大一个原因就是为了以后我看电视剧不用总回家看。我上大学修了3年中文补习班，也都是为了提高中文水平，这跟中国的武侠电视剧有很大关系，武侠可以说是过去唯一走到海外的中国文化。

邵：你从大学开始才学汉字？

任：在家里学了一点，但是学多少忘多少，因为平时用的机会太少了。大学就开始上了些汉语课，我这8年虽然没有在中国工作，但是通过做翻译，可以说是保持了我的中文水平。从金庸、古龙开始翻译，其实我是从难到易，因为翻译金庸对一个译者来说真的很难，但是翻译古龙就比较简单，现在翻译网文就更轻松了。我的经历就是自己对中国小说感兴趣，翻译也是想让自己更充实、更方便地享受自己喜欢的东西。

三、快感是文化输出的基础

吉：在您的读者里，他们对中国文化有没有一个由浅到深的接受度的变化？

任：有，但是变化程度很小。就像很多人对日本的印象就是忍者、剑客之类的，对中国文化有些好奇，但是愿意更深一步了解这个文化的还是比较少。如果中国网络小说和中国文化真的能不断扩大影响，再过二三十年，或许一部分概念会被更多人认识，比如《卧虎藏龙》让人多了"轻功"这个概念。但这也会带来误解，有些人不懂轻功，就只觉得这个能够在树上飞，在水上漂。甚至有一个编辑跟我说，《卧虎藏龙》里的功夫是撒旦造成的——因为只有耶稣才能在水上走，你在水上走，那你就是恶魔。

吉：但是起码能够有一个窗口，让他们看到这些东西。这是一个好的开始。

任：就像现在美国看《火影忍者》的也特别多，观众现在对日本文化的了解或许不多，但多接触一些，再吸收一点，这样对于一个国家的文化会逐渐产生好感，而不是学到多少。

吉：情感上的亲近，这特别重要。

邵：首先是各种快感，可能是从原来的脉络来的，然后才是好感，最后对这个文化有亲近感。

任：直到现在，如果你问大多数人对中国文化第一个想到什么，他们会说功夫。因为李小龙、成龙的功夫片也在美国运营几十年了，所以他们一想到中国，就会想到功夫。

邵：以前可能很多人对中国文化的印象还停留在"奇观"的层面，但是通过您的介绍，这些网络文学的读者进入到快感了。

任：对。

邵：我们的中国文化输出一直没有跨过这一步，莫言获了诺贝尔文学奖，但中国文学并没有进入外国主流读者的日常生活，更没有打通普通读者的快感通道。其实快感是最基础的——你现在再想美国的好莱坞是怎么打入中国的，有人也说不上什么，就是有快感。中国是后发展的国家，所以欧美日韩，对我们来说在文化上都曾经有一种优越感，但是从最基础的层面来讲，也是打通快感。从今天的大众文化层面来讲，快感是最基础的东西。从您的网站来看，到底给读者什么快感呢？这些快感中有的是不是原来就没有，是跟网络有关的新的快感？

任：我觉得国外读者得到的快感和中文读者没有区别。

邵：就是情节？想象力？新鲜感？

任：我觉得目前最重要的是新鲜感。因为中国的这些武侠、玄幻对国外读者来说是崭新的，像"修仙"这个概念在西方也是没有的，再过几年我不知道这种新鲜感还有没有，但现在还有。

邵：但还是有所不同。你们是从武侠开始，从原来的出版传统来讲，金庸、古龙在文学上是很高的水平。但是今天的孩子，可能很多人都不能再进入金庸、古龙了，武侠的整个文化元素还有节奏可能跟今天不大一样了，太慢。某种意义上我们对金庸的概念，比如庞大的体系，那是相对于我们那个时候而言。我们小时候读过的最长的《红楼梦》是三卷本，但是《天龙八部》就比它长一倍，那个世界相对于我们来说是庞大的、复杂的。但是今天，如果读三百万字，从网络小说进入，再去读金庸的小说就会觉得不够恢弘、不够多、不够大、不够劲儿。

吉：想象力不够，格局也小，就是江湖和庙堂，仅此而已。

邵：我就在想，如果今天金庸上网络的话，也能写300万字，而且不水。就拿《天龙八部》来说，他如果把每个故事的支脉和每个人物的侧面完全展开，也能写300万字。对纸质书而言，《天龙八部》已经是极限了；对网络小说而言，它的长度和密度都不够。中国的网络文学对于西方读者而言，它提供的快感里也包含了网络时代的节奏吗？

任：是有的。但是我们的读者还是小众，如果你要说携带着一个时代的节奏，那你必须看大众，这可能还需要时间来验证。

四、越是中国的，可能越难走出去

吉：现在翻译过去的网络小说里面似乎没有中国性特别明显的作品，我把现在所有翻译的书单过了一遍，就没有一本是历史小说，没人有能力把它翻译出来。这是因为中国性越强，就越难翻译，读者也越少吗？

任：这也是为什么我说金庸、古龙很难翻译，而且直到现在读者都还很少，因为他们太中国化。而现在很多玄幻小说，吸收了西方文化，尤其是游戏文化，容易让人觉得熟悉。如果你一上来就写什么奇经八脉、文言文，别人就不知道你在说什么，很难受读者欢迎。

吉：读者进入确实很困难，但如果他进到里面，或许也会发现中国文化是对他们有用的，这可能是一个漫长的由浅及深的过程。猫腻就是一个具有很强中国传统风格的网络作家，我观察到 Wuxiaworld 是没有猫腻的小说的，但在其他的小网站上却有，这是为什么呢？

任：猫腻的文笔很好，但就是因为他文笔太好了，所以有两个译者翻译了一会儿都放弃了——太难了，于是我就没让猫腻的书进来。所以确实还是"小白文"翻译起来简单，因为它写起来就简单。再说句老实话，翻译，除非你自己有语言天赋，别人写得越好，你越有压力，因为你会想把那种语言的美感翻译出来，但绝不是说你会这种语言就一定能翻译出这种美感，这对译者的要求太高了。

吉：所以压力很大，单纯靠兴趣是没有办法的。

任：两个译者放弃了，现在第三个刚开始翻。

邵：你们翻译的是猫腻哪一部作品？

任：《择天记》，翻译得很辛苦。

邵：那你们原来都翻译完了金庸、古龙的小说，没在这网站上放吗？

任：有一部几乎全部是我自己翻译的，就是古龙的《天涯明月刀》，我特别喜欢这部小说，所以放上来了。

吉：那《天涯明月刀》的反响怎么样？

任：有人读，但是少。

邵：为什么呢？

任：第一是短，很多人想看长一点儿的；第二，风格还是太不一样，有很深的隔阂。虽然古龙比金庸更受欢迎，但还是难。像金庸小说里描写了很多关于中国历史方面的，如果你本身对中国历史感兴趣，会觉得很不错；但如果不感兴趣，就会觉得太麻烦。所以大体而言，在西方市场，金庸、古龙的小说还是赶不上这些新一代的网络小说。

邵：快感的前提是一种熟悉感。

任：比如有人进来，说我刚听说你们这儿有小说，我该先从哪儿开始？很多人就会说，你先从《盘龙》开始。因为《盘龙》一来是完整的，二来都是西方名字，会很有熟悉感，就像初级版；读完了它再去读像《我欲封天》这种小说，就像是升级版。

吉：一定是有一个逐步的深化的过程。

邵：是啊，好几百万字的一个培训，不短了。

任：在最初翻译的时候，我就觉得《盘龙》应该比其他书要好一些，因为比较西化，所以会从《盘龙》这本小说开始尝试翻译。但单纯凭市场的喜好，越是中国的，可能也越难走出去。

五、Wuxiaworld 的发展过程

吉：您能谈谈 Wuxiaworld 乃至整个中国网络小说翻译过程中，有哪些您觉得值得一提的具有标志性的事件吗？

任：最早是在 2013 年 8 月，越南华裔 He-man 翻译《星辰变》，这是中国网络小说第一次在网上被人自发翻译。

吉：您翻译《盘龙》是在什么时候？

任：2014 年 5 月。年底就建了 Wuxiaworld。

吉：我们知道最早翻译的时候是没有商业化的粉丝行为，因此也不可能去购买版权，最早到国内的文学网站获得授权是什么时间呢？

任：我在美国外交部工作的时候，有一项工作就是负责版权保护，

所以我是非常有版权意识的。在 2015 年 10 月，就与 17K 小说网合作，签下了《修罗武神》（译者 Yang Wenli，作者善良的蜜蜂），首次获得正版授权。2016 年 12 月，与起点中文网达成第一批 20 部作品的合作，也说好后来一直继续授权新的书，不过后来就闹崩了。

吉：为什么闹崩了？

任：起点想要收购 Wuxiaworld，但在大的战略方向上没有达成一致。后来，起点就自己做了起点国际，当然就不愿意把起点的书授权给我们了。

吉：所以 2017 年后，Wuxiaworld 上翻译的新书基本都是来自起点以外的网站了？

任：是的，还有一部分韩国的网络小说。

吉：最早加盟 Wuxiaworld 的译者是谁？您还有印象吗？

任：Goodguyperson。应该是在 2015 年 4 月，他翻译的是天蚕土豆的《斗破苍穹》。他后来单独创立了 Gravity Tales，差不多是除 Wuxiaworld 外最大的粉丝翻译网站了。不过在 2018 年 6 月，Gravity Tales 被起点国际收购了。

吉：Wuxiaworld 建立付费机制是在什么时候？

任：2018 年 4 月，Wuxiaworld 上线了"付费提前看"的模式，和中国国内的视频网站的会员模式类似。现在和老译者是五五分成，新译者就按章付翻译费用。各本小说根据译者的意愿以及翻译的状况、隐藏章节数目和校对情况的不同，"提前看"的等级与价格也有不同，主要是由译者自己决定。

六、"等就免费"的付费机制

吉：Wuxiaworld 的付费制度是在起点国际之后才建立的吧？

任：可以这么说。Wuxiaworld 是 2018 年 4 月推出的。起点国际在 2018 年 2 月就试运行了，到 5 月 15 日正式运行。

吉：如果没有起点国际将中国的网络文学付费机制强力输出到海外，粉丝翻译网站自行从免费走向收费是不是还要更长的时间？毕竟，从免费过渡到收费的过程，必然会引起部分读者的强烈不满。

任：肯定的。Wuxiaworld 毕竟是粉丝翻译网站，没有起点国际的竞争，读者和译者大部分都不会接受付费制度。但起点国际先做了以后，就逼得我们不得不跟上。

吉：起点国际的付费模式可以说就是"按章付费"的"起点模式"。但 Wuxiaworld 选择的是一种完全不同的"等就免费"的模式，为什么会最终推出这一模式？

任：首先，因为强制要求每一个读者付费，在根本上违背了我们建立这个粉丝社群的初衷。其次，起点的"按章付费"的体系并不那么适合英语世界的生态。第一，中国网络小说毕竟刚刚出现不久，与已经极度发达的其他娱乐形式比如游戏、电影相比并没有优势，免费是吸引读者的重要手段，全面收费必定会导致读者的大量流失还有盗版网站的兴盛；第二，定价的标准也很难确定，Wuxiaworld 的读者来源非常丰富，而北美地区的读者和来自拉美、东南亚地区的读者所能承受的价格是天壤之别，定价高则付费读者太少，定价低则收入不够。

吉：这一模式建立后运行得怎么样呢？

任：非常好。很快读者付费的收入就超过了广告的收入，成为最重要的收入来源，而且很稳定。

七、译者队伍的职业化

吉：在你开始翻译《盘龙》之前，应该没有人能想到会有海外读者去自发翻译一部几百万字的中国网络小说。就算是在《盘龙》大获成功，Wuxiaworld 在一年的时间里吸引了百万级的英文读者之后，很多人仍然会有疑问：新的译者从哪里来？开始翻译之后如何坚持下去？怎样保证翻译的质量和速度？我们先从第一个问题聊起吧。译者都是些什么人？

任：Wuxiaworld 的译者都是从中国网络小说的读者转化来的，全部是以英语为母语的，其中很多是华裔美国人、在中国留学的老外、自学过汉语的欧美人，还有不少人来自新加坡、马来西亚等中华传统文化影响颇深的地区，汉语通常是他们的第二语言。几乎所有译者都是在

Wuxiaworld 上看过翻译成英语的中国网络小说之后，才走上翻译道路的。

吉：他们是申请就可以成为译者吗？质量怎么保证呢？

任：绝大部分新译者是没有办法直接到 Wuxiaworld 上来发表译文的。新的译者通常需要把自己翻译的小说先发在 Wuxiaworld 的论坛上，在保持相当的质量持续翻译一定章节之后，一般是五十章或持续翻译两个月左右，再由我亲自审核，通过之后才能入驻 Wuxiaworld。进入 Wuxiaworld 之后，会要求一定的更新速度。同时，网站会要求每一部书要形成一个翻译团队，团队里一定要有编辑的存在。这些编辑也都是由读者转化而来，他们不需要懂汉语，只要有比较高的英语水平和文学素养，能够在新的章节正式发布之前进行简单的编辑、校对即可。

吉：那包括译者、编辑在内的整个团队怎么坚持下去呢？尤其是在没有付费制度之前。

任：在最早的时候，译者大都是凭兴趣业余翻译，更新的速度虽有一定要求，但几乎都是每周两三章的水平。随着网站流量广告收入的增长，Wuxiaworld 把广告收入按照每部书的点击量占总点击量的比率分配，译者就开始获得一笔不错的稳定收入，也有了加快更新速度和提高更新质量以争取更多点击的动力，从纯粹的业余状态开始进入到半职业状态。

吉：这种状态是在什么时候出现的？大概持续了多长时间？

任：2015 年其实就出现了，持续了一年多吧。到 2016 年，我们又做了一个读者捐赠的制度。其实，这个制度也是读者先做起来的，他们自发地给译者打钱，问你能不能更新快一点。网站只是因势利导，规定读者每捐赠一定的数额，译者就会在每周的保底更新数量之上加更一章。加更的金额和每周加更的上限都由翻译团队自行确定，通常在 20—80 美元之间。加上广告收入，好的译者的总收入已经比较可观。

吉：这个阶段是不是可以说译者团队已经半职业化了，而到付费制度确立之后，就是完全的职业化了？

任：可以这样说。对新来的译者，现在已经不用分成模式，而是按照翻译的章节付翻译费了。所有的译者都把翻译中国网络小说当作一个很不错的工作来做了。

吉：所以加入较早的译者普遍经历了读者——业余翻译——半职业

译者——职业译者的过程，后来的译者就直接完全职业化了。

八、韩国网文翻译、原创和亚马逊出版

吉：我最近还观察到，Wuxiaworld 上除了中国的网络小说，还上了好几部韩国的网文，它们成绩如何呢？

任：成绩都很不错。其实，对欧美的读者来说，他们大部分都分不清是中国小说还是韩国小说，反正就都是东亚的翻译小说。

吉：阅文也是看到这一趋势，投资了韩国的网文平台。另外，我们非常看重的一点是，起点国际在阅文集团的支持下，在海外重金力推英文原创网络小说，还把俗称"低保"的新人作家培养制度复制到了海外。Wuxiaworld 怎么看待这一战略呢？也会发展原创吗？

任：要继续看吧，Wuxiaworld 暂时不会做原创，因为翻译的小说已经够我们的读者看了。在内容已经足够的情况下，原创作者目前水平也都不高，是没有办法和翻译的小说竞争的。不过，要是起点国际最后的效果很好，那 Wuxiaworld 也会跟上。

吉：这里面是不是也有网站基因的原因？起点是一个原创文学网站，而 Wuxiaworld 是一个翻译网站。

任：有可能。相比原创，我还是更愿意去试试能不能打开亚马逊的渠道，把网络小说推到一个更大众的平台上。我们 2018 年上了《盘龙》，请了出版社的职业编辑来编，然后在当年年底，在亚马逊上面，八部就卖出了 15821 册，收入 37723 美元。相对编辑费用，有盈余吧，接下来就可以继续尝试。

吉：Wuxiaworld 也还是一个在不断尝试、不断生发出新的可能的网站。而中国网络文学在全球的翻译、流通和再生产，虽然还缺少震撼性的事件将它的意义突显出来，但每一个环节都显示出勃勃生机，也使国内的作者、从业者和研究者必须要拥有一种世界性的眼光。中国网络文学的世界性，或许不在于某种世界级文学奖项的加持，更不依赖于某些权威人物的认定，而是期待于网络文学本身的被阅读和被接受，这一切最需要感谢的就是您和 Wuxiaworld 了。我相信，只要中国网络文学在世

界范围内获得比较广泛的翻译、阅读、接受和再生产，就可以认定这一文学是世界性的。一种世界性的中国网络文学的诞生，不在此时，但那一时刻是值得期许的。

任：这也是我希望看到的。我是把翻译中国网络小说和建设翻译网站作为一个事业来做的。

后　记

　　写下后记的这天，距离《创始者说》的第一场采访，恰好过去四年整。
　　四年前，邵燕君老师在北大中文系已经讲授了五年网络文学系列课程，我一路跟随老师，先后探索了网文的小说类型、作家作品、生产机制。在走过许多分岔路口之后，我们意识到，要讲述一个名为"中国网络文学发展史"的故事，光是站在外面看是不够的，必须利用网络文学"正在发生"的特性，走进故事，去听听那些创造了这段历史的人们怎么说。
　　于是，以访谈录形式呈现的《创始者说》初现雏形。采访计划提出后，阅文集团积极响应，愿意配合并予以协助。我们迅速开启了热闹非凡的第一站，一行八人奔赴上海。短短四天的行程，排得满满当当。抵达的当天晚上，我们来到陈村老师家中，参观纸页堆得层层叠叠的书房，在茶香中开始了与"创始者"的第一场对谈。聊起互联网起步时的种种趣闻，陈村老师还翻出几本"上网指南"，让我们这些"90后"的小朋友惊诧不已。接下来的三天就远没有这么悠闲了，我们住在离阅文很近的宾馆，"朝九晚五"地泡在他们的办公楼里，全员一起采访过吴文辉之后，立即分成几组去"扫荡"起点的整个创始团队和主要编辑团队。
　　想要呈现一场生动的、高效的访谈，不仅是对采访者的考验，也很"挑剔"受访者。我起初还暗暗担心，能从这些身经百战的业界"大佬"们嘴里"套"出多少话来？没想到起点的五位创始人——我们戏称为"五大佬"——给了我们层出不穷的惊喜。在吴总的极力推荐下，我们见到了此前一直隐于幕后的藏剑江南。此前我们对他知之甚少，他稳稳地坐着，嗓音沙哑，不疾不徐地讲出每一句话，却无异于在我们脑海里投下一颗接一颗的炸弹。才聊了几分钟,我就与邵老师对视一眼,彼此眼里都闪烁着"挖到宝了!"的信号。后来我们借用宝爷(宝剑锋)的话,把藏剑江南称作起点中文网的"总设计师"。吴总的严谨、江南的沉着、宝爷的直率、意者的诚恳、罗总的口才,"五大佬"作为创业团队在个性和专长上的完美互补,以及他们传奇的相识、情人节的相会、十多年风雨同舟的情谊,无不让我们连连赞叹。彼时他们像网文主角一样"逆袭"成功,离职盛大文学后,创建创世中文网,又重新入主起点,新整合的阅文虽然刚刚起航,却已是网文江湖毫无争议的霸主。他们充满信心,意气风发却也谦逊不矜,对历史的叙述怀着敬意和使命感,提供了丰富翔实的细节。

作为开端的阅文之行,给了我们极大的底气。而探访女频最重头的晋江文学城,我则是"蓄谋已久"。身为团队的女频负责人,早在2013年我就与冰心站长取得了联系,她非常支持我们团队的网文研究工作,特许我以实习的名义在晋江的各个部门轮岗了两个月,进行生产机制研究。2015年3月我们邀请她来到北大课堂,已经对她进行过一次讲座形式的群访——后来这个日子还被追溯为我们"北京大学网络文学研究论坛"的创立日。2017年的这次正式访谈,我引领着邵老师和其他小伙伴走进晋江的办公楼,竟有种回家的感觉。有一个细节,最终的定稿并未收录:冰心做出过一个与其他"创始者"们都不同的决定,她用盛大收购晋江50%股权的钱买下了晋江的办公楼。冰心和整个晋江的管理团队身上都有一种朴素的秉性,不像创业者,更像是"女性向"土壤的护林人、家园的守护者。感谢她一直对我知无不言,从不避讳,令我也在不知不觉中把护林人和守护者的角色融入了自己的"女性向"研究当中。

之后的采访主要看机缘。在邵老师的中文系办公室"平九"小院里,我们邀请血酬、沈浩波、蒋钢来喝过下午茶,和朱威廉打过一个多小时的微信电话,同长佩的阿米站长、不系舟主编一起看过圆明园的残荷。更多时候,我们去到采访对象的地盘,在火星小说、掌阅科技、果麦文化、中文在线的办公地点,拜访了侯小强、成湘均、路金波、戴和忠。我们在中国大饭店富丽堂皇的大厅见到了孙鹏,听他讲起红袖添香的"求生"之路;在后海的咖啡厅与Weid度过了一个和煦的下午,聊到兴起,沿结冰的湖畔，迎着月光续了一壶孔乙己的黄酒。我们专门去了一趟苏州和广州，探访潇湘子和黄花猪猪；从网络文学的各种会议上，"劫"到了猪王和欢乐书客的陈炳烨。本来我们也约好要与邪月面谈，但没想到提前准备的采访提纲发过去不到半小时，他就以书面形式返还了一份完美的答卷，把我们吓了一跳，不愧是网文圈"元老"的手速！而露西弗的 ducky 以及历任管理者分散在各地，实在没办法面对面，只好以微信群聊的方式进行，我与这批中国最早的"腐女"前辈们聊至通宵达旦，第二天继续——在同一个趣缘社区里，年龄是非常次要的界限。这些"创始者"们既是创业者，也大多是网文的资深爱好者，是"吃书的人"。他们出于热爱开启了创业之路，从刚刚步入社会的青年，到功成名就的"老总"，拳拳之心始终滚烫，即使受挫也不曾离开过网络文学片刻。再谈起网文江湖的日日夜夜，他们有坚定，有自豪，有指点江山的壮阔，也有时运不济的遗憾。听他们讲述那些岁月，一桩桩网文发展历程中的大事件、一个个坊间流传的八卦故事，都有了清晰的来龙去脉，故事的主人公也有了面孔和声音。

开启这个项目时，我们都没有预料到，这场追溯之旅会如此漫长，每年都有新的伙伴加入进来，前前后后，共有 20 位同学参与其中。我们的工作模式是：确认采访对象后，在团队中指定一位最熟悉对应网站的成员，由他／她担任小组长，主导采访并拟定提纲，发给受访者确认后，约定时间和地点；访谈结束后，一般会由围观"旁听"了或遗憾错过了这场采访的其他成员来初步整理录音，最后交还给小组长定稿。我和李强、吉云飞多数时候扮演了小组长的角色，给邵老师打配合。每次访谈都要持续两到四小时，总要把话聊透了才肯罢休。26 场访谈我参与了 17 场，深感这实在是个体力活儿。邵老师却自始至终精力充沛、妙语连珠，曾经的记者经历让她总能既得体又直接地点出最关键的问题，从体力到智力全方位地给我们上了一课。采访总是充满欢声笑语，而整理录音却是冗长而烦琐的，数小时的谈话逐字逐句转化，都是好几万字的长稿。陈新榜、高寒凝、王鑫、许婷、孙凯亮、谭天、田彤、张芯、叶栩乔、秦雪莹、项蕾、徐佳、彭笑笑、刘心怡、李亦梅、裴昭远、韩思琪，都为此付出了长时间的辛勤劳动，其中陈新榜、高寒凝、王鑫、许婷也承担过小组长的工作。

战线拉得太长，等待出版的过程中，许多稿件都曾被删减成不同篇幅的版本单独发表过，我们迫不及待地想要把这些"创始者"们的故事分享给更多的研究者、从业者和网文爱好者。它们不仅是建构网络文学发展史的一根根基柱，也使深入其中的我们每个人都受益匪浅。我相信，听过这些传奇的人都将有不同的收获，或是圈内八卦，或是创业心得，或是为历史的尘埃扼腕，或是从字里行间窥见网文的未来。

遗憾的是，出于种种原因，一些稿件最终未被收录，包括起点女生网的负责人TZG、主编于莉，SF轻小说主编周文韬，四月天主编、蔷薇书院创始人李贤。在此，再次感谢他们对采访工作的支持配合，并深深致歉。此外，我们未能采访到桑桑学院、幻剑书盟的创始者，但愿将来有幸，能够一一补全。

创始者们的故事还在继续，我们的追寻之旅也不会停止。愿网文江湖长盛不衰。

肖映萱

2020年7月31日